八月桂花遍地开

徐贵祥◎著

中国言实出版社

图书在版编目(CIP)数据

八月桂花遍地开 / 徐贵祥著 . -- 北京 : 中国言实出版社, 2021.1

ISBN 978-7-5171-3662-0

Ⅰ. ①八… Ⅱ. ①徐… Ⅲ. ①长篇小说—中国—当代 Ⅳ. ①I247.5

中国版本图书馆 CIP 数据核字（2020）第 272490 号

出 版 人　王昕朋
责任编辑　肖　彭
责任校对　张国旗

出版发行　中国言实出版社

地　址：北京市朝阳区北苑路 180 号加利大厦 5 号楼 105 室
邮　编：100101
编辑部：北京市海淀区花园路 6 号院 B 座 6 层
邮　编：100088
电　话：64924853（总编室）64924716（发行部）
网　址：www.zgyscbs.cn
E-mail：zgyscbs@263.net

经　　销　新华书店
印　　刷　三河市华东印刷有限公司
版　　次　2021 年 1 月第 1 版　2021 年 1 月第 1 次印刷
规　　格　710 毫米 ×1000 毫米　1/16　26.5印张
字　　数　405 千字
定　　价　98.00 元　ISBN 978-7-5171-3662-0

徐贵祥，安徽六安人，1959 年 12 月出生，中国作家协会副主席，中国作家协会军事文学委员会主任。曾任解放军出版社总编室主任、解放军艺术学院文学

系主任、国防大学军事文化学院文艺创演系主任等职。第十二届全国政协委员，享受国务院特殊津贴。著有中篇小说《弹道无痕》、长篇小说《历史的天空》等。曾获第7、9、11届全军文艺奖；第4、9、11届中宣部“五个一工程”奖；第3届人民文学奖；长篇小说《历史的天空》荣获第6届茅盾文学奖。

目录

第一章

一

不知秋风何处发轫，几个回合下来，草草木木就变灰了，槐树的枝丫露出筋骨，像一从从嶙峋的手指，簌簌地指向天空。午后的阳光从风沙弥漫的黄尘里透过，落在兵车辚辚的小城上空，升腾起一股浑浊的萧瑟之气。

苏鲁皖长官部临时落脚在小城西南角的陶瓷厂里，工厂已经停产，厂房里住满了长官部直属部队的兵马，电台天线稀稀拉拉地在风中摇曳。一辆车从东向西而来，穿过城门，再穿过杂乱无章的广场，一直开到长官部的大院门口。车停后，沈轩辕从车上挪下身体，站正了，仰脸向斜上方看了看，然后抻了抻毛呢军服，失去光泽的皮靴踏着哨兵的敬礼声，节奏分明地跨进了李长官的临时官邸。

李长官已经等待多时了，听见脚步声，只是用手做了个动作，示意沈轩辕到作战地图下面，开门见山地说明了紧急召见他的原因：文远兄，根据战事需要，长官部和省府做出决定，委沈轩辕文远兄任交战区陆安州行政公署专员兼警备司令。

事情来得突然。沈轩辕怔怔地看着李长官，半天没有说话。李长官倒是神闲气定，脸上看不出波澜，两片厚嘴唇嚅动的幅度不大，但是从其中滚涌出来的声音却是低沉凝重——

进入秋季，日军连克数城，急于打通江淮交通，实现南下西进之战略，武汉周边已经战云密布，逐鹿荆楚不可避免。陆安州西靠天茱山，南濒湃水河，接中原之壤，扼平汉门户，更兼粮油丰茂，敌志在必得，我志在必守。侯先觉将军率七十七军两万余众在大蜀山一带构筑三道防线。文远兄到任之后，宜速纵横友军，动员民众，恢复机构，建立战时保障体系，辅助七十七军主力，粉碎敌强占陆安州之计划。

沈轩辕的表情有些僵硬。

从窗口射进来的阳光落在地面上，反溅出一些扑朔迷离的光斑。光柱里有细小的尘絮在飞舞，飘浮着淡淡的土腥味。李长官回到高背木椅上说，诚然，战乱频仍，人心惶惶，陆安州政府机构业已瘫痪，环境十分恶劣。当地武装形形色色，有中央军、有民团、有新四军游击队，还有土匪。陆安州就像一只被打散的木桶，文远兄这次就任陆安州行政公署专员，就好比一根桶箍，就是要把这些散乱的板板块块箍起来，一致抗战。依眼下之情景，大敌当前，促使各派势力摒弃前嫌，众志成城，方为要务。

沈轩辕的眼神似乎集中在李长官的身上，但李长官看出来了，那眼神是空洞的。天知道这颗头颅里此刻装的是什么。

李长官说，文远，值此江山板荡之际，我和仲岳出此下策，既是不得已而为之，亦是为之而不得已。兄乃党国干城，文兼武备，又是江淮人氏，熟知地理民情，受命于危难之中，必能挽狂澜于既倒。为了给七十七军提供后援，兄还要尽快筹建警备司令部，统领陆安州各派抗日武装。只要陆安州再坚持半年，待我战区空间与时间之转换成为现实，我将集结重兵以守之，逼迫南下之敌改道，减轻武汉之压力!

李长官讲完了，似乎有点累了，也似乎解脱了，把脑袋往椅背上一靠，从半眯缝的眼皮下面观察沈轩辕。李长官不仅是战区司令，还是江淮省府主席，这些天来确实心力交瘁。

沈轩辕面无表情地看着李长官，欠了欠屁股，手里玩弄着一只雪茄，欲言又止。李长官说，说吧，我知道你有一大堆问题，有一大堆要求。你说你的，我给我的……我能给多少给多少。

沈轩辕问，日军何时攻打陆安州?

李长官坐正了身体说，从华东战况看，最迟秋末，也就是一两个月的事。最早嘛……李长官不说了，看着沈轩辕。沈轩辕的腮帮子动了两下。李长官说，这两天情况有点复杂，真真假假乱七八糟，不过你得做好思想准备，也许就是十天半月的事。

沈轩辕放下雪茄，起立，一只手托着军帽，看着李长官说，长官，我只有一个请求，把我的副官放出来吧。

李长官怔了一下，牙疼似的吸了一口气，迎着沈轩辕的目光，又把眼光避开了，没有马上答复。沈轩辕说，这也可以看成是我唯一的条件。

文远，你这是为难我了。李长官肥厚的嘴唇动了几下。你不是不知道，仲岳那里已经有确凿证据，他是共产党。而且，有人反映你跟太子会有来往，也是由他穿针引线的。

沈轩辕仍然伫立不动说，长官，恕我直言，不管你们怎么猜疑他，也不管他有什么嫌疑，这个党也好，那个会也罢，但他的第一身份是一个中国人！把他放出来吧，我需要他。李长官背起手，开始踱步，踱了一圈，又踱了一圈，然后仰起脑袋，看着沈轩辕说，瓜田李下，你就不怕牵连？

沈轩辕说，国难当头，只求问心无愧。

李长官在这一瞬间似乎来了精神，直视沈轩辕，突然笑了，好吧，我答应你。不过他现在不在此地。

沈轩辕说，只要把他放出来，我会跟他联系。

李长官点了点头说，那好，仲岳那里我来说话。

沈轩辕注视着李长官，顿了顿又说，钧座如此信赖，沈某当以死相报。不过，抗日之战争非一日两日，所要应对的局面也不是一件两件，错综复杂，虚虚实实，各人秉性不同，沈某又一向给人孤傲印象，有人不容，一直怀疑沈某是共产党，真怕授人以柄，陷钧座于两难。

李长官点点头，突然抬头，目光炯炯地看着沈轩辕问，文远老弟，跟兄台交个实底，你是吗？

沈轩辕说，我只能跟长官说，我不是。

李长官愣了一下，咧嘴笑了，向沈轩辕摆摆手说，你是也罢，不是也罢，我也不追究了。大敌当前，唯才是举。用你的话说，第一身份是中国人啊！

沈轩辕身体一振，举手敬礼：长官，轩辕告辞了。

说完，拿起放在茶几上的委任状，转身出门。刚走到门口，就听到李长官在后面喊：文远……这一声竟然喊出了三分悲怆。沈轩辕转身，凝视李长官，

李长官的眼睛果然有些潮湿——文远兄，但使龙城飞将在，不教胡马度阴山。此一去……拜托了！

沈轩辕一动不动，沉默了好一阵，才说了一句话，长官保重，卑职自当恪尽职守。

当天夜晚，一辆嘎斯吉普车便驶出了战区长官部，一头扎进了通向江淮的茫茫夜幕。

沈轩辕坐在车上，回想这些天来奇奇怪怪的经历，恍如隔世。

一年前他是李长官亲自点将的战地执法官，对抗日前线副军长以下军官握有生杀予夺之权。后因执法过于当真，当真得连李长官都受不了了，就让他离职“休养”了一段时间。半年前他是战区作战部的少将副部长，因为副长官白仲岳怀疑他是共产党地下工作者，便把他调出要害部门，到政训部当顾问，而且秘密逮捕了他的副官。顾问没当几天，战区李长官怀疑他同统帅部某少壮派有直接联系，又把他调到军需部管粮秣。过了几个月，既没有发现他同共产党暗度陈仓的蛛丝马迹，同统帅部少壮派的联系也查无实据，二位长官觉得委屈了这位勤勤恳恳的袍泽，又把他调到战略委员会当高参。其实从个人角度来讲，他同李长官和白长官的交往都很密切，李长官称他为“沈吴用”，意为智多星；白长官称他“双面狐”，意为狡黠玲珑。不管李长官还是白长官，哪怕怀疑他手眼通天，但只要不是危及战区和他们的根本利益，他们都还乐意重用他。其原因一是在于他的深谋远虑，二是在于他的排忧解难的经验。

月黑风高，心事浩茫，沈轩辕的心里当真有些受命于危难的滋味，却又找不到天降大任的感觉。有些沉重，有些悲壮，也有一些茫然。

苏鲁皖战区有三个长官，各有各的背景。按时下流行的说法，李长官属于“攘外派”，是坚决抗日的，主张“先攘外后安内”；第一副长官兼战区参谋长白仲岳是“开弓派”，主张“攘外安内一起抓”，左右开弓；第二副长官兼七十七军军长侯先觉是“安内”派，实际上也就是消极抗日派。沈轩辕的难处在于，他虽然是李长官任命的陆安州专员兼警备司令，但陆安州是在七十七军的防区，侯先觉是中央军嫡系，李、白二人则是旁系，因此侯先觉对李长官的命令向来是打点折扣。如果这次赴任得不到侯先觉的支撑，那他基本上就是一个光杆司令了。

随同沈轩辕到陆安州上任的，是他的警卫参谋何中亮、新任副官汪寅庚。

这支队伍很有特色，汪寅庚一路上不断咳嗽，何中亮始终眨眼不止。汪寅庚来到沈轩辕身边不到三个月，不知何故，前几天开始咳嗽，常常咳至半夜，还咯血。沈轩辕不知道这件事情，等知道的时候已经在路上了。何中亮是沈轩辕的老卫士，在枣儿庄战役最残酷的时候，沈轩辕亲自上了前线，被小股日军偷袭，何中亮挥舞大刀冲进敌群突击，在肉搏中脖颈子被鬼子挑了一刀，差点儿送命，后来虽然命保住了，却落了个眨眼的毛病。

这一行当中，除了沈轩辕身边现有的随员，没有别人。至于沈轩辕原来的副官到底放出来没有，放出来又是怎样同沈轩辕联系的，接受了怎样的任务，连汪寅庚都搞不清楚。本来李长官允诺派几名校官随行，更换陆安州的警察、税务、财政等要害机构的头目，沈轩辕婉言谢绝了，说是到任之后再说。

离开苏鲁皖战区长官部，嘎斯车沿淮河岸边的碎石公路向陆安州方向进发，计划一天一夜到达目的地。这一路眼下都还是苏鲁皖战区的地盘，沿途都有驻军，土匪销声匿迹，安全倒也不是个大问题。没想到第二天早上在濉溪口被耽搁住了，驻扎濉溪口的五十六旅旅长滕风达告诉沈轩辕，阜阳一带已被日军控制，东线走不得了，建议改道西线，从河南走，或者从湖北走。

沈轩辕眼睛盯着地图看了良久，觉得从西线绕得太远，而且山路岖崎，跨省行进，有诸多不便，万一再遇阻隔，那就束手无策。沈轩辕心急如焚，决定还是从东线走，就委托滕风达通知所属部队，从防区里开辟一条捷径。这样一个上午就过去了。

到了下午，滕风达说，日军已经开始向皖东北集结了，长官部已经下达命令，淮北、宿州一线守军紧急收拢，这一片很快就要开战，东线是万万走不得了。

这一次沈轩辕没有再看地图，不容置疑地对滕风达说，请向长官部禀报，轩辕今夜务必穿越皖东北。滕旅长能予方便就予方便，若是不能，就此分道扬镳。滕风达说，文远兄您也是卑职的老长官了，希望能够体谅风达的难处。现在是两军频繁移动，犬牙交错，态势尚未完全明朗，但皖东北剑拔弩张一触即发，此时此刻，我怎么能让老长官穿梭虎口呢？沈轩辕说，今夜大睡一通，闻鸡开拔。你保障也好，不保障也好，反正我是要走，不商量了。

滕风达见沈轩辕不识好歹，只得禀报长官部，长官部回复了四个字：且随他便。

没有别的办法，滕风达只好再次向所属部队下达通知，尽可能地为沈轩辕提供方便并保障安全。第二天沈轩辕果然就坐上了嘎斯车，起先还是风驰电掣，但走出滕风达的防区，进入淮北地界，路面就差了起来，颠簸得厉害，嘎斯车上蹿下跳，一路垂死挣扎，夜里到达淮北城外，人和车都快散架了。

第三天的情况更加糟糕，嘎斯车吼叫了一个上午，行驶不到五十里路。正走之间，前面遇到一条大沟，汪寅庚指挥司机绕行，从乡村大道上绕了十多里路，由于路面狭窄，几次差点翻掉。等回到碎石公路上，往前走不到三里路，又是一条两丈多宽的大沟横亘在前。沈轩辕这才明白，为了迟滞日军推进，所有的公路都已经被七十七军士兵挖得断断续续的，根本无法行车。

这一路上，司机叫苦连天，副官骂骂咧咧，卫兵唉声叹气。沈轩辕基本上不说话，车子颠着他坐着，众人推车他看着，好像天塌下来都无所谓的样子。但是到了第四天，他的嘴角上突兀地起了几个水泡，脑门上还冒出个大疖子。

二

彭伊枫接到的任务十万火急，前天下午他还在豫南军政训练班上作报告，晚饭后军政治部一位首长找他谈话，要他以最快的速度赶赴皖西陆安州，到那里的天茱山抗日游击支队担任政治委员。这位首长还告诉他，日军对皖西陆安州的进攻可能要提前。一位长期从事秘密工作的领导同志利用国军军官的身份，也将进入陆安州，代号为“老头子”，叶挺军长和项英副军长已经联名签署了命令，成立新四军陆安州特别军事委员会，委任“老头子”为该委员会书记。在复杂的斗争中，将建立特殊的指挥关系。彭伊枫到任后，作为特殊指挥体系的中转环节，保障天茱山抗日游击支队直接接受“老头子”的指挥。

但是到了次日凌晨，这位首长又面带歉色地通知他，由于某种原因，关于他担任天茱山抗日游击支队政治委员的任命已经取消，改任政治部主任。对此彭伊枫付之一笑，接着就带队出发了。

通过新四军豫南防区和国民党军皖西防区，到达大蜀山一二五团驻地已经是晌午了。随行人员，都是从军政训练班紧急抽调的干部，其中两个男同志是原新四军四支队的参谋刘庆唐和曾见湖。两个女同志，一个是原三支队抗敌剧社社长田红叶，还有一个是豫南军政训练班的电台教员，叫王凌霄。

因为年轻，也因为是第一次到江淮地区，田红叶就显得比较活跃，一路上问题不断，似乎即将迎来的战斗很是罗曼蒂克。与之相比，王凌霄就深沉得多。

王凌霄大约二十六七岁年纪，在这一行人中，就算是老大姐了。此人清秀端庄，举止优雅，一看就是大家闺秀，而且面相不老，比起粗手大脚的田红叶，反而显得娇小玲珑。但是她始终很矜持，少言寡语，连笑都是轻微的，不像田红叶那样肆无忌惮地大笑大叫。王凌霄同来江淮，也是彭伊枫不大不小的一块心病。因为军政治部那位首长在介绍这几个同志的时候，对其他人都是一二三四，缺点优点泾渭分明，唯独在介绍到王凌霄的时候，语焉不详。说这个同志背景比较复杂，家庭背景复杂，工作经历复杂，但是从工作表现上看，倒也忠诚勤恳。这次是她主动要求到江淮地区的，理由是要在严酷的斗争中锻炼和检验自己。组织上考虑这个同志的实际情况，认为她的申请有一定的合理性，还请天茱山抗日游击支队的同志们在战斗中正确地使用和锻炼这个同志。

这样一说，彭伊枫就有些困惑。组织上虽然说了，这个同志的家庭背景和工作经历复杂，但组织上并没有说怎么复杂、哪里复杂。组织上又说同意她的请求是考虑到她的实际情况，但究竟是什么样的情况，组织上也没有说清楚，这等于是留了一道题给彭伊枫做。不过，从一路上的表现来看，这个同志的话虽然少了一点，但并不悲观，也不消极，对于进入江淮地区，她也是有激情的。

国军一二五团团长唐春秋是个明白人，彭伊枫等人从大蜀山经过的时候，唐春秋特意差人把他们请到一二五团团部吃了一顿饭，席间谈的都是陆安州的防务和江淮的敌我态势。想当年，红军在天茱山创建根据地，七十七军屡次围剿，唐春秋就是其中的军官，而且同现在的天茱山抗日游击支队司令员霍英山和彭伊枫等人直接交手。这段历史唐春秋已经贵人多忘了，但是彭伊枫心里是有一本账的。

唐春秋在两个月前还是七十七军军部的处长，长官部确定了要在大蜀山展开陆安州保卫战之后，侯先觉才把他放到一二五团当团长。因为此前一二五团团长马南北突然活动当了七十七军的军需官，团长一职空缺。说起来唐春秋好像也是大敌当前临危受命，其实是因为他主战嗓门过高得罪了某长官。你不是口口声声不能退让吗？那好，把你放到第一线去，让你去当民族英雄去，你没话说了吧？

一二五团的老底子是江淮杂牌军，非嫡系，装备差，兵员状况不佳。唐春

秋作为七十七军军部官员，对此并不是不了解，可是他有苦说不出。既然来了，部队再差，这个团长也还得硬着头皮当下去。

酒过三巡，唐春秋说，彭先生你们打算在天茱山逗留多长时间？

彭伊枫说，我们是到天茱山抗日游击支队任职的，决心在天茱山抗战到底。换句话说，也是同唐团长并肩战斗到底，同舟共济到底。

唐春秋似乎有点意外，看着彭伊枫，端起酒杯说，诸位风尘仆仆，千里而来，奔赴抗日前线，令人感佩至深。唐某只有一愿，愿我们竭诚合作。来，我敬诸位一杯。

彭伊枫听出了唐春秋的弦外之音，笑笑说，唐团长，我也有一愿，愿我们捐弃前嫌，一致对外。

唐春秋说，坦率地说，我们并不指望霍瘸子那百十条刀枪棍棒能成多大气候。但是请彭先生做一个工作，现在是抗日统一战线了，我不去打他，也希望他不要捣乱了。

彭伊枫收敛笑容，把酒杯往桌子上一放，放得很重。还没等他说话，田红叶接茬了，脸色很不好看地说，唐团长这是什么意思？什么叫捣乱啊？

唐春秋看了田红叶一眼，苦笑说，诸位虽然跟霍瘸子同属一党，但对天茱山的情况有所不知。霍瘸子这个人，小道理明白，大道理不懂，还倔得很，老是记着我们当年内战结下的仇。表面上说合作，可是暗地里老是截我的军需。只要我这里有粮食和装备过来，他消息灵得很，派出小股，明夺暗抢，搞得部队怨气冲天。我没来一二五团任职之前，在军部的主要工作就是对付霍瘸子截我粮草。来到一二五团，还是没有逃脱他的魔掌。说实在话，要不是看在抗日大局的分上，我恨不得再次带兵剿他。

彭伊枫嘿嘿一笑，笑得有些阴冷。彭伊枫说，唐团长所言，本人不全信，也不全不信。问题是，你也得替霍司令想想，他一个抗日游击支队活跃在天茱山，可是你们却不给他发饷，吃什么，穿什么？你们衣食无忧，让他挨饿，饿极了他不抢你？不抢那是傻子。让你长期吃麦麸糠皮你试试？

唐春秋说，军饷是按编制发的，他的军饷也不归我一二五团供应，他怎么就老是跟我过不去呢？再说，上面也有上面的难处，新四军军部在江南，你们又在天茱山搞了个游击支队，名不正，言不顺，军饷问题自然也就没着落了。侯先觉长官表态，给霍瘸子发饷可以，但是他的队伍必须纳入七十七军的序列。我奉侯长官的指示，几次同霍瘸子谈判，但他油盐不进，荤素不吃，还出言不逊，污言垢语大骂七十七军长官。简直是个土匪！

彭伊枫脸色不好看了，口气很重地说，我提醒唐团长注意，你说霍英山同志捣乱，又说他是土匪，还口口声声称他为霍瘸子。你对友军如此蔑视，他能跟你好好合作吗？他是个大老粗，唐团长以及贵军长官可都是学过仁义礼智信的，你不尊重他，他当然不买你的账。换我，我也会这样！彭伊枫说着，还情不自禁地用手指头敲了敲桌子。

气氛紧张起来了。一直微笑不语的王凌霄这时候说话了，按唐团长说的，新四军军部在江南，所以天茱山抗日游击支队就名不正言不顺，这话恐怕有失公允。国民党政府现在武汉，难道武汉以外的国民党军队就是土匪？

唐春秋愣了一下，看看王凌霄，竟然无言以对。

王凌霄又说，请唐团长正视这样一个事实，新四军军部是在江南，但新四军的抗日战场并不一定非要在江南。我们天茱山抗日游击支队接受新四军军部的领导，就是国民革命军新编第四军的一部分。唐团长你说是不是啊？

王凌霄的脸上始终挂着微笑，说话不紧不慢，但却是有理有据。唐春秋说，道理应该是这个道理，但是，但是……他有点语无伦次了。

田红叶接上说，既然是国民革命军新编第四军的一部分，那么，强行收编我们更是破坏团结抗日的统一战线。

田红叶说得慷慨激昂，脸都涨红了。唐春秋吃惊地看着王凌霄，又看了看田红叶，尴尬地笑笑说，哎呀，两位巾帼给唐某扣上一个好大的帽子，唐某戴不动啊，脑袋疼啊！

王凌霄笑笑说，既然不堪重负，何不干脆弃之？国难当头，唯有捐弃前嫌，携手同心，方可众志成城啊！

彭伊枫突然又敲了敲桌子说，王凌霄同志说得好！老唐，我看我们得重新认识我们的关系了，那种煮豆燃萁的事情再也不能做了，谁做谁就是民族罪人！

一二五团除了唐春秋，还有陪同的团副祝道可和参谋长林用树。祝道可察言观色，替唐春秋解围说，哎呀，诸位也太认真了。国共两党，有多少恩恩怨怨，那都是上层的事情，岂是我们这些蝇头小吏能够说得清楚的？今天团座是以个人名义宴请个人朋友，大家还是少谈国事，多叙私谊。

彭伊枫说，谢谢祝团副和稀泥。可是没有国事，哪有私谊呢？其实你们大可放心，今天唐团长能够把话说到明处，并不是坏事；我们争论几句，也没有什么不妥。当然，问题也不是一天两天就能解决的，但是能够推心置腹，不遮遮掩掩，就有了解决问题的基础。

唐春秋说，对不起啊诸位，国难当头，千头万绪，我唐某是真心抗日，却也是恨铁不成钢。路遥知马力，日久见人心，那我们就以后看吧。

彭伊枫端起酒杯说，唐团长，各位，虽然说我们之间有分歧，有争论，甚至还有前嫌，但是，我们再怎么打也还是自己的兄弟之争。现在已是抗日大局，我们在外面就已经听说，在天茱山七十七军部队里，以唐团长为首的一二五团，在抗日方面是决心最大、态度最强硬的部队。为此，我们新进入天茱山参加抗日斗争的同志，把酒倒满，诚心诚意地敬唐团长和一二五团各位长官一杯。说着就站了起来，亲自动手，把一圈酒杯倒满了。

唐春秋有些发蒙，看着彭伊枫咕咚咕咚地倒酒，好像彭伊枫是主人而他是被请来的客。等彭伊枫倒完了酒，举起酒杯往他的杯边一碰，他还是有点回不过神来，慌忙站了起来，说，好好，彭先生，你说得好，是非曲直不是你我几个人在这里说得清楚的。有你们这些秀才约束霍瘸……啊，不，那个霍瘸子尊姓大名是……

林用树说，霍英山。

唐春秋说，啊对，有你们这几位文武兼备的干才进入天茱山，辅佐霍英山，也是天茱山抗日军民的一件幸事。欢迎诸位，干杯!

说完，一仰脖子，居然喝光了。

在唐春秋的一再挽留下，彭伊枫等人在一二五团防区住了一夜。趁这个机会，彭伊枫做了两件事，一是摸摸唐春秋的底，看看这位国军上校抗日到底有多少底气；二是摸摸一二五团部队的底，看看士气、装备和战术。这两件事情都办得不错。至于部队情况，因为友军访问，不便深入，表面上看不出什么，但是彭伊枫能感觉出来，一二五团士气并不高，官兵的眼神有些闪烁游移，装备和军需好像也差了一点。如此看来，霍英山的队伍恐怕情况更糟。有了这个思想包袱，彭伊枫这一夜就没有睡好，觉得心里沉甸甸的。

老排长啊老排长，这些年你可真是不容易啊!

彭伊枫的老排长就是霍英山。

想当年红军还在天茱山打游击的时候，正在县城读初中的彭伊枫跟着同学参加红军，因为年龄太小，分兵的时候别的班排长都不要，急得彭伊枫直哭。霍英山见了说，个头儿是小了点儿，打两仗就长高了，这个兵给我吧。后来彭伊枫就跟着霍英山，但是手里没有武器，平时给霍英山当勤务员，打个洗脚水点个烟什么的，打仗的时候就像跟屁虫一样围着霍英山，给他装子弹，帮他擦大刀。高兴的时候，霍英山就让他放两枪。

霍英山作战勇敢是没说的，但霍英山有一个最大的毛病，就是不爱学文化。红军到了陕北，霍英山当团长，彭伊枫在他手下当营长。形势稍微稳定了，彭伊枫要求进入抗大学习，他劝老排长学文化，老排长把旱烟锅往他脑袋上敲，笑呵呵地说，世道上的文化就那么一点点，你也学我也学，那还不给学完了？我不学了，省着给你学吧！

哪想到后来就发生了那些事情呢？

那次霍英山离开陕北的时候，还托人到抗大跟彭伊枫说了，说是革命不要他了，革命让他去管马，他管不了，回老家种地去了。以后回到天茱山，别忘了去看看老排长。等彭伊枫接到口信赶到保卫局的“消毒班”，老排长人已经走了，铺盖卷子上还放着六块大洋——他把组织上发给他的路费连同铺盖卷子一起留给革命了。

老排长性子硬啊！

三

这一夜王凌霄的心情也很不平静。

对于陆安州这块土地，王凌霄并不陌生。过了金刚山，从豫南一路东进，陆安州迎面逼近，埋藏在王凌霄心底的隐痛也就一点一点地被激活了。

天还是那片天，水还是那片水，人却不是那个不知愁滋味的少女了。一晃将近十年过去了。

十年前她是一个养尊处优的小姐，是一个生活在书香门第的千金。父亲从英国留学归来，是苏州城内首屈一指的外科医生，不仅民众拥戴，当地的官僚阶层也非常尊重他。但那时候王凌霄不知道，父亲已经是一名共产主义的信仰者了。

有一年春天，家里来了一位年轻人，一口皖西话，常常跟父亲早出晚归。那个年轻人给十七岁的王凌霄留下了很深的印象，因为在此之前她被礼教约束，除了在省城的女子学校读书，很少有同外人、尤其是异性接触的机会。皖西来的年轻人身着那个时代城里流行的无领学生装，仪表堂堂，不苟言笑，多数时候都在紧抿着嘴唇，配着丰满而前翘的下巴，给人一种坚强和自信的感觉。但是不久王凌霄发现，这个年轻人并不是一味地沉默寡言。那时候已经有消息不断传来，日军觊觎中国的东三省，要在那里建立所谓的“满洲国”。有一次几个同学约王凌霄一起到城外去，说是踏青。王凌霄信以为真，就跟着去了。没想到在一个小镇上与他邂逅，这才知道，这个经常出入自己家的年轻人，竟然是一个“赤匪”。

那天在苏州城外的一个小镇上，秘密集结着从上海、南京和庐州来的学生，大约有二百多人的样子。王凌霄和同学们簇拥着挤进人群，起先她还没有认出来那个穿着红军军装的年轻人，远远看去，那人大约也就二十三四岁的样子，中等身材，脸上略有点络腮胡子，肤色微黑，这就把双眼衬托得非常明亮。那人站在凳子上演讲，操着带有江淮口音的京腔，声调缓慢而凝重，儒雅中暗含着粗犷，激昂中渗透着悲壮。他的手掌是张开的，说话的时候，手心向外推动、向上举动，拳头一攥一攥的。

他最初引起王凌霄注意的，就是这个奇特的手势。他打着这样的手势，晃动着拳头，一遍一遍地说，国家者人民的国家，天下者人民的天下。皮之不存，毛将焉附；国将不国，何以为家！中华民族到了最危险的时候，热血青年们，让我们起来，起来，去战斗！为了我们民族的复兴，为了几千年文明的承接延续，让我们这一代人挺身而出，勇敢战斗！我们保卫我们的国家，不等于是保卫朝廷，也不是保卫军阀专制政府，我们是保卫我们自己的国土，保卫我们自己的家园！朝廷是靠不住的，军阀也是靠不住的，只有靠我们自己筑起血肉长城，抵御外侮，洗刷内政，才能使我们的国家发展、进步、强大！王凌霄后来终于认出来了，她看清了他的严峻的下巴，尽管那上面已经蒙上了一层胡须。这个人就是经常跟她的父亲早出晚归四处奔波的皖西客人沈先生，动态的他和静态的他几乎判若两人。王凌霄这时候也就似乎明白了，为什么专学西医的父亲，让人采购了那么多中草药；也难怪有人传说，医院的中西药材、药品和器械，不断地流向西部地区。

那一次，进入王凌霄的耳朵里，最多的那句话便是“中华民族到了最危险的时候”，沈先生一遍一遍地说，中华民族到了最危险的时候，我们要用自己的热血医治民族的痼疾。中华民族到了最危险的时候，我们要用自己的肩膀负起民族责任。中华民族到了最危险的时候，难道我们能眼看着国土沦丧、宝藏流失、人民受辱？不能！中华民族到了最危险的时候，也就是我们热血春秋慷慨赴死的时候。青年同胞们，中华民族到了最危险的时候，让我们起来起来起来，迎着敌人的炮火，前进，前进，前进……

他的拳头高举，在空中像一个榔头。

那是在一座教堂的院子里，上午的阳光从梧桐叶的缝隙中落在人群里，他的脸就晃动在斑驳的光影里，有些亦真亦幻的神秘。

站在教堂的院子里，王凌霄的心里有点惊恐，她不知道这个沈先生的真实身份父亲是否知晓，沈先生在这里演讲是不是得到了父亲的允许。虽然那时候王凌霄对于政治斗争的残酷性还知之甚少，但是，凭直觉，她知道这个沈先生所做的事情是冒着风险的。

演讲结束了，沈先生也看见了王凌霄，有点意外，走过来问，红豆你怎么也来了？

那声询问让王凌霄差点儿热泪盈眶，她没想到这个沈先生居然还记住了她的乳名。她说，沈先生，我父亲知道你是做什么的吗？

沈先生怔了一下，笑道，傻丫头，回家问问你父亲，不就什么都清楚了？

后来同学李艾莫说，此人是皖西陆安州一个酒业大亨的少爷，同时也是红军游击队的一个头目。既有学问，又会打仗，常年往返于上海、南京、苏州等地，以经销为名，为红军游击队筹集物资。这次来是招兵买马的。

果然，集会结束后就有很多人到报名处去报名。堂姐和李艾莫动员王凌霄报名，王凌霄就踌躇了。她本来没有任何思想准备投军，那时候她压根儿不知道李艾莫和堂姐都是地下组织的外围进步青年。堂姐是瞒着伯父伯母把她带出来的，而且堂姐和李艾莫是谋划好了要参加红军的。

就在这个时候，她看见了他，那个在上午的阳光下像圣徒一般虔诚、像骑士一样热烈的“沈先生”。沈先生向她笑笑，他虽然年轻，却显得睿智和成熟，他的不经意的一笑，显示出自信、坚定和宽广的气魄。在那一瞬间，王凌霄就没了主张，稀里糊涂地对李艾莫说，我这个样子，参加队伍行吗？

负责登记的红军干部任广琇说，参加革命，首先要自己拿主意。

王凌霄还没有回答，一边的沈先生慢腾腾地发话了，说，红豆，你先不要报名，到需要你参加的时候，我自然会带你走。

王凌霄愣住了，任广琇也愣住了。大家这才知道，王凌霄早就认识他们的首长。

以后王凌霄才弄明白，沈先生当时之所以没有让她马上进入根据地，是因为她的父亲同沈先生有言在先，可以让女儿参加革命，但必须满十八岁之后。

十八岁那年，沈先生和父亲都没有食言，同意王凌霄进入红军根据地。由于红军战略转移，沈先生结束了在城市筹集物资的任务，即将回到根据地工作。就是那一次，他带着王凌霄在转道川陕的途中，进入了天茱山。

王凌霄至今也没有搞明白，云舒庄园究竟在陆安州的哪个地方，印象是在天茱山腹地，一个几乎与世隔绝的地方，一个类似世外桃源的地方。有一段路，形同天堑，王凌霄是坐在滑竿上被人抬着进去的。由于道路受阻，他们在云舒庄园滞留了九天。庄园里只有沈先生的祖父和祖母，一对慈眉善目念经信佛的老人。院子里到处都是桂花和栀子花，天空中飘扬的全是清香。

王凌霄永远不会忘记那段阳光明媚的日子。云舒庄园坐落在四周环山的盆地，庄园外面阡陌无垠，稻浪起伏涌向远处的山根。王凌霄感到奇怪，她不知道世道演变到今天，怎么还会有这样一个原始农耕的地方。沈先生解释说，这块地方是他们家的私产，自从明朝万历年间就由祖上收购开发，周边农人都是他家的雇农。此地产出的粮食含油量、含糖量均高于他处，杂粮酿酒也是上品。

王凌霄说，那你们家是彻头彻尾的剥削阶级了。

沈先生说，是剥削阶级，但是并没有阶级剥削。我们家是不主张剥削的，所有的庄园雇农和城里的雇工，都是拥护我们家的。我的祖上善于经营，坚持薄利多销，也坚持雇主和雇户利益均沾，因此我们家的产业几百年来一直立于不败之地。

王凌霄说，有这样富足的日子，你为什么还要冒着风险去当红军呢？

沈先生的表情凝重起来，突出的下巴仰起来，似乎询问苍天——为什么呢？也许是因为我们追求的不是富足。也许，对于人来说，仅仅个人富足是远远不够的。我给你讲一个故事。在清朝道光年间，云舒庄园办的私塾超过了陆安州任何一家官办的学堂或者私塾，一户农家的孩子考中了举人，被授予候补县令。但是，这个举人辞去了一切荣华富贵，又回到云舒庄园当了一名私塾先生，而且在光绪登基那年，从他的私塾里出现了两个进士和三个举人。我跟你说，这里的山好水好，人更好。这里的雇农，人在深山中，心装天下事，你可不要小看他们。讲人类发展，讲革命道理，你不一定能讲得过他们。

王凌霄惊讶得半天做声不得，良久才叹道，有这么一块地方，简直就是世外桃源啊！

沈先生笑笑说，是啊，是有点像。记得我们来的路上，有一段极其险峻，可以说一夫当关，万夫莫开。我没有把这个地方当作世外桃源，而是想把它建成独立王国。万一我们的事业失败了，也许有一天我会带着队伍回到这里，在这里建设一个红色的独立王国。

王凌霄被沈先生描述的远景感染了，说，那该多么浪漫啊，在这样一片纯净的土地上，没有苛捐杂税，没有军阀混战，没有帝国主义的掠夺，人们自食其力，老人们安度晚年，大人们男耕女织，孩子们书声琅琅，年轻人相亲相爱……哎呀，这就是你们说的共产主义？

沈先生笑笑说，恐怕还不全是，共产主义是一种理想，是谁也没有经历过的事情，所以谁也说不好共产主义到底应该是什么样的。但是，肯定不仅仅是生活富足。

云舒庄园的九天，是王凌霄青春岁月最难释怀的九天。沈先生常常是早出晚归，据说他的家业主要在陆安州城里，为了方便工作，他要经常在那里露面。中间有两天，沈先生进城未归，把王凌霄急坏了。尽管庄园里有纯真可爱的农家少女给她充当丫环，有半武半农的家丁保护，但她还是感到孤独。沈先生离开的第一天的夜晚，她就辗转难以入睡，她不清楚沈先生究竟在城里做什么。那时候她不知道，沈先生的身份是多重的，只要有机会，他就要以家族成员的身份出现在陆安州。

第二天从早上开始，梳洗完毕，王凌霄就在那个名叫乔乔的丫头的陪伴下，在庄园南边的独秀峰下踯躅，等待沈先生归来。在等待的时刻，她的心里有很多想法，有时候甚至产生了隐隐约约的慌乱，她怕沈先生离她而去，也怕沈先生遇到意外。

倒是那个快人快语的乔乔，像是看透了她的心思，嘻嘻哈哈地说，小姐不要担心，我们家沈先生能得很，是沈家的顶梁柱，城里的事情、这里的事情都要靠他打点，他是被事情耽搁了，不会丢下小姐不管的。

乔乔是一个很伶俐的村姑，健康、淳朴，但是乔乔似乎又不完全是一个村姑，举手投足，也像个读过书的女子。乔乔还会唱一首很好听的歌子——桂花遍地开，鲜红的旗帜竖呀竖起来，张灯又结彩，光华灿烂闹出新世界……乔乔干活的时候就唱着这个歌子，脸蛋儿红扑扑的，乔乔的脸蛋儿和云舒庄园的桂花，和晴朗的天空，让她感觉是置身在一个明媚的世界里。她很想跟乔乔学唱那首歌子，但是太长了。乔乔说，那是皖西民歌《八段锦》，八段，每段八句，一共六十四句，连她都记不住，只会哼哼前头的几句。乔乔说，你要学歌子呀，以后就跟沈先生学好了。沈先生可以一句不落地唱。这歌子还是他的同学填的词，他的那个同学也跟他一样，到了红军那边，没准你还能见到他呢。

两个人在独秀峰下漫步的时候，她问乔乔，是谁给你取了这么好的名字，乔乔是什么意思？

乔乔说，是沈先生。我姓乔，很小的时候父母得病死了，我就在沈先生家里当丫头，那时候我的名字叫乔丫。沈先生在城里念书，假期回来，听人喊我乔丫，沈先生说，什么乔丫乔丫的，哪里像个人的名字啊？北有乔松，南有乔木，以后就叫乔乔吧。

王凌霄说，这名字真好，很有诗情画意。

跟乔乔在一起，王凌霄觉得时间过得快了些。但是沈先生一整天没回来，她还是坐卧不安。第二天傍晚，眼看太阳已经偏西了，王凌霄就沉不住气了，她感到了巨大的孤独。尽管云舒庄园有很多对她非常亲热的人，有很温暖的气氛，但她还是感到孤独。她觉得在芸芸众生里，只有那个她并不熟悉的沈先生才是她的伙伴，沈先生那宽阔的肩膀才会使她感到安全。

随着太阳越来越靠近西边的山脊，血红的残阳余晖向这片山坳平原弥漫开来，她的内心充满了惆怅。这时候她开始困惑和惶恐，不知道她跟随他将要到达一个什么样的境地，不知道她追求的到底是什么，不知道这个人为何让她如此牵肠挂肚。

就在她心慌意乱的时候，她听见乔乔惊呼一声，小姐，沈先生回来了。她定睛望去，就在南边那座山峰的下面，出现了几个身影，不久她就看见了一匹高大的雪青马，似乎从遥远的天穹下面腾空而起，在夕阳的照射下像一道银色的闪电，流金溢彩，穿越了遍地桂花金黄色的海洋，穿越了微风中起伏的稻浪，向她站立的方向驰骋而来。

霎时，她的眼泪就溢满了眼窝……

屈指算来，已经过去八九个年头了。如今王凌霄仍然没有弄清云舒庄园的具体位置。此后由于一连串人为的和非人的意志所能转移的原因，在他和她之间上演了数次生离死别的悲剧，那个让她情窦初开的沈先生，已经成了她心中难以消除的疼痛。

这次重返陆安州，会遇到什么呢？也许，也许……王凌霄简直不敢再想下去。但是，冥冥之中她又有一种期盼，尽管是那样的渺茫。

四

淠水河到了梅山城就开始向南拐弯，一个弯子拐了几十里地，到了陆安州的正南方向，又开始向北拐，于是就形成了一个很大的弧线，把陆安州圈了进去。弧线到了陆安州的东边，继续向正东方向延伸。就在东边的拐弯处，有一滩宛如沼泽的河湾，河湾的上面是大蜀山延伸过来的小蜀山，小蜀山下有一个集镇，叫桃花坞。桃花坞有三百多户人家，这在江淮地区就算是一个很大的集镇了。镇上居民多为农户，也有少量渔民靠捕鱼捞虾为生。因为傍着一个里把路宽的淠水河，上接庐州，下通陆安州，集镇边上有几个码头，没有战事的年月，商贸也很发达。

桃花坞有家大户，户主叫方茂哉，祖上以摇橹摆渡为生，后又顺船搭货，在桃花坞开了一家杂货铺面，山外的油盐酱醋，山里的竹木茶药，都是经营项目。虽是小本经营，但因经营有方，积攒了一些银子，购买小货轮三艘，办起了淠水河第一家航运公司。但方茂哉此人乖戾，尽管有了钱财，却只相信桃花坞的风水，盖了一座虽然面积很大但装饰陈设却很简朴的庄园，在桃花坞办了一个私塾，让儿子方蕴初有书念，老两口便心安理得地坚守家园。

没想到清末那几年祸事连连，一个好端端的大户人家竟被掀了个底儿朝天。

方蕴初是方茂哉的独子，自幼羸弱多病。到了成人，表面看身体跟常人无异，可是成亲之后久种不孕。方茂哉怕断了方家香火，敦促儿子带着儿媳妇四处求医问药。名山大川跑了不少，还扔了许多银子给古刹草庵，均以无功而返。

晚清王朝闭关锁国的政策，自从被八国联军打开之后就一发而不可收拾，各国各种肤色的商人纷至沓来。随着贸易进入中国的，还有上帝的使者，这些传教士除了让中国人大开眼界以外，带给方茂哉的好处却是实实在在的。

百般无奈和万般焦急之下，方茂哉受高人指点，着人背上三百多两银子，到庐州城里拜访洋教会里的传教士法国人皮诺尔，请这位鬈发碧眼、猴子一样难看的天使给儿媳妇“把脉”。据说这个天使不仅会传达上帝的旨意，还有一手看病医疾的绝活。

皮诺尔收下银子，并没有给方蕴初的媳妇把脉，而是吩咐方蕴初本人脱下裤子，一双毛茸茸的大手在方蕴初的物件上摸来摸去，探囊取物一般。害得方蕴初惊惧万分，生怕这个奇丑无比的洋鬼子会把他的宝贝物件扯了去。皮诺尔摸索了一会儿，放开方蕴初，狠狠地洗了手，一边甩着手上的水珠一边对方茂哉和方蕴初说，女人，没问题；男人，问题大。方茂哉爷儿俩听了这话如晴天霹雳，如果是女人的问题，他们还可以考虑更换女人或者增加女人；是男人的问题那就是根子上的问题，如何是好？

皮诺尔一眼就看出了这对父子是有钱人，皮诺尔和颜悦色地说，不过不要紧，这种病我是可以治疗的，但是需要时间和金钱。

方茂哉此时哪里还把钱放在眼里，恨不得趴在地上给皮诺尔磕几个响头，可是人家洋鬼子又不兴这个规矩，磕了也白磕。方茂哉说，皮诺尔先生，只要能让我早点抱上孙子，多少银子我都愿意给。皮诺尔说，我不要你的银子，但是你可以资助我在你们那里建一座教堂，这样我可以经常去布道，也可以为病人治病。

方茂哉二话没说就答应了。

不知道皮诺尔用的是什么灵丹妙药，在方茂哉爷儿俩看来无非就是一些白色的或者黄色的药片。方蕴初起先还不敢用，怕这猴子一样难看的外国人使坏，把他药死了好侵吞他的家产。第一次当着皮诺尔的面他把药片含进嘴里，却没有吞下去，趁皮诺尔没注意，把药片吐在手心里，待皮诺尔离去，转手就把药片扔了。回到桃花坞之后，头三次的药片都是拌到狗食里的，倒没见大黄狗有什么不适，反而昂首挺胸，气势汹汹地在宅前房后奔腾跳跃。那几天桃花坞像是闹了狗灾，方家的大黄狗彻夜狂吠，骏马一样奔驰在桃花坞周围河湖汉港，追逐母狗。

方蕴初后来就明白了，不再唾弃那些药片，而是极其珍惜地把它们吞了下去。夜里果然感觉不一样，一个多月后夫人就宣布有喜了。

桃花坞从此就多了一座尖顶教堂。

民国三年章大帅的队伍和洪大帅的队伍在江淮开战，方家就开始倒霉了。先是洪大帅的队伍来划饷，张口就是一千块现大洋。洪大帅手下的旅长讲得有理，俺们背井离乡来给你们打土匪保家园，连这点饷都不给，莫非让俺们喝西北风不成？

洪大帅的队伍刚刚离开，章大帅的队伍又找上门来。章大帅的旅长讲得更有道理，说洪军是叛逆军，叛逆军你们都给了一千块大洋，俺们是讨逆军，必须拿出一千大洋赎罪，另拿一千大洋充饷。

方家的资本都在船上，拿出一千大洋已经捉襟见肘，章军又要两千大洋，从哪里筹？别说筹不着，就是筹得着也不能拿，眼下兵荒马乱虎去狼来，这个头一开，何时是个了啊？方家拿定主意不给钱，老太爷方茂哉冲着章军的旅长颤巍巍地把胸脯拍得山响，说要命一条，要钱没有，你们就把我这条老命拿去算了。

可是方家老太爷失算了。道高一尺，魔高一丈，章军没有要到钱，也没有拿走方茂哉的命，而是派人押走了方家的一条货轮。方茂哉呼天抢地也无济于事，于是一病不起。祸不单行，这里洪军和章军刚刚离开，陆安州公署专员又派人来征军粮。然后各级衙门趋之若鹜来啃方家这块肥肉，除了经营税、人头税，还有保民税、保险税、保安税、保水税、保土税、保……管家把算盘珠子拨得唱歌一般，光“保”字头的捐税就有二十多项，得纳银圆两千四百块。

方茂哉一口气没上来，人就不行了。方茂哉一死，丧事还没办完，官府追账的又来了。方蕴初万念俱灰，真想跳河一死了之。

传说中方蕴初还真到淠水河边准备跳了，就在要跳没跳的一刹那，皮诺尔出现了。皮诺尔说，死能解决什么问题呢？死了什么问题也解决不了，你死了还有你的孩子。

一句话如醍醐灌顶，方蕴初怔怔地看着皮诺尔，号啕大哭。皮诺尔说，不要紧，我给你出个主意，他们再也不敢欺负你了。

皮诺尔给方蕴初出的主意是让他加入方家航运公司的股份。但是皮诺尔的建议是强盗建议，他不仅不出股金，反而让方蕴初先付他一千块银圆作为“姓名使用酬劳”，每年还要分利一千块银圆。他的条件是，方氏公司从此可以更名为皮诺尔航运公司，船上挂法国国旗。皮诺尔说，你只要挂上法国国旗，洪军不敢找你麻烦，章军也不敢找你麻烦，政府不会找你麻烦，连土匪都不敢找你麻烦。一句话说到底，是个中国人他就不敢找你麻烦。从此，在淠水河里，你的小货轮可以畅通无阻。想一想，一年你可以挣多少银圆？

这个账方蕴初一算就明白了。回到家里他和夫人合计了一夜，最后决定，听皮诺尔的。但是第二天早上在跟皮诺尔谈的时候，方蕴初又有些踌躇，不管怎么说，他是中国人，船上挂着法国国旗，背后会有人戳脊梁骨的。

皮诺尔听了哈哈大笑说，啊，你是中国人，但你是商人，商人的利益必须有人保护才行，没有人保护的商人就是这个——皮诺尔说着，伸出穿着皮鞋的脚，踩死一只蚂蚁。皮诺尔说，可是谁能保护你呢？你们的政府吗？对你来说，你们的政府和土匪是一样的。

方蕴初不得不承认皮诺尔说的是实话。但他还是不甘心，还想讨价还价。方蕴初说，可是皮诺尔先生，你一分钱没出，一分力气没出，就这样一年拿一千块现大洋，是不是太狠了一点，能不能少要一点？

皮诺尔说，不行，一块也不能少了。我是没有出力出钱，可是你知道我出卖的是什么吗？是法兰西赋予我的公民安全权，是神圣的不可侵犯的、在世界任何地方都要受到尊重和保护的公民的安全权。这个权利你有吗？你没有，对你来说就是无价之宝。

就这样，方氏航运公司终于更名为皮诺尔航运公司。果然从此没有人再来找麻烦，不仅洪军和章军不来了，那条被强行征用的小货轮也由法国领事馆出面要了回来。连陆安州城内各个衙门都消停了，只有隔岸骂娘的份儿，骂方蕴初目无政府，卖国求荣。

方蕴初有点心虚，赚钱比过去少了许多坎坷是不假，但这钱里有些说不清道不明的成分。所以他就安了一颗与民同享的心，但凡官府征收，匪患强拿，总是方家出面斡旋，充大头拿钱消灾。如此，方蕴初倒是落了个“方大善人”的美称。

方氏航运公司挂法国国旗挂了三年，尽管被皮诺尔敲走了四五千块银圆，但方家也落下万贯家财。后来皮诺尔不幸在天茱山失足落水毙命，皮诺尔航运公司不复存在。陆安州又换了两茬官员，两茬横征暴敛，方蕴初的航运公司就关门大吉了，只剩下五六条小驳轮在河面上游弋。除去苛捐杂税，每年进项不过千把块洋钱，供着两儿一女在城里念书，渐渐就有些入不敷出了。

在桃花坞第一次出现外国国旗是民国三年的事情，无论是方蕴初还是桃花坞的百姓都没有想到，到了民国二十七年，桃花坞又挂上了外国国旗。这回是太阳旗。

五

松冈大佐人还没到陆安州，陆安州驻屯军司令的任命就下文了。江淮派遣军司令石原次郎中将明确地告诉他，现在武汉外围攻坚战正在艰苦地进行，需要大量的军粮。“皇军”计划在八月底拿下陆安州，八月份就免了，从九月份开始，他的驻屯军就开始为南下西进部队提供粮食，每个月至少二百万斤。每月下旬，派遣军将派出一个辎重营二百辆汽车到陆安州取粮食。

石原次郎给松冈算了一笔账，陆安州系江淮富饶之乡，是个人口密集的地方，所辖各县，共有二百多万人口，以每人每月缴纳一斤计算，即可得二百万斤。二百万斤粮食最多只够两个师团吃一个月，所以，数额不能再少了。

松冈说，哈依!

但松冈的心里也算了一笔账，陆安州有二百万人口，这是派遣军支那统计局提供的数字，就算这个数字是准确的，但是，这二百万人分布在五个县的广大地区，山山水水沟沟坎坎都有。松冈联队兵力仅一千五百人，按石原次郎的算法，每个士兵至少要向一千个支那百姓征收粮食。假设是分散行动，陆安州东部平原的边缘是大小蜀山，西部是天茱山，南部是淠水河，西北部是人迹罕至的原始密林。这一千五百个士兵进入到陆安州的村寨集镇，那就是细水流沙，恐怕再也收不拢了。这是问题的一个方面。第二个问题是，陆安州二百万人口是中国人而不是日本人，要是逼急眼了，有人登高一呼，二百万老百姓别说动刀动枪了，他扛着锄头铁锹来跟你拼命，一千五百“皇军”哪怕人人手里都是机关枪，也是挡不住的。

石原次郎又给松冈算了一笔账，你的兵力少是不错，派遣军长官部又给你从淮北鲁南调配了“皇协军”一个师，三千多人，武器至少不比中国抗日军队差。加上从“满洲国”来的“亲善团”，又有五百多精锐兵力。那些老百姓大多是男耕女织的农民，本分老实，对“皇军”早已闻风丧胆，倘若交点粮食能保住平安，那就谢天谢地了，哪里还敢拿鸡蛋碰石头？所以，每月二百万斤粮食，小小的，轻而易举的，不能再少了。

松冈算来算去还是心里不踏实，他在中国待的时间很长，深知中国人的性格，恐怕还不是像石原长官说的那么简单。“皇军”进行圣战，建立“大东亚共荣圈”，无论作为“皇军”军官还是皇国国民，他都必须以身作则率先垂范。但是，每月二百万斤粮食是实实在在的数字，他不能脑子一热就承受下来。表态容易，倘若完不成任务，让异国作战的“皇军”在前线挨饿，导致战斗失利战争失败，那就是对天皇的犯罪。再说，怎么能依靠“皇协军”呢？他们连自己的国家都卖，这些人在中国是最没有信誉和道德的人，指望他们搞粮食，他们会为虎作伥，他们能把老百姓的骨头榨出油，但未必能把粮食交给“皇军”多少。如此，“皇军”白白背了黑锅，还得不到实惠。

再有，根据过去在“满洲国”和华北作战的经验，一旦战火烧到家门口，那些青壮劳力大多拖儿带女背井离乡。留在家里的，往往是跑不动或者根本就不愿意跑的老弱病残，仅有的粮食也会被他们上天入地地埋藏起来。想从他们那里搞到粮食，比搞到他们的老命还要困难。

因此，松冈破天荒地向石原次郎讨价还价了。松冈说，粮食是圣战的根本保证，我将全力以赴。但是，粮食需要从中国人那里搞到，需要中国人生产，需要中国人缴纳。既然把陆安州作为“皇军”军粮供应的一个基地，那么是否可以在战斗中，尽量减少对于城市的破坏和对百姓生命财产的损毁？

石原次郎说，这个问题不是问题。陆安州的战斗将是外围剥皮战，尽量不损坏城市建筑和设施。长官不会让你在废墟里弄粮食。

松冈说，为了稳妥起见，保证派遣军的计划周密落实，请石原长官允许我在九月份先按五十万斤粮食的数额缴纳。

石原次郎的脸色很难看，盯着松冈，仁丹胡子微微颤抖。石原说，太过分了，作为“皇军”军官，如此不敢承担重任，实在令人失望。难道就因为你在中国读过书，就要高抬贵手吗？

松冈说，对不起，我必须把困难想得充分一点，以避免影响圣战。如果局面打开之后，我会主动增加数额的。

石原次郎停顿了一会儿，喘着粗气说，一百万，再也不能少了。

松冈说，一百万里应该包括我的部队和“皇协军”一师的粮食。以每人每天二斤粮食，以五千人算，每个月是三十万斤。也就是说，我每个月向派遣军长官部缴纳七十万斤粮食即可。请长官确认。

石原次郎气咻咻地说，松冈君，你何时变得像个商人了？这样太有失“皇军”体面了。

松冈不屈不挠地说，对不起长官，跟中国人打交道，尤其是从他们的手里弄粮食，我不得不精打细算。

石原次郎盯了松冈一会儿，终于表态，先这样吧。还有什么要求？

松冈说，“皇军”异国作战，精神紧张，已婚军官和老兵长期没有性生活，容易导致精神错乱，甚至狂躁，丧失理智。本联队将长期驻屯陆安州，倘若没有缓解办法，必然扰民，难以约束，于官兵安全和军心稳定极其不利。

石原次郎皱皱眉头，舌头在嘴唇上滚了几下说，这件事情你可以向服务课提出来，但是请你不要过分。“皇军”远离本土作战，战线又拉得过宽过长，方方面面的资源都很匮乏，大家要互相谦让，能够就地解决、自行解决的，尽量不要给上级增加负担。

松冈不吭气了，脸上涌现一丝不易觉察的愧意，隐忍了一阵才立正回答，哈依！

离开派遣军长官部之后，松冈大佐乘坐敞篷汽车返回固镇驻地，一路上心情很不好，甚至感到痛苦。平心而论，他何尝愿意像个商人一样跟长官讨价还价？这是不得已而为之，讨价还价了，心里就非常惭愧。他十二分不情愿到陆安州去当什么驻屯军司令，更不想天天为粮食发愁。他是军官，他的联队战斗力非常强，当年从中国东北长春一直打到哈尔滨，然后又从哈尔滨打到了天津，几乎所向披靡。他从中队长一直擢升到联队长，全是靠枪炮打出来的。他宁肯率领部队去战斗，攻城掠地，赴汤蹈火，那种征服和占有的快感真是妙不可言。尤其是去年在南京，攻破城池后，松井石根将军用一种特殊的方式，也是“皇军”士兵最愿意接受的方式犒劳了浴血奋战的部下。“皇军”的士兵们精神太压抑了，他们太需要释放了。松冈率领他的联队就像迅猛的战车，在南京的大街小巷纵横驰骋。他们整整当了四十天的“上帝”，想杀谁就杀谁，想在哪里杀就在哪里杀，想怎么杀就怎么杀；想强奸谁就强奸谁，想怎么强奸就怎么强奸。看着一片废墟和废墟上狼奔豕突的中国男人和女人，他们是那样的软弱，那样的无助，他们的眼睛里流露出的是哀求和绝望。他们像刀俎上的鱼肉一样任凭

“皇军”宰割，那种快感和自豪感简直难以遏制。

要知道，这个国家在过去的岁月里是怎样的让人景仰啊！这个国家千百年来都是日本民族的老师，都是日本政府和百姓必须进贡的天朝帝国。然而，现在情况终于改变了，这个庞然大物原来是泥塑的，是不堪一击的，转眼之间就是血流成河尸骨成山。“皇军”的皮靴踏在泱泱大国的土地上，“皇军”的刺刀挑在礼仪之邦国民的肚皮上，“皇军”的枪炮在华夏广袤的土地上精液一般汹涌澎湃地喷射。这种感觉太美妙了。军人，尤其是“皇军”，太需要证实自己的力量和威严了。而在所有的征服中，征服中国人是最可以激励“皇军”官兵的。因为从地理上看，中国太庞大了，从历史上看，中国文化太悠久了。征服这样的民族，实际上就是征服了世界，至少也是征服了东亚。

可是，现在石原次郎将军竟然让他充当所谓的驻屯军司令，竟然让他和他的那些如狼似虎的士兵像农夫一样地去搞什么粮食，这实在让松冈大佐有点不太适应。

松冈心里清楚，这个驻屯军司令对他来说可不是什么好差事，一旦陆安州打下来之后，主力南下，他就要坐在火山口上了。光靠枪炮刺刀恐怕还不行，士兵们的生殖系统也不能再像过去那样活跃了。一百万斤粮食听起来不是个大数目，但是，真的搞起来，让老百姓钻洞挖墙上房揭瓦，恐怕不是一件容易的事情。这不比打仗，用中国话说是大炮一响黄金万两，抢就是了。可是你按部就班地坐下来跟中国的老百姓要粮食，这意味着什么？对于百分之九十以上的中国人来说，与生俱来就是为了粮食而生存的，粮食不仅是他们果腹生存的东西，而且是他们的理想和梦想。同农民争夺粮食，甚至比争夺城市还要艰巨。因为争夺城市你面对的仅仅是军队，而争夺粮食，你的对面横眉冷对的将是陆安州二百万老百姓。想想后背都是凉的。

况且，即便把陆安州打下来了，你能保证已经把陆安州境内的抗日武装全都赶尽杀绝了？他们能让你随心所欲地把粮食搞到手，能让你痛痛快快地运走？

假如就像石原次郎乐观分析的那样，老百姓不反抗，但是，战争之后的老百姓又有多少呢，一百万还是五十万？就算他们全有粮食，可是，他们要承担中央军的食粮，新四军的食粮，国民政府的食粮，临时政府的食粮，地下组织的食粮，当地军阀的食粮，过路军阀的食粮，破落军阀的食粮，乡村官僚的食粮，土匪的食粮，等等。你简直没有办法搞清楚，他们一年要向各路神仙各路诸侯缴纳多少粮食！

这样一算，松冈对每个月能否按时征收到一百万斤粮食就难免心存忧虑了。尽管他知道他不应该对石原次郎布置的任务讨价还价，但是，这个讨价还价是必须的。松冈是个稳妥的人，是个讲究实效的人，他宁可把姿态放低一点，姿态低点，路好走了可以把腰杆硬起来。如果一开始就站得很高，遇上障碍再把腰猫起来，那就有失体面了。

六

宫临济的手下满世界寻找常相知的时候，常相知和三大队大队长杨家岭正坐在庐州城西稻香村酒楼，同手下一帮子弟兄在喝酒。

弟兄都是好弟兄，当年跟吴大帅打孙大帅的时候就在一起摸爬滚打了。孙大帅没打完，接着打南蛮子老蒋，然后再打东北老张，再然后反水投奔老蒋打老共。十多个年头下来，大家都是一身功夫一身胆，砍头无非碗大的疤，杀人只当掐根草，自认为天下没有什么样的军队能跟自己比了。哪知道日本鬼子一来，只打了两仗，就全给打蒙了。头一仗是枣儿庄保卫战，两个团硬是没有顶住鬼子的一个大队。矮胖子原信少佐指挥三挺轻机枪开路，专打他常相知的队伍，一仗下来，全团死伤二百多号人，跑掉二百多人，剩下不到二百人，他只好下去当营长，几个弟兄依次降为营副和连长。第二次更窝囊，打固镇的时候，同宫临济部交锋的，其实就是松冈联队的一个中队，中队长河田大尉还戴着眼镜，就是这么个高度近视的金鱼眼，设计了一个声东击西的战术，以一个小队佯攻黄垭口，牵制宫临济的注意力。鬼子主力三个小队迂回到守军左侧，先是一阵劈头盖脸的炮火覆盖，接着又是一阵短兵突袭。那鬼子硬是铁皮脑袋不怕打，死打死冲，凶猛如兽。守军一公里正面很快土崩瓦解，部队伤亡过半，跑了一半，营连长几乎都成了光杆司令。

也正是因为没有实力了，所以当宫临济扯起白旗投降的时候，大家也就半推半就地跟着走了。当然，这也是没有办法的办法，要不是走投无路了，龟孙才愿意当汉奸呢！日本鬼子实在太厉害了，攻占上海之后所向披靡，南京城里几十万国军都溃不成军了，我们又有什么办法？先把命保住再说。有枪就是草头王，有奶便是娘，这也算是当兵的生存之道吧。投降鬼子果然不一样，首先招兵买马收罗旧部，队伍扩大了，宫临济又重新当了师长，水涨船高，弟兄们都回到了团长、营长的位置上，也就心安理得了。

往常，弟兄们在一起喝酒总是有很多话说，聊军饷，谈女人，缅怀南征北战，酒至酣处，气冲牛斗。但这次喝酒情形有点不大对头，大家都是喝闷酒，似乎找不到话讲。

自从在鲁南被收编为“皇协军”之后，松冈大佐除了给“皇协军”派了军事教官以外，每个团还派了十名日军下士官作为“亲善员”，这些下士官都是干部候补生，多数已担任曹长职务，无论是士气还是战术，都是一流的，行动上归松冈联队参谋长原信少佐直接指挥，松冈定期亲自听取这些人员的情况汇报。

“亲善员”在“皇协军”里的主要任务是帮助“皇协军”官兵认识天皇的伟大、日本国的富强、日本军队的勇武和中国朝廷的腐朽、政府的腐败和百姓的困苦。一言以蔽之，中国已经是穷途末路了，只有靠日本来帮助建立新的秩序，才会有开明的政治、发达的经济和富裕的生活。那个叫荒木冈原的下士官——常相知一想到这个家伙就恨得牙痒——一个小小的下士官，也忒狂妄了，就是跟他这个一团之长在一起，也是趾高气扬。他看中国人的那眼神，那是看人的眼神吗？简直就是像看一群动物。

荒木冈原看中国人的眼神不对，常相知看荒木冈原的眼神也不对，这两双眼睛都不是吃素的，摩擦也就不可避免了。常相知是读过几年私塾的，肚子里多少还装着一点气节故事，血性也就比一般的汉奸旺一点。有一天荒木冈原居然闯到团部，冲着常相知呜里哇啦乱吼乱叫。常相知当时正在吸水烟，头也不抬，睁一只眼闭一只眼随他叫唤，反正是听不懂。没想到这小子来劲了，见常相知态度傲慢，竟然冲进房间，手点着常相知的鼻子哇啦。后来翻译来了才知道，这小子是吆喝团里的长官也去上什么“亲善课”，并且指责常相知没有理由缺席。

常相知当时就火了，心想老子好歹也是个团长，妈的你无非就是个曹长，没大没小的来教训老子，我要是被你制服了，弟兄们会怎么看我？以后我讲话还有人听吗？什么鸡巴亲善课，不就是要老子给你们当奴才吗？

常相知二话没说，喝了一声，来人哪！把这个不知天高地厚的小鬼子拖出去打二十军棍！完了还对翻译补充一句，告诉他，这就是老子的亲善课！

哗啦一下，上来了十多个士兵。在团部担任值勤的三大队排长李伯勇拎着驳壳枪，疑惑地看着常相知，拿不定主意。荒木冈原一看常相知要动武，又是一阵呜里哇啦。这边常相知的手下还在犹豫，围着鬼子转圈，那边鬼子倒是先动手了，照准李伯勇就是一顿耳光子，嘴里还一个劲儿地咆哮八格牙鲁八格牙鲁。李伯勇捂着半边脸，一边躲闪一边看着常相知，不知道该怎么办。

常相知大怒，吼道：你捂在脸上的那是狗鸡巴啊！就是狗鸡巴也得硬起来，给我甩他一鞭子！

李伯勇可怜巴巴地躲闪，还是不敢动手。

常相知火了，命令士兵们，给我上，把他眼睛蒙住，每人踹他二十脚。

士兵们这才你推我搡地收缩了圈子，但是还没等他们动手，荒木冈原就呀呀呀一阵喊叫，拿出柔道功夫，左冲右突，转眼就踢翻了五六个。常相知一看，这鬼子还真不是一般的货色，不亲自下手看来还收不了场呢！常相知站在圈外，嘿嘿一笑，袖子一捋，喝了声，鬼子看招！纵身跃进圈子，先是照荒木冈原的腿上踹了一脚，然后扑哧倒地，翻身一滚，给他来了个扫堂腿。荒木冈原没防备常相知会亲自偷袭，一个趔趄倒下了，还没等他爬起来，几个士兵一拥而上，把他死死地摁住了。

常相知爬起来，先拍屁股，然后搓着手，阴阳怪气地笑着，嘿嘿，小鬼子，你耍个鸟，你以为老子当了“皇协军”就是孙子了，是不是？不是看在松冈大佐的面子上，我敢把你的二鬼子剁下来喂狗你信不信？妈的，不捋捋你的骨头，你就不知道马王爷长了几只眼！荒木冈原被十几个士兵死死摁住，动弹不得，嘴里却没闲着，唾沫和血沫一起飞溅。他哇啦什么，常相知听不懂，但不用听他也知道，这狗日的在骂他，恐怕祖宗八代都骂出来了。翻译被眼前的场景吓得面无人色，在一边跺着脚嘀咕，这可怎么办，这可怎么办？

常相知说，好办。把他押送给原信少佐，就说这狗日的妨碍我的军务，我按规矩揍了他一顿。

翻译瞪着一双迷蒙的眼睛看着常相知说，这样能交差吗？这可是日本兵啊，这是“皇军”啊！

常相知说，岂有此理！日本兵也是兵！我一个堂堂的团长，还不能揍一个兵？走，我亲自找原信说理去！

但是常相知想错了。他是团长不错，但是在松冈和原信的心里，他连日本兵的一根手指头都不如！松冈和原信在心里咬牙切齿地骂，这个支那猪，居然殴打“皇军”的干部候补生，简直死有余辜！倘若不是为了建立“大东亚共荣圈”，不是考虑宫临济队伍的稳定，毙他一百次也不算多。当然，这些想法松冈和原信不会说出来，能说出来的话就很好听。

这件事情产生的后果是，原信少佐向常相知道了歉，并把荒木冈原调出常相知二团的“亲善队”。但是过后不久，常相知就发现，二团的“亲善队”又增加了十五个人，而且都是中国人，是从“满洲国”日军学校毕业的士官。这些“亲善员”在各个层面活动，半明半暗地建立了“亲善学会”。常相知对此非常恼火，数次找到宫临济发牢骚，说鬼子不相信咱，咱还热脸贴冷屁股，早晚没个好下场。宫临济却自有主张。宫临济说，虎落平川被犬欺，凤凰落毛不如鸡，你还能怎么着？开弓没有回头箭，一步路窄步步窄。现在再回去投奔李长官白长官？嘿嘿，别说白长官剥你的皮，以后要是老共得势了，还得再剥你一层皮。

常相知说，可是这鬼子就可靠吗？现在都是层层控制，要是他把江山站稳了，那还有你我的好果子吃吗？

宫临济说，兄弟，看事不能光看眼前，也不能光看自己。鬼子要是站稳了，他才几个人？他还得靠中国人办中国人的事，那时候还是你我说了算。只要你不老惹他生气，好枪好炮大洋都少不了你的。不管怎么说也比回到老李那里强！咱当“皇协军”，除了在鬼子面前弯腰矮他一截，无论走到哪里都是人上人，至少在中国人里咱是人上人。回头当七十七军也好，掉头当老四也好，就算他不杀你，可你从哪儿弄这么多银子呢？

常相知左思右想，宫临济的话不一定全是理，也不一定全不是理。退一步说，眼下又有什么办法呢？也只得忍气吞声了。

现在，在宫临济的“皇协军”里，看“亲善书”，吃“亲善糖”，花“亲善钱”已经蔚然成风。因为都是中国人，二鬼子说话要比真鬼子说话可信程度高。二鬼子说日本好，能够举出大量的例子，说在日本人人有学上，人人有钱挣；日本的城市如何如何的阔气，日本的老百姓都吃香的喝辣的，穿的都是绫罗绸缎。“皇协军”的士兵一个个听得迷迷糊糊，瞪着眼睛向往那樱花盛开肥得流油的东瀛岛国。二鬼子还向部队散发了铅印的宣传品，多数都是“满洲国”的照片，“满洲国”里的中国孩子坐在光线充足的教室里，幸福地看着黑板；“满洲国”里的中国人，同穿着军装的日本人载歌载舞；日本军官给“满洲国”的孩子发课本，“满洲国”的孩子向日本军官行举手礼；“满洲国”的大街上，自由自在地行走着穿着高跟鞋的中国摩登女郎；“满洲国”的商店里，堆积着琳琅满目的货物……

到了后来，不光士兵们迷迷瞪瞪，连常相知这样的军官也疑惑了，这“大东亚共荣圈”难道是真的？如果不是，那些照片又明明白白。即便不是，日本人的日子比中国人的日子好过，这是确信无疑的了。

不久常相知们又有新的发现，他们麾下的部队已经有了很大的变化。如果说当初投降日军是不得已而为之，是为了“留得青山在”，而现在情况已经在不知不觉中有所改变，青山依旧是不错，可是不一定有柴烧了，部队的魂已经丢了，已经有些搞不清自己是中国人还是日本人了。

常相知们的苦恼还不仅于此。因为日军在“皇协军”里建立了秘密的基层组织，常相知们现在连同营长、连长在一起喝酒的机会都少了。即便抽空一聚，也不像过去那样拍着胸脯无话不说了。因为你搞不清楚谁接受了“亲善员”的“亲善费”，你更搞不清楚谁就是“亲善学会”的会员。自己的部队自己控制不了，能不窝心吗？

常相知一伙人坐在庐州城稻香村酒楼喝酒的时候，松冈联队的绝密命令已经送到“皇协军”江淮第一师师长宫临济的手上：日军进攻陆安州的计划提前了。

七

霍英山这天心情很好，因为上级通知，派到天茱山抗日游击支队的政治部主任上午就要到杜家老楼了。霍英山已经向参谋长许成哲交代清楚了，要部队这几天都把虱子捉一捉，把裤裆洗一洗，把刀枪擦一擦，锅里多搞点粮食，少搞点麸糠，让腰杆硬朗一点，让脸色光鲜一点。天茱山抗日游击支队虽然不是正规军，但也不是乌合之众，他这个司令还当过红军的团长呢。

这天霍英山还特意披上了黄呢子大衣。这件大衣是三年前从侯先觉的队伍里缴获来的，可以理解是霍英山的全部私人财产，因此金贵得要命，白天穿在身上八面威风，夜晚盖在身上踏踏实实，一年四季的礼服都是它。春天支队参谋长许成哲护送粮食到江淮军区，想给老首长高毓廷司令员带一件礼物，看中了霍英山的黄呢子大衣。跟霍英山一说，霍英山当时就把脸拉长了，阴阳怪气地把许成哲臭了一顿，怎么啦？老高是司令，老霍就不是司令啦？你作人情我不反对，拿我的东西作人情那就不义气了。你是想拿本司令的大衣换个司令当是不是？

许成哲碰了一鼻子灰，再也不提大衣的事了。搜罗了十斤咸鱼干带上，算是多少给首长表示个意思。

早晨霍英山喝了两碗稀饭，就布置支队部的官兵练刺杀。支队部就一个特务队，四十多号人，武器却是全支队最好的，基本上人手一枝步枪。多数是汉阳造，没有汉阳造的也有火铳。每人还配一把大刀，大刀的柄上系着红缨子，舞起来十分壮观。官兵们一招一式地练，霍英山一遍一遍地看，一边看还一边骂骂咧咧，纠正动作，讲解要领。

霍英山披着黄呢子军大衣出现在操练场上，的确很有大将风度。他的两条腿长短不一，走快了蹦蹦跳跳；若是慢走，一步一耸，一步一顿，威风就出来了。大衣是从侯先觉的队伍上缴获的，但是他的腿也是跟侯先觉的队伍交手时被打断的。

那是更早一些时候了。早在鄂豫皖根据地反“围剿”的时候，一次收尾战斗打到了白热化的程度，那时候他是连长，他的连队只有四十来个人，十一条枪，而侯先觉部队的那个连一百多号人，全是汉阳造步枪。打到弹尽粮绝的时候，侯先觉的那个连队把他们兜屁股追了五六里路。

逃了两道山梁，霍英山火了，选了一块地形，喝令队伍停下，不跑了，两边埋伏，没子弹了就上刺刀抡大刀，就在这里跟狗日的白匪拼了。白匪那个姓唐的连长——以后才知道他就是唐春秋，实在是狡猾，一看前面的逃敌突然去向不明，也下令队伍停止追击，然后疏散队形，从两面搜索前进，包抄过来。结果这一仗霍英山又吃亏了，牺牲了十多个同志不说，自己的右腿还被打折了。

霍英山的故事很多。

红四方面军离开川陕根据地的时候，他已经是补充团团长了，指挥两个营六个连队。长征的路上遇上一个不太大的战斗，霍英山说先从东边打，团政委说先从西边打，两个人争了起来。后来团政委行使最后决定权，拍板从西往东打，结果这一仗打得半生不熟，没有达到预期目的。霍英山就编了一个顺口溜：有个政委点子低，你说东来他说西，倚仗最后决定权，煮了一锅半干稀。

部队到了陕北，在延安清算张国焘流毒，这个政委揭发霍英山攻击政治委员最后决定权，保卫局就把霍英山关起来反省。后来搞清楚了，霍英山只是反对他那个团的政委利用最后决定权瞎指挥，并不是反对政治委员最后决定权制度。

霍英山被放出来之后，组织上看他瘸着一条腿，再当团长不方便，就安排他在留守兵团当马场管理员。霍英山却不干了，火冒三丈地说，就凭一句话就把人关了，又是审查，又是饿饭，又是喂马，这个革命我没法干了。

组织上倒是宽宏大量，对于这样的落后分子，发点路费让他回家种田算了。

霍英山离开延安之后，并没有回家种田，而是沿途寻找打散的战友，并且从山洞里起出了十条汉阳造步枪，这是当年撤退时埋藏下来的。霍英山带着这一伙离队的战友，重新扯起了红军的旗号。最初是天茱山红军独立大队，后来是天茱山抗日游击支队，支队下辖独立营、特务队。常年在天茱山杜家老楼驻扎的有三百多人，加上一个地方县大队，共有六百人左右。各种枪支三百多件。

仅仅三两年的工夫，霍英山就把队伍扯得这么大，自然有他的绝招。霍英山招兵买马的绝招在于他有粮食。陆安州东部属江淮丘陵，盛产稻米；西部一半丘陵一半山，盛产包米。他的队伍专门打粮食仗，地方军阀的粮草他抢，地主的粮食他抢，侯先觉部队的粮食他也抢，连土匪殷绍发的粮食他都不放过。所以唐春秋说他是个饿死鬼。各路神仙也都知道霍英山的特点，要粮食不要人命，甚至连金银财宝也不要。押运粮草的官兵，只要听说是霍英山的队伍来袭击，把枪往脑袋上一举，随他抢去，反正他是谋粮不害命。

地之守在城，城之守在兵，兵之守在人，人之守在粟。

霍英山没有文化，斗大的字认不出一箩筐，管子的这段语录，自从多年前听红军一位师政委讲课时引用后，他就牢记脑袋里，并经常挂在嘴边，这也是他不遗余力弄粮食的理论依据。

民国二十六年，宿阳一带大旱，饥民遍野。霍英山瞅准时机，悬帜招兵，就一句话，当兵吃粮，每日八两。八两就是半斤，那季节每日有半斤粮食，人就不至于饿死。于是乎蜂拥而至，十天之内就征得兵丁二百多人。霍英山赶紧打住，不招了。这些难民加入霍英山的队伍之后才知道，其实每天的粮食不是八两，而是一斤。霍英山多了个心眼，他怕把每天一斤的底露了出去，难民都爬过来，三天就把存粮吃光了。

那时候的天茱独立大队，用江淮地区负责人高毓廷的话说，基本上是个半土匪性质。直到成立江淮军区，恢复了霍英山的红军身份，正式宣布了天茱山抗日游击支队番号，这种情况才算结束。

霍英山对高毓廷的那句话耿耿于怀，合编的时候，给高毓廷出了不少难题。后来虽说没有闹出大的别扭，但霍英山拒绝江淮军区委任政治委员。军区出于团结考虑，掌握轻重缓急，只好先派了作战科长龙文珲到天茱山给霍英山当副司令员。龙文珲读过三年私塾，粗通文墨，来的时候带来一部电台。这样，江淮军区对天茱山抗日游击支队的指挥关系才开始理顺。

彭伊枫等人在大蜀山唐春秋的防区里住了一夜。这一夜彭伊枫基本上没睡着，想想即将开始的工作，想想阔别数年的父兄般的老排长，还真有点激动。再想想政治部那位首长的话，现在已经启动了绝密的单线交通体系，直接由“老头子”指挥，可见陆安州的形势已经到了最严峻的关头。

第二天天蒙蒙亮，游击支队独立营副营长李广正带领一个排赶来接应。一路翻山越岭，目之所及，净是苍松翠柏，竹海浩渺；沿途桂花飘香，栀子盛开。曲里拐弯走了约莫三四十里山路，老远便看见山坳里掩映着一片灰墙黑顶的房屋。李广正说，那就是支队部杜家老楼了。

临近杜家老楼的时候，刚翻过一道山梁，便见羊肠小道的附近有人影晃动。李广正说，这都是霍司令派来暗中保护首长的。彭伊枫听了，只是笑笑。过了笋岗店，再走大道，道两旁就有全副武装的战士，穿着短裤，打着绑腿，背着汉阳造，像树桩一样立在路旁。见到了彭伊枫等人，就打举手礼，有的像样，有的不像样。彭伊枫偶尔摆摆手，微笑致意。

到了杜家老楼宅院的大门口，气氛就热烈了，有人练刺杀，有人练大刀，喊声雷动，一片龙腾虎跃的景象。李广正先行一步，跑过去报告了，不久就看见从大门口出现了一团黄色，远远看去，像一面黄帆，一摇一晃，临近了，就看见是一件黄呢子军大衣迎风招展。军大衣上托着一颗硕大的脑袋，目光炯炯，威风凛凛地向彭伊枫等人蹦跶过来。

彭伊枫停住了脚步，含笑等待。到了二三十步远的时候，黄呢子军大衣停止了摆动。霍英山站住了，伸长脖子，像一只觅食的鹅，看着彭伊枫，擦了擦眼睛再看说，伊枫？怎么是你？真是你吗？

彭伊枫心里一热，眼眶就湿了，说，是我啊老排长，我是伊枫啊！

霍英山哗地一下掀掉军大衣，一拐一瘸地蹦到彭伊枫的面前，抓住彭伊枫的手，喊了起来——天啦，他们说要给我派一个政治委员来，我哪里知道是你啊！

彭伊枫说，都怪我这些年没有跟老排长通气。

霍英山说，我要知道是你，打死我我也不会抵制了。这下好，硬是把你降职当了政治部主任。你看这事闹的！

彭伊枫擦擦眼角，笑笑说，你过去不是一直教导我们说，干革命不分职务高低嘛。政治部主任也好，政治委员也好，不都一样干革命吗，一样地打鬼子啊！

霍英山说，嗨，我又犯“右倾”了，我只琢磨咱们的队伍是政治委员有最后的决定权。我想我拖着一条瘸腿在天茱山艰苦奋斗了好几年，总算拉起了一支队伍，开辟了一块根据地，加强政治工作可以，哪能让别人来最后决定呢？去年我就抵制了一个政委，这次我又抵制了。来当政治部主任我欢迎，政委我不需要，我这个司令员兼政治委员也有些年头了，我不习惯别人决定我。结果还把江淮军区给得罪了，说我是山大王脾气军阀作风。要是早点知道是你来，也不会有这档子事了。

彭伊枫说，老排长别检讨了，认识一下你的新部下。然后就把王凌霄和田红叶等人介绍给霍英山。

霍英山说，好好，一看都是有文化的人，咱这队伍，啥都不缺，就缺文化。你们来了，就是雪中炭、及时雨。

田红叶是抗敌剧社的小头目，嘴皮子厉害，马上给霍英山灌了一通甜言蜜语，说霍司令你名气大哦，没有谁不知道你的大名，连延安和云岭都知道。你在天茱山开辟根据地劳苦功高，你跺一跺脚，天茱山半壁河山都是抖的。

霍英山哈哈大笑说，嘿嘿你这个田同志，嘴巴还真甜。走，进屋谈，我早晨让冯存满他们出去打鸟，中午还有斑鸠吃呢。

八

桃花坞方家小姐方明珠连续几天都是在焦躁不安中度过的。

风声越来越紧了，日军自从占领庐州、固镇之后，在淮北鲁南一带停顿休整，厉兵秣马。陆安州已是风声鹤唳了。

让明珠小姐最头疼的，是父亲方蕴初不愿意离开桃花坞。任明珠小姐磨破嘴皮子，老爷子就是一句话：在桃花坞我是财主，离开这三尺硬土，到哪里我都是叫花子。

方蕴初这种心态很奇怪，明珠小姐把它理解为小农意识，理解为土财主意识。但你有你的千条计，我有我的老主意。方蕴初说，日本鬼子打的是中国，我躲在哪里都跑不出中国，跑到哪里他都照样打。明珠说，那好歹也得到后方躲一躲，现在正在风头上，日本人可是烧杀抢掠什么都干得出来的。方蕴初说，我这把老骨头了，我还怕啥？我还是桃花坞的区长，堂堂民国政府任命的，怎么能撇下一区老小不管呢？

其实，方明珠不知道父亲的内心深处还有一个隐秘的期盼。

方蕴初这一生，真好比是在苦水里泡着长的。那年皮诺尔治好了方蕴初的难言之疾，在此后的十年间，夫人给他生了五个孩子，存活了二男一女。长子方佛朗后来在上海读书，没承想在一次学生运动中死于非命。次子方索瓦自幼羸弱，长得像个女孩，眉清目秀的。但是长大了却投笔从戎，从黄埔军校毕业后，随军到鄂豫皖地区“剿共”，在一次战斗中失踪。方蕴初得到消息，一滴眼泪没落，却在后花园里不吃不喝地坐了一夜，那样子有点吓人。任你劝也好，拉也罢，他就是纹丝不动。要知道，二儿子跟父亲生活的时间最长，小时候没有去城里读书，是在桃花坞的私塾和皮诺尔的调教下长大的。这个儿子自幼聪慧过人，学业优异，听皮诺尔讲外国故事，过耳不忘，并且能绘声绘色地转述给父亲。这样的孩子怎么能说走就走呢？方佛朗已经死了，方索瓦是方家唯一传宗接代的人，倘若真的不在人间，老爷子还有什么盼头呢？

不久，夫人因为思念儿子，积郁成疾，也撒手人寰。自那以后，方蕴初的耳朵就有点聋了，经常面对面说话也是答非所问。但凡涉及方索瓦的消息，他的耳朵又特别灵敏。他从来不认为方索瓦已经到另一个世界了，每年吃年饭，饭桌上都多放一套餐具，这已经成了规矩。尽管这套餐具让家人感到压抑，每年年饭都吃得凄凉，但是没有人敢提出撤了这套餐具，撤了这套餐具也就等于默认方索瓦已经死了。倒是方蕴初在去年过年的时候自己提出来了，说今年就别摆老二的碗筷了。大家心里都明白了，老爷子也死心了。

但这事有点蹊跷，就在方家不再为方索瓦的生还抱有希望的时候，今年春上忽然有人说，在徐州看见过方索瓦，大街上擦肩而过，方索瓦头戴礼帽，身着长袍。自从有了这个似真似幻的消息，方蕴初就有点疯癫了，不厌其烦地唠叨，又是登报，又是派人寻找，折腾了半年，还是没有动静，这才暂且作罢。但是，这并不等于方蕴初彻底死心了，像是有个声音老是在他的耳边幽幽地嘀咕，你的儿子没有死，他还活着，他很快就会回来。你们要是走了，他到哪里去找你们呢？所以你不能走！

明珠小姐不知道父亲的内心，就无法体会那种深层的痛楚，她只知道，鬼子要来了，无论如何都得躲一躲。可是她哪里知道，对于老父来说，鬼子算不了什么，破财算不了什么，死亡也算不了什么。

明珠小姐对于父亲的固执和迂腐已经充分领教了。她特别痛恨父亲头上那个区长的紧箍咒。不知道是哪个缺德军阀开的头，也不知道是从哪任缺德政府开始的，给桃花坞划成一个行政区，给方蕴初安了一个区长的头衔。明白地说，就是要他出面征收苛捐杂税。

方蕴初为人胆小怕事，凡事只求平安，一遇到横征暴敛，只有一条办法，那就是破财消灾息事宁人。因此凡是活跃在陆安州境内的军阀、土匪和历任政府，没有人不知道桃花坞有个冤大头，有个挣钱不买富贵只买平安的“方大善人”。自从方蕴初当了区长，桃花坞老百姓的日子也比过去好受多了，老百姓马瘦毛长，榨不出多少油水，但凡有了难处，还是方蕴初出头从自己的身上拔毛。几年下来，方氏家族也就破落得不像样子了。方蕴初本人却很超然，像是看破了红尘，还自作打油诗一首：人生还是穷点好，穷是穷人的破棉袄；穷了鬼都不上门，但求落个肚子饱。

明珠小姐学的是西医，对西方世界的现状自然有所耳闻，每每对比，深感中国之大、之乱、之虚、之弱，已经到了不可救药的地步了。她的理想是到西方国家留学，按照父亲的意思，最好是到她的教父皮诺尔的家乡法国去。

然而，在一九三八年的秋天，这一切都只能成为梦想了。日军打进了庐州城，医科学校也被征为军用。校方根据守军指挥部的命令，在日军进城的前三天组织师生撤离。

随同明珠来到桃花坞的，还有女同学宋诗苓和罗雨，男同学翟维新。这几个人都是外省人，而且家居沦陷区，跟随明珠来到桃花坞，计划动员方蕴初，一起迁往南方城市。翟维新是学生会成员，还是校刊《野火》的主笔，仪表堂堂，在医科学院很受女同学青睐。但翟维新似乎只对方明珠情有独钟，平时对方明珠格外关照，关于西方资产阶级民主革命和中国封建专制制度必然灭亡的道理，都是他向明珠灌输的。

避难待行的日子里，明珠因为父亲不愿意离开桃花坞而忧心忡忡，这段时间她无数次想起了她的二哥方索瓦。如果二哥在家，那么一切问题都不再是问题，他自然有办法说服父亲，他有能力给父亲营造一个安全港。可是二哥他如今在哪里呢？

二哥自幼居住田园，同小妹有着天然的亲近，他是明珠小姐童年的唯一伙伴和崇拜对象。皮诺尔大叔因为喜欢方索瓦而喜欢明珠，常常带他们到淠水河上游的天茱山去游玩。十多岁的方索瓦跟皮诺尔一起采集植物标本，几乎无所不知；用山里竹木制作各种玩具，几乎无所不会，让明珠深感自己渺小。那时候方索瓦在她的心中，简直就是皮诺尔嘴里经常念叨的那个无所不能的上帝。

然而上帝一去不复返。二哥他到底是死是活？如果活着，他现在在哪里呢？二哥，你能听见我的呼唤吗？如果听见了，你就赶紧回来吧，帮帮我，妹妹好难啊！

在桃花坞的这些天，方明珠度日如年，她的三个同学却是另外一番感受。他们惊叹于方家有这么美丽幽静的家园，惊叹于桃花坞世外桃源般的地理位置，也惊叹于这里的老百姓对于方家的感恩戴德之情。有一次在花园里闲逛，翟维新就跟方明珠开玩笑说，难怪伯父不想离开。此地简直就像《镜花缘》里的无忧国，他老人家在这里当逍遥王，你让他去逃亡，他当然不乐意了。

方明珠苦笑说，你只知其一，不知其二，无忧国里忧愁多，逍遥王无逍遥时。

同学们都表示不理解。方明珠就把方家的故事给他们讲了一遍，尤其是父亲为了维护一个乡绅的体面和桃花坞百姓的利益，忍辱负重委曲求全，一次又一次卖自己的血消别人的灾，讲到伤心处，不禁悲从中来，泪眼婆娑。同学们这才知道，方家原来是这样一户仗义疏财克己为人的人家。

自从日军占领庐州，明珠小姐和她的同学已经在桃花坞滞留了十多天，实在是到了忍无可忍的地步了。直到日军不日进攻陆安州的消息传来，并且城里的亲戚已经开始转移，方蕴初才勉强同意暂时到梅山避避风头，看看动静。

然而为时晚矣。

这天听说方蕴初决定离开桃花坞外出避难，居民顿时奔走相告，方家大院很快就被围住了。老百姓在外面喊，方老爷您走了我们可怎么办啊？方大善人您走了谁来管我们啊？方老爷青天大老爷，您不能走啊！

外面是男女老少哭声动地，里面是桃花坞的几个头面人物围着方蕴初唉声叹气，七嘴八舌地说，方老爷要走，那这日子就没法过了。也有人说，跑掉和尚跑不掉庙，跑到哪里也带不走桃花坞。莫非只有逃跑一条路？方老爷您再从容几天，能不能跟日本人商谈商谈？他打到中国来无非就是要咱东西，他要啥咱给啥，他未必就赶尽杀绝。还有人说，方老爷您放心，日本人来了，咱大伙还是推举你出面，无论如何不会只让你出钱了，不能只让你一家子吃亏。

方蕴初本身就是一个耳朵根子软的人，加上也不甘心在众目睽睽之下逃离家园，让众人这么七嘴八舌一说，很快就乱了方寸，拿不定主意这个难是逃还是不逃。

方明珠和他的同学费尽九牛二虎之力，好不容易才把老爷子说动，一看又有反复的迹象，就沉不住气了。几个人躲在后花园里，如坐针毡。方明珠一着急，小姐脾气就上来了，喝令管家去喝退那些死拖父亲垫背的百姓。倒是翟维新有见识，劝阻道，伯父在桃花坞是个主心骨，普度众生一百次都过来了，如今哪能因为自己避难而玷污菩萨之名呢？我认为这件事情还不能着急。

明珠小姐吃惊地看着翟维新，不知道他的话里还有什么话。翟维新说，众怒难犯，众愿难违。实在不行，暂且把乡亲们稳住，今夜悄然离开。

明珠说，此举断然不可，这不是我父亲的性格。

这天下午，方家大院的人络绎不绝，大都是来打探消息或者请求方蕴初推迟行期的。日本人啥模样大家没见过，想必也是长鼻子长眼的。外国人怎么啦？皮诺尔也是外国人，而且长得比猴还难看，但是只要给他钱，他不照样帮助桃花坞的老百姓求神看病做买卖吗？然而方大善人倘若一走，就没有人出这个头了。桃花坞的老百姓坚信不疑，只要方大善人不走，日本兵就不会乱来。

方蕴初在这个下午真是愁肠百结，反反复复，欲罢不能。到了晚饭的时候，方蕴初向众人拱手表态，说暂时不走，容家人从长计议。大家知道方蕴初不会欺众，这才散去。

这一夜就没有走掉，也就注定了一场灾难的不可避免。

后半夜，桃花坞的居民还在梦里，突然传来犬吠。先是一声两声疑疑惑惑，后来所有街巷的狗都叫了，此起彼伏，连成一片。有胆大者起床看个究竟，原来是江淮保安团的队伍开过来了，已经把区公所自卫队的二十个乡警和方家的十多个家丁捆了起来。除方蕴初本人以外，一家主仆十余口，连同明珠小姐的三个同学，也全被捆住手脚扔在后花园里。

问为啥捆人？江淮保安团的眼镜团长放出话来说，眼下正是抗日艰难之际，方蕴初身为政府官员，不图抗日之举，竟然准备携家眷家私逃匿，有造谣惑众煽动民心之嫌。为惩其失责以儆效尤，需拿出大洋两千块资助江淮保安团充作抗日之需。天亮之时倘若不能凑齐，男人杀掉，女人充公。

这真是晴天一声霹雳，方家全都蒙了。方蕴初几乎是被江淮保安团的士兵拎着衣领从床上扔到后花园的，他的手脚倒是没有被捆住，眼镜团长让他能够活动，就是为了让他去找那两千块大洋。方蕴初拖着一双软腿，“扑通”一声就给眼镜团长跪下了，他着实拿不出两千块洋钱了。自从日军进攻庐州那天起，官府已经三次到桃花坞征收抗日税了，他连夫人遗下的首饰和宅院都抵押出去了，他再也无法充大头了。他只有九十块洋钱裹在行装里准备逃难，就如数拿了出来，可是这点钱眼镜团长连看都不看。

直到天亮，区公所的账房先生才扛着东拼西凑的二百二十二块洋钱和半筐铜钱，送到眼镜团长的面前。眼镜团长眼一横说，怎么着？章军来了你们给一千，洪军来了你们给一千，段家政府你们给一千，袁家政府你们给一千，轮到老子来了，就这么点？打发叫花子是不是？来人哪，把那几个念书的推出来，先给点颜色看看。

士兵就把明珠小姐的同学宋诗苓、罗雨和翟维新推了出来，左一耳光右一耳光地打。眼镜团长嘿嘿地笑着说，看见没有，没有打你的小姐，知道为什么吗？

方蕴初磕头如捣蒜，苦苦哀求，不能啊长官，不能啊长官！我确实没钱了，我要是藏钱不交，天打五雷轰啊！

眼镜团长说，敬酒不吃吃罚酒是不是？那好，把他们家小姐的裤子给我扒了！看看是钱金贵还是你们家小姐的那东西金贵！

方蕴初大叫，长官，你们不能啊，天理难容啊！求求你长官，放过我的孩子吧！

他这里撕心裂肺地哭喊，那里保安团的士兵已经下手了。方明珠拼命挣扎，哪里能够敌过这些膀大腰圆的丘八？眼看裤子已经被扯掉了，露出了里面粉红色丝绸内裤，方蕴初喊了一声——你们不得好死啊……这一声没喊完，就伏在地上不动了。

直到这时候，眼镜团长才向士兵们摆了摆手，站起来，向围观的桃花坞居民说，你们都给我听着，眼下抗日战争如火如荼，我江淮保安团奉命来到陆安州守土安民，境内所有居民皆有捐饷纳粮义务。有顽固抗拒者，概以破坏抗日论处，格杀勿论！

居民一阵骚动。这个眼镜团长大家过去没见过，江淮保安团是哪家的队伍，他们也不清楚，看来桃花坞的老百姓头上又多了一座大山。

大家正议论纷纷，不知道怎样才能搭救方家父女，忽然听到街东河岸响起一阵密集的枪声，眼镜团长愣了愣，命令身边的人，赶快侦察，什么情况？

众人全都蒙了，引颈张望，开始骚动起来，有些人抬脚就往家跑。

枪声越来越密集，也越来越近。不多时派出去的人就回到方家后花园，慌里慌张地报告：团座，不好，是日本人……鬼子打进来啦！

九

一九三八年秋天的一个宁静的夜晚，凌晨时分，天边红光一闪，千万条火蛇呼啸着划破夜空，陆安州外围国军七十七军前沿阵地上火光冲天，继而传来天崩地裂般的爆炸声。

陆安州战役终于打响了。

日军江淮派遣军司令长官石原次郎指挥的主力是渡边师团，加上“皇协军”两个师，分四路进攻，各个方向齐头并进，铁桶一般严密。七十七军咬紧牙关坚持了一昼夜，但是伤亡极大。鬼子攻势一轮猛过一轮，加上空中飞机轰炸，地面炮火突袭，很快就把守军阵地撕裂了数处缺口。

自从第三道防线被攻破之后，部队就控制不住了。歪把子机关枪拎在日本兵的手里，力气却全都加到了七十七军的腿杆子上。不时有子弹从头顶上嗖嗖地飞过来，像是给七十七军的官兵脚板上安了滑轮，想不跑都停不住。

同一二五团正面接触的恰是日军松冈联队。一二五团的装备差，大都是汉阳造，打一枪装一发子弹，鬼子的步枪可以打连发，轻重机枪更是成串地往外喷吐火舌。两道防线一破，兵力就消耗三分之一，尸体是顾不上了，伤兵也丢了大半。到第三道防线被突破，精神也就崩溃了，乱哄哄地向后撤。

刚刚过了隐贤集，唐团长乘坐的卡车就抛锚了，四个轮胎瘪了三个，不知道是被石头划的，还是哪个爬不上车的兵用刀子扎的。唐春秋从驾驶室里跳下来，首先抡了司机一个耳光子，然后下车咆哮要枪毙人。可是乱哄哄的兵就像蝗虫一样一窝蜂从他身边跑过，他谁也枪毙不了，只好骂骂咧咧地把手枪装进枪套，也跟着跑。一边跑一边吆喝团副祝道可和参谋长林用树收拢部队，不要乱了建制。

唐春秋的话已经不灵了，正所谓兵败如山倒，那是挡也挡不住的。兵们一边撒丫子逃，还一边咋呼，乖乖，从来没有见过这么准的炮，落地开花，一炸就是一片。也有人吐舌头说，更厉害的是飞机，从头顶上嗖地一家伙掠过，山崩地裂，把人魂都炸碎了。还有人嚷嚷，这东洋鬼子还真是不怕死，机关枪都挡不住，闭着眼睛往前冲，难怪南京跟枣儿庄破得那么快。然后就有人说了，那是啊，日本天皇是天照大神啊，保佑这些鬼子刀枪不入。听说鬼子的飞机能够擦着房顶飞，从上面撒网能网住人……

越说越玄乎，越说越离奇，于是你传给我，我传给他，传到最后，假的也成了真的，整个一二五团，心惊胆战，谈“鬼”色变。

退到距白塔畈还有十里之遥的月亮岭，总算把追兵甩出了十多里地，唐春秋喝令队伍停了下来。

委实不能再退了，再往西就是白塔畈，白塔畈的背后就是淠水河，淠水河的后面就是天茱山，天茱山是霍英山的地盘。一想到这样狼狈地去见霍英山，唐春秋的心里就发堵。月亮岭一带的地形唐春秋熟悉，在路上他已经筹划好了，要在这里打一个伏击。打成什么样子姑且不论，反正是要打，要把声势打出来。就是进天茱山，也不能这副溃不成军的样子，不能在霍瘸子的面前栽了面子。

十分钟后，林用树向唐春秋报告收拢队伍的情况，唐春秋一听心就凉了——自卫团没有跟上来，民团也没有跟上来，一二五团主力三个营，丢了三个连队，跟上来的也是参差不齐。

接下来祝道可报告的消息更让唐春秋心寒：自卫团三百二十兵力，由团长孙大头带领，在隐贤集向日军投降了。后队变前队，日军督战队歪把子机关枪顶着这支败类队伍，正跟在后面追赶一二五团呢！

唐春秋听完，两眼失神地看着西边快要落山的夕阳，双泪长流，仰天长叹道：如此乌合之众，焉能不败啊！

唐春秋的部队向后撤的时候，霍英山和彭伊枫也带着天茱山抗日游击支队独立营从众兴集向白塔畈撤退。

这次参加陆安州保卫战，是彭伊枫到达杜家老楼的当天就商定的。霍英山本来有些犹豫，觉得不该暴露实力引火烧身。但是彭伊枫坚持要打，说只有并肩战斗，才能表达携手抗日的诚意，也因此才有可能取得七十七军的重视。参加这一仗，陆安州保住了，天茱山抗日游击支队就有了本钱；即便陆安州保不住，七十七军长官也没有话说。

霍英山不是个糊涂人，知道打这个仗还要算一算政治账，就同意了彭伊枫的建议，连夜派人到守军司令部请求任务。侯先觉的作战处给天茱山抗日游击支队布置了坚守众兴集的任务，并且发了二十支步枪和十箱子弹。众兴集虽然不是主战场，但是也可以在一个方向进行牵制。彭伊枫提议，集中全支队最好的武器和兵员，加强独立营。战斗打响之前，彭伊枫还进行了战斗动员，从国家和民族的大局，讲到了陆安州的战略地位和对于天茱山根据地生存发展的重要性。战士们的作战勇气倒是被调动了不少，但是真的打起来，还是力不从心。因为独立营的装备比一二五团的更差。七十七军一撤，小小的众兴集自然独力难支，顶了一阵子也往后撤。霍英山和彭伊枫都是打过大仗的，知道一窝蜂撤退的后果，所以就在月亮岭和笋岗一带选了一块地形，火力接应一二五团。

一场陆安州保卫战下来，唐春秋有几个没想到。军官腐败，军纪松弛，军心涣散，他过去就有所耳闻，但他没想到会差成这样。还有一点，自卫团和民团的战斗力差他想到了，但是一击就溃，甚至投降日军，这一点他也没想到。

唐春秋在心里把这些人的祖宗都骂出来了。怎么能连一点民族责任心都没有呢？哪怕你多放两枪吓唬吓唬鬼子，他也不至于追得这么快啊！狗日的甚至还投降了，还掉转枪口打老子！一旦老子缓过气了，我先把你们这些败类灭掉再去打鬼子。

还有一点是唐春秋更没有想到的，兜着屁股把他们一二五团追了上百里路的，其实只有松冈联队参谋长原信少佐指挥的一个大队三百多号人，剩下的一千多人都是所谓的“皇协军”，其中包括刚刚投降的孙大头的自卫团。

祝道可小心翼翼地问，团座，这伏击还打不打？

唐春秋半晌才回过头来，问林用树，成建制的兵力还有多少？

林用树回答说建制还有七个连，加上直属队，实际兵力六百人左右。

唐春秋说，前天晚上还是齐装满员十二个战斗连队一千七百人，转眼之间作鸟兽散，三之去二，这哪里还是部队啊！难怪日本人推进如此神速！我们这些当军官的，无颜见江东父老啊！

祝道可察言观色地说，团座，这也不能全怪我团，我看侯长官压根儿就没打算保陆安州。蜀山那么重要的位置，让一二五团独力支撑，而他一个新式装备的新三师就在东边虚晃一枪，用兵……无道啊！

林用树说，还有补充的兵，都是新三师淘汰下来的劣兵，枪一响就抱头鼠窜。自卫团更是一群兵痞无赖烟鬼酒徒，有奶便是娘，要命不要脸。仗打成这样，不是我们不尽心啊！

唐春秋说，上什么山走什么路，有多少人打多大的仗。打，就在月亮岭，决一死战！

林用树说，团座，现在兵力悬殊过大，是不是……

唐春秋吼道，再不打，还会悬殊更大，全他娘的投降了！传令，迅速占领龙岗和黄土岭，排以上军官全部上一线，临阵脱逃，格杀勿论！

祝道可问，天茱山那边还用联系吗？

唐春秋说，算了，毕其功于一役。打好了，我耀武扬威进驻天茱山；打不好，就把我埋在月亮岭。

祝道可说，团座有此决心，我等以死相随责无旁贷，但我还是劝团座不要意气用事。在月亮岭设伏固然有利，但部队素养不济，一触即溃，弄得不好，撒出去了收不回来，仗又打成了夹生饭。更有甚者，还可能再受重创。

唐春秋说，那依你之见，这仗就不打了？就这么灰溜溜地逃到天茱山，让霍瘸子笑掉大牙？

祝道可说，胜败乃兵家常事，张良尚能忍受胯下之辱，我等为图谋长远之计，暂且看他霍瘸子一回脸色又何妨？

唐春秋沉吟片刻把目光落在林用树的身上，参谋长有何高见啊？

林用树左顾右盼说，祝团副言之有理。日军攻势凶猛，不如避敌锋芒，暂且退到天茱山，养精蓄锐，再战不迟。

唐春秋明白了，一二五团这两个土生土长的军官都是抱着明哲保身的心理，听起来振振有词，实际上还是畏敌如虎。这大约也是一二五团军官的普遍心理。唐春秋冷冷一笑说，二位所忧不无道理，但是话要看怎么说，一退再退，何时是个了？过了这个村，还不一定有那个店呢。请你们不要再犹豫了，这一仗我非打不可，不成功便成仁。国难当头，一味逃跑，生不如死！传令——团指挥所上左前方高地，营、连长即刻跑步到指挥所受命。

祝、林二人见唐春秋话说得重，不再坚持，领命而去。

于是就做了打的准备。

正在紧急部署，一匹毛驴呼呼地喘着粗气奔了过来，一直奔到唐春秋面前。来人翻身下驴，唐春秋不禁惊喜交加，原来是彭伊枫带领天茱山游击支队赶到了。

十

沈轩辕赴任的路上历经坎坷。先是江淮防区收缩，安全没有了保障。接着是道路破碎，无法行车。几个人扔掉汽车和军服，换上便装，选了一个废弃的砖窑埋好文件和金银细软，只随身带了一些银圆，把电台拆散成三大块藏在行李里，徒步找路。在宿阳境内好不容易找到了一个集镇，花去五十块银圆，买了一架毛驴车。几个人又困又饿，敲开了一家关门的饭店，打算吃一顿饭上路。岂料饭吃完了，全都昏沉沉地睡死了，一觉醒来，不知身在何处。直到听到吆喝，看见了几张凶神恶煞般的嘴脸，这才知道遇上强盗，被剪径了。

关押他们的是一间农舍，门外高悬一帜，白底红字，绣着一个斗大的“捻”字。这里显然已经不是集镇了。

强盗中有一个刀疤脸，看样子是个头目，见他们醒来，便开始审问。从哪里来，到哪里去，何等人物，做何营生。沈轩辕发现自己手脚都被捆住了，懒得答理这些祸害，就闭着眼睛养神。

这种事情一般都是手下出面对付。汪寅庚见包袱全都被打开了，枪支电台已经暴露，就跟刀疤脸说了实话，说赶快把沈长官的绳子解开，沈长官是国民政府委任的陆安州专员。

刀疤脸起先不信，一看这一行有电台和枪支，也就半信半疑了，嘴里不干不净骂骂咧咧，说都是你们这些狗官，把国家搞成这个样子，作威作福，只会欺压百姓，却眼睁睁地让鬼子打进来。什么鸡巴政府专员，百无一用，杀了吃肉！

汪寅庚气不过，就和刀疤脸对骂，说国家也是由人组成的，都像你这样杀人越货打家劫舍，这个国家能好吗？国难当头，匹夫有责，可你倒好，还在这里剪径，连抗日政府的官员都给抢了！汪寅庚的咳嗽这几天虽然好一点了，但还是上气不接下气，讲一句喘一句，反而更显得义愤填膺。

刀疤脸说，妈拉个巴子，老子是走投无路才上山的，没听说逼上梁山一说吗？老百姓要不是没路走了，龟孙才愿意干这提着脑袋的勾当。倒是你们这些狗官，吃香喝辣还卖国！

汪寅庚说，听说你们强盗谋财不害命，劫富不劫贫。现在你们抢也抢了，银圆悉数归你，还不快快放人！

刀疤脸眨巴眨巴眼睛说，那可不行，我谋财不害命是不假，但也得看是什么人。我怎么知道你们这几个狗官不是冒充的呢，怎么才能证明你们不是汉奸呢？我虽然是土匪，但是汉奸还是要杀的。

这时候沈轩辕说话了，仍然是不屑一顾的样子，睁开双眼，谁也不看，只看窗外。沈轩辕的声音缓慢低沉，但是有着不可抗拒的威严——殷绍发，你听明白了，抢劫政府官员，破坏抗日行动，死罪难逃！

刀疤脸吃了一惊，斜着眼睛问，你是什么人？

沈轩辕说，不是告诉你了吗？

刀疤脸说，你真的是陆安州……专员？

沈轩辕说，殷绍发，民国二十二年你潜逃被抓，想一想，最后是谁免你一死的？

刀疤脸怔怔地看着沈轩辕，脸上肌肉突然一阵痉挛，失声叫道，难道，你是……沈长官？

沈轩辕说，我早就听说江淮有个土匪头子叫殷绍发，打的旗号是谋财不害命，劫富不劫贫。很好，今天表现更好，说明你爱国之心未泯，尚可救药。今日得见本专员，你的土匪生涯就此结束，将功赎罪，既往不咎，跟我重返战场，抗日救国。

刀疤脸蒙了，一动不动地看着沈轩辕。沈轩辕转过头来，平静地，甚至有几分温和地看着他。刀疤脸突然吼了一声，来人哪！然后自己弯下腰去，泪流满面地给沈轩辕解开绳子，解完之后，扑通一下，跪在沈轩辕的面前，声泪俱下，长官，我该死，我不知道是您大驾光临……

沈轩辕抚着被绳子勒出深沟的手腕，脸上现出了一丝苦笑说，唐僧取经，要历经九九八十一难，好在一路收徒，腾云驾雾呼风唤雨。好，本专员造化不浅。

刀疤脸说，那我就是猪八戒了。

沈轩辕说，猪八戒也是忠臣啊！

就从这一天起，在江淮地区神出鬼没了五个年头的“新捻子”就土崩瓦解了。根据沈轩辕的意思，殷绍发选了六名身怀绝技的弟兄，携带精良武器，跟随沈轩辕一行上路。其余三十余人由二当家的领头，回到宿阳八卦寨潜藏待命。

次日沈轩辕等人进至大蜀山南侧，此时离陆安州只有不到三十里的路程了。让殷绍发派出两个人跟随汪寅庚前往守军阵地接洽，没想到传来一个惊人的消息：日军大举进攻陆安州，攻势难当，守军已经放弃第一道防线，第二道防线也岌岌可危。

沈轩辕闻言，半天无语。然后决定放弃陆路，隐蔽身份，绕道至陆安州东北方向，从苏家埠乘船火速潜进。一行人马不停蹄，远远看去，已经隐约看见苏家埠了，但此时也就听到了隆隆的炮声。到了苏家埠，正在四处找船，没想到同日军的一股特别分队遭遇上了。这股鬼子是乘汽车开进的，似乎有很明确的目标，直扑沈轩辕一行。殷绍发等人跟鬼子打开了巷战，汪寅庚和何中亮掩护沈轩辕夺路而走，逃上了小蜀山。

这一仗，又把队伍打散了。

因为不摸虚实，汪寅庚安顿沈轩辕躲在一个山洞里，派何中亮去联络殷绍发，结果去了两个多小时没见回来。到了天色将亮未亮时分，猛听到身边一阵天崩地裂，接着尖利的呼啸声从头顶迅疾而过，顷刻之间，西南方向一片火光腾空而起，半边夜空亮如白昼，隐隐约约的爆炸声、倒塌声甚至还有呼救声、惨叫声不绝于耳。

沈轩辕呆呆地坐在半山腰的一块石头上，目光空洞地注视着远处的火光。凭经验，他知道，这是敌人发起总攻了，火力准备已经覆盖了守军四十多里的第三道防线，附近的城镇和村庄已是一片火海——陆安州啊，他即将出任行政公署专员的陆安州，明天，不，也许就在今夜，就要成为沦陷区了。

天色正在迅速变白变亮，东方的朝霞和西南的火光交相辉映。汪寅庚在一旁默默地看着沈轩辕，轻声说，长官，如果陆安州失陷，我们是不是返回长官部？

沈轩辕没有回答，左手手掌向上，摊到汪寅庚的面前说，把枪给我。

汪寅庚大惊，长官，您，您要干什么？

把枪给我！

汪寅庚连连向后退了两步，不，长官，您不能……

沈轩辕惨然一笑说，不成功，便成仁，不求流芳千古，但求杀身取义！今天的小蜀山，就是你我的葬身之地。

汪寅庚没动，在距离沈轩辕五步远的地方对峙。

沈轩辕说，怎么，你怕了？把枪拿来！

汪寅庚说，留得青山在，不怕没柴烧！长官如果自寻短见，乃妇人之仁，恕卑职不敢相随。告辞了！

站——住！

汪寅庚听到这一声异样的喝令，心里忽悠一闪，站住了。等他回过头来，顿时惊呆了。沈轩辕的手里拿着一柄精致的小手枪。汪寅庚在这一瞬间看见了沈轩辕的眼睛里闪射出来的杀机。沈轩辕面无表情地看着汪寅庚说，说吧，是谁让你监视我的？

汪寅庚大惊，两腿一软，没防备就跪下了，长官……

说，是白仲岳还是李宇煌？

长官，是……是白长官，我，我有罪……

沈轩辕举着手枪，在汪寅庚的面前左点一下，右点一下，任汪寅庚伏地求情，脸色铁青，一言不发。良久之后，才把手枪收起来，说，算了，你起来吧。

汪寅庚对危机的突然降临和突然消失万分困惑，抬起头来，一脸茫然地看着沈轩辕，沈轩辕却掉转目光，仰脸看天。

想知道我是怎么发现的吗？

汪寅庚说，长官恕罪，我知道长官心细如发、神机妙算。

沈轩辕冷冷一笑说，哪有什么神机妙算啊？心细如发倒是真的。首先，白仲岳把我的副官逮捕，假李宇煌之手给我重新配了一个。白仲岳的为人我还不清楚吗？他不在我身边安一个钉子，那他就睡不着觉。当然，最初这只是猜测，毕竟没有证据。但是，这次到陆安州赴任，你自己暴露了。从离开战区那天起，我的动向就在长官部的控制之中。我规定途中不许发报，可是电台在你手里，你只要有机会就发。你以为做得天衣无缝，但是，你恐怕没想到，你在途中轻装的时候悄悄地扔了一块电池。这块电池向我告发了你，是你秘密发报使它报废了，然后你又把它埋掉了。

汪寅庚总算恢复了正常，哭丧着脸看着沈轩辕说，是这样的。可是，这只是按白长官的命令，为了您的安全，并没有……

好一个为了我的安全！你现在发个电报给白仲岳，就说我准备到江南去，或者是到陕北去，看看他的回电是什么？不用问我也知道，回电就是一句话：下手！

汪寅庚的额上冷汗淋漓，居然有好一阵子没有咳嗽了。

沈轩辕说，这些我都不追究了，但是我提醒你，你的报务是在“武昌班”学的，你同白仲岳三室的联络用的是倒流水密码，而这种密码已为日军破译。也就是说，你不仅把我的行踪密报了白仲岳，也间接地报告了日本人。

汪寅庚像是挨了重重一击，惊恐地看着沈轩辕，张口结舌：可是，长官……

沈轩辕说，自从我们离开宿阳之后，我就一直觉得有一个影子跟踪我们，就是你在为他们引路。

汪寅庚擦着脑门说，可是长官，并没有，我们并没有发现……

沈轩辕又是一声冷笑，你当然不会发现，那是幽灵。知道吗，幽灵！苏家埠的鬼子特别分队，就是通过对你的电台进行技术侦查判断我们的方位的。

汪寅庚连连后退，不再辩解。

沈轩辕说，这件事情就到此为止。我提醒你，既然跟我来陆安州赴任，你的一切，不仅你的生命，也包括你的思想和灵魂，必须绝对服从于我。否则，就是叛国行为！听明白了吗？

汪寅庚犹豫了一下，终于回答，听明白了！

不久，何中亮和殷绍发也找到了沈轩辕的身边，殷绍发说，看来这陆安州是不能去了。长官，你这个鸟专员我看也没啥当头，干脆跟我一道回八卦寨呆一阵子，看一步走一步。

沈轩辕没说话，慢慢地转过头，看看汪寅庚和何中亮，汪寅庚垂下脑袋不吭声，何中亮眨巴眨巴眼睛说，长官走到哪里，我就跟到哪里。沈轩辕淡然一笑说，我要是下地狱呢？

何中亮的眼睛不眨巴了，掂掂手里的驳壳枪说，我在前面开路。殷绍发也说，砍头不过碗大的疤，小腿一伸拉鸡巴倒！长官只要下命令，我们杀进陆安州去也不怕，横竖是个死！

沈轩辕说，那好，我们就做好准备，鱼死网破！

十一

桃花坞人，尤其是方家的人，做梦也没有想到，把他们从一场灾难中救出来的，竟然是全副武装的日本人。

直到一切都平静下来，明珠小姐和她的同学也没有搞清楚，这江淮保安团到底是哪家的队伍。他们只清楚，就在江淮保安团当众羞辱方明珠的时候，是日本人的机关枪及时地响了起来，江淮保安团那个眼镜团长带着队伍屁滚尿流地跑了。

桃花坞方家不仅躲过了一场劫难，而且喜从天降。

日军河田大尉带着一个小队日军和两个中队“皇协军”的兵力，以摧枯拉朽之势迅速完成了对流寇江淮保安团的驱逐。河田听说桃花坞富绅兼乡吏方蕴初家中遇劫，带着翻译前往抚慰，并指挥卫生兵抢救不省人事的方蕴初。河田大尉操着日本式的中国话说，你们的不怕，良民大大的，“皇军”大大的保护。

方明珠和她的同学全都不知所措，死人一样地看着这个矮胖子日本军官。

河田说，我们“皇军”部队，来帮助中国，建立“大东亚共荣秩序”。土匪的，官军的，流寇的，军阀的，统统地消灭。这里的，将是王道乐土，天皇的太阳会照耀这里的万物。

桃花坞的老百姓过去没见过日本人，听说日本鬼子都是青面獠牙，杀人不眨眼的魔王。乍一看这个鬼子官儿，还挺和善，就有点犯嘀咕。

就在河田大尉在方氏庄园宣传王道乐土的时候，一叶轻舟停泊在桃花坞的小码头上，上来了一个穿着白色西服的风度翩翩的年轻人，身后还跟着一个仆人。

年轻人走上斜坡，穿过桃花坞大街，再穿过一条巷子，径直走向方氏庄园。方明珠和她的同学已经被解开了绳索，坐在堂屋里默默饮泣。忽然听见院子里一阵骚动，抬眼望去，先是一惊，很快就明白了，失声叫道，二哥，二哥，是你吗？

身穿白色西服的年轻人在距离明珠小姐大约十步远的门楼下站住了，不动声色地看着院内乱哄哄的人群，目光流露出诧异的神情。霎时，院子里的目光也都集中在来人的身上，人群里发出低沉的惊呼，天哪，真是二少爷回来了。

方明珠忽地站起来，先是快步，然后跑步到年轻人的面前，哇的一声大哭，扑在年轻人的怀里，二哥，这是梦吗？

年轻人抚着明珠小姐的肩膀说，明珠，是我，是二哥方索瓦，我回来了。

河田大尉也被这突如其来的情况弄得云山雾罩，让翻译问明情况，顿时笑逐颜开，“吆西吆西”地走到方索瓦的面前，拄着指挥刀，晃动着上体，看着方索瓦说，很好很好，方先生回来得正是时候。

方索瓦没有答理河田，扳着明珠小姐的肩膀问，这是怎么回事？方明珠泣不成声，河田大尉便让翻译讲述刚刚在方氏庄园发生的一幕。方索瓦问方明珠，这是真的吗？

方明珠哽咽着，拱在方索瓦的怀里直点头。

河田大尉的中国话终于说顺当了，看样子方先生是个学问人，看看你的家园吧，看看你的政府吧，看看你的同胞吧。看过这一切，也许，方先生对“皇军”的王道乐土会增加些兴趣。

方索瓦没有正眼看河田，但是从嘴里极其有力地吐出一句话——日本人，滚出去！

河田大尉显然听懂了这句话，一怔，笑容僵在脸上，眼睛里居然露出委屈和困惑的神色。旁边的鬼子小队长刷地一下抽出战刀，“皇协军”的一个中队长也骂了一句，不识好歹的东西！凑上前去想对方索瓦下手，河田大尉举起一根指头，制止了。

方索瓦不再理会日军和“皇协军”，问方明珠，父亲呢？

方明珠说，在内屋，你回来了，也许父亲还能活过来。

方索瓦双手扳着方明珠的肩膀说，我们走吧。

兄妹二人就在日军和“皇协军”众目睽睽之下，穿过甬道，走过长廊，进了内屋。

方蕴初这会儿已经由日军卫生兵打了一针强心剂，嘴里有了气，但仍然处于昏迷状态。方索瓦兄妹轻手轻脚地走到了父亲躺着的地铺前，方明珠轻轻地把脑袋靠近父亲的头颅，正想说什么，被方索瓦用眼神制止了，兄妹二人就这么静静地看着紧闭双眼的父亲。

忽然，方蕴初的呼吸急促起来，尽管眼睛还是闭着的，嘴里却有了声音，儿子，儿子，我的儿子，我的儿子回来了。说着，手也开始蠕动，在地铺上痉挛般地摸索。

方索瓦上前一步，跪下，抓住了父亲的手。在他的手同父亲的手接触的一刹那，他看见父亲的脸部停止了悸动，像是凝固在某一个记忆当中。忽然，两行眼泪从父亲的眼角涌了出来，很长很长的一条小溪。父亲的手动了一下，把他的手抓紧了。

父亲睁开了眼睛，父亲的目光落在他的脸上，落在他的眼睛上，一动不动。

父亲，是我回来了，我是索瓦。

父亲还是一动不动。但是父亲的手在他的手里抖动。

方索瓦转头对方明珠说，父亲快不行了。这会儿工夫，请大家都出去，我想单独同父亲呆在一起。

方明珠怯怯地问，我也不能在身边吗？

方索瓦说，出去吧，到时候我会叫你的。

这个上午，方蕴初没死，没有谁知道他是怎样度过最后时光的，也没有谁知道方索瓦都跟他的父亲说了些什么。人们偶尔听见方索瓦在低沉地呼唤：父亲，你一定要挺住，一定能行，这很重要。

这中间，方索瓦让方明珠送了一杯热茶进去。大家为之一振——老爷子能喝茶了，没准还有救！

大约在一个小时之后，方索瓦再次把方明珠叫了进去。不多一会儿，方明珠哭得泪人一般，出来招呼桃花坞的商会会长，副区长，账房先生，方氏河运公司董事，共十二个人。令人意外的是，还有日军河田大尉，“皇协军”中队长，方明珠的三位同学也被招呼进去了。

进到屋内的人屏声息气，包括日本人在内。

方索瓦贴在方蕴初的耳边说，父亲，人都来了，您有话就说吧。

方蕴初躺在地铺上，缓缓地睁开了眼睛，向天棚上看了一眼，又闭上了，喘着粗气，轻轻地、断断续续地说了一句话，桃花坞……挂……挂……日本旗！

一阵雷霆从人们的心里隆隆滚过。所有的人都惊呆了，包括方索瓦和方明珠。方索瓦大叫，父亲，不能，不能啊！父亲，不能当卖国贼啊！

方蕴初用尽了最后一口力气，嘴里断断续续地冒出一些音节。方明珠趴在父亲身边，把耳朵贴在父亲的嘴边，终于听清楚了：皮诺尔……皮诺尔……法兰西公民……皮诺尔……公民安全……

说完，头一歪，断气了。

日军正式发起陆安州战役的前一天，名扬方圆几百里、流芳几十年的方大善人方蕴初驾鹤西去。在场的无论是中国人还是日本人以及所谓的"满洲国"人，都没有想到这位勤勤恳恳终生行善与世无争的好人，竟然留下了一个卖国的遗言。抑或真的被这个国家伤透了心，抑或是过多地尝到了挂外国旗的甜头?

还有一种猜测，那就是在最后的时刻，是他那多年未归的宝贝儿子灌的迷魂汤。老爷子风烛残年而且经受江淮保安团的惊吓，已经丧失理智了，而这个从天而降的儿子早已是汉奸了，甚至所谓的江淮保安团洗劫桃花坞、日本人及时赶来保护方家，都不过是方索瓦导演的闹剧。无非就是把桃花坞推向日军的怀抱，从而使其充当汉奸顺理成章。要不，江淮保安团早不出现晚不出现，为何这个时候出现?要不，鬼子早不来晚不来，为何这个时候正好就赶上了?要不，他方索瓦早不回来晚不回来，为何偏偏这个时候正好就回来了?

因为有了太多的"正好"，就不能用太多的"碰巧"来解释，太碰巧了就不巧了，这一幕幕太像有一只黑手在操纵。

不仅是远在陆安州的官员和百姓对此充满疑云，就连事情发生地桃花坞的居民也是疑窦丛生。但有一点是明确无误的，为了感激方蕴初临死之前对"大东亚共荣事业"和在江淮陆安州"建立王道乐土的杰出贡献"，日军占领陆安州之后，驻屯司令松冈大佐不仅派遣日军一个小队和"皇协军"一个中队驻守桃花坞，为方蕴初的葬礼壮威，而且亲自撰写挽联一副：

富甲一方恩泽一方辉映江淮流芳千古；

深明大义远见卓识王道乐土锦上添花。

这副挽联在葬礼中被悬挂在醒目的位置上。

在整个后事办理过程中，刚刚回乡的方家二少爷方索瓦没有留下一滴眼泪。丧事办完之后，方索瓦对河田大尉说，请带我去见松冈大佐吧。

第二章

一

陆安州地处江淮之间、天茱山东北麓，春秋属楚，三国归吴，唐代属淮南道，清初设江南行省，始名陆安州。辖霍苏、庐西、寿颍、安丰、梅山等五县。境内有淮河支流淠史河、淠水河两大水系贯穿其中，河滩面积广大，寻常河面坦荡平缓，每当丰水季节，山洪暴发，河床陡然升高，周边洼地汇河成湖，逐浪排空，气吞万里。

此地在三国时期便是魏、吴屡次鏖兵的战场，战争遗址遍布五县各处，东吴大将周瑜曾在安丰境内东河口一线布下连环兵阵，陷曹魏名将曹典于河湖沼泽，致使曹氏两万大军流水细沙一般灰飞烟灭。至清朝末年，这里又是张乐行捻军活跃的根据地，曾一度集结数万兵卒在庐西、霍苏境内同清军展开决战。双方激战七昼夜，血流成河，日月无光。张乐行因缺乏后方依托，加之部将中有人为清军诱降，终致全军覆没。但是其血战七昼夜的战绩，也使江淮清军锐气大减。陆安州的每一寸土地都散珠碎玉一般埋藏着人间战争故事。

一九三八年秋天，日军打下陆安州之后，根据攻武汉、破南昌、取长沙的总体战略，采取定点蚕食、巩固相持的方针。主力东进，留下松冈联队和一个宪兵大队，约两千名日军作为驻军屯守陆安州，并控制附近地区，松冈大佐为陆安州驻屯军司令。

这座古城和古城挈领的五县约一万八千平方公里的地面，又开始了一个新的战争时代。基本上以陆安州南侧的隐贤集和颜庄一线为分界，划分出日军占领区，即东北部的庐西、霍苏。这两个县多属丘陵或平原，城镇相对集中。寿颍、安丰、梅山三县，除安丰县城以外，多数地区为国共抗日武装共同占领。天茱山群峰绵延数百里，山高林密，人烟稀少，其中还有被称为无人区的西北老林子。所以双方都没有在这里驻兵，只是松冈在安丰县城留下一个中队，修工事，筑碉堡，建立伪政权，同陆安州呈掎角之势。以保护淮西、豫东公路干线和水上交通，为继续南犯西进扼守通道。

日军江淮派遣军司令部很清楚，单靠松冈手下这两千名日军，要想牢固地控制陆安州，完成为南下日军长期提供粮食的任务，基本上是不可能的，便委任倒戈的原军阀师长宫临济，为“皇协军警备司令”，汉奸部队共有三千人马，兵器精良，给养充足，从理论上讲，作战能力是很强的。

陆安州易手的半个月后，松冈大佐的案头终于出现了一份让他心旷神怡的密电，这已经是关于“沈氏行动”的第四份情报了。此前的三份情报都不那么吉利，每一份都像毒蛇，一份比一份距离更近地向松冈大佐逼近——

江淮谍报皋字一号：截获华东敌报，国民党苏鲁皖战区长官兼江淮省主席李宇煌近日委任原作战部副部长沈轩辕（字文远）少将为陆安州行政公署专员兼警备司令。该沈氏系坚定之抗日分子，沈率随员日前已由鲁南潜入江淮……

江淮谍报皋字二号：截获华东敌报，沈氏轩辕一行进入宿阳地区受阻弃车徒步，沿途联络匪众，预计不日即由庐苏进入陆安州……

江淮谍报皋字三号：截获沈之随员密报，沈氏一行在小蜀山地区遭遇我军特别分队之阻击激战甚猛，我军伤五亡三，沈氏之随员十之亡三逃五，沈与副官汪寅庚乱中逃遁，沈匪负伤甚重，销声匿迹七日……

虽说第三份情报声称“沈匪负伤甚重”，但松冈大佐不这么看，负伤甚重不等于伤而亡之，销声匿迹七日不等于永远销声匿迹。

不知是何原因，即便七十七军几个师拱卫陆安州，松冈大佐也并没有放在眼里，但是出现“沈氏轩辕”这几个字眼，他便很放在心上了。他已联络华东情报机关，尽其可能地搜集沈氏轩辕的情报，虽然早期的无从查询，但是从报纸上剪贴的，在当年的“上海事变”和去年的枣儿庄战役中，关于沈轩辕的报道，就足以触目惊心了。这是一个铁面冷血的中国人，也是一个充满争议的中国人，你不知道他的过去，也不知道他的将来，而只知道这个人“负伤甚重”、“销声匿迹七日”，这显然是很不够的。

松冈有一次甚至产生了一种奇怪的想法，他突然很想见识一下这个在陆安州已经被包围得水泄不通、眼看就要被敌手占领，而恰在此时又被自己的政府任命为陆安州行政公署专员兼警备司令的倒霉蛋。他想这个倒霉蛋一定很清楚这项任命意味着什么，既然知道了还接受了任命并且跋山涉水顶着炮火前来上任，这个倒霉蛋就不是一般的倒霉蛋。这是一个既有城府、又有勇气的倒霉蛋。松冈对这个人既同情，又惋惜，但这毕竟只是个人的一种好奇，是一种隐秘的私人念头。

作为一名军人，尤其是这个城市占领军的最高长官，松冈对于这个人的倒霉，更多的则是幸灾乐祸，甚至还有恐惧。在进入陆安州最初的几天里，这种恐惧非常明显，甚至非常严重，曾经使他在夜半从噩梦中醒来，曾经让他感觉到自己的身边到处都是阴险的眼睛。

“销声匿迹七日”，这是多么可怕啊，谁能担保这个人不会突然出现在陆安州的大街小巷里，或者出现在“皇军”的面前？

现在好了，现在总算了结了。

> 江淮谍报皋字四号：截获沈之随员密报，沈氏在赴任途中遇我军特别行动之分队阻击，重伤后逃遁至小蜀山藏匿，因无医药身亡，尸骨已运往华东。沈氏之随员汪寅庚损毁武器电台，弃残骸于小蜀山，只身潜入淠水河回逃，为我巡逻艇武装人员击毙……

看了这份情报，松冈的内心涌出一种难以名状的情绪，说不清楚是庆幸、松弛还是悲哀。在原晚清州衙门宽大而古色古香的办公室里，坐在雕龙镌凤的花梨木太师椅上，松冈大佐良久不语，只是轻轻地击掌嗟叹，像是为这位不曾谋面的异国对手举行独特的吊唁。

松冈在帝国军人中向以汉学底蕴深厚而闻名，幼时曾在中国上海读书十年，同各种中国人打过交道，深谙一般中国人心理。江淮派遣军长官部赋予他率部驻屯陆安州，为南下西进日军筹粮送粮的重任，也算知人善任。

尽管搞粮食有很多困难，但是松冈还是很有章法的。按照石原次郎的要求，松冈联队于九月份就必须向派遣军长官部交纳七十万斤粮食。本来松冈心里并没有底，但是首次任务完成得有点让人喜出望外。因为日军攻占陆安州之后，在城南发现了一个巨大的粮库，里面足有四百万斤粮食，其中有四分之一是稻谷。这真是天皇保佑！

这个粮库是陆安州城南一个中国人向"皇军"告发的，因为这个小业主被"皇协军"勒令缴纳一千斤粮食或者一百块大洋。于是这个小业主就告诉了"皇协军"，为什么要从我们的牙缝里抠呢？城南的粮库里有的是粮食。当他带着"皇协军"去城南粮库找粮的时候，由于找遍仓房而没有发现粮食，差点儿被"皇协军"毙了。但是这个小业主在生死关头想到了一个至关重要的问题，那就是地下。因为江淮人有在地下埋藏东西的习惯，即使是乡村，稍微殷实一点的人家，土匪来了，房前屋后，灶底树下，只要有耐心，总是能够挖出一些财物来。

"皇协军"把这个情况报告了日军，联队参谋长原信少佐亲自组织挖掘，嘿嘿，果然是一座地下宝藏。

松冈这时候甚至有点后悔了，当初不该那样死乞白赖地跟石原次郎讨价还价。早知道中国军队连粮食都没来得及运走，就应该爽快答应长官的要求，没有必要在石原次郎的面前落个患得患失瞻前顾后的不良印象。

为什么中国军队把粮食留下来了呢？松冈感到不可思议。要是日军，在撤走之前，粮食即使运不走，也一定会放火把它烧了。但是不久松冈似乎就悟出其中的原委。中国军队舍不得烧粮食，对于中国人来说，粮食既是最基本的需要，也是最重要的需要。他们之所以把这些粮食掩埋在仓房下面的地窖里，是因为他们还抱有侥幸心理，认为日军不会挖地三尺。但是他们忽视了一个情况，并不是所有的事情都需要日本人亲自动手，日本人不懂得怎样做的事情，往往有中国人帮助他们做。要是没有中国人的帮助，光靠日本人自己，恐怕连饭都很难吃饱。

发现了地下粮库，使得松冈心头的阴霾一扫而光。粮库固然是重要的，但是最重要的还不是粮库。地下粮库的发现，说明了陆安州在易手之后，并不是一座空城，你不知道哪里会藏着粮食，甚至有可能藏着更值钱的东西。

很快，松冈就喜欢上了这座江淮小城。即便在刚刚占领的时候，松冈也竭力注意保护小城的建筑设施和风俗民情。这里和南京不一样，石原次郎和作战指挥部遵守了诺言，部队是从外围防线打进来的，炮弹大都落在了从大蜀山到小蜀山之间中国守军的三道防线上，所以攻城战斗对城市破坏不大，像样一点的建筑物仍然保持了原样。

按照一个约定俗成的规矩，攻城掠地，占据城池，是要大大犒赏兵卒的。“皇军”从关东到华东，一路征战，两年浴血，终于有了一个如锦似绣半南不北的城市，砸砸店铺，抢抢东西，搞搞女人，都是很正常的。在占领南京的时候，甚至是受到鼓励的事情。但是这次松冈却明确作出规定，并贴出告示，在周边城镇有些行为可以，但在陆安州不许放火，不许杀人，不许强买强卖，不许强奸妇女。

所有物资及其他交易，包括性交之事，均应建立在自愿自觉公平合理的贸易基础之上，不得扰民以损害皇军荣誉……

打了胜仗的部队就像吃了激素的狼群，既然给了大家三天轮流狂欢的机会，岂能是这一纸空文所能制约的？但是松冈珍惜小城的意思却表达清楚了，“怀柔”的态度也充分体现了。

松冈对于陆安州渐渐生发的喜爱不仅是审美意义上的，也有经济意义的。粮食问题已经不那么迫切了，尽管有四百万斤，但松冈还是留了心眼，第一次向派遣军长官部交纳，严格按照七十万斤的标准，多一斤都没有交。松冈的计划是，在把粮库的粮食交完之前这一段时间内，他可以从容地考虑怎样挖掘陆安州的地下财富和耕耘陆安州的地面财富，而不至于让士兵们像狗一样成天在乡村东奔西跑地搜刮粮食。这几个月足够了，几个月后，他将会有更可靠和更巧妙的办法弄到粮食或者比粮食更重要的东西。

小城位于中国南北之间，历史悠久，可圈可点的典故和轶事比比皆是，街头上随便找一座白墙青瓦的建筑，即可看出江淮山水特色和明快而实用的风格，显示出农耕时代此地百姓殷实自足的生活状况。

这些风格和特色让松冈感到亲切。走在小城街心的青石路面上，沐浴着江淮上空泉水一般纯净的阳光，浏览着街道两边的绸布、竹器、药材、果蔬和各种饭馆、茶楼，聆听着招徕生意的吆喝声，松冈的心情会像天空一样晴朗。随着“亲善政权”的初具雏形和百姓情绪的稳定，古城的生活开始恢复了以往的秩序。这时候松冈就开始思考一个比较长远的计划，那就是要竭尽全力地把天皇陛下“大东亚共荣”的旨意在这里得到最完美的实现，力争把陆安州建成一个“亲善”的模范城市，让这里的百姓效忠天皇。那时候就不仅仅是粮食的问题了，粮食算什么？陆安州有比粮食更值得运往日本本土的东西。松冈在思考这些问题的时候，往往会情不自禁地把军事战略意图暂时淡忘一阵子，而为着陆安州贯彻“怀柔亲善政策”的前景激动不已。

陆安州现在至少有两个司令，一个是松冈大佐，另一个是“皇协军”警备司令宫临济。松冈不像多数日军军官那样蓄着仁丹胡子，松冈的长相跟中国人没有太大的区别。有时候两个司令会同时出现在陆安州的某个路口、某个街道或某座建筑物的前面。这时候的松冈既不会佩戴军刀，也不会穿高靿儿马靴，而往往是身着长袍马褂，或者穿当时流行在中国官场的中山装，再或者是西服革履。总而言之，出现在陆安州街面上的松冈大佐，是个绅士。

这样，“皇协军”司令宫临济就不得不备上好几套服装。宫临济穿惯了军装，不管是用灰土布制作的军装，还是用青麻布制作的军装，或者是酱黄色的“皇协军”军装，做工都不是很考究。变来变去地穿在宫临济的身上，没有觉得有什么不得劲。但是自从跟在松冈的后面，来来回回地更换长袍马褂或者中山装之后，宫临济就感到很别扭。特别是西装革履，简直就他妈不是人穿的，穿上了脚脖子酸疼不说，脖颈子更像上了枷锁。但是松冈大佐那么穿了，他得跟上时尚。端人家的碗，服人家的管，难受也得受。

松冈对于宫临济奇形怪状的服装并不介意，只是偶尔会淡淡一笑。一旁的原信少佐马上就会提醒宫临济，西装应该成套的穿，最好不要上面着西服而下面穿马裤，更不要上面是黑的下面是黄的。穿西服尽量穿皮鞋，不要穿布鞋，更不能穿草鞋，穿马裤最好配马靴，如此等等。宫临济虽然从思想上高度重视原信的建议，但有很多技术问题难以处理。

有一天上午去城南观赏摩青塔，松冈站在塔腰眺望，但见淠水河面辽阔，波光粼粼，水天一色，鹭鸟翱翔，不禁诗兴大发，摇头晃脑，信口吟咏：云销雨霁，彩彻区明。落霞与孤鹜齐飞，秋水共长天一色。渔舟唱晚，响穷彭蠡……

宫临济听了半天，不得要领，估摸着说，好诗，好诗！

松冈笑笑，点点头算是肯定。

宫临济马上又说，这样的好诗一定是大日本帝国的李白写的。大日本帝国的李白这个——他伸出了大拇指，中国的李白这个——他又伸出了小手指，并且把手腕朝下翻了一下。

松冈又朝他笑笑。这回宫临济看出来了，他的马屁拍得非常好，松冈大佐笑得非常开心。

经过一番明察暗访，“亲善团”团长董研石给松冈大佐送来了一份陆安州工商界知名人士名单。董研石是从“满洲国”来的，奸龄比宫临济长，所以就比宫临济吃香。这让宫临济的心里很不平衡，同样是汉奸，居然还有个三六九等，妈妈的岂有此理！

董研石向松冈大佐呈报的名单上有糖茶公司老板王月凤，“瑞丰”钱庄大少爷秦永宏，中草药老号“康茱堂”二老爷谢三德，白酒老号“古井坊”大少夏侯舒城，棉麻行董事长王进业等等，一共三十多人。几乎囊括了陆安州工、商、运、贩等各个领域的大小头面人物。

因以上工商行业的掌门人多数在陆安州失陷之前就逃之夭夭，现在陆续回来的并被名单囊括的，除了糖茶公司、棉麻行的人是原掌门人以外，多数都是家族指定的代理人和临时经理人。这些人之所以回到陆安州，有的是亲友通报了陆安州局势渐趋平静的消息，有的则是当地的亲日分子受董研石雇用，前往这些富翁避难的地方送去了松冈大佐的“安民告示”，怀着试探的心理回来的。

但是只有两个人例外，一个是“瑞丰”钱庄的大少爷秦永宏，一个是白酒老号古井坊的大少夏侯舒城。这两个人都是长年离家，一个在宿阳办分号，一个在上海搞经销。但是，他们的身份都是确实无疑的。

松冈问，粮食呢？为什么没有粮食行业的人？

董研石说，陆安州最大的粮食市场是“食为天”粮栈，老板田亦任在“皇军”进攻陆安州之前，被江淮保安团绑架了，至今去向不明。剩下的都是小商小贩，不成气候。

松冈皱着眉头问，怎么又出来一个江淮保安团？什么性质？

董研石说，江淮保安团是江淮省官商集团的地下武装，负责强买强卖。不光老百姓恨之入骨，正道上的生意人也畏之如虎。

松冈笑笑说，这个地方，真是五花八门，无奇不有！

董研石说，因为这个江淮保安团无恶不作，民愤极大，所以有很多地方军队和军阀，干坏事也打着江淮保安团的旗号。我们也利用了一下，上次桃花坞行动就是……

哦，松冈明白了，笑了。然后抖抖手里的名单说，董君，除了那个田亦任，还有谁对粮食行业的情况比较熟悉?

董研石想了想说，那就只有夏侯舒城了。夏侯家族是酒业世家，对于粮食的品种、成色、储期和价格，都应该是比较了解的。但是这个夏侯舒城长年在外经销，不知道对于原料情况是否掌握。

松冈说，近期要抓紧对陆安州工商人士的背景调查，对那两个长年在外的人，不能放过任何环节，要搞清楚他们这些年，什么时候在什么地方，同什么人在一起做什么事情。尤其是对夏侯舒城，要进行重点调查，争取为我所用。

董研石领命而去。

“亲善”工作是松冈十分关注的事情，它将关系到松冈履行陆安州驻屯军司令职责的优劣。董研石走后，他就把原信叫了过来，商讨成立陆安州“亲善商会”事宜。

中国人的事情还得中国人牵头去干，这件事情再也不能拖下去了。松冈对原信这样说。

按计划这天晚上在明月楼听堂会，与陆安州民众同乐，听豫剧名角柳红芬的《指鹿为马》。但是松冈突然决定不去了。宫临济老是参照中国官僚的一些习性来揣摩松冈的好恶，其实松冈感到很厌烦。当宫临济兴致勃勃地赶来请松冈莅临的时候，松冈非常冷淡地向宫临济摆了摆手。松冈指了指原信说，你派个人去。

宫临济一看松冈要变卦，顿时就傻眼了，倒吸一口凉气：这个老鬼子，又拿老子开涮!

兵荒马乱时节，治安问题防不胜防，宫临济成天提心吊胆，出门身前身后要跟二十多个护兵。可松冈偏要做出神闲气定的样子，屁股眼儿一热要尝尝中国的野菜，屁股眼儿一凉要看看陆安州的普德祠，屁股眼儿再一热要接见商会代表。现在，宫临济费了很大周折，花了一千多块大洋才把柳红芬的戏班子从河南境内请来，花酒都准备好了，没想到这狗日的屁股眼儿一凉，又不去了。

宫临济说，太君，柳红芬的，美人的，大大的，水灵的，唱功一流的。这堂会，太君您的不参加，可惜了的!

松冈不耐烦地挥挥手说，好好说中国话!

宫临济心里又骂，老鬼子狗拿耗子，多管闲事。想把腔调变回来说中国话，岂料一紧张还说不好了，是的太君，我的，中国话的不行，太君的行，太君中国话的大大的好！

松冈闭上了眼睛，算是下逐客令了。宫临济还想说什么，原信在一边粗暴地挥了挥手，冲着门外，把头一偏。

宫临济一见鬼子官儿这个态度，心里很是悲凉。想想老子为的是什么啊，还不是为了你们这些狗日的高兴吗？老子好歹也是个师长，对老子居然就像对一条狗！你们以为我投降了就没有退路了是不是？就非得死心塌地地热脸贴你们的冷屁股是不是？惹急眼了老子照样打你的黑枪！老子打从扛枪吃粮，投降也不是一次两次了，老子想投降谁就投降谁！

二

松冈大佐散步的习惯坚持下来了，而且在散步中的心情也一天比一天好。他在散步中巡视小城的变化，体验“怀柔亲善”政策的成效，感觉到这个小城正在沿着“皇军”确定的方向运行，老百姓从行为方式和生活习惯上已经逐步开始接受了“王道乐土”的思想。这让松冈长长地松了一口气。因为这种稳定意味着“皇军”在陆安州建立战略物资中转基地的宏伟计划初步成功。

自从开展“亲善活动”以来，陆安州的秩序逐步走向正常。松冈及其助手就像一群慈祥的救世主，双手伸在陆安州的头顶上，使劲向上煽动，鼓动着“怀柔亲善”的春风。逃难的居民陆续返回，几家不大的工厂，诸如纱厂、铁器厂、木器厂、水厂和食品加工厂等等也运转起来，市面上又出现了小商小贩，粮食、畜禽、茶叶、油盐等贸易也逐步活跃起来了。小城的日子又平和起来。松冈散步数日，阅人无数，那些中国人见到他，全是谦恭的、诚惶诚恐的，隔着老远就闪到一边让路。尽管并不是所有的陆安州人都知道他是松冈大佐，但是他们从他走路的风度上，从他周围前后的气势上，能够感觉出他是一个大人物。

这种景象让松冈大佐的内心很有成就感，也增添了不少安全感。一个显而易见的道理是，只要老百姓安下心来过日子，敌对情绪就会逐步减少，“皇军”的安全系数也就相对增加。否则，你很难想象，一支只有两千人的部队，生活在有二百多万敌对的人群中，能够相安无事。老百姓是很容易对付的，老百姓只想过平安的日子，如果能让他们过上富庶的日子，那他不仅不敌视你，久而久之，反而有可能对你感恩戴德。重要的是，不能让人煽风点火，不能有人挑头闹事。现在，在西部天茱山的抗日武装已经偃旗息鼓了，也许他们在默默地准备着，蓄势待发。但是，他们并不可怕，他们在松冈大佐的眼睛里，不过是一群装备低劣、营养不良、战术糟糕、士气低下、各怀异志的乌合之众。比起二百多万老百姓，他们简直微不足道。

当然，松冈大佐也很清楚，老百姓的平静是暂时的，暂时的平静是因为他们缺乏组织，缺乏思想，缺乏装备。一旦他们被组织起来，被鼓动起来，被点燃起来，后果仍然是十分可怕的。占领军永远是孤立的，永远是海洋中的一座小岛，稍有不慎，就有可能被淹没。

陆安州需要一个既能够贯彻“皇军”意图，又能够收拢民心的精神领袖和行政长官。这个人只能是中国人，而且应该是一个体面的、深孚众望的绅士。最好在当地树大根深，有盘根错节的根基，有一呼百应的感召力。这个角色旧官僚不行，黑势力不行，“皇协军”更不行。

此后的一段时间，寻找一个代言人，一个向陆安州二百万人灌输“皇军”的“怀柔亲善”思想的人，以便帮助“皇军”建立以“王道乐土”为基础的、安全的、稳固的军事战略支撑基地，就成了松冈大佐的一件重要的事情。可是这样的人到哪里去找呢？当然不能寄希望于大街上撞一个，更不能指望天上掉下来一个。

董矸石的调查工作卓有成效。现在已经搞清楚了，上次搞的那份陆安州工商界知名人士名单，基本上是名副其实的，而且多数没有排日倾向。这一点松冈理解，生意人嘛，最看重的莫过于一个利字，唯利是图，见利忘义，利欲熏心，说的都是商人。松冈当然不会只听董矸石的，又密嘱原信，让江淮派遣军谋报机关再组织一次调查。结果同董矸石调查的情况大同小异，证明这些人确实只是生意人，而没有其他政治背景。唯有夏侯舒城，早年曾经读过江淮学堂，攻读法律，但是由于国共开战，此人对于中国法制心灰意懒，很快又弃法从商了。作为古井坊上房长子，这些年一直是古井坊驻外经销总管。

情况是搞清楚了，但是靠这些人来维持“亲善商会”，能不能撑得起来，能不能打开局面，松冈心里还不是很有数。如果没有一点政治头脑，光会做生意是不行的，那样他们反而会利用为“皇军”征粮的机会，中饱私囊。所以，必须找一个既有生意路数又能深谋远虑的骨干，哪怕他并不忠诚于“皇军”，那也没有关系。反正是利用，用完了再处理。再说，在这个国家里，你别指望谁会真正忠诚于“皇军”，你只要搞清楚谁能为“皇军”所用、能派多大的用场、能用多长时间就行了。一个浅显的道理是，越是忠于“皇军”的人，越是背叛他们的祖国。与之相悖的是，他们越是可以背叛祖国，他们也就越有可能背叛“皇军”。

自从有了这个想法，松冈就开始留意了。他打算等陆安州的局势再稳定一段时间，就开始一一接见夏侯舒城王月凤之流。不管怎么说，“亲善商会”还是要早一点成立，粮食嘛，能够通过商业手段搞到更好，真正要动武力，那就麻烦了。

松冈对那个夏侯舒城更感兴趣一些。一是因为夏侯舒城是酒业家族的老大，二是因为他曾经读过高等学堂，而且学过法律，比起单纯的商人，更适合做“亲善怀柔”的招牌。当然，有从军从政经历的，背景也就更复杂一点，但是没关系，反正又不是让他们管军队。

有一天清晨，松冈照例散步。他突然发现这个小城多了一张面孔。小城有将近十万人口，松冈不可能记得所有的面孔，这些面孔出现不出现并不重要。但是，有一张面孔，只要出现了，就不能不让他注意。

在城南淠水河边的摩青塔下，松冈看见了那个穿着黑色长袍的中年人。他无法估算那个人的年龄，也许是三十多岁，也许更年轻一点。他引起松冈注意的唯一原因是因为他在思考，他在塔下的广场凝望，凝望霞光映照的波光粼粼的河面，若有所思。黑色的长衫下摆款款飘动，逆光远远看去，像是一个剪影。松冈向身后示意，让那些环绕前后、拱卫四周的幽灵们敛步，然后独自一人靠了过去。

早晨的阳光很好。微风清爽，河面上白色和灰色的水鸟欢快地舞蹈。广场上人很少，这个时候的人们都在忙活自己的营生，在松冈的感觉上，他们也是在享受“王道乐土”的安宁。但是这个身着黑色长袍的男人却拥有如此闲情逸致，在这里风雅信步，这本身就不是一件寻常的事情。

走近了。在距离黑袍人五六步远的地方，松冈停下脚步。黑袍人侧过头来，看了看松冈，眼睛里有一丝诧异，似乎对有人打破了这里的宁静而不安。但随即恢复了正常，继续凝望河面，并移动步子，沿河岸向东边走去。

先生——松冈在后面轻轻地喊了一声。

黑袍人站住了，回过头看着松冈。

松冈说，在这个秋高气爽的小城，在这个秋高气爽的时候，有两个人在一个秋高气爽的地方相遇了。先生，你认为这是一种巧合吗？

黑袍人看了松冈一眼，微微一笑说，我不明白先生说的是什么。说完又要走。

松冈跟上去说，我是说，如果这个城市在这个时候还有人在思考什么问题的话，那么就是两个人——你和我。

黑袍人笑了，说，哦，是吗？可是我想，我们思考的并不一定是同一个问题。

松冈说，何以见得啊？当然，我们的身份决定我们思考的内容。先生你在想什么问题呢？

黑袍人说，我在看淠水河的水。

松冈也把目光落在水面上，然后问，不知道先生都看到了什么？

黑袍人说，山有多高，水有多高。我在看这水来自何方，又流向何方。

松冈的眼睛闪烁了一下说，你看这河面，应该是帆过船往，渔舟晓唱，可如今却空空荡荡，徒有一泓碧波东流远逝。不知先生在观赏河面的时候，是否想到了一句成语——水能载舟，亦能覆舟。

黑袍人说，我只是一介草民，更多地关注这水的作用。具体地说，就是它给我带来的利益。

松冈作不解状，利益，什么利益？

黑袍人说，在这地下，有一道我们看不见的暗渠，这来自深山的甘冽清澈的泉水，就从这暗渠里汩汩流向我的脚下，然后它会变成火一样的液体，那就是我的财富。黑袍人似乎很动情，目光闪烁着投向很远的水面。

松冈这回真的有点惊讶了，说，也许你已经知道了，敝人的身份是大日本“皇军”中国陆安州驻屯军司令松冈龟尾大佐。请问先生您……

黑袍人也惊讶了一下，脸上马上严肃起来说，不知道先生就是大名鼎鼎的松冈大佐，失敬失敬！说着向松冈掀了掀礼帽——敝人乃陆安州市民，古井坊传人夏侯舒城。

松冈眯起眼睛问道，是古井坊老号吗？

自称夏侯舒城的黑袍人说，正是。松冈先生莫非对敝号有所耳闻？

松冈高兴地说，岂止耳闻，敝人正想拜见夏侯先生呢！

夏侯舒城似乎有点意外，轻轻地哦了一声。松冈解释说，“皇军”体恤陆安州百姓深受战乱涂炭，有心解民众以倒悬，携手建立东亚“王道乐土”。本司令一再呼吁，恢复发展陆安州工商，其中贵号历史悠久，品牌驰名，畅销江淮，正是我要重点开辟之实业。不料今日得见先生，看来你我有缘啊！

夏侯舒城仍是一脸茫然说，兵荒马乱，举家迁徙，我也只是代父打理老号，而且未作长久打算。承蒙贵军温和政策，清理盘点，不日也另迁他处，不知能为松冈先生做点什么？

松冈说，我听说夏侯舒城先生本来并不在陆安州经营，只是近日才返回故里，意欲重振家业。为什么又要说走呢？

夏侯舒城无语，停了停说，覆巢之下，安有完卵？

松冈怔了一下，突然笑了说，那这样，夏侯舒城先生既然已经回来，何不体会一下“皇军”的“怀柔亲善”政策？我和诸君可以重建陆安州之文明，达成州泰民安之境界，形成道不拾遗之风气，岂不是给生意人创造了公德天地？到那个时候夏侯先生再作定夺。若是合适，则留下，生意是有的做的；若是不合适，再说走也不迟。

夏侯舒城想了想说，陆安州乃我古井坊发祥地，树大根深，何尝忍心舍弃？如果真如松冈先生所说，道不拾遗夜不闭户，那自然好了。

松冈立即展开笑容，一高兴，中国话就不地道了，吆西吆西，大大的良民，中日友好提携的干活，“王道乐土”的有功之臣，等等。

夏侯舒城倒是宠辱不惊，好奇地看着松冈说，松冈先生过奖了，生意人，不过图个财源茂盛而已，未尝有那么高的境界。况且，我只是在观望，并没有说不走啊。

松冈说，那也很好，事情嘛，既然有了开头，也就一定会有结局。

分手之后，回到驻屯军司令部，松冈立即把原信叫来，布置对夏侯舒城进行严格的调查。不仅调查他的家族，而且调查古井坊的所有归来人员，尤其是在陆安州易手前后半年，夏侯舒城及其古井坊佣工的足迹行踪。

这项工作持续了半个多月，经华东谍报机关调查，夏侯家族系江淮酒业巨擘，祖上为亳州曹氏旁系，清代为红顶商人。夏侯舒城系夏侯家族第十六代嫡孙，大房长子，曾就读于江淮大学堂，常年驻沪经销。夏侯舒城身份确凿无疑。

松冈大佐觉得这是个很有价值的人，这种看法源于夏侯舒城的平静状态和由此表现的平常心态。在这个小城里，能够保持平常心态的人不多。松冈大佐身边不乏中国人，他们像众星捧月般地环绕在松冈的周围，谦恭，谨慎，阿谀，奉承，以松冈的喜怒哀乐为自己的喜怒哀乐。松冈需要他们，但松冈轻视他们。他需要同体面的、有主见的，甚至有民族自尊心的中国人交朋友。因为这样的中国人更有影响力和号召力，而夏侯舒城基本上具备了这种素质。

三

天茱山在江淮底部向西拐了弯，便拐出了两个天地。西南山根的梅山城里驻扎着七十七军新三师栗统飞的一二四团，梅山城外船儿冲是七十七军四师唐春秋的一二五团，这两个团现在都直属天茱山长官部长官侯先觉的指挥。东北山根下同一二五团比邻的是霍英山的天茱山抗日游击支队，以白塔畈为根据地，支队部设在杜家老楼。

由于游击支队在陆安州保卫战中助了唐春秋一臂之力，陆安州失陷之后，为加强地方抗日力量，加之唐春秋的斡旋，国军苏鲁皖长官部勉强认可新四军天茱山抗日游击支队的番号，不过只发一个营三个连队并营部共三百二十人的军饷。鉴于抗战需要，对于游击支队的其他杂牌和地方部队的存在，不发军饷也不取缔，采取睁一只眼闭一只眼的态度。

这一时期，日军因兵力所限，为了实现其长期固守陆安州战略要地之企图，很少主动挑衅，国军苏鲁皖长官部也给属下各部下达了“驻守对峙，保存实力，以空间换取时间，积小胜为大胜”等战略指导原则，在这样的背景下，战争形势相对平静。

不久，通过陆安州地下组织，天茱山抗日游击支队接到一份密函——

日军自占领陆安州之后，即将该城确定为南下西进战略中转之物资基地，意欲建立长久秩序，保障中南战场军粮，因此近期无意出战。应抓紧这一有利时机，进行休整补充。今后之作战方针为：学习文化，强化思想；动员民众，扩大武装；补充装备，积累军需。指挥员应以主要精力研究战术，不打无准备之仗，不打无把握之仗。仗要算着打，要打明白仗，仓促应战之被动仗应尽量避免之。各级指挥员应牢记，没有文化就没有觉悟，没有觉悟就没有思想，没有思想就没有信仰，没有信仰就没有战斗力。我们要充分利用文化宣传武器，揭露日军侵华本质和残酷暴行，激发民众觉悟，陷敌于陆安州民众之汪洋大海……

密函是一个自称皮货商的中年汉子送上山来的。在彭伊枫的住处，由皮货商口述，王凌霄记录。彭伊枫拿到这个指令就明白了，"老头子"开始动作了。

这份指令太及时了，不但针对性强，有政治，有政策，有措施，而且还有具体的办法。显然，这个思想出自深谙对敌斗争艺术的行家里手。

——仗要算着打，要打明白仗！

这句话唤起了彭伊枫脑海中的某种记忆，似乎在某个特定的环境里，他的思维曾经被这句话激活过、点燃过。随着回忆的深入，他的脑海里甚至一度出现了一个颀长的身影，然而这只是一个模糊的印象，稍纵即逝，捉摸不定。

皮货商在完成任务之后就不再说别的了。彭伊枫老想从皮货商那里多了解点情况，尤其是那个已经成为陆安州抗日行动总指挥的"老头子"，到底是个什么样的人呢？但是他没有说出口。非常时期的原则是，不该问的不问，不该说的不说。

彭伊枫亲自把皮货商送到莲花村，路上彭伊枫发现他不停地咳嗽，就关切地问他是不是病了，有条件到城里医院瞧瞧肺。又说，诊断出是什么病告诉我，天茱山有很多中药，我们为你备一点。皮货商笑笑说，老毛病了，彭主任心里想着大事，就别为我操心了。

直到分手的时候，皮货商才告诉彭伊枫说，鉴于陆安州抗日斗争形势复杂，情况特殊，今后由"老头子"直接指挥天茱山抗日游击支队，并负责协调陆安州所有抗日武装行动，江淮军区不再插手。他是"老头子"的联络员，同彭伊枫单线联系，"老头子"的所有命令、指示、情报仍然以江淮军区的名义出现。如果他牺牲了，密码即行作废，"老头子"会以另外的方式同彭联系。

皮货商的话说得很自然，却让彭伊枫感到了前所未有的压力。从这个联络员诡秘的行色和这份密令的传送方式上，他能够感觉到陆安州的抗日斗争形势严峻到了何等程度。彭伊枫问，如果我牺牲了呢？天茱山抗日游击支队由谁接受"老头子"的指示？

皮货商笑笑说，彭主任问了不该问的问题。

皮货商走后，彭伊枫的心情很乱，回味“老头子”的指令，觉得十分亲切。那里面的好多意思似曾相识，尤其是那几句，“没有文化就没有觉悟，没有觉悟就没有思想，没有思想就没有信仰，没有信仰就没有战斗力。”耳熟能详，简直就像是“老头子”在向熟悉他的人发出的暗示，告诉他的部属们：同志们不用担心，我来了！

彭伊枫越想越觉得这种可能性是存在的。那天夜里，他终于想起了一个场景，不禁有些激动，半夜里披衣下床，并让警卫员到霍英山那里，把水烟借来，抽了两筒。

他想起了红军时期的一件事情。

那是在川陕根据地的时候，形势稍微缓和一点，部队常常组织讲课。他记得有一次讲的课题是《文化与战斗力的关系》，讲课人是一位瘦高个师政委，看样子接近三十岁，扎着绑腿，神采奕奕，耳朵根上夹着半截铅笔头。他讲课的时候微微仰起下巴，一只手叉腰，一只手挥动着，极富煽动力和感染力。当时第一次淞沪抗战刚刚结束不久，瘦高个师政委痛心疾首地历陈日军的残暴和中国军队指挥的混乱。在讲到十九路军含恨撤离、八百壮士被围困孤岛而中国政府束手无策的时候，他的眼睛里闪烁着痛楚的光芒。他引用了前美国驻华公使杨约翰在鸦片战争之后说过的一段话，令彭伊枫至今难忘，“中国如果愿意与日本和好，不在条约而在自强，因为条约可不照办，自强则不敢生心矣。中国之大害在‘弱’之一字。国家譬之人身，人生一弱则百病来侵，一强则外邪不入。”

彭伊枫记得，他当时还提问了，中国之弱到底是什么原因产生的？瘦高个师政委略一沉吟说，这个问题很复杂。弱，首先表现在军事和外交上，而军事和外交的弱，是由经济实力决定的；经济能否繁荣，又是靠政治制度决定的；而政治制度，则是由文化决定的。我们都知道晚清政府腐朽透顶，可是就这么一个腐朽透顶的朝廷，也能够指挥我们这么大的国家走向愚昧和落后。皇帝再坏，他也只是一个人，可悲的是大臣们跟着坏，官吏们也跟着坏，更可悲的是老百姓往往逆来顺受容忍了并接受了坏的政治。当然，我们不能把国家落后的账算在老百姓的头上。我们这个国家，经历了漫长的封建统治，仁义礼智信，三纲五常，都是强调礼仪等级忠君良民。各级官员只知道爵位等级权利好处，只培养奴性，不提倡个性，更谈不上创造了。所谓的大国文化，如果不能同世界先进文明融合，那就是自欺欺人。我国的道德文化发展到近代，越来越虚化，在我看来不过“三而”：大而无当，多而不精，华而不实。因空泛而缺乏实际的教化意义，因不着边际而变成清谈废话。说我们泱泱大国文化底蕴最丰富，其实我们中国的老百姓最没有文化，因此导致信仰模糊，士重官轻德，商重利忘义。更有甚者，只知有家不知有国，明哲保身，天塌下来大家都希望别人顶着，结果谁也没有顶住。一句话说到底，中国之弱，根子在于文化的虚妄。军事也好，经济也好，政治也好，仅仅都是表现。只要大家有了正确的信仰，有了爱国之心，有了报国之责任感，一切军事、政治、经济的问题都将迎刃而解。

联系到具体工作，瘦高个师政委还说，怎么来改善我们的文化？就是要教育。首先要靠我们这些指挥员教育部队掌握基础的文化知识，要让部队懂得，没有文化就没有觉悟，没有觉悟就没有思想，没有思想就没有信仰，没有信仰就没有为国家而战不惜牺牲的精神。技术需要文化，战术需要文化，战略思想还是需要文化。没有文化，只凭借匹夫之勇，是不可能取得持久的胜利的。一句话说到底，我们搞武装斗争，就是要充分运用文化，文化就是军队，文化就是机关枪，文化就是迫击炮。要通过文化的手段，激发我们官兵对敌人的仇恨；要通过文化的手段，教会我们的官兵怎样打敌人；要通过文化的手段，让我们的官兵都成为思想上的先进者、战斗中的勇敢者……

让彭伊枫印象最深的，是瘦高个师政委讲课时的表情。他的目光像燕子一样在听课者的眼前掠过，上下翻飞。讲到起劲的时候，他会把胳膊高高地举起，手指伸张，手掌在空中挥舞。激动的时候，他会倏然把五指收拢，胳膊在眼前有力地抖动。他仰望天空，大声地，一遍一遍地说，有了信仰，就能把力量凝聚起来；把拳头攥起来，就是长城；把拳头攥起来，无坚不摧……

这些话在长征的路上，在离开陕北的日日夜夜里，已经被彭伊枫在心里咀嚼了无数遍。难怪听起来那么耳熟，它已经成了革命斗争的经典教材了。

四

王凌霄把那份由皮货商口述的指令写好之后，眼看着彭伊枫默读指令时的表情，心里突然涌上一种异样的感觉。恍恍惚惚，她觉得这个神秘的指令同她有某种关联。指令中的行文风格、语气和思维方式，似乎都在唤醒蛰伏在她心中的某种记忆。有一会儿工夫，她竟然把这个指令同他联系在一起了。

但是她很快就排除了这种可能。因为他已经死了。她曾经得到过肯定的答复，他已经被保卫局的同志“代表党和人民”处决了，那么，他怎么可能还在这里出现呢？仅凭几句话，仅仅凭借这几句话的语气和风格，就判断是他，似乎有些荒谬。她想这或许是她背的包袱过于沉重的原因。她太渴望有一天能够见到他，从而把这些年来她的委屈、她的痛苦和她的愧疚向他倾诉。这或许就是日有所思，夜有所梦，产生了幻觉。

来到天茱山之后，王凌霄一直告诫自己，要克服一切困难，褪去资产阶级娇小姐的习气，澄清对于革命的模糊认识。她甚至不允许自己伤感，她愿意承担一切艰苦的、甚至危险的工作，来洗刷自己曾经有过的错误乃至罪责。

这些日子，她一直有意无意地关注着一个地方，那个叫作云舒庄园的地方。然而，她没有得到任何关于那个地方的信息。那就像一场梦，那是她梦里去过的地方，在梦里，她在那一片纯净的阳光里遨游过。她曾经依偎过的那副宽大的肩膀和那个满山都是桂花的云舒庄园，似乎都没有真实地存在过。

但这一切分明又不是梦，那些事情真真切切地发生过。如今回想，犹如昨天。

她至今仍然清晰地记得，离开云舒庄园的前一天，沈先生的脸上终于有了笑容。他告诉她，交通员已经为他们铺设了一条通往川陕根据地的秘密路线。他们不仅可以安全越过敌占区，而且还可以带去一批药品和枪支弹药。

这下好了，这下好了。我们的队伍太艰苦了，他们不光吃不饱穿不暖，而且连生病负伤都没办法治疗，只能眼睁睁地扛着。这下好了，这下又可以解决很多问题了。

他一遍一遍地说着，眼睛里流露出幸福的光芒。

那些物资多数都是他的家族出资高价购买的。他那个家族似乎都是革命者，而他只是其中的一个代表。他后来还向她介绍了红军根据地的艰苦和坚强——我们的同志都是铁打的筋骨，任何艰难困苦也打不倒他们。即便没有粮食和药品，但是凭借坚定的信仰，他们可以支撑到生命的最后一息。想想他们，我们没有任何理由退缩。我们绝不能退缩，我们必须实现英特纳雄耐尔，我们一定要建立一个民主、平等、自由的政权……

他激动地诉说着，她平静地仰望着他。这时候她发现他像一个虔诚的圣徒，他的目光纯净如同婴儿，他的声音犹如低沉的雷鸣……那天下午，在云舒庄园南边的那片阡陌之间，在一片随风飘香的桂花的海洋里，他教会了她骑马。他说那是为了战争的需要，他们必须使自己拥有速度。他自己骑的是一匹雄壮的雪青马，让乔乔给她牵来一匹红色的小马驹。他教她乘鞍、持缰，然后让乔乔拉着缰绳在前面小跑。可是她还是害怕，马一跑起来她就惊叫起来。

为了鼓励她的胆量，他让乔乔给她做示范。她惊异于乔乔有那样精湛的骑术，乔乔没有骑那匹小马驹，而是笑嘻嘻地、无拘无束地从他的手里接过了雪青马的缰绳，纵身一跃便打马飞奔。那马在纵横交错的田野里像一道流星，疾驰远去。她借机抱住了他的胳膊，不无嫉妒地说，啊，你们家的丫头都是骑手啊，你是怎么调教她的？

他一本正经地说，她不光会骑马，枪也打得准呢。

王凌霄没说话，心里有种东西在爬。过了一会儿才说，我看这个乔乔，不像个土生土长的山里女娃，倒像见过大世面的。

他异样地看了她一眼，意味深长地笑笑说，是啊，这孩子虽然命苦，倒是聪明，琴棋书画无所不精。要不是爷爷和奶奶舍不得，我就把她带到川陕去了。那样她一定会成为一个出色的红军战士。

王凌霄突然来了情绪，气鼓鼓地说，那你把她带走好了，我留下来给你爷爷奶奶当丫头。

他这才意识到王凌霄不高兴了，转过脸来，刮着她的鼻子说，看看，还大家闺秀呢，这么小家子气。要说剥削，对她我真是剥削了，为了老人，只好把她困在这世外桃源了。不过，将来条件允许，我还是要把她接出去。

没想到这一句话激发了王凌霄的斗志。等乔乔策马归来，王凌霄脸色很不好看地迎了上去，从乔乔的手里抢过缰绳，还没等他和乔乔回过神来，她已经翻身上马，“刷”地一声甩起了马鞭子。那马吃了一惊，昂首嘶鸣，然后就一跃而起，前蹄腾空，接着便冲出场坝。她本来是赌气，没想到雪青马会如此不理解她，会如此不给面子，在狂奔中她几次险些被掀翻。他一边大叫危险，一边跨上小马驹，从另一个方向迎了上去，在两马交臂的一刹那，纵身一跃，跳上了雪青马的背上，把她稳稳地抱住了。已经狂躁的雪青马，顿时就温顺下来，放慢了速度。

那天，在她的坚持下，他们骑着雪青马跑了很远很远，向着西边的山根下驰骋。在那个时刻，她不再有任何恐惧，也不再有嫉妒。一切都不存在了，远山，落日，通红通红的火烧云，随风起伏的稻浪，遍地飘香的桂花，还有那个笑声咯咯无忧无虑的农家丫头乔乔……这个世界上似乎只剩下了他和她。他就在她的身后，揽着她的腰际，他的喘息吹拂着她的发梢，他的汗和她的汗交汇在一起落在马背上。

不久，他们就到达了川陕根据地，她被分配在红四军学习报务，并逐渐成为川陕根据地的一名电台专家。像她这样拥有专科学历的红军干部，在根据地凤毛麟角，干什么都是卓尔不群的。他则在红四军的一个团里担任政治委员，很快就升任师政委。

他并不像她想象的那样只知道革命，他的一颗心忠贞而又细腻。有一件小事王凌霄永远也不会忘记。

那时候只知道革命要吃苦，至于是怎样的苦，却很抽象，哪里想到会苦成这样啊？在她的生活经验里，从来不曾料想人类还有这样一种活法——在一段特别艰苦的时期，他们常常住在草棚里，或者山洞里，条件好的时候分散住在老百姓的土坯草屋里。他们有的背着破破烂烂的铺盖，有的连铺盖也没有，睡觉的时候身上居然盖着茅草。如果不是亲眼所见，王凌霄绝对不会相信，人类社会发展到今天，还有这样茹毛饮血的生活，还有这样破烂不堪的军队。他们吃什么呢？多数的时候他们吃杂粮野菜，偶尔弄到一些物资，打一次牙祭。一个月能吃上一次肉，他们就幸福得像个上帝。

更为难以忍受的是，女人需要“战胜生理上的困难”。生理上的困难怎么战胜呢？那就是说，包括洗澡、洗脚的问题都要克服，也包括来月经的问题也要克服。红军队伍连粮食问题都解决不了，不可能为女人们解决手纸，这是令王凌霄最为痛苦的事情。有一天他来看她，没有带别的东西，居然从挎包里掏出了两大卷黄色的草纸。

就在这一瞬间，她对他的所有的感情都明朗了，她终于知道，自己已经不可逆转地爱上了这个人。她爱他的理由有许多许多，而他在战争的间隙能够给她送草纸来，应该是诸多理由中的最重要的一条理由。与众多普通的红军官兵不同的是，她爱上的这个人是知道未来的，是懂得人应该怎样生活的。他放弃了正常人的生活，甚至是优裕的生活，同样在这里茹毛饮血，过着非人的生活，是因为他想营造人的生活。他是一个有信念和理想的圣徒，是一个以自己的苦难感召生活的苦行僧。他的身躯内似乎蕴含着取之不尽的激情和智慧，他的坚定的眼睛里似乎永远闪动着意志和果敢的光芒。跟这样的人在一起，你没有理由不被他感染。倘若不是有他这样的人跟这群没有文化的、生活行为方式原始的汉子成为同志，那她王凌霄在这里一天也呆不下去。既然呆下去了，她就有理由认为自己也就有了某种崇高，也具备了圣徒的某种品质。她和他一样，是带领这个苦难群体走向文明殿堂的前行者。

然而，后来的事情却是那样的始料不及，她怎么会想得到他是那样的人呢？她又怎么能想到，把他推向死亡之路的，竟然是她！于是乎她陷入到长久的、不能自拔的精神苦难之中。

今生今世，这一切还能重见天日吗？

独自站在杜家老楼外面的山冈上，望着西边那日复一日的火烧云，王凌霄常常暗自饮泣。

五

古井坊老号在陆安州城南君院街。

松冈带着宫临济等人登门造访古井坊的时候，夏侯舒城正在二楼的堂屋里面壁而坐。

楼是砖墙木板楼。天井一侧有一棵高于房顶的银杏树，枝叶繁茂，上午的阳光从树叶的缝隙里落下，湿润清爽。天井下面东西两边各有一个花池，一边种着桂花，一边是栀子花。满院香味。

江淮人家的堂屋，既是家族的会客厅，又是商号或作坊的议事堂。堂屋居二楼正中，大门朝南，内廊回旋，连接东西耳房和正南的一层门楼。因为事先没有打招呼，门房见到身着便装的松冈等人，有点诧异，正要询问什么，宫临济马上说，这是松冈大佐太君，赶紧通报你家老爷。门房顿时脸色煞白，骇然不知所措。

松冈微笑着说，怎么，没见过日本人？

说话间，夏侯舒城出现在二楼阳台上，往下一看，也面露意外神色，没有说话，快步走下楼来，迎着松冈说，欢迎来鄙号视察。

松冈微微笑道，谈不上视察，登门拜访夏侯先生。

夏侯舒城伸手一让说，里面请。

一行人上了二楼，夏侯舒城吩咐佣人准备茶点。松冈坐下后，仰起脑袋转着屁股四下打量，只见正中头顶上高悬一副匾额，上面黑底白迹三个大字：古井坊。正南墙壁上，隔窗挂着古井坊的“勤业训词”、“拓业准则”、“开业十戒”等行业条规。正北无窗的墙壁上，有一条长屏，上面有两行正楷大字——

粗茶淡饭些许酒，这个福老父享了；

齐家治国平天下，此等事小儿办去。

松冈笑道，有意思，有意思。寥寥数语，既有超然于庙堂的淡泊之心，也有忧国忧民的高远境界，难能可贵。

夏侯舒城顺着松冈的视线看过去，知道他讲的是那个长屏，呵呵一笑说，这是林则徐之父写给林大人的，家父借来一用，无非借势于一个“酒”字。小本实业，惨淡经营啊。

夏侯舒城的解释好像有点出乎松冈的意料，松冈哦了一声，移动目光，继续扫描室内，一副兴致盎然和好奇的样子。后来松冈的目光就落在了对面西墙下的一个硬木矮脚机上。那是夏侯家族祖传的一个特殊用具，主要用于当家理事者“每日三省吾身”而用。松冈的目光在硬木机上流连了很长时间，他在想象，夏侯舒城这样的人，盘腿在这样一个硬木机上面壁而坐是个什么样子，面壁人的心里是真空还是半空，抑或是不空。松冈注意地看了一下西方的那面墙壁，那里空空如也，光线很暗，只有岁月留下的斑驳痕迹。

茶点端上来了，夏侯舒城彬彬有礼地招呼说，松冈先生微服私宅，属于远道客人，请品茶。然后向宫临济点头致意说，宫先生请。

这时候出现了一个意外。佣人忙着布置茶点的时候，宫临济一直目不转睛地观察佣人的一举一动和夏侯舒城的眼神，待各自面前的茶点放好，夏侯舒城又向松冈做了个邀请的动作时，宫临济突然说，且慢。夏侯舒城愣住了，松冈也愣住了。只见宫临济站起身来，弯下腰去，背着一只手，像一只竖起来的大虾，两只眼睛俯在茶几的上空，对三道茶点进行轮番睃巡。夏侯舒城明白了宫临济的意思，冷笑一声，掐上了雪茄，擦燃洋火，捻着洋火棍子，觑了宫临济一眼说，怎么，怕下毒？

宫临济头也没抬，还在观察那几只小碗小碟，看了一会儿直起腰杆对夏侯舒城说，贵号果然是富豪，茶具都是这样精美。说完，向松冈堆起一脸皱褶，松冈会意一笑，并点了点头。松冈说，是啊，宫师长说的不错，中国人说，好马要好鞍，好茶也得要好茶碗。

受到松冈的默许，宫临济的感觉进入了最佳状态。在松冈说话的时候，宫临济弯腰端起了景瓷茶碗，举在眼前，煞有介事地观赏一番，然后把它放回，再重新举起一个，再放回。几个回合下来，变戏法似的，把三个人面前的茶碗调了个个儿。

夏侯舒城抽着雪茄，冷眼相观，微微一笑。

松冈解嘲似的说，夏侯先生，你见过日本的茶道吗？工序是非常繁琐的。喝茶的含义已经远远不在茶的本身了，而往往就在那些工序里。

夏侯舒城笑笑说，松冈先生的意思是，让宫师长给我们表演一场宫式日本茶道？哈哈，有趣！

松冈也跟着傻笑，说，夏侯先生不要介意，这是……啊，宫先生，你的表演可以停止了，我们喝茶吧。

夏侯舒城说，没关系，可以理解。松冈先生是不是在陆安州感到很不安全？

松冈表情一僵说，夏侯先生何出此言？

夏侯舒城说，风声鹤唳，草木皆兵，这些成语都是出自陆安州和陆安州附近。淝水之战的遗址就在陆安州境内。

说完，向佣人一挥手，要来一只空碗。

松冈说，夏侯先生误解了，误解了。宫师长，我们还是喝茶吧。

夏侯舒城说，宫师长你那是雕虫小技了，难免百密一疏。中国宫廷和要员家庭，每逢江山板荡多事之秋，为了防止对手下毒，往往实行尝试制度。说着，拿起小勺，从几个茶碗里舀出一些茶水，把碗交给佣人说，当着他们的面，把它喝下去！

松冈立即制止，夏侯先生，何必如此，这不是让我们难堪吗？

夏侯先生说，宫师长提醒了我，这样做非常有必要。

松冈困惑地看着夏侯舒城，宫临济也稀里糊涂地看着夏侯舒城。

夏侯舒城说，这样做真的很有必要，日本军队到陆安州来，可不是驮着礼物来做客的，那是用枪炮开路打进来的。我不能担保没有人对松冈大佐恨之入骨，我甚至不能担保古井坊里就没有仇视松冈先生的人。万一出个差错，敝人担待不起啊！

松冈和宫临济面面相觑。松冈说，夏侯先生是开玩笑了，开玩笑！我们……我们不开这个玩笑了。请用茶吧。

夏侯舒城说，请松冈先生稍等一下，对于你个人的安危，请你不要相信任何中国人，包括本人，甚至包括宫临济先生。

说完，向佣人一扬下巴，脸色一沉，喝道，喝下去！

佣人在众目睽睽之下把茶喝了，还向松冈和宫临济亮了亮碗底。

松冈突然哈哈大笑说，你们两个中国人都很幽默，我很开心。

宫临济说，太君开心，那就好。

夏侯舒城说，请吧，现在我们都可以放心了。

松冈说，夏侯先生太客气了。端起茶碗，呷了一口，嚅动舌尖，脸上出现愕然神色说，好香的茶，似乎有酒味儿呢。

宫临济端起小小的茶碗，喝了一口，也咂了咂嘴说，夏侯先生，这茶好像米酒啊。

夏侯舒城说，这是敝号特产，名曰桂花酒茶。

松冈又呷了一口，咂动唇舌，品尝许久，然后眯缝着小眼睛，饶有兴趣地看着夏侯舒城，赞叹道，曾经听人说过以茶代酒，今天却尝到了以酒代茶，真是美妙绝伦。

夏侯舒城脸上略有得意之色，悠悠地说，实不相瞒，这种酒茶是敝人受西洋鸡尾酒会的启发，请上海一位调酒师和本号酒博士共同研制而成。用天茱山上好茶叶铁桂兰，八月的桂花，兑以敝号古井原浆发酵炮制，有滋容养颜健身之功效。曾在法国、俄罗斯等国驻上海领事馆风靡。

松冈说，清香沁脾，余味绵长，齿间留香，确实是人间上品。但工序如此复杂，用料如此精湛，一定是很昂贵的了。

夏侯舒城说，寻常百姓是无缘消受的，每年所产不过百余甑，敝号自用，接待贵客。生意萧条岁月，仅此一项产品，也可勉强支撑。

松冈说，贵号有此绝品，定然立于不败之地。

夏侯舒城说，谢谢松冈先生美言。经营之道，贵在出精，胜在出新，此为家训。

在松冈同夏侯舒城谈茶论酒的时候，宫临济坐立不安。他可没有松冈的闲情雅致，把碗里的茶一饮而尽，然后就东张西望。

松冈对宫临济说，你可以先走一步了，我想同夏侯先生单独谈谈，谈谈酒。

宫临济当然不敢先走一步，但是松冈既然驱逐了，他也不敢赖在议事堂里不走，只好起身告辞，说到院子里走一走。坐在外屋的雕花红木椅子上，宫临济就在心里骂松冈，这狗日的老鬼子真是远香近臭的主，夏侯家的几杯猫尿就让他笑逐颜开，老子跟前跟后，何尝见到过这样的好脸？宫临济心想，夏侯舒城你可别得意，要不是老鬼子在这儿假装斯文，我能把你的酒坊一把火烧了你信不信？鬼子要是走了，你还得老老实实地把好酒给我送到兵营去。

宫临济出门后，夏侯舒城一反初次见面的清高，一一向松冈介绍古井坊祖传工艺品种米酒、黄酒、红酒、白酒的酿制原理和食用药用功效，并且让人一道一道地端出精酿样品，请松冈品尝鉴赏。

坐在古井坊老号的议事堂里，松冈也似乎变成了另一个人，甚至很像个中国人了，举手投足都像一个中国的土财主。松冈捏着杯子对夏侯舒城说，用你们中国人的标准，本人是贪杯之徒，平生所愿，唯美酒、美食、美女足矣，战争是不得已的事情。贵号既是老号，必有存酒，我军可以出资购买若干，于本人是解决军需，于夏侯先生是发展经营。

夏侯舒城说，实话不瞒松冈先生，敝号目前只有少量私人用酒，存酒已于陆安州战事之前，多数运往江南。余量不多，也于战事之后被“皇协军”尽数洗劫。倘若不是松冈先生倡导民众恢复生产发展经营，敝号何时开张还是个未知数。

松冈的脸色阴沉了很长时间，说，你们中国的事情往往就坏在中国人的手里。“皇军”的怀柔亲善政策，总是被这些支那猪所歪曲。

夏侯舒城没有回答，脸上也没有表情。

松冈注意到了夏侯舒城的反应，说了一声对不起，说当然，并不是所有的中国人都是渣滓，像夏侯先生这样敢于在战火未平之际振兴家业，当属有胆有识之士。

夏侯舒城说，松冈先生过奖了，我是生意人，只要有钱赚，冒点风险也是应该的，往往是冒险越大，赚钱越多。

松冈点点头说，言之有理。

这个上午，松冈在古井坊逗留了很长时间，津津有味地咀嚼韧性十足的咸鱼干，品着晶莹的酒茶，诲人不倦地阐述他对于酒的理解。

松冈说，酒这种东西很奇特，似水非水，非药似药，有形无形，无火起火；有时候像神，有时候如仙。酒逢知己千杯少，说的是它；借酒浇愁愁更愁，也是它。

夏侯舒城的脸上露出敬佩的神色，说松冈先生的确不愧为汉学家，对于中国酒文化，理解至精至髓。我等虽然操此行业，却并没有从文化意义上理解，只知道酒有御寒取暖、壮胆助兴、活血化瘀之功效。听松冈先生一席话，胜读十年酿造经。也只有松冈先生这样深谙酒中三昧的人，才真正不负琼浆玉液。

松冈甚为得意，说，酒是泉水之浓缩而不是泉水，酒是粮食之精华而不是粮食。所以酒的功效不是生理上的，而是心理上的。其实，酒的妙处，更在于一个“情”字。孔子说，有朋自远方来，不亦乐乎？喝酒的重要前提是，人必须是好人，酒必须是好酒。如果是好天气，天时地利人和酒美，那就是天上人间之饮了。酒不醉人人自醉，即便醉了，也是身心放松，大智若愚。没有政治，没有战争，没有仇恨，没有流血死亡。什么都没有，只有一个醉字，何其美妙啊！

松冈这天造访南君院街，本意是想摸摸夏侯舒城的底，看看能不能由他出面组织成立“亲善商会”，甚至有没有可能由他出面组织成立“亲善政府”。松冈建议夏侯舒城把自己的产品改名为“亲善甘露”，夏侯舒城客气地说，品名乃祖上定的，而且是在国民政府注册交税的，虽然陆安州的国民政府现在不知身在何处，但是擅自改动品名是非法的。

松冈有些不高兴，他很想严肃地告诉夏侯舒城，“皇军”的认可就是最大的合法，但是就在此话即将出口的时候，松冈又改了主意。在夏侯舒城的面前，他已经树立了一个温文尔雅的君子形象，他不想破坏这种形象。

六

新四军军部一批干部赴延安学习，天茱山抗日游击支队由彭伊枫率领轻便小分队前往长江北岸接护。彭伊枫之所以亲自出马，一是因为去江北要经过中央军的防区，唐春秋对霍英山没有好感，对彭伊枫却很尊重，彭伊枫出面斡旋，可以争取唐春秋部的保护。二是彭伊枫也想借机同唐春秋多一些接触，了解一下唐部的情况。

果然，唐春秋对彭伊枫很热情。彭伊枫赶到一二五团之后，唐春秋还留彭伊枫吃了一顿晚饭。席间，谈到了各自部队的士气问题，话题比较深入。唐春秋说，要说条件吧，我部无论如何也不比贵军差，多少不论，还有个军饷，装备也好一点。但是不瞒彭先生，我的部队确实死气沉沉，我想这里面恐怕就有士气鼓动的作用。

彭伊枫说，古人云，夫将，志也；三军，气也。

唐春秋说，是这话。孙子曰，合军聚众，务在激气。

彭伊枫说，可是士气又怎样激呢？你看日本鬼子，他有一个天皇，全国老百姓都是“皇民”，军队都是“皇军”，他就死心塌地地为一个天皇作战。生是天皇的人，死是天皇的鬼，反正生死都是为了天皇，生死都跟天皇在一起，那他还有什么怕的呢？

唐春秋说，日本鬼子有战斗力，主要就是个信仰问题。我们的军队没什么信仰，哪怕你说要爱国，他也不感兴趣。这个国家乱糟糟的，不可爱！过去是军阀混战生灵涂炭，这些年来，虽然有国民政府，但其实还是各派势力坐地为王。作为国军军官，我现在已深切体会国民政府号令不灵，一座山上有几家军队，各自有各自的体系，很难协调一致。就这一点，就把中国军队的力量耗去不少。

彭伊枫敏感地察觉唐春秋的话里有影射的含义，笑笑说，我非常同意唐团长的看法。我们的力量是有点松散，统一战线也不是很牢固，但是这说明什么呢？只能说明国民政府缺乏感召力。国民政府本身就制造了许多不统一的基础。远的不说，就说我们天茱山吧，栗统飞看不起你，你还看不起我们。至于对我军的限制和防范，那就更不在话下了。请唐团长想一想，像这样你拉我扯的，能够打赢鬼子吗？

唐春秋沉吟半晌，叹了一口气，算是态度。

彭伊枫说，回到现实来，要想取得抗日的胜利，就我们天茱山地区来说，首先要解决三个问题，一是心术，二是技术，三是战术。解决心术是第一的，有一致对外之精神，就有敢死之决心；有敢死之决心，就有提高技术之可能；有提高技术之可能，就有发挥战术之基础。

在彭伊枫说话的时候，唐春秋一直端着酒杯，看着彭伊枫，眼睛里闪烁着诧异的光芒。等彭伊枫说完了，把酒杯往彭伊枫的酒杯上一碰说，彭先生言之有理，言之深刻。你我都是军人，各为其主，徒有一腔报国热血，可是作为下层军官，人微言轻啊！

彭伊枫说，唐团长，现在是国难当头，不能再说各为其主了。现在我们只有一个主人，那就是中华民族。如果我们能够紧紧地围绕在中华民族的旗帜下，就会取得最后的胜利。

唐春秋说，是啊，没有信仰，哪有动力啊？为谁死，为什么死，总是要有数，才能勇往直前啊！谁也不愿意死得不明不白。

彭伊枫说，刚才唐先生说国家不可爱，这话彭某不敢苟同。不可爱的并不是国家，而是军阀和腐败政府。所以我想，对于我们天茱山的军民来说，还要做一件事情，就是不忘国耻，不忘我们曾经遭受的外侮。历史上日军给中国人民带来多少灾难啊！甲午海战，九一八事变，七七卢沟桥事变，南京大屠杀，枣儿庄惨案，都是血海深仇。我们要把这些历史告诉我们的百姓和士兵，血海深仇就是我们励士的最好武器。

唐春秋站了起来，慷慨激昂地说，彭先生说得好！说得我唐某醍醐灌顶。《乾坤大略》有一句话：兵之所以战者，气也；气之所以激者，怒也！

彭伊枫说，我们应该充分地开展文化宣传，向部队讲述国耻，没有仇恨的军队是不能打胜仗的。

唐春秋又问，现在给养困难，贵部有没有开小差的？

彭伊枫说，想当年你们那样封锁我们，一个多月粒米未沾，两个月没有盐吃，我们没有一个开小差的，还有人主动投军。

唐春秋苦笑说，难得难得。我现在就是被开小差弄苦了。请彭先生赐教，你们把兵拢得这么紧，是否有什么窍门？

彭伊枫意味深长地说，只有一个窍门：官兵一致。

唐春秋问，此话怎讲？

彭伊枫说，我们中国人什么苦没有吃过？吃苦不怕，只要你当官的跟他一起吃，你能挺住他就能挺住；你饿着肚子去打仗，他就能空着肚子去扛枪。唐团长岂不闻良将投醪劳军和吴起吮痈励士的故事？困难的时候，你只顾自己温饱，不管兵的死活，只要给他机会，兵能跑光，你信不信？

唐春秋沉吟片刻，点点头说，道理是这个道理，可是做起来何其难啊！

彭伊枫说，但是我们的敌人往往都能做得到，所以对士兵欺骗性很大。过去在川陕，我们经常听一位师政委讲课，他曾经讲过这样一件事情，说日本明治维新刚开始的时候，为了向西方列强看齐，不惜重金向欧洲军事强国购买军舰。由于资金短缺，明治天皇宣布，只要资金还没有筹够，他每天就只吃一顿饭。日本这个民族是把天皇看得比上帝还要伟大的，怎么能让天皇每天只吃一顿饭呢？结果民众纷纷节衣缩食，甚至出现了少女卖春为购买军舰筹款的事情。上下一致到这种程度，他的战斗力能不强吗？

唐春秋感叹道，你说得对，我们就缺乏这样众志成城的气概，因此有力惜身，无心报国。

这一晚，唐春秋和彭伊枫谈了很久，从关系微妙互相戒备的友军长官，俨然成为无所不谈的知己。

第二天早上，彭伊枫一干人等即将出发的时候，唐春秋已经抽调一个排的兵力守候在门外了，由一个名叫孟秋的排长带领，保护彭伊枫的安全。唐春秋悄悄地对彭伊枫说，昨天我答应你借路，是有上峰关照的，但那条路你走不得了。为了确保你们的安全，我派一个排护送你们。

彭伊枫一听就明白了，唐春秋所说的上峰关照借路，恐怕是别有用心，没准有什么阴谋。这一想就惊出一身冷汗。倘若没有昨夜同唐春秋彻夜推心置腹的畅谈，唐春秋对于“上峰”的企图听之任之，那就要出大事了。

七

第一次登门畅谈之后，松冈对于夏侯舒城的印象更深了，思来想去，觉得夏侯舒城这个人是很有利用价值的。

半个月后，松冈到江淮派遣军司令部就粮食征集和运送工作进行述职，并将“亲善怀柔”设想向石原次郎作了汇报。石原次郎说，很好，征集粮食是一项长久工作，要尽量依靠当地有名望的人物，组成“皇协政府”或者商贸机构。现在“皇军”向西南推进任务十分艰巨，兵力有限，你要确保陆安州稳定，不能给上级增加负担。

松冈说，哈依。

石原次郎又说，虽然武汉攻下了，但是长江南北两岸现在还有李宗仁、陈诚和薛岳指挥中国军队将近一百个师对“皇军”进行包围，在南昌和长沙等地，“皇军”可能还要进行几次较大规模的攻坚战。“皇军”作战异常艰苦，对粮食的需求也越来越大，因此征集工作必须加强。尤其要注重通过“怀柔”的手段获取，而不是武力的手段，不能把陆安州的老百姓逼到背水一战的地步，不能后院失火帮倒忙。

松冈说，哈依。

返回陆安州之后，松冈又亲自来到古井坊，这次没有带宫临济，而是带来了最器重的河田大尉和下士官荒木冈原。松冈在楼上同夏侯舒城纵横古今，河田大尉和荒木冈原就在下面的天井里消受古井坊的精美茶点，倒也平和。

松冈说，夏侯先生，贵号是陆安州老号，夏侯家族在陆安州根深蒂固。既然夏侯先生拥护“皇军”的“亲善怀柔”政策，为什么我们不能携手，为建立“王道乐土”做点事呢？无论如何，这对“皇军”和陆安州的百姓，都不是坏事。

夏侯舒城说，但不知道松冈先生想让我做什么事？我也不知道我能做什么事？

松冈说，不知夏侯先生对大日本国的“王道乐土”政策是什么看法？

夏侯舒城说，敝人乃商人，在商言商，对于政治知之甚少。不过，我还是想知道，松冈先生所说的“王道乐土”，是不是就是南京那样的，视中国人为草芥，任意屠杀？

松冈一怔说，完全是谣言，“皇军”进入南京城的时候，中国人是列队欢迎“皇军”进去的。

夏侯舒城说，我没有看见，但我听说自从日本军队血洗南京之后，半夜三更冤魂叫，大白天里鬼唱歌。这就是“王道乐土”？

松冈脸色极其难看地说，夏侯先生，对于没有亲眼看见的事情，我们都不好说三道四。

夏侯舒城冷冷一笑说，我没有亲眼见过，不等于松冈先生没有亲眼见过。

松冈说，这个话题不谈了，本人今天来，是想请教夏侯先生对于当下陆安州状况之分析。

夏侯舒城说，这恐怕就不是我这样的草民所能妄论的了。

松冈说，朋友之间，交换见解，也是情理之中。

夏侯舒城说，这对于松冈先生有用吗？

松冈说，自然，我想听听陆安州人的政见，这样有助于陆安州“亲善怀柔”政策的合理形成。

夏侯舒城说，谈不上什么政见，也用不着我等针砭时弊。不过既然松冈先生问起，倒也有点牢骚。窃以为，一国之军事状况，是由一国之经济状况决定的，一国之经济状况，是由一国之政治状况决定的。我国政治状况实在是一把鼻涕，几千年封建专制，积弊如山。更令人切齿的是晚清政府，闭关锁国，夜郎自大，祸国殃民，真是一个坏透了的政府。西方列强和贵国政府都在争先恐后地发展军备，坚船利炮洋枪洋炮，可是我们这个政府骄奢淫逸，居然把海军经费用于修建皇家林园。依在下之见，我们今天之所以落到这个地步，仍然是晚清政府埋下的祸根。

松冈平静地说，听夏侯先生如此慷慨激昂，可以看出，夏侯先生是一个爱国者。

夏侯舒城说，有爱国之心，无爱国之力。即便有菲薄之力，摊上这么一个乱哄哄的政府，也是报国无门。想来辛酸，不想也罢，好在酒坊仍在，醉生梦死，也是一种人生。

松冈说，夏侯先生能够看破世事，难能可贵。人生苦短，譬如朝露，何以解忧，唯有杜康。

夏侯舒城无语，半晌才长叹一声说，可是谁又甘心当亡国奴呢？松冈先生，恕我冒昧，设身处地地想想，如果是敝人带兵打到松冈的祖国，打到松冈先生的家门口，不知松冈先生内心会是怎样的感受？松冈正在微笑的脸皮倏然僵硬起来，目光阴沉地闪烁了一下，看着夏侯舒城。夏侯舒城坦然地说，我这样说话是不是让松冈先生不愉快了？但是请原谅，这是一个祖国遭到侵略的中国人说的心里话。

松冈愠怒地看着夏侯舒城，竭力地克制着自己，终于愤懑地说，夏侯先生，你太过分了，很不友好！

夏侯舒城说，既然松冈先生今天是以个人身份来看望朋友，那么我们朋友之间就应该说点真话。如果我一味地说，松冈大佐，你们做得对，你们来侵略我们的国家，是我们的荣幸，我们愿意接受你的侵略，你会相信这话是真心话吗？我可以以朋友的身份提醒松冈先生，任何一个中国人向你说这样的话，你都不要相信他。如果他这样说了，你就要警惕他，他可能正在暗算你。

松冈气咻咻地说，你这样推心置腹地提醒我，我又有什么依据相信你就不是在暗算我呢？

夏侯舒城哈哈一笑说，松冈先生问得好！作为一个中国人，我并没有要求松冈先生相信我啊！如果现在不是进行个人之间的谈话，如果我也是一个军人，那么我很难担保我们之间不会进行战争。

松冈的表情还是不自然，嘿嘿一笑说，夏侯先生坦荡无畏，有君子之风，志士气度，佩服佩服。可是，假如夏侯先生真的是军人，那么我还要请教夏侯先生，仅以陆安州之逐鹿为例，夏侯先生认为这场战争将会是什么样的结局？“皇军”的“亲善怀柔”政策是个什么样的前景？

夏侯舒城略一沉吟，向松冈狡黠一笑说，松冈先生，你希望听真话还是听假话？

松冈不假思索地说，我当然希望听真话。

夏侯舒城说，那好，我斗胆说一句，敝人不欢迎你们的所谓的“亲善怀柔”。我们这个民族虽然落后了，但是，我们站起来要靠我们自己，而不是日本人的所谓“亲善怀柔”。我倒是很希望，等我们国家发展了，我们到贵国去推行我们中国人的“亲善怀柔”。

松冈的眼睛倏然闪过一道寒光，但是很快又恢复了微笑，尽管那笑容很僵硬。松冈说，站在一个爱国者的立场上，我理解夏侯先生。我只是想知道，你对陆安州的“亲善怀柔”工作是否满意？

夏侯舒城说，谈不上有什么满意不满意，我只想告诉松冈先生，不管你是“王道乐土”也好，“亲善怀柔”也罢，你们在陆安州很难立足，尤其是长期立足，站不住脚啊。

松冈“呼啦”一下站起身来，右手下意识地摸向腰际，那里是挂战刀的地方。夏侯舒城笑笑，从嘴角取下雪茄，往痰盂里掸烟灰。

松冈原地站立，逼视着夏侯舒城说，那好，夏侯舒城先生，请你说说，我为什么站不住脚？

夏侯舒城说，请松冈先生坐下，敝人只不过是说说而已，并没有真刀实枪地对阵，松冈先生用不着这样紧张。

松冈意识到自己失态，坐下来，呷了一口酒茶，赌气似的说我对夏侯先生一片真诚，但夏侯先生却一再戏弄本人，很不够朋友。我倒是要听听，夏侯先生这样说的依据是什么。

夏侯舒城说，我不懂军事，也不懂政治，但我是实业者，实业者看问题的基本方法就是算账。我给松冈先生算了一笔账，以松冈先生麾下的军事实力，眼下兵强马壮，士气高涨，锐不可当。这是问题的一个方面。问题的另一个方面是，日军远离本土作战，物资消耗巨大，短期尚可维持，长期则捉襟见肘。中国兵法云，兵马未动，粮草先行。这粮草跟不上，怎么能站住脚呢？

松冈脸上的肌肉放松了，笑笑说，这个账夏侯先生算对了一半，“皇军”怎么会不知道粮草先行的道理？我们虽然远离本土作战，但是凭借“亲善怀柔”政策，就地募集粮草物资，这一点已经纳入“皇军”作战之战略规划，是不成问题的——此时松冈还不想把他驻屯筹粮的任务透露给夏侯舒城。

夏侯舒城说，那我再给松冈先生算一笔账，就算日军物资保障无虞，但就兵力而言，真正的日军不过是一个联队的兵力，一千五百余人，加上宪兵大队，充其量不过两千人，这是众所周知的。但是陆安州到底有多少抗日武装，这个账就很难算了。

松冈居高临下地看着夏侯舒城说，这个账我可以给你算明白，“皇军”在陆安州的敌对武装，有号称国民党中央军的两个半团，但那都是残兵败将苟延残喘。另外新四军也有一个游击支队，更是破枪破炮，徒有其名。对付这样的武装，本部有“皇军”近两千精锐，坦率地说，我在计算兵力对比的时候，从来是把我这两千“皇军”算作两万兵力。另有“皇协军”齐装满员的一个师，三千余众，也是装备精良，战术精湛。如此兵力对付天茱山，如囊中探物。

夏侯舒城说，那么我还给松冈先生算一笔账，即便日军两千人尽是骁勇善战不畏生死的勇士，那么“皇协军”里又有多少人愿意为异国占领军捐躯死战呢？我想绝不可能是百分之百。我们不妨设想一下，如果三千“皇协军”里有三分之一是迫不得已而“皇协”之，三分之一得过且过观望生存之，三分之一对于占领军心怀异志，那么双方力量对比就要发生很大的变化。一旦变化，就要打破均势，这对松冈先生是极其不利的。

松冈脸上的笑容不见了，眉头忽地皱了起来，盯着夏侯舒城说，夏侯先生有何依据“皇协军”就必然要一分为三？

夏侯舒城不紧不慢地说，那么松冈先生又有何依据证明“皇协军”就是铁板一块？

松冈不说话了，两只手在桌下握成了拳头，手指关节嘎嘎作响。夏侯舒城说，我们可以再退一步算账。即便这些“皇协军”全是日军的忠诚盟友，松冈联队的脚跟仍然是站不住的。我们在考虑武装实力对比的时候，还有一个重要的因素不能忽视，那就是，逐鹿战场是在陆安州，而陆安州有二百万人口，中国人作战讲究兵民同心，倘若这二百万百姓群起抗战，松冈大佐何以支撑？

松冈的目光暗淡了一下，笑了。松冈说，陆安州有二百万人口是不错，但是姑且不论信仰战术之高低，单凭武器装备这一条，赤手空拳的百姓怎么能纳入战争之实力？老百姓就是老百姓，夏侯先生这个账算得荒谬。

夏侯舒城说，老百姓赤手空拳是事实，但我还可以给松冈先生算一笔账。陆安州有二百万人口，以平均每五口人一户，每户平均两口铁锅计算，大致有八十万口铁锅，倘若老百姓团结起来，决心抗击松冈先生的部队，这八十万口铁锅就能把松冈联队击退。

松冈欠起屁股，向夏侯舒城倾斜身体，流露出巨大的困惑，鼓起眼珠子问，你说什么，铁锅？

夏侯舒城说，是的，铁锅。

松冈说，作战不是种田，摔锅卖铁又能派上什么用场呢？

夏侯舒城说，敝人只是作个假设。老百姓没有进攻的武器，但是他们可以拥有防御的武器。我们设想一下，如果全体陆安州的百姓誓死同松冈联队决战，那么大家只需要把铁锅捐献出来，铸造盾牌，八十万只铁锅铸造十万个铁缸，两军对垒之际，十万个陆安州农民脑袋顶着十万只铁缸涌向日军两千人的队伍，那是个什么样的情景？那不是洪水猛兽吗？

松冈仰起脑袋，一脸自负地说，最初我听夏侯先生信誓旦旦地说我站不住脚，还以为夏侯先生有济世经邦之良策，退兵御将之锦囊妙计，实不相瞒，汗流浃背。可是听到曲终，不过如此——百万民众，八十万铁锅，难道这就是你说的，我站不住脚的依据？

夏侯舒城说，我说铁锅，只是打个比方，算个长远账。

松冈拉长脸沉默了很久，室内的空气有点紧张，然后松冈终于笑了，起先是微笑，然后嘿嘿地笑，再然后就哈哈大笑起来，笑得浑身肥肉乱颤。笑够了，站了起来，开始踱步，腰杆挺直，意气风发。往前踱了几步，再折回来，踱到夏侯舒城的对面，弯腰看看夏侯舒城，像是观察一个怪物。然后接着笑，摇摇

头，起身继续踱步，一直踱到西边的墙壁下面，凝眸面壁，像是自言自语地说，夏侯先生，你是个诗人，你是个天真的幻想家，你既不懂政治，也不懂军事。

夏侯舒城也笑了，起身说，我当然不懂政治，也不懂军事，否则我就不在这里造酒了。

松冈说，哈哈，我很惊讶你会有这样的思维，全民皆兵，铁锅作战，真像神话。我为我在中国认识了你这么个天才的神话家而由衷地高兴。来，让我们干一杯！

说完，松冈反客为主，走到茶几前，先给夏侯舒城的杯子倒满了酒茶，再把自己的杯子倒满了，并举了起来，向夏侯舒城的杯子上碰了一下，仰头一饮而尽。夏侯舒城端着杯子，脸上露出尴尬的困惑，苦笑着，也仰头把酒茶喝了下去。

松冈喝完酒茶，从兜里掏出手绢，擦擦嘴角，再擦擦手。坐下来，又把自己的杯子倒满了，然后悠悠地说，夏侯先生，我当然知道你的铁锅战术的含义，但是，我还是认为你是个浪漫的诗人，知道为什么吗？

夏侯舒城说，可能是松冈先生认为敝人打了一个愚蠢的比方。但我认为这并不愚蠢。

松冈说，这个比方当然不愚蠢，而且很形象，说明了人力和人数对于战争制胜的决定性作用。但是，有一个问题夏侯先生同样忽视了。你了解你们中国的民众吗？

夏侯舒城放下茶碗，面无表情地看着松冈，没有回答。

松冈说，你不了解你的民众。是的，你的比方一点儿也不愚蠢。用你们中国人的话说，只要陆安州二百万民众群起而攻之，那么，每人一口唾沫，本联队加上宪兵大队区区两千人，就会陷入汪洋大海。可是，谁来组织二百万人吐唾沫呢，在同一个时间，在同一个地点，冒着“皇军”的枪林弹雨，举着几十万只铁锅……哈哈，那将是世界战争史上的奇观，如果有幸目睹，我，“皇军”大佐，松冈龟尾，将自戕于阵前以答谢这战争的盛典！可是，谁能把二百万老百姓聚集起来冒着生命危险来向“皇军”吐唾沫呢？这是问题的关键，也是一切问题的答案。夏侯先生，当初我们进攻陆安州的时候，你没有看见。你要是目睹贵国军队是以怎样神奇的速度逃跑，你就不会提出这样幼稚的设想了。我可以负责任地告诉你，如果战争是发生在我们大日本帝国的本土，全体日本老百姓一齐起来吐唾沫，那是完全可能的。全体老百姓顶着铁锅冲向敌阵，直至玉碎，也是可能的……夏侯舒城说，但是，请不要忘记，中国人的自尊心和责任感并不比世界上任何一个民族逊色。尽管因为封建专制，积贫积弱，民不聊生，因而出现斗志消退的现象，但这只不过是在一定的时期和一定的环境里蛰伏起来了，请你不要低估中国人。

松冈再一次意外地看着夏侯舒城，夏侯先生，你是否感到自尊心受到了伤害？

夏侯舒城毫不含糊地回答，是的。

松冈满脸堆笑说，我向你表示歉意，我理解你的心情。正因为你的强硬，使我看到了君子之风。你不同于一般的中国人，这也是我愿意同你交谈并且争论的原因。我希望我的中国朋友是体面的，是有尊严的。

夏侯舒城说，我算不了什么，我要是戚继光和林则徐，我就不会在这里造酒卖了。也许，我会跟你在战场上交朋友。

松冈歪着脑袋，眯缝着眼睛看着夏侯舒城，嘿嘿一笑说，夏侯先生，我觉得我们越来越像朋友了，甚至相见恨晚。

夏侯舒城说，可你是站在占领军长官的立场上，我更希望我们是在非战争状态下平等的朋友。

松冈说，我们换个话题如何？

夏侯舒城说，请赐教。

松冈说，“皇军”要在陆安州成立一个“亲善商会”，以稳定局势，发展经济，安抚百姓。夏侯先生以为如何？

夏侯舒城说，如果苍生受益，倒也未尝不可。

松冈大喜说，我想请夏侯先生出任会长，不知意下如何？

夏侯舒城拍拍脑门说，商会会长，应是资产雄厚，德高望重之辈担任。本人才疏学浅，加之近年驻沪经销，与陆安州商界有所疏远，恐怕难以胜任。

松冈说，夏侯先生不必推辞，本周请夏侯先生出面，召集陆安州工商界头头脑脑到古井坊一聚。届时我也来听听大家意见，倘无异议，就如此办理。

夏侯舒城沉吟道，如果仅仅出于发展经营的需要，我可以尽力。但假若是涉及政治，敝人恕难从命。

松冈说，我不会为难你的。

八

不久陆安州工商界头面人物都接到夏侯舒城的请柬，说是邀请各位到舍下开个“筹备会”，共谋陆安州恢复经济之大计。大家虽然对夏侯家老大夏侯舒城并不熟悉，但是对于古井坊老号都不陌生，“一·二八”淞沪抗战那次，老当家的夏侯广发临到广州之前，也曾组织过告别酒会，大家都参加了，夏侯舒城那次还专程从南昌回到了陆安州。老当家的特意说，将来如果局势稳定，有可能就是舒城回来支撑门面，还望各位世兄多多提携。

大家只是有点嘀咕，现在毕竟局势还不稳定，日本人在这里实行军管，表面上看风平浪静，其实战争就在地下潜伏，不知道哪天中央军或者新四军就会杀进城里，还是要打仗的。这时候夏侯家大少回来重整门面，也似乎太早了一点，想必是同日本人有交易。

松冈已经成了古井坊的常客，大家也有所耳闻。接到请柬，不去恐怕也是不行的，这些生意人，巴不得借日本人的利用，也利用一下日本人。因此这天来的人还算比较齐全，有蔗糖厂老板王月凤，棉麻公司老板王进业，丝绸行老板董石英等十几号人。

王月凤最先赶到古井坊，夏侯舒城立在门外迎接。一见面，王月凤拱手说，几年不见，夏侯大少还是这样器宇轩昂，估计是在上海发了大财。

夏侯舒城说，能发大财我还回来做什么？一方水土养一方人，古井坊发祥于陆安州，也发迹于陆安州。只要有一刻安宁，我还是想回故土发展。

王月凤说，那是那是，梁园虽好，非久留之地。然后就拉起夏侯舒城的手，神秘兮兮地问，日本人到底想干什么？

夏侯舒城说，管他想干什么，你我是生意人，只要有钱赚，干什么都行。

王月凤一怔，旋即笑说，那是那是，夏侯大少走南闯北，见多识广，我们还是跟着你转吧。

夏侯舒城笑笑说，有你这话，我也不会让你吃亏。

松冈大佐这天果然来了，由夏侯舒城一一介绍了陆安州工商人士。然后松冈就发表演讲，无非是“亲善怀柔”建立“王道乐土”那一套。然后让大家谈谈看法。夏侯舒城就示意王月凤说话，王月凤王顾左右而言他说，松冈先生说，生意人以生意为本，那是那是，民以食为天，那是那是。我看，有“皇军”保护，我们就开动机器吧。有钱不赚，那是王八蛋。只是，我的糖厂，工人失散，机器失修，原料失窃，还请“皇军”拨给……

松冈说，好说，只要把商会成立起来，你们各自统计一下，恢复生产亟待解决的物资，交给夏侯先生，“皇军”一并设法补充。

大家都看出来了，夏侯舒城果然跟日军关系密切。丝绸老板董石英说，有商会保护，那我们就高枕无忧了。我推举夏侯大少给我们当会长。

王月凤生怕落后，马上说，那是那是，夏侯大少是我们当中念书最多、见世面最多的，我也推举夏侯大少。

这下就热闹了。大家七嘴八舌，一致推举夏侯舒城为陆安州“亲善商会”会长。松冈心花怒放，说，诸位很有提携共荣的诚意，这是“皇军”最希望看到的。成立“亲善商会”只是权宜之计，本人已经呈报华东驻屯军司令部。为了巩固亲善组织，不久的将来，还要成立“亲善政府”。政府组成人员，势必也从在座的诸位中产生，请大家多多关照。

王月凤一听，张大了嘴巴，夸张地瞪着眼睛问，松冈太君，您是说，我们还要当官？

松冈笑笑说，是要当官。好好干吧，给“皇军”生产蔗糖、丝绸，干好了，当市长的干活。

这次筹备会宫临济也参加了，但是他的角色有点尴尬，插不上话，始终傻呵呵地伫立在松冈身边，就像是松冈的侍卫。

宫临济的心里很不平衡。自从夏侯舒城回到陆安州之后，这种不平衡与日俱增。他能感觉到，松冈看他的眼神再也没有过去那样亲切了，有时候甚至能流露出厌恶。

以后宫临济就经常琢磨夏侯舒城，越琢磨就越是觉得这个人是他的克星。那次在古井坊，他主动“尝试”茶点，以此表达对松冈的忠诚，没想到反被夏侯舒城利用，抑扬顿挫地把他羞辱了一顿。甚至还肆无忌惮地说，对于松冈的安危来说，不要相信所有的中国人，这就是暗示，所有的中国人都有暗杀松冈的可能。这家伙这么说，倒是把自己洗干净了，却在提醒松冈对“皇协军”也要加强戒备，简直是包藏祸心。

有一次聚会，宫临济把松冈同夏侯舒城会面的情况当笑话讲给部下常相知和马甫金。宫临济说，那个夏侯舒城真是个捉摸不透的人，他对松冈一点也不恭敬，一口一个松冈先生，从来没有喊过一声太君，完全是平起平坐的架势。

常相知说，松冈这个老鬼子同别的鬼子不太一样，你越是把他当爷，他就越把你当孙子。我看我们得留一手，不能在一棵树上吊死。

马甫金说，老常你说这话得小心。人在矮檐下，不得不低头。现在已经披了一层汉奸皮，要是跟松冈搞翻了，到哪里立足啊？弄得不好，就是过街老鼠，人人喊打。

宫临济说，马老弟言之有理。本来松冈对“皇协军”是很倚重的，但是自从来了这个夏侯舒城，阴阳怪气，软硬兼施，明里暗里挑拨松冈对“皇协军”的看法。

常相知说，本来松冈对“皇协军”也并不是坚信不疑。咱们越是毕恭毕敬，他就越是怀疑你有图谋。中国军队去帮鬼子打中国人，除非像宣统那样，是靠他当皇上，他才会相信你对他忠心耿耿，不然他没有道理相信你。

宫临济说，相互利用，这都是心知肚明的事情。可是夏侯舒城老是做出一副明人不做暗事的样子，甚至还在松冈的面前说，他不能当汉奸。这是什么意思？糟糕的是，他越是说他不当汉奸，松冈还越是死乞白赖地委任他干这个干那个，你说这是什么道理？

常相知说，这就是欲擒故纵。夏侯舒城城府很深，不知道他图谋的是什么。

宫临济说，还能是什么？钱！松冈一再表示，只要他出面组织征集粮食，他的年薪是一万块大洋。夏侯舒城装疯卖傻，还不同意，居然提出，一是年薪一万大洋太少，至少得一万八；二是不能到年底结算，他当着松冈的面说，他不敢担保日军能在陆安州呆够一年，所以薪水按月结算，而且还要预付三成；第三，他那个商会，每月需要三千块大洋的办公费。这些松冈都答应了。

马甫金愤愤不平地说，他妈的鬼子也是贱骨头，欺软怕硬呢！老子当这个“皇协军”团长，祖宗八代都被别人骂遍了，脑袋掖在裤腰带上，每月不过二百块大洋。他夏侯舒城凭什么？征集粮食算个鸟！老子机枪一响，谁敢不把粮食送上门来？用得着每月花一千五百块大洋雇一个阔少去吆喝？

常相知笑笑说，你老马别吃醋，你也不照照镜子看看，你当的啥？再怎么说咱们都是奴才，老百姓怎么称呼咱，二鬼子啊。你当二鬼子，一个月二百大洋还少啊？真鬼子也只折合十块大洋。当狗的，有肉骨头啃就不错了。

宫临济说，我也想不通，他夏侯舒城确实没有道理拿那么多薪水。论功行赏，他有什么？

常相知说，大哥，你没有搞清楚松冈的心理。你说夏侯舒城有什么？有身份，这是一；有见识，这是二；另外，他敢跟鬼子平起平坐，有胆略，这是三。要知道，鬼子要想在陆安州站稳脚跟，长期从陆安州搞粮食，那他不仅需要走狗，也需要夏侯舒城这样的工商人士支撑门面。

马甫金觑着眼睛看着常相知说，为什么要长他人志气，灭自己威风？照你这么说，他每月一千五百大洋是应该的，你我每月二百大洋也是应该的？

常相知说，钱还是个小事情。我担心的是，这个汉奸商会成立之后，我们“皇协军”的地位又要下降了。

宫临济说，你们不了解，其实这个夏侯舒城狗屁也不是，他居然吓唬松冈，说如果有一天陆安州二百万老百姓顶着铁锅抗战，那就势不可挡。而松冈居然当真被吓唬住了，还向他请教“亲善怀柔”的办法。

常相知说，大哥，你可别说他是狗屁，他说这话是有道理的。中国人为什么让鬼子打了进来，其实就是因为一盘散沙。谁要是有本事，真的把陆安州二百万老百姓发动起来，每人发给他几只铁锅顶在脑袋上，鬼子还真挡不住。夏侯舒城不一定懂军事，但是他懂得众志成城的道理。

马甫金说，我看这个夏侯舒城可能是个共产党，至少也是国民党。

宫临济不吭气，看着常相知。

常相知说，我看也像。不过，管他是什么，让他跟松冈勾结在一起，怎么说都不是坏事，没准以后会有好戏看。

九

一二五团一营因为欠饷，三十名士兵大闹营部，把营长唐云岐蒙起脑袋揍了一顿，还差点儿火并了。等唐春秋赶到现场，唐云岐已是鼻青脸肿，见了团长，只流泪不说话。唐春秋雷霆震怒，喝令将闹事的兵们捆起来查处，唐云岐却连连摆手说算了算了，别把事情越闹越大。

唐春秋冷静下来一想，捆起来也的确不是办法，老话说法不责众。再说欠饷也确实存在，兵们背井离乡当兵打仗，衣衫褴褛粗茶淡饭，多数人连鞋子都是草编的，连每月三块大洋的军饷都拿不到手，也难怪有怨气。自从到了天茱山，军部要求各部队就地筹饷，可是筹起来比登天还难。兵荒马乱的，你根本就找不到政府。就拿安丰县来说，全面抗战爆发之前，同时存在过四个县长，一个是原先北洋政府委派的，到了民国二十五年还说自己没有接到撤状，还是正宗的县长；一个是桂系委任的，原先是桂军的一个团副，桂军撤离了把他撇下了，他还带着税务科长、财政科长、教育科长一干人等忙活着征捐收税；一个是共产党委派的，也有自己的一套体系；还有一个是国民政府委派的，衙门倒是设在县公署里，各类官员也是五脏俱全，但这个政府的基本职能就是向老百姓要钱，要来的钱自产自销，没见向上面交了多少。令人难以置信的是，日军打来之前，这四个县长还曾经联署办公，主要是商量增收战争费用和分配这些经费。有这样的官场结构，老百姓又焉能不水深火热？打起仗来焉能不一哄而散？

现在，这些县长大老爷们是很难见到了，共产党的县长办共产党的事，天茱山抗日游击支队没有饿死，说明共产党的县长没有闲着；国民政府委派的县长偶尔也露上一面，但不是来交纳军饷的，而是手背向下，向一二五团哭穷要办公经费的。要么就是告状，要派军队剿匪。据说过去江淮土匪也给安丰县委派了一个“县长”，算上这个“县长”，安丰县就曾经在同一时期存在过五个县长。土匪委任的“县长”当然不会直接找老百姓要钱，而是通过国民政府的县长要“保护费”。不给，那好，土匪是干什么的？绑票，撕票。据说，在安丰县所有的县长当中，土匪的“县长”最威风，说话最灵。

关于军饷，据说是一二五团的老问题，再往大里说，也是国军的老问题。

当天晚上，唐春秋秉烛夜读，翻开兵书，没想到一句话扑面而来：无计之计，只有一避。他烦躁地把书扔到铺上，骂了一句，真他娘的活见鬼了。

过了好半天唐春秋的心绪才渐渐平息下来。痛定思痛还是痛，浑身的不舒服，来到院中，披衣独坐。这是江淮之间的山区，隆冬时节，夜寒袭人。一二五团驻地是砖瓦场的民房，兵荒马乱的，没有人再动心思修楼盖房，场主已经远走他乡，只剩下一个荒芜的院落。除了团部在山坡上有几间瓦房，营连以下散布在山根处数十幢草房里，有的甚至是用草木临时搭建的窝棚。

从团部向西，是团直山炮连驻扎的双河集。陆安州一战，这个连队四门炮丢了两门，十挺轻重机枪损失过半，兵员从一百二十人锐减至六十七人。是部队战斗不力吗？是的，从现象上看是这样的，兵无斗志，畏敌如虎，一触即溃，溃不成军。可是，唐春秋觉得，问题不是那么简单的。从历史上看，中国的士兵是骁勇善战的，“金戈铁马，气吞万里如虎”，“裹尸马革英雄事，纵死终令汗竹香”……这些千古流芳的名言名句，不都是中国军人义无反顾的壮举写就的军魂之花吗？可是如今怎么啦？一个弹丸岛国，居然就把泱泱中华打得七零八落屁滚尿流，简直岂有此理！这一切到底都是怎么回事？

实在是想不明白了，索性叫上护兵，登上马靴，巡查防务。在炮连的一号哨位上，唐春秋让带岗的排长把当班的六个哨兵集合起来。兵们不知道发生了什么事，不知道这一天他们的团座内心经历着一次又一次的激荡，生怕自己做错了什么，半夜三更让团长亲自捉住，又要招致鞭笞或者饿饭的惩罚。

当唐春秋面无表情地踱到队列前面的时候，一个士兵的膝盖竟然抖了起来。唐春秋奇怪地问，你抖什么？那个兵更慌了，因此也抖得更厉害了，结结巴巴地说，一营闹饷、那阵子，我就是、就是、就是在边上、看看，什么、也没说，长官、长官饶命……

唐春秋说不清是厌恶还是怜悯。他很注意地看了一下士兵们的着装，军装是破的，有一个居然穿着单裤，膝盖以下基本上裸露，脚上的鞋子也是破的，脚指头多数在外。

你的鞋子呢？难道就没有一双好鞋子？

报告长官，还有一双布鞋，留着打仗穿。

唐春秋扭头问带哨的排长，上个月不是每人发了一双胶鞋吗？还有军装，给他们了吗？

排长迷迷瞪瞪地看着唐春秋说，长官，我不知道，只发了一双布鞋，还有一双草鞋。

你是怎么回事？唐春秋问一个耷拉着肩，身体一个劲儿摇晃的兵。那兵竭力振作精神回答，报告长官，俺也不知道咋回事，头昏眼花，脑门发烫。

唐春秋伸手摸摸兵的脑门，对排长说，发烧了，叫卫生兵。排长苦笑着说，长官，卫生兵的药包里啥也没有，俺们头疼脑热从来不吃药的，扛一扛，三两天就好了；扛不过去的，那就听天由命了。

唐春秋叹了一口气，半天没说话，然后又问，晚饭吃饱了吗？

兵们你看看我，我看看你，都不说话。还是那个穿着破鞋子的士兵回答，吃……吃饱了，半饱。

唐春秋的眉头皱了起来，又问，吃的是什么？

排长说，一人一碗稀饭，一个馍，一疙瘩咸萝卜。

唐春秋怔怔地看着兵们，不再问了，交代排长要加强警戒，然后就脸色阴沉地带着护兵走了。

唐春秋是朝着二营的方向走的。这天夜里，他先后巡查了二营和三营的防务，还到部队宿营的民房或窝棚里看了看。这是他就任一二五团团长第一次亲临兵舍，同时这次行动也可以看成是一二五团组建后团长首次向士兵问寒问暖。

士兵的生活状况同他在炮连见到的大体上差不多，冬季穿的是秋季服装。一身衣服没个换洗的，磨破了，磨薄了，到了夏季，仍旧是它。至于说伙食，简直五花八门，吃什么的都有，只有一点是相同的，那就是吃不饱，更别说吃好了。医药短缺，或者说根本没有。兵们习惯了，不少人根本就不知道，生病了还要吃药打针，吃药打针那是伤员的事；不是枪伤刀伤，凭啥给你吃药打针？

在三营二连，唐春秋看见了一个浑身浮肿、已经没有能力担负岗哨勤务的士兵，连长说这个兵已经六天没下床了，每天只能喝点稀饭。唐春秋质问连长，为什么不送到团部医疗所去？连长回答说，送了，医疗所说没有药，让抬回来自己养。

那一瞬间，唐春秋觉得真是无话可说了，他想起了那次在小蜀山防线上，彭伊枫说的话：日本当局是把士兵当作精神动物，我们的当局者则是把士兵当作肉体动物，他们的物质待遇甚至还不如有钱人家的一条狗。

唐春秋现在似乎有点明白了，为什么在陆安州保卫战中一二五团不能打仗了，就是马也要给它吃好啊！士兵都是人，你给他吃最差的伙食，还吃不饱；你给他穿最差的衣服，还衣不遮体，难以驱寒。生病了，连起码的医疗都保障不了，就让他们在寒冷的冬天，揣着半饱的肚子，穿着半裸的衣服，拖着半残的身子，踩着半双鞋子，他能打好仗吗？抵御外侮，保卫国家，这大道理他不是不懂。可是保卫国家不等于保卫朝廷，你这个朝廷一点好处都没有给他，你用绳子把他捆来，喂给他霉面烂米，发给他两双草鞋，让他扛着半天响一下的破枪，今天让他跟张三打，明天让他跟李四打，后天又让他跟王五打。你把他身上那一点年轻的力气都耗干了，日本鬼子来了，他也麻木了。

这次巡查还有一个意想不到的效果，尽管此前唐春秋也风闻队伍里各级军官克扣军饷雁过拔毛，也懂得一些，比如吃空饷。以三营为例，进入天茱山之后，因病因伤因逃亡，非战斗减员已达二十人之多，可是仍然领取全额军饷，空饷的部分就被军官私吞了。至于谁多谁少，不用别人操心，分空饷的军官自然有一套规矩，通常情况下不会乱了规矩。一旦乱了，就会出现内讧，然后自我调节，直至皆大欢喜相安无事。因为这种情况比较常见，也因为需要笼络军官感情，唐春秋平时就睁一只眼闭一只眼。但他没想到会严重到这种程度。有的已经不是克扣军饷的问题了，药品，服装，伙食，甚至装备，都有人贪污了拿去卖钱。卖钱何用？一是贿赂长官，争取提升或者谋取安全岗位，或者谋取更大的肥缺；二是置办家产；三是抽大烟；四是嫖妓。

在巡查过程中，当唐春秋声色俱厉地盘查饷情的时候，有几个下级军官支支吾吾地透漏，各级都有提留，团部长官得的是大头。唐春秋就没有追问下去了。

团部长官？除了他本人和一个在月亮岭战斗中携枪带人逃跑的少校政督员，就只有祝道可和林用树了。如此说来，在军饷这个问题上，他还有谁可相信的？团部长官尚且如此，你又怎么能要求部下清正廉明？既然军官们普遍贪赃枉法，你又怎么查处？谁来查处？即便查了又怎么处理？

十

唐春秋夜半巡查防务的时候，一个巨大的危险跟他擦肩而过。

那是在二营一连。一连一排长孟秋在头天夜里带哨的时候，邀集两个班长和三个班副秘密开会，商量逃回宿阳老家。他已于五天前得到讯息，日本人占领了他老家的柳树镇，鬼子到村里搜捕抗日人员，汉奸给保长定了员额，保长就把他爹叫了出去，并且说他们一家有四个抗日军人。老爹被鬼子用刺刀挑死了，抛尸荒岗野外，残疾老娘卧床不起，没有人去收尸，老爹硬是被野狗吃了。孟秋得信，号啕大哭一场，就拿定主意要带枪回家报仇。

遇上这样惨剧的当然不是孟秋一家，本连就有六七个。孟秋打听清楚了，就把这些人邀集在一起，预定趁几个人同时上岗的时候拖枪离队，没轮上岗的临时替换上岗。

会是头天夜里开的，计划行动是在这天下半夜，没想到团长唐春秋突然亲临巡查，各连都加了岗，带岗军官也由排长变成了连长。这一下就把孟秋的计划打乱了。

因为连队气氛紧张，还召集军官们清点了人数，孟秋来不及躲避，心里扑扑乱跳，寻思团长半夜三更亲临兵舍，肯定不是好事，十有八九是逃跑计划败露了。索性一不做二不休，揣了一只手枪夹在裤裆里。

唐春秋到一连巡查的时辰，还没轮到孟秋带哨，为了保持常态，他只好装睡。那天唐春秋查得很细，还到孟秋住宿的陈家厢房来了。唐春秋进门的时候，孟秋就在裤裆里把枪保险打开了，他眯缝着眼看见跟随唐春秋进屋的有五六个人，更加认准了是为了抓他。这时候他完全抱着豁出去的念头，只要有人靠近床边，他就开枪，然后一跃而起，夺路而逃。路线他是提前看好了的，只要冲过这间民房，趁着夜暗，闯出警戒线，逃进天茱山，那就是他的天下了。往西一百二十里，就是他的老家柳树镇。

后来唐春秋果然就靠近了孟秋的床边，那是土床，下面铺的是稻草。屋里还住着孟秋手下的十几个兵，但兵们都住地铺。孟秋的食指已经触到了扳机，就在他犹豫着颤抖着手指的时候，他听见唐春秋问，这个兵怎么还穿着鞋？这是哪部分的啊？

就这一句话，孟秋的手指就从扳机上松了下来。他听出来了，团长连他是谁都还没有搞清楚，显然不是来抓他的。但是他仍然没有放松，屏声静气地暗中观察，他怕中了团长的缓兵之计。

连长回答，是一排排长孟秋。要不要把他叫起来？

唐春秋说，别叫了，年轻人累了，就好好睡吧。说完，还动手摸摸孟秋身下的稻草，对连长说，睡稻草太苦了，能搞床褥子就好了。

连长说，排长是有褥子的，孟排长的褥子给病号了。

唐春秋唔了一声，点点头说，看来这个排长是个好排长。打仗怎么样？

连长说，他就是靠打仗打得好才当的排长，不怕死，战术也好。

唐春秋说，好，我记住了这个孟秋。让他明天上午到团部去，我要跟他谈谈。

孟秋彻底把手从扳机上松开，直到唐春秋离开，两行热泪才从眼窝里滚了下来，流进嘴角。

孟秋的命运就从这个时候发生了戏剧性的变化，第二天他就被叫到了团部。这时候唐春秋当然不知道就是眼前这个黑瘦的排长，昨天夜里差一点要了他的命。

唐春秋向孟秋询问了基本情况，年龄多大，参军多长，打了那些仗，家里还有哪些人，等等。孟秋一一做了回答。然后唐春秋又让孟秋谈谈一二五团官兵思想状况。孟秋起先还犹豫，不知道该说真话还是假话，但是唐团长一再用温和诚恳的口气鼓励他，最后他就说了一些真话。

孟秋说，自从陆安州失陷以来，不管是当官的还是老百姓，都对咱们部队很失望，认为咱们作战不力。防线一触即溃，撤退一泻千里，这些都是事实。但是，这些天来咱一直琢磨，为什么咱们会这么不经打？那次团里长官派咱的排去护送游击支队的彭伊枫先生，彭先生说了一句话，咱永远都不会忘记。

唐春秋心里一震：什么话？

彭先生说，不管仗打得好坏，无论如何，都不能把账算到老百姓和士兵的头上。

哦？唐春秋看着孟秋，似乎有些意外，沉默半天没吭气，然后又问，彭先生还说了些什么？

彭先生说，没有无能的军队，只有无能的指挥官。但是彭先生说，陆安州战役说明，问题主要出在高层指挥官。唐团长是一个有强烈爱国之心、有正义感的军官，国军里像唐团长这样的不是太多而是太少。如果团长们都像唐团长这样，鬼子是不可能在中国耀武扬威的。

这话唐春秋听了很受用。虽然有点感觉，彭伊枫在他的部队有搞赤化宣传的迹象，但是，依他现在的心态，他并不觉得这有什么不好。

孟秋说，其实兵都是好兵，只要当官的把他们当人看，不欺负他们，不扣他们的饷，让他们吃饱，病了给他们医治，兵也就安心了。一个月就三块大洋，你当官的得小头，拿走一块也就罢了，可是你要走两块，有的甚至根本不给士兵见面。进入天茱山，连排长这一级的都扣，说是上面欠饷。大家也不是傻子，消息总是会露出来，一露出来，那还有个好吗？它会让士兵怀疑长官，长官连兵血都喝，你能指望这样的长官报效国家吗？长官不是真心实意地报效国家，士兵为什么要听命于这样的长官？在战场上打黑枪冷枪都是有可能的，那仗还怎么打啊？

孟秋的话虽然让唐春秋感到意外，但是他不能不承认，孟秋的话并非没有道理，官逼兵逃、兵打黑枪的事，这些年在军中的确屡见不鲜。也就是从这一天起，唐春秋决心开始对军中的腐败堕落下手惩治了。

孟秋几次冲动，想把自己蓄谋拖枪离队和差点儿就朝团长开枪的事情说出来，但是最终没说。孟秋说，如果团座没有去夜巡，也许咱今天就要向长官告假。日军已经占领了咱的家乡，父死母残，不仅没人过问，鬼子搜捕抗日家属，保长公报私仇，首先就把咱的爹娘交了出去。咱想向长官告假回乡报仇。

唐春秋沉默了一阵子，突然咬牙切齿地吼了一句，岂有此理！前方卖命抗日，后面给老子捅刀子，真是败类走狗无处不有！那我问你，你单枪匹马回去，又能有何作为啊？

孟秋说，国破家亡，以死相拼。

唐春秋说，战争是一个整体行为，你个人匹夫之勇单打独斗是没有结果的。对敌人，无非多了个刀下之鬼；对于一二五团，则是少了一个堪造之器。我是不会批准你离队的，除非你拖枪私逃，那后果你也是清楚的。

孟秋心中顿时一阵紧张，不知道该说什么好。

唐春秋说，难得你敢于在我面前掏心掏肺。像你这样家庭遭遇的，何止千万，处理起来谈何容易？但是，这件事情我既然知道了，也不能坐视不管。你的家乡离这儿远吗？

孟秋回答，就在宿阳柳树镇，一山之隔，一天路程。

哦？唐春秋说，国军一七八团在宿阳一带活动，团长冯可刚与我有同窗之谊，我捎个信给冯团长，请他尽快调查处理，惩治败类，安顿好家人。你看如何？

孟秋心里一热，他是遇到了好长官啊，设身处地为下属着想，这还是他第一次遇见。感动之下，他差一点又把计划逃跑并差一点向团长开枪的事情说出来，但是隐忍一下，还是把话咽下了，说，长官如此体恤，咱这个小排长还有什么话说，效命长官，赴汤蹈火，在所不辞。

唐春秋说，从下级军官和士兵介绍的情况看，你是一个品行端正的军官，爱兵善战；从你跟我的谈话看，也有识地和勇气，是个好苗子。我打算提升你为特务连长，你看如何？

孟秋立正回答，咱将尽终职守，直至生命最后一息。

唐春秋说，你的任务不仅仅是要带好一个特务连纵横战场，还有一些内部工作需要你做。等你情况熟悉之后，我再慢慢交代。

孟秋目光炯炯，向唐春秋行注目礼。唐春秋又说，以后别一口一个“咱”，太侉了。再说官当大了，老说侉话，下级听不懂。

孟秋说，咱……我慢慢改。

孟秋被任命为特务连长，出乎很多人的意料。因为按照老规矩，在一二五团，凡是从排长升为连长的，团里没有根基是不行的，就是有了根基，不送银子也是不行的。而这个孟秋，一直是政督员邡逍密切注意的思想左倾分子，是仅次于三营营长严楚汉的第二号危险人物。如果不是有什么秘密的特殊背景的话，根本是不可能重用的。既然不是祝道可的体系，也不是林用树的体系，那就只能理解为唐春秋的体系了。如此，祝道可和林用树就得掂量掂量了。

第三章

一

按照“老头子”的要求，天茱山抗日游击支队的整军工作，首先从文化工作入手，成立了抗敌剧社并办起了《阵线报》。

新成立的抗敌剧社是松散型的，成员大部分兼职，上至彭伊枫，中间包括田红叶和王凌霄等人，下至新战士小侉子。政治部的干事，司令部的参谋，只要有点文化，统统上台。成立半个月之后，又从当地的学生中找来了五六个男女，这样就挂上了抗敌剧社的牌子。这些人在打仗的时候各负其责，像田红叶仍然是宣传科长，王凌霄仍然是机要员，刘庆唐仍然是作战参谋。

抗敌剧社不光要排练节目，要办报纸，还担负了文化教员的任务。彭伊枫鼓动霍英山给游击支队和地方部队共十二个连以上干部下了死命令，每人在一个月内学习认写三百个字，抗敌剧社的队员被派了六个地方去教这些基层指挥员认字。

但是别的地方都好说，最初的阻力恰恰来自学文化呼声最高的霍英山本人。霍英山在会上振振有词地号召大家学文化，说没有文化死路一条。但那是要求别人，他没想到政治部的教员曾见湖会通知他去上文化课，还要带小板凳。

霍英山一听脸就黑了，冲曾见湖嚷道，老子大小也是个司令，你的意思是我跟大家一样当小学生？完了还要考试，还要往脸上贴白旗红旗？红军时期就是这么干的，老子也就是因为这个才不愿意学的。

曾见湖说，目前只是上大课，怎么考试还没说。

霍英山说，告诉你们彭主任，就说霍司令军务在身，要想大事，学文化这点小事你们办就行了。

话传到彭伊枫的耳朵里，彭伊枫笑笑。心想这个老排长，真是榆木疙瘩脑袋，连鬼子都不怕，就怕学文化。你在会上大呼小叫，可是说起来一套，做起来一套，那怎么行啊？那让别的支队首长怎么看？这项工作还不被你老人家搞成夹生饭啊？

彭伊枫对曾见湖说，好，你去告诉霍司令，他军务在身，我给他派一个专职教员，就在他的门前等着，他啥时有空，啥时学文化。他这三百字不学会，教员不撤。

彭伊枫给霍英山派的专职教员是机要员王凌霄。

上次护送军部干部过江，对于王凌霄的情况，彭伊枫又有了一些了解。一种比较可信的说法是，这位同志在苏区时，犯过错误，而且是一犯再犯。一次是包庇犯错误的同志，一次是误解没有犯错误的同志，后一次尤其严重，直接造成了损失。后来新四军成立了，从陕北抽调一批干部，王凌霄就要求过江了。这些年王凌霄十分低调，原本一个朝气蓬勃的女干部，变得沉默寡言甚至有点老气横秋了。

通过一段时间的观察，彭伊枫感到王凌霄虽然文气了一点，但并没有未老先衰。这个同志参加工作有些年头了，斗争经验其实还是很丰富的。初来江淮，在大蜀山一二五团驻地同唐春秋唇枪舌剑，王凌霄只是插了几句话，却是句句有分量，让彭伊枫刮目相看。

彭伊枫安排王凌霄辅导霍英山学文化，是有所用意的。他的想法是以柔克刚，看似没有什么道理，但彭伊枫就这么想的。他总觉得，像霍英山这样一脑袋倔筋的人，就该由王凌霄这样不紧不慢的女同志来对付。

王凌霄遇到了空前的麻烦。

首先霍司令的味道她就受不了，霍司令身上的味道不是一般的味道。两个人面对面地坐在小板凳上，霍司令吸溜旱烟管的时候满屋子都是呛人的烟草味，不吸旱烟的时候情况更糟，从他的嘴里散发出来的是烟油和食物发酵之后的恶臭。霍司令活到三十多岁了，从来就没有刷过牙，连漱口都少有。霍司令还不光是嘴里的气味让王凌霄不堪忍受，霍司令的身上也是一股说不上来的难闻气味。跟他坐在一起，王凌霄经常感到头晕目眩。

但是王凌霄还是咬紧牙关挺住了，因为辅导霍司令是组织上交给她的任务。像她这样的人，组织上能把任务交给她，就是一种荣幸，哪里还能挑三拣四呢？当然更不能嫌弃革命同志，尤其是不能嫌弃霍司令。只要想到了革命同志的感情，她就得心甘情愿地捏着鼻子忍受霍司令的恶臭。

但是有一点她没有想到，她尚且能够忍受，霍司令反而受不了了。

自从彭伊枫等人上山，杜家老楼的房子紧张，霍英山嫌闹得慌，住进了莲花村桂氏庄园，跟独立营二连住在一起。莲花村离杜家老楼也就两三里路，地方是个好地方，依山傍水，而且地形比较安全。二连连长冯存满是霍英山的老部下，在川陕的时候就是霍英山的警卫员，后来又追随老团长到天茱山拉队伍。可以说是霍英山最倚重的人，使唤起来自然比较方便。

这天是个好天，冬日的阳光暖暖的。

一个上午，王凌霄就坐在桂氏庄园霍英山的小院子里。院子倒是宽敞，高墙大门，青砖黑瓦，院墙上搭着丝瓜架子，干枯的秧条上还挂着几条晒干的丝瓜。院中心还有个花坛，一到春夏，里面开满各式各样的花。

给霍司令辅导文化，第一个要解决的问题是霍司令到底是坐着还是蹲着的问题。起先是坐着，但霍司令坐在王凌霄的对面，怎么坐怎么不自在，干脆蹲着。因为一条腿不得劲，蹲的姿势就很难看。王凌霄说，霍司令你还是坐着，你蹲在那里像个什么样子？蹲在那里也没法写字。

霍英山说，小王同志你就饶了我吧。你说我一个扛枪打仗的人，你非让我识字干啥？你们还真把我当大首长培养了？

王凌霄说，霍司令你要体谅我，这是彭主任交给我的任务。彭主任说霍司令要是不带头学会三百字，支队的学文化就会受到重大影响。

霍英山抠抠眼屎说，那你教吧。

王凌霄说，你得坐到桌边来。

霍英山仍然蹲着说，你在桌上写，我能看见。我脑子不灵眼睛灵光，火眼金睛呢，隔半里路都能瞄准鬼子。

王凌霄心想，你不坐桌边也好，离远点味道也小一点。王凌霄说，霍司令我先教你“新四军”三个字，“新”就是新旧的新。然后一笔一画写了一个“新”字，让霍英山凑近了看。

霍英山吧嗒着旱烟，眯缝着眼睛看了看王凌霄，又伸长脖颈看了看桌面上写在黄裱纸上的字，把脑袋摇得像货郎鼓，说，写不来写不来，横竖太多了。

王凌霄没法，只好说，那先学“四”字，这笔划少吧？

霍英山仍然摇头，挤出一脸苦相，像一只屁股上挨了脚踢的猴子，说，我学不会“新”字，光会写“四”字也没用啊！你还是饶了我吧。

一个上午，王凌霄口干舌燥，没有教进去一个字。

这个中午，王凌霄没有吃饭，就坐在霍英山的住处门前，默默地看天。她抱定了一个主意，你霍司令油盐不进，我就饭菜不吃，我就这么坐着，直到你老老实实地给我坐下来认字写字为止。于是乎，任炊事员和通讯员怎样苦苦相劝，也不管霍英山怎样软硬兼施，王凌霄就是不动筷子。

二连那天给王凌霄准备的饭菜是很讲究的，除了一个小葱炒鸡蛋，还有一个辣子炒笋鸡。霍英山一遍一遍地嘟囔，看看，冯存满还真有两下子，这可是天大的面子，我在这儿住一个月了才第一次看见这么好的菜，全是沾你的光。你要是再不吃，那我就没办法了，我总不能到天上给你摘月亮吧？

王凌霄说，我不要你到天上摘月亮，你答应好好学文化，我就吃。不然我就绝食。

霍英山把大烟袋杆一横，盯着王凌霄看了看，突然笑了，小眼睛里闪烁着狡黠的光芒说，那好，你把饭吃了，我下晌就跟你学写字。

王凌霄说，霍司令你说话要算话。

霍英山把旱烟杆举起来，朝天上一戳一戳的，像是指天发誓：咦唏，君子一言，驷马难追。我这么大个老红军，还能糊弄你吗？

王凌霄这才勉强一笑，端起了饭碗，味同嚼蜡地吃了几口，觉得不对劲，起身让通讯员去找霍英山，哪里还能见到他的影子？霍英山脚底板抹油，溜之乎也。

霍英山去找彭伊枫去了。

霍英山这回找到彭伊枫，就不客气了，大大咧咧地说，伊枫，我建议你们搞一个规定——这学文化嘛，大家都要学，都要好好地学。但是，这个，这个，有些人嘛，可以先缓缓。我们年龄大，脑子不好使，就不要跟大伙儿一样了。

彭伊枫说，老排长你怎么能会上一套，会下一套呢？学文化就那么难？

霍英山斩钉截铁地说，就那么难，不然我当初就不会离开延安了！一个月内学三百个字，你打死我我也学不会。

彭伊枫说，一个月三百字，一天也才十来个字，怎么就把老排长难成了这个样子？这比打鬼子不知道要容易多少倍！

霍英山说，伊枫啊，你这是站着说话腰不疼啊。你有文化，一天学十个字不算啥，你哪里知道，隔行如隔山啊。你再也不要派那个王凌霄去逼我了，我学不进去，她不吃饭，要死要活的，可真是愁死人了。

彭伊枫说，我就不相信，教你学文化，又不是逼你当汉奸，就会那么难？其实是你自己心里想着难。当初，要不是没文化，你也不会受那些罪。

霍英山说，没生过娃子你不知道肚子是咋疼的。伊枫，老排长求你了，你就特殊我一下，别让我学了。我这个司令员让给你当都行。

彭伊枫说，老排长，别的都好说，你要是愿意，偷着娶俩媳妇我都睁一只眼闭一只眼。但这学文化是上面安排的重要工作，营连干部人人过关，雷打不动，你当司令的不带头不行。

霍英山火了，把驳壳枪抓过来，又拍到桌子上说，那你就拿这把枪把我崩了。彭伊枫我跟你一句话讲到底，我老霍要命一条，要我一个月学三百个字，比登天还难！

彭伊枫说，老排长你这是怎么回事啊？学文化是个好事，随着战争形势的发展，敌情越来越复杂，仗越来越难打，我们的干部职务也将越来越高。现在不像红军时期，一个团百十个人，大家都没文化，随便你东一榔头西一棒子的指挥。现在来天茱山参加抗战的，有不少知识分子，你没文化，就领导不住他，更别说打鬼子了。

霍英山说，说来说去，学文化不就是为了当官吗？那我不当官了，司令也不当了。你让我当伙夫去！

彭伊枫也火了，说，老排长，当伙夫也得有文化。天茱山抗日根据地不允许有一个没有文化的人！这个文化你学也得学，不学也得学。不当司令也得学文化！

两人正吵着，王凌霄在门外出现了，靠在门边，也不说话，只是静静地看着屋里。彭伊枫说，老排长你看看，你把我们的女同志都气得说不出话了！人家也是老革命呢！

王凌霄还是一动不动，就那么瞪着一双大眼睛看着霍英山，脸上甚至还挂着捉摸不定的微笑。霍英山可以跟彭伊枫来横的，但他不能跟王凌霄来横的。

见王凌霄这副没有表情的表情，当真以为是他把王凌霄气得说不出话了，赶紧把罪过都揽到自己的头上，慌忙站了起来，手足无措地说，王凌霄同志你别生气啊，都是我不好。你别让我这个大老粗气出毛病了，我跟你学还不行吗？

彭伊枫说，好啊好啊，王凌霄你听见了吧？云开雾散了。你把司令员攻克下来了，天茱山就没有攻不下来的堡垒。

王凌霄还是没说话，笑笑。

二

尽管霍英山表态要认真学文化，但是真正学起来还是有不少困难，思想通了，并不意味着技术上通了。霍英山脑子并不笨，但是前头学后头忘，一忘了积极性就下去了。

有一次王凌霄在杜家老楼西边的岗子上看夕阳，心烦，自己跟自己发了一通牢骚。说倒了八辈子霉了，教文化居然摊上了霍英山这个榆木疙瘩，教他学文化，简直比打鬼子还难！

这时候她听到了他的声音：世上无难事，只要有心人！

她倏然一惊，睁眼向四周看了看，阒无人迹。远方的落日正在一点一点地挨近山脊，落日底缘和山脊的衔接处，像是融化了的钢水，在远山的廓影上洇出一片血红。

那时候在川陕，红军也搞扫盲。他当团政委，当师政委，都把扫盲当作一件重要的事情来抓。他总是说，看问题要长远地看，我们现在是跟敌人打游击，嗓子大胆子大就可以当排长，识几个字就能当参谋，敢打能拼就能当连长。可是我们不能总打游击，我们要夺取政权，就要和敌人大兵团作战，既需要战略思想，也需要战术技术，没有文化是不行的。将来战争结束了，还要治理国家，制定法律，管理社会。如果我们这些打天下的没有文化，革命成功了，也就只能回家种地了。没有文化就没有觉悟，没有觉悟就没有思想，没有思想就没有信仰，没有信仰就没有报国牺牲的精神！所以建军之道，必须学习文化！

她也听过他讲课。她能够看得出来，那些听他讲课的干部，有团长团政委，有营长营政委，他们对这位首长是信赖的，也是信服的。只要是他鼓励大家做的事情，大家都非常卖力地去做。他是那样的自信，那样的富有激情。他仰着下巴，一只手叉在腰间，一只手做着凌厉的动作，耳朵根子上夹着一截铅笔头，慷慨陈词：文化就是机关枪，文化就是迫击炮，不，文化比机关枪和迫击炮还要重要得多，没有文化的军队，是不可能打胜仗的，更是不可能掌握政权的……要是他还活着该有多好啊，要是他还活着，要是他还在这里，霍英山的学文化算什么事啊？天大的事情都会迎刃而解。只要是他要做的事情，霍英山也会跑前跑后地去做，尽管他瘸着一条腿。

倏然，她觉得眼前闪过一道红光，她看见西边的火烧云又弥漫了天穹，天穹下面一匹雪青马正在向她驰骋而来，夕阳的余晖像海水一样跟随着他。她的血液顿时涌了上来，她站在高高的山上，向他张开了双臂……

他们一起走上了天茱山的林间小路，一如当年一起走在川陕根据地的羊肠小道上。他打着绑腿，神采奕奕，腰间别着精致的小手枪。她跟在他的身后，手里拿着一枝桂花，幸福洋溢在脸上。

他说，我要去很远很远的地方了。

她说，我只想和你在一起，永远永远。

他说，那就等革命成功吧，革命成功了，我们就再也不会分开了。

她说，我现在就要和你在一起。我已经等了三年了，一天也不能等了。

他说，不行啊，我去执行一项绝密的任务，我们不能因为儿女私情影响了我们的事业。

她说，你真舍得把我丢在这里？你不知道我在这里有多难，同志们不理解我，我就像一个没有家的孩子，我感到我好孤单。

他说，革命就是这样，要奋斗就会有牺牲。

她说，这里的工作好难做啊，组织上让我去教霍司令学文化，前头学后头忘，真是刀枪不入啊！

她看见他笑了。哦，你是说那个霍英山啊，那是个很能打仗的家伙。

她说，可是他根本就学不进文化，怎么办啊？

她看见他仰起了下巴，似乎在跟白云喃喃私语。他说，像霍英山这样的同志，没有尝到文化的甜头，也没有感性认识，觉得很深奥，怕字当头，所以就排斥。对于这样的人，不能掰开脑袋硬灌，得用巧劲。

王凌霄说，我也想了，可是一笔一画都是死的，我只能硬灌。

他说，一笔一画怎么是死的呢？你看“新四军”三个字……突然王凌霄眼前“新四军”三个字横竖左右都活了起来。

她顿时感到一阵清爽的气息从身体的内部冉冉升起，像是伴随着一阵高山流水般清澈的音乐。她说明白了明白了，你总是那么一针见血。她想挽起他的胳膊，却发现他不见了。她揉了揉眼睛，茫然四顾，身边只有越来越浓重的暮色。田红叶带着新参军的晋薪等人正从杜家老楼方向向她走来，并且喊着她的名字。

第二天早上，王凌霄改变了过去那种填鸭式灌输教学法，而是把每个字拆开。王凌霄用树棍在地上画了个“一”字，问霍英山，这个字认识吗？霍英山疑疑惑惑地说，莫非是一？

王凌霄说，对了，就是一。然后又加一笔问，这个字认识吗？霍英山说，莫非是二？

王凌霄说，对了，就是二。霍司令真聪明。

霍英山说，这么容易啊？那是八就画八下，一百就画一百下？王凌霄说，是三画三下，再往下就不能这么画了。这个以后再说。王凌霄把“二”字头上加了一点，中间加了两点，说，霍司令你站起来。

霍英山狐疑地站了起来，傻傻地看着王凌霄。

王凌霄说，你两条腿站在地上，脑袋钻出了天上，你就立起来了。这就是个“立”字。

霍英山想了想说，这个我能记住。

王凌霄又在“立”字下面写了个“小”，说，霍司令你立起来了，你很高大，你脚下的东西都很小，这个字是个“小”字。

霍英山歪着脑袋想了一下，突然把两腿一并，两只胳膊往胯间一张，说，嘿嘿，这个“小”字好记也好写，看我这个样子，不就是个“小”吗？说着，还把脚趾往上一跷，以表示是“小”字下面那一钩。

王凌霄喜出望外，原先她说霍司令聪明，还不过是鼓励霍英山的意思，等霍英山像蝴蝶一样扇动两只胳膊比划出一个“小”字，她惊喜地发现这个满嘴烟臭的汉子还当真有点灵气呢。王凌霄说，对了霍司令，你那个样子就是个“小”字，来，咱们把“小”字上面再加一横，这就是个“木”字……

就这样一点一滴、一尺一寸地向前推进，艰难而又缓慢，还多少有点欢乐。一个上午，光是“新四军”这三个字，经过分解组合，霍英山便学会了一、二、立、小、木、斤、口、儿、曰、旦、亘、車、新、四、軍，一共十五个字。

这个方法让霍英山感到很神奇，顿时兴趣大增，不仅会认了，而且会写了。先是在地上用树棍子比划，差不多了，就在黄裱纸上写，笔画有从下往上的，也有从右向左的，但好歹把零件配齐了。写完之后左看右看，突然大叫，冯存满！

冯存满应声而来。霍英山得意地摇头晃脑，孩子似的手舞足蹈，底气很足地说，看看，本司令以身作则，这一天就学会了十五个字！传我的话，连以上干部都要向我学习，每天至少学会认写十五个字，要超额完成学习任务，谁也不许再说困难了！

三

曾见湖是个天才音乐家，说天才倒不是说有很高的造诣，但他确实有很高的天赋。曾见湖是南京师范学校的学生，本来是学地理的，但是到了天茱山之后，地理知识暂时派不上用场，需要人拉胡琴，曾见湖多少会拉点二胡，就成了抗敌剧社里唯一的乐师，还收了小侉子侯究芬当徒弟，教侯究芬吹笛子。前几天不知道从哪里弄来一把没有弦的小提琴，曾见湖七鼓八捣，把胡琴上的丝弦安了上去，起先像拉二胡一样放在腿上拉，居然也能拉出曲子。后来被彭伊枫看见了，彭伊枫大笑，说我们天茱山抗日根据地真神奇，把小提琴当二胡拉还拉得这么好听。彭伊枫告诉曾见湖，这东西好像是应该架在脖颈上拉的。曾见湖试了几次，就试出姿势了。

彭伊枫下命令学文化，曾见湖也被分配了任务，而且是大任务，给连以上干部上大课。别的同志倒还好说，可有独立营的副营长李广正和二连连长冯存满在，曾见湖的日子就难过了。冯存满作战厉害，红军时期就是挥大刀片子的好手，而且是个老资格，比支队参谋长许成哲和独立营副营长李广正当连长的时间还早。但跟霍英山一个毛病，就是学文化脑子不开窍，前学后忘，一上课就打瞌睡，一堂课曾见湖要不厌其烦地把他推醒。醒来之后冯存满还不高兴，说我正做梦打鬼子，眼看就要缴获一挺机关枪了，你硬是把我推醒。学文化我没意见，可你也得让我把机关枪弄到手再说啊！

冯存满每次上课都有一个故事，每次都弄得哄堂大笑。曾见湖感到像这样捣乱，这个文化就没法教了，就向彭伊枫告状。彭伊枫把冯存满叫了去，二话不说就是一顿臭训，说冯存满你骄傲什么，倚仗你当过红军排长是不是？我彭伊枫还当过红军团政委呢！再捣乱，把你枪下了，到抗敌剧社当伙夫去。

冯存满这才紧张起来，上课不敢打瞌睡了，把眼睛瞪得鸡蛋大，但是学业仍然一塌糊涂。

李广正不像冯存满那样瞎捣乱，学习的积极性倒是很高涨，但积极性高得过了头。譬如教到了“抗战”两个字，一教就会，会了就提问题：日本鬼子为什么要打到中国来？曾见湖就回答说这是侵略，是掠夺中国的财产。但李广正并不满足，李广正问，日本也有田地，也能种粮食，为什么要跑这么远动枪动炮还死人？他都来打仗了，田地不就荒了吗？曾见湖就回答光靠种粮食种不出名堂，还是抢人家的来得快来得多。李广正觉得曾见湖讲的有一定的道理，但还不是根本的道理。所以对曾见湖的教学方法就不太满意，而且在他的情绪鼓动下，大伙都提问题，弄得曾见湖捉襟见肘。后来曾见湖想了个办法，选了鲁迅先生的《秋夜》作教材。曾见湖心想这是个两全其美的办法，名人名作，我照本宣科就行了，既学会了认字，又学习了名著。

但曾见湖没想到，教名著也教出了毛病。曾见湖摇头晃脑地先把课文念了一遍——还只是刚刚开了个头，李广正就叫唤起来，说曾教员你等等，你刚才念的是什么？曾见湖只好重新念：在我的后园，可以看见墙外有两株树，一株是枣树，还有一株也是枣树……

李广正连忙叫停，瞪着眼睛问曾见湖：两株枣树，你就写两株枣树不就明白了吗？为什么要写成“一株是枣树，还有一株也是枣树”，这不是脱裤子放屁吗？

曾见湖哭笑不得，想了半天才说，这是作者描写的手法，先看见一株，再看见一株。

李广正仍然一脸茫然说，恐怕不是这样的吧？他明明写着在他家的后园，怎么会是刚刚看见一株，然后再看见一株呢？你这样解释不通。大家说通不通？

大家都说，好像是不通。

曾见湖的头上立马就出了冷汗，支支吾吾地说，这样写是为了强调的意思，强调是两棵枣树而不是一棵。

李广正说，你这样解释还是不通，他要是强调两棵，直接写成两棵就行了，用不着这么拐弯抹角。

曾见湖揩着冷汗说，就算我解释不通吧，咱们还是先认字好吗？我再接着念，你们先听一遍。

岂料刚念了几句，别人没说啥，李广正又叫停，问道，小红花会做梦吗？小红花要是会做梦，那还能拿枪跟我一起打日本呢。

曾见湖说，李副营长你别老是打岔。

李广正较真了，我怎么打岔了？你教书，总得把书上的道理讲通吧？你讲不通道理，让我跟你瞎学，用你们读书人的话说，叫误误……误什么来着？

曾见湖说，误人子弟。

李广正说对了，可不是误人子弟？那是要耽误抗日的。

曾见湖苦笑说，这是文学名著，作家这样写，自然有他的道理，有些道道我也不是很明白。咱们就将就着先认字吧。

李广正不吭气了，但是脸上仍然是一副困惑的表情，困惑里面又有一丝得意。

遇上这样钻牛角尖的学生，实在痛苦。一堂课下来，曾见湖已是汗流浃背。

四

经过一番摸索，松冈大佐苦心孤诣营造的“亲善怀柔”工作终于有了实质性的突破，促成这项突破的不是他身边像苍蝇一样绕来绕去的“皇协军”头目和陆安州的伪职人员，也不是那个他寄予了较大希望的酒业老板夏侯舒城，而是来自陆安州城东桃花坞。

当河田大尉带着那个仪表堂堂的方索瓦出现在松冈大佐面前的时候，松冈大佐立即就对这个面容清秀而又冷峻的、甚至有几分孤傲的中国人产生了好感。是的，这个中国人不是一般的中国人，这个中国人的眼睛里没有怯懦，没有献媚，不卑不亢，不动声色。但是，同宫临济之流的卖国求荣借刀杀人的目的不同，同董砰石、臧云鹤等多数“皇协人员”的有奶便是娘的目的不同，同夏侯舒城明确的商业目的也不同。这个中国人与“皇军”亲善是有理由的，这个理由就是仇恨。用方索瓦自己的话说，苛政猛于虎，天下一盘沙。

方索瓦主动向松冈介绍了自己的身份——早年考入黄埔军校，为特别班高才生，毕业后在军统任职，参加过江西“剿共”，被红军俘虏改造，当过红军教官，在“肃反”中被清洗，蹲过半年牢。后逃脱回到中央军，又被怀疑为共军地下人员，再次坐牢半年。后来经人担保释放，放出后担任副官，又被怀疑有通共行为，再蹲半年监狱。于日军攻陷宿阳之际，被放出并委以重任。但此时已经心灰意冷，辞任返乡，没想到家乡遭此变故。想当个好老百姓都没法当，那就只好顺其自然了。

松冈对方索瓦的话大加赞赏，是啊，苛政猛于虎，天下一盘沙。这句话把中国军队不堪一击的根本原因说得淋漓尽致。有这样的认识，他的亲日倾向就不是无本之木无源之水了，那是在失望、绝望之后的聪明选择。他的同胞同他有杀父之仇，而“皇军”没有；他的同胞——国民党差点砍了他的脑壳，共产党也差点砍了他的脑壳，而“皇军”却拯救了他的家人。这个中国人更懂得中国需要什么样的政治和政府，因此由他协助“皇军”是再可靠不过的了。他是有信仰的，有信仰的人一旦选准了路线，就很难动摇，这是宫临济、臧云鹤乃至董砑石之流难以望其项背的。宫临济、董砑石、臧云鹤之流算什么？走狗而已，见利忘义，就像夏侯舒城说的那样，他们连祖国都卖了，当然也就随时可能把临时的、外国的主子卖得一干二净。

自从有了这个方索瓦，松冈大佐就着手调整对于“皇协军”的“怀柔”政策。先是从“满洲国”又增调了两个中队东北籍士官生，再从联队抽调一批“皇军”下士官干部候补生，穿插充实到宫临济的三个团里，名为战术指导，实为思想行为监视。横向封闭，全由联队部亲善科直线联系，加之顾问和翻译人员，至少形成三张秘密网络，以防这些朝三暮四的中国人生变。

同时，根据方索瓦的建议，在桃花坞建立了“王道乐土”模范区，本来松冈希望方索瓦出任区长，但方索瓦认为，由他的妹妹方明珠出面更合适。一个中国女子担任“王道乐土”模范区的区长，会更有说服力，影响更大。松冈拍案叫绝，夸奖方索瓦不仅有军事才能，还很有政治眼光。由陆安州商会夏侯舒城等人筹资，在桃花坞办起了学校、工厂、医院等等，尽管“皇军”厌恶天主教，但松冈大佐还是拨款整修了皮诺尔的教堂，表示尊重桃花坞居民的宗教信仰，同时纪念已故的方蕴初和皮诺尔先生。看得出来，这些举措是行之有效的，不仅老百姓渐渐打消了顾虑，连方明珠和她的同学也为“皇军”的宽宏大量和体贴民情所感化，医科学院的学生翟维新出任桃花坞“亲善医院”的院长，宋诗芩在方明珠兼任校长的“亲善小学”服务，担任教务主任。

对方索瓦这样的人，松冈大佐自然是要委以重任的。这个人比夏侯舒城更有个性，更像个激进的中国人。因为他对中国政治不满，对于国家政权失望。一句话说到底，方索瓦认为这个国家不可爱。他为“皇军”效劳，既有思想基础，又有行为依据。

为了测试方索瓦的政治素养，松冈还曾经带着他到古井坊里喝茶。在古井坊二楼议事堂里，松冈向夏侯舒城介绍说，这个年轻人是建立“王道乐土”的模范，为陆安州中日亲善作出了很大的成绩。年轻人文武兼备，前程不可估量。

夏侯舒城握着方索瓦的手，口气怪怪地说，久仰久仰，有志不在年高，识时务者为俊杰。早就听说方家父子两挂外国旗的故事，更听说方先生是个干大事的人，果然有胆有识，意气风发。

方索瓦似乎没有听出讥讽的味道，倒也坦然，说，夏侯家族在陆安州是名门望族，夏侯先生名校出身，还望多多指教。

见面情况总的看来比较融洽，但到进入深层次的谈话之后，彼此就有点互相瞧不起了。

通过方索瓦同夏侯舒城的交谈，松冈进一步印证了自己对方索瓦的判断。他发现方索瓦非常崇尚西洋文化，对于本国政治文化乃至民族素质，深恶痛绝。在谈到鸦片战争以来中国屡次受辱的时候，方索瓦毫不掩饰地说，这个国家完了，不仅是封建专制的问题，也不仅是政府腐败军阀混战的问题，中国人已经堕落到了只知道活着的地步，你给他民主，他恨不得自己当皇帝。国家已经成了这个样子，就不应该拒绝发达国家的帮助。

为了证明中国人的不可救药，方索瓦还举了个例子，说是在当年八国联军打进中国的时候，在山东境内因为没有码头，船靠不了岸，进攻中国的德国军队是花钱雇用中国渔民背上岸来的。方索瓦说，我的父亲在陆安州是方圆数百里闻名的好人，但是，竟然被江淮保安团逼死，我的妹妹差一点儿遭到凌辱。倒是日本军队，在紧要时刻救了我一家。所以说，是非有时候是可以超越国界的。

当着松冈的面，夏侯舒城同方索瓦发生了争论。夏侯舒城说，方索瓦先生不应该把自己一家的遭遇同民族的遭遇混为一谈，也不能把民族中的一些败类理解为整个民族。这样一叶障目，对于自己的国家和民族，是不公允的。

方索瓦说，可是这个民族是何等的不堪一击啊，我听说鲁庐战役，日本军队仅仅以不到一万人的兵力，将抗日部队十万余人打得落花流水。

松冈微笑插话，是有这么回事。

方索瓦说，联想到当初沿海渔民背着八国联军来打中国，我就心灰意冷，战争失利不是偶然的。

夏侯舒城说，这个问题很复杂，民族是由人组成的，说到底民族的缺陷是由个人的缺陷堆砌的，民族的懦弱也是由个人的懦弱积累而成的，包括你和我的懦弱。我们今天都在松冈先生的支配之下，都在为日本人做事，就能说明这个问题。当然民族的懦弱也好，明哲保身也好，见利忘义也好，归根到底是由生存状态决定的。不能把账算到老百姓的头上。老百姓连饭都吃不饱，连活着都成问题，他当然不可能去忧国忧民，他拿什么去救国啊？只有国家独立，才有可能改良政治，发展经济，提高国计民生水平。老百姓的日子好过了，他自然要守护自己的家园。

方索瓦说，其实，我跟夏侯舒城先生的认识是相同的，苛政猛于虎，百姓不爱国。区别在于怎么办。老蒋号召焦土抗战，地不分东西南北，人不分男女老幼。听起来其壮烈令人怆然涕下，可是说起来容易做起来难。如今的中国，虽然政府是一个政府，可是派系多如牛毛，国民政府根本拢不住四分五裂的局面。所以我认为，与其乱成一团，不如打散重铸。

夏侯舒城说，中国并不是国民政府的中国，也不是军阀的中国，而是中国老百姓的中国。王朝之争，集团之争，党派之争，信仰之争，都不能超越国家利益。方先生说国民政府控制不住中国的局面，我同意这个看法。因为国民政府本身就是脆弱的、无力的。那么，用什么来收拢民族意志呢？在救国这个旗帜下，比依赖信仰哪个政府都更有说服力和感召力。

松冈插话说，夏侯先生不能始终对本国抱着敌意，口口声声救国抗日，我们来建立“大东亚共荣”秩序，完全是为了帮助贵国摆脱困难局面，拯救民众于倒悬。你说的救国，是不是要把我们打出去的意思？

夏侯舒城说，松冈先生，我说的救国，就是说，当我们的国家富强了，也可以到你们那里去帮助日本建立“大东亚共荣圈”。但是我现在不想讨论所谓的“大东亚共荣圈”的问题。我只是想说，中国人的问题，最终需要中国人来解决。没有谁能击倒我们，除非我们自己；同样，没有谁能够拯救我们，决定我们是否能够站起来的，也只能是我们自己。

松冈的脸色极其难看，说，我们到中国来，用你们中国人的话说，叫作扶上马，送一程。有何不可啊？

夏侯舒城说，松冈先生，虽然你是日军大佐，但我们都不是决定国家命运的人，我们在这里夸夸其谈是没有意义的。我只是想同方索瓦先生切磋，不能妄自菲薄。即便我们现在同松冈先生合作，我坦白地说，那也是在利益的支配下的互相利用，还有个人交情。这同根本上否定国家是两回事，同卖国更是两回事。

方索瓦反唇相讥，问夏侯舒城，那么夏侯先生跟日本人合作，难道是救国？

夏侯舒城顿时语塞，沉吟一会儿才苦笑说，我承认在行为上我有见利忘义的举动，因为我是商人。但在思想上，我不能鄙弃自己的国家。

松冈和了一把稀泥说，夏侯先生，不管你怎样坚持对"皇军"的成见，但是，"皇军"还是很看重你的人格和风度。你和方索瓦先生都是爱国者，其实"皇军"也很器重爱国者，很尊重爱国者。热爱自己的国家是天经地义的，是理所当然的，是责无旁贷的，哪怕是我们的敌人。我们可以在战场上厮杀，但我从内心还希望我们的敌人是爱国者，具有自己独立的人格和自尊，甚至是强大的和智慧的。在这一点上，二位都是当之无愧的。但是爱国的方式不同，夏侯先生坚持不同"皇军"在经济以外的领域合作，这是一种爱国；但是方索瓦先生希望借助日本文明的政治发展中国文明的经济，这也是一种爱国方式。有时候卖国也是为了爱国。也许你们是殊途同归，我希望你们好好合作。

夏侯舒城说，这一点松冈先生可以放心，探讨问题不妨碍做生意。

方索瓦也表示，可以同夏侯舒城很好地相处。

不久，松冈向方索瓦提出，以桃花坞原区公所的二十个兵丁和方家的十名家丁为基础，增加人员装备，建立桃花坞别动队，由方索瓦出任司令。方索瓦欣然允诺，但提了两个条件，一是名称不能叫别动队，可以叫自卫团，手里有几条枪报仇、有几个人看家护院就行了；二是自卫团成立后，河田大尉手下的日军就不能再留在桃花坞了，既然是模范区，驻扎日本军队不伦不类。

松冈大佐反复掂量，最后还是同意了方索瓦的条件，并且答应给方索瓦拨发一批武器。

这次谈话之后，松冈大佐秘密探访了桃花坞。在方蕴初的墓前，他看见自己的挽联已被刻成石碑，竖在墓侧。松冈大佐问，你把我的祭文刻在令尊墓前，就不怕落汉奸骂名？

方素瓦坦然回答，大丈夫敢作敢当，既然已经跟日本人合作了，骂不骂汉奸都是汉奸，无所谓了。

五

桃花坞自卫团从一成立那天起，就意味着比“皇协军”享有更多的特权。首先是松冈奏请江淮派遣军司令部，给自卫团拨发了二百条三八式步枪和十挺歪把子机关枪，很让“皇协军”眼红；不分老少，只要是兵，军饷是每人每月十块大洋，这是“皇协军”排长和真鬼子士兵的待遇，更让“皇协军”心酸。一团团长马甫金和二团团长常相知都在宫临济面前发牢骚，一个公子哥儿临时拉起来看家护院的队伍，怎么就弄得这么红火呢？

宫临济总算对松冈有了进一步的认识。

松冈心里到底有多少秘密，没有人清楚，但是有一个秘密是公开的，那就是松冈不相信中国人，不相信任何中国人，包括“皇协军”的军官，包括陆安州“亲善商会”的“皇协”人员，包括他新结识的诸如夏侯舒城、王月凤之流的陆安州工商界人士。但是这并不妨碍松冈同这些人“亲善”。对于松冈来说，所有的中国人都是敌人，不同的是，有的是公开的敌人，有的是潜在的敌人，有的是今天的敌人，有的是明天的敌人，有的是后天的敌人，有的则是明年或者后年的敌人。异国作战，尤其是长期驻屯，一个非常重要的经验就是要有一批可以利用的异国人。利用他们的威望、骗术、武力、智慧或者贪欲来为“皇军”效力；利用他们的尔虞我诈明争暗斗，通过他们之间的互相消耗来平衡“皇军”雄踞其上的格局。利用中国人来收拾中国人，很容易奏效，这真是非常合算的事情。

桃花坞的“模范行为”更坚定了松冈成立陆安州“亲善政府”的决心，日本驻屯军华东司令部也认为应该有一个由中国人组成的政府机构来替“皇军”工作，这样更有说服力，这也是建立“王道乐土”的必然要求。经过一番动员和推让，最后就确定以原拟定的“亲善商会”人马为基础，干脆成立一个“亲善政府”，反正作用都是一样的。

在酝酿“亲善政府”组成人员时，原信少佐一反过去对松冈唯唯诺诺的常态，激烈地反对由夏侯舒城出任“亲善政府”市长。原信说，夏侯舒城的排日情绪非常明显，对于日军军官态度傲慢，这样的人是不可能对“皇军”忠心耿耿的。

松冈反问原信，那么你说谁对“皇军”是忠心耿耿的？

原信被这个问题问住了，喉结跳动了两下说，至少宫临济要比夏侯舒城效忠。

松冈笑了，说，宫临济这样的人就像贪吃的苍蝇，你在大街上伸手一抓就能抓几个出来。但是像夏侯舒城这样受过高等教育，有资产，有名望的人，并不多见。

原信说，可是这个人敌视“皇军”，杀不足惜，怎么能让他当“亲善政府”的市长呢？

松冈说，你说的有一定的道理。但是，原信君，你不懂政治，你不知道政治和战争的区别。在战争中，你认为该杀的，那就毫不犹豫地把他杀掉好了。但是，在政治中，我们要看他有没有利用价值，我们要看看在什么时候杀他合适。是把他杀了并且由此引起骚乱好呢，还是利用完了不动声色地再杀好呢？我看还是后者更合适一些。

原信面无表情。

松冈说，看起来夏侯舒城是个爱国者，但是，即便他有爱国之心，也没有爱国之力；有爱国之名，无爱国之实。再说，中国的读书人是很爱面子的，夏侯舒城嘴上标榜的爱国，其实还有沽名钓誉的成分。我们要充分利用他们的虚荣心，让他们实实在在地为“皇军”搞粮食。

原信睁大一双困惑的眼睛，茫然地看着松冈说，不管怎么说，夏侯舒城并不是最佳人选，我看方索瓦比他更合适。

松冈看着原信，点点头说，对了，这一点原信君看对了，跟我不谋而合。但是，这里面又有一个知人善任的问题。方索瓦是激进派，他可以大刀阔斧地帮助“皇军”清洗那些敌视“皇军”的人，然而我们现在、至少在半年内并不想大开杀戒，我们不能把陆安州杀得鸡飞狗跳。因为我们需要粮食，我们需要在“亲善怀柔”的气氛中让老百姓安心种粮，满怀感激地向“皇军”交纳粮食。在这样的前提下，让方索瓦来做这些事情，他就可能把事情弄糟。而夏侯舒城是实业家，他需要钱财，把他的需要同“皇军”的需要结合起来，他就会把国家放在一边，卖力地鼓捣粮食生意。再说，这个“亲善政府”，不过是一个象征，有其名而无其实，我们赋予方索瓦的使命，比当这个徒有其名的市长，要重要得多。

原信原地站立，眼珠子骨碌了几圈，做沉思状。

松冈问，你读过《中庸》吗？

原信老老实实地回答，没有。

松冈说，要想在中国的土地上站稳脚跟，你应该对于中国文化有起码的了解。因为中国的政治来源于中国的文化。中庸之道是博大精深的学问。

原信说，太君，我们都是军人，我并不想在中国从政。

松冈笑了，皮笑肉不笑地看着原信说，为什么不想在中国从政？这说明你对东亚圣战的意义还缺乏深刻的认识。知道我们日本最缺乏什么吗？

原信说，粮食。

松冈哈哈大笑说，粮食？粮食算什么？“皇军”需要的绝不仅仅是粮食，也不仅仅是美酒、棉花和芝麻。我们的国土是那样狭窄，出门就是茫茫大海，常年地震连绵不断，不管是地上的还是地下的，物资匮乏，不能轻易开采。而你知道陆安州这一万八千平方公里的地下都有些什么吗？

原信眯缝起眼睛，没有回答。

松冈说，也许是黄金，也许是白银，也许是云母，也许是铜、铁、锡、钨。一万八千平方公里啊，简直就是一个国家。看看西边那森林覆盖的天茱山，看看那一望无际的东部平原，看看这滚滚东去的淠水河，再看看眼前这玲珑精致古色古香的小城，你很难估量，这里面蕴含着多么丰富的宝藏。而要想得到这些宝藏，仅仅靠作战是不行的。也许，战争结束了，会把你派到江淮来担任领事，或者到陆安州来担任行政长官。你知道怎样才能把这些财富开掘出来，送回大日本帝国吗？

原信茫然地回答，太君，这些事情我从来没有想过。

松冈严肃地说，没有想过是愚蠢的，是目光短浅的表现，是对圣战的要义缺乏深刻理解。战争的目的是什么，难道仅仅是杀人放火？

原信说，有点明白了。

松冈说，积二十余年征战之经验，凡占领一地，欲站稳脚跟，欲将触角探入占领地之中心，一定要会用人，会用占领地的名人、要人、文化人、有钱人，不仅要用表面对“皇军”绝对服从点头哈腰的人，也要用那些自命不凡的同“皇军”若即若离的人，甚至还要用一点站在“皇军”对面品头论足的人。你简直想象不出来，你知道把这些人统统集中在一起会发生什么？

原信说，想象不出来。原信是个务实的人，做事只看效果，正因为如此，便经常受到松冈的嘲讽，什么鼠目寸光，没有政治头脑，等等。但原信对于松冈这一套并不欣赏，松冈动辄就是“依我对中国人的了解”如何如何。虽然原信对中国人也不是很了解，但他认为松冈对于中国人的了解是肤浅的，过于低估中国人，可能是要付出代价的。作为军人，是不应该低估对手的。而松冈的弱点在于，无限放大地看待自己，无限缩小地看待对手。尤其是担任陆安州驻屯军司令以来，军人的气质减退了不少，倒像是个玩弄权术并且乐此不疲的政客，这是很让原信担心的。然而松冈刚愎自用，根本无视他人意见。所以原信不满归不满，也不敢过于流露。

松冈得意地大笑说，你对中国人缺乏研究，我可以告诉你，中国人个顶个单打独斗都还有两下子。但是你把他们集中起来，尤其是在利益面前，他们就乱了，会互相瞧不起，互相扯皮，互相攻讦，互相挖墙脚甚至互相战斗而不可开交。

原信说，太君，或许并不是所有的中国人都是这样。譬如他们有组织，有目的，那就有可能在组织的纲领下团结起来。

松冈拉长下巴，张大嘴巴，上下合了两下，很自信地说，原信君，你是按照日本人的精神来看中国人。然而中国人就是中国人，即便有组织，思想也是散的。所以说，中国人是很好玩的。

原信不解其意，傻傻地看着松冈。

松冈说，对的，就是好玩。便于玩弄。明白什么叫玩弄吗？

原信还是一脸茫然，不知道这位先生又在玩弄什么玄虚。

松冈说，中国人有一句话，叫作螳螂捕蝉，黄雀在后。螳螂玩弄蝉，黄雀玩弄螳螂。我们“皇军”要想在陆安州站稳脚跟，得靠中国人，但是不能靠哪一个中国人，哪一个都是靠不住的。但是可以让他们互相制约。依我对中国人的了解，他们就像蚂蚱，只要把他们拴在一根绳子上，他们会各自按照自己的方向跑，结果谁也跑不了。

原信说，我懂了，重用宫临济是为了制约抗日分子，重用董研石是为了制约宫临济，重用方索瓦是为了制约董研石。但是我不明白，重用夏侯舒城是为了制约谁？难道是为了制约方索瓦？

松冈说，为什么不呢？夏侯家族有地位，夏侯舒城本人有名望，尤其他以“卖酒不卖国”的形象出现，很能迷惑陆安州工商界和老百姓，他可以稳定局势，保证“皇军”完成征集粮食的任务。同时，由于他和方索瓦分属两种观念，一旦方索瓦出现问题，就可以借用夏侯舒城之刀，甚至通过他借天茱山抗日分子之刀。

原信愣了半晌，还是感到松冈的想法有些一厢情愿，甚至有些书呆子的味道。但是见松冈洋洋自得，不便扫兴，只好顺水推舟，两腿一并说，太君的意思是，螳螂捕蝉，黄雀在后。让他们，所有的中国人成为一个丝丝入扣的链条，互相钳制。

松冈说，我是这么计划的。

原信说，只是有一点我要向太君报告，对于方索瓦，不能与宫临济和夏侯舒城之流等同视之，方索瓦是“皇军”的可靠盟友。

松冈不假思索地说，相对而言是这样，我们会另眼相看的。但是，中国有句老话，路遥知马力，日久见人心啊！

原信说，哈依，我明白了！

不久，陆安州“亲善政府”的名单就拟定了，拟由古井坊酒业公司老板夏侯舒城出任“亲善政府”市长，蔗糖厂老板王月凤出任副市长兼财税署长，棉麻公司老板王进业出任副市长兼工业署长，原陆安州国立中学校长黄长溪出任教育署长。其实这些都是挂名而已，真正有点实权的是松冈从“满洲国”带来的董研石。此人拟出任市府秘书长，兼任警察署长。警备司令还是宫临济。

但松冈没有想到的是，在同夏侯舒城商量要他出任陆安州“亲善政府”市长的时候，这个看似开明的实业之子却态度强硬地拒绝了。夏侯舒城对松冈派来的代表宫临济说，敝人曾答应过松冈先生，可以出任商会会长，虽然也难免有汉奸嫌疑，但毕竟一个“商”字可以解脱许多。而如今让我去当什么“亲善政府”市长，傀儡不说，那就是彻头彻尾的汉奸了，将来恐怕死无葬身之地。

宫临济心里窝火得要命，要是按照他以往的脾气，他可以把夏侯舒城捆去见松冈。但松冈有言在先，无论如何对夏侯舒城都要以礼相待。所以宫临济只好忍气吞声，苦苦相劝，说，识时务者为俊杰，现在是日本人的天下，别说卖酒发财，夏侯先生就是想过一天安宁日子，也得看“皇军”脸色。日本人惹不起啊！

夏侯舒城说，惹不惹日本人是一回事，当不当汉奸又是一回事。跟日本人做生意可以，他帮助我发展生产我更不反对，我赚日本人的钱，也是爱国的一种方式。但是要我当汉奸，那是打死也不能干的。当汉奸的绝不会有好下场。

宫临济脸上很不好看，恨不得掏出手枪把这个口口声声汉奸长汉奸短的奸商给毙了。宫临济说，其实夏侯先生有所不知，就像宫某，为“皇军”……为日本人跑腿，也是不得已而为之。那时候我要是一味硬拼，那就全军覆没，可是退一步海阔天空，这也算是曲线救国吧。留得青山在，不怕没柴烧啊！

夏侯舒城还是摇头不已，看着宫临济，不紧不慢地说，委曲求全可以，可是再怎么着也不能当汉奸。尤其是像宫师长这样操枪弄炮的，一旦投降鬼子，那就势必为虎作伥。如果手上有卖国血债，那就只有死路一条了。

宫临济心里暴跳如雷，也只好装聋作哑，硬着头皮说，夏侯先生，你恐怕还不太知道松冈的脾气，那可是笑里藏刀杀人不眨眼的，夏侯先生……还是好汉不吃眼前亏吧！

谁知这句话又把夏侯舒城惹恼了。夏侯舒城把脸拉下来，下巴颏儿仰了起来，蔑视着宫临济说，请你跟松冈说清楚，个人之间生意来往，夏侯舒城通情达理，但是，要我去当汉奸市长，除非太阳西出。

后来宫临济就把夏侯舒城的话原封不动地向松冈报告了，松冈听了半晌不语。宫临济琢磨这个夏侯舒城看来是活不成了。没想到过了一天，松冈吩咐原信，带着金银若干，前去拜访。

这次宫临济又跟着去了。宫临济知道原信是个急性子，他不仅从心里看不起中国人，而且从脸上也看不起中国人。但这次原信却耐着性子，一口一声夏侯先生地喊，请夏侯先生帮忙，请夏侯先生多多关照。态度恭敬得让宫临济直在心里骂娘。

夏侯舒城说，这不是关照不关照的问题，也不仅仅是个人气节问题。我们生意人讲究薄利多销，不能把本搭进去。当了这个汉奸市长，荣华富贵不一定能享受到，要是让抗日武装打了黑枪，那就把本蚀大了。请原信先生原谅。

原信终于忍无可忍了，最后说，夏侯先生，不要敬酒不吃吃罚酒。你看着办好了。说完，向宫临济一挥手，迈着短粗的小腿，高视阔步地走了。出了夏侯舒城的大门，还恶狠狠地照门坎踢了一脚，差点儿把脚脖子踢折了，疼得哇哇大叫——死啦死啦的！

回到驻屯军司令部，原信余怒未消，气呼呼地把夏侯舒城的态度描述了一番。松冈皱着眉头听完，突然笑了，说道，哈哈，这个夏侯舒城，颇懂欲擒故纵之道，他是要三顾茅庐方肯出山啊。那好，这个面子“皇军”给他。

原信说，太君如此礼贤下士，这个夏侯舒城是得陇望蜀。依我之见，一把火烧了他的古井坊，看他还敢不敢傲慢？

松冈异样地看了原信一眼，笑笑，挥手让二人都退下。

当天夜里，陆安州城南君院街古井坊毫无来由地失了一把火，好在火势不大，加上水源充足，夏侯舒城和十数名酒匠雇工奋力救火，使其不得蔓延。松冈闻讯，派出驻屯军一个中队帮助救火，这才保住古井坊老号没有付之一炬。

过了一天，松冈亲自登门，这次既没带原信，也没带宫临济，两个人单独密谈。不知道他们是怎样谈判的，最后夏侯舒城居然答应出任市长了。据说松冈答应了夏侯舒城的“挂名不杀人，经商不问政”的条件。另外就是金钱起了作用。

每每对比夏侯舒城，宫临济心里就寒——看看人家那汉奸当的，拉大了架子摆足了谱，要够了价钱运足了气。没承想这一套还挺管用，挺能捏住老鬼子松冈的肋巴骨。自己这班人等，成天巴儿狗似的，反而让松冈轻贱。

陆安州“亲善政府”成立仪式是在原国立中学的广场上举行的，各个街道都派出民众代表，“皇协军”营以上军官都参加了。临时用课桌和芦席搭起的主席台上，原信少佐代表松冈大佐叽里咕噜讲了一通话，陆安州日中“亲善政府”就算成立了。然后是夏侯舒城一干人等登上主席台，在市民面前亮相。王月凤也代表“亲善政府”和伪市长夏侯舒城讲了话，还放了鞭炮，闹得热火朝天。

“皇协军”的军官和桃花坞自卫团的代表都在台下。望着台上的一群人，二团团长常相知心里时时冷笑，觉得这一幕滑稽透了。啥鸡巴“亲善政府”？沐猴而冠，简直就是个卖国求荣的戏班子！

闹哄哄的成立仪式结束后，“皇协军”和百姓代表各回各家，“皇协军”和自卫团营以上军官，就在中学的大餐厅里，同“亲善政府”官员共进午餐。松冈亲自领着夏侯舒城和王月凤等人，一一接见大家。

这是常相知第一次同夏侯舒城面对面。就在握手的一刹那间，他突然觉得这个夏侯市长有点面熟，但是他来不及细想，松冈便招呼夏侯舒城等人继续接见去了。

就从这个时候开始，常相知的脑子就有些乱了，翻来覆去地回忆在哪里见过这个人。但总是觉得对不上号，因此整个进餐过程都是心不在焉。

这天的中午饭，在学校的大餐厅里开了六桌，喝的全是古井坊老号特制的“亲善牌”白酒，松冈和“亲善政府”主要官员、宫临济、方索瓦等人在主桌就座。

宫临济说，夏侯市长不愧是陆安州“王道乐土”的奠基人，连祖传的商标都改掉了。

夏侯舒城也不示弱，说，跟宫师长比还是小巫见大巫。宫师长为了建立“王道乐土”，跟松冈先生从山东来到江淮，连祖宗都不要了。

方索瓦说，哈哈，大哥别说二哥，大家都是汉奸，就不要互相攻讦了。

松冈哈哈大笑说，方君说得很好，大家都是汉奸，汉奸的大大地好！所有的汉奸都是我的好朋友！

宫临济和夏侯舒城也跟着笑。宫临济说，对对对，大家都是汉奸，都是“皇军”的好朋友。我和“皇军”是好朋友，夏侯先生也同“皇军”是好朋友，这样我和夏侯先生也是好朋友了，是不是啊？

夏侯舒城说，我们这个政府，有名无实，还得仰仗宫师长多关照啊！

宫临济说，夏侯先生请放心，你们的安全、治安，都包在兄弟身上。你说抓谁，你说夜里抓，我不会让他呆到天亮。

松冈这天情绪极佳，端着酒碗，左右开弓跟汉奸们敬酒，喝了个大气磅礴，站起来，一只胳膊肘搭在宫临济的肩膀上，一只手搭在夏侯舒城的肩膀上，咧开大嘴说，很好很好，你们两个，一文一武，同“皇军”携手建立“王道乐土”。对于“皇军”，对于大日本帝国，对于中国，对于陆安州的黎民百姓，这都是一件伟大的事情。让我们相互提携，为陆安州的“王道乐土”繁荣昌盛干杯！

说完，一仰脖子干了。顿时，大餐厅里喊声沸腾，一片“王道乐土”繁荣昌盛的声音，酒碗碰得噼里啪啦。

这天晚上，松冈让陆安州重量级的汉奸们大开眼界，在国立中学的礼堂里，几十名日军军官和近百名“皇协军”军官以及刚刚上任的“皇协”官员，济济一堂正襟危坐，眼睛盯着前方一块山墙大的白布。不一会儿，奇迹发生了，白布上出现了人影，接着不知道哪里出现了隆隆的爆炸声。

“皇协军”军官大都没有看过电影，一看对面白墙上出现了情况，立马就乱套了，有的当场就拔出手枪，有的跳上凳子东张西望，有的大声询问，哪里有情况？甚至有人朝白布上啪啪地放枪，乱哄哄地一塌糊涂。

日本人不知道中国人没看过电影，开始还能沉得住气，后来越吵越乱，日本军官也骚动起来。松冈一看要出事，让原信把放电影的灯灭了。原信和翻译一起喊叫，大声嚷嚷，这是放电影，没有任何情况，所有人都回到座位上，回到座位上去！这样喊了好一阵子，骚乱才平息下来。“皇协军”军官们这才搞明白，原来这是在演日本的“皮影戏”，不是真人在那里打仗。

稳定下来了，又倒回片子重新放映，不知道是谁朝银幕上开的枪，上面多出了六七个黑洞。放映的过程中，不管是什么画面，都有这六七个黑洞伴随，倒也别有情趣。

影片的名字叫《军神乃木》，中国人看得不是很明白，翻译官气喘吁吁地搞同步翻译，最后大家总算明白了故事，说的是日俄战争时期，日军攻打中国旅顺的总指挥乃木希典，身先士卒，被打断一条腿，瞎掉一只眼睛，他的两个儿子都在这场战争中阵亡。战后，他经常去给阵亡将士扫墓，借机帮助战争遗属摆脱穷困。遗属们不知道帮助他们的人就是乃木，在言谈中把贫困的原因归结于乃木。当他们得知乃木也有两个儿子为“圣战”献身之后，深为乃木将军的伟大人格感动。以后，作为天皇的教官，为了促成对中国的战争，乃木自杀身亡，以死相谏……

影片放完了，一片肃穆，多数日本人泪流满面，一名日军军官失声痛哭，这哭声传染力极强，不久就哭声大作。

突然，“皇协军”一团团长马甫金出其不意地跳上凳子，振臂高呼，向军神乃木学习！发扬乃木精神！天皇万岁！“圣战”必胜！

马甫金这么一喊，礼堂里立马鸦雀无声，接着就有惊涛骇浪腾空而起，像是有人下了命令，日本军官全体起立，几乎是在同一时间，发出惊雷般地吼叫，向军神乃木学习！发扬乃木精神！天皇万岁！“圣战”必胜！

声音掀起一股强大的气流，猛烈地撞击着破旧的礼堂顶棚，冲出国立中学，在陆安州的上空久久回荡。

影片放完之后，松冈让夏侯舒城和方索瓦坐上了自己的汽车。在车上松冈问了问桃花坞模范区的情况，方索瓦一一作了回答，总体看基本上沿着松冈的思路，学校、医院、商店、小工厂等都有了规模，居民的王道乐土意识逐步形成，自愿地挂起了太阳旗。

松冈很满意，告诉方索瓦，最近要组织“皇协军”一师和陆安州“皇协人员”前往桃花坞，参观模范区的建设。

方索瓦说，没问题。

松冈又问夏侯舒城，对组织“亲善政府”官员参观桃花坞的看法。夏侯舒城说，我们这个政府有名无实，没权力也就没作为。你真让我放开了组阁，桃花坞就是个范本。

松冈听出了夏侯舒城的牢骚，内心很滋润——这就是玩弄的结果。把不同品质的汉奸弄到一起，玩弄于股掌之上，不用“皇军”过于劳心费神，他们自己就会勾心斗角。

松冈说，权力是靠作为支撑的，“亲善政府”要多为“皇军”效力，“皇军”不会总让夏侯先生当光杆司令的。

夏侯舒城说，无所谓，我是个生意人。

松冈心想，这个夏侯舒城看来已经弄假成真了，他说的这个无所谓，其实有所谓得很啊！这样就好，有人愿意获得“皇军”更多的给予，这不是坏事。

车子走了一程，方索瓦突然说，今天很危险。

松冈不解，你是指放电影的秩序？

方索瓦说，不是。我是指这个秩序可能会给抗日分子造成可乘之机。譬如，今天“皇协军”有近百名军官，都是携带武器，这其中如果有一个抗日分子在黑暗中刺杀“皇军”军官，再反过来刺杀“皇协军”军官，就会引起混乱。倘若局面得不到及时控制，自相残杀，那后果就不堪设想了。我们中国人有一句话，人上一百，形形色色。这近百名“皇协军”军官里，谁敢肯定没有几个抗日分子呢？

松冈听了，呆了半晌，心里叹道，还是中国人了解中国人。在松冈的心目中，这近百名“皇协军”军官中，不是一个两个抗日分子的问题，也不是几个十几个抗日分子的问题。只要是给他们机会，给他们自由，或者给他们升官发财，他们全都摇身一变成为抗日分子，这种可能绝不是没有。

方索瓦说，以后最好不要把武装的“皇协军”军官集中在一起，减少兵变的机会。

松冈深以为然。

从这天开始，日本人就很少组织“皇协军”看电影了。只有一次，是看“满洲国”“盛京”的纪录片，让“皇协军”看看生活在日本统治下的“盛京”人是多么的幸福，他们走在大街上，脸上洋溢着自由和健康的微笑。但这次日本军官没有参加观看，而是单独放给“皇协军”看的。

后来江淮派遣军司令石原次郎到陆安州视察，接见日伪高层人员，“皇协军”营以上军官都参加了，但无一例外，包括师长宫临济在内都接到通知不许携带武器。此次活动的安全完全由“皇军”负责，外围则由从桃花坞调来的方索瓦的自卫团负责。没过几天，“皇协军”们就知道了，原来是方索瓦这小子搞的鬼，让“皇军”对“皇协军”增加了戒备。大家都骂方索瓦，这狗日的真是铁杆汉奸，真是汉奸中的汉奸，一旦鬼子失势，看老子们不掘你的祖坟扒你的皮！

六

在短短的几个月内，方明珠感觉就像过了几十年，甚至恍如隔世。自从江淮保安团到桃花坞闹了一场，方索瓦回来，父亲去世之后，她的生活和感情就被翻了个底儿朝天。父亲临死时喊出的那一嗓子，让她的心灵受到了极大的震撼，她简直不敢相信那是父亲的声音。她想父亲一定是受了太大的刺激，也许是二哥利用父亲最后神志昏迷，向父亲灌输了可怕的思想。但是，那句话确确实实是从父亲的口中说出的，自从有了那句话，一下子就把她推向了一个不能自拔的尴尬地步。二哥不仅当了汉奸，而且把她也拖了过去，居然向鬼子建议，让她出面当桃花坞的模范区长。她不知道二哥到底想干什么。

方索瓦跟她明明白白地说，这是父亲的意愿，父亲要保住桃花坞的一方安宁，要保住方家的家业，那种虎去狼来任人宰割的日子再也不能忍受了。二哥说，百无一用是书生。这是个弱肉强食的社会，你要想在这个世界上立于不败之地，你得首先成为一个能够决定别人的命运而不是让别人来决定你的命运的人，成为一个有力量的人。你既要心狠手辣，又要舍得付出代价。做任何事情都是需要付出代价的，做事越大，付出的代价就越大。

这些话方明珠不是很明白，但是她宁肯相信二哥是有道理的。现在父亲走了，她的天就塌下来了，幸好二哥及时地回来了，把这块塌下一半的天给她撑了起来。二哥动员她当模范区的区长，对她说，要干就像样地干，就朝大里干。只有这样，才能取得日本人的信任，才能弄来武器。明珠你想想，一下子就给了二百条好枪，而且还要补充。桃花坞如果早有这二百条好枪，江淮保安团敢来吗？土匪敢来吗？连军阀政府和国民党的军队，到桃花坞来他都得掂量掂量。

方明珠说，可是我们也不能当汉奸啊！

方索瓦说，自从有了父亲那一句遗言，我们兄妹的汉奸算是当定了，既然当了，就当个轰轰烈烈吧。咱家当汉奸也不是从你我开始的，陆安州最先挂法国旗的就是我们方家。再说，无非就是个骂名，以我们的骂名换来桃花坞的安定、繁荣，换来自己的武装，这也是对老百姓的负责。

方明珠真的有些糊涂了。要说二哥的想法没道理，恐怕不全是。要说二哥说的全是理，也不全是。那几天她死乞白赖地把三个同学都留住了，天天在后花园里评判商讨。罗雨的态度很坚决，说明珠你不能跟你二哥走，当汉奸是没有好下场的。宋诗芩不表态，宋诗芩说我只想搞我的学问，我不关心政治，也不关心国家。这个国家既然乱得连学都上不成，我还是回杭州，然后出国去。

出人意料的是，翟维新却对方索瓦的行为表示理解。翟维新对方明珠说，你二哥说得有一定的道理。国家已经这个样子了，我们还能怎么样？大丈夫能屈能伸，委曲求全也是生存之道。落个汉奸骂名怕什么？就像你二哥说的，做事越大，付出的代价就越大。当初汉高祖刘邦斩蛇起义，为争王位同项羽对峙在荥阳城外，项羽把刘邦的父亲擒到阵前，扬言要把刘邦老父煮熟吃了。项羽以为这下就把刘邦击垮了，岂料刘邦谈笑风生地要项羽分他一杯羹。你想想他成了多大的事？做成这种大事的先决条件不就是忍辱负重吗？

翟维新的话给了方明珠不少安慰。其实，方明珠现在最渴望的就是这样的安慰。方明珠说，那照你这样说，我二哥好像还有野心打天下呢。

翟维新说，那倒不一定。但你二哥确实不是凡人，这个人一看就是成大事的。

方明珠终于动摇了，考虑接受桃花坞模范区区长的职务。在最后决定之前，她把她的三个同学邀在一起说，我想了很久，当什么并不重要，重要的是我们做什么。既然我们都是学生，我们当什么也不会危害老百姓。我现在连我二哥都不相信了，我就只有你们这三个同学了，可以说相依为命。你们说我当，我就当。你们说不当，我们就一起远走高飞。

翟维新说，你刚才说的，当什么并不重要，重要的是我们做什么。这句话说得非常好，这句话就显示了你是可以当区长的。走？往哪儿走？走到哪儿都是乱世。我看还不如留在桃花坞。倘若真的像你二哥说的，能办教育，能办医院，能够用德先生和赛先生的精神在这个乱世治理出一块小小的文明静园，还真是功德之举呢。我同意你当，我也会帮助你。

宋诗芩撇撇嘴角，表现出一副超然世外的样子说，你当不当关我嘛事？既然不关我嘛事，我为什么要反对？我也同意，只不过我走的时候你别拦我就行了。

剩下罗雨。罗雨说，明珠你怎么一点脑子没有？汉奸是千万不能当的，当了汉奸，千夫所指，多么可耻啊！

方明珠说，我不是当汉奸，我只是想为桃花坞的老百姓，为我的家园做点事。

罗雨说，这个区长你还真的要当？

方明珠说，我父亲临死的时候说的那句话，你们也都听到了。覆水难收，何况父命，更难违了。

罗雨说，那好，你们当你们的汉奸，我要同你们彻底决裂。

罗雨说到做到，当天夜里，她让方明珠派人把她送到梅山，说是找路回长沙。后来才听说，她去了天茱山游击支队。

方明珠终于体会出她要付出多大的代价了。桃花坞现在真的像日本人的天下了，学校、医院门前挂着日本国太阳旗，商店里摆了大量的日本货，药店里卖起了日本膏药，区公所的大喇叭里响着日本歌，孩子的手里拿着日本玩具，几家富绅的家里，甚至还挂上了天皇的照片，餐桌上出现了日本料理和清酒。

区公所门前白天有“皇协”职员值班，这些人都是桃花坞的头面人物，几乎家家都有一份小实业，要么是渔场，要么是药房，也有开赌馆卖烟土的。他们并不是冲着日本人的每月二十块大洋的薪水来的，他们珍惜这举国皆乱唯此安宁的局面。他们经历了太多的兵荒马乱，日本人打进来了，他们却偏安一隅相安无事，甚至还能占上日本人的便宜，实在难得。

方明珠的区长就这样不以她的意志为转移地当了下来。颇令她安慰的是，除了罗雨绝情离开，她的另外两个同学翟维新和宋诗芩并没有弃她而去。翟维新心甘情愿地留在桃花坞当了医院的院长，松冈大佐特地从日军江淮派遣军医院里要来三名军医和两名女护士，并搞来一些器械药品。桃花坞医院实际上是整个陆安州唯一的拥有日式设备的医院。

宋诗芩没走是因为东南战事紧张，回故乡无法成行，但她拒绝当教师，也在医院当医生。学以致用，当医生治病救人，无所谓汉奸不汉奸的。但是后来有日本伤兵和病号住了进来，就是另外一回事了。

方明珠的区长是个名誉区长，就像是摆在外面供人参观的花瓶。为了增强日本化，方索瓦还让医院里的日本护士给方明珠示范日本礼仪。方明珠内心极其厌恶，却又只能硬着头皮模仿，在不知不觉中多了一些点头哈腰，这样就使得这个模范区更加模范了。

不久，松冈大佐就组织陆安州的“皇协军”军官和“皇协职员”分期分批地来到桃花坞，参观“亲善怀柔”的成果。参观的队伍从小码头下船，立即受到手持太阳旗的桃花坞“良民”乱糟糟的欢迎。

夏侯舒城也来了。夏侯舒城穿着雪白的西服，系着紫色领带，头戴白色礼帽，眼戴黑色眼镜，手拄文明棍。夏侯舒城同方明珠见面的时候，很注意地看了这个身着日式西服短裙的中国女孩，旁边的人能够感受到他们的互相礼貌中隐含着互相看不起。

夏侯舒城向方明珠掀掀礼帽说，很好，很好。

方明珠向夏侯舒城鞠了一躬，表情呆滞，什么话也没有说。

每次接待来访的汉奸，方明珠的心里就别扭得慌，强作欢颜，有问必答。参观的内容包括街道的卫生，学校和医院工作情况，对桃花坞居民访问，了解居民对于建设“王道乐土”的认识。

当然，这些都不是主要的，最重要的一项内容是到方蕴初的墓地瞻仰这位杰出的大汉奸。墓地右侧那块镌刻着松冈手书挽联的石碑尤其引人注目。

但是没过多久，方氏兄妹就发现了一个重大的问题。每次参观之后，墓顶和石碑上都会留下许多污垢，有痰块，有臭袜子，有烂裤头，有死鱼烂虾，有一次甚至还发现了用牛皮纸包着的粪便。

方索瓦恼羞成怒，带着这包粪便进城向松冈告状。

松冈把原信叫来，原信说，不用问，这种事情只能是“皇协军”军官干的，这也说明了“皇协军”的军官中有人敌视“皇军”的“王道乐土”。

松冈说，原信君，说话要有凭据。

原信说，“皇协军”二团的“亲善员”反映，那个常相知经常咒骂“皇军”，也咒骂方先生，说早晚要扒掉方先生的祖坟。

方索瓦说，对于中国人来说，最大的惩罚莫过于挖掘祖坟，虽然还没有到挖我祖坟的地步，可是在家父的墓顶上抹大粪，实在是对我的极大侮辱。为此，我要调查，请太君为我做主。

松冈说，看来“皇协军”是有问题，可是现在必须稳定。陆安州的“皇协军”一乱，“皇军”的战略行动就要受到影响。

方索瓦显然胸有成竹，对松冈说，要想紧密地控制“皇协军”，我倒是有个主意。然后便一五一十地献了一计，听得松冈连连点头说，好主意好主意。

松冈向原信布置这件事情的时候，原信却不认为这是个好办法，说是把“皇协军”军官家属集中起来，容易出问题，要么为集中叛逃提供方便，要么为抗日武装借刀杀人提供方便。

但松冈根本听不进去原信的意见，松冈说，原信君，你对中国人太缺乏了解了，他们既没有你想得那么聪明，也没有你想得那么勇敢。

半个月后，“皇协军”的军官便得到一个消息，原信通知说，为了免除他们的后顾之忧，确保他们家人的安全，“皇军”已经派人到鲁南、淮北各地，陆续把“皇协军”一师军官的家眷接到了桃花坞，由日军的一个小队和方索瓦的自卫团保护起来。团以上军官的家眷基本上到齐了，一共三十六口。

消息传来，住在东校场的“皇协军”师部一片哗然，军官们纷纷质问这是什么意思？

宫临济去找松冈讨个公道，却被松冈抑扬顿挫地开导了一通。松冈说，你们协助“皇军”建立“大东亚共荣”事业，“皇军”当然要保护你们亲人的安全。

宫临济说，事实恐怕不是这样的，我听说是方索瓦在他父亲的坟头发现了大粪，迁怒于我部，出此毒计害我弟兄。

松冈不高兴了，说，宫君此言欠妥啊，保护贵军家眷乃是“皇军”的美意，与方索瓦何干？再说，“皇军”做事向来深思熟虑，我一个堂堂的“皇军”大佐，岂能受方索瓦左右？

宫临济这次真是气昏了头，愤愤地说，太君此举，是不是不放心“皇协军”弟兄，把我们的家人押作人质啊？

松冈更不高兴了，并且站了起来，目光敏锐地盯着宫临济看了很长时间，直盯得宫临济两眼发黑。松冈说，宫君此话更没有道理，完全辜负了“皇军”的美意。既然你认为“皇军”保护贵部家眷是扣押人质，我倒是要问问，难道你们害怕作为“皇军”的人质吗？你们中国有句老话，不做亏心事，不怕鬼敲门，你怕什么？

宫临济顿时一身冷汗，话都说不利索了，结结巴巴地说，我不是这个意思，我没有别的意思。

松冈一挥手说；没有别的意思就好，没有别的意思就没有必要害怕，就算是人质，由“皇军”保护，也是安全的，你说是不是啊？宫临济点头如捣蒜，连连说，是的是的，有“皇军”保护，我们弟兄放心。怕就怕误会。

松冈说，回去，告诉你的部队，忠诚于“皇军”，是没有危险的。危险来自于对“皇军”的不忠。

宫临济是带着一肚皮气来到松冈司令部的，然后又带着一肚皮恐怖回到“皇协军”师部。把松冈的话跟几个团级军官说了，马甫金等人立即破口大骂，骂松冈老鬼子险恶，骂松冈听信方索瓦的挑唆，骂方索瓦死有余辜。往他父亲坟头抹大粪是好的，早晚得把老汉奸的坟头炸平了。活人生剐，死人鞭尸。

但是不久，这些人的骂声就消失了。

桃花坞原方氏航运公司的三幢员工宿舍被改造成若干间窗明几净的客房，外面砌了灰砖围墙，里面隔了十几个小院。方索瓦和董研石派人秘密接来的“皇协军”一师军官眷属，三十多口就在这里落户。

宫临济和常相知等人最初对此恨之入骨，但是，自从陆安州“亲善政府”成立之后，松冈给这些军官颁布了休假制度，每十天团以上军官可以轮流到桃花坞休假，住一个晚上，吃早晚两餐饭。军官们来到这里才发现，这个小小的军官眷属区，修缮一新，庭院整洁，房前院后姹紫嫣红，各家一个小院曲径通幽，委实是个修身养性的地方。松冈亲自为这个眷属区取了个意味深长的名字：归园。

从桃花坞往陆安州，每天都有一艘小汽轮，负责采购各种生活用品，家眷们如果想出去转转，还有方索瓦的自卫团提供保护。军官轮流休假一遭，几世同堂，天伦之乐，娇妻幼子，良宵恨短。家眷们也都很满足，每家每户配有佣人，可以临时摆摆阔佬阔太太的威风，而这些是过去岁月里很难得到的殊荣。

几个回合下来，“皇协军”的军官们再也不骂方索瓦了，并且觉得松冈这老鬼子还真会办事。这些长年颠沛流离的军人，土的居多，洋的少数，东拼西打，居无定所，过去的日子仅仅比土匪稍微稳定一些而已。没想到到陆安州来当“皇协军”，居然有机会常与家人团聚了。军官们渐渐地就打消了顾虑，琢磨这大约就是日本军队和中国军队的不同，十天一次的“休假”也就心安理得地享受了。

第四章

一

天茱山抗日游击支队进入到一个良好的建设状态，连以上干部每月认写三百字基本上落到实处，不少人已经会写日记了。扩军工作也暗暗地展开，以原安丰县大队为基础，准备再拉出一个野战营，并已着手组建梅山县大队。只是在更新装备和提高战术方面，不是以人的意志为转移的，还得等待机会。

就在这时候，陆安州地下组织给游击支队送来了一把算盘，是一把十六档的铜算盘。仅从金属的价值上看，一般人家是用不起这种算盘的。算盘最先送到了机要员王凌霄那里，王凌霄的眼睛顿时就瞪圆了。到了彭伊枫手上，彭伊枫也是一阵发愣。

彭伊枫突然问，王凌霄同志，当年在川陕根据地的时候，你在哪个部队？

王凌霄说是红四军电台队的，彭伊枫就问，认识不认识一个高个子师政委，姓沈，翘下巴，耳朵根子上常常夹着一截铅笔头。据说这个人每次打仗前都要打算盘。

王凌霄怔怔地看着彭伊枫，低下脑袋说，不认识。

彭伊枫说，那时候连徐向前总指挥都说，他是革命的双刃剑，说他文韬武略，大将风度。他就是你们红四军的，我们好几次听他讲课，你不可能没有印象。

王凌霄含糊地说，那时候组织上大课，听课的都是营以上干部。

彭伊枫说，不对，我记得那时候上大课，你们红四军不少女同志也参加了。

有一次，是反击田颂尧六路围攻吧，徐总指挥把营以上干部都集中在旺苍的龙溪镇，听他分析敌情。沈政委就是拿着一把算盘，一边讲一边算，敌人直接进攻的兵力多少，保障兵力多少，各点多少，运动时间，进攻时间，集结时间，全都一清二楚。他算了三种可能，同时也算出了三种应对方案。徐总指挥选择了他的第一方案，并且把那次战斗交给他指挥。那一仗打得非常漂亮，主战部队和助战部队都反映说，徐总指挥关键时刻敢用人，沈政委不辱使命真如神。这件事情流传很广，你不可能没有听说过。

彭伊枫说这话的时候，目光紧紧盯在王凌霄的脸上。王凌霄淡淡一笑说，我那时候在军部电台队，保密非常严。听说过反六路围攻的事情，但没有你知道得这么详细。

彭伊枫哦了一声说，是这样。但是眼光仍然流露着问号。

这些天来，有许多不同寻常的事情引起了彭伊枫的思索。他越来越强烈地意识到，现在陆安州的上空正飘荡着一片祥云，不久的将来它们将化作雷霆霹雳，化作狂风暴雨，将涤荡出一个新的天地。而在暗中运筹帷幄的那位不知名的领导人，那个代号叫“老头子”的人，他一定认识，他几乎认定了，他就是他！而身边的这个王凌霄，极有可能同那位领导人有某种关联。

等各项工作都展开了，彭伊枫就跟霍英山说，该算算账了。霍英山问算什么账，彭伊枫说算算敌我对比账，算算敌我消耗账，再算算力量转化账。

霍英山说，我这段时间还是集中精力补文化课，算账也好，摸底也好，还是你多操心。

彭伊枫这就忙起来了。他现在拥有了一只铜算盘，这个物件比手枪更让他喜爱，成天夹在胳肢窝里，走到哪里，夹到哪里。耳朵根上也夹上了一截铅笔，也是走到哪里，夹到哪里。

有一天他故意带着这副扮相出现在王凌霄的面前，王凌霄还当真愣住了，但随后就笑了，说彭主任你这是学那个沈政委吧，可是光夹铅笔头和算盘并不能说明问题啊！

彭伊枫尴尬了，没头没脑地笑笑说，精髓也是从皮毛开始的嘛。

彭伊枫算的第一笔账是战例分析，让抗敌剧社和《阵线报》的笔杆子们把“八二八”月亮岭至笋岗阻击战的情况汇总，搞战果分析。两相对照，账就清楚了。主要的战果就是消灭了几十个“皇协军”，打死的鬼子不超过五个。这样一算，大家的脸就有点黑，觉得战果实在不大。

然后再算实力对比。彭伊枫的算盘，左边是鬼子的实力，黑压压一大片算盘珠子，右边是抗日武装的实力，就那几个珠子顾影自怜。

彭伊枫说，现在天茱山区普遍流传着天皇是天照大神、日军刀枪不入不可战胜的说法，像瘟疫一样在国民党军和我们队伍个别人中蔓延。这股恶风不刹住，部队的畏敌情绪不克服，那就势必战无斗志，临阵脱逃。打击敌人气焰，提高我们斗志，就成了当务之急。可是怎么提高我们的斗志呢？

彭伊枫把算盘噼里啪啦地一拨拉，又算出一笔新账。彭伊枫说，就算我们的家伙落后，可是占领陆安州的日军才有多少人？一个联队加一个宪兵大队，两千人，我们陆安州的中国人有二百万，光是有枪有炮的武装人员各路加起来，怎么说也有一万多条枪，如果这些武装都用来打鬼子，那就是……就算是一比六。可是现在的情况是，首先是我们自己内耗，至少耗掉了一半，这就成了一比三。还有人当土匪强盗，不打鬼子，这就成了一比二。然后又有一半充当了汉奸，反过来帮助鬼子，这个账就没法算了。

在干部会上，彭伊枫又把这个账算了一遍，噼里啪啦地把算盘一打，情况一目了然。大家就明白了一个道理，鬼子之所以这么顺当地打进陆安州，并不是什么天照大神保佑，也不是鬼子有三头六臂刀枪不入，主要原因是我们中国人没有团结起来。我们的缺点和弱点被敌人利用了，他利用我们中国人来对付中国人，利用中国人打中国人。

霍英山说，中国有四万万五千万人，日本鬼子才多少人？如果光算中国人同日本鬼子的实力，那他小得就像一个臭虫。

龙文珲也说，如果只算他的军队，他眼下打进中国来的不过八十万，而我们全国的武装力量，各个派系加起来，怎么说也有一千万多，十个打他一个也绰绰有余。

许成哲说，我听说陆安州现在流行一个说法，说只要把陆安州全体老百姓都动员起来，七八只铁锅铸一只盾牌，鬼子的机关枪就打不透，我们顶着铁锅上去，吐唾沫就能把鬼子淹死。

账一算明白，就很清楚了，鬼子打进中国来，有很大的程度是中国人帮他的忙。大家都觉得，这汉奸实在是太可恨了，要想把鬼子孤立起来，首先就得把汉奸的问题解决掉。龙文珲说，汉奸就好比鬼子的衣裳，把汉奸这层皮剥掉，鬼子就成了光屁股，他有几根肋巴骨都能看得清楚。

不久，天茱山抗日游击支队就制定了一个“除伥计划”，拉了一个名单，以“满洲国”来的汉奸翻译、战术教官、顾问为首选打击对象，以“皇协军”一师团以上军官和桃花坞方索瓦为第二打击对象，以各县、区、镇“皇协职员”为第三打击对象。

二

这年冬天冷得出奇。天茱山下了一场大雪，方圆几百里一片白雪皑皑。雪后刮起了大风，呼啸着像尖利的刀子。

皮货商又来了，他是从淠水河冰上过来的，连滚带爬走了两天两夜，几次差点儿被风雪埋住。警戒哨在杜家老楼门前的圩塘边发现他的时候，奄奄一息，人已经快不行了。哨兵赶快向支队部执勤官报告了，霍英山等人都被惊动了，彭伊枫这才向霍英山等人介绍，这是“老头子”的地面交通员。

好在有一个从桃花坞过来的罗雨是医科大学的学生，在天茱山抗日游击支队建了个医院。罗雨医术不错，虽然治疗冻伤寒病不是很有经验，但基本的方法知道。忙活了一个下午，才把皮货商救活。皮货商身上有了热气，就开始咳嗽，憋得脑门都是红的。

罗雨说，这个同志的肺病非常严重，要是有盘尼西林就好了，否则很难治愈。彭伊枫说，哪里能搞到？罗雨说，陆安州城里都很少有，但是我听说桃花坞方家医院里有鬼子的设备和医药，估计那里会有。

彭伊枫听了，点了点头说，早晚我们得把这个医院搞过来。

罗雨说，那就太好了。我那三个同学，都是医科学院的高才生，当汉奸太可惜了。

彭伊枫看着罗雨，笑笑，未置可否。

皮货商恢复体力之后，听明白了罗雨和彭伊枫的对话，向彭伊枫摆摆手说，不要费神了，还是办正事吧。然后又是口述，传达了“老头子”的指示：利用公路结冰、交通堵塞、敌机械化部队行动不便之机，开展小出击活动，积小胜为大胜。这个指示是当着霍英山、龙文珲等人的面传达的。

同彭伊枫单独在一起的时候，皮货商说，“老头子”对天茱山抗日游击支队的情况很满意，提出三条要求，一是希望再接再厉，加强爱国信仰教育，认清是为国家为民族为自己打仗，而不是为封建朝廷和腐败政府打仗。可以利用《阵线报》，把《告陆安州抗日军民书》散发到城内。二是要抓紧扩大队伍，加强训练战术技术，尽快提高部队作战能力，争取打大仗。三是新任的中央军天茱山独立旅旅长栗统飞是七十七军军长侯先觉的心腹，而侯先觉抗日消极，摩擦积极；栗统飞亦步亦趋，拒不接受抗日政府指挥，已经成为抗日障碍。一二五团团长唐春秋是个爱国人士，要想办法协助唐春秋取栗统飞而代之。只有这样，天茱山的国共军队才能形成合力，完成对松冈部队决战的准备。

尽管风雪很大，路途危险，但是皮货商还是坚持要走，只休息了一个夜晚就走了。霍英山向彭伊枫问起，为何不用电台联系了，改用人员联络了？彭伊枫说，现在形势复杂，上级这样做可能是出于安全考虑，因为人可以把机密记在脑子里，即便被敌人抓住，也没有把柄。霍英山说，那如果人叛变怎么办？彭伊枫沉吟着说，既然是身负重任的，也一定是久经考验的。

彭伊枫想，这次皮货商的出现，单线交通员的身份就没必要遮掩了，至少还是要跟霍英山交个底，以免引起误会。彭伊枫说，老排长，我得跟你说实话了，当初之所以把我紧急派到天茱山，实际上是作为“老头子”的联络员进来的。现在陆安州的抗日斗争形势非常复杂，动用地面交通员可能是绝密要求。这种情况以后还可能出现，而且是“老头子”指定交通员同联络员单线联系。有些情况，我会立即向你汇报，但有些情况，不一定马上汇报。因为涉及政策和策略，这一点还要请老排长有思想准备。

霍英山大大咧咧地说，我早就看出来了，你有单线联系。但是组织原则我懂，我不会多心，更不会多管。反正你又不会吃里爬外，都是为了抗日。你放手搞。

彭伊枫问霍英山，还记不记得当年在川陕根据地的时候，一位给红军干部讲战术课讲得特别好的那个师政委？

霍英山皱着眉毛想了一会儿说，记得。那次上战术课，好像徐向前总指挥也在下面听，那个师政委叫沈什么来着……

彭伊枫说，我记得徐总指挥介绍他的时候，开玩笑说他是双刃剑，意思就是说，这个人军事政工都有两下子。

霍英山咧嘴笑了说，对，就是叫双刃剑。对了，管子的话“人之守在粟”，就是他讲的，最对我心思。那是个人物。

彭伊枫说，后来长征，就再也没有见着他了。

霍英山说，听说死了。

彭伊枫吃了一惊，怎么会死了呢？你是怎么知道的？

霍英山想了好大一会儿才说，好像死在第五次反“围剿”时期。我听我同乡老姚说的，他不是在保卫局吗，他说双刃剑同国民党蔡廷锴有关系，十九路军转到福建之后，他带领警卫员叛逃，要投靠国民党，被秘密处决了。

彭伊枫听了，半晌不语。

霍英山问，你怎么突然想起来问这个人？

彭伊枫说，这么一个智勇双全的首长，怎么会叛逃呢？

霍英山说，是挺可惜的，我也纳闷。

彭伊枫不说话了，觉得心里很不是味道。

多年后彭伊枫依然记得，那次是在四川旺苍龙溪镇边上的一个打谷场上，清晨的阳光落在前方的山坳里，落在露水和露水打湿的树叶上，升腾起缥渺如烟的氤氲。一百多名红军干部就沐浴在这南方春天的晨色里，坐在小马扎上，聆听教员讲战术课。讲课的教员还是红四军的那个师政委，大约二十七八岁的样子，穿着打满补丁但是干净整洁的灰布军装，清瘦颀长，神采奕奕，眼睛非常明亮，下巴微微上翘，耳朵根子上夹着铅笔头。

沈政委说，不管是大规模的阵地战还是小规模的游击战，不管是进攻还是防御，都必须遵循一个基本的规律，那就是知己知彼。敌人有多少，敌人的武器性能如何，敌人的战术技术能力如何，敌人进攻和防御有哪些特点，这些特点里哪些属于弱点可以为我所用，我方应该如何针对敌人的优点和缺点扬长避短。作为一个指挥员，要随时随地对于自己部队的作战能力、处境和敌人的情况了然于心，仗要算着打，要打明白仗。当你把敌人和你的实力对比之后，你就知道该怎样谋局布阵，而不至于盲目。两军对垒，知己知彼方可与之决战……彭伊枫对那双眼睛印象非常深刻，深沉、睿智、明亮。它们像两只黑色的精灵，时而在红军学员的眼前掠过，时而又像问号一样落在学员们的眼窝里，时而凌空飞翔，落在山坡上，落在山坳里。在讲课的过程中，教员的话语既严肃又活泼，既通俗易懂，又深入浅出。讲到高兴的时候，教员的下巴会微微仰起来，两只眼睛微微眯缝起来，似乎在看着很远很远的地方，充满了神往，充满了深情……

可是，难道他真的死了，真的像霍英山的那位同乡说的，是因为“叛逃”被秘密处决的？这怎么可能呢？

彭伊枫这些日子总是感到有一股奇异的力量，有一只看不见的手，正在精心地编织着一个梦想，挖掘着一条无形的江河，构筑着一道看不见的城垣。而这一切，似乎都在向彭伊枫暗示，这是他的风格。或许这是他的不死的魂灵，在冥冥中注视着他们并引导他们。

“除伥计划”定下之后，彭伊枫请霍英山给唐春秋写封信，商议协调作战。霍英山大嘴一咧，乐了，说，我这才会写几个大字，就开始关公面前耍大刀？

彭伊枫说，重要的不是你的字，而是天茱山抗日游击支队的抗日态度，你是司令员，你的亲笔信有权威。

霍英山说，那好，本司令就写。不过你得先打好稿子，本司令照葫芦画瓢就是。

彭伊枫就打了一个稿子，无非是天寒地冻，敌不适应，战机有利，应主动出击，我部如何如何行动，请贵部予以协助，云云。

准备就绪后，彭伊枫便带着霍英山的亲笔信到船儿冲找唐春秋协调。唐春秋看了霍英山的信，吃了一惊，皱着眉头苦笑说，嘿嘿，这个泥腿子，何时也学会舞文弄墨了？

彭伊枫不高兴地说，老唐你不能拿老眼光看我们游击支队，我们现在开展文化整军、战术整军，部队文化素质和作战能力都有很大提高。

唐春秋说，一起打仗是没问题的，不过，你彭先生今天送上门来，我得向你提出严正抗议，请你转告老霍，不要再搞我的粮食了，我一二五团有饭吃了，也不会光睡大觉。我唐春秋懂得唇亡齿寒的道理。

彭伊枫说，我们什么时候搞你粮食了？

唐春秋说，这个你问老霍。我就闹不明白，你们莫非一天要吃六顿饭，要那么多粮食干什么？

彭伊枫想了想，笑了，说，这事我相信。这个霍司令啊，他恐怕真是在长征路上被饿怕了，没想到他在你老唐的心目中就成了个劫粮大盗。老唐我向你保证，这种事情不会再发生了。如果你们缺粮，我们还是一个锅里搅勺。

唐春秋说，嘿嘿，你要是能说动霍英山，把我那两车粮食还回来，那就谢天谢地了。

彭伊枫说，确有其事，必然奉还。

然后就开始研究行动计划。

彭伊枫当天便骑驴回到杜家老楼，把同唐春秋研究的情况向霍英山汇报了，听说唐春秋愿意配合，霍英山很高兴，说大敌当前，唐春秋这个龟儿子也觉悟了。

彭伊枫说，司令员，为了加强团结，把唐春秋那两车粮食还给他。

霍英山一怔，嘿嘿，你是怎么知道的？

彭伊枫说，唐春秋气得嘴角冒泡。何必呢？咱又不缺粮食。许成哲也说，唐春秋连枪都给咱送来了，这次配合作战又很爽快，咱犯不着为这点粮食搞得不愉快。

霍英山拄着拐杖，仰起脑袋，张大嘴巴对着太阳，突然打了两个动静很大的喷嚏，然后擤擤鼻子说，好吧，既然他有表现，我们也礼尚往来。参谋长，你派人通知赵三元，让他把粮食送给一二五团。许成哲说好。

霍英山想了想又说，跟老赵讲清楚，往后没有我的命令，不许截人家的粮食了。

三

安丰县城袭扰战的拉幕人是柴仁亭和他的特务队。

按照彭伊枫的指示，政治部干事曾见湖和抗敌剧社的锣鼓手小侉子也跟随柴仁亭行动。特务队的队员都是一长一短两枝枪，曾见湖只有一把驳壳枪，小侉子连驳壳枪也没有。但是小侉子夹了一大卷用黄表纸油印的报纸，都是国民革命军天茱山独立旅出版的。那上面除了国民党的一些抗战口号，就是天茱山独立旅新任旅长栗统飞等人信誓旦旦的抗日言论，其实都是虚张声势。这些报纸不仅发到国军的三个建制团队，安丰、梅山两县地方和新四军天茱山抗日游击支队也发，搞得沸沸扬扬，把声势造得很大，好像栗统飞的抗日如何了得。报纸到了天茱山抗日游击支队，基本上成了擦屁股纸。但最近半个月来，彭伊枫严令禁止用栗统飞的报纸擦屁股，并且把独立营、特务队、抗敌剧社和各县大队、区中队的报纸统统收缴上来，一共收了二十多份，交给了曾见湖。

彭伊枫要让这些大而无当的报纸派上大用场。临走的时候，彭伊枫特意交代，安丰县城里鬼子有骑兵，如果仗打得顺手，搞几匹马回来，东洋战马行，“满洲国”的马也行。司令员腿不好，骑个毛驴不像样子。

柴仁亭说好，如果能搞到，我就多搞几匹回来，支队首长每人发一匹。

柴仁亭的最大愿望是炸弹药库。但是安丰县城鬼子只有一个井上中队，加上一个伪警察大队，所有枪支弹药都是随身携带，根本就不知道有没有弹药库。柴仁亭次大的愿望是袭击井上中队。但井上中队三个小队住在三个碉堡里，外围还有“皇协军”的据点，根本不可能接近。柴仁亭想来想去，最后就退而求其次，决定杀人放火。

月黑风高，三个小组在安丰清真寺门前会合，拿上武器，在内线的引领下，首先摸到文昌巷里，刺死松冈任命的安丰县汉奸警察局长臧云鹤，此人是“满洲国”汉奸，极其铁杆。

刺杀行动进行得很顺利，但是后续工作在小侉子那里出了问题。按照计划，杀掉一个鬼子或者汉奸，就用该鬼子或汉奸的血在报纸上写布告。曾见湖身兼数职，《阵线报》办起来之后他既是编辑又是记者，还负责刻钢板，写这几个字当然不费吹灰之力。写好之后，下一个步骤该小侉子往墙上贴了，岂料小侉子慌里慌张找不到糨糊了，急中生智，用藏云鹤的血当糨糊。黏倒是很黏，但很快就洇成一片，把曾见湖写的字也给洇没了，曾见湖只得重写。他一边写，柴仁亭一边骂，说狗日的小侉子连个糨糊都拿不住，老子还要去杀鬼子的翻译官，你却在这里磨蹭，简直是破坏抗日！

小侉子哭丧着脸，也不搭腔，眼看曾见湖就要写好了，他拿什么往墙上贴啊？急得他直想上吊。后来还是特务队的一个班长从伙房里找了半盆稀饭，这个问题才算解决。这半盆稀饭救了小侉子，他再也不敢丢了，直到后来交上了火，他还紧紧地抱着那只铜盆。

这次战斗，特务队在安丰县城打得出乎意料的漂亮，日军损失了一名少尉小队长，两名翻译官，军曹以下共六人，“皇协军”警察局长、警备大队长以下汉奸十人亡命。加上隐贤集日军被毙四人、“皇协军”两个中队土崩瓦解，可谓是天茱山区包括国共两党军队自全面抗战爆发以来空前的胜利。

除了军事上的胜利，还有政治上的影响巨大。那天曾见湖和小侉子在县城里到处张贴和散发布告，布告上一律用血书写：奉国民革命军天茱山抗日独立旅旅长栗统飞之命，惩处日寇某某汉奸某某某——这些布告的作用以后才渐渐显露出来。

后来检讨，这一仗尽管取得了重大的胜利，但还是有不能尽如人意的地方。问题出在独立营副营长李广正和二连连长冯存满的身上。

李广正原先不会看地图，后来在学文化中跟曾见湖结成了对子，三百个字很快就掌握了。这一掌握不要紧，就要大大地炫耀一下，天天给《阵线报》写稿子。今天写个顺口溜，明天写个小快板，无非都是“同志哥加油干，打完鬼子吃干饭”之类，数次遭到曾见湖的退稿。

有一天李广正到杜家老楼送稿子，跟曾见湖斗争了一会儿，突然见到曾见湖的桌子上有一张花花绿绿的纸画，这玩意儿他过去见彭伊枫的文件包里有，但不知道是干什么用的，也不敢问。这次就问曾见湖，那是个什么东西？曾见湖说，亏得你还是个指挥员，连地图都不认识，你算什么指挥员？

曾见湖言者无心，李广正却放在心上了，缠着曾见湖教他认地图。

曾见湖找了一张中国地图，教李广正从图上辨别东西南北，李广正不耐烦地说，我要学的是作战地图，你这玩意儿屁大的地方，把一个国家都装进去了，我看不明白。曾见湖想想也有道理，认作战地图跟学地理还是两回事，便从彭伊枫那里仿制了一张天茱山作战态势图，告诉李广正这是山冈，这是淠史河，那是安丰县城，那是隐贤集。

这回就一发不可收拾了。

李广正学东西有两个特点，一是爱钻牛角尖，二是钻进牛角尖就拔不出来。有了这个地图，就像拣了个宝贝，走到哪里都带着。平时不打仗的时候，到防区内巡查，蹲在山冈上，也把地图摊开，对照比划，指指点点，俨然一个很有谋略的军事家了。

安丰县城袭扰战，独立营担负的是打援任务。这天清晨李广正带领独立营二连跟随霍英山在东河口设伏。隐贤集援敌溃逃到东河口一线之后，霍英山是要将其一网打尽的。他和彭伊枫、李广正三个人各带一部分兵力，在敌人西窜必经的葫芦涧将近一公里长的狭长地带扎了个口袋，溃敌一旦进入，插翅难逃。

霍英山给李广正部署的设伏位置在东侧高地上，李广正在图上给霍英山所在的位置标了个“一包”，给彭伊枫所在的位置标了个“二包”，给自己将要展开的山冈标注“三包”——如此，他就俨然是这次战斗的“三号”了。

图上和现地对照清楚了，李广正就带着队伍向指定位置开进。二连连长冯存满本来跟李广正就不太团结，两个人打仗都是好手，互相不服气。见他老是举着一张破纸对着太阳比划，冯存满很不以为然。走出一里地的时候，冯存满讽刺他说，别以为会看地图就会打仗了，我不会看地图也照样能打胜仗。

李广正说，老冯你不懂，这是作战地图，神奇得很。只要有了这东西，鬼子啥时辰到啥地方，我掐指就能算出来。

冯存满说，卵子！我没你那张破裱纸，鬼子啥时辰到啥地方，我也能掐指算出来。

说话间就走到了一处岔道。冯存满故意出李广正的洋相，明明该向左，他偏说该向右，而且还递眼色给身边的一排长，一排长也说该向右。李广正本来是清楚的，被冯存满一捣乱，就有些拿不定主意了，便对着太阳比划地图。这个地方山势平缓，小山包看起来大同小异，区别不大，手里也没有个指南针，七比划八比划就迷向了，越比划，越觉得确实该向右。

冯存满见李广正上当了，玩笑开大了，就哈哈一笑说，把你那个卵子地图扔了吧，该向左边走。

可是李广正已经按照地图认定该向右了，冯存满要向左他当然不干，一个说该向左，一个说该向右，两个人就吵了起来，谁也不让谁。

就在这时候，战斗打响了，两人不敢再吵，遂采取分兵的办法，李广正带了一个排向右，冯存满带了一个排向左，屁颠屁颠各自胡乱找了一个山冈展开战斗队形。可此时黄花菜早就凉了，十几个鬼子和一百多个“皇协军”就是从他们身边逃走的。

部队回到根据地之后，霍英山把李广正和冯存满都叫到杜家老楼。两个人同去杜家老楼的时候，路上还在吵，到了杜家老楼他们就不吵了，顿时就傻眼了——霍英山披着黄呢子军大衣，像尊铁塔一样站在杜家老楼正房的木板楼梯上，老远见到他们，勃然变色说，好，汉奸来了。警卫排，把这两个通敌的汉奸给我捆起来！

四

这一仗赵三元打得扬眉吐气。

安丰县大队是去年从地方游击队升格的，没打过大仗。这次在许成哲的指挥下，在安丰东南方的小赤壁设伏。当天夜里，柴仁亭的特务队把安丰县城搅得鸡飞狗跳，陆安州的松冈大佐虽然接到了电话，但是并没有轻易出兵，直到第二天清晨，隐贤集的日军和汉奸才钻出据点，赶来增援。

日军很狡猾，显然把这一带的地形也摸熟了，知道小赤壁是个鬼门关，于是兵分两路，以“皇协军”的两个中队作为尖兵，先行西下，日军中队长河田大尉则带着日军跟在后面见机行事。

刘庆唐过去在豫南就是作战参谋，相对而言是个战术专家，他把这块地形看了一遍之后，向许成哲建议构筑工事。许成哲觉得有道理，便让刘庆唐通知搞土工作业，也就是在山坡上挖战壕。独立营的连队还好说，但县大队都是农民，纪律较差，战壕挖得很敷衍，人蹲在里面，大半个身子还在外面。

刘庆唐检查了县大队的工事，向许成哲告状，许成哲就一遍一遍地批评赵三元。赵三元也拳打脚踢让战士们再把工事挖深一点，但是这些兵生怕打起来跑不动，留着力气不愿意使。许成哲只好算了，叹口气对赵三元说，你还说支队偏心，就你这个鸟队伍，连工事都不好好挖，能打仗吗？

赵三元不服气地说，工事挖得不好不等于仗打得不好，我这队伍都是泥腿子，你不能按正规军要求。

许成哲说，可是有一点，必须放近了打，不能见到敌人就开枪。前面一打，打草惊蛇，这仗就啥也打不着了。

赵三元觉得这倒是个问题。他的县大队自从成立之后，还没有正经八百地跟日军交过手，对于鬼子还是不摸底，部队确实有恐惧心理。万一乱开枪，那就砸了。赵三元沿着茅坑似的战壕前前后后检查了一遍，一边检查一边交代：这是咱们安丰县大队的一次大仗，狗日的都给我听好了，没有我的命令，谁要是乱开枪，我就先崩了他！

许成哲说，你不让他开枪他就不开枪啦？到时候一紧张，他自己不想开枪都不行，手就不听指挥了。

赵三元怔怔地问，那咋办？

许成哲问刘庆唐，你说怎么办？

刘庆唐说，先把他们的子弹退了。

许成哲点点头说，有道理。然后就朝工事里吼了一嗓子，县大队听口令——起立！

县大队的兵便稀稀拉拉地站了起来。

许成哲又下命令，举枪！

兵们你看看我，我看看你，七零八落地把枪举了起来。

许成哲见县大队所有的枪口都朝上了，喝道，拉枪栓，退子弹！

然后就让独立营一连的班排长们去收县大队的子弹。不仅把从枪里退下来的子弹收了，连备用的两发子弹也收了。

赵三元恼了，一蹶子蹦到许成哲的面前，屁股左一拍右一拍，拍得泥土飞扬，落了许成哲一脸。赵三元硬扎扎地说，许参谋长你太看不起人了，马上就要战斗了，你竟然缴我的子弹。

许成哲说，先集中保管，第一个波次让一连打，一连打响之后你们装子弹。这样可以避免乱开枪。

赵三元仍然一脸怒气说，许参谋长你这是歧视地方部队。我要向霍司令告你！

许成哲说，老赵你别发火，老实跟你说，县大队没打过大仗，我确实有点不放心。战士们枪里有子弹，你能保证他不走火吗？

赵三元的眼珠子骨碌了两圈，反问道，你能保证独立营的战士不走火吗？

许成哲说，我能保证。你要是也能保证，我就让他们子弹上膛。赵三元不吭气了，看了许成哲一阵子，又看了看许成哲身后的刘庆唐，把脑袋仰到天上，运足气骂了一句，日他个娘！

也不知道他骂的是谁。

半个时辰后，敌人当真来了。前面的“皇协军”进入伏击圈，县大队的战士就有点沉不住气，一个劲地向赵三元要子弹。

赵三元举着驳壳枪不吭气，眼睛盯着前面，不向两边看，嘴里骂道，要卵子子弹！没听说吗？第一个波次轮不到咱们！

赵三元的话音刚落，那边就传过来许成哲的叱令，肃静隐蔽，谁再搞出动静，我枪毙他！

一连的战士果然是见过战阵的，眼看着“皇协军”进入了伏击圈，进入了射击圈，差不多都快脱离射程了，但没有一个人开枪。因为没有许成哲的命令。许成哲不下命令开枪，是因为没有看见日军。许成哲料定，前头“皇协军”过去了，日军必然尾随其后。

大约又过了两袋烟的工夫，老远隐隐约约地看见了一群，三五成队，忽进忽停，忽左忽右，到了伏击圈外，便不走了。多数都隐蔽在路旁的石头或大树后面，只派出三个尖兵，荷枪猫腰前进，仍然是忽进忽停，忽左忽右。

赵三元往许成哲隐蔽的方向看去，许成哲举着望远镜一动不动。就在这时候，枪声响了起来，只有一声，县大队战士杜松子啊呀一声惨叫，原来是肩膀挨了一枪，这是日军的试探冷枪。跟随县大队行动的刘庆唐连忙扑了过去，把杜松子的嘴捂住了，但为时已晚，敌人还是发现了动静，机枪便朝这边扫了过来。

许成哲这才下令还击。由于日军战术动作机警，加上没有完全进入伏击圈，战果不大。许成哲命令一连连长带两个排从左，自己和刘庆唐带一个排从右，两面向日军包抄追击，同时命令赵三元率领县大队拦截先期进入伏击圈、正在火速回撤的“皇协军”。

赵三元拣了个便宜。因为有了独立营一连的榜样，而且阻击的敌人里没有了日本鬼子，县大队的兵胆子就大了，也能沉得住气了。这回完全是赵三元单独指挥，他的指挥主要是一连串的骂骂咧咧——他娘的不能让狗日的小看了县大队。没有老子的命令，哪个狗日的先开枪，老子骟了他！

县大队这次虽然子弹都上膛了，但是没有谁乱开枪，直到赵三元喊了声“打”，百十根农民的手指这才一起扣动了扳机。

“皇协军”本身就是惊弓之鸟，刚开始见小赤壁方向停止了动静，还以为新四军都去追日军去了，猝然一阵瓢泼弹雨过来，立马就乱了阵脚。中队长常铁头挥舞驳壳枪企图收拢队伍，可是队伍就像泼出去的水，再也不可能收拢了。

赵三元认得常铁头，从一个战士手里夺过一根汉阳造，瞄准常铁头，开了一枪没打中，又开了一枪，结果连响三声——小队长宫得海和一个战士也同时开了枪，常铁头像猴子一样蹿了几蹿，倒在地上不动了。常铁头一倒下，“皇协军”就更乱了，争先恐后地逃命。赵三元一不做二不休，把盒子枪往裤腰带上一别，大手一挥，吼了一声：追他个奶奶的！吼完，纵身跳出工事，直不棱登地就扑下山去。战士们一窝蜂地跟上去，也不讲什么战术，更不用说姿势，呐喊着挥舞着，蹦蹦跳跳地来了个猛虎扑羊群。

后来打扫战场，县大队共毙伤“皇协军”三十四人，缴获了五十多条长枪，还有两把盒子枪。赵三元让战士们把枪堆在一起，嘴都乐歪了，吸着冷气说，我的个娘哎，这可咋办哪？这么多枪，还够拉一个县大队！

五

天茱山过了一个好年。

从腊月下旬开始，部队杀猪宰羊，抗敌剧社的旗帜又扯了起来，人员从各个角落集中到杜家老楼，吹拉弹唱，排练节目。

为了庆祝安丰县城破袭战和小赤壁、东河口伏击战的胜利，霍英山命令，抗敌剧社赶排几个节目，鼓舞士气，激励军心。曾见湖因为跟随特务队行动，胸有成竹，很快就编写了一个快板书《黑虎掏心显神威》。

霍英山说，也别光表扬，东河口上还有两个通敌的汉奸，也得揭露揭露。霍英山说这话的时候，骑在高头大马上，器宇轩昂，得意非凡。他终于有了一匹真正的马了，当柴仁亭牵着这匹大马送到霍英山的手上，并且告诉他这是彭主任特意关照给司令员搞的战利品，霍英山的眼角就有点湿润。这个自己看着成长起来的娃子啊，确实是个有心人啊！

大年三十晚上，天茱山抗日游击支队包了饺子，大家欢天喜地地吃了年饭，以杜家老楼为中心，方圆十里的主力部队和地方部队安排好警戒值班，连以上干部便集中到杜家老楼门前的坝子上看彩排。

第一个节目是快板书《黑虎掏心显神威》，由曾见湖登台唱独角戏——

天茱山上特务队，个个都是飞毛腿；百步穿杨差不多，飞檐走壁不是吹。这天晚上领任务，别人睡觉他不睡。安丰县城开杀戒，鬼子汉奸死一堆。要问他们都是谁，柴仁亭，张二担，刘大头，朱歪嘴，孙之富，罗圈腿……嘿，嘿，孙之富，罗圈腿！嘿，嘿，刘大头，朱歪嘴……虽然长得不咋样，神枪神腿快如飞。为了抗日不怕死，黑虎掏心显神威，显神威，显神威……

曾见湖在台上把竹板打得脆响，霍英山在下面把脸拉得老长。等他演完了，霍英山就开始讲评，说，这个节目嘛，啊，总的看还是不错的。啊，就是不该把人的绰号弄进去，搞得我们的特务队好像都是歪瓜瘪枣。彭主任你说呢？

彭伊枫说，除了司令员讲的，细节可以再生动一点。要把战斗的激烈和惊险表现出来，这样才能体现我们的战士灵活机智和英勇无畏的精神风貌。还得修改。

第二个节目是三句半《两个指挥员，一对糊涂蛋》，由曾见湖、小侉子、谭青西和司令部作战科长刘庆唐表演。别人手里都没有道具，但小侉子手里拎了一只怪里怪气的铜锣——这是他从安丰县城带回来的铜盆改造的。

四个人排成一条线，然后就你一句我一句地演开了——

东河口上亮了天，
神兵潜伏在阵前；
专等鬼子送上门，
——开战！
战斗进行到一半，
派兵扩大伏击圈；
营长拿出破地图，
——装蒜！
连长这时来发言，
南边偏说是北边；
你向左来我向右，
——捣乱！
不懂装懂瞎指挥，
没错说错硬添乱；
贻误战机损失大，
——扯淡！
要问他们都是谁，
李广正，冯存满；
两个指挥员，
一对糊涂蛋！

演到这里，小侉子还“当”地一声敲响铜锣，脑袋往前一伸，做鬼脸状。观众席上哄然大笑。这次还没等霍英山讲评，冯存满就站了起来，嚷道，狗日的小侉子，你敢出老子的洋相，下次撞到我手里了，我把你的门牙敲了。

小侉子拎着铜锣，装出一副可怜相说，冯连长啊，这不能怪我啊，我也是执行任务啊！

冯存满说，你执行个卵子，你就知道糟践老子！

霍英山“呼啦”一下站了起来，黄呢子军大衣一抖，厉声喝道，冯存满闭嘴！由于你们两个人的失误，东河口战斗未能达到预期目的，放走了一百多号敌人，没有办你们通敌罪就算好的了！你还敢敲别人的门牙？下次再犯这样的错误，那就不是敲门牙的问题了，那是要敲脑袋的。听明白了没有？

冯存满立马就出了一脑门子冷汗，嘟嘟囔囔地说，听明白了。霍英山一指李广正，你呢？

李广正“忽”地站起来，报告司令员，我不仅听明白了，还想明白了。那天是地图拿反了……

刚刚被霍英山镇下去的笑声顿时腾空而起。

活报剧《一条腿》是王凌霄创作的。王凌霄不是一个文艺活跃分子，但是参加抗敌剧社活动还是不讲价钱的。彭伊枫说，“老头子”提出把拳头攥起来，就是要克服我们中国人一盘散沙的问题，你们最好能创作一个能够突出反映团结和战斗力之间关系的节目。彭伊枫这样说了，大家就开动脑筋，但是大家的脑筋都没有王凌霄的脑筋好用。一来王凌霄是大文化人，二来她的经历长，受这方面的熏陶多。在川陕根据地的时候，有一次他和她谈到了东三省陷落的话题，他感触很深地说，归根到底，咱们的军队没有战斗力，就是因为没有一个统一的、开明的政府，不能把民众凝聚起来。东三省落入敌手，就像一台闹剧。军阀们想不想抗战？其实骨子里是想抗战的。可是身不由己，每个人都被套住了一条腿，捆住他们的绳子叫作“升官、发财、保命”，被这些东西捆住了手脚，还怎么打仗啊？

王凌霄当时只觉得他讲得深刻，精辟，又形象生动。但没有想到，他的那一番话，在若干年后成了她的创作源泉。王凌霄编了一个活报剧，内容是这样的：日本鬼子打进来了，三个军阀举着枪冲上去战斗，却分别被“升官”、“发财”、“保命”三条绳索捆住了一条腿。后来一个日本兵端着枪冲过来，不停地刺杀。三个军阀性命眼看不保，一咬牙拿出刀来，砍断了那条被魔绳紧紧羁绊的小腿，虽然都成了瘸子，却有了行动自由，开枪的开枪，开炮的开炮，挥刀的挥刀，刚才还狞笑着的日本兵转眼之间就倒在血泊之中。

节目编好之后，拿给彭伊枫看。彭伊枫说，很好，很有现实意义，对有些人是个刺激。唐春秋一直希望我们的抗敌剧社能给他们演出两场，有这个节目，我看时机成熟了，就是要让国民党的部队多看看这样的节目。

然后抗敌剧社就紧锣密鼓地排练，大年三十也拿出来演。三个军阀分别由刘庆唐、谭青西和曾见湖扮演，一个穿灰制服，一个穿黄制服，一个穿黑制服。扮演鬼子兵的是小侉子侯究芬，演得活灵活现，令人捧腹。

其实王凌霄在创作这个节目的时候，心里还存着一个隐秘的动机。自从她在天茱山嗅到他的气息之后，她就一直暗暗留心，想找到一条向他传递信息的渠道。那么，这个节目可能就是沟通他们情感的渠道，这是他的创意，她把它系统化了，形象化了，他一旦听说或是从抗日宣传品上看到了，应该是心有灵犀的。后来的事实果然表明，王凌霄的这番苦心没有枉费。

第五章

一

梅山城说大不大，不过就是个县城，楼房高不过三四层，两条大街十字交叉，路是碎石路，中间铺着青石板。马蹄踏在上面，火星直迸。

骑在马背上，唐春秋心里有种说不出的不痛快。

自从落脚在天茱山麓，一二五团的日子每况愈下。当初陆安州之战，齐装满员的新三师都没有顶住，他这个杂牌一二五团岂有回天之力？再说，一二五团也不是他的部队，说起来他也是黄埔军校第六期毕业生，也是委员长的弟子，就因为他多说了几句“国难当头应不计前嫌一致对外”的话，被上司看成异己，便被发配到一二五团来收拾残局。既然当了一二五团的团长，势必就同一二五团荣辱与共，如此，渐渐自己也就成了杂牌了。

这次栗统飞召见唐春秋，不是商量打鬼子，而是商量怎么限制霍英山。唐春秋之所以不痛快，不仅因为栗统飞忠实地秉承上司的不良旨意，又要做那种挖墙脚的事情，更因为栗统飞的傲慢。

他栗统飞算是哪路神仙？想当初他唐春秋在军部当处长的时候，栗统飞才是个军需官，压根儿就不会打仗，硬是靠克扣军饷喂肥了长官，这才买了个中校团长。陆安州一战，他的部队一枪没放就撒丫子了，反而因为齐装满员升任了旅长。老子倒好，黑起屁眼儿打，要不是队伍素质差，老子以身殉国也是完全可能的，你栗统飞能做到吗？你花那么多的大洋买官肯定不是为了卖命的。

可是，老子打了仗，却给老子安了个作战不力、军纪涣散的帽子，这样有眼无珠，谁还敢打仗啊？鬼子再来找麻烦，老子也带着队伍一溜烟地跑，我不作战也就不存在作战不力的问题了；我不把我的队伍往死路上带，军纪自然就不涣散了。等着瞧吧！

在梅山城西头的天茱山抗日独立旅旅部里，栗统飞向唐春秋和一二四团继任团长劳玉军、安丰自卫团团长伍文模、山炮营营长宋雨露等人传达了侯先觉军长的绝密指示，中心内容是要限制霍英山游击支队的行动。一是不能让他们随意出击，二是不能提供资助，三是要尽量想法让日本人明白，霍英山的游击支队挂靠在新四军序列，同中央军是两回事。

栗统飞不到三十岁的年纪，白白净净的，还戴着金丝眼镜，说起话来也是文质彬彬的。据说此人家族世代为商，颇擅钻营。作为黄埔出身的正统军人，唐春秋自然有理由对其蔑视。唐春秋说，霍英山的游击支队也是抗日的，这样以邻为壑的事情能做吗？

栗统飞笑笑说，唐团长此言幼稚！这些年来跟他们打交道，你应该知道谁更难对付。眼下霍英山的队伍以抗日为名，占据天茱山一隅，招兵买马，眼看坐大。要是放任自流，等抗战结束，那就该你我向霍英山点头哈腰了。老兄同霍英山为邻，恐怕还要好自为之，不要授人以柄。

栗统飞说这话的时候面带温和的微笑，但是唐春秋从那两片眼镜的背后看见了阴沉沉的光波。

唐春秋的脑子发热了——公然，这个小商贩公然在众人的面前用这种教训的口吻跟我说话，公然就教训开了，公然如此居高临下！可是唐春秋把一肚皮不痛快咽了下去，因为从栗统飞嘴里说出来的话毕竟不是栗统飞的言论，这个小商贩只不过是鹦鹉学舌罢了。前段日子有消息说，上峰对于他放走并帮助彭伊枫护送新四军北上干部的行为很不满意。但是唐春秋对此并不在乎。唐春秋说，少来往可以，但是我总不能跑去告诉日本人，说霍英山跟你们作对完全是他们自己的所作所为，本部概不负责吧？这事要是传出去，跟汉奸还有什么两样？栗统飞说，长官的意思诸位慢慢领会，有些事能说不能做，有些事能做不能说。至于怎么做怎么说，你唐老兄是国军栋梁，比我更清楚。但作为天茱山最高军事长官，我还是要提醒唐老兄，也提醒诸位，国难当头，重任在肩，我们这些服务军中的中坚骨干，说话做事，要符合自己的身份地位。大家好自为之吧！

散会之后，唐春秋觉得更加郁闷，这还不仅仅是同栗统飞打了一场嘴皮子官司，更重要的是，这场嘴皮子官司他没有占上风。他想他是过低地估计栗统飞了，过去他只知道栗统飞不会打仗，他有理由认为没有打过仗的人是驾驭不住他们这些指挥官的。岂料栗统飞不卑不亢，而且言之有物，点穴很准，这就让唐春秋感到难受了。

不会打仗怎么啦？不会打仗不等于不会当官！你唐春秋倒是会打仗，但你在上司的眼睛里，是个不堪重用的赳赳武夫，甚至可能还是个不能重用的异己。

彭伊枫曾经跟他说，当年在川陕根据地，有一个红军师政委，是大知识分子，有一次给他们讲课，分析“一·二八事变”的时候说过，在“淞沪抗战”中，十九路军是积极的，指挥官的决心是大的，官兵是英勇顽强的，还出现了八百壮士，打得惊天地、泣鬼神，可是最后还是含恨撤退。除了政治和外交上的问题，还有一个很重要的原因，就是各吹各的号各唱各的调各开各的炮，而形成这种局面的原因则是当局者各算各的账。中国的哲学特别丰富，搞了几千年，但是那都是斗心眼儿的哲学，而且主要是中国人自己跟自己斗，跟他国斗没有经验。所以说是大而无当，多而不精，华而不实。而他国虽然斗心眼儿斗不过中国人，但是他发展坚船利炮，他不跟你斗心眼儿，他用炮弹跟你说话。尤其是日本人，国家小，心眼儿小，道德文化也就言简意赅，就是要发展，要使自己强大起来。在这种情况下，团结是最重要的，如果中国的军队都是“八百壮士”，亿万中国人众志成城，哪怕脑袋顶着铁锅，也能冲入敌阵踏他个人仰马翻。

他想那位红军师政委的话实在太精辟了，太深刻了。仅就陆安州而言，不正是这种状况吗？

唐春秋就从这天开始，调整了自己的心态，再也不像过去那样对栗统飞横竖看着不顺眼了。在旅部的宴会上，他甚至不惜屈下高傲的头颅，主动向小他三岁的栗统飞敬酒，并且恭恭敬敬地称呼栗统飞为“旅座”。人在矮檐下，不得不低头啊！

忽然有一天，三营营长严楚汉向他出示了一个东西，看得他心惊肉跳。那是一张密令，发令人指示受令人：鉴于霍英山天茱山抗日游击支队擅自出击，嫁祸中央军，危及天茱山根据地的安全，应伺机假日军或“皇协军”之手，予霍部以痛击，若能确保绝密，将其一举歼灭之。

唐春秋看完这份密令，后背一阵发凉，半天才回过神来说，怎么能这样呢？现在是统一战线一致对敌，煮豆燃萁相煎何急啊！这要是真的下手，那天茱山就天翻地覆了，抗日还抗个鬼啊！

严楚汉说，这就是敌人能够在陆安州长驱直入的原因。

唐春秋警觉起来了，惊问，你是什么人？这份密令如何在你手里？

严楚汉说，团座，为了保护你，请你不要在意我是什么人。我和你一样是中国人，而且是有良心的中国人。我请团座再看一个东西。说着，又从怀里掏出一份文件，交到唐春秋的手里。唐春秋疑疑惑惑地接过来，看着看着，脸上的肌肉就僵硬了——

陆安州之战，天茱山阻敌，一二五团鼎力支撑，唐团长爱国之心日月可鉴。目前抗日斗争已进入僵持阶段，国军长官应深明大义，实行抗日之举措，传播抗日之思想。封建之朝廷，腐败之政府，专制之军阀，卖国之蠹虫，都将成为过眼烟云。而国家永存，民族永存，家园永存，人民永存。鉴此，我以中国政府陆安州最高行政长官和最高军事长官的名义命令你们，严格治军，团结友军，争取伪军，孤立日军。我陆安州全体民众和抗日武装团结一心之日，即是日军松冈联队覆灭之时。

落款是一个唐春秋不太熟悉的名字。

唐春秋看完第二份密令，感觉浑身有一种异样的燥热，这份文件的每一个字，每一句话，都是那样铿锵，那样锐利，发人深省，振聋发聩。唐春秋看着严楚汉，严楚汉回以平静的目光。唐春秋问，在侯先觉长官之外，陆安州还有特别长官吗？

严楚汉说，这份文件已经非常明白了。

唐春秋说，可是我怎么才能相信这是真的呢？

严楚汉说，我们的心中都有一个密码，它会帮助我们进行正确的判断和选择。

唐春秋沉吟一会儿，点点头说，好，老严，我不多问。目前我们该怎么做？

严楚汉说，根据“严格治军，团结友军，争取伪军，孤立日军”的方针，我们当前有几项工作要做，一是搞好爱国信念教育，要把这份密令的精髓灌输给每一个官兵，激发爱国信仰。第二个是战术，我听说霍英山的队伍正在搞针对敌军战术训练，我们可以联合起来搞，把鬼子的那一套搞透。

唐春秋不以为然地说，那个霍瘸子能搞出什么名堂?

严楚汉说，人不可貌相，再说，霍瘸子的队伍有本事的人还是有的。据说研究敌军、针对敌军战术训练，是彭伊枫的主意。

唐春秋看着严楚汉，没有吭气。

严楚汉说，根据团结友军的要求，绝不能干那种亲痛仇快的事情，必须跟霍英山携手，否则就唇亡齿寒。第三，争取伪军技术性很强，从现在开始，所有的中国人——包括所有的汉奸在内，都不是我们的打击目标。说明白点，在一个相当长的时期，不打汉奸，尽量回避同汉奸正面接触。

唐春秋愕然问道，一个都不打?

严楚汉说，就是这个意思吧。

唐春秋还是不明白，问道，一个都不打，这是什么意思?

严楚汉说，也许，这是出于战略考虑。我们不打汉奸，专门打鬼子，鬼子就会打汉奸。

唐春秋愣了半天，突然站起来，击掌叫道，好，好，实在是高明。一石二鸟，牵一发而动全身，大手笔啊！这是上头的意思吗？严楚汉笑而不答，过了一会儿才说，这是一个驾驭全局的谋略，我这个营长只负责落实具体的小环节。

不久严楚汉就得到一个情报，在陆安州和桃花坞之间，经常有日军和“皇协军”人员来往。严楚汉制定了一个小计划，唐春秋觉得可行，便批准执行，让特务连长孟秋带领十个身怀绝技的狙击手，从天茱山后山沿北路绕到桃花坞附近，潜伏在小蜀山里，只要有日军出现，就动手狙击。

这支狙击队伍的情报异乎寻常的灵通。往来于陆安州和桃花坞的日军，先是三五一伙零星人员难逃厄运，后来日军警觉了，三五一伙螳螂在前，大队人马黄雀在后，企图引诱狙击手暴露。但是每逢这种情况，狙击队伍都是按兵不动。不久日军又发现一个奇怪的现象，只要是日军同“皇协军”一起行动，一般来说是安全的，即便是遭到狙击，也是“皇军”倒霉，而“皇协军”仍然安然无恙。

后来情况就传到松冈那里，松冈听原信把情况介绍完，眼珠子瞪得老大。过了两天，松冈就让原信再往宫临济的“皇协一师”增派三十名“亲善员”，这次是从华北“自治政府”里调过来的。方索瓦还向松冈进言说，光控制“皇协军”恐怕还不够，因为狙击手显然是天茱山的抗日部队，“皇军”不能再让他们这么嚣张了，得给他们点厉害看看。

原信非常同意方索瓦的看法，对松冈说，杀鸡给猴看，猴子就老实了。

方索瓦说，这样做的意义还不仅仅是杀鸡给猴看的问题，除掉那些同“皇军”作对的人，对于拥护“亲善共荣”的人，都是一个安慰，不然我们这些人总是提心吊胆的。

现在，在松冈的心目中，除了“皇军”，身边信任度较高的就是方索瓦和董研石，就连宫临济和夏侯舒城这样的“皇协”军政人员，松冈也是用一半疑一半。见原信和方索瓦都是这个态度，松冈也就动心了，暗暗思忖，是该给他们点颜色看看了，虽然松冈联队的主要任务是为南下西进部队供给粮食，一再强调“亲善稳定”，但是这不等于“皇军”就放下屠刀立地成佛了。松冈心里冷笑——你们不要搞错了，不要把“皇军”的忍让当作懦弱。松冈联队杀人放火不比任何部队逊色，到我开杀戒的那一天，你们就知道水深火热了。

二

彭伊枫一直惦记着一件事情，等冰雪消融，就派人到后山，寻找一种叫做蓝茱的药材，据说这种药材是天茱山特产，一般存活在开春后的天茱树根下，为治疗肺痨特效。

自从年内皮货商最后一次从杜家老楼消失之后，彭伊枫就感到有一种隐隐的疼痛埋伏在心里。那样大的雪，那样尖利的北风，那样羸弱的身体，却承担着那样重大的任务，包裹着那样绝对的秘密！他的脊梁又是那样的坚硬。彭伊枫甚至从他那平静和从容的眼睛里，感受到了一种鼓舞，一种昭示——这才是中国人啊！那咳嗽甚至吐血的身躯里，包含着的是炸药一般的热情。他觉得他应该为皮货商做点什么，但是，他不知道他从哪里来，也不知道他到哪里去，他只能从他那里获取对敌斗争的方针、政策，还有具体的任务。

不久，李广正等人就找回一些草药，经过白塔畈程家药铺的老先生鉴定，挑拣出不少蓝茱，有一斤分量。老先生说，这种草药属于半草半虫性质，春夏为虫，进入秋冬，在冬眠中成草，与藏域虫草有点相似，当年的蓝茱配以蜂蜜煎熬炮制，治疗肺痨三剂见效，五剂病除。一斤蓝茱可以治愈三个病人。

自从有了这一斤蓝茱，彭伊枫就盼望皮货商再次出现。可是，等了半个月，皮货商也没来。

终于有一天，白塔畈交通站又领来了一个交通员，却不是皮货商，而是一个脖子上有疤痕的汉子。那疤痕像是刀伤，同脖颈处的青筋血管纠缠在一起，宛若一条绷直了的蚯蚓。不知道是否同这条疤痕有关，这汉子的眼睛还不停地眨巴。对上接头密码之后，眨眼汉子就向彭伊枫口述“老头子”的命令：为了争取伪军反正、孤立日军，形成全体中国军民对侵略者合围的规划，天茱山抗日游击支队近期开展政治攻势，并掌握有利时机，同“皇协军”中良心未泯的下层军官接触，宣传抗日道理，为其分析出路，保护后路。同时，从即日起，避免同“皇协军”交战，停止对所有伪职人员的袭击，而将全部精力集中在对日寇的打击上。

彭伊枫问，停止对所有伪职人员的袭击是什么意思？也包括汉奸头子？

眨眼汉子说，请严格执行命令。

眨眼汉子传达完命令，也像皮货商那样，没有在杜家老楼停留，急匆匆地要走。彭伊枫几次想问问皮货商的情况，但是又三缄其口。既然眨眼汉子没有主动说起，额外的任何问题都可以理解是保密的。眨眼汉子离开杜家老楼的时候，望着他的背影，彭伊枫还是忍不住了，追了上去，同眨眼汉子并肩而行说，以往到天茱山来的那位同志，他……病得很厉害，我们这里有一种药，治疗他的病非常对症，能不能把这种药捎过去，请……

眨眼汉子侧脸看了看彭伊枫，目光黯了一下，轻轻地说了句，多谢了，用不着了。

那一瞬间，彭伊枫看见了，眨眼汉子的眼窝里有一种晶莹的东西闪烁了一下。

彭伊枫明白了，停住脚步。

眨眼汉子转过身来，彭伊枫把手伸了过去，眨眼汉子没说话，伸出手来，两个人的手握在一起。彭伊枫说，同志，多保重啊，我们等待你！

眨眼汉子这次没眨眼，看着彭伊枫说，胜利，已经离我们不远了。

彭伊枫向霍英山传达“老头子”的指示的时候，仍然说是江淮军区的命令，并就“开展政治攻势”和同“皇协军”下层军官接触提出了一些想法，霍英山都没有表示异议，但是对“停止对所有伪职人员的袭击”表示不理解，问彭伊枫，罪大恶极的汉奸也不杀？像宫临济、董研石那样的，还有那个汉奸市长叫夏什么猴子的，还有桃花坞那个认贼作父的方索瓦，这些人也不杀？

彭伊枫停顿了一阵子才说，要我们严格执行，那就是一个不杀。

霍英山说，这里面会不会有诈，是汉奸捣的鬼？

彭伊枫说，敌中有我，我中有敌，情况不明，不能乱动。这恐怕还在其次。重要的是，我总觉得，这里面有深远的考虑。

霍英山说，那个“老头子”到底是个什么样子，我们能不能见一面啊？

彭伊枫说，非常时期，非常举动，没有命令，不能接触。

霍英山说，可我心里没有底，总是不踏实。

彭伊枫说，司令员放心，这盘棋我越看越清楚了。

霍英山就不再追问了，松弛了眉头说，只要你心里有数，那就好。

彭伊枫的小算盘又响了起来，噼里啪啦，嘁里咔嚓，欢快得就像唱歌。彭伊枫现在计算的东西很明确，单纯就是在陆安州日军有多少，抗日武装有多少。算盘左端是日军，右端是抗日武装，中间是汉奸部队和伪职人员。

彭伊枫似乎已经触摸到一根敏感的神经。是的，就是这个“皇协军”一师，在平衡着陆安州的局势。算盘上一目了然，他也就更能体会出“团结友军，争取伪军，孤立日军”的良苦用心。

三

过了中国的大年，松冈也就算过了个关。这段时间松冈喜忧参半，喜的是自从“亲善政府”成立之后，“亲善怀柔”从形式到内容都有了着落，夏侯舒城等人的实业日益兴隆起来。现在，粮食问题基本上已经解决了，所有的工厂都以各种名目大力收购，尤其是古井坊老号，粮食的需要量异乎寻常地增大了几十倍。

松冈的账是这样算的：第一，能够以收购的方式搞到粮食，就没有必要以其他的，比如说用武力的方式去搞粮食；收购粮食投入的成本，能用纸钞或银圆，就不要用“皇军”士兵的性命。第二，用于收购的货币用不着从天皇那里支付，在陆安州花的钱，实际上就是从鲁南或者淮北“征集”的，那些商行钱庄里的钱有的是；除了金银财宝，“皇军”没有打算把那些奇奇怪怪的钞票带回大日本帝国去。第三，能以工业或贸易的形式出现；就不以军用的形式出现；这样不仅可以避免刺激占领地老百姓的感情，还可以保密。搞粮食是一件长期的事情，稳住老百姓是很重要的。

在这中间，夏侯舒城等“皇协官员”发了大财。宫临济向松冈告发说，“皇军”以每块大洋五十斤稻谷的价格支付给“亲善政府”，但是“亲善政府”是以每块大洋八十斤稻谷的价格征收。仅此一项，“亲善政府”每月可得大洋七千五百块，夏侯舒城本人每月渔利两千余元。加上搭乘“皇军”征粮这条大船，强买强卖，低价进粮，高价出酒，这一项夏侯舒城每月渔利至少又是两千余元。再加上“皇军”给他的薪水，夏侯舒城每月收入在六千块银圆以上。这简直就是半个皇上的收入。

松冈听了笑笑，未置可否。

宫临济提醒松冈，夏侯舒城这笔钱来路清楚，去向不明，他要这些钱干什么？

松冈说，他是一个生意人，你把天下的钱都给他，他也不嫌多。

宫临济说，我听说他派人到南方买车床，难道他想办工厂不成？

松冈警觉了，眉头一皱，背着手踱了两圈，自言自语地说，这倒是个新情况。可是他办工厂，在哪里办呢？难道在地下？

宫临济说，说不定他跟天茱山有来往呢，如果真的是这样，可能就有大动作了。

松冈突然抬头，目光尖锐地看着宫临济，看得宫临济心里直发毛。看了一会儿，松冈说，宫君，你们都是“皇军”的盟友，要精诚团结，说话要有依据，互相拆台的事情少干。

宫临济说，太君……

松冈挥挥手说，这件事情到此为止，不要再说了。不过，你们可以秘密监视，明白吗？

宫临济顿时腰杆一挺说，明白，太君！

春节前后，武汉外围李宗仁的部队又同日军大战了一场。石原次郎向松冈催逼粮食的电报一封接着一封。松冈联队向武汉方向提供了两批将近四百万斤粮食，另有一批鸡鸭鱼肉和烟酒糖茶，受到了石原次郎的嘉勉。当然，松冈做这些事并不是为了受到嘉勉，他连升官的想法也没有。大日本帝国正在进行“东亚圣战”，松冈联队所做的一切，都是职责范围的事情。只是，在欣慰之余，又有很多事情让松冈心里非常不痛快。首先一个就是袭击日军士兵事件，近一个月来，在“亲善模范区”桃花坞和安丰、庐苏等地，不断出现狙击日军官兵事件，零星地打，成群结队也打；日军单独行动的时候打，同“皇协军”一起行动的时候还打。“皇军”是不怕死的，但是也被这种不明不白的类似恐怖行动的狙击搞得风声鹤唳，这实在是对“皇军”的极大伤害和戏弄，是可忍，孰不可忍？

不少“皇军”军官向松冈反映，是“皇协军”出了问题，因为“皇协军”在同“皇军”一起行动的时候总是安然无恙。

松冈并不轻信，对于中国兵法上的“用间”，松冈是有研究的。但是，松冈也不排除“皇协军”内部有抗日分子，不是全部，也不是部分，而是少数。因此松冈并没有对“皇协军”采取什么大动作，只是交代原信，暗中注意。

过了两天，又发生了一件事情，让松冈终于有点沉不住气了。“满洲国亲善团”团长、现任陆安州伪警察署长的董研石向松冈报告说，在江淮“皇协军一师，发现有不少官兵私藏中国抗日分子的传单，这些传单宣扬中国人不打中国人，日本鬼子是秋后蚂蚱蹦跶不了几天，号召“皇协军”官兵弃暗投明，回到爱国抗日战线上。

问题的严重性不在于传单是怎么说的，而在于许多“皇协军”官兵把抗日分子的“爱国证”藏了起来。也就是说，只要有机会，“皇协军”的官兵就可以凭着这些“爱国证”倒戈。这种行为潜在的危险是巨大的，松冈不能对此无动于衷。

四

春天是从淠水河里来到陆安州的。

冰床解冻了，空中就有鹭鸶盘旋而来，船帆也就出现在河面上。河岸绿了，岸边的人就多了。摩青塔下由青砖铺就的广场，现在也成了渔人和农人交易的市场，鱼虾莲藕，米面茶油，丝绸棉布，竹木桐漆，这里的东西还算丰富。即便是春荒季节，小城的居民还是按部就班地过着日子。

这一切，在松冈大佐的视野里都是赏心悦目的。日军进入陆安州已经大半年了，基本上实现了“王道乐土”建设的战略方针。原先担心的筹粮任务，基本上不是问题了。这里的景象再一次证明松冈大佐的怀柔政策是行之有效的。松冈有点庆幸，当初幸亏自己脑子清楚，向石原次郎将军提出了保持陆安州小城完整的建议，要是像征服南京那样把这里炸成一片废墟，粮食从何而来？倘若按照派遣军长官部那些赳赳武夫的愚蠢想法，拿枪炮去征粮，那“皇军”不知道要付出多大的代价。

春天来了，松冈大佐的脚步又出现在陆安州的青石路面上。他喜欢这种感觉，他甚至喜欢上了中国的长袍马褂和江淮布鞋。这种装束使他感到轻松，穿着这身简朴的装束走在陆安州的大街小巷里，他甚至有一种超然世外隐身田园的闲情逸致。

心情委实好极了。

这天在摩青塔下，松冈又看见了夏侯舒城。一如第一次在这里邂逅那样，夏侯舒城在塔下的广场上向远处眺望，神情凝重，若有所思。颀长的身躯在晨光的笼罩下，像是一个剪影。这情景让松冈心中产生了一种强烈的不安。松冈示意便衣后退，然后自己走近夏侯舒城，轻声问道，夏侯先生，你在看什么？

夏侯舒城连忙向松冈致意，掀掀礼帽说，我在看陆安州的春天。

松冈说，夏侯先生祖籍何处？

夏侯舒城说，世世代代的陆安州人。

松冈说，还记得我们第一次在这里见面的时候我说过的话吗？在这个美丽的小城，在这个美丽的时候，有两个人又在同一个美丽的地方相遇了。夏侯先生，半年之后我们以同样的方式在这里邂逅，夏侯先生如此深沉，不知正在作何感想？

夏侯舒城看了松冈一眼，没有马上回答，沉吟一会儿才说，松冈先生，你真的想知道我的感想？

松冈说，从国家的角度，我们是合作伙伴；从个人的角度，我们是朋友。朋友之间，知无不言言无不尽啊！

夏侯舒城说，那好，我就实话实说了。我在想，如果我这个市长不是松冈先生撮合的所谓“亲善政府”的市长，而是由中国政府委任的市长，那该有多么好。那时候，我会制定一个长期的规划，把这个地方建设成富庶之乡，把这座城市建设成一个美丽的花园。

松冈愕然问道，你是说，你对当“亲善政府”的市长感到不愉快？

夏侯舒城淡淡一笑说，松冈先生，恕我直言，如果是我们中国军队打进日本，由我而不是贵国政府来指定你担任某个市的市长，你会感到愉快吗？

松冈正在作微笑状的脸皮“刷”地一下绷紧了。夏侯舒城似乎并没有在意松冈的态度，继续说，在我们中国，你们委任的市长是不作数的。我在想，如果日本人离开中国，那么我该怎么办呢？

松冈克制了自己的暴怒，冷冷地盯着夏侯舒城说，夏侯先生，你难道没有想到，我们大日本皇国建立“大东亚共荣秩序”，是一件长治久安的事情吗？

夏侯舒城说，你松冈先生当然会这么想，但是我不能这么想。中国最终是中国人的中国，不可能由日本人来建立任何秩序。

松冈忍无可忍了，并且情不自禁地攥起了拳头，他极想朝夏侯舒城那张冷峻的、自以为是的脸上砸去。但最终，他把拳头松开了，只是恶狠狠地对夏侯舒城说，夏侯先生，你太过分了。你们中国人有一句话，叫作敬酒不吃吃罚酒，夏侯先生不会不解其意吧？

夏侯舒城平静地看着松冈，笑笑说，难道松冈先生不想听到真实的想法吗？如果我把这些话埋在心里，而把它变成另外一种东西，恐怕松冈先生就更不能接受了。

松冈怔了一下，目光长时间落在夏侯舒城的脸上，突然哈哈笑了起来——很好，夏侯先生不愧是君子，君子之交诚为贵。我理解夏侯先生。每当置身在这摩青塔下，凝视着这浩渺的河面，眺望着远处的云天，夏侯先生的心里一定涌动着某种情愫，前不见古人，后不见来者。念天地之悠悠，独怆然而涕下。

夏侯舒城淡淡一笑说，敝人乃商人，唯利是图而已。不过，国破山河在，城春草木深，感伤确实是有的。

松冈说，夏侯先生是商人不错，在为“皇军”服务的同时，也发了不少财啊。

夏侯舒城说，敝号是正经的实业。当了这个“亲善政府”的市长，使我不仅在国格、人格上有许多有口难辩的污点，连商德也受到了损害。可是松冈先生也认为敝人是借机发财，真是里外不是人啊！

松冈说，你误会了。我从来不认为夏侯先生有中饱私囊之嫌疑，即便确有其事，也是应该的。我想说的是，夏侯先生是有学问的商人，中国的读书人忧国忧民之心始终难以释怀，其实是很让我们日本人钦佩的。

夏侯舒城说，并非所有的读书人都是有志之士，而有志之士多是手无缚鸡之力之人，忧国忧民也不过是一腔幻想。不能改变国家民族的命运，也就只好退而求其次，改变自己的命运吧，这才是中国多数读书人的选择

松冈沉默了一阵，深沉地看了夏侯舒城一眼，笑笑说，每当和夏侯先生在一起，我总是有一种很奇怪的感觉，总是会产生很多联想，联想到一些特别的人物和事物，譬如煮酒论英雄……松冈不说了，目光却像两道绳索，始终套在夏侯舒城的脸上。

夏侯舒城双手仍然叠在胸前，目光投向远处。一只白鹭正从水面上掠过，犹如旋风，旋起几束浪花。白鹭忽高忽低，远去一只，又飞近一只，雪白的身躯在橘红色的阳光下面流金溢彩，画出了舞蹈般的彩练。

松冈看着没有表情、没有语言的夏侯舒城，终于也把自己的目光挪开，去看淠水河面的粼粼波光。

夏侯先生，陆安州的早晨真是美哉壮哉。

夏侯舒城扭过头来，迎着松冈的目光，笑笑。

松冈说，如果把陆安州比作一本书的话，那么，在这个城市里，真正能够读懂这本书的人并不多，也许夏侯先生应该是把这本书读得最透彻的人了。

夏侯舒城说，是啊，生于斯，长于斯，成于斯，或许还将败于斯。故土难离，家园难舍，我对这块土地至少比松冈先生熟知得多。

松冈说，我说的煮酒论英雄，就是这个意思。当然这并不是说我们两个有玄、孟二德之分，而在于对于陆安州这块土地的了解。因为我对陆安州也是熟知的，我阅读过地方志，走过大街小巷，同陆安州百姓数人攀谈。

夏侯舒城说，区别在于，松冈先生只是了解它的过去，而本人则对它的未来更感兴趣。

松冈说，那么，夏侯先生想象中的陆安州的未来是个什么样子呢？

夏侯舒城说，它首先应该是富庶的，秩序的，文明的。天空应该是明朗的，河水应该是清澈的，鲜花应该是盛开的，歌声应该是纯净的，陆安州的百姓应该是自由的。

松冈哈哈大笑说，夏侯先生果然是一个地道的陆安州人，对于陆安州的远

景有着诗意的遐想。

夏侯舒城似乎有点陶醉，朝松冈笑笑说，因为身上有一个市长的虚衔，所以难免产生一个市长的想法。松冈先生见笑，你看，敝人还假戏真做了。

松冈说，假戏真做比真戏假做要好。不过，夏侯先生的想法并非海市蜃楼，只要我们同心协力建立“大东亚共荣秩序”，夏侯先生所憧憬的诗意的陆安州，距离现实并不遥远。

夏侯舒城说，但愿如此。

松冈说，我想我的话夏侯先生已经听明白了，如果你想当一个名副其实的市长，你想按照你的美好愿望去建设一个富庶和文明的陆安州，那么前提就是建立“大东亚共荣秩序”，具体地说来就是要协助“皇军”完成一切神圣的任务，包括稳定民众和征集粮食。

夏侯舒城说，松冈先生的话我听明白了，我也一直是按照松冈先生的要求去做的。尽管我非常讨厌汉奸这个骂名，但是为了我的家业，也为了陆安州的百姓，我还是忍辱负重了。不知道松冈先生还有什么不满意的地方。

松冈说，最近一段时间，陆安州出现了不少怪事，一是“皇军”官兵屡屡惨遭杀害；二是天茱山的抗日武装不再袭击“皇协人员”；三是“皇协军”内不断出现抗日宣传品；四是“皇军”行动屡屡为城外的抗日部队掌握。

夏侯舒城背起手，微微上仰下巴说，当初敝人答应出任陆安州“亲善政府”市长，曾经同松冈先生有约，我这个市长只负责工商联络协调，至于政治和军事事宜，概不负责，松冈先生不会忘记吧？

松冈说，我没有追究夏侯先生的意思，而是讨教，有何良策？夏侯舒城说，如果松冈先生诚心问计，敝人也就以诚相待献上一计，很简单：杀！

松冈眯缝起眼睛看着夏侯舒城，杀谁？把“皇协军”都杀光？夏侯舒城说，如果我说把“皇协军”都杀光，松冈先生同意吗？松冈又问，那么杀谁？先杀宫临济？

夏侯舒城说，牵一发而动全身，这样的事松冈先生是不会干的。松冈说，那么先从“皇协军”的几个团长开刀如何？

夏侯舒城说，投鼠忌器，这样的事松冈先生同样是不会干的。松冈似笑非笑地说，那杀谁，夏侯先生不会提议先杀你们“亲善政府”的人吧？

夏侯舒城说，“亲善政府”徒有其名，杀之徒落一身血腥，留之尚且装点门面，松冈先生当然不会把惨淡经营的门面给砸了。

松冈说，那么，夏侯先生的意思是……从外面杀起？

夏侯舒城笑而不答。

松冈说，那么，天茱山地区的抗日武装有好几拨儿，何处下手是好啊？

夏侯舒城说，擒贼先擒王，既然动手，当然要拣危害最大的杀。

五

自从桃花坞住进了“皇协军”军官眷属，这个地方就变得异乎寻常地繁荣起来，每日方索瓦派出小船，运载眷属们在淠水河里观光游览。

兵荒马乱之年，这些军官眷属过的也是颠沛流离的日子，家里有个行武，福没享上多少，担惊受怕倒是日夜不离心口。这次被接到桃花坞，也算是开了眼界，这才知道外国的军官都有休假一说，还有军官眷属可以集中享福这一说。眷属们多数没有职业，在此成群结伙，可以串门拉呱，可以推牌九抽大烟，还可以游山玩水，倒也有点乐不思蜀的味道。

但有一条，方索瓦说了，为了老爷老太太夫人小姐少爷公子的安全，大家只能在桃花坞内活动，倘若进城下乡，得由桃花坞自卫团统一安排保障。

宫临济自幼丧母，只有老父一人跟随长兄生活，哪料想松冈老鬼子屁股眼儿一热，没找到宫临济的妻子儿女，就把老父亲接到桃花坞来了。老父亲是清末秀才，一肚子之乎者也。宫临济幼时，老秀才一心想让他金榜题名，无奈宫临济不是读书的料，见书脑袋就大，学了两年，一本《幼学琼林》还认不到一半。老秀才只好叹一声朽木不可雕也，随他个人喜好去了习武堂，学了一身杀人放火的本事。原听说儿子当了协统（旅长），还摇头晃脑地人前人后风光：大丈夫纵也天下，横也天下。男儿何不带吴钩，不破楼兰终不还……云云。

突然有一天，一伙人冲进家里，说是抗日军队的除奸队，缉拿汉奸眷属，老爷子这才回过神来，原来二儿子当了“皇协军”的师长。官是不小了，却是个给鬼听差的官。

老爷子一气之下，一口痰没上来就晕了过去，这口痰反而救了他一命。除奸的队伍一看老爷子当真蒙在鼓里，而且对儿子的汉奸行为深以为耻深恶痛绝——痰迷心窍就是证明——说明老人家爱国之心未泯，不仅没有伤他毫毛一根，反而肃然起敬。

除奸队临走的时候请宫临济的大哥转告老爷子，一人做事一人当，虽然宫临济卖国投敌，但我们不搞株连九族那一套。请老人家训诫宫临济，国难当头匹夫有责，身为六尺男儿中国军官，应该同倭寇浴血拼杀，不惜马革裹尸报效国家。贪生怕死，卖国求荣，充当民族败类，为虎作伥，前途只有一个，那就是死有余辜。

老爷子苏醒之后，宫老大把抗日除奸队的话跟老爷子转述了一遍，老爷子怔怔地看着门外阴沉沉的天，老泪纵横，嘴里念念有词，作孽啊作孽！我堂堂炎黄子孙，岂能做那践踏人格辱没祖宗丧尽天良的勾当？我儿速速回头，跟老父山中耕织，粗茶淡饭也不枉清白一生啊……

在鲁南和淮北相继失陷的日子里，老人每日坐在宫家圩子吊桥旁的大柳树下，向南眺望，向东眺望，向西眺望……那一天终于被他盼来了，一身戎装的儿子策马而来，滚鞍下马，给老父亲磕一个头，春风满面地秉告老父，儿子身在曹营心在汉，图谋驱倭报国之长久大计，现倭寇已除，儿功勋卓著，特来向老父报喜……他心头一惊一喜，双手拉起儿子，声泪俱下，儿啊，你总算回来了，总算没有辜负老父养育之恩，你没有当汉奸，没有给鬼子帮凶，你在抗日，在指挥千军万马横扫倭寇啊……是不是啊我的儿子？

儿子已是泣不成声，拉着老父的手说，是啊父亲，儿子是在抗日啊，儿子身经百战杀得鬼子丢盔卸甲。父亲您请放心吧，有儿子在，鬼子就不能在咱中国的土地上为所欲为。

他说那就好啊那就好。起来儿子，咱爷儿俩去宿阳城头走一遭，去淮河岸边遛一圈，为父的要让乡里乡亲们看看，我宫秀才的儿子是英雄好汉，不是你们传说的那样去当了汉奸，我的儿子是抗日驱倭的功臣，是国家栋梁干城。你们这些长舌妇饶舌汉，你们嚼蛆喷粪就不怕口齿生疮……

朦胧中，老汉当真拉着儿子走上了宿阳大街，走上了淮河岸边。淮河岸边风吹杨柳春光明媚，一轮热辣辣的太阳映照着波光粼粼的河水，莺飞草长，花卉摇曳，百姓载歌载舞，街坊敲锣打鼓，孩子们雀跃欢呼……这一切都是为了自己的儿子，那个驰骋沙场奔突驱倭的英雄……突然，老汉感到自己的手被抓紧了，扭过头去，他看见儿子的脸色苍白，正在这时，从远处传来雷鸣般的呼啸，黑压压的人群如同滚滚洪流汹涌而来。人们狂奔着呼喊着，打汉奸啊，别让汉奸跑了……他说儿子你别怕，你是抗日的大英雄啊。儿子说父亲你快放手吧，他们就是要抓我啊。他惊呆了，他说儿子难道你不是抗日驱倭的大英雄？儿子说，快救救我吧，我是汉奸师长宫临济啊，父亲你要是不救我，他们抓住我会把我碎尸万段的啊……

老汉在巨大的惊悸中醒来，泪水在满脸皱褶间爬行。

陆安州失陷之后不久，又有一伙人找到了宫家圩子，说是宫临济当了陆安州的大官，来接老父到陆安州吃香喝辣的享清福。

老爷子懵懵懂懂，不知道这个大官是哪家的大官，来人就含含糊糊地说，朝廷不是一个朝廷，军队不是一个军队，老人家年近古稀，已经到了国事家事不问事的年纪，管他呢！

老秀才身居乡村，不知道世事更替沧桑变化，再说儿子数年未归，究竟是人是鬼心中无数，横下一条心想，哪里黄土都埋人，这把年纪了，还怕他个甚？去看看也好。好了，老父就享他两年清福；孬了，一头撞死在儿子面前，给他个收尸的机会。不能为国尽忠，就让他为老父尽孝吧。

哪想到来到了桃花坞，竟是这样一副光景。一个大院子，装了三十多户人家，男男女女，老老少少，叽叽喳喳，犹如市井。这日子过得倒也有声有色，烟酒糖茶自然不缺，隔三差五还有戏班子前来犒劳。老少爷们吃酒品茶，谈古论今，三皇五帝，稗史轶闻。有人说话，心头的那点疑惑疙瘩也就暂时束之高阁了。这里是莫谈国事的地方，大家说话谈笑风生，却都忌讳提到汉奸两个字，因此耳朵眼儿里煞是清静，再也没有人辱骂他宫秀才养子不教父之过了。在这里老爷子眼睛里看到的是谦卑，耳朵里听到的是奉承。久而久之，也就心安理得了。物以类聚，聚则更类，要知道，在这个特殊的院子里，他有着至高无上的地位，尽管他知道这地位不那么光彩、不那么硬朗，但毕竟风光啊！

"皇协军"的军官来桃花坞休假，多是冲着老婆孩子来的。松冈联队驻屯陆安州之后，定了一个令"皇军"和"皇协军"均不满意的规矩，兔子不吃窝边草，无论是日本兵还是"皇协军"，一律不许在陆安州城内搞女人。这对于日本兵来说是个重大损失，对于"皇协军"来说更是一件不可忍受的事情。战乱中的男人对于女人有着精神和肉体的双重需求，生还的渴望和死亡的恐惧在女人的肚皮上都能得到短暂的缓解，女人的肚皮因此也就成了男人栖息的绝妙温床。在交易或者雇佣似的兵役或曰匪役制度下，军人们理所当然地要追求利益的最大化，而在诸多利益中，搞女人则可以看成是一种名列前茅的利益。这些军汉们比一般的男人更懂得女人的妙处，女人不仅可以充饥，也可以取暖，还可以像罂粟那样让人暂时忘却人间的苦难。女人是粮食，是泉水，也是灵丹妙药。而松冈这个人面兽心的家伙，居然不让大家搞女人，这比砸掉“皇协军”军官们的饭碗还要让他们伤心难受。好在有了个“归园”，明明知道松冈不怀好意，但是这话没法往明处说，毕竟女人们来了，多少也是个安慰。

宫临济是个有妻室的人，但是连宫秀才都说不清楚他的儿媳妇现在在哪里，他只在儿子大婚的时候见过那位儿媳妇一面，后来儿子在鲁南占了一套宅院，儿媳妇自从搬到那里，老爷子再也没有见到过。这次兴师动众地把“皇协军”眷属动员到桃花坞，老爷子之所以没有强烈反抗，还有一层心思起了作用，那就是来见见儿媳孙子，哪怕儿子附逆，老子也可含饴弄孙啊。可没想到，儿媳妇和孙子竟然没有来，据说早在宫临济决定投降日军的时候，就把老婆孩子送到了江苏娘家去了。另有两个小老婆，一个遣散了，一个被秘密安置在“皇协军”师部里。

自从宫秀才被接到桃花坞，宫临济也来探视老父两次，每次来都是前呼后拥，马弁卫兵一群，吃饭自有这个团长的婆娘来请，那个团副来陪，门庭若市熙熙攘攘，闹得老秀才都不知道这红火是真红火还是假红火，只得端出老太爷的架子，应酬敷衍，渐渐地真有点像侯门员外了。只在人去楼空之时，院中置两把竹椅，一壶新茶袅袅飘香，父子相对，除了喝茶，话题不多。老子想劝儿子，附逆路短，回头是岸。儿子则是长吁短叹，反问老子，这年头哪条路又是通衢大道？这话反而让老父语塞。老父说，说一千，道一万，卖国的事情千万不能干。儿子说，父亲有所不知，儿子从戎二十年来，能够活到今天，能够有此富贵，全凭着四个字，保存实力。有实力，你想跟谁走就跟谁走，想当英雄就当英雄，想当狗熊就当狗熊。这个乱世，弱肉强食，没有实力，你光有一条命，不光当不了英雄，连狗熊都当不上，那条命连条狗都不如。

老秀才半天作声不得。儿子的话不是道理，但也不完全没有道理。就说当汉奸吧，有大汉奸，有小汉奸，有耀武扬威的汉奸，有衣食无着的汉奸，有吃里爬外的汉奸，也有朝三暮四的汉奸。老百姓说，手里有粮心里不慌，当兵的说，手里有枪吃遍天下。不管当什么，打铁还得自身硬啊！

儿子说，成则为王败则寇，好汉不吃眼前亏，识时务者为俊杰，见势不妙拔腿跑。我们这支队伍，吃的是千家粮，穿的是百家衣，打的是胡乱仗，靠的是心眼儿活。有奶便是娘，有枪就是草头王。话糙理不糙，这些都是弟兄们从死人堆里熬炼出来的道道。老话说靠山吃山靠水吃水，我们这些杂牌军靠枪吃枪。我好不容易有了这三千人马，你让我去跟鬼子拼命，那我当然不会干。你看中央军，齐装满员的新式部队，一打起来照样逃之夭夭，跑得慢的两腿一软，白旗就举起来了。我这个杂牌部队为什么要充那个大头？把我的部队打光了，你的儿子就是囫囵活下来了，也不过是个叫花子，还不如躲在太阳旗下，今日有酒今日醉，好日子过一天算一天。

老秀才说，吾儿所言虽谬，也是不得已而为之。老父也讲一句老话：留得青山在，不怕没柴烧。吾儿暂时附逆，也是暂栖虎穴，历来与虎为伴图谋报国者不乏其人，大业竟成更显其赤胆忠心。黄盖巧施苦肉计，孔明借风烧战船；关公不幸落难时，身在曹营心在汉；貂蝉从贼为杀贼，苏武牧羊闻羌笛……老秀才渐入佳境，说着说着就摇头晃脑，似乎自己的儿子当真是剑胆琴心大智大勇的抗日分子，热泪滚滚也像是为自己和自己的祖宗所感动。

这个时候，宫临济既不说是，也不说不是。是与不是，不是这个迂腐老父所能料定的。杂牌军的生存之道就是见风使舵，躲过惊涛骇浪和旋涡暗礁，大船才敢扯满风帆。这些诀窍，跟老父这样的穷酸秀才是说不清楚的。

六

宫老秀才住在桃花坞，谈不上安逸也谈不上造孽。树老皮多，人老愁多，天下大事值得一愁，鸡零狗碎也值得一愁。但人老了也有老的好处，可以不负责任，可以装聋作哑。人老了难免糊涂，即便不糊涂了，需要糊涂的时候也可以假装糊涂，装起来浑然天成。

但宫老秀才眼花耳不聋，老人家不是个糊涂人，前呼后拥也好，毕恭毕敬也罢，老人家心里一本清账，这都是儿子当了汉奸师长的结果。师长是个多大的官，老爷子不甚了了。老爷子只知道，儿子的这个师长是日本人封的，是给日本鬼子跑腿的干活。这样的师长当一天享一天福是不错，当一天也加一天罪孽，没准哪天抗日部队来了，真的把儿子五马分尸，老爷子那就不知道该如何是好了，是跟那些抗日分子拼上老命，还是眼睁睁地看着他们车裂儿子？老人家常做噩梦，梦里醒来，次日一天都是惊魂不定。

方家老爷方蕴初的墓地坐落在桃花坞东头的长冈山南坡上，坐北向南，前面是浩浩淼淼的淠水河，背后是长冈山峰，东边是一尊古塔，山脉连接小蜀山，西边是一片茂密的树林，苍松翠柏呈弧形环绕墓后和两侧，像一把绿色的太师椅，圆顶石墓犹如安放在太师椅中，颇有瞻前顾后吞吐山河之雄浑气势。宫老秀才既不喜欢同女人们插科打诨，也不屑于同“归园”的老头子和老太太推牌九吸水烟。宫老秀才喜欢方蕴初的这块墓地。

第一次到这里来，宫老秀才的第一个感觉就是羡慕。他一眼就看出来了，这绝对是一块风水宝地，前无遮拦，活水坦荡；后有依傍，根基牢固；左右皆有拱卫，草木葳蕤，生机勃勃；顶上天高云淡艳阳高照。这委实是一个好地方，别说给死人享用，就是活人住在这里，也无异于人间仙境。

宫老秀才好生羡慕躺在石墓里的方蕴初。作为一个乡村秀才，宫老秀才不理解方蕴初当年怎么就和法国人狼狈为奸，怎么就在火轮船上挂起了法国国旗，怎么就靠这法国国旗当了尚方宝剑，把生意做得日龙日虎的。宫老秀才更不理解的是，这个有钱人怎么能在弥留之际交代后人当汉奸挂日本国旗。要说年轻人不知深浅尚且情有可原，可是一个行将就木的老人，怎么能做出这样有损人格和国格的事情呢？方蕴初的墓修得很气派，这让同样身为汉奸之父的宫老秀才从中得到些许安慰——谁说当汉奸不得好死？像方蕴初这样的著名汉奸都能享受这样的好墓地。看来人生无常，盛衰枯荣确实难以预料。当然，宫老秀才也知道方蕴初的墓地经常被人扔些臭袜子烂鱼头的事情，心里就难免冷飕飕的，揣摩方蕴初如果九泉有知，不知何以面对。

墓地经过了一个秋天，又经过了一个冬天，冰雪消融，四周的青草开始泛绿，白天细碎的花朵星星点点簇拥着石墓，夜晚天上的繁星注视着石墓，这让宫老秀才心里涌出许多感慨，“王师北定中原日，家祭无忘告乃翁”的诗句也常常在老爷子的心头闪现。宫老秀才百感交集，真不知道生死之间到底有没有一条通道，死去的人到底有没有灵魂，冥冥之中是否也在为乱世的离愁别绪而感慨。“死后元知万事空，但悲不见九州同”。可是，人死了，还能悲得起来吗？

一个细雨霏霏的清晨，天还没有完全亮透，宫老秀才照例到方蕴初的墓地，来同这位不曾谋面的亡者会晤。他觉得他和这位亡者的命运有许多相似之处，从一定意义上讲，他们是同病相怜，只不过他还有改变命运的机会，而这位长眠地下的老哥儿们，已经无可挽回地被钉在历史的耻辱柱上了。

就在那个清晨，他意外地发现了墓地上多出了一个人。此人头戴礼帽，身穿青灰色长袍，背对着上山的路，宽阔的脊背梁一动不动，如雕像一般。

他是在凭吊那个死去的汉奸吗？

宫老秀才停住了上山的步子，心里有些发怵。他想不明白是谁会在天亮之前赶到这里，来看望一个遗臭万年的汉奸。也许，他是来扔臭袜子烂鱼头的？显然不是。那个人伫立在墓前，看来已经很长时间了，他的背上有被露水打湿的痕迹，他站立的样子，虔诚而又庄重。他无语的身躯似乎正在吟诵一篇祷文。后来宫老秀才走近了，他看见了那个人的脸，那是一张清癯的面孔，微微眯缝着眼睛，看不到他的内心深处。他的下巴略微突出，显得冷峻而又漠然。他也看见了宫老秀才，缓缓地把目光转移过来，疑问地投向宫老秀才。

敢问先生，是方家的亲戚吗？宫老秀才向那人哈了哈腰。

那人没有回答，向宫老秀才掀了掀礼帽，算是致意。他的目光又落在墓地右侧那块高大的石碑上：

富甲一方恩泽一方辉映江淮流芳千古

深明大义远见卓识王道乐土锦上添花

字写得太差，据说是松冈的手迹。宫老秀才讨好地看着那人说。那人淡淡一笑，未置可否。

对仗也不甚工整，牵强附会，堆砌斧凿。宫老秀才又说。

那人朝宫老秀才点点头说，看来老先生国学功底深厚，说得是啊！

请教先生，为何夜行拂晓来看一个人人唾骂之人？

那人神情凝重地说，松冈大佐的这副挽联，上联句句属实。至于下联嘛，那就是松冈先生的一厢情愿了。

宫老秀才诧异地看着那人，怎么，难道方先生他……不是汉奸？

那人断然说，为日本鬼子效劳，自然就是汉奸了。然后转身，向墓地掀了掀礼帽说道，方老先生，你当真死心塌地为日本鬼子效劳？

墓地无语。

宫老秀才好生纳闷，拄着拐杖看着那人，不再说话。

那人说，我在童年的时候就听说桃花坞有个方大善人，用恩泽一方来概括实不为过。这样一个连走路都怕踩死蚂蚁的人，面对日本人的枪炮刺刀，你让他怎么办？登高一呼，让手无寸铁的百姓同日本人殊死一搏？倘若真的那样，令郎宫临济那样的军人岂不无地自容羞愧跳河？

宫老秀才吃了一惊，捋起袖子擦擦老眼，看着那人问道，你是什么人，何以得知老夫犬子？

那人平静地说，老人家不必惊慌，本人和令郎一样，都是被人称作汉奸的人。

宫老秀才木了一会儿，问道，如此说来，先生认为方老先生之死，死得其所？

那人说，方老先生不得已出此下策，意在拯救桃花坞无辜百姓于倒悬，良苦用心也是日月可鉴。他那个汉奸，有其名而无其实啊！

宫老秀才看着那人，向前走了一步，苍老的眼睛突然亮了一下，似乎很信赖地看着那人说，请问先生，你的意思是不是说，汉奸也有是非之分？

那人说，浊者自浊清自清。汉奸就是汉奸，大家都是一样的，没有是非之分。但是，汉奸的路是不同的。

宫老秀才眼巴巴地看着那人说，请先生赐教。

那人说，有人踏上汉奸路，也就踏上了不归路，有人错上汉奸路，只要不断后路，就有退路。君不见，自古卖国下场悲，卖国哪能卖出好价钱呢？国家都没有了，仰人鼻息，就只能任人宰割了。

宫老秀才愣住了，愣了许久，才颤巍巍地向那人张了张手臂，问道，先生之言，如醍醐灌顶，老夫铭记心中，以此训诫犬子。敢问先生，像犬子这样的迷路人，是否还有归路？

那人说，成也萧何，败也萧何，成败得失，但凭萧何。

说完，那人向宫老秀才掀掀礼帽说，新的一天又来了，对不起老人家，失陪了。

说完，拱手而去。

七

江淮“皇协军”二团团长常相知有一天终于想起来他为什么老是看着夏侯舒城面熟了。

在前年的枣儿庄战役中，由于守军师长石得法畏敌，作战不力，麒麟河阵地失守，造成全线被动。为了严肃军纪、建立死战决心，战地一名沈姓少将执法官带着督战队，抱着机关枪，四处追缉石得法。石得法恐慌至极，最后逃入李宇煌官邸，李夫人也出面说情。但姓沈的执法官绝不通融，率领督战队将李宇煌官邸包围起来，架起了机关枪，声称不将石得法绳之以法，绝不离开。后来李宇煌只好亲自出面劝解，向姓沈的讲了许多好话，说石得法放弃麒麟河阵地固然失职，却也是因为日军攻势太猛，若不撤退，将全军覆没，实乃不得已而为之。姓沈的执法官余怒未消，手擎一把大刀喝道，身为国军将校，危难之际，应与阵地共存亡。长官赋予我战地执法之责任，今遇临阵脱逃者，正可以石得法之血祭我执法之器，长官姑息养奸，既然不能斩杀石得法，沈某失职，无颜人间，以死谢罪！

那时候常相知还没有投降日本人，还在李宇煌的部队里当营长，当时也在李宇煌官邸外围。他亲眼看见了那位沈姓执法官把一柄战刀横向自己的脖颈处，是李长官亲自扑上去夺下了沈姓执法官的战刀，并喝令卫兵扭住沈姓执法官。扭斗中姓沈的大呼，人人苟且，国家安在！石得法不死，勇者无楷模，懦者无顾忌，官无借鉴，军无斗志！今不除之，沈某难消心头大恨！说完，又拔出佩剑，刺向自己的喉咙。卫兵再次同执法官扭成一团。

最后李长官只好皱着眉头向执法官表态，打完枣儿庄战役，一定把石得法交出来，执法官这才悻悻住手。

那天动静很大，石得法的残兵败将虽然在李长官的官邸附近，仍如惊弓之鸟，常相知只是远远地看到了这一幕。因为此后不久常相知等人就投降了日军，至于石得法到底有没有伏法，那位执法官到底有没有追究到底，常相知就不得而知了。

常相知终于明白自己在疑惑什么了。他越来越觉得，日本人扶植起来的汉奸市长夏侯舒城很像当年那位战地执法官。每每想到这里，不禁冷汗潸然。一种可能是，连执法官那样坚决抗日的人都成了日军的鹰犬，那么，这个国家还有救吗？第二种可能是执法官隐蔽了身份，打进了日酋身边。果真如此，陆安州势必就埋下了一颗巨大的炸弹，不知道什么时候会炸坍半壁河山。

常相知觉得夏侯舒城像那个姓沈的执法官，主要是从身材形状上的大致判断，因为姓沈的追缉石得法那天，常相知并没有近距离地观察，而是远远地见过他的身影，从他的身上感受到一种凛然的正气。他甚至连执法官的脸部都没有看清，但是几年来他的脑子里却始终储存着一双眼睛，那目光深沉、锐利、坚硬，有很强的穿透力和杀伤力。

这以后，常相知开始留意夏侯舒城了，譬如到模范区桃花坞参观的时候，或者松冈组织鬼子和“皇协人员”一起行动的时候。

自从把“皇协军”团以上军官的眷属“保护”在桃花坞之后，常相知也经常到桃花坞去，他的父母和妻子都在那里。父母都是老实巴交的乡下人，如今过起了被人照顾的日子，使唤起了丫环佣人，却又诚惶诚恐。父亲读过两年私塾，明白一些事理，常常告诫常相知，覆巢之下，安有完卵？卖国求荣的事情不能干，日本人在中国长不了，做事不能做绝了。这些话听着刺耳，但是越刺耳也就越能触到常相知的痛处。常相知说，我何尝不知道当汉奸没有好下场，可依眼下情形，斗不过日本人，也只能顺其自然。老父听了，每每不语，眼睛里却闪烁着惶惑神情。

常相知的妻子宫钰梅是宫临济的堂妹，出身苏北书香门第，识文断字，知书达理。她也常常劝常相知，不能跟鬼子一条黑道走到底，遭人唾骂，生不如死。常相知每来到桃花坞一次，也就增加了一分惶恐，天伦之乐没有多少乐头，反而搞得心乱如麻。这个汉奸是越来越难当了。可是如果马上反正，他又找不到出路，不知道像他这样的汉奸军官最后到底是个什么下场。

不久，“皇协军”部队里传出各种传说，说松冈大佐为了防止“皇协军”兵变，已经作出一个名称为“网雀”的计划，军官们分析，这是取意于“螳螂捕蝉，黄雀在后”，显然是要层层防范“皇协军”了。同时，在基层官兵中，越来越多的人手里有了抗日的宣传品。那篇署名“陆安州人”的《告陆安州抗日军民书》，更是不胫而走——

封建之朝廷，腐败之政府，专制之军阀，卖国之蠹虫，都将成为过眼烟云。而国家永存，民族永存，家园永存，人民永存。我陆安州中央军部队，新四军部队和一切地方武装部队，也包括栖身在日寇魔窟里的伪职武装，无论政见如何分野，无论过去多少前嫌，无论当前几许困苦，应谨记炎黄子孙中华民族之第一身份，精诚团结，一致对外，共赴国难，抵御倭寇。我陆安州全体民众和抗日武装团结一心之日，即是日军松冈联队覆灭之时……

这些油印的宣传品就像安了翅膀，在“皇协军”部队的各个角落里飞来飞去。宫临济心惊肉跳，一筹莫展。搜吧，不敢明目张胆地搜，日本人的各种“亲善”组织和形形色色的“亲善人员”就像鱼网的网坠隐蔽在营区，那些鹰隼一样的眼睛和猎犬一样的鼻子正在亢奋地四处搜寻。如果“皇协军”自己查了，则正中其下怀，给他们以口实，他们就能趁机把“皇协军”翻个底儿朝天。不查吧，这些宣传品极有煽动力，有些士兵和基层军官不仅收藏传播，而且转抄复制，如果任其泛滥，后果不堪设想。

为此，宫临济专门召集营长以上军官开了一个绝密的会议，专门研究对付抗日宣传品的问题。大家七嘴八舌，意见很不一致。有的认为既然已经投降，就应该向日本人示忠，否则爹不养娘不抱，前途凶险；有的认为人心难收，不如睁一只眼闭一只眼，顺其自然，不要激怒基层官兵，给自己留条后路；有的认为眷属多在日本人手中，凡事还得看日本人脸色，现在军营大量流行抗日宣传品，这件事情倘若被松冈大佐和原信少佐知道了，凶多吉少；有的认为，不如自行解决，抓住复制和传播宣传品的骨干分子，交给日军处置，以争取主动，等等。

这个会开了一个上午，众说纷纭，各有各的道理，开到最后也没有开出个结果。宫临济现在已经感到，他的这支队伍已经面临一个非常棘手的现实，那就是人心散了。这是过去很少遇到的问题，想当初拉队伍的时候，何其艰难，只要有口饭吃，有裤子穿，就能把弟兄们招呼到一起，当官的说跟谁打就跟谁打。现在不光有饭吃，还有肉吃，不光有裤子穿，还有褂子穿，可是弟兄们也比过去动脑筋了。毕竟，当汉奸跟当军阀还是不一样的。宫临济掂来掂去，最后还是决定把这件事情捂住不说，采取内紧外松的办法，暗中控制，表面则不见波澜。但是宫临济又说了，如果有可靠的投奔对象，可以采取分期分批的办法，将部队陆续拉走一部分，在彼处稳住阵脚之后，再图大计。

因为这个绝密会是在农历二月二十七日开的，所以后来日军宪兵大队在对“皇协军”秘密调查的时候，就把这次会议命名为“二二七会议”，作为“皇协军”哗变的最早源头。

第六章

一

河田大尉蹲在月亮岭西边的冈峦上，擎着望远镜向六百米以外的一座山岭作梳篦式搜索。中午的阳光很亮，从树林里溅出幻影般的光晕，使视野扑朔迷离，给观察带来了一些不便。

河田这次带特别小分队潜入中间地带，是执行一项绝密的任务。

最近一段时间，陆安州内有一股说不清道不明的暗流，让松冈大佐坐卧不安。一会儿是日军官兵被刺，一会儿是“皇协军”内出现逃兵，一会儿抗日宣传品《阵线报》和《告陆安州抗日军民书》出现在驻屯军司令部的大门口，一会儿在涢水河岸的某个树根下发现了“满洲国”“亲善团”成员的脑袋。到了上个月，陆安州驻屯军征集的四百万斤粮食，在向武汉前线秘密运送途中被劫走，日军和“皇协军”共有一百多人丧生。

有时候松冈会登上城南的摩青塔，远眺西北方向的天茱山。那里苍岭莽莽，一溜黛色的山脊线在天幕下画出了嶙峋的轮廓，暮色苍茫中，烟云朦胧。在松冈的视野里，那往往是升腾的杀气，在白昼的掩盖下，向四周，向陆安州城内咄咄逼近。

现在，松冈对于自己一手策划的“亲善”工作又开始信心不足了。他利用了中国人，怎么就能确保中国人不在利用他呢？卧榻之侧，岂容他人酣睡。这是中国人的思维，他一个日本军官都明白的道理，中国人又怎能不明白？

松冈向原信和董砑石等人布置，近期就搞一次模拟作战，对“皇协军”军官进行心理测试。

然而这项工作还没有展开，一个更让人心惊肉跳的事情发生了。

近日，日军江淮派遣军谍报机关获悉一份绝密情报。去年秋天，国军苏鲁皖战区委任的陆安州行政公署专员兼警备司令沈轩辕，并非如当时情报显示的那样，在赴任途中毙命。而是已然潜入陆安州境内，站稳了脚跟，伺机进行破坏活动。此人很有可能就潜藏在陆安州城区，甚至就在松冈身边。

这份情报让松冈惊出一身冷汗。

松冈并不怀疑这份情报的可信程度。事实上松冈对于当初沈轩辕已被击毙的情报倒是一直存疑，只不过随着陆安州“亲善怀柔”工作的成功进行，粮食征集任务的顺利完成，内心的担忧被表面的繁荣暂时冲淡了。这份情报出现之后，松冈闭门不出，连原信都没有通气，独自苦思冥想。他想把自己的脑子清理一下，首先让自己的直感发挥作用。

松冈把周围的中国人全都放在脑海里过了一遍，首先认为，最值得怀疑的就是夏侯舒城。每每想起夏侯舒城，松冈就不禁想到了古井坊议事堂那个面壁的矮机，想象夏侯舒城盘腿坐在那个矮机上，面对一面空空如也的墙壁，长时间一动不动、一副入定的样子。那是一只沉默的狮子，一只蓄势待发的卧虎。松冈并不认为那面墙上一无所有。对于寻常的人来说，那的确是一面只有岁月痕迹的空墙。但是，只要坐在它面前的是一个爱国者，那面墙壁就是锦绣河山；只要坐在它面前的是一个有志之士，那面墙壁就是黄钟大吕；只要坐在它面前的是一位将军，那面墙壁就是千军万马和战略态势。

这天上午，松冈越揣摩，越觉得夏侯舒城就是所谓的沈轩辕，他差点儿就传令原信去捉拿夏侯舒城了。但是到了中午，松冈对自己说，且慢，不能轻举妄动，不能犯了疑邻盗斧的错误。后来松冈稳住了自己，决定再分析分析别人看看。

松冈第二个怀疑的是方索瓦，因为方索瓦同夏侯舒城一样，尽管来历说得清楚，但是离家若干年后突然出现，这若干年里有许多说不清楚的空隙。但是他很快就把方索瓦排除了，不仅因为有方索瓦父亲的遗言，而是因为方索瓦那句堪称经典的、从而为许多“皇协”人员引为行为依据的话——苛政猛于虎，天下一盘沙。这是一个抗日分子所不可能得出的、也不可能说出口的至理名言。

那么接下来就该是董矸石了。松冈很快就把董矸石排除在外了，因为董矸石是从“满洲国”过来的，在攻枣儿庄的时候就作为“亲善团团长”跟随松冈联队行动，表现也十分卖力。

在思路触到宫临济的时候，松冈觉得可能性不大，因为宫临济是在攻破淮北宿阳之后、攻打陆安州之前被“皇军”收编的，在时间上较之国民党苏鲁皖战区的任命较早，而且此人卑琐，根本看不出肩负重任的气质，松冈从心眼儿里看不起他。

但是，松冈的脑子里突然划过一道闪电——也许，也许这一切都是伪装，中国人的伪装伎俩是日本人难望项背的。既然是受命于危难之中，必然有过人的毅力和伪装的功夫。想想吧，为了隐瞒身份，他不惜装疯卖傻，居然说“日本的李白这个”，居然向“日本的李白”举大拇指，居然把中国的李白比划成小拇指，难道他真的不知道李白是怎么回事？那是不可能的。知道了为什么还要闹出那样的笑话？只能是一个解释，那就是装傻，麻痹“皇军”的神经，让“皇军”轻视他，从而转移注意力。再有，为什么最近“皇军”老是遭到狙击而“皇协军”皮毛无损？表面上看，这很像是抗日武装搞的“反间计”，可是话又说回来了，谁能担保这个“反间计”就不是宫临济搞的？他故意把屎盆子往自己脑袋上扣，然后可怜巴巴地向“皇军”喊冤，让“皇军”轻而易举地就识破这是抗日分子的反间计，从而增加对他的信任。还有，就算他在攻打陆安州之前就被“皇军”收编了，但是谁能担保那不是在此之前下的功夫？中国人的渗透工作往往是未雨绸缪，而且极其隐蔽，哪能说临时抱佛脚呢？

最大的可能，往往就隐藏在看似不可能之中。在战争学里，这是一个不容忽视的规律。

这天直到下午，松冈的直感还是不能确定。最后脑子就有点乱了，看谁像，谁就像；看谁不像，谁就不像；说像，就有像的理由；说不像，又有不像的依据。但是这次过滤，又使松冈坚定了一个决心，那就是这些人不管是不是沈轩辕，反正都有疑点，待“皇军”完成征粮任务之后，除了再次被证明、或者被江淮派遣军确认的可靠之人，其余的可以全部解决掉。松冈决定早作准备。在这个问题上，松冈信奉“宁可错杀一千，绝不放掉一个”的原则。但是，眼下他不能这样做。尽管他们不可信，但是他仍然需要他们维持表面的稳定，因为他需要他们搞粮食。粮食啊粮食，让松冈大佐错过了多少杀人的机会啊！

到了晚上，松冈的思路豁然开朗，他突然觉得自己很可笑，也很可悲——为什么老是把眼光盯在身边这些中国人的身上呢？那个姓沈的分明是来指挥陆安州抗日武装的，没有绝对可靠的通道，他是不会主动到你身边活动的。无论如何，敌对双方司令官天天照面，破绽难免，他恐怕不至于那么愚蠢吧，抑或说不会那么大智大勇吧？有很大可能他已经进入天茱山了，在那里指点江山。

晚上，松冈传令原信来见，向他出示了江淮派遣军的情报，然后问原信有何高见。原信说，这个人如果在天茱山，那我们就没有办法了。如果在陆安州城内，也不一定在身边。但是有一件事情可以做，那就是全面监视。

松冈说，千万小心，不露痕迹，以免打草惊蛇，逼虎伤人。

原信说，哈依！

此后不久，大约过了半个月，江淮派遣军又发来一份情报，声称在天茱山腹地的原始老林里，发现了一个军事基地，至少集结了一千人的精锐武装，而且很有可能是训练特殊军事人员，这支秘密武装的用途不明。派遣军长官石原次郎对此非常震惊，命令松冈迅速派人查清，解除心头大患。

松冈和原信一致认为，如果这个情报属实，那么必定是沈轩辕在此厉兵秣马，其屯师练兵的最终目的，只能解释是对付松冈联队了。

河田大尉就是在这样的背景下率领小分队进入天茱山的，任务性质十分明确：猎捕沈轩辕。

二

二等兵岩下感到自己实在很不走运。他已经是三十多岁的人了，对生活已经有了比较深刻的认识。他的那个铁器厂开得正红火，小日子过得正舒坦，呼啦一下卢沟桥打响了，呼啦一下关东军南下了，呼啦一下兵力需要补充了。第一年他的弟弟就在中国战死了，还没等他回过神来，就来了一张命令，通知他到千叶蒿兵役站报到。没办法，他只能关闭铁器厂，遣散工人，告别妻子千代叶子，丢下正在读书的一对儿女，一肚皮牢骚又一脸庄严地登上了军舰。军舰先是把他们送到中国东北，在那里训练了三个月，然后就分配到了松冈联队丰泽大队，一路上打打杀杀地来到了江淮。

作为一个富有生活经验而严重缺乏作战经验的上了年纪的新兵，岩下并不清楚天皇陛下为什么要跟中国打仗，说实话，他对天皇没有什么印象，甚至没有什么好感。因为他听说大正天皇是个弱智，昭和天皇是个招牌，真正主张打仗的是那些军队的高层，他们利用天皇的威力约束人心。

从心里讲岩下不相信天皇真有天照大神的威力，如果是那样的话，也就用不着他们这些士兵背着行囊魂不守舍地来打仗了。天皇说句话就可以把中国灭了，那不就什么都解决了？还用得着在这里夹着大小便连续埋伏几个昼夜吗？但是，嘀咕归嘀咕，他还是不敢说出来。不仅是有人在身边的时候不敢说，就是一个人独处的时候他也不敢说。因为军队里流传天皇是“现人神”的说法，是活在人间的神仙，无所不知，无所不在，无所不至，无所不能。既然他不能确定天皇的神力是真的，当然也就不能确定天皇的神力是假的，还是少说为妙。因为天皇太伟大了，所以士兵就太渺小了，渺小到就连生命也无足轻重的地步，随时可以奉献出去。

岩下不知道河田大尉和松井中尉在望远镜里都看到了些什么，对此他同样不感兴趣。他不希望河田大尉看到他要看到的东西，因为那就意味着他们又要行动，又要猫着腰拎着枪去冒险，搞得不好就会踩上地雷，轻者断腿，重则丧命。无论是断腿还是丧命，都是岩下极其不情愿的。虽然说铁器厂暂时关闭了，但是只要能活着回去，还可以重新开张，红红的炉火会把日子映照得热气腾腾，千代叶子还会一如既往地把床铺焐得暖暖的。

那可真是个好女人啊，她的眼睛是那样的明亮，她说话的声音是那样柔和，她的皮肤是那样的白嫩。在家同千代叶子睡在一起的时候，在他被幸福的海洋包围的时候，在她发出美妙的呻吟的时候，哪里还有什么天皇啊？她的温热柔软的肚皮就是他的祖国，她就是他的天皇。他不知道为什么要为天皇效忠，这种效忠对于一个铁器店的老板有什么实际意义。但他宁肯为千代叶子效忠，因为她让他觉得生活实在，觉得生命有意义，觉得炉火边榻榻米上的日子充满了阳光。

他不想在这里像贼一样的窝藏，他更不想去跟那些压根儿不认识、跟他一点关系也没有的敌人作战。他估计他的敌人也都是他这个年龄上下的人，他们也希望吃上好的食物，娶上好的女人。夜里，他们应该呆在自己女人的身边而不是在这里挨蚊虫叮咬。

岩下二等兵，胡思乱想什么？

身边传来一声严肃的喝问。声音来自下士官荒木冈原。岩下头皮一麻，“刷”地一声从地上弹起，笔直站立，瞪眼挺胸——曹长阁下，二等兵岩下没有胡思乱想。

混蛋！蹲下！

是，蹲下！

岩下蹲下了，调动起全部精力集中在眼睛上，向远处作眺望状。其实他什么也看不见，现在已经是午后了，太阳从正面斜着落下来，灼得眼睛生疼。

荒木冈原猫着腰向岩下挨过来，伸手甩了他一个嘴巴，厉声命令：摘下钢盔，看不见太阳反光吗？难道你想暴露目标吗？

岩下费了很大的劲才把钢盔摘掉，露出头发稀疏的头顶，精瘦的脸部也从阴影下袒露出来，门牙显得更加突出。岩下的样子确实不好看，荒木冈原之所以特别厌恶他，大约与他的丑陋长相也有关系。荒木冈原曾经气愤地说过，哪里像皇国皇民的样子，简直就是一只饿了半年的猴子，有损“皇军”体面。

荒木冈原是一个性情暴戾的曹长，打起仗来很凶猛，军事技术过硬，打过很多恶仗没有死掉，因此对天皇更加忠心耿耿。他把他历经恶战而安然无恙归功于天皇的庇佑，他要求手下的士兵像他一样临战毫无怯意，如入无人之境地向前冲锋——混蛋，跟着我，跟着我，天皇陛下在看着我们哪！向前向前，为着天皇陛下，冲啊！这是荒木冈原在战斗中经常呐喊的口号。

对于荒木冈原，岩下有一种说不出的敬畏。荒木冈原不愧是皇国优秀的士兵。荒木冈原似乎很少想个人的事情，尽管他才是一个下士官，但是他认为他的每一个行动都是秉承天皇的旨意，为了实现东亚共荣的远大目标。

去年八月，“皇军”打下陆安州之后，许多官兵涌到街面上抢东西捉女人，荒木冈原的班也出动了。但是荒木冈原只允许他们搬运对于作战有用的军事物资，对于银圆和烟酒一概抛弃，更不用说女人了。岩下对荒木冈原的举动感到不能理解。“皇军”出国作战，时日已久，背井离乡，在异国的土地上，死亡随时降临，今天正行走的活人便有可能是明天的尸体。士兵们都很饥渴，拼命地吃，拼命地喝，有了好东西拼命地用。对于女人，更是争先恐后，甚至到了不管肥瘦大小的地步。

在占领陆安州之后，大队长丰泽少佐为了显示天皇的恩惠和战争的好处，犒劳士兵，不顾松冈大佐的禁令，悄悄地给部队轮流放了三天假，分批到陆安州外围镇埠狂欢。狂欢的主要内容就是搞女人，“又搞了一个”和“又搞了一次”成了心灵的最大的安慰。通过搞女人实现自己的人生价值，以搞的人数和次数来提高有限生命的质量。

当时整个大队几乎都浸泡在杂乱无章和匆匆忙忙的性生活里，士兵们多数是穿街走巷捕捉民间妇女，还有一部分人凭票去“服务站”排泄，很难找到没有搞过女人的士兵，就连岩下这样老实巴交并且深爱妻子的人，也随大流去了一次朝鲜人的“服务站”。但是，唯独没有见荒木冈原光顾过“服务站”，更别说强奸中国民女了。“皇协军”团长马甫金手下一名中队长给河田中队送来了七名妓女，河田指令其中一名看起来有点姿色的，一个上午由荒木冈原享用。但是荒木冈原破天荒地没有执行这道命令，而是把机会让给了弟兄们，岩下也因此得以在中国第二次过上了性生活。当然，质量是很差的，不过勉强排忧解闷而已。一个月后，河田中队出现了十六个性病患者。荒木冈原咆哮着把那个送来妓女的“皇协军”中队长抓到河田面前，噼里啪啦地打了十几个耳光子。要不是河田担心把事情闹大，那次就把那个倒霉的“皇协军”中队长枪毙了。

按照松冈大佐和原信的判断，如果沈轩辕当真还活在人间，如果那个所谓的军事基地果真存在的话，他们应该是在安丰县同梅山县的结合部。图上显示那里至少有五百多平方公里的老林子，山高林密，阒无人迹，如果能够找到一条通道，就是个隐身的好地方。

原信另外绘制了一个老林子的地形图，从隐贤集西北方的八里河开始，向西至丁家集、洪家集、仓房、王店、乌龙集等十几个集镇村庄，环绕老林子。河田大尉的路线则是在这条环线的内侧，不是大路不走走小路的问题，也不是小路不走走山路的问题，他必须始终同道路——凡是有人走过留下痕迹的线路保持一公里以上的距离，潜入老林子，在其边缘做不规则椭圆形运动，查找进山的通道，并埋伏等待尾随进出人员。

第一个潜伏点在月亮岭西边，这个地方在松冈看来是重点的重点，因为这是从陆安州和安丰方向进山的口子。但是这里始终没有人员进出。第三天上午，河田终于对这个角度失去了信心，带着小分队神不知鬼不觉地转移到白塔畈东南方一座树林茂密的山冈上，此时他的视野已经抵近新四军天茱山抗日根据地了。不久，他就惊喜地从望远镜里捕捉到了目标——几个时隐时现的白点。

三

出现在河田望远镜十字线上的，不是什么秘密军事基地，那几个下河洗澡的人，是新四军天茱山抗日游击支队的几个女兵——田红叶、罗雨、晋薪等人，一向老成持重的王凌霄也在其中。

自从天茱山开展学文化活动以来，王凌霄比过去活跃多了，似乎焕发了青春。她教会了霍英山认写三百个字，霍英山二话不说，命令冯存满原封不动地把这三百个字学去了。冯存满的专职教员是支队医院的军医罗雨，罗雨正在犯难之际，王凌霄就把“拆字教学法”传授给她，一试，果然大不一样。这件事情后来还受到彭伊枫的高度赞扬。

渐渐地，王凌霄觉得自己已经融入到天茱山抗日游击支队了，跟他们有了情感上的沟通。

这是一支什么样的军队啊！政府没有给他们发枪，只发了一次子弹，每人三发。还有一车本来准备运到南方的军需物资，因为陆安州失陷被阻隔在天茱山，政府把这一车物资发给了他们，每人一件短裤，每人一双草鞋。他们就穿着这条短裤和草鞋，参加了战斗，履行着保卫国家和民族的职责。这个国家给予他们的实在太少了，而要求他们的实在太多了。但是，他们没有气馁，他们仍然自得其乐，仍然接到命令就穿着草鞋和短裤，揣着一枝破枪出发了。

王凌霄不得不承认，他们是一群奇特的人，甚至是超凡的人。尽管他们多数人根本不知道自己的未来，根本不知道人类应该拥有怎样的生活，但他们就是这样心甘情愿地活着。

虽然外部环境改善了许多，但是王凌霄在天茱山还是有许多不适应的地方。首先是洗澡问题。作为一个在名城养尊处优的知识女性，她很难想象，人怎么能够不洗澡，怎么能够把一件脏衣服长期穿在身上。尤其是女人，尤其是豆蔻年华的女人，正开放着，正美丽着，也在新陈代谢着。每当训练或者排练结束，带着一身散发酸味的汗潮，她就觉得身上像是被裹了一层密不透风的异物，让每个汗毛孔堵塞。要是来了月经，那情形更糟，几天不洗，她就担心会从自己的身体里泄露出恶臭，别人会把她看成是一团腐肉。她想，在来月经的日子里，要是长期不洗澡，也许她会窒息的。在物资严重匮乏的日子里，有一次她曾经亲眼看见过田红叶用晒干的玉米叶子当草纸垫在身下，半天行军下来，田红叶的两条大腿鲜血淋淋。那时候她就产生了一个想法，如果这个国家连一卷像样的草纸都不能满足她，而只能让她用晒干的玉米叶子，她为什么还要为这个国家效力呢？有了这个想法，她自己都吓了一跳。是啊，太异端了，没有比这更异端的了。也许，当初铸成那样的错误，就是因为自己的异端？

天茱山天气潮湿，一天训练授课或者演出下来，浑身臭汗，加上苍蝇、蚊子、跳蚤、臭虫在身上或身边钻来飞去，先是长了痱子，后来就生了疮，流出了脓水，而且有愈演愈烈之势。没有办法，王凌霄就动员女兵队队长田红叶去报告彭主任。田红叶不想报告，说要抗日就不能娇气。王凌霄说，这不是什么娇气不娇气的问题，而是生理问题。我们女同志情况特殊，都要注意卫生。否则的话，鬼子没有消灭，我们自己倒让疾病给消灭了。后来田红叶就去报告了彭伊枫，彭伊枫倒是很明白，自责了一通说，王凌霄说得有道理，我们打日本，作战不怕死，但不等于糟践自己，我们新四军的女同志要活得体体面面漂漂亮亮。

彭伊枫又把这件事情报告了霍英山，霍英山也觉得应该给女同志一个洗澡的条件。天茱山有的是柴草，也有木材可以做大澡桶，足以让女兵们洗个够。所以在众多的抗日根据地里，天茱山有组织的给女兵烧热水洗澡就算开了个先例。

没想到一个冬天洗下来，女兵们洗出滋味来了，也洗出野心来了。有一天晋薪鬼鬼祟祟地告诉王凌霄，她在野外写生，发现了一个天然的好澡堂子，好像是温泉，水很热乎。

王凌霄没有表态，跟晋薪说，你可以把这个发现告诉田红叶。

晋薪跟田红叶说了，田红叶说，抽空领我去看看。

后来几个女兵偷偷摸摸出来侦察几次，发现这里果然是绝妙的天然浴池，四周有崇山峻岭遮避，头顶有阳光笼罩，河水清澈见底，圆滑的鹅卵石铺在河床上，宝石一般熠熠闪光。姑娘们的想象力就长了翅膀，日本人的温泉浴她们有所耳闻，骊山杨贵妃的华清池更是早就心驰神往的故事。姑娘们禁不住这美妙的诱惑，终于在一个温馨的下午，羞羞答答你推我搡地下水了。第一次还心慌意乱如同惊弓之鸟，洗了几次，有了经验，也就觉得不过如此，留下一个人在岸上警戒，其余的人便天经地义地徜徉在大自然慷慨的恩赐之中。这在兵荒马乱的战争缝隙里，也算是江淮这块神奇的土地上暗藏的一道美丽的风景。

徜徉在杜家老楼西北山坳这个映照阳光的河潭里，王凌霄第一次有了机会一览无余地检查和证实自己的美丽。在这个河潭里，她注意看过同伴们的身体。田红叶虽然身材不错，但是田红叶的脸盘子比较大；罗雨要好看一些，但是罗雨过于纤秀，像是个玉人儿，缺少健康的美感；晋薪年龄小，虽然是青春期，但是由于营养不良，女性的性征还不是很明显，哪里都是小小的。还有几个来自乡村的女孩，基本上还没有褪掉土气。比来比去，王凌霄有充分的理由认为，自己是天茱山抗日游击支队最有魅力的女子。虽然年龄大一点，但作为一个女人，却是刚刚成熟。

常常，在山涧河潭沐浴的时候，在清洗污浊和净化心灵的同时，王凌霄的心里也会涌上一层淡淡的惆怅。这样美好的年华，这样饱满的身体，本来都应该属于他的，可是他在哪里呢？冥冥之中他是在欣赏她还是在怨恨她？

四

河田带着小分队昼伏夜行，以渒水河西北的杜家老楼为中心，以一千到两千公尺为半径，在天茱山东北部差不多画了一个半圆，最终到达茶岭。在图上测量，从茶岭站立点到目标的直线距离七百二十公尺，仍然属于半观察死角，但可以看见一段河面，还可以看见山坡上隐隐约约的一段羊肠小道。

果然，在到达茶岭的第二天下午，目标再次出现了，这次是三个，白点现在已经放大成人影的轮廓了。而且在白色的轮廓出现之前，荒木冈原还曾经在一段细细的山间小道上发现了运动目标，像是几棵缓缓移动的小树，然后在河面上就出现了几片白色的花朵。

这个情况最初让荒木冈原有点儿失望，凭着他对于人体的有限了解，他很快就看出那几个人好像是女人。他把焦距再次调整了一下，拉近看那几个模糊的人体，再推远看形态，这样两相对照，更像女人了。但他仍然不能确认，于是又让岩下二等兵看。

这是进入天茱山潜伏以来岩下第一次受到荒木冈原的重用，而且是扎扎实实的美差，以至于岩下都有些受宠若惊了。在河田中队，岩下是众所周知的色鬼，不管打仗不打仗，老是惦记着女人。甚至无耻地向士兵们描述他同千代叶子做爱的细节，描述女人的身体和高潮时期的状态，寻求意淫的满足。

岩下扑在望远镜上，脖颈子立马就伸长了，哈着的脊背还一耸一耸的，像是随时准备扑出去，喉结也在不停地滚动，像是咕咕咚咚地吞咽什么。荒木冈原在后面照岩下的屁股踢了一脚，喝道，看清楚了没有，到底是不是女人？岩下结结巴巴地说，像是，像是，我再观察一会儿。荒木冈原又向岩下的屁股踹了一脚，这一脚比较重，岩下就晃了一下栽倒了，望远镜也摔在地上。岩下迅速爬起来，虽然弯着腰，但上体仍然保持立正姿势，两只手在裤线处贴得笔直，目光炯炯地报告，下士官阁下，看清楚了，是女人！

荒木冈原在向河田报告的时候，加上了自己的判断：一、从时间上看，这几个目标一般在午后阳光最强的时候出现；二、目标出现的时候一般是结伙而行，通过这两条就基本上可以判断是对方武装人员下河洗澡；三、凭感觉像是女性，而且是知识女性，因为农妇是不可能这样浪漫的。

但是荒木冈原说，这不是秘密军事基地。这可能是天茱山抗日武装的指挥机关，至少也是团一级指挥机关。

河田激动起来了，荒木冈原的报告再一次点燃了他积蓄已久的欲望。他认为荒木冈原的判断有着无可非议的正确性。即便不是秘密军事基地，只要是抗日武装的指挥机关，还是可以有所作为的，总比空着手回陆安州强吧。荒木冈原报告完毕之后，河田盯着他很长时间没有说话，面部肌肉痉挛了几下，突然一拳打在荒木冈原的肩膀上，说，干吧，天皇陛下在看着我们呐！

荒木冈原原地伫立，盯着河田大尉说，阁下，这是改变任务性质的行为，是否应该得到松冈大佐阁下的批准？

河田大尉阴沉着脸，看着荒木冈原，捏捏鼻子说，好吧，荒木下士官，请你记录发报内容——鉴于天茱山林密路险，至今未能寻觅向纵深挺进之通道。在外围盘桓七天，物资殆尽，体力损耗较大。今发现抗日武装指挥机关，请求批准破袭。此任务完成后，返回陆安州休整，再度进山。

不久，松冈大佐回电，指令：尔等仍以遂行侦察秘密军事基地之任务为要，破袭敌指挥机关非当务之急，宜在充分方便安全条件下方可考虑实施。此事可为可不为，河田大尉相机行事，确保顺利撤出，再度进山。

河田大尉接到这份指令，欣喜若狂，说，这下好了，这样就可以喘一口气了，至少一个月不会被蛇咬死，而且不至于无功而返。解决谁都是解决，公开的也好，秘密的也好，反正都是抗日分子。干吧！

然后就叫来小队长松井中尉，开始制定行动计划。

五

记忆中很长时间没有这样痛快了。穿了一冬的棉衣外面是油腻，里面是泥垢，就差没长虱子了。听过路的干部说，延安的干部冬天身上生虱子，天气好的时候，中央领导同大伙一样，坐在院子外面晒太阳捉虱子。这种事情王凌霄没有亲眼见过，想想都起鸡皮疙瘩。

一泓泉水清澈透明，掬在手上，就像捧着一颗太阳。阳光在手心里晃动、破碎，从指缝里溢出，就变成了一串珍珠，滚落在平坦柔软的小腹上再泼洒到洁白的大腿上。那种感觉痒酥酥的，像一只轻柔的手指滑过，让人有一种异样的迷醉。

女孩子们钻进水里之后，就神不知鬼不觉地把贴身的内衣脱了下来，充当毛巾，嬉闹追逐的时候，把内衣挡在隐秘处，自欺欺人地掩盖着自己的青春。女孩子们是快乐的，在长期的艰苦岁月里，她们穿着劣质的粗布军衣，宽大而样式单一，鼓鼓囊囊的，安全感多是来自于丑陋。但是，女孩子们又是爱美的，也许在多数时间里她们不知道自己是爱美的，也不知道自己是美的。一旦给她们机会，解除那身盔甲似的外壳，她们就像发现了另外一个世界那样发现了自己。她们赤裸裸地把自己隐蔽在透明的泉水里，互相打量着，低头审视着，她们惊慌了，她们被自己的美丽弄得疑神疑鬼。为了证实这不是幻觉，她们还没心没肺地发起战争，你推我一下，我泼你一把。青草一样新鲜的女孩子在清莹的温泉水中，在茂密的山林里，头上顶着明媚的阳光，就像营造了一个人间仙境。她们都有些晕眩了，都有些忘乎所以了。

王凌霄没有完全赤裸，她不习惯在这些女孩子面前赤身裸体。尽管青春并没有离她远去，但是在感觉上，她觉得她和她们不是一代人，她是一个老同志。跟罗雨和晋薪那样的女孩子在一起，她仍然得保持老大姐的风度。

这泓泉水是从天茱山主峰渗出来的，可是山上怎么会有水呢？她记得他曾经说过，山有多高，水有多高。说这话的时候，他仰着下巴，看着翠绿的青山和山顶上那一轮旋转的烈日，那答案像是从天上得来的。

自从参加革命之后，能够无拘无束地放心大胆地洗澡，这是第二次。第一次就是在川陕旺苍红四军驻地的那座山上，那一次是他们分手两个多月后的重逢。他告诉她，他是在通县的总部学习，后来她知道他是悄悄地返回他的家乡为部队筹集物资去了，回到陆安州当了两个月的老板。他给她带来了洋胰子和香水，还有一身旗袍和一些保护皮肤用的蛤蜊油。她惊喜地说他，一个指挥千军万马的红军干部，居然还有这样浪漫的儿女情长。他严肃地说，这是必须的。革命不仅仅是硝烟战火，革命的目的就是要让我们的女人们更加滋润更加漂亮。他说，残酷的战争破坏了很多美好的东西，孩子们失去了读书的机会，老人们提心吊胆，女人们蓬头垢面，这些都是违背人道的。可是，这是没有办法的事情。他说，为了子孙后代，我们这些人必须作出牺牲。如果我们不能美好，那就让我们为美好而战斗吧！

路是川陕山间的碎石小路。他后来让他的警卫排长带队到山下等他，然后把她抱上马背，驮着她冲上了对面的山冈。马蹄踏在碎石路面上，发出清脆的嗒嗒声。她坐在他的胸前，几乎能够听到他胸膛里发出的隆隆的声音。那时候她觉得一切不复存在，蓝天，丽日，白云，青山，绿水……幸福的热浪从他的胸腔里发出，透过两个人的粗布军装，带着他的体温，烘烤着她的后背。她根本就没有察觉，她是在什么时候开始变得大汗淋漓。那天真是个热天，南方山林骄阳似火，心里也燃着一盆火。

后来他们就看见了那条山沟里的小河，就像天茱山上这泓温泉一样深藏在大山的褶皱里，淙淙流淌。她很奇怪，在这高出平地几百公尺的山峦里，怎么会有小河？他仰脸沉思了一会儿就告诉她，山有多高，水有多高。

她说真想跳到河里洗个澡，身上都长壳了。

他扭过脸来看着她，一本正经地说，为什么不呢？

她吃了一惊，就在这儿，光天化日之下？

他说，这儿有什么不好呢？光天化日之下怕什么？又不是当强盗！

她咯咯地笑了说，你真敢想，一个红军女干部，你让我在大白天里在山里脱衣服，简直，简直……她笑得有点喘不过气了。

他说，简直什么？红军女干部也是人啊，三个月不能放开手脚洗个澡，就靠一条毛巾偷偷摸摸地擦，我无论是作为首长还是作为你的未婚爱人，都深感惭愧，更感到心疼。我要是你，我就跳下去，痛痛快快地洗个澡。

她说，你不是开玩笑吧？

他说，我什么时候开过这种玩笑？

她说，可是……

他说，你说你想不想吧？

她说，当然，罗曼蒂克，当然想。

他说，不是罗曼蒂克的问题，是起码的卫生。既然你想，又能做到，何乐而不为啊？来吧我的小红豆，我这个师政委亲自给我未来的新娘子警戒。

她说，你当真啦？

他走到白马的身边，从褡裢里把新带来的洋胰子和毛巾取出来递给她，牵着马向路口走去。走到一个便于观察的位置上，回过头来向她挥了挥手，然后将巴掌用力向下一砍说，在你能做的时候，做你想做的事情！

她接过东西，看了看他的背影，仍在犹豫。

他说，这也是革命的一部分。将来革命成功了，一定要让女人们都能痛痛快快地洗澡，就在光天化日下洗澡，还要在大河大海里洗澡。革命，不能老是一身汗臭，不能老是浑身腥臊。

她被他的话感染了，终于开始解衣服了，起初还有点犹豫，解衣服的过程中，她不时地向他的背影瞥一眼。他纹丝不动，就像一座雕像，肩膀上扛着热烈的阳光。她没有全脱，而是留了背心和内裤。在川陕根据地，像她这样能够穿上背心和内裤的女红军，极其少数，多数女红军都是上勒布条下兜长裤，她的特殊待遇得益于他经常到根据地以外活动。过去她对这些不在意，但是在红军队伍时间呆长了，她就越来越感觉出来了，他对她的爱，表面看来不显山不露水，可那却是深入到骨髓爱到肺腑的。他的爱是大爱，是一种宽阔的爱，但又往往爱到你心里那个最隐秘的地方，那片最需要阳光的地方。

第一次在山里用河水沐浴，这是她过去没有体验过的，有点惊慌，有点好奇，还有点笨手笨脚。刚刚溜到水里，顿时打了一个激灵，她惊叫了一声，赶紧蹲下。他依然坚如磐石，头也不回地说，别怕，这里没有毒蛇猛兽。

后来她就适应了，清清的水，温温的水，亮亮的水。她像一条欢快的鱼儿，在水中自由翱翔，那份清爽的快乐，是很难用语言表达的。当然，那时候还年轻，还单纯，对于革命和爱情，都有着纯真的憧憬。在经过了十多分钟的适应之后，她甚至产生一种冲动，她想把他也喊到水里，她渴望他拥抱她，跟她一起享受那清澈的泉水。可是他没有动，他牵着他的白马在远处的路口，充当天使的护卫者。直到后来她上了岸，脱下内衣，换好了外面的干衣服，他才牵着马慢慢地走了过来，看着她用新毛巾擦拭头发。

他的眼神骤然一亮，就像一束强烈的阳光，照射在她兴奋的、红润的脸庞和头发上。离开那个地方，骑在马背上，他对她说，你知道你什么时候最好看吗？就是刚才，就是你伸开双臂把头发向后拢起的时候。

七年后浸润在天茱山这泓泉水里，王凌霄终于明白了他的赞美。事实上在离开他的日子里，在那些思念和悔恨交织、愁肠寸断的日子里，在有条件的地方，她曾经数次对着镜子或者河水，重复那个动作。是的，镜子或者河水里的她，双臂伸张，上体后倾，这样她丰满的前胸就更加突出。浴后的脸庞健康红晕，阳光勾勒出从额头到鼻梁再到嘴唇的轮廓，圆润饱满。

原来他欣赏的是一幅美人出浴图啊，难怪那一瞬间他的眼睛那样明亮！

她想，如果那时候他也下水，或者把她抱上岸去，往林子里一放，她会毫无保留地把自己献给他。可是他没有这样做，他处处都表现出正人君子的风度，正襟危坐，目不斜视，从她认识他到分手，他连吻都没吻她一下。他说，一切都按规矩来，一切都等到结婚以后或者革命成功以后。

可是，他没有等到结婚，也没有等到革命成功。

也许，这一切都是那个叫乔乔的女孩子引起的。可是怎么能怪罪乔乔呢？她不相信他会爱上乔乔，乔乔和他不应该是那种关系。但是，今天的理智不等于昨天的看法。在七年前那个萧瑟的秋天，她不是这么看的。

那一次，他又神秘离开川陕一个月，又回到陆安州“做买卖”去了。他返回川陕之后，她得到通知，去他的部队看他，结果她震惊地发现，他的身边多了一个乔乔。乔乔穿着簇新的、得体的军装，腰间别着一把精巧的手枪。他落落大方地向她介绍说，祖母已经去世了，他兑现诺言，把乔乔接来参加红军了。她感到有一种异样的东西把她的心扯了一下，向乔乔伸出手说，欢迎欢迎！这下我们的队伍就更强大了——连她自己都闹不明白，她怎么会说出这种高调来。

乔乔已经完全是个大姑娘了，高挑个儿，脸蛋健康红润，青春气息勃发。乔乔说，凌霄姐，真想你们啊，想死了！

王凌霄拉着乔乔的手坐下来问长问短，两姐妹似乎有说不完的话。问到乔乔分到哪一部分的时候，乔乔没有马上回答，只是拿眼看了看他。他说，乔乔暂时留在我身边，当秘书。

她顿时就愣住了。其实她也没有搞清楚红军的师政委是多大级别的首长，但是她知道红军的师政委是没有资格配秘书的。居然……他居然把乔乔接来给他当秘书！她真的有种不祥的预感。

很快她又发现一个奇怪的现象，他不仅有乔乔当“秘书”，还有一个年轻的助理不离身边，助理叫什么名字她一直没有搞清楚，只听别人背地里喊他“草上飞”。据说此人出身黄埔军校特别班，是地下组织安排在国军内部的特别人员，在江西反“围剿”的时候，暴露了身份，率领精干小分队回到红军队伍。草上飞那时候也是二十来岁，中等身材，形象英俊，举手投足焕发着勃勃英气，同普通的红军战士在一起，老远就能看见他与众不同的身姿。

草上飞的出现，使王凌霄又多了一层疑惑。因为他的待遇，他行踪不定的行为，以及他身边不同寻常的人物，明显区别于其他的红军指挥员。这样她就找到了安慰自己的理由——他之所以与众不同，是因为他可能负有特殊使命。

但是，她还是不能接受他和乔乔单独在一起，尤其是他们在一起的时候那种神秘的气氛。

在此后的日子里，他们的关系就出现了微妙的变化。他们原定在当年的十月结婚，以纪念苏联十月革命。然而，王凌霄几次提出，要调到他所在的师里工作，都被他婉言谢绝了。他说别说还没有结婚，就是结婚了也不一定要住在一起。现在还是战争中，我们不能只考虑个人家庭。

自从反田颂尧六路围攻胜利之后，川陕根据地有一段相当长的稳定时间，部队的主要任务是学习和生产。王凌霄所在的军部离他的师部隔着一个山梁，大约有十五六里的路程。有一天王凌霄到他那里，房东告诉她，首长正在写东西，不经允许不得入内。她心里极不舒坦，房东认识她，以前她来，房东都是客客气气的。

这是怎么啦？这就是说，这是特意交代的，她进门要提前通报。想到这一层，她就耍开了小心眼儿，二话没说，硬往里闯。二道门的警卫员跟上来阻拦，没有挡住，她径直闯进了他的房间。结果她发现了她最不想看到、也最担心看到的一幕——他和乔乔头挨着头——简直是耳鬓厮磨啊！猝不及防见她进来，二人慌忙分开，乔乔手忙脚乱地把什么东西往文件包里塞，他却一脸愠怒，厉声质问，为什么不经允许就闯进来了？

泪水，在那一瞬间涌上了她的眼眶，她狠狠地盯着他，一言不发，终于一扭头，摔门而去——那一去，也就拉开了悲剧的序幕。

六

如果按方位从笋岗向北画一条直线，这个地方应该在笋岗正北方向，同笋岗直接距离不过五六公里，山下向北就是名叫西高的村庄。

在西高，河田对行动分工作了部署，六个人分为三个小组，荒木冈原带领一等兵藤川次郎为中路，河田自带二等兵平沼为左路，松井中尉带领二等兵岩下为右路。中路也是第一小组，继续担负尖兵任务，俟接近目标后，将对重点对象实施捕俘任务。

蜷曲在用石头堆砌、用树叶铺垫的临时掩体里，藤川次郎很想跟荒木冈原说点什么，想说说这几天老鼠打洞一样的感受，想说说这里的山水和日月，想说说女人。在这个险象环生阴森的异国山林里，藤川次郎最想谈的话题还是女人。

下士官阁下，你有女朋友吗？那一定很漂亮吧？

荒木冈原没吭声，心里却在想，跟岩下一样，全是胸无大志之人。女人，女人算什么？女人只会拖后腿。

听说我们这次要抓的是女人，是吗？

这次荒木冈原不能再沉默了，黑暗中他用胳膊肘拐了藤川次郎一下，恶狠狠地说，不知道是不是女人，但我可以肯定地告诉你，他们是军人。

藤川次郎的肋骨被拐得生疼，不再说话了。

当最后一抹夕阳的余晖消失之后，黑暗便像潮水一样浇灌过来，天上没有星星，也没有月亮，不闻鸡鸣犬吠，只有天籁之音。山林里除了黑暗还是黑暗。

荒木冈原的心里装了很多东西，尽管他一再要求自己争分夺秒地睡觉，保存体力和精力，可是很难进入睡眠状态。在河田分队里，荒木冈原承担了比别人至少多一倍的智力和体力消耗，这是有目共睹的。哪怕是他和别人拥有同样的睡眠时间，却不可能拥有同样的睡眠质量。作为一个作战经历漫长的老兵，他即便睡着了，也一定会有另一半听觉和触觉清醒着。有一次野营，半夜河田大尉爬出掩体小解，见荒木冈原一点动静没有，以为他真的睡着了，便悄悄地向二十米外投掷了一颗石子。结果石子刚落地，匕首也就紧接着飞了过去，河田大尉回过头来，荒木冈原已经据枪在手，子弹上膛了。后来河田大尉就这件事情专门交代过大家，不要同荒木冈原开玩笑，尤其在执行任务期间，那是一点玩笑也开不得的。

荒木冈原这会儿有点激动。倒不是因为建功立业，也不是因为即将由干部候补生升为军官，他的激动主要是因为他再一次检验了他作为一个“皇军”士兵的作战能力和胆魄。他想他本来应该成为武士的，但他比那些武士更有信仰，因为他是大正年间诞生的皇民。他受过严格的思想文化教育，不仅懂得重力加速度和抛物线原理，更懂得生命必须依托信仰支撑的哲学。因此他身体中的每一个细胞，都活跃着天照大神的意志。

荒木冈原曾经不止一次地探询：我们这是在同另一个国家作战吗？从外在的形式上看好像是这样的。但是，在内心的深处，荒木冈原又总是觉得，这是在自己的故土作战，是对自己的生命源头进行武装访问。

他记得小时候遇到过这么一件事情，昭和六年九月，在中国发生了“满洲事变”。上军事课时，军事教官中屿大尉在教室里挂起一张大地图，地图上的中国惊人的巨大，而与其隔海相望的大日本帝国，居然那么渺小，就像吊在雄鸡脖子下的一串滴滴答答的馋涎。那是荒木冈原第一次对中国产生的感性认识，这个认识让他不安、困惑和屈辱。

中屿大尉说，我们国家的面积虽然很小，但我们是亚洲第一强国，是世界第五，不，是世界第三强国。我们有天皇的神威和武士的神勇精神，是神圣不可战胜的。日本的未来，全担在你们这些青少年的肩上。天皇给了你们生命，给了你们食物，给了你们知识，给了你们一切一切。你们长大后，要效忠天皇，带着天皇的敕语，带着征服野蛮洪荒的刀枪，到朝鲜去，到“满洲”去，到支那去，在那里建立“王道乐土”。

那段时间里，每次上课之前都要唱歌：看那波涛汹涌的大海上，升起一轮耀眼的太阳，士兵的足迹踏遍了亚洲，大日本的国旗在高山峻岭放射光芒……那歌唱着唱着就把少年的血唱得滚烫。就从那时候起，荒木冈原的心里就埋下了一颗金色的种子，他要像前辈军人那样，像宁为玉碎不为瓦全的武士那样，像军神乃木希典大将那样，像军神广濑中佐那样，为了大日本的“王道乐土”，战斗到最后一息。

七

直到离开茶岭后的第三天早晨，河田大尉等人才潜入到天茱山主峰东北侧的平安岙。从这里翻过一道山梁，即可以到达几天来一直让他们魂缠梦绕的那个山涧，那里至少有三个中国抗日武装高级指挥机关的知识女性。对于河田和松井来说，那将是赫赫战功；对于岩下等人来说，有可能是一次美妙的肉体盛宴；而对于荒木冈原来说，则是向天皇陛下再一次供奉的忠心。

按照河田大尉和荒木冈原的经验，猎物是不会在上午出现的，但是上午仍然不能停止行动，他们必须在猎物出现之前侦察对方的设防和驻屯情况，勘察好进退的道路和火力保障的位置。同时作好行动前的一切准备，包括绳索、绷带和麻醉喷剂。按照荒木冈原的设想，从突然出现到猎物就范，前后不能超过两分钟。

但是令河田大尉始料不及的是，这样好的天气居然会变，尽管变得毫无道理，但它还是变了。太阳忽然之间不知道藏到哪里去了，黑压压的积云铺天盖地压了下来，山坳里顿时风声四起。河田首先想到的是中国人常说的“天公不作美”的名言，接着，他竟然想到了诸葛亮借东风。凭借不算孤陋的汉学知识，他知道中国的地理在战争中常常出现一些不可思议的奇特现象。《三国演义》里诸葛亮点石为兵伏于荒野的故事再次出现在河田大尉的脑际，恍惚中他似乎看见了山坳里滚滚涌动的阴森森的杀气，风吹草动似乎也变成了千军万马的呐喊。啊，此地深邃莫测，不是久留之地！这个念头涌上来，河田大尉不禁打了一个寒战，仅仅是一种感觉，他就动摇了，想迅速离开这里，到鹰嘴崖去，那里至少可以避开雷电的袭击。但是当他把这个决定告知部下的时候，他遭到了顽强的抵抗。荒木冈原瞪着眼睛问，大尉阁下，这是为什么？这样的天气不正是我们藏身的好天气吗？为什么要放弃机会？

河田大尉被问得无话对答，挥起胳膊，一个巴掌抡了过去，混蛋，执行命令！

荒木冈原的嘴角出血了，趔趄了一下，迅速又站稳了，立正并严肃地再次发言，大尉阁下，请收回成命，珍惜天皇给我们的机会！

河田大尉这次没有抡耳光子了，恶狠狠地盯着荒木冈原咆哮，愚蠢，天时地利人和，一样没有，何以为战？松井君，请立即组织转移！荒木，立即行动，否则执行军法！

然而，尽管河田大尉已经预感到情形不妙，但他还是迟了一步。天茱山游击支队的政治部主任彭伊枫等人从安丰县大队观看战术训练结束后返回，同河田大尉狭路相逢。彭伊枫等人也从鹰嘴崖路过，之后就进入到半敌情状态。因为前方有个村庄，据说曾经是土匪窝藏的据点，大家便格外谨慎，拉开队形，在搜索中前进。最先是柴仁亭发现了一个脚印，不是山民的布鞋印，也不是游击支队的草鞋印，而是有着规则印纹的奇怪的形状。田红叶认得这种鞋，看了一眼立即就变了脸色：鬼子？

根据鞋印分析，是刚刚路过此处的。后来，又在山坡上找到了几个鞋印，还有一处虽然被埋了土但仍然恶臭难掩的粪便。彭伊枫分析鬼子行动的目的，初步判定鬼子是冲着杜家老楼西北五里处的一二五团医疗所去的，便让柴仁亭发出信号，联络前来接应的部队。但是因为尚未到达接应地点，联系不上，却意外地遇上了由孟秋带领的一二五团搜山巡逻的特务连一个排。孟秋认识彭伊枫，也知道彭伊枫同其团长私交甚厚，乐意听从彭伊枫的指挥。彭伊枫当机立断，指挥国共两个方面的抗日军人共四十余人，对潜入天茱山深处的河田大尉展开了搜捕围猎。战斗于上午十点钟交火，历时一个多小时。后来许成哲和冯存满率领的二连一个排也匆匆赶到参战，以击毙日军三名、俘获一名而告结束。游击支队也为此付出了重要代价，特务队长柴仁亭中弹牺牲。

八

河田大尉被俘不久，彭伊枫就接到眨眼汉子送来的“老头子”的指示，俘虏先在天茱山抗日游击支队关押审讯，搞清他们潜入天茱山的目的，然后再送往苏鲁皖战区。但这小子死活不开口，开口就是呜里哇啦不知所云。

眨眼汉子对彭伊枫说，“老头子”分析，这帮鬼子的目标不一定是冲着天茱山国共军队的，很可能另有秘密使命。

“老头子”的这个分析让彭伊枫也有一点意外——目标不是国共两军，另有使命？那会是什么样的使命呢？难道天茱山腹地真的存在另外的抗日力量？如果有，那肯定就是一股非常强大、让鬼子感到巨大威胁的势力。这样一想，彭伊枫就觉得太神奇了，也太让人振奋了。同时，审讯俘虏的重要性也就更加显著了。

彭伊枫把这个任务交给了冯存满。

冯存满刚开始也没有什么好招，无非就是吼骂威胁，妈拉个巴子老子枪毙你！妈拉个巴子老子剥你的皮！妈拉个巴子再说鬼话不说人话老子饿死你！如此而已。一天下来，这几句话总要重复上百次，但是没用。河田要么就是瞪着眼睛做茫然状，要么就是低头不语。

彭伊枫交代给冯存满和刘庆唐的任务很简单，就是要让河田开口说中国话，只要他一说中国话，决口就算打开了。

在冯存满吼骂的间隙，刘庆唐和颜悦色地对河田说，我们已经知道你会说中国话了，你再这样顽抗下去是没有意义的。

但河田还是不予理睬。冯存满几次提出要揍河田，刘庆唐一再阻止，因为彭伊枫有交代，不许殴打俘虏，坚持文明审讯。

后来冯存满就火了，有一天让人找来一根扁担，脱掉小褂子扔到地上，对刘庆唐说，不让我打他，我来跟他比武总行吧？公平地比。你把他的绳子解开，小褂子给我扒了。

刘庆唐不知道冯存满又要玩什么花样，但是俘虏老是装蒜，审来审去没个结果，也不是个事儿。刘庆唐就把捆在河田身上的绳子解开了，并笑嘻嘻地脱掉了河田的军上衣，坐在一边睁一只眼闭一只眼，欣赏冯存满收拾俘虏。冯存满连比划带喊，喝令河田站起来，然后把扁担的一头抵在自己的肚皮上，另一端抵在河田的肚皮上。冯存满阴阳怪气地说，小鬼子你给我听好了，俺们领导不让俺打你，俺跟你比武行吧？来吧，不许动手，俺俩来抵棍。

说着，肚子往前一挺，河田就往后退了一步。冯存满说，俺也不欺负你，你站好了，我说一二,一齐开始。河田站着没动，但是从眼神和动作上看，他是听明白了冯存满的话。

然后两个人就抵棍。

河田力气不小，剑道柔道都练过，但是他没有玩过这么个游戏，他差点儿就提出要跟对面这个敦实的中国汉子拼刺刀了。最初几个回合，总是河田在退，退了两步冯存满就停下，撇撇嘴，一脸的不屑，让河田重新把扁担放好，然后再抵。抵了几次，河田被激怒了，战斗欲望呼呼生长，找到感觉，就拿出吃奶的力气，发一声喊，哇哇乱叫地向冯存满发起进攻。

冯存满一看这架势，乐了。嘿嘿，小鬼子还真的跟俺玩起来了。那好，让你领教一下俺的厉害。站稳了脚跟，运足丹田之气，两手向上一张，肚皮就拱出去一步开外。那边河田见对方来势汹汹，也竭尽全力，吭吭哧哧地抵挡。于是乎刘庆唐在一边就欣赏到了精彩的一幕。在房东焦三家的土坯院墙里，两个精赤的汉子对面而立，河田矮胖，冯存满短粗；冯存满双手叉腰，河田张牙舞爪。冯存满喊，咦呀呀你个龟孙；河田憋着一股气从鼻子嘴里呼呼地往外漏。两个人都用脚板抓地，企图让自己变成一棵千年老树，抓住地就纹丝不动。院场里顿时杀气腾腾，石板颤动。

冯存满本来以为他很快就能将俘虏制服，俘虏会被他势不可当地抵在墙角，扁担头将插进俘虏的肚子，让俘虏的脸变白眼变大胆子变小，俘虏会在最后的关头大喊饶命，而且是用中国话喊。只要他用鬼子话喊，冯存满就拿定主意不理睬他，继续把他往死里逼。

但是冯存满想错了。

刚开始接招的时候，河田确实站立不稳，被冯存满抵得连连后退，但是他很快就看出了蹊跷，双手也叉在腰际，哈下脑袋，把重心降低，前腿弓后腿绷，上体前倾，让自己的身体形成了一个牢固的支撑体系。冯存满运了几次气发起猛攻，河田不仅没有后退，鼓起的一股暗力反而让冯存满乱了阵脚，步伐摇晃起来。

冯存满顿时就惊出一身冷汗，乖乖，这个鬼子还真不是好对付的，如果不能很快制服，搞成了这样一个骑虎难下的局面，如何收场？冯存满一着急，就动开了小心眼儿，两人正僵持较劲的当口，冯存满突然往旁边一闪，丢下扁担，跳出圈子。河田没有防备这一手，收拢不住，扑通一声栽了个嘴啃泥。冯存满见状得意地哈哈大笑说，小鬼子！跟老子玩这个？你还嫩了点。

刘庆唐说，冯连长你别得意，看把鬼子恼得眼珠子都快爆出来了。不过，这一手也确实不光彩，鬼子好像在骂人呢。

河田爬了起来，气呼呼地看着冯存满，嘴里果然含糊不清地嘟囔什么。冯存满有点心虚，转过脸来骂刘庆唐，你们这些吃里爬外的家伙，看见没有，这个鬼子膀大腰圆，你们一天还给他一斤大米外加一个馍。可我一天的口粮才半斤大米，剩下的全是麦麸，两泡尿尿了，肚子就瘪了，能打赢他吗？

刘庆唐说，优待俘虏是彭主任特意交代的，又不是我想让鬼子吃好，你凭什么怪我？再说，跟鬼子抵棍也是你先提议的，没有金刚钻，就别揽瓷器活啊！你自己逞能，现在丢丑了，怨天尤人！

冯存满说，行了行了，今天的审讯就这样了。这事啊，不是什么光彩的事，就不要再往外说了！

刘庆唐说，我不往外说没用，你看这鬼子，一脸的看不起，你还能堵住他的嘴啊？

冯存满说，小鬼子不会说人话。停了停又说，嘿嘿，他要是说人话了，我老冯出这点丑算什么？抗日嘛！

第七章

一

眨眼汉子第四次来到了天茱山。由于天茱山抗日武装出击频繁，日军最近征集的粮食不断被截，武汉前线屡屡来电催逼，加上河田大尉被俘，松井中尉等人战死，下士官荒木冈原和二等兵岩下神秘失踪，在日军江淮派遣军司令部引起很大震动。派遣军长官石原次郎恼怒异常，严饬松冈大佐迅速制订有力可靠的报复计划。在此背景下，“老头子”要求天茱山军民，严阵以待，同心协力，依靠可以利用的所有的力量，粉碎敌人的攻势。

彭伊枫对眨眼汉子说，关于同国民党部队配合作战的问题，我们一个天茱山抗日游击支队，去指挥国民党的部队，他不听；他国民党的部队，来指挥我们，也不是很合适。最好“老头子”亲自出面，统一协调。

眨眼汉子说，目前还是僵持和筹备阶段，在没有进入决战阶段之前，“老头子”的活动是隐蔽的，只能暗中引导，不能公开指挥，所以还要靠山里的抗日武装互相衔接。但是天茱山抗日游击支队应该掌握主动，利用思想政治工作的优势，争取对国民党部队的指挥权和控制权。同时，要算账，算兵力账，算战术账，算思想账，算敌人的实力。

自从平安岙反捕俘战斗之后，天茱山的形势变得微妙起来，首先是俘虏的归属问题，唐春秋略有感觉。因为这次战斗实际的主力是孟秋指挥的一二五团特务连一个排，最初同日军死缠烂打的也是这个排。日军虽然只有六个人，但火力很猛，抵抗顽强，战术动作也很精巧，致使孟秋手下亡四伤五，但孟秋还是坚持掩护友军长官彭伊枫离开。没想到孟秋正在阻击的时候，天茱山抗日游击支队冯存满也带了一个排过来，没有加入阻击，反倒顺手牵羊很轻松地捕获了日军一名军官。战报到了唐春秋那里，唐春秋很是愕然：抓住一名日军军官，这可不是一件小事情。尤其是在唐春秋还尚未来得及将战况上报的情况下，栗统飞的电报已经先期到达一二五团，命令唐春秋向彭伊枫索取战俘。这个要求遭到彭伊枫的拒绝。如此，唐春秋就搞得很被动，吃个哑巴亏还没法说出口，重要的是还有栗统飞明里暗里的讽刺挖苦。

当天晚上，唐春秋就把孟秋叫到团部，狠狠地训斥他一顿，说猪脑子，哪有自己打仗让别人抓俘虏的？好不容易逮住一个活鬼子，天大的战果，拱手让给天茱山游击支队了。

孟秋申辩说，游击支队的彭长官也是唐团长敬重的朋友，再说，他们一行五个人，还有一个女的，我琢磨在这种情形下，我们应该体现正规国军的风度，掩护他们，这也是长官您的风格。

如此一说，唐春秋就无话可说了，而且也觉得孟秋并没有错，甚至还因为孟秋的做法和说法，对这个下属更加高看一眼了。

不久，彭伊枫着人送信来说，准备派抗敌剧社到船儿冲演出，本来这件事情一直是唐春秋要求的，但是现在他又有点踌躇，于是就把祝道可和林用树叫到一起商议，也有借这个事情观察两位态度的意思。

首先就演不演的问题，祝道可发表看法说，霍英山的游击支队虽然不是正规军，但是自从来了个彭伊枫，不仅战术训练有声有色，文化教育也很正规，这一点很重要。大家有思想，有脑子，就能团结一致。我看，我部缺的就是个教育，兵不教育怎么行？不教育他不仅不知道怎么打仗，也不知道为谁打仗，献身目的不明确，也就谈不上有献身之决心了。

祝道可说这话，是因为他谙熟唐春秋的心理，知道唐春秋从总体上是亲共的。再说，他说出来的意思也确实是他的认识，并非一味迎合。

祝道可这样一说，林用树就不好说话了。林用树是不主张让游击支队的抗敌剧社到一二五团来演出的。由于团以下没有政治机构，只有一个相当于团副的政督员郝逍。郝逍不止一次跟他讲，部队亲共情绪越来越严重了，有的连队甚至可能有组织活动，三营营长严楚汉和特务连的连长孟秋可能就是对面发展的地下工作者。林用树对此感到很头疼，但是碍于统一战线大局，加上唐春秋的态度影响，还不好对那些人下手。现在，老彭又要派人过来演节目，明目张胆地要在一二五团搞赤化宣传了。但是林用树转念一想，看来老唐的意思是同意的，而且演戏这件事情还是他最先提出来的。算了，党国也不是我一个人的党国，一二五团更不是我说了算的，我何必充大头去讨那个没趣？天塌下来自有个儿高的顶着，现在还轮不到我忧国忧民呢！

林用树说，霍英山的抗敌剧社很有名，吹拉弹唱一应俱全。部队进入天茱山，住的是山，看的是山，翻过山去看看山那边，山那边还是山。也该让弟兄们乐和乐和了。

唐春秋说，乐和乐和可以，但是凡事总是有利有弊。他们的赤化宣传很厉害，会不会对部队造成影响啊？

林用树笑笑说，团座所虑我等实有同感。但是事在人为，他总不至于公开宣扬共产主义诋毁三民主义吧？只要他不过分，鼓舞抗战士气，谁也不能鸡蛋里挑骨头。

唐春秋说，这话可是参谋长你说的啊！我是有点担心。但既然你们二位觉得并无不妥，那就按你们的意思办吧。

林用树说，毕竟是战争环境，恐怕还得拿个方案，免得这边看戏，那边让鬼子钻了空子。

唐春秋说，参谋长所言极是。要组织好。一是防敌特袭扰，二是既然演了，就让弟兄们一饱眼福，要乐和就大家一起乐和。

林用树说，这个请团座放心。

为了这次演出，唐春秋派孟秋带人搭了一个很大的土台子，还挂了幕布，很有些唱大戏的架势。于是乎在船儿冲一二五团的驻地，几天前就盛传了一个消息：抓到了鬼子俘虏，要唱大戏了。对于这个消息可能会带来的敌情，唐春秋和彭伊枫都作了充分准备。

演出那天，凡是节目里有女性出现，掌声总是要多一些，有的老兵油子，还稀里糊涂地叫好。轮到《一条腿》登场之后，由于构思奇特和演员的精湛表演，悲剧演成了喜剧，喜剧中又蕴含着深层的悲哀，一二五团的官兵就安静下来了。

当演到三个军阀备受一个日本兵的凌辱戏弄的时候，坐在台下的唐春秋对彭伊枫说，贵军虽然只是个小戏，却包含着非常深刻的忧患意识和觉醒意识。对于所有抗日势力都有启蒙和训诫意义。难得，难得！

二

就在游击支队的抗敌剧社红遍了天茱山的时候，在天茱山西南腹地一个人迹罕至的地方，正活跃着一支日军部队。这支部队的最高长官是下士官干部候补生、松冈联队曹长荒木冈原，全部兵力除了荒木冈原，便是岩下二等兵。

荒木冈原和岩下是在鹰嘴崖附近被打散的。

如果按照荒木冈原的想法，那天即便是狂风大作电闪雷鸣，他们也用不着急急忙忙地撤离平安岙，因为当时并没有出现敌情。如果不离开平安岙，也就不一定同抗日武装打了个照面，也就不会受到如此惨重的损失。在平安岙他们已经有了比较可行的防御措施，不至于狭路相逢措手不及。但糟糕的是，河田大尉在没有发现任何人为异常的情况下断然决定后撤三公里，仅仅是因为天气变了。

那场遭遇战可谓惊心动魄，猝不及防，仗就打乱了。整个阻击方奋力苦战的实际上只有他一个人。他轻重火力并用，长短枪交替射击，以异常敏捷的动作变换射击位置，给对方造成以小分队阻击的错觉。也正因为战术精湛：他才得以幸存。

大约下午三点钟左右，天气变好，神秘失踪的太阳又神秘地出现了，雨后初霁的山坳里霎时升腾起无数大大小小的虹环，有些就挂在身边的树梢上，似乎伸手可触。

松井中尉战死了，河田大尉被俘了，另外的人去向不明。现在只剩下他了，没有谁可以阻拦他了，那么他就可以按照自己的意志行动，按照自己的理解支配自己的生命。他决定返回原来的路线，仍然从东八里河方向，实施向天茱山腹地挺进的计划。也许，这次捕俘没有成功是天注定的，因为那本来就不是他们的任务。荒木冈原坚定了一个信念，从头开始，孤军作战，一定要潜进去，一定要找到那个秘密的军事基地，把河田造成的失误弥补过来。

独自藏身在树下，浏览异国这葱翠苍郁的美景，荒木冈原的心里再一次迸发出了激动。啊，伟大的天皇陛下，八纮一宇的主宰，世界人类中心的至高无上神明，您看见了吗，这是多么美丽的地方！可是在那些愚昧自私的支那人的统治下，它们美丽却又贫穷，它们富饶却又落后。我们，我，下士官干部候补生、“皇军”曹长荒木冈原，带着您的旨意和“东亚共荣”的宏伟理想，来到了这里。天皇陛下，我向您发誓，我的每一滴鲜血都是天皇您赐予并且为您而流淌的，即使它们全部渗进支那的土地，那么生长出来的也必将是大和民族的樱花。

在这样一个云蒸霞蔚美丽动人的地方，荒木冈原觉得自己像救世主一样圣明，像天皇一样目光远大胸怀宽广。这一瞬间，他觉得自己不再是一个小小的下士官，也不再是一个干部候补生，而就是这片土地的精神主宰。他的激昂的情绪持续了很长时间。

当太阳快要落山的时候，他做出一项决定，首先沿着上午的战斗路线再返回到战场上去。他要看看究竟是什么原因导致了这突如其来的失败，同时他也抱有一线希望，寻找在战斗中失散的生还者。

果然，在距离平安岙还有五百米的一片山根稻田旁边，他发现了脚印，顺着这脚印前进，他看见了一片被重物压倒的草地，隐隐约约有隆起的土包。走近一看，那土包是一个蜷曲的人体，更近了，把那个人体翻过来他才看清，那是松井中尉。

松井中尉在人间最后使用的这片草地，已经泥泞不堪，周围大约有三四平方米的样子。树苗折断，小草伏地，地面上有胶鞋刨出来的沟辙，甚至有手抓的痕迹。可以想象，松井中尉在最后的时刻进行着怎样的挣扎。直到确认挣扎无效，松井中尉才把枪支、弹药、望远镜和指南针捆绑在一起，压在自己的身下，拉响了手雷。

荒木冈原把松井的身体尽量放正，让他躺得舒展一点，仰面朝天。然后他向松井的遗体深深地鞠了一躬。在异国的战场上，他只能以这样方式为松井举行葬礼了。

岩下二等兵至少有三个小时是在极度的恐惧、茫然和绝望中度过的。

平安岙战斗中，荒木冈原率先开枪，之后就大喊大叫要他从侧翼射击。但是他不知道该向哪里射击，只是懵懵懂懂地向火光闪烁处胡乱开了几枪。开枪之后他就更加惊恐了，因为他发现有好几处火光立即向他扑面而来。他明白了，他是暴露了自己的位置。那时候他顾不上痛恨荒木冈原，马上抱起枪滚下山坡。

求生的本能使他在这一瞬间变得异常清醒和灵敏，这时候他的全部思维就是逃之夭夭。在东西南北还没有搞清楚的情况下，只在极短的时间内，他就跑出去一里路开外。

最后他实在跑不动了，一身泥水像是铁铸的甲胄，裹得他步履艰难。山上的枪声仍然在响，河田大尉那严厉冷峻的表情和荒木冈原穷凶极恶的拳头出现在眼前。审时度势，他意识到自己不能就这么匆匆逃离，“皇军”的使命和荣誉不允许他这样不战即退。最终，他完成了第一次灵魂的洗礼，他决定返回战场，同敌人短兵相接，他至少要消灭一至两个敌人。这样他就能无愧于天皇陛下，也就可以招架河田大尉的训斥和荒木冈原下士官的拳头了。

但是，等岩下二等兵找回“皇军”的感觉，决定返回战场体现一把武士精神的时候，战斗已经结束了。山坳中再也听不见枪声了，也听不见人的说话和脚步声了。巨大的寂静使岩下二等兵再次感到，他已经陷入到与世隔绝孤立无援的困境。恐惧再一次从“天皇”的头顶上匆匆跨过，像潮水一样向他弥漫开来。

岩下拖着一身泥水近乎麻木地在一个山坳里挨了两个多小时。

天渐渐地暗了下来，太阳从遥远的山脊往下坠落。岩下二等兵这才感觉到饿了，回忆一下，上一顿饭大约是在到达鹰嘴崖之前吃的，已经过去了至少七个小时了。那是一听猪肉罐头，六块饼干和一瓶水。这些食物现在已不知去向，只感觉到腹中空空，肠子也开始蠕动起来。

以往的日月里，一年总是可以当一回神仙的。天长节那天，要是天气好，岩下就会在厂房后面的草地上摆起桌子，千代叶子和孩子们像蝴蝶和蜜蜂一样，快乐地穿梭在草地上，运送食物。有香喷喷的米饭，金黄色的油饼，红彤彤的烤肉，热腾腾的鱼汤和绿油油的青菜。男人们喝着清酒，摇头晃脑地打着拍子，孩子们雀跃欢呼，撒着樱花，女人们羞态可掬，翩翩起舞……啊，在太阳升起的地方，在太阳故乡的山冈，菊花像太阳一样开放，天皇的圣明照亮了波涛汹涌的海洋……

美好的回忆让岩下暂时忘却了眼前的处境，而一旦从遐想中回过神来，他发现肚子更饿了。脑袋上不知道被什么虫子咬了，长出几个包块来。沾满泥水的军服像潮湿的牛皮被风干了，硬邦邦地裹在身上，使皮肤变得麻木僵硬，奇痒难忍。

这时候他想起了荒木冈原。荒木冈原是天皇陛下最忠实的臣民和武士。荒木冈原有着非凡的判断和决断能力，谙熟野外生存、绝处逢生的一切手段。倘若荒木冈原也在这里，他一定有办法摆脱险境，这不仅得益于荒木冈原的军人素质，更重要的是，天皇也会因为他的出现而格外恩赐，天皇不会撇下荒木冈原这样的优秀士兵不管的。如果天皇陛下连荒木冈原都撇下了，那么他岩下二等兵就更没有指望了。

夜幕完全降临的时候，绝望中的岩下突然听到自己的身边传来一声低喝，岩下二等兵，向我靠拢！

岩下怔了一下，泪水顿时夺眶而出——天哪，是他，是那个比自己的年龄小了将近十岁而经常扇他耳光的荒木冈原！此刻，在岩下的心目中，荒木冈原就是天皇，荒木冈原像他的父亲和母亲那样给了他安全和温暖。

在接下来的日子里，荒木冈原当真是按照“皇军”的正规规则来要求自己和岩下二等兵的。这些规则包括作息、行军、训练和思想省察。自从找到了岩下，荒木冈原就给自己定下了一个小型的战略目标，那就是要在中国江淮腹地的这片山林里长期蛰伏下来，像镶嵌在敌人心脏里的引信，在天皇需要的时候，引爆自己。

他不由分说地率领岩下向西，向北，再向西，再向北。他的计划是首先取得生存的条件，而且是远离东南主峰。他一定要找到那个通道，一定要找到那个秘密，一定要把那个威胁“皇军”安全的、可能会给“皇军”带来灭顶之灾的秘密基地找到。然后，把它化为齑粉。他要让时间、阳光、风雨和野兽把他们的痕迹洗刷得无影无踪，他要让全世界都以为他们死了，而他们却依然生龙活虎地活着；他要让天茱山的岩石草木全部丧失对他们的记忆，而他们却可以随时让它们深刻地恢复对他们的记忆。啊，当一回人们心目中的死人，当一回被人遗忘的人，这种感觉真是好极了，这是战争给人创造的对人生况味进行极致体验的机会，是一个士兵千载难逢的殊荣。

三

陆安州的街面上，松冈大佐的脚步声越来越少听到了。偶尔出现，松冈的神情也似乎发生了很大的变化，他依然微笑，依然矜持，依然做着慈祥的表情和手势。但是，从他的眼镜后面的眼睛里，时不时地会散射出惊觉的一瞥，他的笑容会因某个突然的发现在瞬间凝固，手势也会在不知不觉中停在胸前或者某个就近的部位。

连原信都看出来了，松冈大佐不像过去那样自信了。尽管陆安州的“亲善怀柔”工作仍然是江淮地区首屈一指的；尽管较之其他“皇军”驻屯军，松冈联队自进驻陆安州以来并没有受到太大的损失。但是，松冈大佐还是渐渐地不自信了，甚至变得疑神疑鬼了。

事实上，自从踏上陆安州的土地，松冈的内心几乎从来就没有松弛过，那是原信无法体验的感觉。作为独当一面支撑一个方向的首席长官，松冈所肩负的责任、所承受的压力，比起羽翼之下的军官们，不知道要多多少倍。更何况，还有一个高深莫测的沈轩辕和他的“秘密军事基地”呢？为此他付出了巨大的代价，他最器重的军官和最器重的士兵都在那片神奇的山林里杳无音信。然而，那里所潜在的危险远远不是这些。也许，有那么一天，会从那片深邃的山林里飞出一支天兵天将来，把松冈联队化为灰烬。

松冈是个明白人，正因为如此，石原次郎才把驻屯陆安州的任务交给他。也正因为把陆安州的驻屯任务交给了他，他才必须更加清醒。“亲善”工作，“清剿”工作，粮食问题，情报问题，哪一个环节都不能出问题，哪一个环节出了问题都是大问题。用如履薄冰来形容松冈现在的心态，实不为过。

有一天松冈突然做了一个美梦，他梦见了一个赤裸的美女，那是一个丰腴的少妇，她静静地躺在远处，挺拔的胸脯和光滑的腹部连成一座凹凸有致的山峦，在天幕的衬托下沐浴着晚霞，通体缭绕着圣洁的光晕。他在恍惚中看见了那片丰美的水草地，那针叶松一般纤秀的小草们在晚霞的映照下跳动着金色的光泽，昭示着生命之源的勃勃生机。他伸出了自己的舌头，他想去探索那片美丽的沼泽。但是他惊骇地发现自己的脑袋变成了一个蛇头，吐着红红的芯子，他扭动着变幻着，变成一根长长的动脉一样的管道。他要探索的那个地方原来是一口幽深的古井，里面有许多泉眼，通向陆安州的四面八方。四面八方的大米、白面、绿豆、棉花、蚕丝、芝麻和荞麦，还有最受日本“皇民”喜爱的糯米，就像珍珠和乳汁一样，从他的身躯里，从那动脉一样的管道里流向“皇军”的辎重部队，流向港口上停泊着的大腹便便的轮船，流向东京和大阪的街头，芳香弥漫，祥云缭绕。“皇民”们雀跃欢呼，呼喊着松冈的名字，到处追逐松冈的身影，把鲜花和美酒送到他的手上。后来他看见那古井的四周在一点一点塌陷，原本像美妇的肚皮一样平坦和丰腴的江淮土地，渐渐地失去了水分，渐渐地失去了光泽，渐渐地起了褶皱，渐渐地变成了丑陋不堪的老妪。他在得意中矜持地微笑，环顾四周，这时候他发现了宫临济和夏侯舒城，还有董矸石、方索瓦、王月凤等人，还有那些穿着新四军军装的人和穿着中央军军装的人，还有农民打扮工人装束的陆安州人，小商小贩，乞丐娼妓，耍大刀的，卖烧饼的，甚至还有蒙面强盗、小偷扒手，他们也在向他微笑，在微笑中把他围得水泄不通。他在那一瞬间听到了一个阴阳怪气的声音在喊，笑里藏刀啊笑里藏刀！他警觉地循着那声音看去，却是一无所有，而此时宫临济等人围在他的身边，微笑变成了狞笑，那些围着他的人正挥舞大刀，拼命地砍击他的脑袋……

松冈在痉挛中醒来，浑身冷汗淋漓。

自从做了这个梦之后，松冈连续三天站在作战图前观看陆安州地形图，常常看得走神。从图上，他看见了西边那一片茂密的山林和险峻的山路，看见了在云蒸霞蔚的山坳里，一股呼呼升腾的杀气。他用铅笔在图上描了许多道道，那是他设想中的进攻路线；也标注了很多点点，那是他设想中炮火摧毁的目标。这里是中央军的旅部，那里是新四军的支队部，而被他用铅笔涂抹得最为粗重的，是天茱山深处那一片被称之为无人区的老林子——松冈大佐从来就不认为那是真正的无人区。石原次郎也数次敦促他继续派出可靠力量进入老林子侦察，江淮派遣军已经调用飞机在那片老林子上空盘旋了数次，虽然看得不是很清楚，但是航拍照片显示，那片老林子里有建筑，甚至还有规则的农田——无论如何，那里有人是肯定的。只要有人，他们就一定是松冈图上作业的目标。

每次做完想象中的或者说预计中的作战规划，松冈的最后一笔总是落在那一片密密麻麻的、标注为居民点的一大片地方。而这个地方正是他的站立点，他和他的主力栖身的地方——陆安州城区。在视察归来的时候，夜深人静的时候，他曾无数次咬紧牙关攥紧双拳痛下决心——一旦驻屯任务解除，撤出陆安州的命令下来，他要向他的部队颁布解禁令，凡兄弟部队在占领区所得之利益，包括获取物资，包括获取女人，也包括精神之获取如杀人放火，一任官兵们纵情享受。杀谁都行，只要是中国人，统统无所谓！

当然，这还只是设想而已。松冈也搞不清楚，他的驻屯任务何时才能解除。那该死的、弄得他坐卧不安的粮食征集任务，何时才能交给别人。现在，他能不杀人尽量不杀人，能不放火尽量不放火。他只是交代原信，暗中制订一个计划，内容包括撤出陆安州的时候所要炸毁的目标和所要解决的人物，以及爆破的具体方案和捕杀的措施。原信惊骇地发现，在松冈交代的爆破目标中，陆安州像样的为数不多的建筑物几乎全部都在其中。也就是说，一旦松冈联队撤离陆安州，随后给陆安州带来的，就是毁灭性的爆炸，陆安州或许从此就从地球上消失了。更让原信惊骇的是，在松冈交代要捕杀的名单中，几乎囊括了现在正在为“皇军”效力的所有的“皇协”人员，其中包括宫临济、常相知、马甫金、夏侯舒城、王月凤，甚至连董研石也不例外，只剩下一个方索瓦。

原信问道，假如把宫临济和他的团长们都杀了，假如以后还是“皇协军”一师配合本联队，那谁来当师长团长呢？

松冈笑道，中国什么都缺，但唯独不缺当官的。把宫临济杀了，哪怕杀得毫无道理，但是你只要任命一个新的师长，他马上就能帮你找出道理。

原信又问，假如这些人都是不可靠的，我们又有什么理由相信方索瓦呢？

松冈向原信做了一个莫名其妙的手势——平行手掌向自己的脖子上比画了一下说，杀不杀，不是因为可靠不可靠，而是因为可用不可用。

原信瞪着一双金鱼眼，茫然地看着松冈。

松冈说，原信君，知之为知之，不知为不知。以后你会明白的。

原信还是一脸懵懂，但是响亮地回答，哈依！

四

根据石原次郎的指令，松冈召集日伪要员会议，传达了江淮派遣军电令的要点。自从日军占领武汉之后，武汉也就成了一个伤心地，李宗仁在北，陈诚在南，新四军的部队在天上地下水里岸边，神出鬼没，使日军南下南昌和长沙的计划屡次受阻，因此对粮食的需求源源不断。

松冈在会上一反常态地大发雷霆，说是征粮工作越来越艰难了，“皇军”费了九牛二虎之力弄来的粮食，没出陆安州，总是被身份不明的人劫走，看来破坏分子的情报相当准确，一定是内部出了问题。你们“亲善政府”和“皇协军”都有责任，要在内部进行清查。原信也气势汹汹地说，一定是有了奸细，“亲善政府”和“皇协军”内有不少人是从国民党军队过来的，“皇军”已经有所察觉，如果你们自己不能把这些人查出来，“皇军”的宪兵大队就要动手了。

在具体到行动计划的时候，“皇协职员”和“皇协军”军官都不吭气。松冈逼着让大家认领任务指标，夏侯舒城说，作为“亲善政府”官员，我对贵军的粮食被劫，深感不安。但是我同松冈先生有约在先，我这个市长是生意市长，协买协卖，买粮食我可以不遗余力，但是像这种武力征集，我没有军队，也没有经验。

“亲善政府”副市长王月凤也说，陆安州本来不缺粮食，但是半年来“皇军”已经从陆安州调走了两千多万斤粮食，吃掉了几百万斤粮食，可以说供不应求。如今的情形是，兵荒马乱民不聊生，百姓去年大量减产，今年春耕时节已到，仍然人心惶惶，田地荒芜，有的地方已经出现饥荒，恐怕征粮工作越来越困难。

松冈瞪着眼睛看着王月凤，没有表态。原信质问道，照此一说，那“皇军”的征粮工作就没办法完成了吗？

王月凤说，这个问题恐怕应该由宫师长来回答。

宫临济恼怒地看着王月凤，忍下一口气说，我有什么办法？如果老百姓手里有粮，我可以派兵去抢，老百姓手里没粮，我总不能让他们屙出粮食吧？

松冈又把眼光投向夏侯舒城，幽幽地看着，问道，夏侯先生有何高见？

夏侯舒城说，松冈先生是很懂中国情态的。既然松冈先生把陆安州作为战争用粮的供给基地，那么就应该有一个长远计划。发展生产不能仅靠城内这一块的工业，征集粮食更不能一味依靠武力。强行征收，杀鸡取卵，竭泽而渔，其实就是自杀。陆安州近两万平方公里的土地，有四成以上良田，占领军应该给政策，给保障，让农民恢复生产，大河有水了，小河自然也就湿润了。

松冈沉吟不语。原信说，夏侯先生的意思是，“皇军”的征粮工作，只能等到秋收？

夏侯舒城说，我是说，征粮得首先有粮，老百姓手里没有粮食，你就是把他的皮扒了，也只能熬他的骨头，那也没有多少油。你把他的种子都征了，最后我们大家就只好同归于尽了。

原信怒目而视夏侯舒城说，岂有此理！简直是阻挠“皇军”征粮！我就不信，陆安州的粮食已经山穷水尽，民间一定有所储存。就是你们这些“皇协”官员姑息养奸，与刁民串通一气，才使“皇军”的征粮工作困难重重。

夏侯舒城吸了两口雪茄，看着原信说，原信先生刚才说我们这些“皇协”官员姑息养奸，与刁民串通一气，这种说法我不能接受，请你拿出证据。

原信说，征粮工作屡次遭到破坏，就是证据。

夏侯舒城把目光投向松冈说，松冈先生，我不知道原信先生的话能否代表您的本意？

松冈说，我想知道夏侯先生提这个问题的本意。

夏侯舒城说，如果松冈先生也是这么认为，那么，请允许我辞去这个“亲善政府”市长的职务。

松冈的表情激剧变化，冲口而出，为什么？

夏侯舒城不紧不慢地说，因为“亲善政府”不受信任，我没法同原信先生合作。

原信“呼啦”一下站了起来，以拳击掌，吼道，简直是要挟！夏侯舒城笑笑，把掐灭的雪茄从容地点燃，神情专注地吸了一口。松冈哈哈一笑说，夏侯先生，不要生气，原信君，不要着急，诸位都是为了东亚共荣事业，目标一致，还须同舟共济。至于征粮嘛，是一定要征的，是在清剿中征，还是先种后征，从长计议，从长计议。

会议开得不了了之，松冈把原信和方索瓦留下密谈，原信余怒未消地说，夏侯舒城大大的靠不住，按照他的想法，“皇军”不仅不能去搞粮食了，反而还要给老百姓提供种子呢。

松冈说，他并没有说要给种子啊。

原信说，所谓的给政策，给保障，不就是这个意思吗？中国人终究是中国人，他们是不会诚心帮助“皇军”做事的。

松冈看了方索瓦一眼，制止道，原信君，不要动辄把问题上升到民族高度，我们还是就事论事。

方索瓦倒像是并不介意，沉吟道，以敝人之见，夏侯先生的说法不一定没有道理。我们要有长远眼光，光靠挖地三尺确实不是长久之计。

原信说，我们都不要在这里坐而论道，关键是要拿出办法。

方索瓦说，松冈大佐的一贯指导思想是通过怀柔的办法感召民众，这个办法比挖地三尺好。一方面征，一方面种，让老百姓看到收成，他就愿意把存粮交出来。

松冈想了一会儿说，我也认为夏侯先生的看法是有远见的。所以我想，我们可以在陆安州搞一个试验，譬如开辟一个“亲善”田园，由“皇军”和“皇协军”种出一块模范田，让各区县的“皇协”职员都来参观，推动粮食生产。

原信睁大了眼睛，太君，那清剿工作……

松冈向原信摆了摆手，踱了几步，看着方索瓦说，我想来想去，这件事情还是放在方君那里做。做“亲善”的模范，也做生产的模范。不知方君意下如何?

方索瓦说，可以。桃花坞有千亩良田，官田三百三十余亩，做模范田绰绰有余。

五

几天之后，陆安州东南的桃花坞出现了一幕奇异的景象：在小蜀山脚下的一片盆地里，由方索瓦出面雇用当地农民平整了一百多亩水田，阡陌纵横，水天一色。日本兵的一个中队和“皇协军”的两个中队，分别由日军少佐原信和“皇协军”大队长杨家岭督阵，日军在南，“皇协军”居北，各列一边，排成一行，由东向西开展插秧竞赛活动。松冈大佐别出心裁的“模范试验田”正式诞生了。

日军士兵参军前多是学生，不会插秧，方索瓦找来一些老农示范，这些鬼子很快就学会了。学会了就一丝不苟地插，起初还纵横打了线格，以保证行距和间距相等。“皇协军”虽然多数出生农家，但是多年没有下田，早已不耐烦这拖泥带水的营生。一边插秧一边骂骂咧咧，说不知道是哪个狗日的出的馊主意，当汉奸还要来插秧。说好了当汉奸就是吃香的喝辣的，当汉奸就是想搞谁家的闺女就搞谁家的闺女。早知道当汉奸还要下地种田，老子还不如不当汉奸呢!

过了两个小时，日军的插秧技术越来越熟练，一声不吭，成排后退。那秧也插得很像回事，纵横成线，方方正正，而且入泥恰到好处，不深不浅。从东往西看，一串黑色的头顶；从西往东看，一串整齐的屁股。

“皇协军”这边却是一片狼藉，士兵们东一个西一个，队形早就乱了，有的在前，有的在后，有站在田里聊天的，有蹲在一边抽烟的，有伸懒腰的，有打哈欠的。大队长杨家岭对插秧也是一肚子气，索性睁一只眼闭一只眼，一边凉快去了。

到了中午，松冈大佐带着宫临济、夏侯舒城一干人等以及各区县“皇协”职员过来观摩，一看南北两边，泾渭分明。南边一片齐刷刷新铺就的绿茵，北边则是乱糟糟的，秧苗横七竖八，不少漂在水面。

松冈看了看宫临济和夏侯舒城，咧嘴笑了说，二位长官，看看这块田，你们中国的很多问题，从这块水田里就能得到答案。

宫临济的脸色灰绿，愤愤地左顾右盼，嘴里叽里咕噜地骂着杨家岭，说这些混账东西，也忒不给老子长脸了。

原信跟在后面说，你们“皇协军”，打仗的不行，种田的也不行。

这时候夏侯舒城说话了，谁说不行？你告诉他们，这是给他自己家里种田，你看他行不行？

原信说，这样的工作姿态，是不应该吃饭的，中午应该让他们饿肚皮，重新插秧，直到达到“皇军”的标准，才能吃饭。

松冈向前走着，微笑不语。

松冈等人离开之后不久，原信就让传令兵吹哨子开饭。吃饭集中在桃花坞东头学校的操场上，日军在南边，“皇协军”在北边。开始“皇协军”没在意，各吃各的。鬼子吃饭前还排队，吟诵给天皇的致敬词：感谢吾皇，赐我食物。稻米麦面，壮我筋骨；泉水香汤，沐我心灵……

“皇协军”暗暗嗤笑，说狗日的日本人大白天讲鬼话，这食物都是陆安州老百姓种出来的，关天皇屁事！

吟诵完毕后，日本兵就围成十几堆，一声令下，开始进餐。鬼子进餐动作很快，全都埋头苦干，只听见一片呼呼啦啦的扒拉声和咀嚼吞咽的声音。“皇协军”这边比较自由，可以边吃边走动。后来一个班长发现了问题，耸起鼻子闻了闻，再闻闻，就跑去找排长李伯勇，神神秘秘地说，排长你闻闻。李伯勇也耸起鼻子，深深地吸了几下，再深深地吸几下，然后就一拍屁股吼了起来，我日他娘，给日本人吃红烧肉大米干饭，给老子吃二米饭白菜豆腐。这鸡巴饭不吃了！

排长一咋呼，全中队都停住了筷子，嘴里裹进去的饭菜也停止了咀嚼，大家都站了起来，端着碗，远远地看着日军吃饭的方向，一百多张鼻子一起翕动，使劲地嗅着从南边微微传来的肉香和饭香。不知道是谁先带的头，缓缓地移动了脚步，接着，大家都离开了原来的位置，向南边缓缓地挪动过去。

日军那边没有反应，还在香甜地饕餮，一个添饭的日本兵抬头突然看见“皇协军”们端着饭碗向这边拢了过来，叽里咕噜地喊了一声，鬼子兵们像是接到了命令，抬头转脸，一看，“皇协军”们黑压压地逼了过来，这才纷纷站了起来。

原信也在就餐的人堆里，一看这架势，觉得异常，站起来大吼，先是吼日本兵，都蹲下，吃饭，吃饭！然后再吼“皇协军”，你们干什么？回到你们的位置上去！

但是“皇协军”不理他那一套，步伐坚定地向南边逼近，手里端着饭碗，眼里喷着怒火。原信冲了过来，对着走在前面的一个“皇协军”士兵就是一巴掌，凶狠地骂道，混蛋，退回去！你们要干什么？死拉死拉的！

“皇协军”没有后退，还在一步一步地向前逼近。这时候杨家岭也过来了，大声喝令部下后退。“皇协军”的队伍停住了，但是只僵持了不到半分钟，先是半空中出现一个物件，接着就听见一声惨叫，原来是一只饭碗准确地落在原信的脑袋上。原信还没有回过神来，就听见一阵惊天动地的呐喊——操他妈鬼子吃肉给老子吃咸菜！日他娘鬼子吃大米饭让爷们吃杂粮！奶奶的这个鸡巴汉奸不当了！

霎时，半空中狂风呼啸，犹如鸟群一般，几百只饭碗，连汤带水，砸向原信，砸向日军的队伍。随即，十几个“皇协军”士兵冲进了日军的饭场，不由分说，抓起盛肉的铝盆，一边吃一边摔，局面乱成一团。

原信浑身都是汤水，满脑袋都是大包。但原信已经顾不上这些了，“刷”地一声抽出战刀，呀呀呀一阵喊叫。日本兵得到指令，全都扔掉饭碗，转身扑向枪架。只片刻工夫，就摆好了阵势，端着上了刺刀的步枪，在原信的统一号令下，一步一步地向“皇协军”逼了过来。

带头闹事的排长李伯勇眼见鬼子动真格的了，也吼了一声，鬼子要动手了，弟兄们，操家伙啊！

“皇协军”们有了组织，发一声喊，“呼啦”一下回头就跑，也扑向枪架。剑拔弩张，一触即发。

原信一看事情要闹大，有点慌神，一把揪住杨家岭，大声命令，你的，命令他们，统统退下！

杨家岭被原信揪住衣领，一只手端着饭碗，一只手在空中挥舞，带着哭腔呼喊，弟兄们啊，你们这是把我往死里逼啊，退回去吧，鬼子咱惹不起啊！

李伯勇挥臂大喊，凭什么一样干活吃两种饭，让狗日的原信说清楚！说不清楚我们就不罢休！

原信恶狠狠地盯着李伯勇，一挥战刀说，你们支那人的，干活的不行，待遇的不同！无理取闹，死拉死拉的！

李伯勇说，死拉死拉的也就是一条命，我们支那人不能给你们这些鬼子干活！

杨家岭又对李伯勇哭喊，老弟啊你少说两句，这是讲理的地方吗？你不怕死，也得为弟兄们想想啊！弟兄们啊，退回去吧，退一步海阔天空啊，再这么闹死路一条啊！

杨家岭这么一说，“皇协军”的士兵们就有些动摇。

正在议论纷纷，方索瓦急匆匆地赶了过来，身后跟着三十多名荷枪实弹的自卫团员。见这阵势，方索瓦阴沉着脸扒开人群，走到原信身边，将其挡在身后，向“皇协军”官兵们喝道，活得不耐烦了是不是？上天入地由不得你，是死是活我说了算！怎么着？想动家伙，你们回头看看！

“皇协军”们疑疑惑惑地东张西望，这一看不要紧，操场已经被包围了，四面八方全是方索瓦的自卫团，一圈下来，十几挺机关枪黑洞洞的枪口全都指向“皇协军”。

李伯勇倒吸一口冷气，心里骂道，这狗日的铁杆汉奸，死有余辜！

六

反“清剿”战斗结束后，陆安州周边的日军和天茱山的抗日武装都蛰伏下来，没有展开大规模的斗争。梅山栗统飞又接到侯先觉的指令，明确了“抗战不避战，应战不挑战”的指导思想，与敌军僵持对峙，策应武汉外围战，迟滞日军进攻长沙的步伐，“非不得已之时不得与之为战”。栗统飞则认为，“新四军游击支队日渐强大，屡屡挑逗敌人清剿，而且诡计多端，数次引战火于国统区，意在消耗国军实力”。密嘱劳玉军等团长，对霍英山部严加防范，军用物资、尤其是武器装备，要严加控制。同时要加强情报采集力度，对于日伪和新四军两个方面同时进行特工渗透。栗统飞甚至放出这样的话，对日军尽量避战，对“皇协军”尽量不战，对新四军尽量观战。

国军内部的这些动态，是从一二五团唐春秋处获悉的。唐春秋专门派特务连长孟秋把彭伊枫请到了船儿冲一二五团团部，恳切地对彭伊枫说，国破家亡，还在彼此倾轧，何时是个了啊！不过请霍司令和彭主任放心，只要我唐春秋还在天茱山，一二五团就绝不会做一件对不起新四军、对不起华夏民族的事情。

彭伊枫说，天茱山国军长官中有人包藏祸心，我们也是早有准备的。唐团长，有你主政一二五团，我们两支部队在民族的旗帜下团结战斗，甘苦与共，有目共睹。但是，我们也得提醒唐团长，并不是所有的中国人都希望看到这个局面，有人就是要千方百计地破坏我们的团结。唐团长，防人之心不可无啊！

唐春秋定定地看着彭伊枫，问道，彭先生是不是听到了什么风声？

彭伊枫说，一、栗统飞在独立旅站稳之后，他不可能容忍你这样的人继续独当一面。二、最近有情报显示，天茱山将有一场暗杀战，暗杀的对象主要是主战的抗日军官。

唐春秋吃了一惊，似乎觉得脑后顿时掠过一股阴风。那么，下手的是谁？

彭伊枫说，很复杂，也很耐人寻味。日军在行动，“皇协军”在行动，贵部也有行动。但是，不瞒唐团长，针对这种暗杀抗日军官的罪恶行动，我们也将组织反暗杀活动。我们也会保护那些赤胆忠心的抗日军官。

唐春秋的眼睛突然有些潮湿，连声说，谢谢，谢谢！我们大家好自为之，各自多多保重吧！

之后不久，眨眼汉子又来了一趟，这次同来的还有江淮军区的政治部主任马士基。马士基是到江南新四军总部公干，顺道来宣布一项任命，任命彭伊枫为天茱山抗日游击支队政治委员，游击支队军事行动最高责任者。

命令宣布完毕，马士基问支队几个领导，有什么意见和建议。霍英山当即表态，早就应该这样了，彭伊枫同志军事在行，政治过硬，无条件服从。副司令员龙文珲和参谋长许成哲也表示，半年多的工作实践证明，彭伊枫同志具有成熟的建军思想和战争经验，完全可以领导天茱山抗日游击支队走向强大。本来江淮军区有些担心霍英山等人对上级赋予彭伊枫的绝对指挥权有看法，马士基见这几位主要负责人都心悦诚服，也就放心了。在杜家老楼吃了一顿饭，便由龙文珲带领独立营一个排送往长江北岸。

这次瞍眼汉子没有马上离开，在杜家老楼住了两个晚上，由彭伊枫陪同，看了独立营、特务队和县大队，观看了独立营一个班的战术表演。

在回杜家老楼的路上，彭伊枫对瞍眼汉子说，“老头子”委我当这个联络员，可是我没有参加过一次“老头子”组织的会议，没有一次当面接受指示，我很想见他一面。

瞍眼汉子说，这是特殊环境里特殊的斗争方式决定的。不过，时间不会太长了。陆安州抗战这一盘棋，谋局布阵基本就绪，同松冈联队开展决战指日可待。那时候，你就可以见到“老头子”了。

瞍眼汉子离开几天之后，隐贤集地下组织就转来一封信给彭伊枫，信中写道：亲爱的同志们，通过大半年的努力，陆安州敌我力量对比已经发生了较大的变化，坚冰正在融化，春天即将到来。天茱山抗日游击支队作为陆安州地区的主要作战力量，应继续加强四个武装建设，搞好思想信仰教育，抓好技术战术训练，筹备丰富的战争物资，扩大队伍，团结友军，全面提高部队战斗力，随时准备接受艰巨的任务。

信的最后是一份令人振奋的通报：根据天茱山抗日游击支队目前的实力和斗争需要，“老头子”已经向新四军总部呈报并得到批准，拟将天茱山抗日游击支队升格为江淮七支队。在原独立营和安丰县大队的基础上，扩编为独立一团；在原特务队的基础上，扩编为特务营；其余各县大队、县中队应加强组织领导和正规训练，俟时机以这些地方部队为基础整编为七支队二团。筹备工作即日开始。

支队首长做了分工，扩军工作由霍英山主抓，用他自己的话说，招兵买马这套活路他熟。一旦有了政策，霍英山放开手脚干，把安丰县大队调到距离杜家老楼十里开外的八角街，进行正规战术训练，同时以抗敌剧社为主成立扩军工作队，秘密到各县宣传演出，吸引青壮年参军。

不到一个月的时间，县大队的战术训练经过检验，有了很大提高，一个八百人的独立团很快就拉起了架子。同时从原独立营抽调一批战斗骨干，招收一批精明强干的新兵。特务营也初具规模，成立了侦察连、机炮连和勤务排，共二百六十人。支队机关也实现了正规化，田红叶为支队宣传科长兼抗敌剧社社长，曾见湖为政治部组织科长，刘庆唐为司令部作战科长，王凌霄为通信科长，在电台联络启动之前，负责敌工科工作。

七

河田大尉感到他的人生进入到最黑暗的时期。

每天，河田大尉独自一人坐在桂氏庄园最隐秘的一个储物间里，过着吃了睡、睡了吃的生活，他把这种生活理解为猪的生活。他甚至怀疑这个储物间就是为了囚禁他而准备的，尽管他知道这座庄园已经有二百多年历史了。他渴望看见外面的世界。

天茱山这段时间到底发生了什么，河田大尉不清楚，但是他能分析出来，“皇军”的三路“清剿”偃旗息鼓之后，再也没有新的动静，说明“皇军”的战略重心已经完全转移了。他搞不清楚松冈大佐是不是把他给遗忘了，或者说把他抛弃了。至于那个秘密军事基地，恐怕再也不需要他做什么事情了。于是乎，他的黑暗的日子就不知道何时是个尽头了。

但是并不是所有的人都把他遗忘了抛弃了。终于有一天，在巨大的孤寂中河田大尉迎来了被俘以来最幸福的时刻——他做梦也没有想到他还可以看见女人，那个他远远地欣赏过、为她的优雅和忧郁而动心的女子——他现在已经知道她的名字叫王凌霄。王凌霄穿着一身灰布军装，腰际别着一把小巧的手枪，俏丽的脸上汗涔涔的，眉宇间带着一股冷艳，来到了他的囚室前面。

天啦，这会儿工夫，他差点儿以为他得到特赦了——跟那个女子一起来的矮子壮汉喝令两个士兵把他押到院子里。他顿时看见了广阔的蓝天和洁白的云朵，一连打了几个喷嚏。

然后审讯就开始了。王凌霄说，河田，不要再装蒜了。要说中国话，不许说鬼话！

他脸上的肌肉跳动了一下，但他仍然装蒜，茫然地看着王凌霄。此时此刻，他发现他面对的是最美丽的女人，她的眼睛，她的嘴唇，她的丰润的下巴……他感到一阵眩晕，眼前五彩缤纷，他觉得自己已经不可能正常呼吸了，嗓子眼里一阵悸动。

河田，说话！

一声断喝让他吓了一跳，他这才从梦中惊醒。他明白他是同人间久违了。没有女人的生活不是人的生活，没有女人的生活完全可以把人变成牲口。女人比阳光更重要，只要还能让他见到女人，他的血管里就会增加盐分。这个女人，敌人的女人也是女人，她面无表情，眼睛里却充满着敌视和蔑视，但是她仍然是美丽的。她像天使一样向他昭示——他还活着。

他不想再沉默了，并且试图站起来。但是，身后的士兵立即把他按住了，他只得老老实实地坐下。他向她笑笑，用纯粹的日语说，小姐，你太漂亮了，你应该到城市生活，我们应该成为朋友。

王凌霄没有听懂，但是从他的眼睛里看出他有点不怀好意。王凌霄说，我知道你能听懂人话，河田，以你的学识从长远的观点分析一下，你们能征服中国吗？我们的退却只是暂时的，只是为战略反攻做准备。你们发动的这场战争是注定要以你们的失败而告终。现在，我们要在天茱山成立日军反战同盟，希望你觉醒过来，恢复一个人的良知，站在人类和平的高度，做一个和平的使者，做中国人民的朋友。

河田没想到，这个女子居然有这么好的演讲才能和见识。尤其是后面那几句话，是很能拨动心弦的。河田麻木地看着王凌霄，没有说话。他当然不可能去参加什么反战同盟，但他不想激怒这个女子，他想听她多说一些话。

王凌霄见河田沉默不语，知道他把她的话听明白了。于是从文件包里取出几张照片，走到河田身边说，河田，这些人你认识吗？即便你最终没有参加反战同盟，那么，只要你帮助我们做一点事，我们也会给予回报。

河田冲动了。这个女子，女人，支那女人，中国女人，美丽女人……久违了的女人就在他的身边，她的体温，她的体香，像美酒一样进入他的呼吸道，进入他的肠胃，进入他的血管。没有爱情，没有亲情，没有感情，没有战争，没有文化，没有历史，什么都是多余的、荒诞的、苍白的，男人和女人就是一切。他差点儿就站起来了，只要他能站起来，他就会不顾一切地扑过去，用最快的速度把她扒开，把她击中，把她同自己死死地纠缠在一起。让他们开枪吧，让他们把他射成一摊烂泥，他也绝对不会放过她的。那样的话，就是他最好的死亡方式。他既向天皇效忠了，又获得了一个女人；他既实现了一个“皇军”玉碎了的壮举，又除掉了一个亵渎天皇的敌人。而且，这个敌人是女人，年轻的、美丽的、受过教育的、上层的……让他们为着不同的民族和信仰死在一起吧……

终于，河田陶醉了，忘乎所以了。他觉得有一股神奇的力量注入到他的血管里，像火一样熊熊燃烧。他似乎看见了天皇陛下在注视着他，在对他说，孩子，还犹豫什么，这一切正是朕为你安排的。它将洗刷你的所有的罪过，宽恕你所有的亵渎……

啊，这个中国女子，这个看似美丽却又愚不可及的中国女子，还在那里天真地让他辨认那些照片，有“皇军”的，有投靠“皇军”的“支那猪”的，还有什么狗屁国民党中央军的，他们要干什么？

这些照片又是怎么回事？啊，这一切都不重要，重要的是这个女子，还有她身边的几个蠢货。他们太不了解“皇军”了，他们居然认为“皇军”的原则是可以随意改变的，他们居然以为“皇军”可以像那些被他们称之为汉奸的家伙一样。哈哈，美人儿，蠢人儿，你们错了，你们面对的是“皇军”，是“皇军”的大尉军官，是天皇陛下神勇的武士……

认出来了吗？这个见过吗？

又一声平静的、虽然严厉却绝对动听的雌性的声音在他的耳畔掠过。他镇定了一下，揉了揉眼睛，下意识地向照片看去。那个身穿国民党军官制服的人他似乎真的见过，好像是在陆安州的一家茶楼里吧，不过那时候他穿的是长袍马褂。河田现在无法确认他的记忆，他也用不着确认，但是他稀里糊涂地点了点头。

认识，你是说你认识？

这个女子的声音还是那样平静，好像还掺杂着惊喜。他仰起脸来，看见了那双美丽的眸子里果真有惊喜的成分，这一瞬间她的表情不再那么横眉冷对了，居然纯净得像个婴儿。她丝毫没有察觉一个伟大的危险正在向她逼近。这些支那蠢货，美丽的傻瓜，他们对于大和民族的认识的确是太肤浅了。认识？啊，认识，就算认识吧，让你们去猜疑争斗吧，也许你的猜疑已经没有用处了。

太美妙了，太幸运了，太动人了。开始吧，这一切就要来临了，机不可失时不再来，动手吧，站起来吧，冲上去吧……就在王凌霄仍然用疑惑的眼光打量他的时候，河田的双脚像猛虎的爪子，已经把地面踩出了隆隆的声响，他的胸腔咆哮着雷鸣，他的骨骼在咯咯作响，他的血液如同奔腾的岩浆，撞击着肌肉发出膨胀的颤动。他试着握了握拳头，尽管手腕仍然被绳子捆着，但是拳头还是可以握紧，而且他知道双拳重击具有更大的杀伤力，只要战术得当，不利的因素也可以转化为有利条件。

他再一次抬起头来。他捕捉到了一个绝佳的时机——她，他，他们都被他刚才的点头弄得云山雾罩，都在用一种困惑的、探询的眼神在看着他，有一个士兵的枪口甚至斜斜地指向地面。他试探地挺了挺腰杆，结果惊喜地发现按在他双肩上的手，不知道在什么时候已经挪开了。

战斗的序幕终于拉开了。

河田再一次点了点头。就在王凌霄和冯存满的目光刚刚落到那张照片上的时候，他们听见了一声雷鸣，接着就看见了平地耸起了一座山峰——日军大尉河田圭一像铁塔一般站了起来，没有等到他们反应过来，这座铁塔的上半部分便向冯存满砸了过去，那是被绳子捆着的双手凝聚的铁拳，准确地砸在冯存满的脑袋上，冯存满当场倒地。王凌霄惊叫一声，急忙掏枪，河田已实现了快速旋转，纵身一跳，被捆在一起的双手连同胳膊组成一个环状箍圈，从王凌霄的头上落下，接着王凌霄便感觉自己的上半身被箝紧了，双臂再也动弹不得。

战斗的第一个回合完全是按照河田预定的战术进行的，并达到了目的。王凌霄双脚乱踢，一边挣扎，一边喝令那两个被吓呆了的士兵，开枪，赶快开枪！那两个士兵枪倒是端在了手里，但是没法瞄准，不知道朝哪里开。河田大尉狂笑着，终于说出了中国话，哈哈，哈哈，开枪吧，让我们一起死吧！我为天皇陛下效忠，王小姐，你为天皇的勇士殉葬。来吧，开枪吧！

说着，便拖着王凌霄往桂氏庄园的院外移动，一只手还竭力地摸索王凌霄腰际的手枪。显然，他不是为了逃脱，他的手和脚仍然被捆着，他的目的就是吸引士兵开枪，以实现他玉碎的计划。

一个经验稍微丰富点的士兵端着枪，围着河田和王凌霄乱转，寻找开枪的机会，但是因为怕伤着王凌霄，一枪打偏了。这时候河田已经把王凌霄的手枪拽了出来，手脚并用，用牙齿帮忙打开了保险，想对倒在地上的冯存满射击。但是由于王凌霄蹦跳的挣扎，河田开了一枪，同样没有打中冯存满。

王凌霄最后是用自己的脑袋结束这场战斗的。她的战术是竭力地弯腰，迫使河田也弯腰，然后突然向后甩动自己的脑袋，只一下子，河田的舌头便被自己咬得鲜血淋漓。河田在这突如其来的打击下乱了方寸，等他明白更大的危险竟是自己手中的猎物时，已经迟了，王凌霄再次向后甩动脑袋，她的头上还别着一只银质的发卡，在没有散落之前这只发卡就把河田的眉骨戳伤了。一次，两次，三次……河田的眼前一片金星飞舞，耳边喧嚣着澎湃的声音。

日军大尉河田圭一终于倒在地上，但手枪还在他的手上，就在他试图用尽最后一口力气开枪的时候，两个战士扑上来，把他摁住了。

冯存满清醒过来之后，第一件事就是拖过一杆长枪，要崩了河田，但是被王凌霄制止了。王凌霄说，我们的纪律规定不杀俘虏，不能开枪。

冯存满火冒三丈，抖着枪杆说，还不杀啊？他差点儿把我们两个人都给杀了。

王凌霄说，那是两回事。那时候把他打死是战斗，现在他已经束手就擒又成俘虏了，所以不能杀。

第八章

一

松冈大佐的心情终于又好了起来。

前不久在桃花坞搞“模范试验田”的时候，因为吃饭问题，“皇协军”基层官兵同日军发生直接冲突，差点儿发生火并。这件事情给松冈当头一棒，深感“皇协军”非常不可靠，就像一个火药桶似的，不知道什么时候爆炸。陆安州不是久留之地，“王道乐土”也好，“亲善怀柔”也罢，他们表面上温驯服从点头哈腰，但那是迫于无奈，骨子里他们是不买账的。

当然，还不仅仅是“皇协军”的问题。现在不仅天茱山国共双方抗日武装的小出击活动越来越频繁，陆安州城内也出现了武装袭击日军零散人员的情况。到处都是反日的传单，到处都是《告陆安州抗日军民书》，那些对日军死心塌地的“皇协”人员，脑袋随时可能被挂在护城河岸的树梢上，或者被扔在日军的据点门前。在日军占领的东部地区，不断有小股游击队出现，甚至听说还有曾经被中国政府通缉的绿林好汉，也神气活现地抗日了。更有情报表明，天茱山抗日游击支队已经扩充为新四军江淮七支队，正在大张旗鼓地招兵买马，其特务队越来越嚣张，隐贤集日军中队有两个据点被他们炸了，武器弹药大量被劫。国民党中央军也蠢蠢欲动，听说已经将一些杂牌扩充为一二六团，增加了不少武器。

如今在松冈的心目中，陆安州再也不是“王道乐土”了，似乎有一只看不见的手，把陆安州那些零零散散的板块都集中在一起，箍成了一个结实的大桶。在心神不定的日子里，松冈经常做梦，有时候他梦见在寒冷的冬天里，那只大桶装满了水，浇在他的身上，霎时就结成了厚厚的冰块，封住了他的嘴巴和鼻孔。还有一次，是在燠热的夜晚，他梦见他掉进了大桶，大桶立即变成一张血腥的牛皮，在太阳底下蒸发收缩，越收越紧，将他浑身上下裹得严严实实。每一根汗毛孔都被密封了，以至于他体内的气体无法排除，无法膨胀，最后被挤压成一截干硬的牛粪。

陆安州终于成了恐怖之地。松冈的无奈在于，他明明知道这是个陷阱，但他眼下还不能离开这个陷阱，而且不知道怎样对付这个陷阱。

那次“皇协军”二团三大队部分官兵在桃花坞闹事之后，原信的态度很干脆，要抓人，杀鸡给猴看。但是松冈思前想后，左右为难。真的杀鸡给猴看，猴不看怎么办？猴子跑了怎么办？猴子造反怎么办？不处理吧，这些可恶的“皇协军”就会更加嚣张，今天敢拿饭碗砸“皇军”，明天就有可能拿手榴弹砸“皇军”。但是如果仓促下手，那就有可能激变。投鼠忌器，这是兵家常识，所以松冈不会轻易这么做。松冈对原信说，算了，小不忍则乱大谋，再忍忍，静观其变，加强防范就是了。

松冈最终没有对闹事的“皇协军”下手，反而把宫临济等团以上军官叫来，表彰了“皇协军”忍辱负重为建设“大东亚共荣圈”所做出的“杰出贡献”，当着他们的面把原信和方索瓦训斥了一通，并且说出了“手心手背都是肉”、“亲兄弟不能厚此薄彼”之类的带有鲜明中国式的人情味的话。之后，松冈又让原信组织日军的一个中队和“皇协军”的两个中队一起到桃花坞薅秧。这次是同吃同乐，中午一起喝了酒，日军士兵和“皇协军”士兵互相敬酒，称兄道弟，其乐融融。

转机出现在几天之后。当月中旬，江淮派遣军司令长官石原次郎召见松冈，对他进行了嘉勉。石原次郎说，这半年来，松冈联队任务完成得不错，一是稳住了陆安州的局势，保持了江淮派遣军长江两岸的通路；二是征集了一万吨粮食，保障了武汉、南昌和长沙等地作战部队的给养；三是牵制了抗日武装力量，直接被牵制在陆安州境内的就有国民党中央军的一个旅和新四军的一个支队，另外还有一些民间武装。按说，已经是难能可贵了，而这一切，大都得益于实施怀柔政策而不是武力高压。

松冈说，感谢长官勉励。

石原次郎说，经过飞机数次侦察，原来谍报机关分析天茱山腹地可能有抗日武装的秘密军事基地，现在基本上排除。

松冈惊愕地看着石原次郎，泪水差一点儿流出来了。那个神出鬼没的所谓的秘密军事基地，常常害得他做噩梦。松冈喃喃地问，这是真的？

石原次郎说，在坐标67，42方格内，有两个村庄，可能居住着刀耕火种的土著。另外有一个院落，看样子像是寺庙。从航测距离上看，该山内居民点离有人区较远，没有像样的道路。没有军事行动痕迹，应该不会藏匿大部队。另外，专家也对此地进行了分析，认为，像这样的洪荒之地，除了长年生长在此地的土著，因为瘴气太重，不适合文明人居住。

松冈说，派遣军谍报机关是怎么搞的，为了侦察这个所谓的秘密军事基地，我的两名卓越的军官和四名优秀的士兵至今生死不明。

石原次郎笑了，皮笑肉不笑地说，智者千虑，还必有一失，何况远在异国开展谍报工作。你不要有怨言，他们是为天皇陛下尽忠了。

从派遣军司令部回来，松冈暗自庆幸，在搞粮食的问题上，他觉得当初夏侯舒城的话是有道理的，不能杀鸡取卵竭泽而渔。武力可以征服，可以强行征集，可是陆安州地皮上就是那么多粮食，就那么多财富，你就是把地皮揭开全都卷起来扛走，也只有薄薄的一层。

更让松冈心里倏然宽松的，是那个子虚乌有的“秘密军事基地”的面纱终于被揭开了。可以说，这个问题对于松冈的压力，并不比粮食问题轻松。现在好了，梦魇终于解脱了。

桃花坞的“模范试验田”长势良好，松冈又向石原次郎做了汇报，得到了石原次郎的高度评价，石原次郎亲自组织几个驻屯城市的日军和“皇协”职员过来参观，将其经验加以推广，并从日本和“满洲国”调来一批专家以及种子和化学肥料，在日军占领的地方，都开展了“模范生产”活动。一望无际的绿茵出现在陆安州东部的广袤地区，在日本化学肥料的催生下，由日本种子滋生的秧苗茁壮成长，速度快得惊人。陆安州的农民也惊喜起来，甚至惶惑起来——难道日本天皇真是天照大神？这稻子怎么长得这么好，长得这么快啊？真是神奇啊！

秧苗在陆安州土地上不可遏止地蓬勃生长，把春天碧绿的颜色涂抹在万里晴空之下，使生活在陆安州的日本人和中国人都在不知不觉中变化了心态。松冈大佐那颗恐惧和忧虑的心也渐渐地平静下来了。现在已经很少有人知道松冈大佐每天夜里住在哪里了，他有时候会出现了陆安州的街面上，还是那副神闲气定的神态；有时候他会出现在城南摩青塔下的广场上，向西，向南，眺望，若有所思；而更多的时候，他会出现在桃花坞小蜀山的山坡上，或者漫步在“模范试验田”的田埂上。

漫步桃花坞“模范试验田”的田埂上，松冈心旷神怡，远远护卫的日军士兵可以看到，穿着布鞋的松冈有时候会弯下腰去，捻一捻水分充足、圆润丰盈的秧茎，拨一拨利剑一样指向空中的秧苗，脸上会露出惬意的微笑。

是啊，这就是“王道乐土”的雏形，这就是“怀柔亲善”的效果。有些“皇军”军官很愚蠢，只知道挖地三尺刮地皮，只知道杀人放火。他不知道在地皮下面潜藏着写大的财富，不知道那些被杀死的支那人的身上也潜藏着财富。只要给他们安全，给他们笑脸，给他们衣食，让他们把种子播进泥土里，从那里长出秧苗和麦秸，秧苗和麦秸就像毛细血管，从土地的深层汩汩地汲着营养，那像乳汁一样洁白的稻浆麦浆，散发着诱人的芬芳。它们汇流成河，凝聚结晶，那将是跟珍珠和钻石一样珍贵的东西。不，甚至比珍珠和钻石更为贵重，因为他们能够滋润我们的生命。

陆安州的水稻过去是一季作物，自从来了日本专家，断言说这里至少可以搞两季，第一季从农历三月初下种，到五月底便成熟了，陆安州东部似乎在一夜之间变得一片金黄，阳光一照流金溢彩，微风吹拂稻浪起伏。沉甸甸的稻穗颗粒饱满，舂出的稻米晶莹圆润，捧在手上，如同滚动的珍珠，那种感觉实在太好了。

没出松冈大佐的预料，头季稻米下来之后，粮食征集工作异常顺利。没有动用武力，也没有强行摊派，除了定额之外，老百姓甚至自愿多交一点，以换取种子和化学肥料。因为用不着给军阀和政府交粮，老百姓除了向日本人交纳的粮食，每家每户都比往年收成高出一倍以上。一时间奔走相告，庆祝这难得的丰年。

收割之后，松冈联队一次就向江淮派遣军司令部运送二百万斤粮食。

到了这个时候，松冈才长长地松了一口气。但是，松冈并没有忘记潜在的危险。当粮食问题已不再成为问题的时候，松冈总算腾出手来，要跟“皇协军”

里“破坏东亚共荣的敌对分子”算算账了。

松冈的想法是，对于“皇协军”，太软了不行，太软了他们就得寸进尺；太硬了也不行，太硬了容易逼虎伤人。收拾“皇协军”，抓大的不行，抓大了牵一发而动全身；抓小了也不行，抓小了隔靴搔痒不起作用；抓得太显眼不行，太显眼了一看就是报复；抓得不显眼也不行，不显眼就起不到杀鸡给猴看的作用。最后，松冈把原信叫来，布置他对“皇协军”二团团长常相知进行调查。这件事情越快越好，干掉一个团长，不大不小，不多不少，正好！松冈对原信如此交代。

二

自从上次在桃花坞三大队闹了一次事，“皇协军”二团三大队排长李伯勇就做好了思想准备，他估计鬼子是不会善罢甘休的。但奇怪的是，鬼子似乎忘记了这件事情，只有团长常相知到三大队来训过一次话，告诫李伯勇，做事要动脑子，不能仅凭匹夫之勇。话虽然说得严厉，但是并没有惩处的意思，让李伯勇摸不着头脑，反而更加当然，李伯勇并不害怕，能够煽风点火带头跟鬼子闹那么一场，就说明他不是软骨头。大丈夫敢作敢为，砍头不过碗大的疤，小腿一伸拉鸡巴倒。自从扛枪吃粮，就是把脑袋别在裤腰带上了，他有什么怕的？更何况是当这个鸟汉奸，自己被人戳脊梁骨不说，祖宗八代都跟着倒霉。真闹翻了，就跟他们干，干好了还可以当个抗日英雄，就是打死，也无非就是少了一个汉奸罢了。

不久，李伯勇就感觉鬼子要下手了。开年后撤走的日军顾问和“亲善员”又回到了“皇协军”各级组织，而且单独让二团享受了特殊的待遇，把“皇协军”军官的眷属“保护”到了大队长一级，杨家岭的老母亲和妻子都被弄到桃花坞“保护”起来。李伯勇认为这都是自己闯下的祸，害得长官兄弟跟着受累，想来想去，不能就这么当缩头乌龟，得以牙还牙。

李伯勇为人耿直，一向仗义疏财，有不少情投意合者，把兄弟也有十数人，多是连排级军官。这段时间常常聚在一起喝酒，喝醉了就骂娘发牢骚。李伯勇就在大伙的牢骚中把握火候，见时机成熟，就点拨说，老话说，靠山吃山，靠水吃水，咱们丘八靠枪吃枪！但是，像这样给日本人当走狗，什么也靠不住。

鬼子不把咱们当人，鬼子要是完蛋了，咱们中国人也不把咱们当人，那不死无葬身之地吗？

大家议论纷纷。有的说，应该当机立断，当断不断，反为其乱。有的说今朝有酒今朝醉，过一天算一天，还是见风使舵吧。有的说，端人的碗服人的管，人在矮檐下，不得不低头！也有血气旺的，酒碗一掼说，什么叫人在矮檐下，鬼子跑到咱们中国来为非作歹，我们凭什么低头？

几顿酒一喝，李伯勇的心里就有底了，哪些人软弱可欺，哪些人深明大义，哪些人可以同甘苦，哪些人可以共患难，如此这般，最后只保留了本大队排长叶家季等四人，歃血誓盟，要做出一番拨乱反正的举动。

李伯勇和叶家季等人密商，确定了几个目标。首要的目标当然是松冈和原信，但这两个鬼子官儿警卫森严，不易下手。叶家季提出次要目标是宫临济和夏侯舒城。虽然近年宫临济做了不少坏事，弟兄们的汉奸帽子也是他给戴上的，但是李伯勇还是不同意先杀宫临济。一来那样动作太大，搞得不好“皇协军”群龙无首，就散了，不管是继续当汉奸还是反正，分量就没有那么重了。夏侯舒城虽然是汉奸市长，但是他那个市长是虚的，无非就是借国难发财罢了，算不上罪大恶极，杀了不解恨。最后，大家就把眼睛盯在了方索瓦的身上。李伯勇说，鬼子可恨，但方索瓦更可恨，为虎作伥，坏事做绝，不光卖国，连祖宗都卖了，死有余辜。

大家想来想去，觉得方索瓦实在可杀。方索瓦这小子极其嚣张，把“皇协军”眷属软禁起来的主意是他出的，搞“模范区”和“模范试验田”的主意也是他出的，而且在上次“皇协军”同鬼子发生冲突的时候，架上机关枪差点儿就向“皇协军”开火了，也是他指挥的。几个弟兄在一起，七嘴八舌，控诉方索瓦的罪行，越是控诉，就越是觉得方索瓦该杀。

决心定下之后，李伯勇秘密派人进入天茱山，同早年的把兄弟、中央军一二五团特务连长孟秋取得了联系。孟秋回话说，他已向长官报告，只要李伯勇等人改邪归正，中央军将配合他们的行动，并且接应他们反正。

松冈联队向武汉运送第七批粮食之后，陆安州民间出现了一份传单，揭露日军为了支撑侵华战争，不惜动用化学肥料催生粮食。这种肥料对土壤的破坏极大，能够将土地自身的肥料充分发酵，被作物吸收之后，土地板结，土质改变，作物生长一季，要消耗掉十年地力。日本侵略者不仅明火执仗地掠夺中国的财物，对中国的土地也进行敲骨吸髓般地掠夺性使用。因此陆安州的民众应该擦亮眼睛，再也不能上鬼子的当了，再也不能用自己的土地为鬼子生产粮食了。

这份传单的出现，使陆安州东部地区发生了骚乱。土地是农民的命根子，他们听说用了日本人的化学肥料，将会使土地板结，土质石化，以后将寸草不生，大为恐慌，纷纷找到当地的“维持会长”，要求说清楚。有十几个乡庄还发生了动乱，急眼的农民操起铁锹和锄头，把“皇协”乡公所砸了，打死打伤“皇协职员”五十多人。

松冈大佐对此事十分恼火，派兵弹压。没想到情况此起彼伏，那里的情况还没有稳定，这里又听说“皇协军”内也在流传这种传单，就派人来查，结果从二团查出了三十多张。原信以管教不力、姑息养奸的罪名，把常相知和杨家岭等十几名军官逮捕了。

这件事情促成了李伯勇计划的提前实施。

一个偶尔的机会，李伯勇获悉了一份情报：近日方索瓦奉松冈的命令将前往安丰县城巡视“模范试验田”二季稻的栽种情况，并于次日上午返回桃花坞。

李伯勇得到情报，立即派人去船儿冲向孟秋通报，同时组织可靠的弟兄十六人，以巡查防务为名，潜到安丰县城至桃花坞之间的月亮岭附近埋伏。至第二天早上，孟秋派人到月亮岭同李伯勇接头，李伯勇大喜过望，原来不仅是孟秋带领特务连过来了，中央军一二五团团长唐春秋亲自带了一个营随后就到。还有让李伯勇目瞪口呆的事情，唐团长为了确保回撤的通路，又把狙击方索瓦的事情跟天茱山江淮七支队通报了。

狙击方索瓦的天罗地网很快就撒开了。

三

天气是个好天气，东边云蒸霞蔚，顶上万里无云，晨风凉爽，朝露清香。唐春秋蹲在临时掩蔽部里，双手擎着望远镜，一遍又一遍向远处的山坡扫描。

狙击方索瓦，唐春秋有一种异乎寻常的兴奋。

现在，唐春秋也渐渐搞明白了，跟日本人作战，没有必要跟他硬拼。日本人兵力有限，全靠汉奸队伍作为左右臂膀，如果把他的左右臂砍断，使其陷于孤立状态，则战无不胜。

这次行动严楚汉没有参加，因为严楚汉正在梅山执行一项绝密任务，而且这个任务是同彭伊枫联手进行的。严楚汉到底是什么人，唐春秋也不是很清楚，但是，严楚汉有来头，严楚汉和彭伊枫实际上都是在接受一个秘密人物的指挥。这个代号为“老头子”的秘密人物正在暗中谋划整个陆安州抗战的一盘棋，又是通过严楚汉和彭伊枫，也许还有他唐春秋不了解的人物，把他的战略意图和方法步骤，一点一点地渗透到天茱山，控制和驾驭整个陆安州的抗日局面，谋阵布局已经初见端倪。作为一个有着十数年征战阅历的军官，唐春秋不会看不出这一点。

对于“加强建军，团结友军，瓦解伪军，孤立日军”的战略方针，唐春秋心悦诚服，按照这个思路开展工作，方向也就明确了。战争将是理性的和科学的，而不是仓促上阵被动应战，体现出了高超的指挥艺术和斗争谋略。正是基于这种认识，唐春秋就对严楚汉更加放手了，而且对新四军江淮七支队的态度也较以往有了很大的改善。

新四军天茱山抗日游击支队扩编为江淮七支队，侯先觉和栗统飞非常不安，反复告诫唐春秋，一定要加强防范和情报工作，再也不能向彭伊枫提供物资了，要尽量地把鬼子的注意力引到杜家老楼去，把战火引到新四军的游击区——一言以蔽之，就是要想方设法制约天茱山江淮七支队，防止他们坐大。栗统飞说得很露骨，说日本鬼子没有什么了不起，就算我们不打，国际友人也不会坐视不管，美国人和苏联人早晚要动手。我们现在不能跟日本人把老本耗光了，一旦鬼子完蛋，我们就要同霍英山和彭伊枫争夺陆安州了。

唐春秋表面应付，心里却是不以为然。国难当头，这帮狗日的居然天天还在盘算内耗，大家都是如此，能不亡国吗？唐春秋的态度在本团的军官会上说得明明白白：不管怎么说，先把鬼子打出去是正经事，我不能因为你们争权夺利就跟鬼子和平相处，亲痛仇快的事情打死也不能做。不想这些话又被哪个吃里扒外的家伙密报了栗统飞。栗统飞向侯先觉奏了一本，说像唐春秋这样没有政治头脑和长远眼光的人，不能在天茱山独当一面地指挥一个团，请求上峰另派能员。侯先觉那里已经有了松动，要拿掉唐春秋的一二五团团长职务，回到军部当副官。不过目前接替人选尚未定下，暂未付诸实施。

得到这个消息后，唐春秋雷霆震怒，把严楚汉叫来：商量对策。唐春秋说，

一、调回军部当副官，老子是绝不会去的，实在不行了，老子到杜家老楼，给霍瘸子当参谋；二、在我离开一二五团之前，一定要搞一次清算，克扣军饷的，行贿买官的，盗卖军用物资的，一笔一笔算清楚。他们想把我撵出一二五团，我也不能让他们安生。

严楚汉说，团座息怒，这件事情还容从长计议。

唐春秋说，人为刀俎，我为鱼肉，不能再等了。

严楚汉还是坚持，先平静下来再说。严楚汉说，第一，就算你坚辞不受军部副官，可是你往哪里去呢？真的到杜家老楼？现在是抗日统一战线，国共合作，他们就是想要你，可是大环境不容许啊！第二，你这个身份，即使到了杜家老楼，也不安全，栗统飞是不会放过你的。第三，关于清查，实际上“老头子”已经有了态度，大敌当前，一致对外，内部整饬，约束为主。所以，清查工作暂缓，抗战胜利再做也不迟。

唐春秋鼓着腮帮子，愣了半天，瞪着严楚汉说，照你这么说，就没有办法了，我老唐就这么任人宰割？

严楚汉说，车到山前必有路，团座的事情并不是团座一个人的事情，牵一发而动全身，关系到整个陆安州抗日全局。我很快将情况向“老头子”报告，必有对策。

仅仅过了两天，严楚汉就向唐春秋报告，说“老头子”亲自出面，侯先觉那里已经搞定了。为了确保陆安州抗日武装的指挥权，用不着多久，栗统飞就要下台，中央军天茱山抗日独立旅旅长将由唐春秋担任，而且为了维护其权威，将一二五团升格为甲种团，另扩一个乙种团的建制。

唐春秋快要被这巨大的喜讯冲昏了头脑，简直不敢相信这是真的，反复唠叨，这是真的吗，这是真的吗？

严楚汉说，这是真的，千真万确。不过，还有些工作要做，团座要耐心等待，这段时间不能出岔子。

唐春秋两眼放光，盯着严楚汉说，果真如此，请转告“老头子”，唐某为抗日马革裹尸，鞠躬尽瘁，死而后已！

说着，竟涌出两行热泪。

那天谈话结束之后，严楚汉就离开一二五团了。以后唐春秋才知道，严楚汉此行，才是真正的行贿买官，不知道他有何神通，竟然搞到了两万块大洋和十万斤粮食，送往侯先觉的官邸。粮食的来路唐春秋知道，是江淮七支队捐助的，但两万块大洋从何而来？唐春秋没有确实消息，估计只能从“老头子”的身上解释了。

在严楚汉离开的日子里，唐春秋如同热锅上的蚂蚁，度日如年，突然接到孟秋报告说，铁杆汉奸方索瓦出山了。唐春秋顿时精神抖擞，还不忘记霍瘸子的资助之恩，又把情报通报给霍英山，以此向霍英山还一个人情债。

霍英山虽然看起来咋咋呼呼，但粗中有细。他是在进入狙击地域之后开始动摇的。他清楚地记得彭伊枫向他传达的“老头子”的指示，在“瓦解伪军”后面还附着一个特别的强调，暂时不杀汉奸。他当时还问过彭伊枫，一个都不杀？彭伊枫回答得很干脆，说非常时期，上级之所以这样强调，必然有深谋远虑，所以一个都不杀，除非特别指定的。

因为彭伊枫和龙文珲不在家，霍英山就有些踌躇。留守在杜家老楼的支队首长只有霍英山和许成哲。许成哲坚决主张出击，说方索瓦是著名汉奸，整个陆安州的汉奸全跟着这小子屁股后面，把他杀掉，意义重大。

霍英山说，可是，万一杀错怎么办？

许成哲说，错不了，这狗日的把他父亲都卖了，认贼作父，怎么会错？再说，唐春秋都下手了，我们不动手，还落笑柄给唐春秋呢。

许成哲这样一说，霍英山就倾向于下手了，一来是他不能比唐春秋落后，二来这件事情是唐春秋发起的，万一有个差错，也是姓唐的兜着。

后来霍英山就下了决心，让冯存满抽调一个加强连，携带轻重机枪各三挺，其余火器尽量调整为连发步枪，雄赳赳，气昂昂地向月亮岭开进了。到了伏击地点才知道，这次行动居然还有“皇协军”配合，霍英山这才意识到自己出击是对的，一拍脑门说，我日他娘，这方索瓦当真是气数已尽，连汉奸都恨他，那他还能活下去吗？

四

说不清楚已经度过了多少个茹毛饮血的日月，也许一个月，也许两个月。不，在岩下的感觉中，至少已经度过了半个世纪，差不多都快成野人了。在一个名叫圣泉营的古城垣废墟里，他们休整了一段时间，然后开始新的跋涉。在从圣泉营向梅山进发的途中，他们遇到了障碍，一座陡峭的山峰横亘眼前。荒木冈原判断了方位，决定向西迂回前进。不知走了多久，感觉上已经走了一百多里路，可是还没有绕过这座山。岩下已是筋疲力尽，荒木冈原也是气短心虚，他们决定不走了，准备就近找一个隐蔽的地方野营。

奇迹就在这时候发生了，先是岩下发现了一个山洞，进入山洞之后，发现山洞很深。岩下有点害怕，说算了，这山洞没有底，不知道里面有什么。荒木冈原脑子一热说，进去看看。见岩下踌躇不前，荒木冈原把手枪压上火，交代岩下保持距离，然后就钻进了山洞。山洞幽深潮湿，但是空气并不稀薄，荒木冈原分析这是一个贯通山洞。这时候荒木冈原的愿望仅仅是穿过这个大山不再绕路，还没有想到会有更大的发现。

不知道摔了多少跤，走了多远的路，身上被划出多少血口，反正一直在黑暗和泥泞中摸索前进。好在始终没有断绝空气，洞里的青苔散发着刺鼻的腥臭，也昭示着生命存活的可能。走着走着，岩下突然叫了起来，荒木阁下，你看!

荒木冈原伏在一块石头上，喘着粗气，沿着岩下描述的方向向上看去，他看见了一条细长的亮光。沿着洞壁再往上攀登，他们终于就看清楚了，头顶是一轮丰盈的皓月。

他们沿着那一线光亮出了山洞，岩下不禁打了一个寒噤。山野月高风凉，虫鸣蛙叫，黑黝黝的山谷里风吹草动，如同隐伏的阴兵冥将。荒木冈原粗略地估算了一下，现在应该是午夜时分，从昨天中午钻进那个山洞，到现在至少十二个小时过去了。

岩下说，这是哪里呢？太恐怖了。

荒木冈原没有做声，他也搞不清楚现在身居何处。

岩下说，不能往前走了，还是回到山洞里吧。

荒木冈原说，就在这里露营，天亮再说。

两人打开了背囊，吃了一点东西，就找个平坦的地方躺倒了。尽管累得贼死，但是岩下在后半夜还是没有合眼。这地方太陌生了，也太阴森了。月亮在头顶上移动，丝毫没有给他安全感，反而让他觉得这是另一个世界。

半夜下来，岩下更加憔悴了。终于，他挨到了圆月西沉，东方渐渐地泛起了鱼肚白，不久就露出一抹红色。岩下再也撑不住了，终于沉沉地合上了眼睛。合上眼睛的岩下看见了故国的樱花，在那鲜艳的花瓣下面，有一个裹着白布的箱子，箱子的旁边竖着一根灵牌，上面写着“岩下小尾神位”，千代叶子鬓发散乱，泪流满面地坐在灵牌下面，燃香祈祷……忽然，一阵阴风刮进来，将冥币和香火掀起来，满天弥漫，那双眼睛出现了，阴沉，强硬，荒木冈原盯着千代叶子，恶狠狠地说，岩下背叛了天皇，临阵脱逃，为了惩罚岩下，请你跟我走吧，到支那去，慰问那些为天皇殊死搏斗的“皇军”，为岩下的亡灵赎罪……他看见千代叶子幽怨的眸子里流露出惊恐的神色，她说不，不能这样，我是岩下君的妻子，我必须为岩下君固守贞操……说完，千代叶子纵身向装着他遗骸的箱子撞去，鲜血顿时染红了白布……岩下，岩下，你这个猪猡，醒醒，你快醒醒！

岩下睁开了眼睛，他出其不意地抓住了眼前这个凶神恶煞般的下士官，大叫，把我的妻子还给我，把千代叶子还给我！

他的脸上立即挨了一拳，他呓怔了很长时间才从噩梦中醒来，怔怔地看着荒木冈原。

荒木冈原伸手往山下一指说，岩下二等兵，看看，那里是什么？岩下揉揉眼睛，沿着荒木冈原手指的方向，顿时清醒了。在不远处的山谷里，在如真似幻的晨雾的覆盖下，隐隐约约地出现了几座灰色的房屋，在两座房屋之间，有一个空旷的场地，上面似乎有人影晃动。

岩下说，有人家了，我们终于见到人家了。

荒木冈原低沉地吼道，闭嘴，寻找可以接近的路线，近距离观察！

可是，当太阳出来之后，他们才发现，从这座山上，没法靠近那个村庄，因为面向村庄的一面，是一道突兀的陡壁。直到太阳升起之后，晨雾渐渐散去，荒木冈原才从望远镜里大致看出，那个场地千真万确活跃着人影，至少有一百人左右，而且全都荷着步枪——他们在操练！

荒木冈原放下望远镜的那一瞬间，岩下被他的神情吓坏了，荒木冈原的脸上一片惨白，腮帮子上的肌肉情不自禁地痉挛。

一定要接近，一定要接近！

荒木冈原像是自言自语，又像是对天发誓——这真是踏破铁鞋无觅处，得来全不费工夫，这就是他们历尽千辛万苦要找的“秘密军事基地”啊，这里如果不是，那么哪里才是？

荒木冈原的眼泪流出来了。

可是，可是，怎么下去呢？岩下怯怯地说，我们还是想办法回到陆安州吧，向松冈大佐报告才是啊！

一定要接近，一定要接近！

荒木冈原又吼了一遍，然后对岩下说，走，从东边绕行！

岩下尽管一百个不愿意，但还是战战兢兢地背起背囊，跟着荒木冈原离开了这个地方。

大约是在早晨七点钟的时候，他们来到了一个鞍部，仍然没有找到接近村庄的路线。但是他们突然有了又一个意外的发现，从他们站立的地方不到两千米的距离上，在对面一个山根下，像是从山林里钻出来的，出现了一支马队，前后共有八匹。荒木冈原攥着望远镜的手在微微发抖。望远镜一直跟着那支马队，直到马队消失在山根的拐弯处，荒木冈原这才放下望远镜，脸上的表情像是刚刚从冰冻中融化过来。

岩下君，你看清楚了吗？

岩下说，不太清楚，不过我看见马了。

你看见那匹棕色的东洋战马了吗？

没看清，好像是棕色的，是东洋战马。

知道那是谁的马吗？

不知道。

荒木冈原的眼睛里露出骇人的凶光，然后渐渐地温和下来，转身面向东方，深深地鞠了一躬——天皇陛下，在您的指引下，我们终于发现了敌人的秘密。给我们勇气和智慧吧，我们将继续前进，排除一切困难，粉碎敌人的阴谋！

五

宫临济这段时间心里很不平衡，松冈看他的眼神越来越怪，居然还因为传单问题逮捕了他手下军官若干，关了半个月才放出来。要不是他发现得早，动作得快，二团团长常相知就被他们杀掉了。这是什么意思？杀鸡给猴看？老子怎么对不起你们这些狗日的了？

特别让宫临济不平衡的是夏侯舒城之流，利用帮助鬼子征粮之机，大发横财。宫临济虽然是行伍出身，但对于敛财之道并不陌生，几乎每次征粮，他都要给夏侯舒城算一笔账，光贱买贵卖一项，他计算夏侯舒城至少吞进去两万块大洋，加上高薪和利用职权销售白酒，也就是说，自从夏侯舒城回到陆安州重新开张，他至少已有五万块银圆进项了。

算出这个数字，宫临济骇了一跳，这时候他才弄明白，夏侯舒城可以花钱的地方太多了。只要有钱，哪怕战争把中国灭掉，他也可以跑到美利坚去，怎么能说钱多了没有用呢？他曾经怀疑夏侯舒城办工厂，但松冈不以为然，事实上他也拿不出证据。但是后来他又接到情报，夏侯舒城手下有一个账房先生，确实到南方做生意去了，而且同军火商接上头了。

这个情报又让宫临济激动了很长时间，但他现在接受了教训，在没有把握的情况下，不能向松冈老鬼子报告，不然的话，这老鬼子屁股眼儿一热，就把他给出卖了。

宫临济这次拿定主意，一定要紧紧咬住夏侯舒城的账房先生，同时严密监视古井坊的员工。一旦抓到蛛丝马迹——抓到蛛丝马迹怎么办呢？宫临济其实也没有想好，他有很多想法，每一个想法都是那样激动人心。譬如抓住把柄后，首先不是向松冈报告，而是跟夏侯舒城私了，狠狠地敲他一笔。螳螂捕蝉，黄雀在后，我宫某背着黑锅戴着绿帽子当这个汉奸，绝不能让你们轻轻松松地发大财。大路朝天，各走一边，不义之财，见面一半。当然，私了只是第一步的事情，至于能不能就此拉倒，还得看看夏侯舒城这小子到底是做什么的，这小子对老子是个什么态度。

这样一想，宫临济就平衡一些了。靠山吃山，老子靠枪吃枪，自然也不是吃素的。但是这毕竟还只是个设想，没有等到宫临济要挟夏侯舒城，夏侯舒城却扎扎实实地把宫临济要挟了一下。

这天凌晨，天还黑蒙蒙的，宫临济突然被夏侯舒城派来的副官叫醒。等他穿戴完毕，夏侯舒城已经端坐在官邸的客厅里了，手里掐着雪茄，不紧不慢地抽着。

宫临济有些懵懂，问道，不知道是出了什么大事，有劳夏侯先生披星戴月亲自登门。

夏侯舒城悠悠地吐了一口烟，看了宫临济一眼说，宫师长，你的部队要闯大祸了。

宫临济问：怎么啦？是我的部下还是你们“皇协”官员？

夏侯舒城说，你的部队，有一伙军官，擅自带队狙击方索瓦。

宫临济像是挨了当头一棒，惊问，此话当真?

夏侯舒城反问，你说呢?

宫临济挠挠头皮说，我的弟兄对方索瓦恨之入骨，这是不假。但是率兵狙击方索瓦，谅他们还不敢吧。

夏侯舒城说，千真万确，他们已经在月亮岭布置好了。我来通报给你，信不信由你。

说完，转身要走。

宫临济看着夏侯舒城的背影，说了声，慢!

夏侯舒城回过头来说，有何见教?

宫临济说，我想弄明白一件事情。我同夏侯先生素昧平生，利益之争难免龃龉，夏侯先生为何冒着风险把这件事情告诉了宫某?

夏侯舒城说，利益之争有大有小，你我同为“皇协人员”，唇亡齿寒兔死狐悲，是你我都应该牢记的。

夏侯舒城这样一说，宫临济就冒冷汗了，连声说，多谢多谢，夏侯先生有君子之风。

夏侯舒城说，哪里哪里，作为“皇协人员”，同在屋檐下，我总得为自己留条后路，眼看宫师长即将招来杀身之祸，我不能作壁上观。今日留个人情，与人方便，也是图谋来日自家方便。

说完，这才转身，扬长而去。

夏侯舒城一走，宫临济立即慌神了。首先，他的部下狙击方索瓦，这件事情不用调查他也清楚，不是捕风捉影。其次，他暂时还不知道是谁组织的，有多大的规模。第三，他拿不准这件事情要不要报告松冈大佐。不报告吧，他拿不准松冈大佐以后知道了会怎么处置?报告吧，要是能够将事态控制在爆发之前，报告了就是自讨苦吃。

但有一点宫临济清楚，那就是要迅速赶到现场，把这件事情神不知鬼不觉地压下来。

宫临济连早饭也没顾上吃，叫上卫兵排，骑上马向二团驻地飞奔而去。

到了二团，见到常相知，二话没说，就火急火燎地把这件事情通报了。常相知倒是不紧不慢，说这有什么?方索瓦这狗日的早就该死了，活该!

宫临济眼泪都快急出来了，指着常相知说，你，你也太不知轻重了！你告诉我，你是不是准备反水了？

常相知说，师座你还不知道我吗？我就是有那个心，也没那个胆；就是有那个胆，也没有那个力量啊！

宫临济说，那好，你赶快查清楚，是谁带头的，赶紧制止。

常相知说，如果真有此事，制止恐怕已经来不及了，还不如让他们杀去，反正该杀。

宫临济指着常相知的鼻子说，相知啊相知，你怎么这么糊涂啊！那方索瓦是该杀，可是那是我们能够杀的吗？那该由天茱山抗日游击支队去杀，由中央军去杀。他现在是松冈大佐的红人，你把他杀了，怎么向松冈交代？那不是找死吗？

常相知说，师长不用担心，真的既成事实，大不了把那几个领头的交出去顶罪。

宫临济一拍桌子吼道，就怕你鸡飞蛋打，谁能顶得了这个罪？你这个当团长的，我这个当师长的，到时候即使不问叛逆之罪，也一定会问失察之罪。松冈大佐是个笑面虎，阴险毒辣，恐怕到时候你我死都不知道是怎么死的。

常相知说，那师座你说怎么办？我把全团集合起来点名，看看是哪个王八蛋擅自行动了。

宫临济说，不妥，此事现在还没成事实，防范工作还要悄悄地进行。你马上给我拉出一个连，就说到西边例行巡逻，快速赶到月亮岭，把人给我撤了。

一个连的兵力倒是拉出来了，但是并没有快速赶到月亮岭。离开团部，一路慢腾腾磨皮蹭痒。常相知嘴里一个劲儿吆喝，快点，月亮岭那边发现了新四军，快去拦截。

他不喊还好，一喊去拦截新四军，兵们就怂了。大家听出了团座虚张声势的口吻，一会儿你的鞋带松了，一会儿他要去拉稀。

走了一阵子，前头来报，渭水河河水上涨，三十里铺桥被水冲垮了，需要绕道而行。

常相知又吆喝队伍，掉转方向，七耽误八耽误，又有两个多小时过去了。太阳升了一竿子高，常相知的队伍还没有赶到隐贤集。

常相知骑在马背上，优乎悠哉，嘴里还哼着小调。他一点儿也不着急。他现在已经搞清楚了，这次行动是杨家岭手下的李伯勇和叶家季等人发起的，他不仅没有恐慌，反而有一种莫名的窃喜。手下有几个血性汉子，敢跟鬼子较劲，这不是坏事。跟鬼子打交道这半年多，他明白了一个道理，鬼子也是吃软怕硬。你把他当人，他就把你当狗。一团团长马甫金就是这样，在弟兄们的面前义愤填膺，好像汉奸帽子戴在头上痛不欲生，可是见了鬼子就是孙子，结果鬼子还不领情，往他那里派遣的“亲善团”人数最多。鬼子宪兵大队长田口泽少佐到桃花坞“归园”参观，看见马甫金的小老婆单春夏有几分姿色，还动手动脚，拉着单春夏的手不放，说这里漂亮那里漂亮，脸蛋子漂亮，屁股蛋子漂亮，嘴到手到，哪里漂亮摸哪里。马甫金连屁也不敢放一个，还一个劲儿点头哈腰，嘴里叽叽咕咕地“承蒙太君夸奖”，什么玩意儿！

对付鬼子，就得不卑不亢，你越当孙子，他就越是爷。上次在桃花坞李伯勇等人跟鬼子干了一场，怎么样？谁也没把二团的卵子给咬了。相反松冈大佐还给二团多拨了三万斤优质新米，松冈还派原信带着日本清酒和糖果到二团来搞“亲善”，这些殊荣一团听都没有听说过。后来因为传单问题，鬼子原信傻乎乎的，把他抓了起来，审问他传单的事。他说那都是擦屁股纸，我管天管地，不能管人屙屎放屁。原信说他的部队出现大量传单，至少也有失察之责。他指着原信的脑门说，这些传单都是陆安州抗日分子散发的，你们陆安州驻屯军难道就不失察？如果说你们不失察，那只好理解是你们鬼子同抗日武装里应外合了。后来松冈下令放人，并让原信赔礼道歉。岂料抓人容易放人难，他呆在监押室里还不出来了，口口声声要原信给个说法。最后还是宫临济出面，置了一桌酒席，让原信当着“皇协军”全体团以上军官的面，给他道歉，向他敬酒，他这才就坡下驴。

常相知自然也知道，日本人的这些姿态都是缓兵之计。但是纵观日本人对于陆安州整个“皇协军”和“皇协职员”的政策，不全都是缓兵之计吗？日本人不相信中国人，中国人又何尝相信过日本人？大家都是在眼前利益下结成的松散联盟，都是不得已而为之，都是你稳住我我稳住你。既然如此，老子怕个屎，分道扬镳甚至反目成仇不过是个迟早的问题。弟兄中秘密流行的传单，常相知也看了，并且还留了几张，《告陆安州抗日军民书》出一期他收藏一期。那上面的话字字铿锵，句句属实，他能大段大段地背下来，“目前抗日斗争已进入僵持阶段，我陆安州天茱山国共军队厉兵秣马，百万民众心往一处，城乡内外遥相呼应，全民战略计划正在逐步成熟。在此紧要关头，我们奉劝那些迫于无奈暂且栖身日寇卵翼下的伪职人员，深明大义，领悟抗日之思想，协助抗日之行动，积累抗日之表现，实行抗日之举措。死海无边，回头是岸……我陆安州全体民众和抗日武装力量团结一心之日，即是日军松冈联队覆灭之时……”

这些印刷品像是长了看不见的翅膀，在“皇协军”的营盘里不胫而走。“亲善团”越是查寻，传单越是流行。不光是丘八宿舍里、训练场上，就连军官的床铺底下都能翻出来。最后连“亲善团”也不查了，真的查起来，所有的“皇协军”军官都是藏匿和传播“逆文”的可疑分子。那怎么办？全杀了？全关了？杀不得关不得，那就大家都睁一只眼、闭一只眼。

这件事情再一次让常相知们明白了一个道理，众志成城。只要是团结起来，鬼子就无可奈何！

常相知自然是不会积极搭救方索瓦的。这次如果弟兄们真的把方索瓦干掉，自己就装聋作哑。山不转水转，没准转到了鬼子完蛋那一天，这件事情也可以作为抗日的一桩功德之举。他现在只有一点顾虑，假如把方索瓦干掉，那些被软禁的“皇协军”眷属会不会受到牵连？根据他对鬼子策略的了解，经过深思熟虑，常相知最后认为，方索瓦的倒霉不会给“皇协军”眷属带来麻烦。这种分析有以下理由：一是人死如灯灭，方索瓦既然已经完蛋了，而鬼子还需要汉奸，他不会为了一个死了的汉奸去得罪活着的汉奸。二是方索瓦是陆安州铁字第一号汉奸，人人皆曰可杀，想杀方索瓦的人，大街上伸手就可以抓一把。这一点松冈大佐心知肚明。方索瓦死了，可疑的人很多，到时候能推就推，推给新四军和中央军的地下锄奸人员。如果推不掉，就交出几个平时不听招呼的家伙当替死鬼。

六

李伯勇和孟秋蹲在临时构筑的工事后面，一边焦灼地张望，一边东拉西扯地聊天。

李伯勇和孟秋同是宿阳人，当年是一根绳子捆走的壮丁，只不过十年河东河西，孟秋成了抗日武装的一员，李伯勇则成了汉奸队伍的一员。让孟秋和李伯勇一起执行任务，是唐春秋特意安排的。意在策动李伯勇反正。

这次行动，唐春秋没有同“皇协军”军官直接见面。他现在还拿不准，这几个连排级军官在“皇协军”一师有多少影响力，有多少战斗力。同时他也拿不准，“皇协军”高层对于狙击方索瓦将会持什么态度。鉴于一二五团没有参与策反工作，唐春秋还是保持了国军军官矜持的风度，只让孟秋同李伯勇等人接洽，并传达他的部署。在兵力使用上，唐春秋将自己的部队布置在月亮岭东北方向，给方索瓦准备了五百米长的死亡地带。万一狙击不力，方索瓦侥幸脱逃，霍英山一个连的兵力则在方索瓦逃跑的必经之路——西北乌云岭一带继续予以狙击。同时，孟秋的特务连一部和李伯勇等人在乌云岭以南设伏，其火力配置视野开阔，射界清晰，可以同东西两个方向形成交叉火力。

至此，在月亮岭北部地区，已经有轻重火力三百多只枪口悄然隐伏在驿道两边的山坡丛林里，等待着将方索瓦打成肉泥。

李伯勇手里擎着的驳壳枪是崭新的德国造二十响，大蓝镜面儿，擦得一尘不染。孟秋看得有些眼热，就拿过来把玩。李伯勇说，这是当了“皇协军”才弄到手的，过去一直不知道该拿它打谁，没想到先拿方索瓦试枪了。

孟秋望着幽深的枪口，朝上面吹了口气，反光的枪面立即蒙上一层水膜。孟秋捋起袖子擦了擦，看着李伯勇，不怀好意地笑笑说，其实方索瓦是汉奸，你也是汉奸，志同道合，为什么要下此杀手啊？

李伯勇一把夺过枪说，你这是什么话？什么叫志同道合啊，我们当“皇协军”是长官带着，不明真相，随大溜。可是方索瓦是主动认贼作父，能一样吗？

孟秋说，你这话是狡辩。什么叫不明真相随大溜啊？就算当初是不明真相随大溜，但是明白之后还留在“皇协军”里，总不算随大溜了吧？我看你们还是怕死，还是想当二鬼子享清福。

李伯勇说，不是没有机会吗？有了机会，哪个龟孙愿意当二鬼子！

孟秋说，知道咱们家那个恶霸镇长吗？

李伯勇说，扒了皮我能认得他的骨头，狗日的硬是把我卖了一百大洋。我就算计着，有一天老子会带枪回家，把他给收拾了。

孟秋说，用不着你了，哥哥我已经……嘿嘿，孟秋朝脖子上比划了一下。

李伯勇惊问，你是说你已经把他干掉了？

孟秋举着驳壳枪，眯缝眼睛瞄了一下，扣动扳机，嘴里嘎巴一声，笑笑。

李伯勇又问，那你是回过家啦？

孟秋说，当然，我又不是神仙，不回家能把他干掉吗？

李伯勇说，你不是说咱们一起回去干吗？为什么把我撇下？

孟秋阴阳怪气地笑笑说，你在当二鬼子，我怎么跟你一起回去？我跟你一起回去，乡亲们还以为我也是二鬼子呢！

李伯勇当真了，呼啦一下站了起来，脸涨得通红，手指点着孟秋说，你凭什么说我是二鬼子？我身在曹营心在汉，你又不是不知道！孟秋说，可你当二鬼子是事实吧，你看你身上穿的是什么？是国军军服吗？不是。是新四军军服吗？也不是。是八路军军服吗？还不是。那你这身上穿的是什么？

李伯勇气急了，面红耳赤地吼道，是鬼皮！

孟秋却不紧不慢，依然嘻嘻哈哈地笑着说，那好，我再问你，你这身鬼皮是谁发的？是蒋委员长吗？不是。是朱德总司令吗？不是。是叶挺军长吗？还不是。原来是日本鬼子给你发的。你穿上这身鬼皮，我怎么能跟你一起回老家？无颜见江东父老啊！

李伯勇一屁股坐在地上，突然把枪别在腰上说，这方索瓦我不打了。你说对了，反正俺们都是汉奸，也就是五十步和百步的关系。

孟秋哈哈大笑说，李伯勇啊李伯勇，真是当汉奸当傻了，我怎么能真的把你当汉奸呢？要是真的把你当作汉奸，我还来跟你一起狙击方索瓦吗？我来问问，你这个汉奸，有没有杀过抗日分子？

李伯勇干脆地回答，没有。

孟秋又说，有没有帮助鬼子做过什么坏事？

李伯勇回答，没有。

孟秋说，那就行了。你刚才说，你和方索瓦是五十步和一百步的关系，这话只讲对了一半。首先，一百步和五十步毕竟不一样，毕竟是有区别的。就拿当汉奸来说，如果都没有实际罪过，仅仅是穿了二鬼子的衣服，那么先穿的就比后穿的责任大，因为先穿的对后穿的有影响。先穿的首先就把气节丧失了，后穿的就有可能是受别人的影响，有可能是随大溜，有可能是不得已而为之。所以说，五十步和一百步是有天壤之别的，五十步笑百步是有道理的。第二，你同真正的汉奸还不是五十步和一百步的关系，而是一步和一百步的关系。你是一失足成千古恨，一抬足则千古流芳。真正的汉奸就不一样了，他们苟且偷生而且为虎作伥，他们没有民族自尊心和责任感，他们只有自己的狗命和利益，他们死有余辜。而你这样的血性男儿，只要回到抗日队伍，那就一定会成为一条好汉！

李伯勇激动了，死死地盯着孟秋问，你说这话是真的？

孟秋说，这话不是我说的。在我们天茱山根据地，国军唐团长是这样说的，新四军的彭长官也是这样说的。说到底，我们都是中国人。

李伯勇说，哥啊，那我心口的石头就落了地。我原先还想，打了方索瓦，先回到柳树镇报了家仇，然后就远走高飞，浪迹天涯。像我这样身上有污点的人，只能隐姓埋名了此残生。如果贵部不嫌弃收留了我，打仗我也是一把好手啊！请转告唐团长，我愿意效犬马之劳。孟秋说，老弟不用激动，我早已把你的情况向唐团长禀报了。这次如果干掉方索瓦，就是你反正的最好礼物。

李伯勇把驳壳枪举了起来，胸脯拍得山响，哥你放心吧，他方索瓦就是浑身是铁，这一回我也要把他打出一身窟窿！

七

霍英山的指挥所设在月亮岭西北方乌云岭半坡上，同对面东北方的唐春秋主力形成犄角之势，安丰至陆安州之间的碎石驿道从东北方的山根拐弯，逶迤至乌云岭坡下。

战士们都是全神贯注严阵以待，营长冯存满却是大大咧咧，蹲在充作指挥所的草棚里卷烟。霍英山有令，设伏期间不得抽烟，以免露出烟火；不得大声喧哗，不得咳嗽，不得将枪刺露在阳光底下……冯存满在向部队传达的时候，还加了一句，不得放屁。

冯存满对这次行动很是不以为然。就他妈的一个鸟汉奸，唐春秋和霍英山，天茱山国共两军的指挥官都是这么重视，这样兴师动众谨小慎微，真是抬举了他。他方索瓦难道是刀枪不入飞檐走壁？

霍英山呵斥道，方索瓦是在黄埔军校受过特工训练的，不像你土包子，只会打枪跑路。你给我小心一点！

冯存满说，放心，只要他进入我的伏击圈，我就不会让他跑脱。这里三层外三层的，别说是大活人了，就连耗子他也跑不掉！

过了八点钟，目标还没有出现，霍英山就有点着急，一遍又一遍地看怀表。正看着，唐春秋弯着腰过来了，跟霍英山面对面地蹲着说，霍司令，这个方索瓦精得很，不能大意。

霍英山说，这你放心，他再精也不是诸葛亮。只要他不会掐指妙算，就跑不掉他。

唐春秋说，我有一个担心，就是行动时机问题。打早了不行，打晚了也不行。他必须进入到二号地区之后才能行动。咱们约好，以我的号令为先。

霍英山眨巴眨巴眼，还没有说话，那边冯存满接茬了。冯存满说，我看没有必要做这个规定，谁先发现，谁狙击有利谁先开枪。

唐春秋看了看冯存满，皱着眉头对霍英山说，霍司令，我怕就怕这个。没有统一指挥，各行其是，那就可能要打草惊蛇。

冯存满不高兴了，说唐团长你这话什么意思，看不起我们新四军是怎么的，为什么非要你统一指挥？打汉奸是我们共同的目标，你说以你号令为先，万一你看走眼了怎么办？

唐春秋心想，这泥腿子营长作战素质也太差了，胡搅蛮缠，跟他说不清楚。就转向霍英山说，霍司令，还是要有统一号令啊，不然各自为战那就乱了。你说呢？

霍英山何尝不知道唐春秋言之有理，也知道冯存满这小子是在故意捣乱。霍英山哈哈一笑说，唐团长你放心，我们天茱山新四军不是过去的游击队了，我们现在是堂堂的江淮七支队，整体作战观念和战术意识都是响当当的。只要你的部队沉得住气，我的部队是不会胡乱开枪的。

唐春秋喜出望外，连连向霍英山拱手说，那就好，那就好，只要干掉方索瓦，我情愿把功劳都记在贵军的身上。

霍英山大大咧咧一挥手说，什么功劳不功劳的，除掉汉奸，是我们抗日军人共同的功劳。

唐团长说，那就好，那就好，霍司令高风亮节，我就放心了。我再去看看本部防线。

正要告辞，冯存满又发话了，唐团长，也不一定乱枪打死吧，抓活的怎么样？

唐春秋的脸色立马就白了，带着一副苦相对霍英山说，霍司令，使不得啊使不得，一来那方索瓦身怀绝技，二来他也不会束手就擒，如此枉费工夫，恐怕节外生枝，还是……还是一了百了吧！

冯存满说，你唐团长也太高看方索瓦了，也太低估我们自己的力量了。怎么能长他人志气灭自己威风？你等着，我非把他活捉过来不可！

唐春秋把手放在胸口前，像是患了心口疼。他看了看霍英山，又看了看在一边若无其事的冯存满，口气突然硬了起来，不再满脸堆笑了，问霍英山，霍司令，你意下如何？

霍英山说，倘若时机成熟，我看未尝不可。

唐春秋怔住了，好半天不说话，抬头看天，最后说，霍司令，那，那你们就看着办吧！

唐春秋离开之后，霍英山瞪着冯存满下了一道命令，传我的话，没有我的命令，谁乱开枪，我枪毙他！

冯存满说，要活的还是要死的？

霍英山抬起瘸腿，蹦跶两下，一仰脑袋说，能抓活的，当然不要死的。什么叫灵活机动，连这个都不懂？

冯存满两腿一并说，明白了，我才不会听那个死脑筋团长的瞎指挥呢！

霍英山说，但是有一条，不管是活的死的，都得给我扛到杜家老楼去，不能让他们搞到船儿冲去。不管他是活着溜走，还是落到唐春秋的手里，我都拿你是问。

冯存满的两只腿又并了一下说，明白，生要见人，死要见尸。

上午九点十分，设在月亮岭北三里的观察哨终于传来了暗号，各路人马立即进入临战准备。

又过了十分钟左右，果然就见从安丰方向过来一支马队，远看有十几个人，近看是八个人。霍英山擎着望远镜，心里突然咯噔了一下，他发现马队不走了。

马队本来是纵队小跑的，在快要进入乌云岭山口的时候，就停了下来，几个人在马背上东张西望。冯存满挨在霍英山的身边，紧张地问，狗日的是不是发现了？

霍英山铁青着脸说，闭嘴！

东北方向的唐春秋也发现方索瓦的马队停了下来，但他认为方索瓦未必发现了他们的企图。因为这一带地形本来就是一个打伏击的天然所在，方索瓦作为有经验的军人，警觉是正常的，关键要看这边能不能沉得住气。这时候唐春秋最担心的就是有人乱打枪，尤其担心霍英山的队伍。枪声一响，那就功亏一篑。

大约有两分钟的时间，马队停步不前，霍英山和唐春秋的心都提到了嗓子眼儿上。偌大的伏击场上空，出现了令人窒息的寂静。突然，马队动了起来，但只有两匹马，扬起四蹄，腾空而起，向乌云岭下箭一样疾驰而来。眼看这两匹马已经快要进入伏击圈了，后面的马队还是驻足观望，也就是说，每两匹马之间的间隔至少有一公里——方索瓦要把他的马队编成四组拉成三四公里的间隔通过这个险象环生的地段。

在东北和西北两个方向，唐春秋和霍英山同时在心里叫了一声，不好，狗日的化整为零了。

所有的枪口都抬了起来，在月亮岭东部约一平方公里的山峦丛林里，三百多根食指都贴上了扳机，只等一声令下，子弹便如瓢泼大雨泻入山谷。

但是，没有命令。唐春秋没有发出射击的命令，霍英山也没有发出命令。

唐春秋咬牙切齿地骂道，狗日的果然狡猾，第一匹马上肯定不是方索瓦，但是只要放过了第一组，就会有第二组、第三组分别冲出伏击圈，那么方索瓦到底在第几组呢？不打吧，就有可能都放过了，打吧，后面的又有可能掉头逃跑。唐春秋当机立断，命令身边的参谋，带领骑兵排出击，从侧翼包抄跟踪方索瓦的第一组，但是不要开枪，直到后面打响。同时传令孟秋，收拢口子，准备拦截。

时间在一秒一秒地从身边溜过，唐春秋紧张得快要晕眩了。好在没有人擅自开枪，为了这一点，他对霍英山不仅充满了感激，也充满了敬佩。这个过去他一向不放在眼里的土包子，这个经常出其不意地给他制造麻烦的前敌人，在抗日的问题上，还当真有整体意识和全局观念。唐春秋想，打完这一仗，消灭了方索瓦，他一定要到杜家老楼，跟霍英山坐下来，好好地聊聊家常，共商抗日大计……

好了，方索瓦马队的第二组开始行动了，唐春秋已经定下决心，伏击的时机定在方氏马队第二组快要脱离伏击圈之前、第三组进入伏击圈之后。他料定了方索瓦不在第二组就在第三组，倘若不在这两个组，那就是天不助我了，方索瓦太厉害，连老天爷都帮他。可是唐春秋坚信方索瓦只能在第二组或者第三组，至少也在第四组，无论他怎样狡猾，他都不可能在第一组。好了，再等三分钟，再等三分钟一切都将浮出水面，他甚至在心里祈祷，千万要沉住气啊，千万不能乱开枪啊！只需要两分钟了，两分钟啊，不不，快了，就快了，只需要一分钟了，方索瓦就灰飞烟灭了！只要再坚持一分钟，我们天茱山国共两军就在抗战史上写下重重的一笔.....

枪声，就在这时候响了起来。

枪声骤然响起，霍英山感觉到头皮像是轰然炸裂，差一点儿就晕了过去。在把握狙击时机的问题上，他和唐春秋同样经历了熬炼，而且从灵魂深处达成了高度的默契。他也看出了方索瓦的企图。敌变我变，他的应对措施几乎连想都没想就出来了。玩这种游击战术，他比唐春秋更加得心应手，他也想到了拦截跟踪方索瓦的第一组，同时派作战科长刘庆唐带领一个排从西边迂回，扎紧伏击口子。他也看见了方索瓦的第二组蠢蠢欲动了，他的想法同唐春秋惊人地一致起来。他也在等待那个稍纵即逝的时机，那个唯一可以成功的时机。他攥着怀表，几乎把这个玲珑的金属物件攥出了水。他也在心里祷告，坚持啊同志们，最后的胜利，往往就在最后的坚持之中。只要方索瓦的第二组未离开，只要他的第三组进来，那就打吧，放开手脚打，抡起膀子打，想怎么打就怎么打。只要再等一会儿，一定要坚持几分钟……不，只需要一分钟了，第二组已经进来了，第三组已经动身了，看啊，他们正在马不停蹄地向这边奔来，正在像利剑一样向他们的死亡地带开进，只需要一分钟了……

可是，还是有人在最不该开枪的时候开枪了。

惊破沉寂的枪声就像一根导火索，将整个月亮岭伏击圈全都点燃了。一瞬间，从山顶上，从山坡上，从山根处，从树干的背后，从草棚的缝隙里，从岩石的后面，出现了几百道火舌。转眼之间，在这片小小的山谷里，只能听见由枪炮声组成的惊涛骇浪，硝烟弹雨几乎覆盖了这山上的每一块石头和每一棵小草……

霍英山恶狠狠地骂了一声，哪个狗日的开的枪！这一声骂使他迅速清醒了，他举起望远镜，看见已经在火网边缘的两匹战马，似乎被这突如其来的枪林弹雨惊呆了，高高地扬起前蹄。马背上的人顾不上还击，挥舞马鞭，拼命地抽打。只见一匹枣红马仰天嘶鸣，原地腾空，调头奔出火网后，轰然倒地。没进入火网的第四组两骑疾驰而至，其中一人翻身跳下马来，迅速将倒地者架上马背，纵身跃马，双骑向安丰方向夺路而逃。

霍英山知道自己应该干什么了，撩起瘸腿，向旁边兴奋射击的冯存满踢了一脚，妈的，还打个鸟毛灰，给我追！

八

没有人知道最早的一枪是谁打响的，除了常相知。

二团三大队驻地颜庄离月亮岭直线不过二十里路，绕道也不到三十里，急行军不应该超过两个小时。常相知带着一个连的兵力，五点钟天还没亮就离开了颜庄，七转八转，八点多钟才赶到月亮岭南侧。这时候派出去寻找李伯勇的杨家岭回来了，很神秘地向常相知报告，说这次行动不仅是李伯勇一伙人，天茱山的新四军和中央军都来了。常相知听了报告半天没吭气，杨家岭问下一步该怎么办，常相知沉吟片刻回答，怎么办？凉拌。

过了一会儿常相知又交代杨家岭，你去告诉李伯勇，要么回头是岸，回来就是死路一条。杨家岭眨巴眨巴眼睛，开始有点犯浑，后来就一拍脑门说，明白了。这小子目无军纪，擅自狙击“皇协人员”，罪该万死。

杨家岭带人赶到李伯勇的狙击阵地，把团座的话如实传达了，李伯勇说，对不起大哥了，老弟实在受不了鬼子的欺负，我们一忍再忍，何时是个了啊？这一次行动，全是我一手策划的，不能连累长官。到时候你们一根绳子把我捆了，交给松冈老鬼子，要杀要剐全由他，长官们也就解脱了。

杨家岭说，回去死路一条，这意思你还不明白吗？不回去呢，那就听天由命吧。

李伯勇说，那怎么行呢？跑了和尚跑不了庙，杀人偿命，天塌下来总得有人扛着。我不能让你们帮我背黑锅啊！

杨家岭说，别这么说，你是事主，你跑到天茱山，这笔账就算在新四军和中央军的身上。你回去了，我们反而是黄泥巴掉进裤裆，不是屎也是屎了，浑身是嘴也说不清楚了。

李伯勇听了这话，眼泪哗哗地流了下来，说，大队长，请转告团座，谢谢你们为我指点迷津。小弟也有一句话，当初当汉奸，我们大家并非死心塌地，都是一步一步拖进来的。可是当汉奸有什么好处？心里苦得很，还要强作笑脸给鬼子当孙子，鬼子又何尝把我们中国人当人，一样的干活两样的饭，还动不动就搜查，动不动就杀人。

杨家岭说，你说的这些，大哥心里都有数，不过忍气吞声静观其变罢了。如今你先走一步，也算是为大哥铺个后路。兄弟就此一别，来日或许有重逢的日子，也不枉当了一回中国人。

说完就要分手，李伯勇一直把杨家岭送到山下，洒泪而别。

杨家岭回到常相知的身边，眼圈还是红红的，把李伯勇的态度讲了一遍。常相知木着脸，沉默了很长时间才说，李伯勇说得对。做个中国人真难啊，我们这些“皇协军”，人不人鬼不鬼，活得张牙舞爪，却又不明不白。像方索瓦父子那样当铁杆汉奸，咱做不到。像天茱山那边不忘生死抗日，咱也做不到。这样苟且偷生，即使万贯家财又能如何，行尸走肉而已。

杨家岭说，团座一向看重做人之道，弟兄们也都深知团座内心痛楚，正因为团座待大家不薄，我们才心无旁骛。既然团座已经有了想法，何不当机立断？

常相知问，怎么断，反戈一击？

杨家岭说，今天就是天赐良机，通过李伯勇牵线，一切都顺理成章。

常相知说，兄弟糊涂，你忘了你我还有把柄在松冈的手里啊！

杨家岭说，我的老婆孩子也被方索瓦这小子软禁了。但是，我们不能因为这一点就长期被鬼子掣肘。即便今天无所作为，但是也可以同那边接上线，只要解决家眷问题，一切迎刃而解。

常相知说，那边？你能担保他们就能容忍我们？我们可是货真价实的汉奸啊！

杨家岭说，团座难道忘记传单上怎么写的？说我们的第一身份都是中国人，只要不做对不起中国人的事，都是同胞。贡献不分大小，抗日不分先后啊！

常相知叹道，问题就在这里。松冈狡猾透顶，为了掐断你我后路，每次“清剿扫荡”，都让“皇协军”打头阵。你我手上可都是有血债呢！

杨家岭说，此一时，彼一时。现在正是抗战紧要关头，我们能反戈一击，总比继续当汉奸好。不管是新四军还是中央军，他总不希望我们继续与之为敌吧？如果我们能够在松冈联队闹上一把，带一份厚礼，那就更是将功赎罪了。

常相知没有马上表态，举起望远镜看了一会儿，没看出名堂，放下望远镜问杨家岭，就算按你说的，那你说说，是投新四军还是投中央军？

杨家岭脱口而出，那当然是新四军。

常相知有点意外，问道，为什么？

杨家岭说，一则新四军政策宽大，二则新四军更需要加强抗日力量。有这两条，可以确保无虞。再者，新四军讲究信用，把营救家眷的条件提出来，他们会想办法的。

常相知眼睛落在对面的山上，那里正对着方索瓦即将出现的方向。想了一会儿，常相知说，家岭，今天的话天知、地知、你知、我知，就算兄弟之间瞎扯吧。

杨家岭说，那当然，兄弟的脑袋也不是铁打的。

常相知说，我记住了，这件事情不是小事，总应该水到渠成，你我见机行事吧。今天，我们还是先来对付方索瓦。

杨家岭问，我们怎么行动？

常相知的脸上浮出笑容，拖长腔调说，隔岸观火可也。

后来目标就出现了。当方索瓦的马队停止前进并出现分组间隔之后，常相知也愣住了，暗想方索瓦这小子的确不是一般人物，不仅警觉性很高，防备战术也出其不意。虽然未曾谋面，但在最后的时刻，常相知也为国共两军的指挥官捏了一把汗。要知道，在这片看起来阳光明媚的山谷里，有几百枝枪一触即发，需要绝对的权威和高度的统一才不至于打草惊蛇。而来自中央军、新四军和“皇协军”三个方面的力量，能在如此之短的时间内达成默契，配合得天衣无缝，也更加证明了，中国人其实是可以团结起来的。如果中国人都团结起来了，那还有什么事情做不到呢？通过这件事情，常相知心中的那个“反”字又被描粗了。

但是，紧接着，就发生了不该发生的一幕。他们只需要再坚持一会儿，哪怕是一个极小的瞬间——在通常的情形下可以忽略不计的瞬间，而在这里却是至关重要的瞬间，就大功告成了……可是，就在这个瞬间，枪声响了，那是多么该死的枪声啊！

站在一个超脱的高度，常相知比别人更清楚地看见了山坳里最初出现的一幕——方索瓦的第三组马队前蹄差一点儿就进入伏击圈了，骤然响起的枪声改变了人们预期设想的结局。常相知眼睁睁看着两匹战马驮着另一负伤者，从视野里划过，然后消失。

数日后常相知对于自己的听觉仍然坚信不疑。那声音不是来自中央军的伏击阵地，也不是来自新四军的伏击阵地，更不是来自离他不远的李伯勇的阵地，而是来自月亮岭正东方向的无名高地。就在方索瓦冲出伏击圈的同时，常相知的望远镜标定了正东无名高地的一棵独立树，树下伫立着三个黑色的人影。尽管隔着三百多米距离，但常相知还是心惊肉跳地看清楚了他们是谁。

第九章

一

王凌霄迎风而立，在苍茫的暮色中，久久凝视即将沉没的夕阳。

她经常在傍晚登上杜家老楼西边的红石山，披一身金色的余晖，眺望山那边的世界。

自从那次审问河田大尉负伤之后，她就没有参加战斗行动了。除了头骨有两处裂伤之外，晕眩也就伴随着她了，那次搏斗给她留下了轻微的脑震荡。这是从中央军医院里请来的军医诊断的。彭伊枫嘱咐她休息，并且给她调来了最好的米面，还有一个叫叶子的女兵，充当她的勤务员，照料她的生活。

可是，她怎么能闲得住呢？

这个叫叶子的女孩是个农家姑娘，今年刚刚十七岁，长得健康漂亮，前不久部队扩编才从河口集招收过来。把她分给王凌霄当勤务员，是因为她伶俐乖巧，而且手脚麻利。但是，她却成了王凌霄心中的疼痛，每每看到叶子蹦蹦跳跳，唱着歌干着活，王凌霄就想起了乔乔。

啊，乔乔，那是多么可爱的一个农家女孩，又是一个多么聪慧善良的姑娘，可是，她竟然死在她的手里，或者说是因为她的原因，害死了乔乔。

她记忆中的川陕根据地旺苍龙溪镇的那幢农家小院，同杜家老楼相比，要寒酸得多。灰瓦黑砖，高高的走廊，简陋的门楼，低矮的厢房，但那却是她和他的爱情殿堂。那时候他已经二十七岁了，她也是二十一岁的大姑娘了，在红军的队伍里，有着他们那样漫长爱情经历却一直未成眷属的，就算稀奇了。

在一个细雨霏霏的下午，在那个农家小院东边的耳房里，军政委当着他和她的面说，我们就这一个大知识分子，再也不能让他打光棍了。现在条件好了，瓜熟蒂落，你们结婚吧。她的脸颊绯红烫热，偷眼看着他，他却看着窗外。房檐上的雨水嘀嘀嗒嗒，像一支单调而又拨人心弦的山歌。他向军政委笑笑，笑容里掩藏着不易觉察的忧郁。他说，再等等。

那一瞬间，委屈涌上了她的心头，热泪涌上了眼窝，但是她控制了自己，她也向军政委赧然一笑。她说，再等等。

她想他的心一定是转向了。自从那个乔乔参加红军之后，他的眼神就变得迷离了，行为也有一些怪异。军政委好几次提出来，要把她调到红七师师部当报务员，都被他以各种理由婉言谢绝了，而更多的时间，他是和乔乔在一起。

乔乔的身份是红七师政治部的组织干事，也住在那个农家小院里，同师部另外两个女同志同住一间厢房，但乔乔的工作是由他直接布置和领导的。她有好几次到那个农家小院去，乔乔都在他的房间，而且屋门经常是关着的。

她知道她爱他已经不能自拔了，因为她开始妒忌了，她的心里十分痛苦，但是他却浑然不觉。那天傍晚，雨过天晴，她留在七师，在他那里吃的晚饭。她几乎没有吃进东西，他却呼呼啦啦喝了两碗稀饭。她幽怨地看着他喝完稀饭，然后说，我想和你谈谈。

他似乎有些吃惊，盯着她问，谈谈？谈什么？

她说，谈谈你和我。

他说，你和我有什么好谈的？但他很快就有点明白了，说那好吧，我们去散散步吧。

走到门口的时候，正遇上乔乔和同宿舍的两个女同志从大伙房吃完饭回来。乔乔看见她，热情地跟她打招呼，还说她分到了两块洋胰子，正准备送给她呢。她笑笑说，谢谢了，你留着自己用吧。乔乔说，我什么都能用的。又说，要不我给你留着，等你搬过来再给你吧。她又是勉强一笑，未置可否。这时候他把乔乔叫到一边，比比画画，很神秘的样子，居然还在乔乔的手心里写字。

她的心又被伤了一次。

他们从农家小院后面的一条小路上山，山里的空气新鲜极了，被雨水洗过的霞光从树林的缝隙里筛过，落下一地斑驳。整个山坡都是汩汩的流水声。山道弯弯，红泥路面留下了两双脚印，他的宽长深陷，两行平行，她的娇小浅薄，东一个西一个。

他的兴致渐渐高了起来，走到一个坡上，回过头来等着她说，吃川菜走蜀道听巴山夜雨，真神仙也。

她向他笑笑，苦笑，没说话。

他说，你看这山坳，风停雨过，溪流纵横，晚霞普照，平地生虹，漫山遍野，鸟语花香。等革命成功了，我们一定要在这里盖一所大学，这个地方最适合莘莘学子们忧国忧民了。

她说，那时候你还会到这里来吗？

他说，那当然，我来当教授，要是发展了，文化跟不上了，我就当门房。

她不走了，看着山下，幽幽地问，那我呢？

他看了她一眼，觉得她的表情有点奇怪。他说，你什么你？我来当教授，你就是师娘。我来当门房，你就是门房夫人。

她正视着他，你说话算数？

他哈哈大笑，往下走了一步，拉上她说，我说话当然算数。我这么大个师政委，还能逗你这个千金小姐？当然了，那时候封建军阀和帝国主义统统完蛋了，中国人平等了，男女也平等了，你也可以当老师，或者当门房。但有一条，我们两个必须在一起。

她的心里热了起来。这时候她困惑了，凭她对他的了解，他说的不是假话，他是爱她的，她为什么要疑神疑鬼呢？在这个山上，她竟然产生了自责，她想她肯定是被爱情冲昏了头脑，一叶障目，疑邻盗斧。但是思路换个方向，他也确实有一些不好解释的行为。

可是，可是……她欲言又止。

可是什么？他终于警觉起来，你是说结婚这件事？

她沉默。

他说，我跟你说，这件事情我想过无数次了，我真想让你天天呆在我的身边，饭后散步，夜半赏月，读书作文，其乐融融。可是不行啊，我们都是负有重要责任的。

她说，红四军里，像你我这样年龄的，还在各自独守的，只有我们两个了。明明可以在一起，为什么不让我和你在一起？

他把下巴仰起来了。他在高处的一个坎子上，她在略微偏下的地方。从她的角度看上去，他是那样的高大，落日的余晖几乎是平行地照射过来，舞台灯光一样打在他的下巴上，他那突出的、坚毅的下巴就像一块熠熠闪光的金子。在葱郁的背景下，他面向天空的表情是那样的凝重，他眺望远处的眼神是那样的深沉，他像一个虔诚的圣徒在朝拜心中的神圣。

她被他的这个雕像般的剪影深深地打动了。

良久，他说话了。他说，凌霄，你要明白，我和别人不一样。

她没有回应，她在等待他说说，为什么他和别人不一样。

她感觉过了很久，他才从坎子上走下来，拉起她的手说，我不能告诉你这是为什么。但是，请你等着我，终有一天你会知道，我是爱你的。

那天雨后散步归来，回到军部，躺在干草铺垫的床上，她辗转反侧，找了千百个理由，阐释他和乔乔的关系，确认他和她的关系。她想他和乔乔的关系是纯洁的，也许他们之间存在着资助和报答的承诺兑现，也许他们之间的关系是革命的领路人和追随者的关系，也许他们的来往是纯粹的工作需要……

以后的事情如果能够按照这天的轨道往前行驶，也许就是花好月圆了，可是意外的事情还是发生了。

那次散步之后的第六天，当年动员她到川陕根据地的堂姐和任广琇找到她，跟她说沈政委身边那个乔乔身份不明，组织上怀疑乔乔是国民党军谍报机关派来的特务，让她当晚到龙溪镇去，借故留宿在乔乔身边，查看动静。堂姐当时在军团保卫局当副局长，任广琇在保卫局锄奸队当队长。

堂姐的话让她震惊不已。但紧接着，她就茅塞顿开。关于乔乔的种种回忆，都充满了神秘色彩，这种神秘色彩和某种使命联系在一起，怎么琢磨怎么像。再往后，她还有一丝庆幸，有点痛快，倘若乔乔真是敌人，对她来说并不是坏事。

堂姐交代她，这件事情必须瞒着沈政委，这是铁的纪律。这时候她才有点疑惑，难道他也有问题？

她不敢多问，但是心里替他肯定，他不会有问题的，他是那样坚定的布尔什维克，他是久经考验的老革命了，枪林弹雨九死一生，他怎么会成为革命的敌人呢？一定是那个乔乔，在他和她到川陕根据地的那段日子里，被敌人发展为谍报人员，潜入他身边，伺机搞破坏。

她想，事情一定是这样的。这样想，她就掂量出堂姐和任广琇交给她的任务的重要性和及时性了。不仅是为了保卫革命，也是为了保卫他啊！

那天下午，她依计到了龙溪镇，结果发现乔乔的住处只剩下乔乔一个人了，这时候她没有往别处想，只是担心乔乔一个人住在这间屋子里，他们私自相处的机会就更多了。但是，按照堂姐的叮咛，她不动声色。晚上，她还热情地请求他把乔乔留下一起吃晚饭，饭后一起到房前的河边散步。散步的时候她突然腹痛，乔乔把她搀到自己的住处，后来房东大嫂过来，给她端了一碗红糖水，说这是女人的常见病，歇歇就好了。就这样，她顺理成章地留宿在乔乔的房间。

夜里，乔乔睡得很香。半夜时分，她翻开乔乔的军装，从贴身内衣的口袋里，她意外地发现了两个硬壳本本。就在她犹豫不决是不是将本本拿走的时候，乔乔翻了个身，还嘟囔了一句梦话。她来不及多想，飞快地穿好衣服，出了房门。拉开门楼门闩的时候，她的手抖得厉害，尽管响动不大，他的警卫员还是倏然警醒，问了一声，谁？同时擎枪在手，已经虎虎生威地逼到了她的面前。那一瞬间她的脑子一片空白，她差点儿就退回去了，但是，警卫员的高度警觉也引起了她的高度警觉——这是根据地啊，为什么要这样如临大敌？她镇定了情绪，理了理鬓发，从容回答，是我，有点事，出去一下。

她说的有事，就是解手。他身边的人都知道，她不习惯使用房东家的茅房。

警卫员看清是她，哦了一声，收起手枪，打了个哈欠，回到偏房，头刚挨上枕头，鼾声重新响起。

离开农舍，她心里扑扑通通跳得厉害，大约走了一百多米，她又停住了。她突然想，我这是干什么？我为什么要这样做？万一这件事情真的跟他有关怎么办？

她在原地停了有五六分钟。一个声音对她说，革命是严肃的事业，我们每个革命者都不能徇私情。另一个声音跟她说，他是那样爱你，你可不能做对不起他的事情。一个声音说，知道吗，他是和敌人勾结在一起，他已经成了革命的敌人，对于敌人绝不能心慈手软。另一个声音大声呼喊，不，他不是敌人，为什么不先去问问他？听他说清楚，不就真相大白了吗？

在朦朦胧胧的月光下，她把那两个硬壳本本捧在手上，可是怎么也看不清。她在那块山坡上，就像一只迷途的小鹿，一会儿向南，走了几步，又折回来向北，就这样反反复复，把那块地都踏平了。

后来，她拿定了主意，是啊，为什么不把情况搞清楚？为什么不先去问问他？即便他真的跟这件事情有关系，也应该同他当面对质。终于，她装好本本，车转身子，又踏上了返回的小路。

然而，为时已晚。按照约定，任广琇是在山坡的路口等待，她踏上这条小路的时候，就进入了他的视野，他在焦急地等待，也目睹了她反复犹疑的身影，后来他判明她回头了，便飞快地钻出了树林，并且抓住了她。她一边挣脱一边说，不行，我要先让他说清楚。任广琇狠狠地推了她一把说，你糊涂，你要是告诉了他，你就没命了。斗争是残酷的你知道吗？

她和他扭打了一阵子，终于没有挣脱，她松了手，任广琇也松了手，她从怀里掏出那两个硬壳本本，任广琇从屁股后面摸出一把手电筒，揿亮了，照在那两个硬壳本本上，她只看了一眼，便如晴天霹雳在耳边炸响。恐怖、愤恨，加上心力交瘁，她终于晕倒了。

那是两个军官证件，那上面提供的事实是，他的身份为国民党陆军上校，乔乔是中尉。

二

狙击方索瓦的行动未能达到预期的目的，使唐春秋大为光火。事后检点分析，他把责任算在了江淮七支队的头上，一口咬定是七支队的人乱开枪。

霍英山开头有点心虚，知道自己的队伍新兵多，训练不够严格，很有可能就是哪个怂包在关键时刻沉不住气，稀里糊涂地扣了扳机。但是查了几次之后，霍英山的底气就足了，专门跑到船儿冲跟唐春秋说，狙击方索瓦不利，我和你一样恼火。但是，说我的部队乱开枪，毫无道理！这话以后不要再说了，再说就是破坏统一战线。

唐春秋见霍英山说得斩钉截铁，又拿不出证据是人家乱开枪，只好给霍英山赔笑脸，说霍司令不要生气，唐某也不是故意栽赃。一句话说到底，不是你的部队，就是我的部队，都得加强作战训练。

霍英山说，不管是你的部队，还是我的部队，都是抗日的部队，你老唐以后不能歧视我们新四军了。打仗出了问题，屎盆子光往我们身上扣，那怎么行呢，以后还能配合吗？

唐春秋心想，这个霍瘸子，现在说话也是高调门了，看来他们学文化那一套，还真的往霍瘸子肚子里灌了二两墨水，不能小看呢。唐春秋说，霍司令说得好，失败乃成功之母。这次没有配合好，咱们都好好总结一下，都从自己身上找原因，借此提高部队。

唐春秋始终低调，霍英山才心满意足，大手一挥说，老唐我跟你说，我们江淮七支队是对得起你的。为了给你买官，我送出了十万斤粮食你知道不知道？我的队伍现在又开始断粮了，你说我们新四军仁义不仁义？

霍英山一说这话，唐春秋就尴尬了。根据“老头子”的部署，天茱山江淮七支队拿出十万斤粮食，还有一千多块洋钱，连同“老头子”另外筹集的一万多块银圆，集中在严楚汉手里，到侯先觉的军部打点，这件事情他是知道的。知道后心里很是腻味了一阵子，心想这真是下策，下下策！干吗要动用霍瘸子啊，这下好了，我这个官还没当上，就被他攥住了话柄。转念一想，这也是为了抗日，也不是为了我个人一步登天。唐春秋说，霍司令的情我领了，说真的，要不是为了抗日，我也不会接受这项安排。既然是抗日，这件事情还得保密，请霍司令以后不要再说了。脸上挂不住啊。

霍英山哈哈大笑说，好好，好，你老唐知道就好。反正是为了抗日，个人情分就不提了。不过，以后你们独立旅的日子过好了，不能让我们吃糠咽菜了。

唐春秋苦笑着说，我这旅长不是还没有当上吗？当上了再说吧。

不久就从军部传来消息，说是有人奏了栗统飞一本，检举栗统飞借夫人生日、亡母忌日以及职务补缺等机会，大肆铺张，卖官鬻爵。侯先觉长官十分气愤，指令要员调查，估计很快就有好消息。

唐春秋总算是扬眉吐气了一把，踌躇满志，要在近期大干一场，把一二五团队伍梳理一番，作为升任旅长之后的嫡系力量。

当然，清理门户是当务之急。

唐春秋现在已经基本上搞清楚，本团的军饷为何屡次空亏，一是旅部军需处雁过拔毛。这一点在国军内司空见惯，上级权力部门揩油，只要不是做得太过分，大家都是心照不宣。二是本团长官勒索。这也不是什么稀罕的事情，当官不扣饷，讲话没屁响，这也是约定俗成的把戏。问题是事情总得有个度，有个底线。

又过了十多天，好消息果然来了，栗统飞被撤职，回到军部供给部，唐春秋接任旅长。但是有一个附加条件，原一二五团政督员邡逍同时升任独立旅政督员。对此，唐春秋解嘲地说，这大约是让老邻居看住新光棍吧。

为了体现清廉精神，交接的时候，没有搞什么就职仪式，只是把各团团长和独立营营长叫来，栗统飞还声泪俱下地发表了离职演说，说我千错万错，但是保证了弟兄们在天茱山安然无恙，没想到落得这么个下场。以后，天茱山的抗日就全靠春秋兄了。请大家多多支持春秋兄，精诚团结，夺取抗日的最后胜利。

唐春秋心里一阵冷笑，早干吗去了？这会儿才作出一副坚决抗日的样子给谁看？自从进入梅山，我一二五团今天打鬼子，明天反扫荡，白天护粮，半夜锄奸。那时候别说支持了，不给老子小鞋穿就是好的。这些话自然不会拿到桌面上说。唐春秋说，栗长官对我们这支抗日部队其情之深，其望之重，其嘱之殷殷，令人潸然。我等当牢记，旅长可更换，人事可调整，职务可升降，但是我们的抗日之使命之决心绝不改变！

寥寥数言，既顾全了大家的面子，也表达了同栗统飞之思想和行为分野。

不久，唐春秋就把祝道可和林用树邀到梅山，开诚布公地说，今天请二位袍泽来，是要问罪的。

祝、林二人面面相觑。

唐春秋不动声色，把几十封信函摆在祝道可和林用树的面前，不紧不慢地说，不瞒二位，这都是检举二位贪赃枉法的，有克扣军饷的，有盗卖军用物资的，有同汉奸暗送秋波的。怎么样？要不要派员深入地查一下？你们二位给我说实话，如果有，我就不查了，只要不影响抗日大局，有则改之，二位还是我的患难兄弟。

祝道可的脑门上露出冷汗，说，这，旅座，有些事情啊，弟兄们可能有点误会……

唐春秋以拳击案，厉声说，那好，如果二位心中踏实，我就派人查他个水落石出，也可以还我弟兄清白！

祝道可看看林用树，林用树看看祝道可，彼此的眼神都在闪烁。

唐春秋说，其实查起来很简单，但是，既然查了，兴师动众，鸡飞狗跳，尽人皆知，那我就要考虑如何收场怎样交代了。

又是一阵沉默之后，林用树说话了，旅座，老话说，常在河边走，难免不

湿鞋。腐败并非一家，兄弟也是凡人，我们这一层军饷并非寒酸，可是架不住层层盘剥，光孝敬上面都是捉襟见肘，更别说养家糊口了。说真的，我们跟你不一样，我和祝团副都是苦出身，全靠个人支撑。如果一点外快没有，我这个准团军官连个戒指都买不起，在婆娘面前都是体面扫地啊！

唐春秋问，那你的意思是，就不查了？

祝道可说，这世道，只要他是个官，只要你有权查他，你查谁谁翻船，一查一个准。何必拿弟兄们开刀呢？

好！唐春秋哈哈大笑，又是一拳砸在案子上说，这话我爱听。大丈夫敢作敢当，只要你不跟我掖着藏着，我唐某也不是无情无义。今天在这里把话说清楚了，这件事情到此为止，既往不咎，但前车之鉴，二位当时时警醒。

说着，当着祝道可和林用树的面，点火把那一堆真真假假的告状信烧了，边烧边说，这是曹操的伎俩。曹操收买人心是为了夺取天下，唐某收买二位仅仅是为了竭诚携手，共同抗日。

祝道可和林用树唯唯诺诺。祝道可说，旅座放心，你这一手厉害，虽不及曹操图谋至大至远，却是至善至诚。兄弟在这里向旅座发誓，精诚团结，倾力相助，共同抗日，死而后已！

唐春秋拉起了祝道可和林用树的手，朝门外喝道，备酒！

三

不厌其烦的审问对河田大尉没有起太大的作用，但是自从同他心目中那个美丽优雅的女人有了一场殊死搏斗之后，沉默了两天，终于开口说人话了，这就意味着他投降了。

河田大尉要求见彭伊枫，首先供出了进山的任务。河田说，他们进山，是为了标定天茱山抗日武装的重要目标，松冈大佐计划在完成粮食征集任务之后，撤出陆安州之前，命令炮兵将这些目标全部摧毁。

彭伊枫盯着河田大尉的眼睛说，你的眼睛告诉我，你们的目的不仅是这些。是不是另有企图？

河田耷拉眼皮说，仅此而已。

彭伊枫说，我们现在已经掌握了，你们从潜入天茱山，到你被俘，前后共有九天时间。前些天你们都在干什么？

河田说，在侦察路线。我们不敢在有人迹的路线上行动。

彭伊枫说，露馅了。你们从隐贤集西北进山，即使是在山沟里爬，爬到平安岙也用不着三天，而你们竟然在山里活动了八九天。到底是做什么去了？

河田见抵赖不掉，这才吞吞吐吐地把最初的任务说了一遍，说是松冈得到情报，在天茱山腹地老林子内有一个秘密的军事基地，活跃着上千人的特别部队。石原次郎中将和松冈大佐对此都十分恐慌，部署迅速查清位置，动用重兵将其消灭。

这个供词说明了“老头子”的判断是正确的，鬼子的行动果然有更大的企图。也从另一个方面证实了，在天茱山腹地，当真有一个隐蔽的军事基地，隐藏着一支部队。那么这支部队是谁的，只能理解是“老头子”直接指挥的，也许它就是“老头子”的撒手锏呢。

现在，江淮七支队进一步扩大，兵力扩编为两个野战独立团，整编后由许成哲和李广正分别担任团长，另有一些以游击战见长的地方武装，总兵力达到两千余人。以文化教育为手段，官兵的思想信仰已经有了很大的改观，战术技术也有了很大的提高，这将是同松冈联队决战的重要部队。

同时，上面对国民党军的抗日强化工作是卓有成效的，“老头子”不惜使用贿赂和离间的手段，将一批抗战消极、畏敌不战的军官撤换，栗统飞被侯先觉以“作风腐化、治军无能”为理由罢免，唐春秋升任国军天茱山抗日独立旅上校旅长，正在加紧步伐进行内部整肃。地下组织安插在国军内部的严楚汉升任一二五团团长。一二五团团副祝道可和参谋长林用树分别当了副旅长和一二六团的团长。至此，天茱山国军的部队已经牢牢地控制在抗日骨干手中。现在，仅天茱山上这两支部队，如果能够有效联手，也就足以同松冈联队及其“皇协军”抗衡了。

但是，彭伊枫清楚，仅仅抗衡是不够的，仅仅抵御也是不够的。他不会忘记那句掷地有声的话：“我陆安州全体民众和抗日武装力量团结一心之日，即是日军松冈联队覆灭之时。”在“老头子”的一盘棋上，最终是要同松冈联队决战的。

四

方索瓦大难不死。他的身上一共挨了六枪，其中四枪分别打在大腿和臀部等无关紧要的部位。但是有两枪差点儿要了他的命，一枪居高临下，从他的右脸腮部穿过，斜着穿透下颚，从左胸前擦掉一层皮，再斜一点就是心脏。还有一枪打在腹部，穿肠而过。

以后天茱山上国共两军和“皇协军”里参加狙击方索瓦的士兵都说，方索瓦气数未尽，多亏了那匹枣红色的战马，那马太神奇了。

有的士兵神秘兮兮地说，即使没有人提前开枪，那马也警觉在前。大家一起回忆，好像真是这么回事。当枪声响起之后，方索瓦的马队共有四个单骑在火网杀伤之内，每个单骑平均承受五十多条火舌的吞噬，唯有一个单骑腾空而起，几乎是凌驾于火网之上，如飞翔一般，冲出火网。后来那马跌落下来，还昂首嘶鸣，像一座城墙，替主人遮挡子弹。

士兵们越传越玄，传到最后，就像神话了。后来在打扫战场的时候，七支队的冯存满和一二五团的孟秋不约而同地都让人去拖那匹死马，拖马的士兵惊骇地数了一遍，那匹马的身上，前后左右，共有一百多处枪眼。冯存满想把马拖回去煮肉吃，霍英山背着手，一拐一蹦地围着那马转了两圈，黑着脸说，吃个卵子，浑身都没有好肉了，要煮熟，恐怕能煮出一锅子弹头。还是埋了吧。

士兵们怀着复杂的心情把那匹马埋了。霍英山站在马坟旁边，还流下了眼泪。后来唐春秋也到了现场，听说马的故事，仰天长叹，可惜啊可惜，这么好的马，竟然让汉奸享用了，畜牲无知，救主卖国。

方索瓦的确是被没进入伏击圈的两骑卫士拼死命抢回桃花坞的。两名卫士及两匹马身上都有多处枪伤，但都没伤及要害。好在桃花坞有松冈装备起来的医院，还有几个医术高超的外科大夫。据说给方索瓦做手术，光清理伤口就清理了四个小时。整个手术过程，没有用麻醉药，因为方索瓦始终处于高度昏迷，抢救的过程中几次停止呼吸。

在抢救方索瓦的一天一夜里，方明珠就守在手术室外边，不吃不喝，也不说话。她的同学翟维新和宋诗芩都在忙活，顾不上她。松冈派来两个日本军官的夫人陪伴她，被她冷冰冰地赶走了。她那时候的想法很多，首先她不知道这一切都是为了什么，不到一年，物是人非，恍如隔世。父亲他为什么在临死的时候说出那样的话，二哥他为什么要当汉奸，难道果真像民间议论的那样，桃花坞方家有当汉奸的血脉？她一遍遍在心里回忆从前的二哥，她记得二哥当初之所以放弃了航运公司继承人的优裕条件，到广州报考黄埔军校，就是为了打倒军阀，打倒腐败政权。那时候二哥说，中国人不能再这样任人宰割了，我们不能老是靠挂法兰西国旗来保护自己，我们一定要让自己的国旗成为保护我们的盾牌。我们要打倒军阀列强，建立一个民主的、平等的、科学的政权。到那时候，我们的国旗不仅能够保护我们，而且能够保护在世界上任何地方的中国人——那时候的二哥，志向是那样远大，决心是那样坚强。据说他在黄埔军校特别班，成绩始终都在前茅。从特别班毕业的时候，别人都是少尉实习军官，而他已经是中尉了，并且立即被派到前线带兵作战。

可是后来的事情，家里就不知道了。都知道他在同共产党的军队作战时失踪了。可是失踪之后他到底做了什么？难道真像他自己说的那样，到越南受训去了？或者像别人传说的那样，他是因为轮流受到国共两军的清洗和摧残，才对抗日军队恨之入骨的？那个说法是，他在共产党军队的监狱坐了两个半年，因饱受折磨而逃脱；结果回到国民党军队，又坐了两个半年，受到了更大的折磨，几乎丧命。是日军攻陷宿阳之后，他才趁乱逃脱的。所以他对日本人的恶感，远远小于国共两军，这才促成了他当汉奸。

方明珠不相信这一切都是真的，但是她也没有办法澄清这些事实。然而方家当了汉奸，却是不容置疑的事实。

一天一夜，方明珠感到至少像度过了二十年，开始是默默流泪，手术室每出来一个医生或护士，她的心就要往上提一提，眼睛直溜溜地盯着人家，从他们口罩上方露出的两只眼睛里，从他们行色匆匆的步履上，判断二哥的安危。她知道，这个世界上二哥只有她这么一个亲人了。二哥的行为将受到全体中国人的鄙夷、厌恶、痛恨，而且日本人在利用完二哥之后，也会把他一脚踢开。二哥的最后命运就是被这个世界抛弃，并且遗臭万年。可是他毕竟是自己的一母同胞，他是她唯一的亲人和依靠。只要他能活着，她一定会劝说他，离开桃花坞，离开陆安州，找一个能够活命的地方，兄妹相依为命，度过可耻可悲的余生。如果二哥死了，那她也不可能活下去了，就算她有活命的空间，可是她的心已经死了。作为一个中国人，她没有在国家危难的时候挺身而出，对那些抗日的人们助一臂之力；作为一个医科学院的学生，她没有运用自己的一技之长为百姓救死扶伤；作为一个女人，她无法摆脱汉奸之女、汉奸之妹、甚至本身就是汉奸的污名，她不可能获得真正的爱情了。那么，她为什么还要活着？她还有什么脸活着？她活着又有什么意义？

当然，她不会很快死去，她还要做几件事情。她已经藏好了一笔钱，这笔钱将在二哥死去之后，用于迁移父亲的坟墓，用于修建二哥的坟墓和自己的坟墓。它们的位置一定要远离陆安州，她不能让父亲、二哥和她的墓地继续蒙受臭鱼头和烂袜子的羞辱。不能。她要躲开！她没有别的力量，没有办法弥补或者改正，那么，她只能选择躲开！

泪水流干了，不再流了。

一天过去了。手术仍在继续。据说中间出现几次险情，都被翟维新挽回了。

方明珠的内心对翟维新充满了愧疚。这是一个才华横溢的学生，因为爱她而流落在桃花坞，因为爱她而屈身成为汉奸医院的院长，因为爱她而放弃了自己的追求甚至家庭。可是，她给了他什么呢？除了一个汉奸的名分，她什么也没有给他。她不配给他什么。如果二哥这次能侥幸回到人间，那么她就嫁给翟维新吧，既然汉奸的名分已经背上了，那么我们就相依为命吧。我们带上二哥一起走，走得远远的，天涯海角，地老天荒，给二哥娶一个南方的陌生女人，我们在南方的海岛上，终身行医，终身行善，终身赎罪。这也不失为余生残存的理由和最好的结局……

终于，手术在第二天的凌晨结束了。从手术台上下来，翟维新一看见她，两眼一黑就晕倒了。后来她听说，在整个手术过程中，两个助刀都是轮流休息的，唯有主刀翟维新，中间只喝了两杯牛奶，十多个小时没有离开手术台。翟维新晕倒的那一刹那，她上去抱住了他，她把两行热泪洒在翟维新明显憔悴的脸上。她说，翟维新啊翟维新，你挺住啊，我们还要在一起，结婚，生儿育女……

翟维新躺在她的怀里，睁开眼睛说，我没事，就是有点累。可是我太兴奋了。明珠，我救活了一个了不起的男人。你二哥是一个生命力极其顽强的男人，他帮助我们建立了医学史上的一个奇迹。宫琦医生说，方索瓦死而复生的奇迹，将成为日本医学界一个重要课题……方明珠说，别提宫琦，我二哥不能继续为日本鬼子效力了。我们结婚吧，我们到很远很远的地方，到需要我们的地方，甚至可以到深山老林里面去。我们在那里男耕女织，我们再也不能帮日本人做事了，如果我们不能为国家做事，就让我们为自己做事好了，我们远走高飞……

翟维新吃惊地看着她，并且摸了摸她的脑袋。明珠，你怎么啦？你为什么这样看着我，你的眼睛怎么啦？

方明珠仰着脸，目光斜着向上，眼神儿直直地一动不动。翟维新骇然地想从方明珠的怀里挣开，但是方明珠紧紧地抱住他，他仰脸看她，两行溪流般的热泪洒落在他的脸上。

五

松冈大佐在方索瓦养伤期间，三次来到桃花坞。第一次来的时候，方索瓦说话还不是很清楚。松冈拉着方索瓦的手，老泪纵横地说，方君，你是日本帝国最亲密的朋友，你所受到的伤害，“皇军”一定要让他们加倍补偿。

方索瓦的下巴被绷带紧紧地缠着，不能说话，只是用眼睛看着松冈，轻微地点头。

松冈第二次到桃花坞来的时候，方索瓦不仅可以说话，而且已经可以下地。松冈说，为了替方君报这一箭之仇，我决定集中五千人分两个波次对船儿冲和杜家老楼进行讨伐。方索瓦对松冈说，要我命的人就在“皇协军”内部，看来“皇协军”是靠不住的。松冈说，这一点我们清楚，但是主谋李伯勇和叶家季已经逃匿船儿冲，这次讨伐也有缉拿李伯勇等人的考虑。

方索瓦不说话了，眼睛有点走神。

松冈又说，方君如果有什么设想，不妨明说。

方索瓦说，我听说在我重伤期间，“皇协军”的军官们到桃花坞来闹着要将家眷接走。看来家眷们是引起他们对我下手的主要祸根，要么将他们放了，要么……方索瓦又不说了，手托着负伤的半边脸直吸冷气。

松冈瞪大了眼睛问，要么怎么样？把他们……松冈横起手臂，在自己的脖子上抹了一下，眼睛探询地看着方索瓦。

方索瓦没有回答。

松冈说，杀之固然能解你我心头大恨，但是那样就怕把“皇协军”彻底逼反了。方君不能为一己之仇，陷“皇军”于孤立之地。

方索瓦笑笑说，这个利害关系我怎么能不清楚？但是如果借刀杀人呢，可能又有出其不意的效果。

松冈没有马上答话，看着方索瓦，后来嘴里就喃喃嘀咕起来，你是说利用天茱山？如果天茱山能够下手，那当然是天大的好事，不过怎样才能让他们下手呢？

方索瓦说，如果想做，总是机会，没有机会，也可以创造机会。因为这件事情存在着很大的可能，天茱山国共两军对汉奸都是恨之入骨，一旦掌握汉奸眷属信息，方便下手之日必然下手。

松冈沉吟道，方君之计，本人也曾数次筹划。如此一来，既转移了“皇协军”的仇恨，也断了他们的后路，一石二鸟，实乃良策。但是有一个问题，我一直担心。如果他们把这些眷属生擒而不是杀死，那就麻烦了。人质到了他们的手里，“皇协军”还能靠得住吗？

方索瓦说，太君深谋远虑。这一点，我也想到了。但是，既然做了，就一定要做绝，我自有办法。

松冈说，事关重大，还要从长计议。

方索瓦说，我会安排周全的，万一出了岔子，可以把责任算在桃花坞自卫团身上，太君把我交给他们，仍然可以保持稳定。

松冈摇头道，那怎么可以，“皇军”怎么能做那种出卖朋友的事情？这件事情容我再考虑考虑，确保万无一失。

松冈离开之后，这件事情就不了了之了。

过了几天，“皇协军”里出了一件事情，常相知手下的一名中队长带领一个排哗变了，直奔豫南投奔抗日游击队去了。与这件事情同时发生的，是松冈收到了一封密信，揭发年初农历二月二十七日，宫临济组织秘密会议，商讨对付“皇军”控制和脱离“皇军”的对策，甚至提出了“分期分批，站稳脚跟，里应外合”的策略。

“皇协军”一个排哗变，松冈只是感到震怒，但是这封密信却让松冈倒吸一口冷气。他派人把“皇协军”一团团长马甫金秘密找来，给马甫金三点承诺，一是如果“皇协军”发生变化，将由马甫金取宫临济而代之；二是一旦由马甫金统率“皇协军”一师，师、团、营、连军官的薪水，按照八百、六百、四百、二百的比例增加，排长月薪一百五十块大洋。松冈并且当场让人给马甫金封了三千块银圆。三是绝对保证马甫金本人和眷属的安全。

有了这三条，马甫金没有太费多少踌躇，就把今年春上团以上军官秘密商议的情况一五一十向松冈抖搂出来了。松冈嘱咐马甫金，这段时间加强对宫临济以及二团和三团的监控，同时要把一团营连军官中的动摇分子摸清楚，想法换成忠于“皇军”的人。松冈还另外给了马甫金两千块银圆作为秘密活动经费，收买营连军官。

这项工作做完了，松冈才把宫临济叫过去，倒是和风细雨。松冈说，自从“皇协军”一师随松冈联队行动之后，“皇军”对一师天高地厚，补充装备，恢复建制，提拔军官，保护家眷，等等。可是“皇协军”对“皇军”怎么样呢？殴打“皇军”优秀士兵荒木冈原，殴打联队参谋长原信少佐，私藏传播抗日传单，公然有人背诵《告陆安州抗日军民书》，公然不断有人同天茱山抗日分子秘密接洽，公然狙击“皇军”亲密盟友方索瓦，这些难道都是你们应该做的吗？

松冈本来是克制自己的，但是在列举上述事实的过程中，嗓门不断提高，大约是这些事实激起了他的愤怒，甚至还有委屈——你“皇协军”实在是太不够意思了，一桩桩一件件，全是对不起“皇军”的事情！

宫临济耷拉着脑袋，内心恐惧到了极点。松冈说的一点儿也没错，那些事情千真万确是他的手下干的。自从跟随松冈联队驻屯陆安州以来，他的部队好像从来就没有消停过。新四军和国民党军队不厌其烦地派人到军营渗透，官兵的手里出现了传单，“爱国证”屡屡清除不尽，《告陆安州抗日军民书》家喻户晓。前天拉走的那个排，就是新四军策反的结果。更严重的，是同“皇军”对抗甚至动手，还差点儿把汉奸之最方索瓦干掉了。这一桩桩一件件如板上钉钉，松冈一笔笔都给他记着呢。

可是，宫临济也有宫临济的难处。在桃花坞看望老父，老父老泪纵横，跟他探讨当汉奸的意义和结局。老父说，卖国哪能卖出好价钱呢？国家都没有了，仰人鼻息，就只能任人宰割了。用得着你，把你当个小人；用不着你，小人都当不上，那就是狗。儿啊，别说为国家了，就说为自己能有个安稳的窝，老父有个不被人家扔烂袜子臭鱼头的坟地，这个汉奸师长咱就别当了。

老父是老了，虽然说在桃花坞享清福，但是老父的日子是在惶惑和惊恐中度过的，老父刚刚七十岁的人，就像沧桑苦海里泡出来的耄耋老人。老父在说那一番话的时候，眼神是那样浑浊，那样无助，像一个无家可归的孩子。他不能不考虑后路，人生苦短，他既然已经达到了拥有三千人马的地位，那么他就有条件选择往后的路。是跟日本鬼子一条道走到黑，还是伺机反戈，一举由人人不齿的汉奸而成为民族英雄。人的历史往往就是在一瞬间、一个关键的环节改变的。在最后的选择确定之前，无论是加害抗日分子还是得罪松冈，都是不明智的、浅薄的，都是容易招来杀身之祸的。他还要等等看。

宫临济说，太君息怒，“皇协军”出了一些问题，主要是抗日分子渗透得太厉害。我听说不光是“皇协军”，“皇军”部队里也出现了污蔑天皇陛下的传单，这些东西防不胜防啊。

松冈更生气了，说，“皇军”有携枪叛逃的吗？你要认真查处，该果断的要果断。

宫临济说，哈依！

松冈当面敲打宫临济，实际上也是为了观察宫临济的表情。这个人越来越不可信了，自从把他们的家眷接到桃花坞，姓宫的对“皇军”的态度就有点暧昧。这说明什么？说明心虚，说明包藏祸心。

松冈这次没有提密信的事情，他也需要时间观察。但是他给方索瓦下了一道命令：可以启动“抛砖”计划，近日拿出详细方案，待“皇军”批准后执行。

六

这段不到两公里的路程，荒木冈原和岩下走了两天。两天之后，荒木冈原绝望了。就像有一个无形的磁场，始终在排斥他们接近目标。目标就像圆心，而这两公里就像半径，他们就在这个距离上做弧线运动。

在他们和目标之间，存在着一道不可逾越的天堑，那是在两座陡峭的山峰之间的一个近一公里宽的峡谷。荒木冈原最初判断，附近会有一条通向目标的道路，哪怕是羊肠小道，或者是山洞，但是没有。根据山势坡度，荒木冈原分析通道可能是在西边的淠水河岸，他幻想出入口是在临河的石壁上，是树木掩盖着的山洞。

岩下认为，出入口应该在东边，因为上次看见的马队，像是驮运什么物资，是从东往西去的，而回来马背上却是空的。虽然不知道他们最后是在什么地方消失的，但显然不会从东边绕个圈子再跑到西边去。

荒木冈原看着西边的天空，看了很长时间才说，岩下君你是对的。我们在山的内侧行动，很容易暴露。还记得那个山洞吗，我们再退回去如何？

岩下心里一阵欣喜，荒木冈原能够用这样的口吻跟他说话，说明他在荒木冈原的心里，位置有了提升。岩下说，我们应该返回陆安州，把这个情况向松冈大佐阁下报告，派部队来袭击。

荒木冈原说，岩下二等兵，你错了。我说的退回去，并不是要退到陆安州，而是要找到一条相对平缓的路线，向南，再向南，直到摸清出入口。我们不能向太君报告一个似是而非的情况，不能把“皇军”主力带到一个进不去出不来的地方。为此，我们还要继续辛苦，为“皇军”主力进山扫清一切障碍。

岩下吃惊地看着荒木冈原，他实在闹不明白，这个魔鬼到底长着一副什么样的脑袋，到底受着什么力量的支配。岩下说，可是我们的粮食、药品，还有体力，都已经耗尽了，我真是走不动了。

荒木冈原说，岩下君，你还可以呼吸，一个仍然可以呼吸的士兵是不可以放弃战斗的。我命令你，站起来，跟我走！

他们终于又找到了那个山洞，退了出去，从西往东，从北向南，开始了第二轮跋涉。

第二天，他们摸到了隐贤集西北约五公里的一个山冈上，感觉上已经返回人间了，因为他们看见了山下有一个小村庄。再也不敢往下走了，便在山上找了一个便于隐蔽的地方，观察山下的情景。透过清晨的薄雾，可以看见袅袅炊烟。岩下的喉结不停地蠕动，咽着口水说，下士官阁下，太想吃点东西啦，有碗热汤就好了。

荒木冈原盯着小村庄不吭气。

岩下说，如果山下有行人就好了，可以把他打死，行人身上总是有吃的东西。

后来他们看见了一个女孩，挑着一副空水桶，看样子是到村后河边汲水。那条河不到一百米宽，可能是淠水河的分支。早晨的阳光照在女孩的身上，像一副流动的油画。岩下又说，真想喝点热汤啊！

荒木冈原说，是想看那个女孩吧？我警告你，你要管住你的生殖器，在这里是绝对不可以的，不能发生任何暴露目标的事情。

岩下说，真饿啊！饿得根本就没有性交的欲望，只是想喝一口热汤。

荒木冈原说，看看你的样子，蓬头垢面，野人一样。你会让她尖叫的。

岩下说，夜里摸进去行不行？

荒木冈原说，绝对不可以。

岩下说，夜里进去，让他们给我们做一顿饭吃，可以给钱啊！

荒木冈原说，闭嘴，他们会向抗日分子报告的。

岩下说，我们吃饱了饭，就把他们干掉。

荒木冈原扭头看了看岩下，笑了说，岩下君，你总算懂得什么叫战争了。这很好。但是，你的想法是错误的，即便把他们杀了，还是会暴露目标。

岩下不吭气了，望着挑水的女孩出神。看了一会儿说，她走路的姿势真好看，腰肢扭得像是舞蹈。

荒木冈原突然说，也许，也许她就知道出入口啊。是啊，为什么不可以试试呢？可是，这副样子不行，再说也不会说中国话，暴露了就危险了。

岩下说，还是回去向松冈阁下报告吧！

荒木冈原狠狠地瞪了岩下一眼，突然吼了起来，那是懦夫行为，懦夫行为，知道吗？懦夫是不配当天皇陛下的臣民的，明白吗？

岩下吓坏了，赶紧闭嘴，点头哈腰。

这天早晨他们吃了一点肉干，这还是在圣泉营的时候用蛇肉晒制的；从山上找了一个洼处，用手掬着喝了点水，就算是一顿早餐了。然后荒木冈原开始检查装备，长枪两支，手枪一把，望远镜一个，匕首两把，指南针一个，子弹三十二发。好，还可以打一场像样的战斗。荒木冈原说这话的时候，脸上就出现了自信的微笑，吩咐岩下擦枪，突然问岩下，想和那个女孩性交吗？

岩下咧嘴，冲着荒木冈原傻笑说，嘿嘿，那是只能想想，不能做的事情啊！

荒木冈原说，不，我改主意了。今天晚上，就袭击这户人家，首先要让他们弄吃的，然后让他们带路。如果找不到出入口，就把他们杀了，然后回陆安州。

岩下喜出望外，那太好了，荒木阁下，您的决定是正确的。

荒木冈原说，这样就可以满足你性交的欲望，但是你必须记住，这是天皇陛下的恩惠，你应该报答天皇陛下。

岩下说，一定，啊一定！

荒木冈原擦着枪说，我们还要做好意外的准备，不知道那户人家有多少人，会不会是抗日武装安排的暗哨。所以，也要做好牺牲的准备。

岩下的脸色立马就灰了起来，声音小得不能再小了。

荒木冈原说，岩下君，你怎么啦，你在恐惧吗?

岩下说，是，我不想死。

荒木冈原说，什么，你不想死?你太贪生了。难道为天皇陛下捐躯，你也舍不得吗?

岩下老老实实地说，我没有想过。

荒木冈原把匕首拿出来，对着阳光擦了几下，擦得纤尘不染，然后放在胸前比画说，岩下君，你知道武士是怎么结束自己生命的吗?看，就是这样。一个高贵的武士，在把匕首刺向自己胸腔的时候，脸上一定要带着微笑。他的微笑坚持的时间越长，他的人格就越高尚。然后，他会向下划开自己的腹部，尽量地拉成直线，刀口不要弯曲，弯曲就说明手在颤抖，而规则的直线伤口，才是高尚武士追求的完美线条——岩下，你愿意当我的助手吗?

岩下看见荒木冈原已经把匕首锋尖扎进肋骨处，大骇，嘴里惊呼，荒木君，下士官阁下，请你住手，请你放下匕首。

荒木冈原说，不要大惊小怪，我并没有打算自戕。我现在还没有资格做这样高尚的事情。我们必须完成天皇陛下赋予我们的神圣使命。一定要找到出入口，消灭抗日分子的秘密军事基地，明白吗?

岩下仍然惊恐不定，嘴里说，可是，血，血，你已经流血了……

荒木冈原说，没关系，我在确定进出口的位置，就像我们寻找敌人的秘密军事基地。一个高贵的武士，当他不能战胜敌人的时候，他必须选择伟大的死亡方式。腹部应该尽量完整地切开，刀口应该尽量地规则，必须带着微笑。最重要的是，在最后的瞬间，他必须向前扑倒，而绝不能仰到后面。如果是正式场合，还应该有一个助手。还记得源义清吗?在他扑倒之后，他的助手一跃而起，手起刀落，源义清顿时身首异处。他完成了一个贵族最后的辉煌，他的灵魂得到了升华，像彩霞一样永远飘扬……

岩下目瞪口呆，看着荒木冈原。荒木冈原双手合掌，平于胸前，两眼眺望无限晴空，充满了神往之色。

下士官阁下，我们还是回到现实吧。

岩下几乎是哀求了。

好的，那就照我说的去做。今天夜间行动。

七

关于方素瓦逃脱的传说，在国共两军内部流传了很长时间。王凌霄没有目睹那次战斗，但是她内心有一根敏感的弦被拨动了。她觉得蹊跷，每当天茱山乃至陆安州出现了重大的事件，她都会联想到他，似乎他就站在这些重大事件的背后，俯瞰并操纵。

后来王凌霄就形成了这样的认识，他本身就是重大事件。凡是他所从事或参与的，都是重大事件，而这些重大事件又往往是绝密的，因为绝密而异乎寻常的重大。

可是她却亲手破坏了他的秘密，把他推向黑暗。

七年前的那天夜里，当任广琇和堂姐看到了他和乔乔的国军军官身份证之后，他们紧张而又兴奋。他们反复告诫她，考验我们的时候到了，我们任何人都不能以个人感情取代组织原则。为了避免打草惊蛇，他们甚至要求她返回住处，稳住乔乔，以避免被觉察。她坚决地说，我做不到。她的心跳得厉害。慌乱，气愤，悲伤，茫然，恐惧，什么感觉都有，就是没有镇定。他们终于答应送她回军部。那一夜，她几次起床，想回到旺苍，回到龙溪镇，回到他和乔乔的身边，把这一切都告诉他们，让他们逃走。可是，巨大的恐惧慑住了她，使她终于没有迈出脚步。第二天她疯了似的赶到旺苍龙溪镇。那家农户依旧，可是再也看不到他和乔乔了。农户一家人都躲在堂屋的门后，伸头探脑，像窥探一个稀罕动物。她转身赶回军部，到保卫局去找堂姐和任广琇，可是他们也不见踪影了。

后来的故事是听说的。当天夜里，保卫局锄奸队就逮捕了他和乔乔，把他们秘密关押在旺苍县城的一家豆腐坊里，严加审讯。他说，请同志们相信我，我们没有投敌，这是一场误会。但是保卫局认定这是叛变行为，并且指认他是混进革命队伍的叛徒。他说同志们，你们为什么不能冷静地想一想，为什么这么幼稚？斗争是复杂的，斗争的手段也是多样的，我是一个参加革命多年的红军指挥员，如果真的要投敌，你们是不可能发现的。她的堂姐说，你们是机关算尽太聪明，反误了卿卿性命。他苦笑着说，你们打算把我们怎么办啊？堂姐说，你必须交代，还有哪些同谋，谁是你们的上级，谁是你们的下级。他火了，他说徐向前总指挥是我的上级，你们都是我的下级！你们把我放了，我请徐向前总指挥来跟你们解释。但是他们根本不听他的，任广琇还上去踢了他几脚。以后她才知道，任广琇因为暗中恋她，对他更加义愤填膺，下手也很重。当然，都是以革命的名义。

为了防止他们逃跑，任广琇还发明了一种“背靠背”的捆绑法，把他和乔乔的双手和双脚都捆在一起。但是他们还是在夜间磨断了绳子，乔乔身体小一点，从窗户的铁栏杆钻了出去。被发现后，后腰挨了一枪。乔乔在那一夜拖着带伤的身子，潜入对面的树林，开始还是一拐一瘸地小跑，后来是艰难地走，再往后就是爬了。天快亮的时候，总部的巡逻人员发现了她，她报出了一个密码，说要见徐向前总指挥。等见到徐总指挥之后，她只来得及说了一句话，就断气了。

后来，后来的事情又是一波三折。听说徐向前总指挥亲自带人到旺苍县城那家豆腐坊，可是那里什么也没有了，只剩下一地血迹。保卫局的解释是，由于他们磨断了绳子，保卫局的三名干部赶到现场，他突然发起攻击，情急之下，一名干部向他开了枪。

那以后，她就生活在一种难以言状的情境之中了。最初她被调出了机要科电台队，到红军被服厂当会计，后来又被调到供给部，当粮秣员。从此她变成一个沉默寡言的人，她没有要好的同事，没有可以推心置腹的朋友，没有娱乐和社交，当然更不会有爱情。组织上还曾经跟她商量，说部队越来越艰苦了，可能还要转移，一部分老弱病残可以疏散到地方去，问她有没有回苏州老家的想法。

她那时候真的动心了，她想离开这个梦魇之地，一了百了。可是她不甘心，因为她一直没有听到组织上对他的结论，也没有接到组织上对她的勉励或者处理意见。一句话说到底，她一直没有搞清楚，那件事情她是做对了，还是做错了。朦朦胧胧中，她感觉到她做错了。尽管后来方面军总部宣布，他的性质是叛逃，但是她觉得在组织上的这个结论的背后，还隐匿着更深层次的东西。

果然，长征到延安之后，一位熟悉他的同志有一次悄悄地告诉她，她不仅错了，而且错大了。她把总部的一个重大计划破坏了，否则他就把国民党军的一个师拉过来了。

她惊呆了，看着那个同志很长时间说不出话来。后来才喃喃地说，可是，保卫局，可是还有保卫局……

那位同志说，你糊涂，那时候你们四军的保卫局是干什么的？挖墙打窟窿找反革命，找特务，找叛徒。这下可好，抓了一个大特务大叛徒，那他们还会松手啊？可是，他的任务是总部直接下达的，归徐向前总指挥直接领导，根本就不让保卫局沾边。保卫局那些猪脑子，两只眼睛看见的全是敌人。

她问，他和乔乔真的死了吗？

那位同志说，你问我，我问谁去？

她说，后来徐向前总指挥亲自赶到旺苍了，他应该不会死的。

那位同志说，刀下留人，可是就怕那声喊来迟了。

这些年，她的脑海里是有疑点的——既然他的行动是受徐向前总指挥直接领导的，那么徐向前总指挥后来赶到旺苍，他的命就应该保下来了。假使没来得及保住他的命，那就应该为他恢复名誉。可是一方面宣布他被打死了，一方面又宣布他是叛逃，这两条中间至少有一条是假的。既然死了，正常情况下，就应该恢复名誉了：就不应该隐瞒事实真相了。既然还需要隐瞒事实真相，那么就有可能是他还活着，并且真的“叛逃”了。

每每想到这里，王凌霄心里就有一种难以遏制的冲动，她想，今生今世，她应该再见到他。她不一定向他表白，也不一定要听他解释，只要他们再次重逢，只要他的眼睛看着她的眼睛，那就什么都不用说了。也正是出于这样的心理，她才坚持没有离开队伍，冥冥之中，她总觉得还有重逢的日子。包括后来主动要求到江南工作，在潜意识里都有一份期盼，因为在川陕根据地的时候，他每年都要回到陆安州“做生意”。她想，只要他还活着，就一定会在陆安州出现，她还是想离他近一点……

只是，如果那位同志的话是真的，她就太对不起乔乔了，那个像映山红一样朝气蓬勃的女孩子，那个心地纯洁如一泓清泉的村姑，仅仅是因为她的狭隘，就断送了美好的年华。是她杀了乔乔啊！

只要不是战事紧张，每到傍晚，王凌霄总是喜欢到杜家老楼西边的冈峦上散步，在那里眺望天穹。云海苍茫，日落霞飞，天幕下就像一座辉煌的宫殿，一座海市蜃楼。多少次她望着西方那变幻无穷的天际，心里隐隐地便响起奔驰的马蹄，恍恍惚惚就看见了那匹矫健的雪青马。马背上的他，披一袭红色的战袍，英姿焕发，纵横在天壤之间穿云而过……

有一次她问叶子，天茱山里是不是有一个云舒庄园？叶子歪着脑袋想了半天说，没听说有什么庄园，只是听说老林子里面有大片大片的粮田。不过那是古代的事了，如今那里是无人区，瘴气大，也没有路，进不去……

她说，既然古代都有人进去，而且里面还有粮田，怎么会没有路呢，这么多年难道就没有人进去过？

叶子又歪起脑袋想了一阵说，那谁知道呢？不过以后总会有人进去吧，那么多粮田呢！

八

听说眨眼汉子送来了“老头子”的紧急命令，霍英山和彭伊枫三步并作两步往司令部作战室跑，路上霍英山蹦蹦跶跶地对彭伊枫说，估计是要动真的了，“老头子”跟鬼子纠缠了这么长的时间，方方面面都准备停当了，要攻打陆安州了。

彭伊枫说，哪有那么简单啊，真的下手，至少要开个联席会吧？那时候我们就可以搞清楚“老头子”到底是谁了。我分析八成是川陕根据地红四军的那个沈政委。

霍英山愕然地瞪着彭伊枫说，不是说被处决了吗？难道借尸还魂？

彭伊枫意味深长地一笑说，司令员，别忘了，兵不厌诈啊！

霍英山又往前蹦跶两步，斜眼看着彭伊枫，你是怎么知道的？

彭伊枫说，心有灵犀一点通啊，从指挥风格上就能看得出来。

霍英山说，那我们就等着见证吧，如果真是，那真说明你料事如神，以后七支队的指挥，全部由你拍板。

彭伊枫说，还是民主一点好，免得你以后又抵制我。

霍英山哈哈大笑说，嘿，又揭老排长的疮疤。

到了作战室，见到眨眼汉子，眨眼汉子把任务不紧不慢地传达了，霍英山和彭伊枫都有一点发愣。自然不是攻打陆安州，甚至不是正经八百的战斗，而是要彭伊枫亲自率领抗敌剧社去“皇协军”里演一次节目。原则是小分队行动，人不要多，节目精干，但声势要大。“老头子”亲自点的节目是《一条腿》和《汉奸的下场》。

霍英山蹦到眨眼汉子的面前，手指着眨眼汉子的鼻子说，你不是开玩笑吧？到汉奸部队去演戏，还让政委亲自去，有这么打仗的吗？

眨眼汉子说，执行命令吧，这不是开玩笑，这是对敌斗争策略。

霍英山还想说什么，被彭伊枫制止了。彭伊枫说，良将用兵，出其不意。既然“老头子”部署了，就一定有“老头子”的道理。

霍英山说，演戏可以，怎么能让彭政委亲自去呢，那不是肉包子打狗吗？

彭伊枫脸一板说，司令员你怎么如此小看我，什么肉包子打狗，难道我是泥做的吗？

霍英山见彭伊枫拉下脸了，声调马上降低了，讪讪地说，我这不是担心你的安全嘛！

彭伊枫说，司令员，看来“老头子”要安排一场文戏，一定是有深远考虑的，要上升到陆安州抗战全局的高度来认识。不能光考虑个人的安危。又对眨眼汉子说，请转告首长，我们一定完成任务。

眨眼汉子说，越快越好。

彭伊枫说，最迟明天晚上，最早今天晚上。

眨眼汉子说，那好，我这就回去报告。

当天上午，彭伊枫点将，人员有田红叶、晋薪、曾见湖、刘庆唐和小侉子等，只让冯存满带了一个排远远随行。田红叶提出，《一条腿》是王凌霄创作的，她也参加排练了，是不是请王凌霄一起去？彭伊枫思忖片刻说，王凌霄同志身体状况不是很好，这样风风火火地跑，她恐怕受不了。另外，这次演出是执行一项非同寻常的政治任务，同志们要做好战斗准备。

演出的地点是隐贤集东南的颜庄，那里驻扎着“皇协军”二团的三大队。这也是“老头子”指定的，据说三大队的基础比较好，安全相对能够保证。霍英山坚持至少要带一个连的兵力，彭伊枫认为不妥。“老头子”的意思他大致明白了，就是要在“皇协军”和鬼子之间制造猜疑，如果带上战斗连队，万一误会，反而把“老头子”的初衷弄拧了。

杨家岭做梦也没想到，大名鼎鼎的新四军江淮七支队政委彭伊枫，居然轻车简从，就这么六七个人，大摇大摆地来到了颜庄三大队的驻地。杨家岭甚至怀疑这是疑兵计，一时半会儿竟然不知道该如何对待这位天上来客。

彭伊枫倒是不见外，到了就一屁股拍在大队部唯一的一张楠木太师椅上，谈笑风生，说，杨大队长，别来无恙？在日本人手下当差，食有鱼否？

见彭伊枫如此从容不迫，杨家岭料定新四军已经把三大队包围个水泄不通，所以就格外谦恭。给彭伊枫递烟点火的时候，两只手一起颤抖，以至于洋火划了三四根才把彭伊枫的烟点着。杨家岭说，彭长官体恤我们这些没有血性的人，其实龟孙才想给鬼子做事，这不是为了弟兄们活命，曲线救国吗？我向彭长官保证，每次跟鬼子到天茱山"清剿"，我们三大队都是枪口朝天的。

彭伊枫煞有介事地点头说，枪口朝天？哦，这么说你还是中国人咯？

杨家岭说，彭长官见谅。当这个汉奸，实在是不得已而为之。谁要是心甘情愿当汉奸，天诛地灭！

彭伊枫本来不怎么抽烟，杨家岭敬上一根东洋烟卷，他就摆出一副见多识广的架式，跷起二郎腿，悠悠自得地吐着烟圈儿，乜着眼睛问杨家岭，怎么样，鬼子的饭还能吃饱吧？

杨家岭稀里糊涂地回答说，还好，还好，军饷是有着落了。

彭伊枫冷笑一声说，哦，军饷有了着落，狗有了骨头就摇尾巴。啊，是不是啊？比太监强多了。

杨家岭顿时面红耳赤，低眉垂眼的不再说话。

彭伊枫说，不过，你三大队确实还有些义举。我听说在桃花坞跟鬼子一起栽秧的时候，你们就揍了鬼子少佐，了不起啊！

杨家岭的腰杆顿时挺了挺说，承蒙长官夸奖，这都是弟兄们路见不平。

彭伊枫说，还有，狙击方索瓦，贵部出了不少力，可歌可泣。

杨家岭这回不吭气了，因为狙击方索瓦的事情，他和常相知都被关了禁闭，罚钱不说，有消息传来，原信正在搜集他们的情况，不知道还有什么横祸呢。

彭伊枫说，你们曲线救国，难得啊难得！我们直线救国，也不容易。今天我带来了几出小戏，犒劳一下曲线救国的弟兄们，不知杨大队长是否有兴趣？

杨家岭愕然问道：就在颜庄？

彭伊枫把茶碗一放，笑笑说，难道是在杜家老楼？弟兄们方便吗？

杨家岭回过神来，看见冯存满和刘庆唐的手都按在枪柄上，顿时惊出一身冷汗，生怕这两个金刚似的家伙发出什么信号来，赶紧说，那好那好，我这就去张罗。

一场突如其来的宣传演出就这样开始了。这次就演了三个节目，两个活报剧《一条腿》和《汉奸的下场》，另有一出是田红叶的独角戏《打个明白仗》。演《汉奸的下场》的时候，因为人手不够，曾见湖扮演勇敢抗日的大哥，刘庆唐扮演观望犹豫的二哥，小侉子扮演投敌求生的汉奸，田红叶扮演受敌侮辱而又英勇抗争的小妹。节目演得有声有色，三大队的官兵起先不知道今天是从哪里来的好事，平白无故地就有好戏看。看着看着明白了，既出乎意料又在情理之中，没有人捣乱。演到最后，小妹挣脱鬼子，弟兄三人联手把鬼子打死，“皇协军”的士兵里还有人大声叫好。

田红叶的独角戏就是打算盘，一把算盘当道具，演得满场都是噼里啪啦的算盘声。节目的内容就是算账，陆安州的鬼子有多少，中国人有多少，汉奸有多少，抗日武装有多少。开始把“皇协军”都算作敌人，敌强而我弱，后来“皇协军”觉悟了，反正了，中国人团结起来，每人头上顶着三只铁缸冲向敌阵，一人一口唾沫就把小鬼子淹死了。

虽然三大队的官兵没有叫好，但不断有人发出惊叹。演出期间秩序井然，说明节目对于众多的“皇协军”官兵还是很有触动的。

演出过程中，杨家岭一直忐忑不安，只有他没能好好看戏，眼睛骨骨碌碌四处张望，还不时起身场前场后乱转。冯存满也很紧张，跟彭伊枫嘀咕，这狗日的进进出出，莫非是想暗算我们?

彭伊枫不动声色说，我料定他不敢，他进进出出，是为了安全呢，不仅是为了我们的安全，也是为了他的安全。

快要结束的时候，杨家岭的神色稍稍平静下来了。回到彭伊枫的身边，耳语道，长官，卑职已经备了酒席，请长官宵夜。

彭伊枫微笑四顾，然后说，我看不必了吧，我们抗日队伍向来是勒紧裤带打鬼子，不搞排场。

杨家岭说，有人想见长官，恭候多时了。

彭伊枫收敛笑容，谁啊?

杨家岭说，此处不便禀报，一会儿长官就知道了。就是他在亲自布置保证长官的安全。

九

夜幕终于降临了，半个月亮浮上树梢。

岩下从东边的树丛下面爬过来，低声说，下士官阁下，真想喝一口热汤啊！荒木冈原说，再等会儿，一定要等村里的人都睡觉了才能下去。把粮袋拿给我。

按照白天勘察的路线，他们在山根下找到了一条小路，傍着小路，顺利地接近了离村庄有五百米左右的那个独立院落。目标是白天就观察好的，这段路面的人不多，一个早晨挑水的女孩，大约十六七岁的样子，白天又赶了一群白鹅在河边放牧。一对中年夫妇，白天在山下出现，差点儿就靠近荒木冈原和岩下栖身的山林了。他们在山下的一块红薯地里忙碌了一个上午，荒木冈原和岩下的晚饭也来自那块红薯地。可是岩下吃了红薯之后恶心得要命，又吐了出来，身体已经虚弱到了极点。除了那对中年男女和那个女孩，还有个大约五六岁的男孩，白天在院子前面的大柳树下跟黑狗玩，其他就再也没见到有人进出了。荒木冈原判断，这家大约就是四五个人，充其量还有一两个老人，对这样的人家下手比较安全。

挨近那家农舍，果然有一只黑狗卧在院子的外面，好像有所警觉，懒洋洋地动了动前爪，吠了一声，就像咳嗽。荒木冈原扔过去一团儿蛇肉干，黑狗又吠了一声，抬起头来，四下里望了望，然后站起来，慢腾腾地走向蛇肉干，闻了一下，再拿舌头舔了两下，刚想喊叫，声音还没来得及出口，便倒下了。蛇肉干里有荒木冈原本来准备用于“玉碎”的剧毒药物。

荒木冈原用匕首拨开院门，开门的时候吱呀响了一声，惊动了主人，一阵沉寂之后，东厢房里亮起了微弱的灯光。不久堂屋的门就打开了，一个人影出现在门口的廊台上，战战兢兢地喝了一声，哪个？

荒木冈原就在旁边，猛然扑了上去，胳膊像钢钳一样将男人的脑袋钳住，再一拧，男人就软绵绵地倒下了。荒木冈原扯出绳子，只用了不到十秒钟的时间，就将男人的手脚捆利索了。接着，荒木冈原冲进亮灯的内间，里面有一大一小两张土炕。果然只有一个女人，一个女孩和一个瘦小的男孩。

女人刚想喊叫，荒木冈原飞身跃上土炕，抓起被子把女人捂住了，同时低声喝令岩下动手。岩下感到浑身突然涨满了力量，也冲上前去，把女孩和男孩的手脚捆住了，并且用破布塞紧了他们的嘴巴。

灯光下，荒木冈原和岩下面对的是六只惊恐的眼睛和三具缩成一团抖动不已的身体。荒木冈原搬过一条板凳，坐了下去，然后命令岩下说，看看屋里，有没有食物。

岩下说，我想喝口热汤。

荒木冈原挥手给了岩下一个耳光，混蛋，什么时候了，还想喝热汤，赶快寻找食物！

岩下翻遍了屋里的每个角落，只找到了几只红薯，同时找到了一个鹅蛋。荒木冈原不认识白鹅，但知道是江淮的家禽，对岩下说，地下走的大鸟，到院子里去找。

结果仍然没有找到。荒木冈原走到女孩的面前，拿着匕首向她比比画画，意思是说，不许喊叫，喊叫死拉死拉的。女孩听不明白他的意思，拼命地摇头挣扎，床上的女人也开始反抗，脚蹬头撞，发出呜呜的声音。只有那个男孩，被彻底吓傻了，一声不响地看着他们。

岩下说，我想喝口热汤。

荒木冈原说，混蛋，就吃这个。

岩下从来没有见过这么破旧不堪的厨房，黑咕隆咚的只有一只铁锅，而且岩下没法生火，只好把女孩身上的绳子解开，拖了过来，比画着让她煮鹅蛋。女孩路过门口的时候显然看见了倒在地上的男人，嘴里呜噜一声，就瘫倒了。荒木冈原冲了过来，左右开弓，把女孩打醒，让岩下继续往灶房里拖。

后来女孩总算清醒过来了，岩下擎着匕首，在自己的嘴上吹了一下，做了个动作，告诉她只要喊叫，就会一刀结果了她。她领会了岩下的意思，点了点头。岩下这才扯掉塞在她嘴里的破布。

女孩一声不吭，连动作都是轻轻的，找出了火镰和火绒，把火燃着了。那一瞬间，岩下看清了女孩的模样，身体瘦小，头发干枯，但是，眼睛大而明亮，居然出奇地平静。在火光下，她也看了岩下一眼，那一眼看得岩下心惊肉跳。他不知道这个女孩此刻在想什么，也许正在寻找机会逃脱，也许正在想法杀死他。

水很快就开了，女孩把鹅蛋放进锅里，囫囵着煮，开水的气味让岩下嗅到了久违的人间气息。灶火明明暗暗，闪闪烁烁。岩下不禁有些迷醉，有些幻觉，居然用哀求的声音对女孩说，我想喝口热汤。

就在这时候荒木冈原过来了，他已经把女孩的母亲和弟弟紧紧地捆在一起。荒木冈原说，快点，迅速就餐！

女孩捞起鹅蛋，扔进水缸里，荒木冈原恶狠狠地看着女孩，抬手就将女孩的嘴角打出了血。荒木冈原说，混蛋，找死吗？

女孩还是一言不发，看了荒木冈原一眼，弯下腰去，把鹅蛋抓出来，放在缸沿上轻轻一碰，再轻轻一剥，顿时，小小的灶屋像升起了一颗太阳，立即荡漾了温馨的香味。荒木冈原接过鹅蛋，停了一下，把它交给了岩下说岩下君，感谢天皇陛下，赐给我们食物，好好干吧，为天皇陛下效忠。

岩下明白了。女孩在讨好他们，尽管她一言不发，但是她屈从了，她希望她的讨好能够得到回报，免除伤害。女孩的眼神和无声的行动，就像一个被放在屠案上即将被宰割的动物在做最后的乞求。岩下的心动了一下，恐惧又重新袭了上来。

吃完鹅蛋，荒木冈原向岩下诡秘地笑笑说，岩下君，现在可以满足你的欲望了。给你十分钟时间，十分钟足够了。说完，荒木冈原就离开了灶房。

灶膛里还有余火，一闪一灭，坐在灶台后面的女孩，脸蛋被火烤红了，像一开一合的花朵。

岩下明白了荒木冈原的意思，他注视着女孩，想象着女孩花蕾一样的乳房和处女的下体。女孩不漂亮，但她是女孩。岩下这样想，他想象着他插入女孩身体的时候，会怎样的竭尽全力，是怎样的酣畅淋漓。他渴望女孩的惨叫，那叫声将会把他的血液煮得滚烫。自从三十岁之后，他就一直渴望再次刺破一个处女，可是他一直未能如愿。他通过商业的手段接触的那些女人，或者是军部分配过来的女人，全都像干涸的古井，不仅空荡荡的，还散发着令人窒息的臭味。这个中国乡村的女孩，她的一切都是纯净的，未经污染的，她的肉体娇嫩且韧性十足，她一定会让他品尝到一顿来自山野的美味。

然而奇怪的是，任凭岩下拼命地幻想，想象出最淫荡最刺激的画面和声音，可他自己的身体却没有任何反应。他觉得不仅下体软绵绵的，他的心甚至也变得软绵绵的。他觑了女孩一眼，女孩也忽闪着明亮的眸子在看他，目光是惊恐的，悲伤的，而在惊恐和悲伤的背后又隐藏着仇恨。

终于他说，请原谅，我只想喝口热汤。讲完这句话，他吓了一跳，我这是怎么啦？我怎么可以请敌人原谅呢？难道我真的病入膏肓了吗？可是我分明没有生病啊！她怎么会是敌人呢？她只不过是占领区一个贫穷的无辜女孩，为什么要把她当作敌人呢？这太不可思议了，太没有道理了。难道天皇希望看到我们伤害一个羊羔一样柔弱无助的女孩吗？

岩下君，你在磨蹭什么，完事没有？

他没有回答。

荒木冈原又喊道，快点，一次就行了。我们要保持体力，让她带领我们去寻找。她一定知道那个出入口。

岩下清醒了，看了她一眼，她的眼神骤然闪烁了一下，她显然是个聪明的女孩，她显然从这七八分钟的时间里看出了他内心的渴望和焦灼，她显然已经从荒木冈原的叫喊声中明白了他和他对她的不同态度。他从她投来的惊恐的哀求的目光中，捕捉到了稍纵即逝的一丝期望，也许是在万分之一秒钟的时间里，他和这个异国农家女孩的心灵碰撞出了火花。

荒木冈原一头冲了进来，被眼前的一幕惊呆了。他想象中的情景绝不是这样的，他想象中的这里已经血流遍地，那个女孩已经昏迷或者半昏迷，而岩下正光着屁股像齐步走那样，节奏分明地向女孩的身体挺进。他想象中他还朝岩下丑陋的屁股上踢了一脚，然后大喝一声，起来吧，为了感谢天皇陛下的仁慈，让我们行动吧，像打开这个女孩的下体一样打开他们的秘密的军事基地，把“皇军”的精液发射在天茱山的纵深。

然而，什么都没有发生，唯一发生的是女孩见到他的时候，眼睛里骤然闪过的、见到魔鬼一样的惊骇和绝望。

怎么，你没有干啊？荒木冈原的脸上出现了巨大的困惑。

对不起下士官阁下，我不能。

为什么！荒木冈原咬牙切齿地问。

对不起下士官阁下，我只想喝一口热汤。

八——格！

岩下顿时眼花缭乱，金星飞舞。荒木冈原的拳头暴风骤雨一般落在他的头上，脸上。荒木冈原一边教训他一边怒吼，太丢人了，太有损“皇军”的体面了，面对敌国的女人，居然毫无战斗激情，居然无动于衷，真是太羞耻了！

荒木冈原至少打了岩下二十多下。岩下没有躲闪，也没有反抗，就那么昂首挺胸地任凭荒木冈原发泄。打完了，荒木冈原摸了摸自己的裤带，拍拍肚子，然后对岩下说，滚出去，警戒！

岩下满脸是血，眼睛肿得只剩下极小的一条缝隙，但是他从这极小的缝隙里看到了女孩眼睛里充满了同情和感谢，女孩已经把脸仰起来了，女孩的眼睛里还有焦灼。女孩的眼神分明是在求救——求救？向他？向他这样一个被他们称作鬼子的人求救？怎么会呢？

但他分明看到，女孩的眼睛里闪烁的就是求救的光芒。是一个人向另一个人求救，是一个女孩向一个男人求救，而不是一个中国人在向一个鬼子求救。女孩下意识地向灶膛里一根一根地添加柴块，她的脸被火光映得更亮了。

滚出去，难道你不明白我的话吗？

荒木冈原又向岩下的脑袋上打了一拳。

是，下士官阁下！岩下抹了抹额头，再也不看女孩，转身走了。岩下走到院子里面，脚下哧溜滑了一下，一个趔趄没站稳，咣当就坐在地上。双手一撑地，顿时僵住了，把黏糊糊的双手伸到月光下面一看，一股血腥扑鼻而来。

岩下赶紧爬起来，看见草屋东厢房的灯火跳了一下，他定定神，小心翼翼地迈动步子，跨越流淌了半个院子的血迹，走进草屋。那里的情景让他更加毛骨悚然，土炕上女人的喉咙被挑断了，还在咕咕噜噜地冒着血泡，小男孩被齐刷刷地拦腰斩断。屋内血流成河。

岩下在草房内呆了大约有一分钟，后来居然就不再害怕了，居然就异常镇静了。觉得脑子里有一种奇怪的东西在窜来窜去，有些晕眩，然后就开始呕吐。就在这时候，他听见了隆隆的雷声，咕咚，咕咚，哗啦，咔嚓……

他站直身体，然后转身出门，向灶房走去。走到门口，他就听见了呼呼哧哧的喘声夹杂着低沉的怒吼，还有呜呜哇哇的胸腔的低鸣声。一只歪歪扭扭的小木桌被踢翻了，几只粗大的陶碗掉在地上摔碎了。女孩的嘴巴被重新堵住，手脚也被捆上，但是身体上仅有的可以活动的部位还是在顽强地挣扎着，尤其是两只膝盖，像羊头那样不停地拱动，她全身的衣服已经被扯得只剩下褴褛几片，裸露的部分被灶火映照出玫瑰般的颜色。荒木冈原用脑袋将女孩的上体抵在灶台后面的墙上，正在吃力地，一次比一次勇猛地掰着她的双腿，但是女孩的挣扎使他始终无法顺利地开展自己的行动。

岩下默默地注视着眼前，突然她看见了他，她在一次比一次绝望的挣扎中，眼睛突然闪了一下——也许根本就没有闪，也许她根本就没有看见他。但是，在那个时候，岩下分明看见她的眼睛向他闪了一下，并且似乎看见了她的泪水。

下士官阁下，请放开她吧！

这个声音就像沉重的滚雷，岩下自己都被这声音吓坏了。荒木冈原的动作倏然停止了，一切都沉淀下来，只有灶膛里毕剥作响的柴火。荒木冈原回过头来，向他报以莫名的微笑，你是说，让我放开她？

下士官阁下，我们需要她，我们要完成天皇陛下交给我们的神圣使命啊，请放开她吧！

你后悔了吗？

不是，下士官阁下，我只想喝一口热汤。我们去履行“皇军”的神圣职责吧，我愿意跟着你赴汤蹈火，直到找到那个秘密的出入口。

荒木冈原又笑了，你能保证，你有办法让她给我们带路？

可是，我们试试吧。

好——吧！荒木冈原松开了手，站了起来，系好裤子，转身，突然一拳打在岩下的脸上，接着，只听一声脆响，荒木冈原的皮带解开了，皮带在空中银蛇一样飞舞，发出嘎嘎的响声，皮带落在岩下的脑袋上，额头上，胳膊上……

岩下倒下了，但是皮带没有停止，皮带仍然快速地飞舞，嘹亮地歌唱，它在岩下倒下的身体上欢快地舞蹈……

皮带是在骤然间停止舞蹈的。

荒木冈原的脑袋突然向上仰了一下，眼睛在顷刻间睁大，像是质问苍穹，为什么，为什么，天皇陛下，你在哪里……但是他已经等不及回答了，在他的脑袋和肩膀的连接处，发出咔嚓一声断裂的响动，接着，他的脑袋就向右一偏，脖颈处咧开一张大嘴，瀑布一般的血浆以极快的速度飚射到对面的墙上。

那个过程不会超过十秒钟，但此后在岩下的感觉里，却是很长的一段经历。岩下当时对于背上的鞭打已经没有感觉了，他用双手搂着脑袋，甚至有空从胳膊与脑袋的缝隙里偷偷地观察女孩。他先是看见了一双赤足，它们被捆绑在一起，他还感叹于这双赤足恐怕至今没有穿过袜子，他想中国农村的女孩子实在太苦了，她们中有许多人可能到死都没有见过袜子。就在这时候他看见那双赤足在向他移动，两个拇指夹着一把菜刀。他看见了她的眼睛，她的眼睛坚定而湿润，她的眼睛在向他恳求，使用它吧，那样你就不会再挨鞭挞了，那样你就是一个正义和勇敢的男人了！

其实他并不想杀死荒木冈原，挨打并不是反抗的理由。而且就算他想反抗，也用不着使用那把菜刀，他的腰间有匕首，只要他顺手一抽就出来了。可是当那把菜刀出现之后，尤其是菜刀后面女孩那双幽幽的眸子出现之后，他突然有了冲动。他想起了中国的一个成语，借刀杀人，过去他只是片面地理解借刀杀人就是玩弄手腕的意思，现在他突然体验出更深的内涵，原来与借刀同时借来的还有胆量和快感。他的心突然狞笑起来了，哈哈，下士官阁下，你已经揍我一年多了，就让我揍你一次吧。

当菜刀把荒木冈原的脖子砍断之后，岩下才意外地发现，原来他的力量并不小。

十

松冈大佐的心脏突然痉挛了一下，接着就出现了绞痛症状。这种猝不及防的感觉，使松冈大佐一下子就陷入惶惑之中，他不知道这是身体内部的原因还是身体以外的原因。从一定程度上讲，松冈大佐是相信宿命的。人的任何感觉都是有来历的，哪怕仅仅是咳嗽。

松冈宁肯这次心悸是来自于体内的原因，但是，他自己否定了这个判断。他感到有一只无形的手在陆安州的上空呼风唤雨，凝云聚电，鼓荡雷霆，一次比一次猛烈地捶打他的软肋。

他把目光投向夜空，皓月当空，幻影遍地。小城就像一艘停泊的巨轮，浸泡在月色的海洋之中。

人在暗处，心在明处。

他突然想，在这个月光如水的夜晚，陆安州的“支那人”都在做些什么呢？难道都在昏昏沉沉地睡眠？会不会有人像他这样，夜不能寐，临窗远眺，思接千古，神游八荒？他想一定会的，一个丧失了主权、被异族占领的民族，无论如何是睡不踏实的。他们每天夜里都在做着同样的梦，那就是让自己成为坚不可摧无往不胜的勇士，让自己的心和臂膀一样坚强起来，然后战斗。他突然产生了一股冲动，很想独自一人走上陆安州的街面，穿巷而过，看看陆安州夜的景色，触摸陆安州夜的脉搏，聆听陆安州夜的呼吸。最好是能够登上西边的天茱山，在突兀的岩石上，俯瞰梦幻般的山坳，倾听草木覆盖下群山的天籁之音。

这个突然的灵感使他激动起来了，他想他一定会这么做的。作为陆安州驻屯军司令官，他绝不能连天茱山都没有去过就悻悻离开，那就太有损“皇军”的脸面了。他要在撤离之前，不，最晚也要在撤离之时登上天茱山，让大日本帝国的优质军用皮靴，在天茱山的主峰，在抗日分子鲜血浸染的土地上，踏上深深的痕迹。

大约就在这个时候，他看见了他，他曾经无数次在心里勾勒的轮廓，那个“死而复生”的陆安州行政公署专员兼警备司令沈轩辕。无论如何他也不会忘记这个人，这个人毫无疑问是他最强大的敌人。如果把陆安州比作一个独立王国，把沈轩辕看成是陆安州君主，那么他松冈则是篡位的乱臣贼子。如今乱臣贼子君临陆安州，而它的真正主人却东躲西藏人鬼皆非。这是一个有趣的故事，故事的作者就是战争。

战争有许多功能，主要显示在物资的争夺和拥有方面，因此人们往往忽视战争的更深层次的功能，那就是战争书写的人间艺术。两个没有任何交往，从来不曾相识的人，完全不是按照自己的意志就成了敌对的双方。各自站在自己的立场和栖身的空间，勘察对方，研究对方，谋阵布局，调兵遣将。陆安州就像一副盲棋的棋盘，那上面的每一次动荡和每一个事件，都不是孤立的，都是总体棋局中的一个步骤。

松冈的苦恼在于，他无时无刻地不在感受对方的力量。自从驻屯陆安州，他常常会感到有一股力量平地而生，在聚集，在运动，向他步步紧逼。

开春之后，“亲善怀柔”工作繁荣一时，然而好景不长，“皇军”的粮食辎重不断被劫，“皇军”和忠于“皇军”的“皇协职员”经常被杀，据点哨所不翼而飞；天茱山抗日武装眼看坐大，训练装备编制不动声色地节节升高，蓄势待发；原先睚眦必报的中央军和新四军，似乎已经进入蜜月状态，多次联手对付“皇军”，彼此协调越来越默契；“皇协军”同“皇军”的关系，由主仆关系渐渐变成了等级关系乃至平等关系；就连宫临济那样的狗腿子偶尔也敢对太君说“不”了，居然殴打“皇军”的下士官，围攻原信少佐，进而狙击“皇军”股肱方索瓦，变得越来越难以控制了。更有甚者，在陆安州城市和乡村，都在流行一个口号，叫做：“把拳头攥起来！”

这才是松冈真正恐惧的事情。似乎有一双大手凌空挥动，煽风点火，耕云播雨。从天茱山到大蜀山，从淠水河到莽莽山林，伸出无数双手，男人的，女人的，年轻的，苍老的，这些手像森林一样呼应着空中的那只大手，成纲成目，成线成块，编织着一张如同黑云一样铺天盖地的大网。这张大网的名称就叫做全民抗战，在陆安州，它将由两百多万双中国手组成。

可是，他是谁呢？从陆安州这些微妙的变化上看，他的突破口是准确的，思路是深远的，节奏是循序渐进的，效果是明显的。在陆安州中日角逐的这盘棋上，他不仅是精神领袖，也是政治旗手，还是军事统帅。他的麾下不仅是天茱山的抗日武装，也不仅是陆安州城内的地下人员，甚至还包括了“皇协军”、“皇协职员”乃至“满洲国亲善团”。他企图统驭的队伍包括了行走在陆安州境内的所有的中国人，他的最终目的已经非常清楚了，那就是“以夷制夷”，利用血浓于水的民族情结，通过宣传、离间、蛊惑的战术，瓦解剥离“皇军”身边所有的中国人，使“皇军”孤立起来，而使陆安州所有的中国人“把拳头攥起来”。

如果他的目的真的达到了，那将是多么可怕的事情！到那时候，夏侯舒城的预言就将得到印证——全体陆安州的中国人同时行动，哪怕脑袋顶着铁缸向前冲，一人一口唾沫就能把“皇军”寥寥两千兵马淹没。

尽管皓月当空，但松冈的心里却是一团乌云。这天傍晚，董砑石手下的特工向松冈报告了一个令松冈十分痛苦的消息，新四军江淮七支队政治委员彭伊枫居然带领几个人的小分队，潜入“皇协军”二团三大队进行抗日宣传演出，居然还受到了“皇协军”的喝彩，“皇协军”的大队长居然还设宴共饮。联想到前不久刚刚发生的围攻原信事件，狙击方索瓦事件，哗变事件，还有所谓的“二二七”会议，这样的“皇协军”还能用吗？答案是再清楚不过了。

但是，松冈不是一个头脑轻易发热的人，他不会把问题孤立起来看。因为他了解“皇协军”，仅仅是“皇协军”作怪，谅他们没有这个胆量。作为一个头脑清醒的“皇军”军官，松冈把开春以来发生的这些事件一一在脑海中过滤，透过现象看本质，从手段的背后分析目的，从事件发生的空间和当事人的身份等等细微的地方入手，渐渐地他就看明白了这样一个事实——有人在跟他争夺“皇协军”，而且已经成功地争夺了一大半，从思想到队伍。“皇协军”再也不是在鲁南淮北时期的“皇协军”了，“皇协军”越来越不像“皇军”的走狗而越来越像中国人了。这个动作可以看成是“攥拳”行动的一部分，而且是最重要的部分。

按照马甫金的密奏，“皇协军”师长宫临济是墙头上的草，风吹两边倒。二团团长常相知排日情绪严重，部属跟随紧密，随时有可能反水。三团团长翟向贵视财如命，全部心思都在捞取钱财上，部下多是烟鬼、毒贩、嫖客和强盗，他的部队根本就不能打仗。自从“皇协军”里出现抗日宣传品，收藏“爱国证”最多的不是二团，而是三团。不同的是，二团的官兵收藏“爱国证”，多数是为了反戈一击，而三团官兵收藏“爱国证”仅仅是为了活命。尽管如此，也够可恶的了，吃着“皇军”的粮，拿着“皇军”的饷，嫖着“皇军”征集的“花姑娘”，不思为“大东亚共荣圈”报效沙场，居然满脑子临阵脱逃。这样的部队还有用吗？聊胜于无？不，甚至还不如没有。

按照马甫金的计算方法，情况就不妙了，也就是说，“皇协军”齐装满员的一个师三个团，常相知的团有一天会站在对面，翟向贵的团会逃之夭夭，而只有马甫金的团站在“皇军”的一边。而如果以兵力而言，这个团能不能抵挡常相知的团还是未知数，乐观地估计，就算马甫金团同常相知势均力敌难解难分，可是如此一来，这个一向为松冈倚重的“皇协军”一师，实际的战斗力就抵消成了一个零字。

这太危险了。没有了“皇协军”，两千名“皇军”还能做什么事情？真的“相当于两万”？不能那样计算。那是一种战略估算，而不能作为战术依据。征集粮食需要兵力，护送辎重需要兵力，守城扼要需要兵力……捉襟见肘那是好的。如果真的到了那一天，天茱山抗日武装来攻打陆安州，那就是猛虎下山势如破竹了。

接到董研石的报告，松冈度过了一个不眠之夜，第二天早餐的时候，问原信有没有听到南方的消息。原信回答说，好像进展不太顺利，“皇军”在江西和湖南都遭到了顽强的抵抗。

松冈吃了一个鸡蛋，就抹嘴不吃了，问原信，你对于陆安州的局势怎么看？

原信说，较之宿阳、鲁南等地，陆安州的“亲善怀柔”工作是最出色的，我们总共已经向派遣军缴纳粮食两千多万斤，支撑二十万部队的需要，还有其他物资。虽然没有消灭抗日武装，但是牵制了敌人约六千兵力，成绩显著。

松冈点点头说，你有没有感觉到危险正在向我们逼近？

原信说，危险一天也没有离开我们。

松冈说，不是一般的危险，而是灭顶之灾。

原信瞪起眼珠子，吃惊地看着松冈。松冈说，即便按照你的计算，我们牵制了约六千抗日武装，可是这六千抗日武装难道仅仅是无动于衷地任凭我们牵制？他们很长时间没有发起大规模的战斗了，那么他们在干什么呢？

原信说，他们慑于“皇军”的威力，能够应付“皇军”的扫荡和清剿已是万幸，哪里还敢挑衅呢？

松冈说，你说的有道理，不过此一时，彼一时了。“皇军”刚刚进入陆安州的时候，士气正旺，敌人一触即溃，军心涣散，不敢以卵击石。那时候我的确认为两千“皇军”至少可以等同于两万中国军队。可是现在呢？进入夏季以来，怪事接连发生。天茱山的抗日武装招兵买马，战术训练紧锣密鼓。而我们的身边险情不断，抗日宣传品屡禁不止，“爱国证”充斥了“皇协军”的各个角落，“皇协军”思想动荡，反叛行为屡屡发生。好像有一股暗流在我们的脚下运行。“亲善怀柔”的局面当初就像是你我建树的一块坚冰，曾经牢不可破，而在这种暗流不动声色地冲击下，它已经开始融化了。

原信说，好像没有这么严重吧？在中国境内，“皇协军”内部有点骚动，这是正常的。总的看来还是平静的。

松冈从餐桌上翻开一张油印小报，打开后指着那篇《告陆安州抗日军民书》让原信看，这几个字你认识吗？

原信说，认识，“把拳头攥起来”，就算不认识，这上面还有配图呢。

松冈又问，你知道这是什么意思吗？

原信说，这像中共的风格，喊口号，鼓斗志，虚张声势而已。松冈冷笑一声说，这是我半年前的想法。你的思维足足落后了半年！我告诉你，这不是喊口号，不是虚张声势。“把拳头攥起来”，这是一项具体的战略方针。谁是拳头？你以为仅仅是为了提高天茱山抗日武装的斗志，这仅仅是精神鼓动？不，远远不止这些。“把拳头攥起来”，就是要把陆安州全体中国人，包括明火执仗的抗日部队、民间武装，甚至还有“皇协军”、“皇协政府”乃至“亲善团”，更乃至二百万老百姓，意志和力量全都聚集在一起。每一个部分就是一个手指，他们全部凝聚起来，那是个什么概念？那就是洪水猛兽，那就是我们的灭顶之灾。

原信怔怔地看着松冈大佐，脸上突然堆上了鄙夷的笑容，太君，也许我们过于高看敌人了。从东北到华北，再到鲁南，太君见到过全体中国人团结抗战的局面吗？各路军阀尔虞我诈，诸侯党派之争永不消停，内耗之热情远甚于抗击“皇军”之热情；老百姓对政府恨之入骨，民不聊生，望风逃难；军官敲骨吸髓，士兵厌战求生。“皇军”不正是凭借这些，一路西进，一路南下，所向披靡，如入无人之境的吗？太君不要太多虑了。

松冈仍然满面阴云地说，原信君，生于忧患，死于安乐，这可是圣人之言。作为军人，不仅要居危思危，更要居安思危，何况我们现在的平安只是短暂的表面的。我再说一遍，我们的脚下有暗河！有一句话你说对了，纵观陆安州的态势，确实有一个非常讲究战略和效率的指挥体系，而这个体系的最高决策者，很像是中共的风格，很像人民战争原则。挑拨离间，瓦解对手；开展政治攻势，开展信仰教育；发动百姓，扩大武装，等等。循序渐进地把散乱的、各自为战的甚至互相对立的各派势力凝聚在同一面旗帜下，把拳头攥起来！

原信说，以卑职之浅见，把所有的中国人都集结起来，那是不可能的。中国内部矛盾重重，就连陆安州也是危机四伏。就像中共说的，政府是老百姓头上的大山，政府和百姓是对立的；军官欺压士兵，军官和士兵是对立的；富人盘剥穷人，富人和穷人是对立的。他们怎么会为压迫和欺负自己的人而战呢？不会的，他们每个人只会为自己的小算盘而战。

松冈叹了一口气说，原信君，你这话只说对了一半，可是你忽略了一个最重要的事实，他们都是中国人，当“皇军”打进来之后，一旦他们的思想教育得体，组织方式有效，那么如你所说的上述诸多矛盾都会得到缓解，中国同大日本帝国的矛盾就会上升到第一位。过去我们看不到这一点，是因为围绕我们身边的都是变节了的中国人，可是他们并不代表中国精神，并不代表中国民族素质，他们只是小小的，走狗而已，不能以偏概全，把他们就理解为中国人，那样要吃大亏。

原信说，那么太君，我们该怎么办呢？

松冈说，一定要找到那个沈轩辕！

原信吃了一惊问，谁，太君说的是谁？

松冈说，沈轩辕，中国政府任命的陆安州行政公署专员兼警备司令。我的直觉告诉我，除了国民政府的公开身份，他还应该是中共的高级指挥人员。他没有死，他就在陆安州，有可能就在城内，也有可能就在我们的身边。他在观察我们，分析我们，有时候指挥天茱山的抗日武装偷袭我们，有时候在内部煽风点火离间我们，有时候公开跳出来戏弄我们。他已经伸出手掌了，已经开始收拢五指了，他的关节在嘎嘎作响，陆安州东西南北各个方向的热血正在向他的手腕上凝聚。我们绝不能让他把拳头攥起来，我们要先下手，一个一个地剁掉他的手指，让他攥出一手断骨烂肉。

原信一言不发，等待松冈的进一步指示。

松冈说，一、命令董矸石收网，“皇协军”内和“亲善政府”内部的一级嫌疑分子统统抓起来。二、请方索瓦启动“抛砖计划”。

原信说，哈依！

松冈说，收网不要收得太紧，“皇协军”内团以上的不要动，“亲善政府”内，署长以上官员不要动。

原信说，可是，宫临济、夏侯舒城和常相知，全都在“一级”的范围啊！

松冈说，现在还没有确定沈轩辕的行踪，还需要他们表演。

原信说，如果他们逃脱怎么办？

松冈眼睛一瞪说，这个问题应该问你自己！

原信说，这真是养虎为患，如果当初太君能够当机立断，把他们都喀嚓了，也用不着这样费神劳心了。

松冈吼道，原信君，请你说话注意一点！

原信立马缄默。

松冈说，原信君，你知道从鲁南到宿阳，为什么会有那么多“皇协人员”为我们服务吗？

原信知道松冈又要挖苦他，苦笑说，不明白，请太君明示。

松冈说，就是因为松冈联队是我这样明智、清醒而且有谋略的军官担任联队长，而像你这样一脑子杀人放火、浅薄无知的军官，只能当参谋长。如果我们两个人换个位置，他们一定会溜之大吉。

原信说，是！

松冈说，养虎自有养虎的道理，不养起来怎么知道他是虎啊！把虎养起来，只要不放虎归山，就可以拉大旗作虎皮，就可以狐假虎威。知道他是虎了，为什么还不杀呢？是因为你不知道这虎是否成精了，这虎有没有把山里的虎都吆喝起来，那些虎们将会做出什么样的事情来。当然，今天不杀不等于明天不杀，不让你杀不等于不让他杀。明白吗？

原信说，明白！

其实是半明不白。

第十章

一

天茱山的形势骤然紧张起来了，西部各县的日军和“皇协军”突然换防，从陆安州到天茱山的各个路口也增设了关卡，陆安州城开始实行半封闭式戒严。松冈向派遣军交纳的第七批四百万斤粮食，由派遣军派出日军两个大队接应。粮食送到长江北岸，交接完毕，这股日军中的浅冈大队又回到了陆安州，加强松冈联队。陆安州城以及日军所占领的东北三个县，共有日军近三千兵力。

眨眼汉子这次到杜家老楼，是通知支队首长到“陆安州抗日统战指挥部”开会。这是彭伊枫到天茱山之后第一次接到到上级指挥机关开会的通知，心里顿时有一种异样的感觉，他预感到一个重大的军事行动即将拉开帷幕。

彭伊枫把情况跟霍英山通气了，霍英山说，到老林子路很难走，我的腿不行，只能是你去了，但是要派人保卫。

彭伊枫说，有一段路要过敌占区，不能兴师动众。

因为保密程度高，这件事情没有通知龙文珲等其他支队首长，两个人商量，选派刘庆唐、冯存满和田红叶，由眨眼汉子亲自充当向导，第二天早上天刚亮就出发了。

这次走的是北线，也就是绕过月亮岭和笋岗，至东八里坡向隐贤集靠近，为的是避开日军的封锁线。

过了平安岙二里地之后，先是翻了一道山梁，然后进入一个及其隐秘的峡谷。向导在前面带路，不知道在什么地方拐进一个山洞，大家摸黑爬行大约两个多小时，再出洞口，便是一片完全陌生的天地。

彭伊枫惊问，这是什么地方？

眨眼汉子说，这就快进入老林子了，有一段路瘴气很重，请各位把裤腿扎上，用湿毛巾把嘴捂上。

大约是在下午两点钟的样子，翻过了最后一道山梁，向东南方向绕过一个山腰，大约走了里把路，眼前豁然开朗，阳光从树梢上斜斜地落下来，在附近的山坡上溅起斑驳的光晕。一条小河宛若飘带，似乎是从山根的竹林里款款而来，在两山之间一块隆起处挂成一道瀑布，阳光就在这瀑布上描绘出大大小小的虹环，扑朔迷离。瀑布上游横一道毛竹扎成的排桥，宽约四五尺，长约四五丈。顺着这条瀑布汇成的河流往北再走里把路，老远就看见山根处镶嵌着一幢灰瓦白墙的房子。

田红叶赞叹，好气派的庄园，没想到老林子里还有这么大的房子。

眨眼汉子说，那就是云舒庄园了，也就是沈先生的老家。

彭伊枫问，沈先生就是“老头子”吗？

眨眼汉子说，准确地说，“老头子”是一个组织，但目前就是沈先生使用这个代号。

彭伊枫说，我一直想知道，“老头子”到底是谁，这个庄园又是怎么回事。

眨眼汉子想了想说，现在我是应该跟你交底了。这样吧，先从这个庄园说起。这个庄园是明朝万历年间盖的，那一年崇祯皇帝中了倭寇的离间计，将抗倭名将夏侯长吟处死，夏侯家只有次子夏侯椴木逃走。从山海关逃到江淮，一路投靠父亲部将，一路遭到拒绝，几乎饿死，在宿阳还差一点被一位世叔出卖。后来辗转逃进天茱山，奄奄一息之际，被当地一名辞官员外沈伯钧的家奴发现。沈伯钧问明身份，将其藏进天茱山——那时候这里还不叫老林子，里面住有十几户土著。自从夏侯椴木藏进来之后，为了防止倭寇奸细和官兵追杀，沈伯钧买断了进山的两条通路，将其损毁，同时将土著悉数迁出，另外安排十家可靠佃农同土著对调。夏侯椴木在老林子娶妻生子，带领十户佃农开荒种田，过着男耕女织的生活。沈伯钧住在陆安州，家里开了数十间作坊和商埠，山里的粮食多了，就运销山外。后来开始了酿酒业，不再往山外运送粮食，而是运送美酒。这山中的泉水和山里的粮食酿造的酒，味道醇美甘冽，成为庐州、上海和南京等地达官贵人的奢侈品，同时也是国内许多官家酒厂的勾兑原浆，沈家因此更加旺盛，财源百年不衰。

你是说，沈先生是大资产阶级了？田红叶问眨眼汉子。

彭伊枫瞪了田红叶一眼说，是不是资产阶级不能用钱多少来衡量，关键是看思想。恩格斯也出身于资产阶级家庭。不过，你是怎么知道这些事情的？

眨眼汉子说，好，我现在向你们介绍我的身份。我的真名何中亮，在国军苏鲁皖战区，我是沈先生的警卫副官，中共地下党员。跟随沈先生潜入陆安州之后，我一直行走在陆安州、云舒庄园和杜家老楼之间。关于云舒庄园的历史，是听来的，曾经问过沈先生，沈先生说都是传说，未经证实，越传越神。但是有一点他没有否认，夏侯椴木为了感谢沈伯钧的救助之恩，所生二男二女，一半姓夏侯，一半姓沈；沈家从沈伯钧之孙沈杜开始，所生子女，也是一半姓沈，一半姓夏侯，两家子女统一续谱。所以陆安州的沈姓和夏侯姓混为一族，延续几百年之后，已经很难区别后裔了。

彭伊枫说，我明白了，这是一个很有意味的历史故事。

田红叶又多嘴多舌地问了一句，那么，我想知道，“老头子”他到底是共产党还是国民党？

何中亮说，这个我不能回答你，一会儿你们见到沈先生后自然就清楚了。

田红叶暗中牵了牵彭伊枫的衣袖说，我怎么觉得不对劲啊？

彭伊枫眉头一皱问道，怎么啦？

田红叶说，万一“老头子”是国民党，我们也听他指挥？

彭伊枫喝道，幼稚！

田红叶再也不吭气了。

太阳西偏的时候，彭伊枫一行进入云舒庄园。一幢高墙大屋耸立在山根之上，房后苍松翠竹掩映，正房雕梁画栋，院落宽大明净，院墙上还爬着丝瓜藤叶，一片生机盎然。

众人置身此处，都有些恍如隔世的感觉，鱼贯进了正房大厅。这是一间古色古香的堂屋，所有家具都显得陈旧，但黄亮如金，飞鸟盘龙雕刻极其精美。

可是他们并没有见到“老头子”。何中亮说，沈先生正在路上，请大家少安毋躁。

没过多久，院子里又进来一拨子人，居然是中央军一二五团现任团长严楚汉，还有彭伊枫认识的孟秋。彭伊枫迎着严楚汉，两人几乎同时抬起手臂敬礼，互致问候。田红叶等人这才知道，原来严楚汉也是“老头子”的联络员。

寒暄完毕，刚刚坐定，正在喝茶，何中亮又引进来一个人，刀疤脸，样子不太好看，面目狰狞。在座的不知道这个刀疤脸是个什么身份，都用好奇和疑问的眼光看着他。刀疤脸并不尴尬，坦然地介绍自己——各位长官，多有得罪，在下殷绍发，这厢有礼了。

众人面面相觑——殷绍发，这不是臭名昭彰的土匪头子“新捻王”吗，怎么也到这里来了？田红叶还下意识地摸了摸腰间的小手枪。

殷绍发说，各位长官不要惊讶，我殷绍发在沈长官的感召下，如今不做那杀人越货的勾当了。我现在是沈长官麾下的抗日敢死队队长，如果跟松冈联队决战，我打头阵，还要仰仗各位长官关照。

彭伊枫站起身来，向殷绍发伸出手说，既然同仇敌忾，就不存在关照的问题了，大家都是中国人。

大约是在下午五点钟左右，门外传来嗒嗒的马蹄声，何中亮表情严肃地说，“老头子”到了。彭伊枫和严楚汉等人赶忙起身，立正。

大门处光线一暗，一个颀长的身影大步跨进来，身穿长袍大褂，身后跟着六个人，其中两个穿着“皇协军”军服，四个穿着便衣。

彭伊枫睁大了眼睛，盯着“老头子”，因为逆光，看不清楚，擦擦眼睛再看，终于看清楚了，眼眶不禁就湿润了。

“老头子”站定，环顾四周，哈哈一笑说，同志哥哎，没想到吧，我们是在一个特殊的地方用这种特殊的方式见面！

尽管过去七八年了，可是彭伊枫一眼就看出来了，就是他，就是那个打着绑腿，耳朵根子上夹着半截铅笔头，讲课时时而慷慨激越，时而凝重深沉的沈政委啊！那一声“同志哥”，唤起多少难忘的记忆啊！

彭伊枫上前一步，敬礼报告：新四军江淮七支队政治委员彭伊枫向首长报到！

严楚汉也跨前一步：天茱山抗日独立旅一二五团团长严楚汉向长官报到！

众人无不神情凝重，全都立正，举臂敬礼。“老头子”向彭伊枫和严楚汉挥了挥手说，叫我沈轩辕吧，让我的名字在同志们的中间重见天日吧！

说这话的时候，“老头子”的眼睛湿润了，但他很快就克制了，平静地笑笑说，都坐下，我这个“老头子”大难不死，又见到了这么多自己的同志，也有点激动。

殷绍发说，长官，我也来了。

“老头子”说，看见了。你当然得来，这盘棋上，你的分量也不轻啊。

二

岩下一觉醒来，不知身在何处。

光线很暗，像是山洞，又像是那间灶房。但是有一点他清楚，他还活着，而且不是做梦。醒来之后，他已经运用各种手段证实这个问题了。

他终于喝到了热汤，肉汤，鲜美无比，不知道是用什么肉做的，当然他更不知道是从哪里搞到的肉。就是因为有了这肉汤，他发现活着仍然是有必要的，仍然是美好的。

他的身边，是那个农家女孩，似曾相识。女孩喂他热汤，每喝下去一口，他就觉得有一股力量从他的脚底升腾，一直升腾到心口。这力量升腾到一定的程度，他的脑子就开始清醒了。他看见女孩的背后还有年轻人，农民打扮，他们的手里都操着大刀，不像是战刀，好像是杀牛宰羊用的。他闹不明白他们为什么会持刀站在这里，从他们的脸上，看不出什么表情，只能看出焦灼。

女孩的身上散发着田野的芬芳，真是好闻极了。她半跪在他的身边，湿润的眸子亮晶晶的，目光像是充满了祈祷。她是为他而祈祷吗？为一个鬼子？

岩下终于想起来昨天夜里发生的那件事情。他觉得有些不可思议，他居然就把荒木冈原杀了。那是“皇军”部队出类拔萃的下士官曹长，是随时就要改变军阶的干部候补生。然而非常简单，他操起菜刀就把他杀了，他的一切从此就结束了。原来死亡是这样简单的事情，一个再强壮和凶猛的生命，也不过如此，小小的菜刀就能解决问题。

为什么会觉得不可思议呢？认真检讨，对于荒木冈原，实际上他并没有仇恨，他只是恐怖，后来有点厌恶，但是恐怖和厌恶都不是杀人的理由，只有仇恨才是杀人的理由。那么为什么会杀呢？罪魁祸首应该归咎于那把菜刀。是的，是那把菜刀杀了荒木冈原，而不是他岩下，他只不过把手借给了那把菜刀。再往后，他就更明白了一些，其实也不是那把菜刀要杀荒木冈原，而是夹着菜刀

的那双赤裸的双脚，菜刀只不过是那双脚的工具而已。

那是一双怎样的脚啊，简直就是动物的蹄子。粗糙，骨节粗大，皮肤皲裂，趾头像蒜头一样。可是，那是个女孩子的脚。自从看到了那双脚，他的心就变了，他觉得有一种东西从心底涌了出来，后来他知道了那种东西叫做怜悯。女孩真是可怜至极，他再次想到了一个问题，这个女孩是否穿过袜子，甚至是否见过袜子。从那皲裂的脚面上看，她应该没有穿过袜子，甚至没有穿过鞋子或者很少穿过鞋子。这时候他突然替她愤懑起来，她不是有政府吗，她不是有父母吗，连一个女孩的袜子问题都解决不了，这样的政府和父母都在做什么呢？

当然，最想杀死荒木冈原的也不是那双脚，而是那双脚的主人，那个瘦弱的、连袜子都没有穿过的女孩，她有一万条理由杀死荒木冈原。如果不杀死荒木冈原，那么荒木冈原就会强暴她，然后还会杀死她。那样的话，她还是连袜子都没有穿过。一个连袜子都没有穿过的女孩是不应该死的，所以她杀死荒木冈原是正确的。

现在剩下的问题是，是她想杀人，而杀人的却是他，他应该不应该帮助她实现杀人的欲望？他想，如果他和荒木冈原在深山老林里遇上了她，如果他们中间必须有一个人死去，如果这个选择的权力交给了他，那么他会选择谁去死呢？当然应该是荒木冈原。他是那样凶残，那样暴戾，他死了大家就会安静许多，耳朵里再也不会出现他的咆哮了，单凭他的没完没了的咆哮就有理由把他杀掉。

但是紧接着他就反悔了，不应该有这样的念头，因为荒木冈原毕竟是日本人。把荒木冈原杀了之后，他怎么能逃脱呢？他恐怕连丛林都出不去，即便出去了，中国人也不会饶了他。想来想去，他觉得真的到了那样的地步，他还是应该选择让那个女孩去死，他宁肯继续忍受荒木冈原的咆哮和暴风雨般的耳光。

直到这个时候，岩下才有机会细致地打量眼前的女孩。无论怎么说，女孩都不能算漂亮，瘦小的身躯，缺乏营养的肤色，粗大的骨节，干枯的头发，比昨天夜里看起来要丑陋得多，这让岩下有点失望。在他的诸多的后悔里面，女孩不漂亮也是一个重要的因素，他想象他搭救的应该是一个绝代佳人，或风姿绰约，或顾盼生辉。怎么能是这样一个几乎看不出任何美女痕迹的干瘪的人呢？

昨天夜里，大约是因为灶火的缘故吧，或者是因为对女性过于渴望的缘故，留在他印象中的是一个玫瑰一样鲜艳的女孩，早知道她的头发这样干枯，那时候他会不会接过那把菜刀，是很难确定的。当然，他也不否认，现在他看女孩丑陋，还有一层原因，那就是他的性的要求在减退。

前些日子在深山，他有时会产生非常强烈的渴望，希望能够遇上传说中的仙女，同她们交媾，把自己的激情和种子植入她们的体内，让她们怀上他的孩子，然后她们会牢牢地跟在他的身后。一旦发生战斗，她们会在紧急时刻，张开羽翼，抱着他远走高飞。梦里醒来，他知道这是不可能的，但是他深爱这样的梦，他希望每天夜晚都有这样的梦，在梦里他甚至会勃起和遗精。

自从发生那次事件之后，这样的梦再也没有做过了，而经常做的都是噩梦。是荒木冈原复活了，荒木冈原拿着刀子，要切掉他的生殖器，他和他的生殖器一起逃跑藏匿，后来他从山洞里出来了，他的生殖器却找不到了。有一次在噩梦中惊醒，他悄悄地把手伸进裤裆，果然他的生殖器已经小得不能再小了，就连小便也无法再将它膨胀到过去的状态了，这使他无比惊骇。

当女孩再次喂他肉汤的时候，他感到体内有一种热气在升腾，后来他就坐起来了。他的动作让女孩感到兴奋，女孩兴奋地对那两个年轻的男人说着什么，他一句也听不懂，但是他知道，女孩是在说他可以坐起来了。

恐惧直到这时候才向他袭来，他不知道他们会把他怎么样，是杀了还是交给抗日武装。这两个结果都是他不能接受的。但是，如果不接受这两种安排，他还有没有更好的结果呢，回到陆安州松冈大佐那里？如果松冈大佐问起荒木冈原怎么办？他不会撒谎，他撒谎是会露馅的，一旦露馅，松冈大佐会把他枪毙一百次。那么第三种结果就是他现在脱离松冈联队，绕道回到日本去。

可是回到日本又能怎么样呢？在新兵集训离开日本本土之前，长官给新兵们放了一部电影，名字叫做《清作的妻子》，清作是个模范丈夫，夫妻恩爱有加。日俄战争爆发后，丈夫接到了召集令，妻子不愿意忍受离别的痛苦，更担心丈夫的安全，用簪子刺瞎了丈夫的眼睛。后来妻子服刑两年，期满后回乡，引起村民们的反感，常常受到围攻唾骂，丈夫在村人面前也抬不起头来，夫妻双双投河自尽。在观看那个电影的时候，同伴中不断有人说，真不要脸，只顾自己而背叛国家。还有人说，像这样没有名誉，真是生不如死。

那些话就像麦芒一样扎在岩下的背上，他感觉那些话就像是对他说的。因为在接到召集令之后，千代叶子也曾经想找个理由让他躲避服役，甚至也提出来用针扎瞎他的一只眼睛。后来他的姐夫知道这件事了，慌慌张张地跑来阻止，说千万不可以这样做，这样做一点用处也没有，反而要连累大家都丧失名誉。现在想想，如果当时他那样做了，那么他和千代叶子的命运跟电影中的清作夫妇又有什么两样呢？

老百姓无法决定自己的命运，无法决定怎样生活，无法决定怎样活着，甚至无法决定活到什么时候。唯一令他欣慰的是，有这样的抱怨的，并不是他一个人和一家子。在日本，还有很多个清作，他只不过是其中的一个。这样一想就减轻了许多自卑感和孤独感。

当然，如果不被杀掉，不被交给抗日武装，也不回日本，还有第四条路，那就是重新潜进天茱山，当一个野人或者当一个和尚，最好是当和尚。他曾经在老林子看见一个山坡上隐隐约约露出一角建筑，就像寺庙。因为找不到路，无法接近，只是隔山而望。他无法确定，那座寺庙究竟在老林子的哪个位置，也搞不明白，深山古刹，香火从何而来？和尚们以何为生？或许是一座废弃的破庙，如果真是那样的话，也是非常恐怖的。那就意味着他将与毒蛇猛兽为伍，与世隔绝地走向死亡，他是活着还是死去对这个世界没有任何意义。他想他至少应该有一个伴儿，而且是女人，能够在那里生儿育女自食其力，那也不失为开辟了一个自己的世界。

可是从哪里找女人呢？

岩下再一次把目光投向女孩。女孩瘦弱，单薄得像一张纸，还没有发育成熟，胸脯平平的。如果她有丰富的营养，她会不会健壮起来丰满起来，她的胸脯会不会鼓胀起来？会的，应该会的。他的枪里还有子弹，腰间还挂着匕首，他可以狩猎，可以获取肉食，可以让她像动物那样迅速地丰满起来。啊，她的眸子是那样的亮，这是她身上唯一美丽的地方，只要有食物和性的滋润，她会健壮起来的，拥有饱满的乳房和肥硕的臀部，像母羊一样怀孕分娩。也许，也许那就是他最好的归宿……

恍恍惚惚中，岩下的心跳加快了，生命的欲望在一点一点地复苏。在没有出路的时候，向往一种美好的出路，便是支撑继续存活的灵丹妙药。然而，他的美梦被嘈杂的声音破坏了。

当太阳的光芒照进洞口的时候，山洞外面传来了急促的脚步和呐喊声。他看见又来了许多人，都拿着家伙，有铁锹和一些他叫不上名字的铁制品。凭借岩下铁器厂厂主的经验，他知道那都是农具或者厨具，同时也可以充当武器。他们怒容满面，步履凶猛，向他涌了过来。他霎时就明白了，他们是来清算他的罪行的，他们嘴里呜里哇啦地吼叫，他终于听懂了两个字——鬼子。他们一遍一遍地使用这两个字，从喉咙里发出呼呼噜噜的声音，他们用这两个字代替了他的名字，其中还有人向他大踏步地冲来，高高地扬起了菜刀。

就在这时候他看见她扑了过去，抱住了走在前面的那个人的双腿，苦苦哀求，她在呼喊，她的眼泪和尖细的声音一起在山洞里溅落。他仍然听不懂她的话，她的话里也有“鬼子”两个字，但是他很快就领会出来了，她说他是个好鬼子，是个有良心的鬼子，她在哀求他们，放了他，不要杀他。那一瞬间，他发现她瘦弱的身体异常美丽。

三

独秀峰下，残阳如血。

殷绍发在前面带路，一行穿着各式军服和五花八门便服的人跟随其后，走过一片阡陌，再过一个独木桥，然后上山，弯腰攀登一段险峻的山路。到了独秀峰山坡上，顿时别有洞天，在山下感到快要沉没的夕阳，似乎重新升起来了。

“老头子”并不老，大约三十三四岁年纪，走起山路，精神抖擞。彭伊枫等人跟在身后，七转八转，很快就出汗了。

山坡上，出现一片黑压压的坟墓，一律黑砖圆顶，青石墓碑。“老头子”走在殷绍发的身后，在第一排墓碑前停住了脚步，转过身来说，今天我把各位请到这里来，是想让各位了解我的身份。我知道，你们中间还有一些人对我的来历心存疑惑，那我就先解惑，后授业。

说到这里，“老头子”停顿了一下，观察众人的表情。众人的表情都很凝重。

各位请看，左边这一片，是我们沈氏和夏侯氏族的祖坟，我们就不去说他了。右边第一座墓，是我的祖父夏侯鸿渝，戊戌变法的时候他是谭嗣同的亲密战友，戊戌变法失败后在天津被害。我们把他老人家也算在革命队伍的行列，从此也就开了家祖进入公墓的先河。第二个墓是我的伯父沈奋飞，辛亥革命时在武昌战死。后面这三个墓是我两个叔叔和堂兄，都是北伐烈士。再往后，这

个墓埋了一个活人，大家请看——

彭伊枫往前挪动步子，他看清楚了，镌刻在墓碑上的几个隶书大字赫然入目——红军将领沈轩辕文远公之墓。

彭伊枫探询地看着“老头子”，脸上挂着一个巨大的问号。

“老头子”微微一笑说，是的，这就是我的墓。那还是在川陕根据地的时候，有一支“剿共”的国军部队，来自当年从上海抗战撤下来的十九路军，其主要军官均同情革命。为了团结抗战，我的一名助手，先期进入该部活动。后来总部决定让我出马，利用我同该部师长蒋廷翰曾经是同学的关系，进行最后的说服工作。为了顺利穿越反动派的防区，组织上给我伪造了国军上校的身份，我的另一个助手乔乔则以国军中尉、蒋廷翰侄女的身份掩护我。我的国军上校身份是假的，但乔乔同蒋廷翰的渊源却是真的。因为她的父亲、我的堂兄和蒋廷翰早年都是北伐军官。后来她的父亲参加了南昌起义，在潮汕战斗中牺牲。在女孩十五岁那年，我的堂兄把她接到云舒庄园，由一家雇农照顾，对外的身份是云舒庄园的丫头，实际上是保护起来让她读书。可是就在我们即将动身的头天夜里，发生了一件意外的事情。我的未婚妻、也是一位红军干部，因为误解了我同乔乔的关系，趁乔乔熟睡之际，翻看了乔乔的衣兜，结果发现了两个国民党军官的证件。她报告了保卫局，保卫局不了解真相，把我和乔乔抓起来严刑拷打，后来乔乔逃跑成功，直接向徐向前总指挥报告，总指挥亲自赶到旺苍，下了一道命令，将我就地枪决——这当然是为了缩小影响，蒙蔽保卫局的那几个同志。我是由徐向前总指挥的卫队亲自“枪决”的，事实上我在五天之后就进入国军的那个师了。再后来的情况是，蒋廷翰率领两个团起义，在组建西路军的时候编入董振堂军团，蒋廷翰战死在高台保卫战中。

墓地前一片静默，晚风吹来，树叶簌簌。有飞鸟在头上盘旋，翅膀上挂着夕阳。

田红叶唏嘘着问，首长，那乔乔呢？

沈轩辕淡然一笑，带头向前走了几步，越过“红军将领沈轩辕文远公之墓”之后，又出现一座坟墓，墓碑上写着“红军干部乔乔之墓”。沈轩辕说，不过这是衣冠冢，乔乔因为流血过多，永远留在了川陕。当时，我的家人不知真相，听说了这件事情，我的另一个堂兄为此还到旺苍寻找我和乔乔的尸骨，结果什么也没有找到，我和乔乔的墓都是衣冠冢。

彭伊枫说，首长，我认识你，我听你讲过课，徐向前总指挥说你是双刃剑。那时候我就坚信，首长是一位大智大勇的红军领导人，所以后来听到传说，说你叛逃被处决，我总觉得不对劲。

沈轩辕说，我后来留在国民党军中是事实，斗争需要啊！沈轩辕环视众人又说，暂时不要称呼我首长，中央军军官不习惯这种称呼，统一称呼我为一号。

彭伊枫说，冒昧地问一句，一号，后来那位……同志呢？

沈轩辕眺望远处，很长时间才回答，你是说我的……那位未婚妻？是啊，要是不出那样一件事情，我完成任务之后，我们就要结婚了。可是，后来蒋廷翰的部队起义成功了，我又奉命进入李宇煌的部队，继续进行抗日组织活动。我曾经利用购买军需物资的机会，多次往返于延安和江淮地区。听说那件事情发生之后，这位同志追悔莫及，离开延安到云岭去了。其实，她并没有做错，作为一个红军干部，告发叛徒完全是应该坚持的原则。只是那时候斗争异常复杂，她哪里能够知道这么深的背景呢？

一号，你是说，你原谅了她？田红叶问。

姑娘，不是我原谅不原谅她的问题，而是她根本就没有错，这完全是误会造成的。

可是……可是她在向保卫局报告之前，至少要向你问个清楚啊！

沈轩辕笑了笑说，那就是我的错了。同志你想啊，那时候她已经怀疑上我了，怎么还会向我问清楚呢？所以说，有错，也不是她的错。

沈轩辕说完，迈动步子，向墓地纵深走去，大约走了二十来步，又出现一座圆顶砖墓，墓碑上写着“抗日烈士国民政府陆安州行政公署专员兼警备司令——沈轩辕文远公之墓”，沈轩辕回首，环顾众人，脸上露出解嘲似的笑容说，各位同志哥耶，想不到吧？这才是活见鬼呢，看看，我沈轩辕又死了一次。

何中亮眨巴着眼睛说，一号，这个故事由我来讲如何？

沈轩辕说，行啊，除了我，也只有你能讲得清楚了。

何中亮说，要把这个故事讲清楚，还得先看看这个墓。何中亮一边说，一边往右边带了几步，于是众人又看见了一座和“沈轩辕文远公之墓”相同的圆顶墓，墓碑上写着“抗日烈士国军少校汪寅庚之墓”。

何中亮说，陆安州沦陷之前，我和一号仍在李宇煌的部队里，但是由于白副长官一直怀疑一号的身份，暗中调查一号的历史，突然找个借口把一号的副官抓起来了。就在这时候，得到日军提前进攻陆安州的情报，为了加强陆安州的防务以及实施战后牵制战略，李长官任命一号为陆安州行政公署专员和警备司令，并且答应了一号的请求，释放了一号的副官。然后我们分两路进入陆安州。但是白副长官仍然没有放弃对一号的监视，派出谍报人员汪寅庚担任一号的新副官。我们赴任的途中，汪寅庚断续向白副长官报告我们的行踪……但汪寅庚的行动早为一号察觉，而且由于他所使用的密码早为日寇破译，所以我们的行踪也同时为鬼子掌握——这反而帮了我们的忙。赴任途中，困难重重，紧赶慢赶，到了陆安州境内，遭到鬼子的连续追杀，在小蜀山的苏家埠镇，人员伤亡较重。一号戳穿了汪寅庚的真实面目，汪寅庚终于跟一号讲了实话，并且利用已被鬼子熟知的密码，又给苏鲁皖战区司令部发了一个电报，报告一号阵亡，使日军江淮派遣军和松冈大佐产生了错觉。一号这才利用家族的势力回到陆安州，并且因为鬼子需要恢复工商和征集粮食，一号很快成为松冈大佐的中国朋友，并被推上了“亲善政府”市长的舞台……

沈轩辕说，同志哥啊，好险啊！知道为什么命令你们“一个汉奸都不杀”吗？那是因为你们不知道谁是真汉奸，谁是假汉奸，而你们认为最应该杀掉的汉奸，可能就是你们的同志。现在我们来说说汪寅庚吧，可能彭伊枫同志有印象，他就是我刚进入陆安州之后派到杜家老楼的联络员。去年冬天，他最后一次从杜家老楼出来，返回陆安州的时候，被日军特务跟踪，在战斗中牺牲……汪寅庚是白副长官派来监视我的，可是置身于抗日战场，他能深明大义，一切以抗日大局为重，壮烈殉国，彪炳青史……

彭伊枫问，他是不是那个老是咳嗽的皮货商？

何中亮说，正是，他患有肺炎。有一次你告诉我，你为他寻找了治疗肺炎的特效药蓝茱，但那时候他已经牺牲半个月了。

彭伊枫的眼泪刷地一下涌出来了，看了看沈轩辕，沈轩辕仰脸向天。彭伊枫说，首长，我们付出的代价太大了。

沈轩辕说，世界上，没有一种代价会白白付出的。同志哥啊，就是因为有了汪寅庚、殷绍发这样出身不同，但爱国之心相同的中国人，才更加坚定了我的信念——他的手掌突然并拢，胳膊提在胸前，在眼前向着众人晃动——把拳头攥起来！把拳头攥起来！

树林一片寂静，只有沈轩辕激昂的声音在回荡——把拳头攥起来，攥起来，攥起来……

沈轩辕说，同志哥啊，我到了陆安州之后，只做了一件事情，那就是把拳头攥起来——他张开手掌，一一弯下手指说，新四军江淮七支队，中央军天茱山独立旅，民间抗日武装，“皇协军”中的爱国力量，绿林武装，以及其他隐蔽的、分散在各条战线的抗日力量和陆安州的全体老百姓——他把拳头举在空中，伸张五指，再慢慢地收拢，聚集。他的胳膊在空中抖动，突然静止。他仰起头来，目光投向天幕，静止如一尊雕像。晚霞在西方的天穹下轰轰烈烈地燃烧着，他的身躯像是被镀了一层金，熠熠生辉。良久，他才放下拳头，神情刚毅、目光如电，平静地说，该清楚的都清楚了。现在，我要向你们宣布命令了。

所有的腰杆都在那一刹那挺直了。

沈轩辕说，鉴于天茱山敌我力量对比发生了巨大的变化，与日军松冈联队决战的时机基本成熟，新四军叶挺军长和苏鲁皖战区李宇煌司令长官联署命令，为迟滞敌人进攻长沙行动，摧毁敌江淮粮草基地，成立“陆安州抗日统战指挥部”。组成人员如下，沈轩辕、霍英山、彭伊枫、唐春秋、严楚汉、黄金年、罗本先。沈轩辕为决战总指挥，第一代理人为彭伊枫，第二代理人为唐春秋。一旦发生不测，我新四军、中央军、民间武装以及“皇协军”中的抗日骨干，应严格按照上述指挥体系接受命令，不得以任何理由推诿。请彭伊枫同志和严楚汉同志分别向霍英山和唐春秋传达，确保天茱山国共两军高度集中。

彭伊枫和严楚汉同时立正，是！

大家这才知道，跟随沈轩辕来的那几个人中，还有陆安州地下党工委副书记罗本先和打进日军“亲善团”的黄金年。在决战之前，指挥部没有展开期间，仍由何中亮和殷绍发担任联络员。

四

那声音传得很远，像是隆隆的战鼓，振荡着王凌霄的耳膜。王凌霄不会再怀疑了，是他，千真万确是他，他又回到了这片土地，正在编织一个巨大的战争之网，随时凌空撒下。

昨天晚上，田红叶很晚才回到宿舍，睡不着觉，老是翻身。那时候王凌霄就知道了，一定是有大行动了。作为一个过来人，她当然能揣摩出田红叶的兴奋，田红叶暗暗恋着她的领导人，只要是同彭伊枫一起执行任务，这个丫头的亢奋就难以抑制。这种感觉她体会过，她知道恋爱中的女人是怎么回事，坚定，勇敢，倔犟，敏感，有时候还有一点愚蠢。

清早起床，田红叶的眼睛是红的，脸蛋也是红的。田红叶对她说，凌霄姐，我要出去一下了。

她看着田红叶的装束，小媳妇模样，脸上好像还搽了一点胭脂，那是演戏用的，平时绝对禁止使用，因为金贵。她问，出山吗？田红叶说，可能吧，也许是到陶老庄去，抓县大队扩军工作。

哦，王凌霄哦了一声就不再问了。这已经是第二次了，他们打着扩军或者演出的旗号，秘密出山。按说，她是机要干部，而且还是抗敌剧社的骨干，像上次到"皇协军"二团搞策反演出，完全是她职责范围内的事情，可是却没有让她去。是否真的像彭伊枫解释的那样，是担心她身体不适，那就只有天知道了。她不太能吃苦是不错，可是从川陕根据地到天茱山，她还是没有少吃苦，饥饿，寒冷，急行军的疲劳，没有水洗澡的难受，还是挺过来了嘛。可是为什么老是以这个理由让她留守呢？她虽然是老革命，今年不过二十八岁，比田红叶大五岁而已，并没有老到了行动不便的程度。

其实她心里比谁都清楚，他们不信任她，他们只在一些无关紧要的问题上信任她，但凡涉及绝密行动，他们就尽量避免她参加。

田红叶跟着彭伊枫等人出发的时候，她躲在宿舍里没有露面，但是等他们走了之后，她情不自禁地走出杜家老楼，登上了西边的岗子上，眺望天茱山深处。这里离天茱山主峰白云尖不远了，白云尖山下，氤氲缭绕，紫雾升腾，云海绵绵无限。

她一直以为，云舒庄园应该就在那片云海的下面，应该离天茱山主峰不远。记得有一天按照他的吩咐，乔乔曾经带她去看过一个神秘的地方。上午也是云层浓重，遮天蔽日，但是到了下午，晴空万里，她就看见了一个令她永生难忘的奇迹。

现在想想，大致应该是在独秀峰的南边，乔乔带她骑马走了半个小时左右，离独秀峰应该有二十里路吧，登上一个山坡，目力所及的是天穹下一溜黛色的山脊。骑马七转八绕，倏然拐过一个山根，几乎就在瞬间，一种异常的感觉扑面而来，好像是从芸芸众生闯进了了另一番天地。回首去看刚刚走过的山根路口，竟疑惑那是两重境界的门户。那个地方真是神奇极了。

后来就出现了更神奇的事情。

走到一片山崖下面，乔乔突然说，凌霄姐，看，像不像一本书？她仰首凝眸细看，那一层层薄而规则的石板，叠放有序，真的像古色古香的线装书。乔乔说，这是沈先生从小读书的地方，沈先生给这里取名叠卷崖。

心中有了书，眼睛里便全是书了，一边走，一边环视四周山壁石板，皆如书牍，且形状各异，有的掀开一角，有的半掩半合，有的参差摞放，不一而足。她一边惊讶，一边听乔乔如数家珍：阅卷崖、掩卷崖、读卷崖……数崖之中，巨石之上，半隐半掩红亭一角。乔乔指点道，那就是文昌阁了。沈先生说，以后革命成功了，他就回到这里来读书，把天下的书至少读一半，做个皓首穷经的读书人。她笑笑说，你们沈先生的野心可真大啊，天下的书堆起来，恐怕比天茱山还要高呢，读得一半，那还了得啊！

那段路程曲径通幽，别有洞天。一路不见人烟，但见竹林苍翠，茶树簇拥，桂花点点。乔乔带她在一个名叫三潭的地方小憩，说晌午的饭就在那里吃，那里有三家农户，也是云舒庄园的佃农，并且负责看守东石笋。中午果然就在一农户家用饭，几间石墙瓦舍，立在路边，古朴得很有沧桑感。桌上一坛米酒，桌下一条老狗，桌边几个小妞，中午一顿农家饭菜，幸福得一塌糊涂，简直有点像《镜花缘》里描写的情景。她从农户那殷实的生活和愉快的表情上能够看出来，他们对于沈先生和沈氏家族是忠心耿耿的，是死心塌地的。

饭后喝山野水，品山野茶，又是心旷神怡。乔乔说，这里的水源特别充沛，十八道河流终年流水不息，河水清澈无污染。水都是从附近千丈岩、龙井湾等处花岗岩岩缝沁出来的，在地面汇流成河，任意掬起一捧，都是清洌甘甜。

她相信乔乔的话，用那里的开水沏茶——直到几年之后王凌霄仍然在怀念那种叫做铁桂兰的野茶，那是天茱山腹地大华山上特有的珍品，在那个年代为沈氏家族专用——嫩芽绽放，气若兰馨，进入口中，如浴五脏，神清气爽。

那一路上，天真活泼的乔乔给了她一个又一个惊喜。最后的一个惊喜便是东石笋。何止是惊喜啊，简直让人瞠目结舌。

饭后茶毕，向东石笋进发。又是拐了两个弯子，只觉得眼前骤然一亮，不远处出现了一座璀璨的宫殿——王凌霄以为看错了，手搭凉棚细看，一点儿也没有错。在一座山冈的下面，在嶙峋的乱石之间，在毛竹和树木的簇拥之中，挺立着一根高大的、浑身闪烁晶莹之光的不明物体，大约有十余丈高，最粗的根部，直径达到四丈有余，就像一幢闪闪发光的大厦。乔乔介绍道，这个石笋通体都是水晶。沈先生说过，沈氏家族在明末之所以买下这片山林，并且把主要路口都损毁了，形成一个封闭的世界，除了掩藏一个人，还有很大原因是为了这个石笋。在清朝乾隆年间沈家曾经想把石笋的事情禀报朝廷，但被江淮巡抚劝阻了，没过多久清朝就败落了。沈先生说，幸亏没有交出去，清末老佛爷能把买军舰的钱弄去建花园，要是把这个石笋交出去，那还不得派兵来挖了卖钱去啊！所以这个石笋绝不能暴露，尤其是鬼子打进中国之后，更要严加防守，要等到革命成功，真正建立了人民当家作主的民主政权，才能把石笋交出去。

站在那石笋下，王凌霄百感交集，对于他和他的沈氏家族，又多了一分敬仰和爱慕。他们就像这根高耸的水晶“擎天柱”，不知经历多少风雨，屹立在这深山老林，翘首蓝天，观世态之变化，历岁月之沧桑。

徜徉在这山下，足迹所到之处，居然是水晶铺路。随手捡起一块，玲珑剔透，熠熠闪光。在这深山幽水之间，有此鬼斧神工的造化，的确是大自然的一个奇迹。

乔乔说，沈先生一再跟我们讲，就凭这个石笋，我们也要把鬼子打出去，日本鬼子的贪婪欲望是永远也不会满足的。我们的国家，物华天宝，遍地财富，绝不能让鬼子随意掠夺蹂躏。

她相信乔乔的话，更相信他的话。他似乎天生就是一个忧国忧民的人，他对于国家和百姓的责任感似乎是与生俱来的。她记得在川陕根据地的时候，有一次他跟她谈起了创办学校的事情，她说，我总算给你想好了一个绰号。他问她是什么绰号，她一本正经地说，救世主。他起先愣了一下，旋即哈哈大笑说，好啊，如果我们中国人都是救世主，那天下就太平了。她说，才不是呢，如果每个人都认为自己是救世主，那这个世界就会乱套，也许军阀混战就是这个原因引起的。

他听了这话，还真的把表情严肃起来了，想了一会儿才说，嗯，你说的有道理，我们大家都不能争当救世主。但是我们可以争着为国家和老百姓做一点事情，实实在在的事情，做一点算一点。

她想她在那个时候的确是被爱情冲昏了头脑，的确是被嫉妒蒙蔽了双眼，这样一个有见识、有思想的人，怎么会在一夜之间成为革命的叛徒，成为革命的对立面呢？没有依据啊！就像他经常说的，任何一个人做任何一件事情，都应该是有目的的，一个人不可能毫无目的地去做事。那么，他叛逃的目的是什么呢？金钱？他不缺，他的家族富甲江淮，而且很多钱都花在红军的身上了。美女？他不缺，他的身边美女如云，但是他却视若无睹。地位？他不缺，他的祖父曾经弃江淮提督一职如敝屣，他本人也毅然拒绝了军阀任命的江淮省教育厅长职务。他不只一次地说，未必做官，必定做事。难道他放弃了那么多的优势来当红军，仅仅是为了叛逃？于情于理都说不过去，不符合逻辑。那时候如果不是被爱情搅乱了心窍，稍微动动脑筋，先去向他问个明白，后面的悲剧就绝不会发生。

现在，她明明白白地感受到了，他的身姿，他的声音，他仰起的下巴，他攥起的拳头，都在陆安州的上空散发着他的气息。只要他出现在陆安州，松冈联队的末日就到了。

然而，让她深感痛苦的是，他们居然不相信她。他们一定是到云舒庄园去了，一定是去接受他的指令去了。本来最应该站在他身边的她，却在此时被抛弃了。

五

月明星稀，万籁无声。

沈轩辕在前，彭伊枫在后，沿着云舒庄园南边的大道往前走，何中亮牵了两匹马跟在后面慢慢地溜达。

沈轩辕边走边说，彭伊枫同志，这次回到杜家老楼，你们要做几件事情。一是要加强城市攻防战斗和阵地战训练，尤其是提高与友军协调作战能力；第二个是要筹集战争物资，建立弹药、粮食和医疗保障运输体系。我们虽然很困难，但是我军一向主张不打无准备之仗，我还要加一句，尽量不打穷仗。过去在川陕根据地，我的部队就比别的部队吃得好穿得好，我本人经常回到江淮弄物资。没想到经常回来露面，给这次潜伏创造了条件，不仅日本人，就连陆安州工商界对我的返乡都没有太多的怀疑。打仗靠兵，要让兵吃饱。他能不能吃苦是他的事，能不能少让他吃苦是指挥员的事情，在这个问题上要多动脑筋。

彭伊枫说，自从我们得到皮货商，也就是汪寅庚送来的第一份指令，我就感到亲切。首长制订的陆安州抗战谋略，既体现了实实在在的作风，也非常切近实际情况，针对性强，目的性强，可行性强。

沈轩辕说，大战在即，要加强思想政治工作，激发全体官兵爱国热情。利用报告会、声讨会和文艺演出等方式，将全民抗战的士气激励到最佳状态。你们那个抗敌剧社，在陆安州名气很大，有两个节目家喻户晓，一个是《一条腿》，一个是《汉奸的下场》，连松冈都很恼火。我们的基层官兵文化程度不高，大道理讲起来用处不大，但是你通过演戏的方式向他灌输朴素的道理，一点就通，一触即发。

彭伊枫说，谢谢首长的肯定。

沈轩辕说，现在看来，瓦解伪军和孤立日军的工作，是比较理想的，但是我最担心的是我们内部出问题。你们七支队将要成为决战松冈联队的主力部队，领导层要团结。有些同志对国共联合抗战有抵触情绪，这很正常。我要提醒你的是，只要不妨碍抗战大局，就不要太较真了。要允许我们的同志有一个认识过程，同时我们对于中央军也确实不能过于轻信，这就是我最放心不下的事情。唐春秋是个爱国军人，但是并不等于他那个独立旅都是爱国的，据我所知，至少有一个团的兵力还直接控制在侯先觉的手里。我名义上是国民政府苏鲁皖战区任命的陆安州行政公署专员兼警备司令，统领陆安州地区所有抗日武装，但是在国民党那边，这是空的。侯先觉对李宇煌向来是阳奉阴违的。独立旅是侯先觉的部队，不是李宇煌的部队，关键的时候他们跟谁走，唐春秋会不会动摇，内部会不会掣肘，侯先觉会不会阻挠，唐春秋有没有对付阻挠的办法，等等，都要细致考虑。指挥这支部队，光靠职务不行，还得做很细的工作。我打算在近期到船儿冲去一趟，摸摸他们的底。

彭伊枫说，首长在船儿冲出面太危险了，我提两个办法，一是由我出面，反复同唐春秋协调，把行动计划敲定。二是首长到杜家老楼，把独立旅主要军官请来。首长人在虎穴，太暴露了有危险。

沈轩辕说，这两个想法都有道理，但是都有缺憾，可能的话我还是想亲自看看独立旅的部队。

彭伊枫说，这件事情即便要做，也只能在战役发起之前，不能太早了。

沈轩辕说，这个是自然的。我常常想，我们这个民族，太多灾多难了，也的确有太多的东西值得反省。一个国家没有好的政府和好的制度，就只能是一盘散沙任人宰割。我为什么老是强调仗要算着打呢，就是希望你们在算账中算出我们的优势和劣势。优势是人多，对鬼子一千比一；劣势是不团结，如果一千个人一千条心，连一个人都不如。

彭伊枫说，是这样的，团结才有力量。

沈轩辕说，可是靠谁来团结呢？应该是政府啊，应该是制度啊。可是我们的政府实在是愧对于国家。自从晚清以来，一个腐败朝廷夜郎自大闭关锁国，只顾自己骄奢淫逸，国防军队搞得一塌糊涂。到了辛亥革命，好不容易打倒了清政府，本来应该好好地搞搞国防建立一支像样的军队了，可是军阀又起来了，争权夺利，尔虞我诈，今天你打我，明天我打你。打来打去，老百姓越来越穷，军队装备越来越差，战术越来越乱，人心越来越散！日本鬼子这些年在干什么？明治维新之后，一直琢磨要灭掉中国。田中奏折说得明白，欲征服世界，必先征服支那，欲征服支那，必先征服满蒙。而且吹牛日本是世界第三强国，是亚洲的旗帜。更有甚者，说日本是世界中心，八竑大宇，天下是以日本为中心的天下。他们这一套欺骗性很大，所以打起仗来士兵舍生忘死。我们作为共产党人就要用我们的信仰来武装部队，揭露日寇的谎言，激励战斗意志，用人民战争打败日本法西斯。

彭伊枫说，还有，就是他们的武器装备先进。确实威力大。

沈轩辕说，我们是唯物主义者，首先不把武器看成是决定胜负的决定因素，其次也不能不看到武器对于战争胜负至关重要的决定作用。当年八国联军打进中国的时候，义和团的脸上涂着猪血，身上画着符咒，嘴里喊着神鬼附身刀枪不入，结果一排排倒在血泊之中，即可悲又可哀，还可怜。所以说，人民战争不等于人海战术，我们的士兵不怕死不等于让他们去送死。还是要实事求是，力所能及地改变我们的作战条件。

彭伊枫说，我们已经意识到这个问题了，我还就这个问题同唐春秋切磋过，要把兵当人，不能当牲口。

沈轩辕说，这话说得好！军阀也好，国民党也好，兵役制度本身就有问题，拿绳子捆人来当兵，那他能给你好好打仗吗？还克扣军饷，大鱼吃小鱼，这些都是严重削弱战斗力的。加强官兵团结，官兵一致是我军的传统，是有必要给唐春秋灌输灌输。

彭伊枫说，老唐这个人还是个明白人，他对我们的官兵一致、经济民主都很感兴趣。他是希望我们在治军管理上帮他一把，但又怕我们搞赤化宣传。

沈轩辕说，对我们自己的部队也好，对国民党的部队也好，激发爱国之心、开展抗日教育是长期的，也是需要持之以恒潜移默化的。不能着急，也不能用力过猛。但是可以经常去演节目，通过演节目看节目，加强两支部队相互之间的了解，增进同情和友谊。

彭伊枫说，我明白了，回去后要加强这方面的工作。

沈轩辕说，我让殷绍发给你们准备了一百条新式步枪和十挺机关枪，这也是我当汉奸市长以来，鬼子给我的钱和我利用汉奸职权搜刮的钱买的。松冈怀疑我在南方买车床办工厂，他哪里知道，我根本就等不及买车床办工厂，我拿着这几万大洋就直接买枪去了。

彭伊枫说，谢谢首长，我们一定要把这些武器用在最需要的地方。

沈轩辕说，另外还有一批电台，我准备在决战前突然启动，一是用于作战指挥，二是大搞心理干扰和迷魂阵，把松冈的阵脚搞乱。万一我遭遇不测，何中亮会把方案交到你手上。

彭伊枫说，首长，我们一定要保护您的安全。

沈轩辕说，战争是科学，应该有科学的程序，我今天实际上是向你做政治遗嘱的。我们必须这么做。

彭伊枫无语。

不知不觉就走到了独秀峰下，彭伊枫说，首长在虎穴里活动已久，恐怕已经引起怀疑了。

沈轩辕说，岂止怀疑，已经反复调查了。松冈这个人，疑心太重——当然这也是正常的。换我，在别人的国家利用别人，那我一个也不会相信。正是他的疑心被我利用了，我公开地发表抗日议论，他反而对我半信半疑。

彭伊枫说，我们渴望决战那天早日到来，这样我们就可以在首长的直接指挥之下了。

沈轩辕说，快了。但是，有些方面，还需要更成熟一些。罗本先他们搞的民抗运动很有起色，黄金年在敌人内部的策反工作也有了一些进展。再有就是“皇协军”的工作，势头很好。如果去年秋天陆安州能够有这样的局势，鬼子他根本进不了陆安州。吸取教训，寻找出路，慢慢来吧，总会成熟的。

彭伊枫说，首长的这步棋太厉害了，全面发动，全面渗透，全面利用，真的把陆安州方方面面的力量都用起来，这是一个大战略。

沈轩辕说，是敌人逼迫我们醒悟过来，要把拳头攥起来。今天我公布的“统战指挥部”，还有一个成员暂时不宜公开身份。但是作为我的代理人，我应该把这个绝密跟你交底，他是方索瓦同志。

彭伊枫吃了一惊说，谁，您是说方索瓦？那可是臭名昭彰的大汉奸啊！

沈轩辕深沉地说，大奸者大雄啊！方索瓦是一位难得的军事天才，他所做的一切都不过是为了取得日军的信任。在瓦解伪军、孤立日军这个战场上，他才是主角。

彭伊枫愣了半天，突然有一种醍醐灌顶的感觉，失声叫道，一号，我明白了。你的那位被苏鲁皖战区长官部抓起来的副官就是方索瓦？

沈轩辕说，是的，就是那个被你们三方密集火网狙击的方索瓦。知道他那天为什么会出现在月亮岭吗？就是往云舒庄园送那十挺机关枪和电台，才借故绕道的。好在他命不该绝，这才保证我们的计划没有功亏一篑。不过我们也因误会而牺牲了几位同志，他们死得非常可惜。他们也是为抗日牺牲的，他们都是烈士。说到这里沈轩辕神情甚是沉重。一声夜鸟的枭叫，划破夜空，山林显得更加寂静、空阔……沉默片刻，沈轩辕加重语气说；战争是残酷的，有时是不以人的意志转移的。今后还要强调一下要严格执行命令，才能保证全局胜利。

彭伊枫说，是！现在想想真是后怕，那次我去江北了，不在家，回来后听说，心里隐隐有点不安，没有严格执行一个不杀的指示。后来想想，方索瓦是铁杆汉奸，杀就杀吧。没想到差点毁了全局，教训是深刻的。不过我们哪里想到方索瓦同志隐藏得这么深！

沈轩辕为了冲淡沉重的气氛，笑笑说，高手下棋，走一步看十步，隐藏得不深行吗？不过方索瓦同志对于那次受到狙击感到高兴，他听说是“皇协军”部分官兵同七支队和独立旅一起干的，更高兴，说从这次行动看出来了，陆安州的抗日武装正在形成一个整体，就算死了也是值得的。当然这是他自已的说法，我们可不能让他死。现在我们手里还有一张王牌，这张王牌也攥在方索瓦的手里，就是松冈软禁在桃花坞的“皇协军”眷属。下一步，我们要利用这张王牌，先让松冈进一步打消对“皇协军”的监控，然后促使“皇协军”一举反正，从而为决战胜利争取决定性的力量。方索瓦同志已经有了方案，但是需要外围部队配合。我原来准备让殷绍发的敢死队做这件事情，但是他的土匪身份不妥——我是说不足以引起松冈的重视，达不到预期的效果，所以，还是要你们来做。怎么做，每一步我都会派人通知你们。

彭伊枫说，明白了。

沈轩辕说，我这次是利用到桃花坞吊唁方蕴初的机会，由方素瓦同志掩护才得以脱身出来的，天亮之前必须赶回陆安州。同志们都休息了，我就不打招呼了。这是我自离开川陕根据地之后，第一次见到这么多自己的同志，第一次和这么多自己的同志在一起，我是多么不想离开你们啊！可是，我们只能这样了。同志哥，后会有期啊！

彭伊枫原地站立，突然感觉眼睛湿润了，向沈轩辕敬了一个礼说，一号，请多保重！

沈轩辕接过何中亮递过来的缰绳，翻身上马，向彭伊枫挥了挥手说，同志哥啊，让我们在决战之日相逢吧！

六

松冈大佐的收网计划包括三个方面的内容，第一是逮捕“皇协军”和“皇协职员”下层可疑分子；第二是集中控制“皇协军”和“亲善政府”的要员，让他们内部惶然，自我暴露；第三是着手调查夏侯舒城、王月凤以及“亲善政府”所有官员、“亲善商会”所有大亨的财产，尤其是“皇军”进入陆安州之后，夏侯舒城之流赚取的和以各种名目侵吞的“皇军”财产。松冈过去只跟这些人算政治账和军事账，但是现在，他要跟他们算一算经济账了。那些钱都是“皇军”士兵冒着生命危险从占领城乡的各个角落里“寻找”来的，岂能让这些中国奸商中饱私囊？那“皇军”这个冤大头也就太大了。

第一步工作很顺利，宪兵大队长田口泽少佐已将城北的原陆安州州立监狱修整完毕，里面共关押了从陆安州城和各县以及“皇协军”内抓来的抗日疑犯四百多人，由“亲善团”团长兼“皇协”警察署长董研石亲自审讯甄别。

粮食的矛盾又上升到突出的地位。虽说进入夏天之后，粮食来源充沛了，但是因为日军进攻长沙的步伐加快了，江淮派遣军征收的数额也增加了，每个月要四百万斤，而且一律是优质稻谷。更让人不安的是，虽然今年增产了，但是陆安州的百姓不知道从哪里得到消息，说是鬼子为了多弄粮食，让老百姓使用化学肥料，这种肥料对地效破坏很大，用过两三年，地就板结了。所以老百姓对于种粮和交粮都持排斥态度，粮食越来越难弄了。让夏侯舒城他们出面组织人力购买，价格贵得惊人。原信和田口泽都主张武力强征，但是松冈埋头算了一笔账，认为强征还不如购买。因为兵力不够，部队都下去征粮了，抗日武装趁虚而入，拔据点，烧炮楼，甚至攻城，那就得不偿失了。这是一。其次，本来陆安州的农民就对“皇军”让他们使用“化学肥料”痛心疾首，地是他们的命根子，你用“化学肥料”让他的地板结了，就是要他的命根子，他跟你拼命的心都有。如果强征激起陆安州农民暴动，那就把麻烦惹大了。所以最好的办法还是按兵不动，满脸堆笑地看着夏侯舒城之流利用“皇军”的弱点，继续敲“皇军”的竹杠。

但是，松冈大佐是不会让夏侯舒城之流笑得太久的。“皇军”的钱不是那么好挣的，挣了多少，你得给我吐出来多少。在松冈联队离开陆安州的时候，别说你挣的那些，就连老底子我都给你抄走。最近有消息传来，“皇军”在九江、常德一线将有一场大战，松冈联队随时有可能开拔参战。所以松冈密令田口泽和董研石，暗中查清陆安州工商界尤其是夏侯舒城、王月凤等人“非法所得”的去向以及资产总额，大军撤退时，即便不杀他们，也要他们拿钱赎命。松冈大佐和蔼可亲是不错，但要是认为松冈大佐软弱可欺，那他就是耗子舔猫卵了，自寻死路一条。

关于抗日嫌犯的吃粮问题，松冈最初还是抱着“怀柔”的态度，主张给他们吃好一点，每天至少有半斤细粮。但是随着粮食的征集工作越来越困难，嫌犯们的伙食标准就逐步下降，从八两细粮减到三两，再最后一点细粮没有了，每天每人只有八两玉米碴子。不够怎么办？董研石有绝招，把他们按三个人分组，用手铐链接，派到东部丘陵地区，驻扎拾粮——捡拾农民收割后遗留田间的谷穗，并声称用捡来的粮食充食嫌犯的口粮。这也算是江淮一景，每遇丰年，城镇无业贫民便下乡拾谷，田主也好，佃农也好，往往以此为荣，甚至煮饭烧茶留客。这一年因为粮食产量高于往年两倍，收割之后遗留的谷穗相当可观，派出去的二百名嫌犯开始平均每人每天能拾取谷穗十五六斤，后些天平均每人每天捡拾五六斤。一个月下来，竟然积累了五六万斤。但捡来的粮食并没有给嫌犯们吃，而是直接填充派遣军的摊额。松冈对此很高兴，说这又是“亲善怀柔”工作的一大成功，抗日嫌犯为日军拾取谷穗，虽然数量不多，但是很有典型意义。

然而原信却不这么看。原信刚刚被晋升为中佐，很想出击天茱山，但是他的计划老是受到松冈的压制。松冈说，粮食是第一位的，与粮食相关的稳定也是第一位的。现在天茱山的抗日武装不主动来找麻烦，就是“皇军”的福祉，千万不要引火烧身。然而原信却认为，天茱山的抗日武装虽然近来平静了一段时间，但是不等于他们偃旗息鼓了，他们正在摩拳擦掌厉兵秣马呢！用中国话说，这是雷霆之前的沉寂。松冈太君一味消极追求稳定，实际上是给抗日武装休养生息的机会。松冈对于原信的看法嗤之以鼻，松冈说，原信君既不懂政治，又不懂军事，只靠匹夫之勇是难以完成建设“大东亚共荣圈”的神圣使命的。石原次郎中将阁下赋予松冈联队的唯一任务就是向派遣军提供粮食，这项任务非常艰难然而又非常漂亮地完成了。成败论英雄，由我来指挥松冈联队而不是你原信中佐来指挥松冈联队，是有道理的。

那一次谈话，又以原信连说几个“哈依”而告结束。

最早听说“抗日嫌犯”拾取的谷穗用作派遣军征收的军粮，原信难过得眼泪都快流出来了。原信对董砑石说，成何体统啊，堂堂的“皇军”，大日本帝国的精英，居然靠犯人捡拾遗粮度日，这与叫花子又有什么不同？

董砑石说，松冈大佐认为这是一件很好的事情。

原信很不高兴，第一次在非公开场合下暴露了他对松冈的不满。原信说，松冈太君实在过于自信，单纯地凭借他在中国出生和读书，就以为对中国人很了解，自信到了刚愎的地步。其实他根本不了解中国人，中国人的小算盘比他精得多。我真羡慕中共军队，一支部队有几个指挥官，可以集思广益，防止一意孤行。

这话很快就传到松冈的耳朵里，松冈笑笑说，说我不了解中国人？他原信不仅不了解中国人，他连自己都不了解。中共军队一支部队有几个指挥官是事实，但是他八个指挥官的头脑加在一起，还不如我松冈一个人的智慧。我一个人受教育的程度，超过他们八个人加上原信中佐。

不久松冈就把原信叫过去训了一顿，松冈阴阳怪气地说，原信君，自从你晋升为中佐之后，是不是感觉你的军事天才也像你的军衔一样晋升了许多？

原信不吭气，立正接受松冈的嘲讽。

松冈说，请坐下。

原信仍然立正。

松冈说，作为一个帝国军人，仅仅会杀人是不够的，打仗必须杀人，但杀人不是打仗的目的。打仗的目的有许多方面，大到维护国家利益，贯彻天皇陛下神圣意志；中到实现战役意图，完成攻防计划；小到破城夺池守险扼要。有头脑的军人绝不是只会杀人的军人。算一算，自驻屯陆安州以来松冈联队向派遣军送了多少粮食和财物？仅粮食一项，将近三千万斤，养活了“皇军”几十万军队，你的明白？

原信说，明白。但是原信心里却说，这算什么？你要是让我去扫荡，我一年能给你扫荡一亿斤粮食。但是这话原信不敢说出来，在汉奸的面前，他是强盗；但在松冈面前，他只能是小偷。

松冈说，明白的事情，就不要背后议论，“皇军”军官，不能互相拆台。你的明白？

原信说，明白。但是原信心里想，一定是董研石这个家伙搬弄是非，这个狗日的当汉奸当得最死心塌地，最受松冈的器重。可是你别搞错了，你再怎么得势，你也还是中国人。找机会一定要让这个家伙尝尝苦头。

这次训话之后，松冈乘船去桃花坞看望方索瓦，最后敲定“抛砖”计划。这项计划绝密程度很高，同行的人中，只有原信知道“抛砖”计划是怎么回事，但他并不知道什么时候实施和怎样实施。这种事情松冈从来不会让夏侯舒城参与，至于宫临济，那就更是一无所知了。

船是方索瓦的航运公司新购的游船，装饰一新，设施豪华。据董研石报告，这方索瓦也不是什么好东西，借“皇军”建立模范区之机，个人大发横财，侵吞了不少“共荣”经费。并且运送“皇军”和“皇协军”往来、为“皇协军”眷属修建“归园”，都加倍收费。这艘价值三万块大洋的游船，实际上就是“皇军”帮助方索瓦购买的。松冈听了这个报告，笑笑。虽然他已经开始算夏侯舒城等人的账了，但是方索瓦的账他现在还不打算算。方索瓦跟夏侯舒城他们不一样，方索瓦是忠实的“皇协职员”，就算“皇军”帮他买一艘游船，那也是应该的。

原信和宫临济在甲板上观景，松冈和夏侯舒城在舱内聊天。

渒水河到了陆安州的东南方，由于地势平坦，河面变宽，水流也不像天茱山脚下那么湍急了。宽敞的河面映着山脉的倒影，像一幅绚丽的油画。

松冈一身便装，望着窗外说，过了夏天，就是秋天。秋天是个感伤的季节。

夏侯舒城一袭长袍，玩弄着一支雪茄说，不一定啊松冈先生，中国文人咏秋之作甚多，不乏壮怀激烈。

松冈笑笑，摇头晃脑咏道，枯藤，老树，昏鸦，全是死气沉沉的东西。

夏侯舒城说，还有小桥，流水，人家，生机勃勃啊。

松冈又笑笑说，跟夏侯先生交朋友，真是一件令人愉快的事情，可是天下没有不散的筵席啊！

夏侯舒城说，松冈先生这是什么意思，是升迁呢还是换防啊？

松冈说，我记得刚到陆安州的时候，向阁下请教陆安州的“王道乐土”建设，那时候阁下的一句话让我难受了很长时间。

夏侯舒城说，很抱歉，我已经忘记我是怎样说的了。

松冈说，夏侯先生当时说，松冈联队在陆安州站不住脚。果然不幸被先生言中，也许松冈联队很快就要离开陆安州了。

夏侯舒城说，这一点我倒是没有想到。

松冈说，当时夏侯先生的意思是说我们会被赶走，给我分析局势的时候举例说，陆安州两百万民众头顶铁缸，吐口唾沫就能把“皇军”淹没。我想问的是，夏侯先生真的认为两百万民众会群起而攻击“皇军”？

夏侯舒城说，恕我直言，对此我坚信不移。

松冈说，作为一个酒业大亨，我不否认夏侯先生谙熟经营之道，但作为一个中国人，你还不了解中国人，也不了解中国的民众。方索瓦先生说得好，苛政猛于虎，天下一盘沙。

夏侯舒城说，松冈先生此言谬矣。首先，中国有苛政猛于虎的历史，但中国不会永远苛政猛于虎，中国也会发达起来的。其次，中国的民众在不健全的政府体制和不健全的法律中，饱受欺凌，可能失望，也可能出现消极。然而，即便天下一盘沙，也有凝结的时候。

松冈说，看来夏侯先生对于中国的政治还是充满信心的。

夏侯舒城说，松冈先生不会忘记吧，敝人是江淮大学堂法律专业的毕业生。

松冈说，但你并不了解民众，依靠民众是赶不走“皇军”的。我们从来不相信一个国家的政府瘫痪了，软弱无力，仅靠民众就能打赢一场战争。民众是什么？民众就像这淠水河里的水，无色无形，无筋无骨，随波逐流，而且水火不容。依靠那些没有受过教育，对现代文明一无所知的民众救国，实在是过于浪漫。

夏侯舒城说，有句话好像松冈先生说过，水能载舟，亦能覆舟。

松冈说，是啊，中国民众这一河大水，只能颠覆贵国政府这一艘破船，这个舟并不是大日本帝国。

夏侯舒城说，这仅仅是松冈先生的看法。你说中国这一河大水随波逐流，这只是你的一厢情愿。任何一个家庭，哪怕再穷，哪怕矛盾再多，他也不会希望邻居蹂躏他的家园，不会希望邻居来帮他制订一套家法。当受到邻居干涉的时候，所有家族成员就会停止同室操戈，一致对外。水是无色无形，无筋无骨。可是，只要往这水里放上酵母，把它同粮食放在一起酿造，给它加温，尽管它还是无色无形，无筋无骨，但是，它就是可以燃烧的水，它可以变成熊熊大火。

夏侯舒城说得有点激动，掐着雪茄的手微微颤抖。

松冈说，佩服佩服，夏侯先生的确是一个爱国者，这也是我敬重你的原因之一。我是一个很有气量的人，我想从个人的角度提一个冒昧的问题，如果……我是说现在，我们的眼前出现了新四军或者中央军，他们来狙击我们，夏侯先生是同敝人同舟共济呢，还是向敝人开枪？松冈说完，微笑地看着夏侯舒城。

夏侯舒城掐着雪茄的手停止了抖动，仰起脸，看着松冈说，松冈先生这个问题很有意思啊，你是想听真话呢还是想听假话？

松冈依然微笑，右手却下意识地从桌下悄悄地伸进了裤兜——我当然想听真话。

夏侯舒城的脸还在仰着，看着窗外缓缓后退的青山白云，掐着雪茄吸了一口说，松冈先生，我要是说我挺身而出保护你，你会相信吗？

松冈有点意外，想了一下说，你真的会这么做吗？

夏侯舒城说，你先说你相信不相信吧。

松冈盯着夏侯舒城的眼睛，夏侯舒城的嘴角露出一丝微笑。松冈说，我不太相信。

夏侯舒城又说，如果我说我会同新四军或者中央军并肩作战捉拿松冈先生，松冈先生会相信吗？

松冈说，这就很难说了。诚如夏侯先生经常挂在嘴边的那句话，你是一个中国人。

夏侯舒城也笑了，笑得很开心的样子说，那我说了就等于白说了。我说我会站在你一边，你不相信。我要是说我会站在你敌对的一边，那我不是自寻死路吗？这个玩笑真是开不得，没准松冈先生裤兜里的枪口正对着我呢。

松冈一愣，抽出两手，哈哈大笑说，夏侯舒城先生，你可真是一个了不起的中国人。要是宫临济遇到这样的情况，不是磕头就是拔枪，你确实大大地狡猾。

夏侯舒城说，也许还有更好的办法。当松冈先生人身安全受到威胁时，我会挺身而出，做一个双方都能满意的选择。

松冈眯缝着眼睛问，能告诉我吗？

夏侯舒城说，我还没有想好，正在想啊！

松冈说，夏侯君，大大的厉害！

七

一二五团团长严楚汉坐在谱因寺方圆庄的麻将桌上，嘴角叼着一支烟卷，专心致志地盯着眼前的一排散牌，琢磨着该淘汰哪一门。牌是好牌，石面骨背，大而且厚，捏在指头上，丰润光滑。但是起到严楚汉门下的却是五花八门，条筒万各三张，全是一五九，一个挨着另一个老远，东西南北风一个不缺，就差红中白板发财了。严楚汉心想，这他妈的也真是高手，一般水平想起这样差的牌还起不到呢。

站在严楚汉身后看牌的是七连连长李伯勇，一看这牌就笑了，说团座好手气，这是大牌的迹象。

严楚汉回首瞪了李伯勇一眼，呵呵一笑说，睁着眼睛说瞎话，就像扛着锄头拿菜刀，你还说这是精锐部队，看笑话啊？

李伯勇说，置于死地而后生，赌就赌个绝门嘛。门门有不怕，就看你会不会压了。伪军国军新四军，先把伪军干掉。

严楚汉说，好，这个比方好。看看，我这还有“皇军”呢，先把鬼子搞掉。说完，伸手用出一张牌，一筒。

坐在严楚汉对面的是中央军七十七军军部的副官石本宣，笑着说，老严好牌啊，手里没风？

严楚汉说，有风也不打，我得看看风向呢。

打到第三圈，严楚汉又把条子甩了出去，下家祝道可说，这个狗日的老严，先打好牌后打风，简直不会打牌。

严楚汉的上家、独立旅政督员郝逍说，旅副上当了，老严是高手。他前两圈打风，你吃不上牌，我也不知该怎么留牌，上下两家都叫他坑了。

祝道可说，我就不信他就那么神，他留一手风怎么办，烧肉吃啊？

严楚汉说，我可提醒各位长官，我打的是风一色，那是大和，要翻十番的。

郝逍说，没错啊，只要你有那个胆量。

这一轮下来，是石本宣和了。大家都把牌推倒互相切磋，唯有严楚汉把牌反扣了，迅速洗牌，不让大家看。

打了三圈，严楚汉只和了一把，还是小屁和，大家都取笑他。祝道可说，不搞一条龙清一色，打死也不和，那才是大将风度。

严楚汉嘿嘿一笑说，旅副您还真别激我，我小和一把是抛砖引玉，冲冲手气。

祝道可说，好好，会说，你倒是会给自己搬梯子下台阶。

接着往下打，严楚汉还是输多胜少，大家情况都差不多，只有石本宣屡屡得手。

实际上这次打牌就是为了让石本宣赢的，这是祝道可事先交代好的，据说也有唐春秋的意思在里面。

天茱山独立旅最近出了几件稀奇的事情，一是副旅长兼供给部长万德福和一二六团团副陶冶亘同一天晚上死在梅山城的高山茶庄；二是一二四团一名排长带领二十人携枪离队，去向不明。侯先觉派出副军长石又潜和军需部长马南北前往天茱山，声称要严肃查处。弄得不好，有些人要丢官，有些人要丢脑袋。

祝道可现在的心态有点复杂。因为这次侯先觉派来的钦差石又潜就是石本宣的亲叔叔，石又潜的手里至少握有一半生杀予夺大权。唐春秋刚刚当上旅长不久，三十出头的人，已经憔悴得像个小老头了。而祝道可当个旅副，管着军械装备，供给就是再困难，也不缺他的那一份开销。夫人安置在梅山，方圆庄就是他的半个家，装进腰包的比薪水多出十倍也不止，比当个旅长实际上还要划算。当然，升官发财，升官和发财是骨肉相连的，发财是血肉，升官是骨头。

如果天赐良机，给他一个肥缺，那自然也是求之不得的。在这方面，只要看准了，他不会吝啬银钱的。

自从万德福和陶冶亘不明不白被杀之后，唐春秋的日子就不好过了。侯先觉在电话里大发雷霆，一连说了三次“枪毙”，查不出案情“枪毙”，找不回逃兵“枪毙”，此类事情再发生“枪毙”。当然说归说，真的枪毙唐春秋还不至于。唐春秋能当上旅长，在天茱山梅山能做一方诸侯，那是花了大本钱的。既然他侯先觉拿到了活动费，他就难保别人没有拿到，更不能保证上峰那里没有唐春秋的靠山。事实上，万德福和陶冶亘之死，唐春秋心中一本清账，那是严楚汉从云舒庄园回来之后，根据“老头子”的指示，进行的“清洗活动”的一部分。已经有确凿证据，万德福和陶冶亘不仅贪赃枉法，而且同日军谍报机关有来往。倒霉的是，一二四团一名排长带领二十人携枪离队，却是因为独立旅和一二四团长官一直抗战消极，这一帮子人扛着枪回家打鬼子去了。对此唐春秋痛心疾首，心里一直呼喊，弟兄们，怎么就不能再等等呢？再等等我会让你们看看，我是怎么带领你们打鬼子的，你们一声不吭就跑了，可是把长官害苦了。

严楚汉是在后山巡查中发现了一些军官逛了日军的窑子绿寮苑，而且同汉奸有所来往，这些汉奸不久就被秘密处决了。只有万德福和陶冶亘之死闹出的动静比较大，只好靠行贿来摆平了。严楚汉一边打牌，一边输钱，一边在心里骂，这他妈的什么世道，收拾汉奸还得遮人耳目，遮人耳目还得送钱，送钱还得假装输钱。这个日抗的真是荒唐！

打牌打到半夜，严楚汉看祝道可没有收场的意思，就小心翼翼地请示道，旅副，我是不是可以先走一步，掌握部队，保证长官玩个放心。

祝道可见严楚汉面前的钱已经没了，粗粗一算，这小子今晚大约输了三百块大洋，这个孝敬也就够了。祝道可说，那好，一团之长，脱离部队时间不宜过长，老弟先回吧。路上小心，就输这么点钱，可别想不开啊。

这次方圆庄暗送秋波，祝道可感到方方面面都很顺利，该输给石得法的输了，该请他斡旋的也出手了。大家都是圈子内的人，受人好处，给人铺路，这是亘古不变的规则。不管是帮唐春秋消灾，还是帮自己搭桥，自己都并没有吃亏，这一点祝道可可以放心。但是在第二天返回旅部的路上，骑在马背上，政督员郜逍突然让他吃了一惊，郜逍说，旅副，昨夜打牌看出什么名堂没有？

祝道可说，名堂多啊，不知道你说的是哪方面的？

邡道说，我看严楚汉像个共产党。

祝道可勒住马缰，侧过头去看邡道，说，方政督员，这话可不是随便说的，你有什么依据？

邡道说，我已经有八成的把握了，我们当初在一二五团，我就看这小子像共产党。旅副你别问我要依据，现在有依据我也不会拿出来。等着看吧，严楚汉要不是共产党，到时候你把我的眼珠子挖了下酒。

八

岩下是被七支队扩军工作队抓获的。工作队以抗敌剧社为主，根据“老头子”的指示，在确保安全的前提下，要尽量地到敌占区演出，最好通过内线，让“皇协军”眷属观看。演出的节目有《一条腿》和《汉奸的下场》、《姐妹拥军》等，在人口稠密的月亮岭以北四十里的榆林寨一带，演了四天，场场人山人海。那一带，青壮年踊跃参军，四天就挑选了二百多名。负责警卫和训练新兵的冯存满指挥一个排，对这些新入伍的青年进行简单的教育，交代了事项，就浩浩荡荡地返回杜家老楼，一路上又有不少人等在路边参军，其场面十分壮观。

路过月亮岭北边顾甸的时候，田红叶说，天色还早，这里人多，还可以搞一会儿宣传。大伙都没有意见，说已经有了现成的二百多观众了，人来多少都无所谓，我们就开演吧。

这事说简单就很简单。几个人商量妥当，选择一个场坝，一边着人平整场地，一边敲锣打鼓。场地平整好了，男女老少也就扶老携幼扛着板凳过来了。演出效果自然不会差，演《一条腿》的时候，大家议论纷纷说，就是这么回事，咱们那些狗官，就是被金钱官位拖累了。每人被拖住一条腿，只有一条腿了，怎么能打赢鬼子啊？演到《汉奸的下场》。不少人哭出了声，说咱中国人作的啥孽，让人家这样糟践，还当汉奸呢，你妹子都让人家糟蹋啦，还不赶快找鬼子算账去！

这场戏还没有演完，又过来二十多人要求参军，最后选了五个。有个老太太找到田红叶，怯生生地问，他的儿子在“皇协军”里做事，她要是动员他投奔抗日队伍，能不能保证不杀？田红叶当即表态，不杀。又有一个年轻媳妇过来问，要是他手里有人命咋办，杀不杀？田红叶这就拿不定主意了，东张西望。这时候王凌霄说话了，王凌霄口气肯定地说，也不杀。年轻媳妇不放心，又追问一句，当真不杀？王凌霄斩钉截铁地说，当真不杀。那年轻媳妇眼泪就刷一下出来了，霎时泪流满面，哽咽着说，这下好了，这下好了，孩子他大，回来吧，咱再也不能做那被人戳破脊梁骨的事情了。回来吧，多杀几个鬼子将功赎罪，让你老婆孩子把头也抬起来吧！

这次灵机一动的宣传效果出奇的好。最后田红叶还给几个“皇协军”眷属写了“爱国证”，签上了新四军江淮七支队司令员霍英山和政治委员彭伊枫的名字。

走在路上，田红叶问王凌霄，你怎么说手上有人命也不杀？那媳妇说的人命就是抗日战士的生命，不能饶恕。

王凌霄说，你说不能饶恕，他没有退路，只能跟抗日队伍死战，那样还会增加人命。我说可以饶恕，他放下屠刀，至少可以减少人命。

田红叶想了想说，到底是老革命，政策水平高。

正说着话，顾甸村里又跑出来一个人，是刚刚要报名参军的小伙子，因为对眼没被录取。小伙子追上来说，我有重要情况报告。田红叶等人便停住脚步。对眼小伙子说，你们先答应我带我参军我才报告。田红叶说，你先报告我们才能答应你。小伙子挠挠头皮说，那好，不过你们说话要算话。

对眼小伙子不说还好，一说把大家都吓了一跳！冯存满立马就把驳壳枪擎在手上，咔嚓一声上了膛。小伙子说，咱村有鬼子。

田红叶惊问，有多少人？

对眼小伙子回答，一个。

田红叶又问，在哪里？

对眼小伙子说，是一个病鬼子，在山上。然后用手指了一下。

因为有了敌情，干部就做了分工，田红叶带领两个班，护送新入伍的农民青年先走，冯存满和王凌霄带领一个班去搜寻鬼子病号。

冯存满和王凌霄赶到对眼小伙子引导的那个山坡，显然对方已经有所察觉，老远就看见山上有几个人弯着腰鬼鬼祟祟地奔跑，但是奔跑速度极慢，一个班的兵力很快就将人影包围起来了。这时候他们看见了一个三分像人，七分像鬼的家伙，蓬头垢面穿着已经分辨不清颜色的破破烂烂的鬼子军服，靠在一棵树上，目光呆滞地、视死如归地看着他们。鬼子的前面居然是一个中国农家女孩，女孩睁大了眼睛，惊恐地看着拎着枪一步一步逼近的冯存满，双手护着鬼子，大声喊叫，他不是鬼子，他是个好鬼子，他救了我，求求你们不要杀他。

冯存满把枪口抬起来，瞄向鬼子，继续往前逼近，一边走一边对女孩喊，走开，防止鬼子下手！

女孩仍然伸张双手，一蹦一蹦地护着鬼子说，不，不，他不是鬼子，他是好鬼子。

冯存满疑疑惑惑地停住脚步，回头看了看王凌霄，在拿不定主意的时候，大家都愿意听听这个“老革命”的。王凌霄一掠头发对冯存满说，把枪收起来，我来问问是怎么回事。

见王凌霄赤手空拳，女孩才不蹦跶了。王凌霄走近了，招呼女孩到一边说话。女孩犹犹豫豫地刚离开，鬼子就伸手拄着三八大盖，刚想举起来，却力不从心，软绵绵地倒下去了。

女孩把几天前的事情讲了一遍，王凌霄就明白了。对冯存满说，看来这个鬼子还有点人性，带回去，让他跟河田大尉做伴，这样我们七支队就可以成立一个反战同盟支部了。

然后又和风细雨地对女孩说，他是日本人，老是躲在山里也不是办法，你救不了他。再说他现在身体很虚弱，到了队伍上，我们也可以帮他调养。你放心，我们不会伤害他的。

女孩说，我一家都让鬼子杀了——不是他杀的，他是救我的，是别的鬼子杀的——我也没家了，队伍给我一口饭吃吧。

王凌霄看着这个瘦小的女孩，差点儿眼泪就出来了，摸着她的脑袋说，你叫什么名字?

女孩说，我叫黄花菜。

围观的战士轰然大笑。王凌霄说，有什么好笑的，这个名字难道不好吗?黄花菜，真好听。跟我们走吧。

路上黄花菜告诉王凌霄，家里所有的东西都换吃的喂了这个好鬼子，可还是差点儿把他喂死了。我帮了鬼子，不会说我是汉奸吧?王凌霄说，也许你为抗日做了一件好事呢。鬼子也不全是鬼，其实下层鬼子多数是受蒙蔽才来侵略中国的。有些人一旦良心发现，还会同中国人一条心呢。

王凌霄在讲这话的时候心里就有了主意，要好好利用这两个活鬼子做篇大文章。

几天前彭伊枫带领几个人秘密出山了一趟，第二天回来之后就开支队首长会、作战形式分析会、官兵思想分析会，部队也开始进行战术考核，还对连以上干部进行了战术技术和思想摸底。同时又派出人员，分赴周边几个没有沦陷的城市购买药品和其他与作战准备有关的物资。中央军独立旅的军官同七支队的交往也骤然频繁起来，严楚汉几乎两天一次到杜家老楼，唐春秋还亲自来过一次，霍英山和彭伊枫也分别往返于梅山和船儿冲之间，几匹战马的使用率空前高起来了。种种迹象表明，天茱山上正在酝酿一场重大行动。而这一切，都可能与彭伊枫等人那一次秘密出山有关。

田红叶自从那次出山归来，像是上足了发条的怀表，精力充沛得惊人，指挥抗敌剧社连夜排练新增加的节目，并一再向支队请求要去“皇协军”里演出。“要把抗战必胜的信念灌输给每一个中国人，把拳头攥起来！”这句话成了田红叶的口头禅。在给抗敌剧社做动员的时候，在给新补充的人员讲课的时候，她往往会情不自禁地把胳膊举起来，伸张五指，倏然攥紧，在面前晃动，“把拳头攥起来！”

王凌霄很想知道他们那次进山的情况，当然她最想知道他的情况。可那是绝密的，既然把她排除在这个绝密的圈子之外，那就是不允许她随便问的，这一点她很清楚。田红叶在她的面前，甚至从来没有提起过他们去了哪里，没有提起过云舒庄园。但是她判断出来了，他们就是去了云舒庄园。

把拳头攥起来！

王凌霄也把拳头攥起来了，她不仅把拳头攥起来了，而且把热泪吞下去了。她不知道对她的不信任是从什么时候开始的，是从谁的身上开始的。哪怕组织上对她不信任，都是情有可原的，但是他不能啊！尽管她做了对不起他的事，可是那是为了革命啊，他应该清楚这一点。他的胸怀是那样宽广，他的目光是那样远大，他怎么会被一次误会遮蔽双眼呢？

也许他可以原谅她的误会，但是他不能原谅她的出卖。不管出于何种动机，把自己的爱人，自己的革命引路人出卖了，无论是革命原则还是人间道义，都是不允许的。

怎么才能说清楚这一切呢？当真是剪不断，理还乱。那就索性不去想它，投身到如火如荼的抗战之中，让战火来检验这一切吧。也许会献身，也许会死去，那就结束这一切吧！

作为一个兼职敌工干部，王凌霄为自己找到了支撑点。她决定不再去想过去的事情，她无须忏悔，甚至无须负疚，她只有难过。可是难过不能解决问题，她不能背上沉重的十字架奔赴战场，作为一名抗日军人，她必须轻装上阵。

抓回岩下之后，王凌霄向彭伊枫建议，正式成立“抗日反战同盟”天茱山支部，并同江淮军区“反战同盟会”衔接业务关系。支队首长欣然允许，这项工作就开展起来了。“同盟支部”的成员是被俘的河田大尉和岩下。当前的主要工作就是撰写反战文章，揭露日本帝国主义侵略扩张、把中国人民和日本人民一起拖进战争苦海的罪行。王凌霄的理念是，我们要把拳头攥起来，同时也要让我们的敌人把拳头松开。这个想法让她感到激动，她认为这同样是一个重要的战术，是总体战略的一个组成部分，是对他的呼应和补充。

经过一个星期的调养，岩下的身体基本恢复，他没有想到他会在这个陌生的地方见到河田大尉。见到河田大尉的时候他也没有恐慌，只是好奇。河田大尉的脸色很阴沉，刚见面的时候，像不认识似的，等到“保护”他们的人离开之后，河田大尉说，太过分了，岩下二等兵，我们竟然在这里见面了。

岩下目光呆滞，说，对不起大尉阁下，我杀了荒木冈原下士官。

河田的眼睛立即瞪圆了，盯着岩下咬牙切齿吼道，你说什么？你再说一遍！

岩下说，对不起河田大尉，我杀了荒木冈原。我只是想喝一口热汤。

河田突然向岩下冲过来，抓起岩下的衣领，挥拳就打。一边打一边咆哮，你这个混蛋，你这个败类，你居然敢杀死“皇军”最优秀的下士官，你简直死有余辜！

担任警卫的战士冲了进来，拉开河田，喝道，老实点，坐下！

河田这才悻悻松手，乖乖地坐到自己的位置上了。

中午的伙食很好，有几块猪肉，还有辣子炒毛鱼，每人面前两个盘子。岩下把辣子吃到嘴里，吓了一跳。河田狡黠一笑，往外看看，趁人不备，弯腰走到岩下面前，端起碟子就把辣子往自己的碗里扒拉。河田显然已经适应了这里的生活，不仅敢吃辣子，而且还很上瘾。

之后几天，王凌霄就给他们讲日本军国主义发动侵略战争的本质和战争给中日两国人民造成的灾难，以及日本法西斯的罪行等。王凌霄让河田把每段话翻译给岩下，并严肃告诫河田，翻译要准确，不许捣鬼。河田点头说，是。自从那次突发事件后，河田老实多了，尤其对王凌霄不敢妄为了。

讲了几次后王凌霄给他们布置任务，开始让他们写侵略罪行。河田写了一天只写了三个字：我有罪。岩下根本不会写中国字，在纸上鬼画符，谁也看不明白。王凌霄把那张纸拿给河田看，河田说，这混蛋说，他只想喝一口热汤。

后来王凌霄就不让他们直接写反战文章了，而是写他们现在的想法，写他们的家庭，父母、妻子和孩子。起先都是一些思念的话，回忆过去的时光，写到最后，河田就写出这么一段话出来——这都是战争造成的罪恶，亲人离别，生死难测，眼泪只能往肚子里流。作为占领军我们尚且如此悲痛，想想中国的老百姓，流离失所，家园荒芜，年轻人不断遭到杀害，老人和孩子无依无靠，是多么的悲伤。早点结束吧，让我们日本人和中国人都早日摆脱战争灾难，都能安心地建设自己的家园。我们渴望安宁，我们不要战争……

王凌霄把河田的这篇文章拿给彭伊枫看，彭伊枫又在一次会上念给支队首长听。霍英山大喜说，嘿嘿，我还只当光咱中国出汉奸，他小日本也有日奸。好啊，我们要再接再厉，多抓几个活鬼子，多培养几个日奸，狠狠地长长我们的志气。

彭伊枫说，重要的不是长志气，而是这样的文章可以攻心。如果鬼子都能有河田这样的觉悟，他就不会那么死心塌地为天皇卖命了。

龙文珲说，我看这项工作有价值，应该把文章登在《阵线报》上，想法送到鬼子窝里，给他上演一出陆安州的四面楚歌。

彭伊枫说，我完全赞成龙副司令的提议，这项工作应该尽快加强。鬼子的翻译郑莘禅一直要求到天茱山工作，过去我没答应。现在看来时机成熟了，就让他回到天茱山，协助王凌霄，把这项工作做大。

九

对于江淮“皇协军”一师的众多军官来说，农历七月初二是一个黑色的日子。这一天，先后到达和仍然留在桃花坞的“皇协军”眷属共四十二人，在“皇协军”和方索瓦自卫团各一个排的尾随保护下，乘坐方氏航运公司新购置的游船前往江淮省会庐州观光，突然遭到新四军江淮七支队和中央军独立旅联合特别分队的劫持。特别分队是从水底冒出来的，首先控制了游船的驾驶舱，然后掉转船头，开足马力逆水驶向上游梅山方向。“皇协军”和自卫团的保护兵力多数乘坐后面的油泵驳轮，见势不妙，慌忙转向追击，但是由于驳轮机械老化，转速过快，翻进河中，只好胡乱放了一阵枪马虎交差。

当天下午，跟在游船上的一个中队长和六个士兵就被放回来了，除了给宫临济带来了一封信函，每个士兵身上还背了一捆油印的《阵线报》，其中还有河田大尉写的《我为什么会由人变成鬼》和岩下的文章《我渴望回家》。给宫临济的信函是以新四军江淮七支队和中央军天茱山独立旅联署的名义写的，信中提出：一、必须按照七支队和独立旅的要求，将抗日宣传品送到松冈联队和日军宪兵大队；二、将七支队和独立旅印制的“爱国证”发放到“皇协军”每一个官兵的手上；三、在指定时间将一百条步枪和二十挺机枪、一万发子弹送到指定地方。三条中有一条做不到，即开始“除奸”——拿首要汉奸眷属开刀。

这三条要求不仅让宫临济和有眷属被劫的军官心惊肉跳，而且还把松冈大佐吓得不轻。宫临济之流着急的是眷属被杀，松冈大佐着急的是眷属不被杀。这些人质如果一直活在天茱山，那“皇协军”一师基本上就不可能跟抗日武装作战了。

松冈亲自跑去责问方索瓦，当初说好了的，确有把握这些眷属被杀才实施“抛砖”方案，现在这些人被生擒了去，如何是好？

方索瓦还没有完全痊愈，正在桃花坞“亲善”医院里养伤，下巴上还裹着厚厚的纱布，说起话来瓮声瓮气的——我的计划是在桃花坞实施，引诱抗日武装来袭，在袭击中一面消灭偷袭的抗日武装，一面消灭眷属，然后嫁祸于抗日武装，激起“皇协军”血海深仇。现在看来，抗日武装同我们想到一块去了，但是他的行动提前了。

松冈说，这些人质在天茱山，是一个很大的威胁，必须想办法。

方索瓦说，是的，后患无穷。解决这个问题有两个办法，一是由“皇军”把人质救出来，“皇协军”自然对“皇军”感恩戴德，必拼死相报。

松冈瞪着眼睛说，天茱山抗日武装难道也会像方君这样傻吗，会把人质放在明处让我去抢救？恐怕不会！

松冈终于火了，第一次冲方索瓦发开了脾气。

方索瓦不吭气，满脸愁云，望着天花板。

松冈说，方君，解铃还须系铃人，这事怎么办，你得解决。

方索瓦问，太君的原则是什么？

松冈说，如果不能把人质弄回来，就不能让他们活在天茱山。

方索瓦说，我明白了，还是要借刀杀人。那就用我说的第二个办法，让他们杀人质，让“皇协军”恨他们。

松冈说，是这个意思。

方索瓦说，他们抓了人质，肯定要要挟宫临济。我们把宫临济的路堵死，一条也不让他兑现，激起天茱山的义愤，杀人质顺理成章。

松冈说，应该这样做。

方索瓦说，不仅控制宫临济，还要强迫他去攻击新四军和中央军。

松冈说，这样冲突越来越尖锐了，我很担心宫临济会突然掉转枪口。

方索瓦说，为了防止“皇协军”生变，从现在起，师长和团长都暗中监视起来，让宫临济一刻也不要离开太君身边，斩断他的秘密指挥系统。

松冈说，我这些天我总觉得有什么地方不对劲，“皇协军”跟“皇军”越来越离心离德了。这种情况是从什么时候开始的呢，真是太可怕了。

方索瓦说，不要紧，中国有句话，螳螂捕蝉，黄雀在后。我们都在战争的一个环节当中，决定我们胜负的，就看我们是黄雀还是螳螂。

松冈说，看方君如此胸有成竹，想必已经有了对策。

方索瓦说，据我掌握，新四军江淮七支队司令霍英山搞了个地下粮库，位置在安丰西北部的陶老庄，那里只有一个县大队，都是泥腿子，不堪一击。可以派“皇协军”去捣毁那个粮库，激怒天茱山的抗日武装。

松冈说，如果派去的部队哗变，将如何收场？

方索瓦说，突然出击，他们不会有这个准备。另外，要牢牢控制他们的指挥官。

松冈眯缝眼睛想了一会儿，这时候有一个东西吸引了他，他想到了粮食。那里有多少粮食呢？那个霍瘸子数年如一日惨淡经营，恐怕弄来不少粮食吧？也许有几百万斤呢！“皇军”眼下缺的就是粮食，如果把霍英山的粮食搞来，既可以缓解征集之艰难，又可以给抗日武装制造饥荒，倒也不失两全其美之计。松冈说，好吧，就这样办。即便不能借刀杀人，把粮食搞到手也是一件好事。

方索瓦说，太君，这次行动只能对准一个目的，那就是激怒他们，千万别打粮食的主意。因为弄了粮食，就减弱了挑衅的成分。就是要让天茱山看出来，这是“皇协军”的报复行动。另外，仓促之间，粮食不好运输，反为其累，因小失大。

松冈眯缝着眼睛，很长时间一言不发。自从担任陆安州驻屯军司令以来，松冈的思维世界里充满了两个字：粮食。就像原信经常抱怨的那样，松冈太君越来越自以为是了，越来越排斥部下的意见了。种种一意孤行，许多不聪明的想法，都是因为粮食所致，粮食将会把松冈大佐由一个卓越的军人变成婆婆妈妈的粮食贩子。当然，这话只能在背后说，当着松冈的面说，恐怕是要挨耳光子的，尽管他已经晋升为中佐。

委实，在考虑这次行动的时候，促成松冈下决心的，就是粮食。可是方索瓦却劝他放弃粮食，这就难免让松冈犯踌躇，难免不甘心。但想来想去，松冈最后还是决定忍痛割爱——是的，有比粮食更重要的事情要做。

宫临济为七支队和独立旅的联合通牒伤透了脑筋。把宣传品送到日军营房，虽然冒险，但是并非难事，派夜间巡逻队往大街上一撒，可以勉强交差。发放他们的“爱国证”，更可以虚晃一枪，反正独立旅和七支队也没有办法验证。

天大的难题是往天茱山送枪送子弹。

召集团长们开会商议，三团团长翟向贵提出，可以向松冈大佐明说，为了救人，请允许送一点破枪。二团团长常相知说，与虎谋皮，万万不可。松冈恨不得让抗日武装把眷属们都杀了，断了我们的退路，好让我们死心塌地地跟着他干，他绝不会同意我们送枪。

商议来商议去，商议出一个不是办法的办法——拖，派人同抗日武装联系，前两条照办，送枪的事情很棘手，从长计议，见机行事。

常相知还提出，为了让抗日武装领会我们的诚意，可以把他们送来的宣传品在陆安州城内广为散发，陆安州城内必定有他们的内线，会向他们报告的。

宫临济说，那这件事情就交给常老弟，抓紧办，稳妥地办，不能让宪兵大队抓住。

常相知说，现在只能冒险了，舍不得孩子套不住狼啊！

第二天，陆安州城里就出现了许多抗日宣传品，有的甚至还到了日军军官的手里，一时间搞得人心惶惶。

十

次日，“皇协军”一团团长马甫金奉松冈之命，率领两个中队进入安丰县城，此地距离陶老庄不过三十华里。马甫金以下的官兵都不知道这次行动是干什么，就连师长宫临济，也是在马甫金率部出发之前才由松冈亲自告知的。

宫临济一听说松冈派他的部队去劫霍英山的粮食，骇得魂飞天外，一连声说，怎么能这样啊，这不是把我往火里推吗！四十多个眷属还在他们的手里，磕头都来不及，怎么敢去扒坟呢？

松冈好言安慰说，不要紧宫君，“皇军”就是考虑到贵军眷属的安全才组织这次行动的。不仅弄粮食，还要狠狠地打击他们的气焰。我们越硬，他们越软，我们越软，他们越硬，就是这个道理。

宫临济见事情已经不可逆转，只有仰天流泪的份，不过心里也存了一份侥幸，希望通过武力能够把天茱山抗日武装镇住。

现在，松冈比较信任的“皇协军”军官只剩下马甫金了，马甫金再一次得到松冈的承诺：两个月之内，一定要想办法把宫临济换掉，让他当师长。出发前松冈一再交代，此事非同小可，一定要秘密行事，确保成功。马甫金信誓旦旦地说，请太君放心，不成功便成仁！

马甫金也有自己的小算盘。不成功便成仁？成仁个蛋！不成功老子就脚底抹油，溜他娘的。他已经把自己的细软偷运到原籍，后路也就有了，他犯不着为松冈卖命。如果这次行动遭到顽强抵抗，或者被意外伏击，他只能无功而返。现在，他也看出来了，松冈联队正处在困境，越来越空虚了。老子打不过，还不让跑？当师长还是个空头支票，师长还没当上就让老子送命，老子是不会干的。

月黑风高之夜，马甫金的队伍摸到了预定位置陶老庄。他不知道松冈是从哪里搞来的情报，很准确。粮库在陶老庄西头的一座山神庙里，只有两个“土神仙”——道士看门。原先有江淮七支队安丰县大队赵三元手下一个中队驻扎在陶老庄，现在这个中队已经到杜家老楼参加整训去了，整个陶老庄只有十个民兵负责夜间巡逻。因此马甫金对这次行动充满了信心。但是就在他的队伍快要摸到山神庙的时候，被夜巡的民兵发现了。民兵是当地武委会组织的，根本没有作战经验，发现情况就大声吆喝，吆喝几声没有回答，“啪”的一枪就打了过来，正打在一个“皇协军”的膀子上，受伤的“皇协军”哇哇大叫，顿时枪声大作，埋伏在庙门前的往南边打，南边断后的往北边打，打了七八分钟，双方各有伤亡。

马甫金这次到陶老庄来，可不是来打仗的，明知这里的抗日武装不堪一击，仍然无心恋战，喝令两个中队长，将庙门砸开，居然没有发现守门的“神仙”。马甫金也顾不上多想，命令手下找粮食，果然在两间偏屋里找到了粮食。马甫金灵机一动，让人拖出来三袋，准备回去向松冈报功，其余的浇上菜油，一把火烧了。

据后来马甫金手下的中队长描述，那里的粮食真多啊，像山一样，不仅庙里有，院子也有，后面的洞里也有。那夜的火真大啊，烧得半边天都是红的，粮食在火中飞舞，空中都是爆米花的香味。看庙的“神仙”看着漫天大火，哭着喊着扑进火海，转眼就升天了，连骨头都没有留下。那些亲自赶赴陶老庄亲眼目睹这场大火的士兵，在别的士兵面前就多了几分牛皮，也绘声绘色地邪乎说，打从娘肚子里出来，就没见过这么大的火，那村里的新四军，怕有一个营吧，光看这火就吓坏了，打了几枪就跑了。咱们也不敢靠近，就在远远地看着，看着那火腾空而起，烧着烧着就上天了，恐怕连陆安州都能看见，难道你们就没看见？

那些没有去陶老庄的士兵就傻乎乎地摇头，也有几个兵疑疑惑惑地说，好像是看见了。

关于“皇协军”陶老庄烧粮的事情，越传越玄乎。马甫金让人送到驻屯军司令部的三袋粮食，松冈让人打开了，的确是金灿灿的稻谷，堆放在粮库外面的，应该是刚刚收获的新谷吧，放在鼻子下面闻一闻，果然有田野的芬芳。松冈心里笑了，好啊，很快就有好戏看了。对付中国人，还得靠中国人啊！

三天之后，从天茱山传来消息，新四军七支队和中央军独立旅长官正在会晤，可能要对“皇协军”眷属下手。宫临济等人如热锅上的蚂蚁，纷纷到驻屯军司令部请愿，提出两个办法，一是火速发兵，到天茱山抢人，二是允许派代表并带上抗日武装索要的枪支弹药，到天茱山谈判。

松冈一脸悲戚，背手踱步，一副心急如焚的样子，嘴里反复念叨，出兵？没有把握，反而有可能殃及诸位亲眷的安全。谈判？抗日武装出尔反尔，手段毒辣，无济于事。怎么办呢？怎么办呢？

宫临济几乎给松冈下跪了，声泪俱下，松冈太君，你不能见死不救啊！

松冈一会儿走到门外看天，一会儿走到地图前看地形，最后下了决心：马上派出代表，携带抗日武装索要的武器弹药，去谈判。人命关天，事不宜迟。

“皇协军”军官呼啦一下跪在松冈面前，磕头如捣蒜——感谢太君，太君再生之恩永世不忘……哭喊声经久不息。

谈判的代表很快就确定了，是“皇协军”一团参谋长朱嘉平，朱嘉平临走的时候，“皇协军”军官排成两行为他送行，宫临济一再嘱咐，千斤重担都落在你老弟肩上了，你一定要跟他们好好商量，有什么话，从长计议，从长计议啊！常相知也说，朱老弟，千拜托万拜托，全靠你老弟三寸不烂之舌了。跟他们说，我们也记住了，中国人不打中国人，再说，就算我们当了汉奸，父母妻儿无辜啊！

宫临济趁人不备，悄悄地往朱嘉平的手上塞了两个金镏子，低声说，拿着，送他们长官。

翟向贵和常相知、马甫金等人也都纷纷走近朱嘉平，有的往他手上塞金镏子，有的塞元宝，还有的塞条子。转眼之间，朱嘉平的身上就装了至少一斤重的金子。

临走的时候，朱嘉平骑在马上，一脸视死如归的表情，回首抱拳，庄重地说，各位长官大哥请放心，我一定尽最大努力把家眷们救出来，如果他们不答应，我就死在天茱山！

朱嘉平走了，迎着夕阳，带走了“皇协军”军官的最后的希望。

然而，不幸的事情还是发生了。当天夜里，朱嘉平又重新出现在“皇协军”一师师部的门口，滚鞍下马，浑身是血，一见到宫临济就号啕大哭。原来朱嘉平一行十人，押着驮运枪支的马队，刚刚过了隐贤集，就遭到一伙蒙面人的袭击，枪支弹药被悉数抢劫，人员非死即伤，朱嘉平见势不妙，打马就跑，肩上还挨了一枪。

宫临济问，看清是谁了吗？

朱嘉平泣不成声，说看不清，但是有一个旗帜，上面好像是个“捻”字。

向宫临济哭诉完毕，朱嘉平当即昏倒。

宫临济仰天长叹，天不助我，奈何？父亲，你要挺住啊，再给儿一天时间，一定要做个了结。

可是，等不到他做个了结了。第二天上午，天茱山派人送来一封信，信中写道：鉴于“皇协军”言而无信，不仅没有把枪支弹药如期送到天茱山，更为恶劣的是，袭击抗日武装的粮库，烧毁三百万斤粮食，严重破坏抗日，可谓罪大恶极。为了打击汉奸，鼓舞民众抗日斗志，拟将伪师长宫临济之父宫秀才斩首，其余伪职眷属活埋，以儆效尤。

送信的是一名被俘的“皇协军”军官，该军官还向宫临济呈上其父宫老秀才的遗书，是用血写的，只有一句话“养儿不教父之过，死不足惜；教儿不听父无奈，死不瞑目”。宫临济只溜了一眼，就晕过去了。

农历七月初七下午，坐落在陆安州城南三十里铺的江淮“皇协军”一师师部，原陆安州国立中学，里里外外一片“白雪皑皑”。学生会堂的主席台上，摆放着四十二个灵位，一千余名官兵披麻戴孝，低沉的哀恸声此起彼伏。宫临济泪流满面地发表了祭文，松冈和原信等人按照中国礼节向宫临济等人致以节哀抚慰。然后由马甫金登台发出誓师动员——报仇雪恨，哀兵必胜，铲平天茱山！

顿时，口号声一浪高过一浪，甚嚣尘上——

哀兵必胜，铲平天茱山！

报仇雪恨，抓住霍瘸子，活捉唐春秋，为死难的亲人报仇！

……

看着匍匐在地的一片雪白的身影，听着震耳欲聋的呼喊，松冈的心里长长地松了一口气，交代原信，那几个打着“捻”字旗号的浪人，一定要尽快离开陆安州。

第十一章

一

滂沱大雨不期而至，下了两天一夜，淠水河水位陡升三尺。

这是入秋以来唯一的一场大雨，不仅将陆安州小城和树木洗得枝叶光鲜，也把日军交纳粮食的交通中断了。从陆安州到庐州和安庆多数路段是碎石路面，还有一些红土泥路。连续让积水浸泡几天，不仅汽车运输受阻，就连马车和板车也难以通过。

日军江淮派遣军司令部一天一个电报，催运粮食。武汉需要粮食，南昌需要粮食，长沙需要粮食！

松冈派出数路人马勘探路线，但每次都是无功而返。从南，途经庐苏的路线打不通；从北，安丰和寿颍之间的路线一片泥泞。只有水上是通的，然而往西要经过梅山，那里驻扎着新四军江淮七支队和中央军天茱山独立旅，至少有四十里河面在抗日武装手里控制着。

当然，松冈并不畏惧作战，然而他有征集粮食的任务作为负担，就像吕布当年怀里捆着孩子出战，有力使不上，这一点让他比较难受。再有，在天茱山的峡谷和淠水河两岸打仗，也不是他的强项。那里适合打游击战，中国军队尤其是新四军江淮七支队比较擅长。

任凭派遣军司令部一天一封电报，石原次郎一天一顿吼叫，松冈只能望天兴叹。他只能寄托于老天早日放晴。然而天公不作美，大雨倒是停了，毛毛细雨不紧不慢依然不断，很难看出停歇的意思，这雨一时半会儿恐怕还不想收场。

有人欢喜有人愁。

这天早晨，一副软顶滑竿抬到杜家老楼，在彭伊枫和霍英山的亲自护卫下，直接进了作战室小院。唐春秋、严楚汉已经在此恭候多时了。滑竿停下，西装革履的"老头子"钻出软帘，没有看人，摘下墨镜先看天，四下睃巡，然后才仰脸说了一声，啊，还在下雨，好啊！之后才向众人一挥手说，进去再介绍。说完，率先进入充作作战室的杜家老楼堂屋。

进去之后，唐春秋手足无措，不知道该先自我介绍，还是等彭伊枫介绍。"老头子"冲他哈哈一笑说，唐春秋，你个龟儿子，不认识老子啦？

唐春秋立正敬礼——报告长官，国民革命军七十七军天茱山独立旅上校旅长唐春秋向您报到！

"老头子"一挥手，操着一口半生不熟的四川话说，坐下，听我给你摆摆龙门阵。想当年啊，老子的队伍在川陕根据地的时候，回到陆安州来搞军需，公开身份是古井坊大少爷。从贵部购买了一些药品，哪里想到被侯先觉察觉了，派你这个副官来跟我切磋棋艺，其实呢，是为了守株待兔捉拿那个军需官。你小子贼哦，老想看看我的手上有没有打枪的茧子，结果……

唐春秋惊喜地喊道，哎呀长官，没想到是您啊！早知道是您，我也不会费那么多心思猜啊！

彭伊枫说，莫非唐旅座同长官也是故交？

唐春秋说，那是啊！那时候我守在长官的家里等着军需官上门，前后左右都派了兵，可以说插翅难逃了。但是夏侯大少说，他们家待客有一种酒茶，我们也别切磋了，喝茶聊天吧。后来说起了淞沪抗战，夏侯大少就开始给我算账，算算鬼子是多少人，十九路军是多少人，张治中的部队是多少人，上海民间武装是多少人。夏侯大少说，为什么最后还是撤了？因为各打各的算盘，各唱各的调，没有把拳头攥起来！要想打败鬼子，其实很简单，就做一件事情，把拳头攥起来。我那时候也很年轻，容易冲动，一想，对啊，就这么简单。后来夏侯大少说，说起来容易做起来难，明摆着的事情，偏偏做不成。从浅层次看是国民素质问题，可是归根结底是政府的问题，无论如何也不能把账算到普通老百姓和士兵的头上。就像现在，国难当头，鬼子已经占领东三省了，可是你们还在这里"剿共"，这不是亲痛仇快吗？我觉得我要抓的这个人说得实在太好了，一激动，喝了好几碗酒茶。其实后来我也明白这个人是做什么的了，可是心里觉得这样的人不应该抓，就睁一只眼闭一只眼了，喝了几碗酒茶睡了一觉，一觉醒来，早没人影啦。

“老头子”哈哈大笑说，唐旅长啊，本人当年略施雕虫小技，就让你晕晕乎乎，可见手段不同寻常吧？

唐春秋说，那是，长官有胆有识，唐某能在长官麾下抗日，三生有幸。

霍英山也大大咧咧地说，首长，真是有缘千里来相会，我和彭政委在川陕的时候还听首长讲过课呢。

“老头子”说，知道，你霍英山名气大哦，一直到了延安，部队还有人传说你的那句至理名言呢。

霍英山稀里糊涂地问，啥言？

彭伊枫说，首长说的是至理名言，就是那句，天下的文化就那么多，你也学，他也学，那还不都给学完了？我就这样了，省下来给你们学吧。

彭伊枫说完，唐春秋盯着霍英山说，嘿，没想到你老霍还有这么个妙语啊，简直像圣人说的。

霍英山不高兴了，耷拉下脑袋，嘟嘟囔囔地说，你们也别拿我取笑了，我不就是没有文化嘛！没有文化的人，说没有文化的话，有什么好笑的嘛。

“老头子”的表情在刹那间严肃起来了，看着霍英山说，好，霍英山同志，你不要感到委屈。说真的，你这些年的进步组织上一目了然。一个坚持了正义并被实践证明是坚持对了的同志，受到不公正的对待，被迫脱离了队伍。临走的时候把自己仅剩的津贴留给自己的同志，然后单枪匹马，沿途乞讨，联络失散的战友，重新拉起一支抗日队伍。在敌人的围追堵截中不屈不挠，顽强战斗，发展壮大至今天，已经成为天茱山抗日战斗的主力军。难能可贵，可歌可泣，功不可没！我，沈轩辕，中国共产党江淮省委陆安州特派员，中国国民政府江淮省陆安州行政公署专员兼警备司令，陆安州抗日统战指挥部总指挥，代表上述抗日组织和政权，向你致以真诚敬意！

说完，沈轩辕当真站起身来，向霍英山鞠了一躬。霍英山愣住了，看着“老头子”，嘴唇嚅动了几下，泪水夺眶而出，情不自禁地喊了一声，首长！

沈轩辕向霍英山压了压手掌说，霍英山同志，我们还有很多话要说，慢慢说吧。然后又把目光转向唐春秋说，唐旅长，根据我掌握的情况，你们这支部队过去同霍英山的部队不太友好，双方都有责任，但是你们应负主要责任。以强凌弱，以大欺小，看不起共产党的部队。当然，这不是你个人的责任。从我对你的了解看，你是有正义感和民族自尊心的军官，这也是我们努力让你主政独立旅的重要原因。我们希望独立旅在抗日战争中同七支队亲如兄弟并肩战斗，能够做到吗？

唐春秋说，长官，按照您的命令，我们已经将那些亲日仇共的军官做了处理，罪行严重的做了严重处理，内部基本上团结了，对抗战的认识统一了。

沈轩辕说，要继续搞好战术训练，不仅是运动战，你们这支部队，尤其要练阵地战，要有阻挡敌人大兵团轮番冲击的能力。你们上次在大蜀山搞了三道防线，但是那是花架子，我后来研究了你们的战例，最主要的问题就是火力配备得不合理。

唐春秋说，是的，一个太散，一个太远。长官所言深中肯綮，一语中的。

沈轩辕说，除了空间合理配置，时机也很重要。不要受他试探火力的诱惑，不能敌人开炮我们立即就开炮。我们的火炮落后，反应迟钝，他一开炮，你再去寻找他的阵地坐标，计算射击诸元，那就是马后炮了。日军炮击一次，大约两个基数，然后就要转移阵地。所以我们的战术应该把重点放在以火力拦截其转移路线上，迎头痛击，而不是跟在屁股后面撵。这样就能使我们有限的火力发挥最大的效能。那次在大蜀山阻击，我看你们的炮火基本上没有对敌人造成杀伤。与此相似，步兵火力也是乱打一气，难怪溃不成军。

唐春秋忽地站起来了，脚跟一并说，长官英明，切中要害。大蜀山之战，如能有长官这样的指挥，绝不至于败成那样。而且七十七军和新三师至今仍然把战败的原因归咎于兵无斗志望风而逃。其实指挥是一个很大的问题。

沈轩辕说，请坐下。红军有一个经验，叫做打一仗，总结一次；总结一次，提高一次。可以结合大蜀山防御战，也可以借鉴兄弟部队战例，把握日军进攻战术的规律，防守起来才能游刃有余。这其中，提高军官指挥能力，尤为重要。诸位切记，有不可战之将，无不可战之兵；有可胜不可败之将，无必胜必不胜之兵。从国家的角度讲，不能富国强兵，是政府的责任，从一支军队的角度讲，不能审时度势，是军官的责任。成功与否，主要看军官！

唐春秋扶了扶眼镜说，是！

刚坐下又站起来问，这么说，长官已经打算把我们用在防御上了？

沈轩辕说，不错，你反应很快。你们要做好这方面的准备。

唐春秋回答，是！

这次会议开了很长时间。门外岗哨林立。彭伊枫交代组织保卫工作的二团团长李广正和一团副团长冯存满，一只老鼠都不许靠近杜家老楼。

作战室里，蓝色的烟雾笼罩着五个人，霍英山吸水烟，唐春秋抽烟卷，而坐在首席上的沈轩辕则表现出洋派，左手掐着一根硕大的雪茄，抽得从容，甚至有几分悠闲。

沈轩辕说，决战的时机已经成熟了。现在我终于可以向在座的诸位指挥官通报一份绝密内情，介绍一位神秘人物，恢复他应有的身份。

说到此，沈轩辕停顿了一下，神情庄重，目光威严中透着一丝亲切。众人顿时肃静起来，凝神定气地望着沈轩辕。

这个人就是陆安州人皆言之可杀的“汉奸”方索瓦。沈轩辕刚说出“方索瓦”的名字，下边不约而同地一片“啊！”的惊愕声。沈轩辕点点头说，是的，是方索瓦。现在我郑重宣布，方索瓦同志是中共党员、国军陆军中校。他是我的得力助手，过去一直是我的副官。方索瓦同志在陆安州桃花坞所做的一切，都是我布置的，是我们陆安州抗日棋局中的重要的一步棋。方索瓦同志忠实地执行了我的命令，忍辱负重、大智大勇，为我们打入敌人心脏、瓦解敌军起到了不可估量的作用。同时为此蒙受骂名、险些死在自己人的枪口下……

这时霍英山再也坐不住了，望着坐在对面同样惊愕愣怔的唐春秋，禁不住地大声说道，我的天爷，太不可思议了！真是太可怕了！险些闯下弥天大祸……众人皆点头称是，举座哗然。

沈轩辕用手轻轻压了压，待众人安静后说，方索瓦组建的“自卫团”亦是我们的抗日武装，其骨干都是我们自己人。在此次决战中当是一支用险的奇兵。此通报到此为止。目前方索瓦同志身份还没有暴露，请诸位严加保密，不可有丝毫疏忽，决不能再出现上次的误杀事件。

说完，沈轩辕从容地吸了一口雪茄。

唐春秋等众人终于抑制不住纷纷议论起来。脸上无不流露出惊异、迷离，及至惋惜、后怕的神情；继而便是一种钦佩和不可名状的兴奋劲儿。

待作战室安静后，沈轩辕宣布开始研究决战具体方案，由严楚汉执笔记录。

沈轩辕说，进入今年夏末秋初，在各位的努力下，敌我力量对比发生了很大的变化，七支队经过文化整训和战术技术强化训练，已经拥有两个整团的野战兵力；独立旅经过决策层更换和反奸清洗，能够控制的，也至少有两个整团的野战兵力；集结在云舒庄园的殷绍发敢死队，人数和武器相当于一个加强连，战斗力至少相当于一个野战营，加上方索瓦的自卫团以及新近成立的地方区中队、县大队，合起来也有一个团的野战力量。而松冈联队呢，由于久拖不战，也由于我们不厌其烦地开展反战宣传，至少有四分之一的官兵产生了厌战情绪；“皇协军”呢，目前这是松冈最信赖的部队，从现象上看，确实是杀气腾腾，天天叫嚣要铲平天茱山。可事实上呢？

沈轩辕把雪茄往权当烟缸的大碗边一放，拿过彭伊枫面前的算盘，往下拨了一个子儿，再往下拨了一个子儿，抬头笑笑说，我们做最坏的打算，给他最乐观地估计，决战之日，“皇协军”的战斗力是零。如果不给他乐观地估计呢，就是这个“皇协军”，我们让它最后要给松冈挖掘坟墓。

沈轩辕最后说，消灭松冈联队，意义非常重大。一是可以掐断侵华日军江淮派遣军的后方供应，二是可以调动江淮派遣军的兵力，从而策应武汉外围战和长沙会战，三是集中地成建制地消灭一个联队，对敌人震撼大，对抗日军民鼓舞大。因此，这次行动务必充分准备，准备准备再准备，必要时要进行图上联合演练，把战争中各个环节可能会遇到的情况及意外情况，摸得滚瓜烂熟，绝不打无把握之仗。一旦开战，要确保全歼松冈联队。

整个作战会，基本上是沈轩辕在部署，发问，征询意见，然后肯定，再然后拍板。等方案草案成形，一副战争的蓝图已经装在大家的心中。会议快要结束的时候，沈轩辕又特意交代唐春秋和严楚汉说，我最不放心的就是独立旅有个别人，一是心术不正，阳奉阴违；二是手眼通天，上下倒腾。你们尤其要注意，发现此类人物，证据确凿，就采取坚决措施。

唐春秋说，我心里已经有底了。

沈轩辕又说，狠是狠了点，但为了抗日，我们不得不坚决一点。我们的忍耐是有限度的，不可能等所有的人都复苏了爱国之心才去抗日。在抗日这个问题上，谁挡我们的路，我们就砍谁的头！

唐春秋说，是！

沈轩辕又说，在指挥结构上，我是统战指挥部总指挥，国共双方都有正式命令，这不成问题。万一我遭遇不测，接替我指挥的是彭伊枫。你们一定要顾全大局，坚决服从调遣，绝不能在这个问题上丧失立场。我的话，你们可以理解为政治遗嘱。

唐春秋说，请长官放心，彭伊枫同我部关系深厚，官兵皆对其敬重有加，这是一。我和几位主要长官，也包括严楚汉，同彭伊枫先生私交甚密，一致对外应该不是问题，这是二。

沈轩辕说，这样就好。不过，不仅是个人敬重，一定要有组织保障，始终做到名正言顺。

这时候彭伊枫插了一句话说，我们一定要保证首长安全，我们都统一在您的指挥下。

沈轩辕没有回头，却向彭伊枫摆摆手说，愿望是一回事，现实又是一回事。战争是残酷的，是不以我们个人的意志为转移的，有备无患，明确指挥关系，建立牢不可破的指挥体系，这样才能保证我们的战斗不会因为哪一个指挥员出现意外而受到影响，这样做才是科学的态度。

唐春秋说，请长官放心，我唐春秋在，唐春秋是三号，唐春秋不在了，严楚汉是三号，回去我们要写遗书，开战之前我们要宣布代理人。

沈轩辕说，这样很好，就应该这样的，层层交代，层层嘱托，层层负责。抱必死决心，打不死之仗。

沈轩辕是由彭伊枫亲自护送离开杜家老楼的。路上彭伊枫说，一号掌握情况太细了，连霍司令和唐春秋的那些小事都一清二楚。

沈轩辕说，小事不小。为将之道，知人善任。我要是对霍英山和唐春秋不了解，能指挥这两个山大王吗?

二

河田和岩下的情绪基本上稳定下来了。王凌霄找来大量的日军侵华暴行资料，同反正过来的翻译官郑莘禅一起，对河田和岩下进行教育。河田和岩下还分别写了《我为什么会由人变成鬼》和《我渴望回家》，发表在《阵线报》上，通过“皇协军”在陆安州城内散发，对于日军下层官兵震动很大，这项工作据说受到了“老头子”的肯定。

岩下终于乐观起来，很快就融入反战状态，尤其是当那个叫黄花菜的女孩出现的时候，岩下那张丑陋的脸上往往会露出喜悦的笑容。

黄花菜已经正式参军了，分配在“反战同盟支部”给王凌霄当勤务兵。这个农家女孩刚到杜家老楼的时候，就像一株没有肥料的小草，枝叶眼看就要枯萎了，瘦脸黄黄的，头发蓬乱肮脏，没有一点光泽，远看是一个没长开的黄脸婆，近看是一个小叫花子。自从吃上七支队的杂面馍馍，喝上了二米稀饭，突然有了营养，贪婪地疯长，短短个把月，脸蛋就红晕起来了。再让王凌霄带到河边洗了几次澡，整个人就光鲜起来，连小胸脯都有点模样了。

岩下每次看见黄花菜，眼球都会停滞一会儿，脸上的表情很复杂，有时候呆板，但更多的是快乐，有时候还有一点梦幻般地神往。单纯的人儿总是容易满足。

但是河田反复比较大，在王凌霄的面前点头哈腰，一口一个哈依，还经常讨好地出主意，譬如毛遂自荐要给部队当战术教官。王凌霄把河田的想法向彭伊枫汇报了，彭伊枫说，战术训练有教材了，用不着他。再说，用他那一套训练我们的战士，战士们不能接受。还是让他多做一点反战工作吧。

想当教官的愿望落空之后，河田很沮丧，情绪一度低落，原先已经承诺要写一篇《再也不要为骗人的天皇卖命了》的文章，迟迟没有动笔。催急了就说还在酝酿，再催急了，他就说不认识天皇，不知道天皇是怎样骗人的。说这话的时候，河田往往还把眼睛看着房顶，一副傲慢的样子。因为河田知道，他现在已经是抗日武装高级机关注册的“反战同盟支部”成员，不再是俘虏了，王凌霄不能把他怎么样，冯存满之流更不能随便对他动粗了。

更恶劣的是，河田还经常趁人不备殴打岩下。

为了方便警卫，让河田和岩下在一个屋子居住。有好几次王凌霄发现岩下脸上有伤痕，就让翻译郑莘禅询问原因，岩下支支吾吾，说夜里小解撞在墙壁上。后来又发现了两次，不仅脸上有伤痕，脖子上也有掐痕，嘴唇和眼皮还肿了。王凌霄当即把郑莘禅叫来，对岩下进行盘问，岩下还是一言不发，只是可怜巴巴地看着王凌霄。郑莘禅出了个主意说，不要让他讲出来，我们讲，让他点头或者摇头。

郑莘禅问，河田揍你了，对吧？

岩下既不点头也不摇头，一脸茫然。

河田对你很好，是吗？

岩下不吭气。

王凌霄着急了，愠怒地看着岩下说，岩下，难道你还要继续当鬼吗，而且还是一个鬼奴才。人是应该有尊严的，你就这么甘心别人把你不当人？

后来黄花菜出现在门口，拎了一个很大的瓦罐，往大家的茶缸子里倒水。倒到岩下面前的时候，岩下的手情不自禁地往前一伸，但又倏然缩回。黄花菜说，你真可怜。

岩下听不懂黄花菜说的话，但他能够看懂黄花菜的脸色，黄花菜那张有了光亮的脸蛋上充满了怜悯。黄花菜又说，可你是勇敢的，那么一个凶恶的鬼子，你一刀就杀了。

岩下眯缝着被打肿的眼睛，模样很怪地看着黄花菜。王凌霄对郑莘禅说，把黄花菜的话翻译给他。郑莘禅便叽里咕噜地说了一串鬼话，岩下的表情仍然呆滞，但是眼睛里却有了火花。

然后重问一遍：河田揍你了，对吧？

岩下怔怔地看着郑莘禅，再看看王凌霄和黄花菜，终于点了点头。

为什么揍你？

岩下低下脑袋，眼睛看着门坎，看了好一阵子，把自己的目光都看得虚无了，才像是梦幻一般喃喃自语地说，我对不起天皇，我杀了荒木冈原，亵渎了大东亚共荣，没有脸回到故乡。我不该只想我的孩子和妻子，我应该多想想大和民族的利益。我不该抗拒上级的命令，上级的命令代表着天皇的意志。我不该悄悄地把碗里的肉挑着吃了，我应该把它们埋在碗底，悄悄地贡献给河田大尉阁下。在我的生命面临终结的时候，我应该向天皇陛下尽忠玉碎，而不应该继续苟活人间

王凌霄冷冰冰地问，这些都是河田揍你的理由吗？

岩下耷拉起脑袋，不吭气。

王凌霄说，其实下层鬼子也很可怜。有人说，中国军队的士兵，在物质上享受低级动物的待遇；我看日本鬼子士兵，是精神上的低级动物。

郑莘禅说，何止士兵，百姓也受愚昧。

王凌霄说，看来那个河田还是很反动的，但是我看出来了，他并不想死，他为什么不去玉碎？他不仅不想死，还老想吃肉呢。

后来王凌霄把河田的情况向彭伊枫汇报了，彭伊枫意外地问，不是改造好

了吗，不是都写文章了吗？

王凌霄说，是啊，这可能就是日本鬼子和中国人性格上的差异。其实河田骨子里是很卑贱的，有求生的欲望，有享受的欲望，在我们面前甚至可以卑躬屈膝。但是在他的下级面前，尽管已经当俘虏了，他还是要抖威风，以强凌弱，多吃多占，积习难改。

彭伊枫说，那没关系，只要他有求生的欲望，不是坚冰一块，就能进一步瓦解。他作为军官，出现反复也是正常的，你们不要着急，慢慢改造，争取为我所用。

王凌霄提出让河田和岩下分开居住，彭伊枫说，那样会给警卫工作增加负担，暂时还是让他们住在一起。我就不信，河田敢把岩下掐死。我更不信，岩下会伸出脖子让他掐死。

彭伊枫这么说，王凌霄就不好再说什么了。

就从这一天晚上开始，情况起了变化。入夜之后，警卫战士最初听到河田和岩下居住的厢房传来压低的咆哮声，这是河田的声音，后来又传来噼里啪啦的厮打声，但始终没有听到岩下的声音。因为王凌霄有交代，要防止岩下被害，警卫站在后墙问，岩下，有什么情况吗？厮打声蓦然停止，然后传来了岩下的声音，呜里哇啦——大概是我很好没关系的意思。

到了第二天早上吃饭的时候，出现了一个异常情况——河田大尉的半边脸肿了，眼睛也小了一圈。河田大尉在吃饭的时候，再也不像过去那样老是看着岩下的碗，而是低着头，扒拉自己碗里的饭菜。岩下也不像过去那样猥琐了，大黄门牙咬着咸萝卜，很香甜的样子，稀饭喝得很有节奏。

上午郑莘禅告诉王凌霄，昨天夜里河田又动手了，他没有想到岩下会反抗，更没有想到岩下的反抗会那么有力。岩下一声不吭，骑在河田的身上拼命地打，似乎是往死里打。河田向郑莘禅描述时说，太可怕了，岩下恐怕患精神病了，力量出奇的大，大得不正常了。请把我们分开住吧，否则他会把我掐死的。

王凌霄笑道，好，拳头里面出尊严！沉睡的狮子苏醒了，发出了怒吼，野猪发抖了。

这以后，不仅岩下愿意合作，河田也主动地要求多为“反战同盟支部”做点事情，终于写成了《再也不要为骗人的天皇卖命了》，里面写道，在我们日本士兵兵败城下的时候，战死异乡的时候，饥寒交迫的时候，餐风露宿的时候，天皇陛下在哪里呢？他在我们的身边还是头顶？既然是八纮一宇的中心，既然是无所不能的天照大神，他就不应该让我们这些血肉之躯承受刀枪。可是，在我们背井离乡过着非人的生活的时候，随时遗尸他乡的时候，天皇和官僚们却在巍峨的宫殿和舒适的办公楼里，踏着柔软的地毯……为什么要让我们玉碎？人的生命只有一次，又是那样的短暂，可是天皇和政府却驱使我们侵入别的国家，让我们同和我们一样无辜的百姓和士兵互相残杀，为什么这样轻视我们的生命，简直把我们看得像虫子一样……

彭伊枫看了这篇文稿，非常高兴，说还是有文化好，有文化当俘虏都是高级俘虏。这篇文章有说服力……给河田每天加二两肉。

王凌霄不同意给河田加肉，说鬼子搞等级，我们不能助长这种等级歧视，要加都加。

后来达成的协议是，给河田和岩下每人每天增加一个鸡蛋，仍然住在一起，不过不许动武了。

根据岩下的回忆，王凌霄也帮他整理了一篇文章，名叫《请尊重我们的生命》，里面写到了思乡之情，写到了对于天伦之乐的渴望，写到了自己在中国战场上的种种遭遇和内心的痛苦，最后说，我们和中国的士兵百姓都是战争的受害者，我们不能继续受害和加害别人了，我们要生存，我们要和平。天皇和政府把我们变成了鬼，我们要重新回到人间。

这两篇文章由曾见湖刻印到《阵线报》上，再由“皇协军”内线在陆安州散发，虽然没有达到“四面楚歌”的效果，但还是在日军下层官兵中引起骚动。

“老头子”来到杜家老楼的那天，王凌霄是有感觉的。早晨刚刚吃过饭，支队部的部队就集合起来，沿杜家老楼、桂氏庄园和白塔畈一线通道撒开了警戒，接着中央军天茱山独立旅旅长唐春秋和一二五团团长严楚汉也骑马从船儿冲方向过来。王凌霄就知道有重要事情发生了。

但是她被提前告知，要把河田和岩下转移到另外一间封闭的房子里去，那个上午包括郑莘禅、黄花菜以及一个排的警卫人员，只能在院子里面活动。然而，透过桂氏庄园“反战同盟支部”那间瓦房的窗户，她还是从远处的山路上看见了那顶软篷滑竿。她不用打听就知道是他来了，她的目光甚至能够掠过山坡的树木草丛，穿过软篷滑竿的布帘，看见他微微仰起的下巴和深邃的眼睛。

一定是他！

一个上午，王凌霄心猿意马，有几次差点儿遏制不住内心的冲动，想走出这个院子，到杜家老楼去，到他身边去！去向他诉说，去向他解释，争取他的原谅或者继续不原谅。无论他原谅还是不原谅，她都会得到解脱，她再也不会背负那样沉重的十字架了，她的灵魂受尽了煎熬。她把她和他的邂逅设想了许多场面，也许这些设计全都派不上用场，她一见到他，恐怕就会止不住地扑进他的怀里，先把眼泪哭干再说。也许他会推开她，会冷冰冰地问，你是谁？那么她该怎么办呢？不，不会，尽管她伤害了他，但他是绝对不会伤害她的，不仅因为他是男人，更因为他是一个胸怀宽广的男人。可是，他为什么不来找她呢，为什么不派个人来通知她？

她想他肯定已经知道她在哪里了。《阵线报》几乎覆盖了陆安州的千山万水和大街小巷，还有那个名叫《一条腿》的活报剧，更是家喻户晓人人皆知，那上面都有她的气息，他一定心有灵犀。

她最终没有贸然行事，她在等待，她密切地关注从杜家老楼到桂氏庄园的那段路程。每当有一个军人出现，她的心就会怦然而动。中间田红叶还到桂氏庄园来了一趟，她猜想一定是奉命来接她的，可是田红叶只是到庄园的外面，同警卫排长说了几句话就转身离开了。那一阵子她的心头突然涌上了悲怆的感觉，一种被冷落被遗弃甚至被报复的苦涩油然而生。

再往后，她看见一干人等离开了杜家老楼，她的目光紧紧追随那队人影，幻想着奇迹出现，譬如他们突然停住脚步，譬如他身边的彭伊枫惊喜地向桂氏庄园走来，譬如他们全部转向她这个方向……在出现幻觉的时候，她甚至站了起来，整了整军装……

最终，她没能控制自己，冲出门外。她从桂氏庄园西边的那条小路抄了过去，很快她就接近了他们……但是她没有靠前，而是躲在一棵大树的背后。在大约一百多米的距离上，她看见了他跟在滑竿后面的身影，尽管离得很远很远，但她还是明白无误地看出来，那是他，千真万确是他！颀长，威严，步履从容……她几次遏制了扑上去的冲动，就那么眼睁睁地看着他们向山下走去……

蓦然，她看见他停住了步子，并且回过头来。她掐了一下自己的掌心，有真实的疼痛——这不是梦，他一定是察觉到她了，他就要向她走来了。心有灵犀啊，心心相印啊，他怎么能感受不到她的存在呢？啊，他仰起了脑袋，他在注视杜家老楼……

她明白了，他并没有看见她。他是回首向杜家老楼，向这支活跃在抗日一线的七支队司令部注目告别，然后，他转过了身子。

那一瞬间，绝望像浪涛一样向她袭来，她在不知不觉中发出了一阵悲恸，她没想到这声悲恸会产生那么大的动静，她看见护送他的那些战士“刷”的一下摆开了阵势，一下子围成了一个圈，把他紧紧围在中间，外面至少有三层人墙。接着就传来厉声喝问：什么人！她顿时手足无措，脑子里一片混沌，不知道该如何应对这突如其来的局面。她屏住呼吸，慌乱地等待事态的发展。

可是，什么也没有发生，他隐隐约约地听见彭伊枫给警卫人员下达命令：李团长护送一号下山，冯副团长带一个班到对面看看，是什么动静！

然后她看见二十多名战士簇拥着他，走了，走了，他再也没有回头。

直到这时候，两行热泪才滚滚而下……

三

下午，天色见亮了一点。

从方家大院到方蕴初墓地，要走五里山路。方索瓦和方明珠在前，翟维新和宋诗芩在后，沿着碎石山路向半山坡走去。空气好极了，雨后的小蜀山翠绿一片，雨水汇成小溪，从山坡的褶皱处欢快地流淌。阳光从云层的缝隙里喷射下来，落在树林中，落在溪流上。从脚下的山坡看对面的山峦，竟然溅起一串一串虹环，似乎伸手可触。

遍地桂花，遍地金星，香气袭人。

方索瓦说，明珠，景色好吧，秀色可餐啊！

方明珠抬头看了看，心不在焉地嗯了一声。

方索瓦停住脚步说，天气真好啊，秋高气爽！

方明珠再嗯一声。

方索瓦的心情似乎很好，脸上的绷带全拆除了，虽然嘴角上留了一条很长的伤疤，但是破相而不难看，反而显得几分刚毅。

方明珠闹不明白，二哥为什么会有这么好的心情。自从方家成了汉奸家族之后；她的感觉一直是在老鼠洞里过日子，心情永远都是灰暗的。但是二哥不，二哥对于他所做的任何事情似乎都充满了激情，压根儿不在乎别人怎么说。不止一次，方明珠在心里寻找一条摆脱汉奸生涯的路，但是每次想同二哥商量，一看二哥那踌躇满志的样子，她就说不出口了。因为她无法证明自己比二哥更正确，甚至无法证明她的人格是否比二哥高尚，尽管二哥已经成了陆安州天字第一号的汉奸。

父亲的墓地到了。

不年不节的，在这个时候到父亲的墓地来，而且二哥还特意叮嘱邀请翟维新和宋诗芩一起来，也是方明珠弄不明白的事情。

自从方索瓦遭到狙击负了重伤之后，父亲的墓地就宁静了许多，松冈已经有很长时间没有组织“皇协军”军官和“皇协职员”过来瞻仰了，墓地上因此也没有臭鱼头烂袜子了。经过雨水的冲洗，墓地四周的鲜花和花篮以及墓碑前的祭品，一片狼藉。

方索瓦走进墓地之后，一言不发，弯腰动手清理垃圾。方明珠向两个同学看了看，大家没有说话，都照着方索瓦的样子捡拾墓地周围的杂物。等墓地收拾干净了，方索瓦又拿出一块抹布，擦拭水泥圆顶，然后擦拭墓碑。方索瓦在做这些事情的时候，神情专注，面无表情，但是方明珠看见了，二哥的眼睛里充满了泪水。等擦拭完了，方索瓦旁若无人地走到墓碑前面，不顾泥泞，扑通一声跪下了，匍匐在墓碑前，嘴里念念有词，但是方明珠和她的同学都听不明白。等方索瓦起身的时候，已是泪流满面泣不成声，胸腔里发出嗡嗡的嘶鸣声，脸上出现了痛苦的表情，以至于嘴角都有些扭曲了。

方明珠就在这时候，感到了一种揪心的疼痛。她似乎隐隐地窥探到二哥的内心，那里似乎正在翻江倒海，二哥的内心一定盛着天大的委屈。

方明珠也跪下了。

良久，方索瓦止住哽咽，站起身来，招呼方明珠和她的两位同学说，对不起，我失态了。

然后带头走到墓地旁边的亭子里，在八角凳上坐下了。待众人坐定，方索瓦擦擦眼睛对翟维新和宋诗芩说，对不起二位，今天把你们请来，是想让你们二位参与我的家事。因为将近一年来，你们几乎目睹了方家的一切变故。

翟维新的嘴巴动了动，但是什么也没说。

方索瓦说，明珠，我知道，这些日子，你的心里充满了疑问和怨恨，也充满了困惑。因为在我的操纵下，好端端的一个方家，一夜之间变成了陆安州最大的汉奸家族，连死去的父亲都蒙受了奇耻大辱。你的心，也许碎过，也许死过，但是，你没有违背你二哥的意志。你一直被动地、惶恐不安地接受一个又一个让你难以接受的事实，尽管你有千重疑虑万重困惑，但归根结底，你始终跟着二哥忍辱负重。正是因为你把二哥看得很重，你太相信二哥了，才使二哥的计划圆满地实现。妹妹，现在我可以告诉你了，我们当汉奸的日子就要结束了，那种蝙蝠洞一样黑暗的生活就要结束了。

方明珠目瞪口呆地看着方索瓦，二哥，你……

方索瓦摆摆手说，明珠，听我说，今天，这一切都该了结了。这样吧，我从一个故事讲起。

这是下午，秋风微凉。墓地四周的林子有轻微的树叶抖动的声音，把亭子衬托得更加安静。方明珠定定地看着方索瓦，翟维新和宋诗芩也一动不动地看着他。

明珠，还记得当年我去考黄埔军校的时候，我们兄妹说的那些话吗？你问我，二哥，你为什么要当兵呢？我是这样回答的，我们方家什么都不缺，不缺钱，不缺地，不缺人丁，可是就缺安全。那时候我天真地以为，我考上黄埔军校，当上军官，我们这个虽然富足但永远被人盘剥的家族，就会升腾一股刚性，别人就不敢轻易欺负了。可是，入校之后，受过教育我才知道，受盘剥的并不仅仅是我们方家，生活在社会底层的民众，比我们要惨得多，你简直难以想象他们有多么贫穷，有多么无助，他们的生命就像草一样轻贱。更重要的是我明白了一个道理，个人的强盛，并不能从根本上改变社会，如果像我当初设想得那样，当一个军官甚至一个将军，完全可以做到，那样的确可以保护方家财产不受掠夺。可是那样的话，我凭借的又是什么呢？强权！那样我就成了强权政治的一个分支。基于这种认识，我在学校参加了共产党。我之所以参加共产党，当时有两个看法，一是共产党信仰民主，提倡人民当家作主。二是共产党当时在学校是弱势，是被排挤的一族。我知道，在强权政治下，凡是被排挤的，都是信仰开明政治的。

方明珠说，我们后来听说你在江西“剿共”的时候失踪了，并不知道那时候你就是共产党。

方索瓦说，好，我们长话短说吧。在江西，我是以失踪的名义回到红军的。一位从陆安州走出去的红军首长，因为要执行特殊任务，点名让我当了他的助手，然后把我派回到中央军，在蒋廷翰的部队里担任侍卫连长。后来我协助这位红军首长完成了对蒋廷翰部队的策反工作。全面抗战爆发后，我又随着这位首长到李宇煌部队进行抗日活动，我一直是他的秘书和副官。这之后许许多多错综复杂的经历，在这儿就不细说了，容我今后有机会再跟你讲。

方明珠睁大着眼睛，愣愣地点了点头。

方索瓦说，好，我接着往下讲，去年八月，正当日军攻破庐州城、正在筹备进攻陆安州之际，为了加强陆安州防务，同时也为了收拾陆安州的局面，李长官力排众议，任命首长为陆安州行政公署专员和警备司令。首长受命之日费了一番周折找到我，向我交待了任务。我们分别从淮北和苏北两个方向向陆安州进发，我最先到达。在桃花坞出事的前一天，我就到达陆安州了，接上了地下党关系，得到了一个让我震惊的情报：日军在攻下陆安州之后，将把此地作为南下西进的战略基地，建立驻屯机构。特务机关为了奠定驻屯陆安州的基础，将在陆安州物色各类倒戈人物，成立“亲善商会”乃至“亲善政府”。就在这个时候，先期活跃在庐州的日本浪人抓到了一名进步青年学生。浪人当着这个学生的面将两名妇女乱刀捅死，吓唬这个青年。这名青年的意志崩溃了，表示只要活命，就停止抗日活动，而且可以为日本人效劳，并且还交代了他即将护送同学方明珠回到桃花坞动员方父逃难的事情。日本浪人为了控制这个青年，让他写了一份保证书，交给他一笔经费……

等等！方明珠失声尖叫，并且像弹簧一样从翟维新的身边弹出，扑到方索瓦的面前——二哥，你说什么，他是谁?

方索瓦若无其事地看了翟维新一眼，翟维新已是面色惨白，额头上渗出细密的冷汗。宋诗芩也恐怖地看着翟维新，将屁股挪到一边。方索瓦淡淡一笑说，明珠，小宋，别怕，听我说完。后来，这个青年就陪着我的妹妹回到了桃花坞，导演了一场所谓江淮保安团抢劫桃花坞、日军保护桃花坞良民的闹剧，目的就是收买方家和桃花坞的人心，作为汉奸模范控制区。但是，他们在密谋这件事情的时候，哪里知道，我和地下组织的同志也在积极准备。我选择了一个恰当的时机出现了，虽然我没有能够救活我的父亲，但是，父亲却帮了我……方明珠又发出一声惊呼，猛地站了起来，一只手捂着嘴，一只手指着方索瓦，结结巴巴地说，这么说，父亲他，他是……

方索瓦说，这是一个离奇而又复杂的故事。在父亲弥留之际，我只做了一件事情，那就是动员父亲说出那句话：桃花坞挂太阳旗。我恳求父亲，相信他的儿子，这是为了取得日本人的信任，让我顺利打进敌人内部。父亲起先犹豫，剩下最后一口气还反复追问我是从哪里回来的，一定不能做卖国求荣的事情。后来父亲说，孩子，我就信你一回吧，好自为之啊……父亲，我对不起您啊，我没有能够把您救下来，而是利用了您那一句话。自古忠孝不能两全，为了抗日救国，父亲您就背一阵黑锅吧……

方索瓦泣不成声了。

方明珠仰天洒泪，突然冲到翟维新的面前，大声质问，你说，那个把江淮保安团和鬼子引到桃花坞的青年是不是你？

翟维新的脊背已经塌了，扑通一声跪在地下，是我，是我，我也是不得已，明珠，我爱你，我不想死啊！

方索瓦说，正是因为有了父亲那句话，这场戏才演得逼真，我才取得了松冈的绝对信任。以后的事情你们也许已经猜到了，按照那位首长的指示，我在桃花坞建立了自卫团，搞到了一批武器，同时我们同天茱山抗日武装遥相呼应，屡次离间日军同“皇协军”的关系，到了现在，松冈联队已经完全孤立了，同松冈联队决战的时机已经成熟，我们的父亲，他即将恢复名誉。九泉之下，倘若父亲亡灵有知，一定会原谅儿子的。

翟维新仍然跪在地上，他的精神已经彻底地垮了，一副死猪不怕开水烫的表情。方索瓦，方二哥，你杀了我吧！斯文扫地，脸面丢尽，生如死啊，你杀了我吧！

宋诗芩说，怎么会这样啊，这到底是怎么回事啊？

方明珠说，二哥，你打算把他怎么办？

方索瓦说，小翟你起来吧，我没有打算杀你。起来，我会让你找到斯文和脸面的。但是，你想当我的妹夫，已经完全没有可能了。

四

自从严楚汉从云舒庄园回来、唐春秋和严楚汉到杜家老楼参加了一次秘密会议后，就发现身后有些若隐若现的阴影。

唐春秋说，嘿嘿，老子这个屠夫还没有动手杀猪，竟然有人动起了屠夫的念头。我看我不先下手还不行了呢。

话是这么说，但是真的下手也不是容易的事情，因为秘密组织监视唐春秋和严楚汉的，涉及到两个人，一个是旅部政督员邡逍，一个是旅副参谋长劳玉军。这个级别的军官，都是在侯先觉那里挂上号的，不是谁想收拾就能收拾的。唐春秋给严楚汉和孟秋交代了三个步骤：一、抓真凭实据，一次性解决；二、抓莫须有，从无到有；三、创造莫须有，先无后有。

劳玉军担任过嫡系团的团长，因为过去紧跟栗统飞，属于派系人物。唐春秋就任旅长后，将其调离要害位置，此人倒并没有表现太多抵触，在旅司令部也很尽职，对唐春秋也很恭敬，有些看不透。加之劳玉军也出身黄埔，军事上很有一套，如果没有破坏抗日的实据，唐春秋是不忍下手的。

但对于邡逍，唐春秋就没这么客气了。

唐春秋的旅长位置稳固不久，天茱山独立旅收到七十七军侯先觉的一份秘密指令，称：陆安州共产党活动日益猖獗，新四军七支队利用抗日的名分，紧锣密鼓地扩大武装，加强对独立旅的渗透，已经形成左右陆安州战局之势。独立旅长官务必站稳立场，谨防鹬蚌相争，渔人得利之悲剧发生。令你部于近期开展一次“洗脑”运动，自下而上自查互查。对于同新四军交往甚密者要严格审查，必要时可以采取非常之手段，确保独立旅不为赤色污染。

这份电令由旅部机要室接收，但是阅件人却规定唐春秋和邡逍同阅。唐春秋一看就明白了，这一定是邡逍做了手脚。这狗日的自从来到独立旅，对于抗日没有一点兴趣，而将全部兴趣都集中在整人上面。成天不在旅部，到各团转来转去，像狗一样东闻西闻，而且搞突然袭击。对此，一二六团团长林用树和一二五团团长严楚汉都有反映。

当天，唐春秋就召集严楚汉和孟秋商议。严楚汉说，这份指令是公开的。邡逍已经放出话了，说独立旅现在不是侯先觉在指挥，也不是李宇煌在指挥，而是共产党在指挥。独立旅的共产党多得像虫子，伸手一抓能抓一把。不知道他背后又做了多少文章。

唐春秋说，这小子老是惦记我的后院，如何是好？“洗脑”运动，我该如何动作？

严楚汉说，我看这是个机会。

唐春秋问，此话怎讲？

严楚汉说，旅座在这个问题上可以把姿态放高一点，这件事情委托邡逍全权办理。邡逍急于向侯先觉表功效忠，势必要大干一场。他要大抓证据，我们就给他弄点假证据，让他放开手脚地抓，抓到一定程度，再来出他的洋相。

唐春秋沉吟说，这也不失为一个办法，让他得意忘形。但是有一个问题，让他放开搞，容易把部队搞乱，搞得人心惶惶。不过，沿着你这个思路，我们可以设计一条。

孟秋一拍脑门说，我明白旅座的意思了，欲擒故纵。

唐春秋说，一、让他搞；二、让人搞他。

果然，当唐春秋在旅长官会议上把侯先觉交代的“洗脑”工作郑重其事地托付给邡逍之后，邡逍受宠若惊，甚至有些惶恐不安。这小子吃亏就吃亏在过于急切，他太想表现了。当然，这也难怪，在天茱山独立旅，虽然名义上他这个政督员同副旅长是一个级别，但是祝道可和过去的万德福都是独当一面，一个管作战训练，一个管军械军需，稍微大一点的事情唐春秋就亲自过问。唐春秋和两个副旅长都不把他放在眼里，他就更没有地位，成了聋子的耳朵——摆设。旅部长官们能够带他打打牌喝喝酒，就算给他很大的面子了。倘若哪个团里有什么把柄被他抓住，他就会要挟，那就不仅是请吃饭请打牌的问题了，请逛窑子也不行，那是要大出血的。政督员无论是政治前景，还是经济利益，都来自于整人，你不让他整人，既挡他的官道，又断他财路，他自然不会甘心，自然要千方百计有所作为。但是，过去有唐春秋在上面罩着，对部下姑息纵容，他处处受到掣肘，因此受了不少窝囊气。现在唐春秋不知道开了哪一门窍，居然全权委托，并要求各位旅、团长官予以支持，这简直是广开财路啊！

事实上，邡逍并不想得罪唐春秋，连祝道可他都不想得罪。他之所以积极地向侯先觉打小报告说独立旅思想左倾、赤化现象严重，目的就是为自己开辟广阔的战场，他不能老吃白饭啊！

现在好了，他终于有了舞台。他很清楚，要想从独立旅各团找出百儿八十个亲共分子，易如反掌。到那时候，一种可能是唐春秋和各团长官不想把事情闹大，息事宁人。那样的话，唐春秋就要买他一个人情，各团就要破财消灾。他是个明白人，这些钱他不会独吞的，他会拿出三成甚至五成孝敬唐春秋。否则，那就是泥棍子敲锣，一锤子买卖。

连续几天，邡逍奔波于三个建制团和特务营、工兵营、炮兵营，接二连三地找基层的政督骨干谈话，发动，调查。很快就把火烧起来了，举报信像雪片一样飞到邡逍的手中。但是邡逍很快就失望了，这些举报信大多举报某某营长喝兵血，某某连长虐待士兵，某某长官克扣军饷。邡逍忙活了好几天，挖出的真正的亲共分子并不多。

被举报最多的是一二五团副团长蒋广眠。但是经过一番调查，邡逍哭笑不得，蒋广眠根本就不是什么亲共分子。因为这个人除了会说空话，就是喝兵血，打仗狗屁不通，拍马溜须无所不用其极，口碑很差，人缘很差。所以众口一词说他是亲共分子——希望长官严肃惩处。

邡逍没想到唐春秋交给他的“洗脑”工作会搞成这个样子。他最怀疑的亲共分子是一二五团团长严楚汉，可偏偏事与愿违，反而搞到了严楚汉的绊脚石身上，为严楚汉扫除了障碍——唐春秋拿到这些证据，二话没说，就让蒋广眠停职反省了。

邡逍思前想后，终于明白了，这是唐春秋设好的圈套引诱他往里钻呢！

为了交差，唐春秋将计就计，把蒋广眠等二十多个莫名其妙的“亲共分子”办了一个训诫班，实际上就是软禁起来了，让邡逍天天去讲“三民主义”和蒋委员长的新生活运动。这些人被罢了官，没了权，也浪费了许多克扣军饷的机会，伙食还搞得很差，对邡逍无不恨之入骨。邡逍天天面对的都是凶神恶煞一般的目光，老是担心这些人有一天会打他黑枪。

几天后，唐春秋接到“老头子”的指令，也是要对部队进行思想清理，在人事调整和强化战术技术的基础上，加强爱国保家意识教育，一定要确保部队有高昂的斗志，抱必死决心和必胜信念。之后，田红叶带着七支队的抗敌剧社，走遍了独立旅的各个团队，演出《汉奸的下场》《一条腿》等节目，王凌霄还带着河田和岩下到独立旅进行现身说法，揭露日本侵略者利用所谓的“天照大神”，愚弄蒙蔽日本百姓和军人的本质，两个日本军人声泪俱下地说，其实我们都是牺牲品，来加害中国百姓，完全是被奴役和驱使的。抗敌剧社和“反战同盟支部”所到之处，受到热烈欢迎。

官兵们过去只知道日本鬼子厉害，但是不知道他为什么厉害；只知道我们打仗不行，但不知道为什么不行。看了《一条腿》，大家明白了，我们不行，是因为大家没有团结起来。军阀们为着自身利益的驱使，鼠目寸光，明哲保身，结果把大好河山弄得一塌糊涂。鬼子厉害，是因为鬼子受着欺骗和蒙蔽，大家都把自己当作神，当着救世主。那层面纱一旦揭开，其实都是血肉之躯，没有谁能刀枪不入。面对面，个顶个，中国人不比鬼子差。尤其是河田和岩下揭露的南京血案真相，把官兵的仇恨激发到了一个随时燃烧的临界点上。

经过方方面面的动员教育和人事调整，独立旅的状况大为改观，官兵关系也比过去亲密多了，由过去唉声叹气闭口不谈作战，到主动研究鬼子的战术。一时间，在天茱山西部半壁河山，群情激昂，抗战的意志就像狂风一样，在梅山方圆几十里的山林上空盘旋。

五

这个秋天让松冈大佐感伤。

第一场秋雨断断续续下了半个月，晴一天，阴两天。刚刚有了一个星期的整块晴天，松冈便命令“皇协军”出动两个团，配属日军秋野大队，到寿颍、庐舒征集民工，抢修被山洪冲垮的路段和桥梁。然而，刚刚把民工组织起来，土石还堆在路边，又下起雨来了。而且这次下得很怪，那雨说大不大，说小不小，下下停停，停停下下，让你做不成事，也收不掉兵。

这是什么意思？看样子这不是天公不作美的问题了，而像是天公在故意找茬呢。这是个不祥的征兆啊，历来大军作战，将帅是很看重天气的，影响的不仅是行动，更重要的是会影响到心理。

松冈最初对这段时间的天气产生恐惧，是在陆安州城南的摩青塔上，这是他第六次登上摩青塔。摩青塔傍淠水河而建，第一次登塔，是刚刚打进陆安州，那时候站在七层护廊上，往南，是浩淼东流的淠水河和河岸上姹紫嫣红的野花；往东，远处是大小蜀山黛绿色的山脊，近处是淠水河转向留下的广袤的河滩；向北，看不见的是安丰、寿颍的山山水水，看得见的是陆安州小城鳞次栉比的青黑色的街面。

那时候松冈大佐喜欢往北看，视野里是典型的江淮城镇风格，街道不宽，楼房不高，平房是多数，民居摩肩接踵，错落有致，有些房屋还依山傍水。城内有几条小河穿梭，河面上有船只来往，远远看去，在拱形石桥的下面鸭子凫水一样穿行。时下陆安州还没有用于交通的汽车，这些小船就承载交通运输的任务。松冈喜欢看熙熙攘攘的人群，凡是有人在为生计奔波忙碌的时候，也是

“皇军”可以松一口气的时候。

那时候松冈不喜欢向西看。天气最好的时候，从摩青塔上往西看，也只能看见天穹下面一溜苍茫的山脊。但是松冈不这样看，他能从那山脊下面看出许多东西来，譬如刀枪林立的城垣，剑拔弩张的军队，昂首挺胸的土炮。还有那些虽然只穿着草鞋、然而却不停地奔跑的趾头粗大的中国农民的双脚——那里是天茱山，是抗日武装的天下。

这个秋天的下午，松冈大佐站在摩青塔七层的护廊上，既没有第一次踌躇满志的喜悦，也没有前几次“一览众山小”的胸怀，而是充满了焦灼和恐惧。天气阴得厉害，中雨不停，云层低暗。今天从这里看出去，南边的淠水河像是一条停止不动的巨蟒，死气沉沉又散发着霉烂的气味。俯瞰塔北小城，似乎被雨水浸泡得松软了，甚至跟雨水融为一体了。雨水落在黑色的房顶上，腾起一层水花，整个小城的上空，只能隐隐约约地看见晃动的水雾。而往西看，现在什么也看不见了，烟雨茫茫，水天一色……松冈感到他的触觉和他的视野一样被封闭在无处不在的潮湿之中。

秋风秋雨愁煞人。孤独和恐惧像淠水河的水，慢慢地上升，溢过灵魂的堤坝，在陌生的原野里四处游荡。

他不知道宫临济他们此刻是怎样一种心情，但是他们肯定不能体会他的孤独和恐惧，自然他也不能让他们窥探出他的孤独和恐惧。所以他只让他们在底层等待，而独自登上七层。直到孤独和恐惧狠狠地向他袭来的时候，他才意识到，他今天来到摩青塔完全是鬼使神差。什么意思？来凭吊小城逝去的历史，还是来向小城告别？无论是哪一种倾向，都让人振奋不起来。

上午又接到石原次郎的电训，六七月份征集的粮食，一共五百万斤，“皇军”费了九牛二虎之力，从江淮运到南京，再从南京绕道运到武汉，从武汉再到湖南前线，一路劳民伤财，损兵折将。可是到了前线之后，发现有三百包是泥沙，还有一百包被掺和了砒霜、硫磺以及其他有毒物资质。二十万日军断粮将近一个月，大骂后方无能，军心涣散。石原次郎在电话里恶狠狠地告诫松冈大佐，死罪难逃，抓紧最后一点时间弥补自己的过失吧！在军事法庭上多为自己积累一点有利的证词，临死前再为圣战做出最后的贡献！

松冈在接受石原次郎训斥的时候心想，这批粮食都是“皇军”的质检员亲自检测的，多数都是上等的粮食，至于是在哪里被人掉了包下了毒，是一件很难说清的事情。从陆安州绕道华中进而中南，一千多里的漫长路程，十几天的运输时间，从哪里下手都是有可能的。

但是松冈没有替自己辩解。

上军事法庭也好，死罪难逃也罢，那都是以后的事情，他不会为此乱了方寸。眼下他还是大日本帝国陆安州驻屯军司令和松冈联队联队长，在没有撤销他的职务、没有砍掉他的脑壳之前，他必须尽快解决问题。二十万“皇军”在湖南前线饿着肚皮，即便不骂娘，作为一个驻屯军的最高长官，他也不能接受。

下午一点钟，原信中佐和田口泽少佐、秋野少佐、丰泽少佐、清河少佐、浅冈少佐以及董研石、宫临济、夏侯舒城和王月凤等人都聚集在驻屯军的作战室里。松冈已经恢复了平静，谈笑风生，说这次见识陆安州的雨了，像是要把天上的水都浇到陆安州来。夏侯先生说水经过酿制发酵就可以变成酒，我不知道夏侯先生有没有办法把天下的水都变成酒。

夏侯舒城抽着雪茄，不紧不慢地说，那需要粮食，需要酵母。不过，但凡从古井坊里流出去的水，都是含有酒精的。

松冈沉默了一阵子，终于言归正传了，诸位，这场秋雨没完没了，有人欢喜有人愁啊！现在鄙人要拜托诸位一件事情，请各位齐心协力，务必在三天之内筹集一千万斤粮食，买也行，借也行，骗也行，抢也行，务必搞到。拜托了，务必搞到！

最后这一句，几乎是咬牙切齿地喊出来的。说完，松冈突然起身，给大家鞠了一躬，再抬起头来，眼珠子就红了。

汉奸们面面相觑，但没有人说话，都把困惑的目光投向松冈，等待他的下文。沉默了大约一分钟左右，松冈才坐下来，双手抱拳放在会议桌上，微微颤抖。松冈说，“皇军”蒙受了巨大的损失，圣战正面临着困难，请各位多帮忙。

宫临济站起来说，太君，你就下命令吧，我们怎么做？

松冈说，谢谢你宫君，请坐下。

宫临济一脸庄严地坐下了。

松冈说，从现在开始，“皇协军”留下一团守备陆安州，其余两个团，以小队为单位，分布到东部各县，每小队负责一个村庄，督促当地的“皇协”组织，以人头计，每人交纳二十斤稻谷，每家平均一百斤。秋野少佐、丰泽少佐各率一个大队“皇军”主力，分赴庐舒、安丰、寿颍，督促当地政府，清仓查库，每个县政府，至少要交纳二百万斤稻谷。原信中佐组织验收，以“皇军”清河大队为质检特别大队。田口泽少佐和浅冈少佐率宪兵大队和浅冈大队，督促陆安州各“皇协”组织，在城内征收，每户至少向“皇军”卖粮一百斤，拒不卖粮者，每户逮捕一人。夏侯先生、董砑石君率“亲善团”，督促城内各工商组织、“皇协职员”，有偿捐献粮食，工商实业团体至少一万斤，政府机构至少五千斤，个人至少一千斤。行动吧！

原信瞪大眼睛问，太君，你是说现在？

松冈怒吼，难道我说是明天了吗？

原信说，大雨瓢泼，道路泥泞……

松冈突然抓起面前的砚台，猛地向桌上砸去，砚台顿时裂作几瓣。松冈咆哮道，大雨瓢泼，道路泥泞，难道“皇军”就不吃饭了吗？

原信咔嚓一个立正，哈依！

日军二大队大队长丰泽说，“皇军”兵力有限，几乎倾巢而出，陆安州的守备……话没说完，松冈的砚台又砸在桌面上——不能完成派遣军的粮食征集任务，还要陆安州干什么？难道你要守备一座坟墓吗？

丰泽的脑袋往下一点，僵直不动了。

松冈余怒未消地说，董砑石君，请你把“亲善院”的分级工作于今晚完成，至少杀掉三百人，尤其是那些抗日分子、思想犯格杀勿论！腾出监舍，准备收容此次征粮消极着。破坏者，不管是中国人还是日本人，统统杀掉！

董砑石说，是！

六

松冈疯了，宫临济也疯了。

松冈为什么发疯，常相知心里很明白。宫临济为什么发疯，常相知心里更明白。

常相知的二团被派到安丰县城东南部地区彭塔一带，部队冒着大雨，在泥泞中艰难跋涉，怨气冲天，肆无忌惮地大骂鬼子松冈。好在雨大水大，还不时有雷声从头顶滚过，扯起嗓门骂，别人也听不见。

常相知现在什么都不担心，只担心一件事情，怕他的部队祸害老百姓。现在的常相知已经不是鬼子刚刚占领陆安州时候的常相知了，那时候他像一个没头苍蝇，在粪坑里乱撞。但是，自从那次在颜庄见到江淮七支队的彭伊枫，他的脑袋又回到自己的肩膀上了。

彭伊枫那次带领抗敌剧社去杨家岭的三大队搞抗日宣传，他是冒着危险找上门去受辱的。见面之初，他就向彭伊枫出示了他藏在怀里的“爱国证”，诚恳地说，我是负荆请罪来的，请新四军长官指一条路，我还能不能摆脱这个汉奸的骂名。彭伊枫说，早就听说常团长是一个有学问的人，有学问的人一定有思想，有思想的人一定有爱国之心。他惭愧地说，可是我现在已经成了汉奸了。彭伊枫说，是不是汉奸，不是看他穿的什么吃的什么，也不看他跟在谁的屁股后面，关键要看他做了一些什么事情。

常相知说，我过去在国军的部队里，参与剿共，对贵部多有冒犯，深知罪孽深重。

彭伊枫手一挥说，现在是抗日统一战线，既往不咎，只要我们一起打鬼子，我们还是同胞。

就是那次，他证实了，他还没有失去机会，没有丧失当一个中国人的资格。他向彭伊枫提出要求，要拉队伍反正。彭伊枫当时多了个心眼，因为分化瓦解“皇协军”是“老头子”精心策划的一盘棋，他怕行动贸然影响了总体部署。所以就对常相知说，这是天大的好事，但不是急事。我可以把你的表现和愿望向上级反映，在此期间，希望常团长尽量多联络爱国官兵，争取更多的力量。

这以后，常相知的气色就好了起来，当不当英雄，做不做人杰，都是无所谓的事情，但是至少不能当卖国贼啊。当汉奸的日子，实在暗无天日，人鬼皆非。在汉奸的帽子没有甩掉之前，连死都不敢轻易去死，死得不明不白，当鬼都没有名分。假如生命真的有灵魂的话，我们还是希望我们的灵魂同那些高尚的灵魂在一起。

自从发生了眷属被杀事件之后，宫临济就铁下一条心，要跟鬼子一条道走到黑。宫临济对几个团长说，狗日的老四太狠了，就算咱们是汉奸，可是爹娘孩子有什么罪？就差株连九族啊！深仇大恨不报，枉为人子人父。

常相知也很悲痛，甚至很仇恨。被杀的人当中有他的父母，他的妻子——宫临济的堂妹宫钰梅。他在悲痛之余分析，又觉得这件事有点费解，不敢相信是真的。

最初的那段时间，宫临济和马甫金像红了眼的野兽，几乎把每一个中队都跑遍了。亲自抓“亲善”，收缴“爱国证”，轮流请中队长以上的军官喝酒。宫临济甚至拿出三千块大洋，给每个中队长一百块“拜托费”，拜托大家帮他报仇雪恨。同时，宫临济还同许多军官拜了把子，这些人聚在一起，只有一个话题，那就是要向天茱山讨还血债。

宫临济说，日本人再坏，也没有杀害我们的家眷！我不管什么爱国不爱国，谁把我当人，我就宁愿当他的狗！谁杀害我的亲人，我就跟他不共戴天！

松冈对这一切看在眼里喜在心里，又给“皇协军”军官加了一次饷。过去“皇协军”吃二米饭，现在一律白米细面。

后来常相知专门派杨家岭到天茱山去了一趟，常相知毫不掩饰自己的愤懑，对杨家岭说，把我的原话告诉彭先生，就说策反工作遇到了麻烦。他们把“皇协军”眷属杀了，实在是太过分了！“皇协军”积怨深重，一心跟鬼子走了。这样冤冤相报，反正的后路也给掐断了，我不能保证履行对彭先生的诺言。

杨家岭到杜家老楼之后，把常相知的话原原本本带到。彭伊枫的回答是，请常团长放心，我们从来不会滥杀无辜。我们杀的，都是该杀的。至于反正工作，如果常团长和杨大队长爱国之心未泯，能做多少就做多少，做不了的，也就只能顺其自然了，我们决不勉强。

尽管这个回答不能尽如人意，但是常相知还是隐隐地领悟了某种启示，就怀着矛盾的心理观望事态的发展。毕竟，被杀的多数是上层军官的眷属，并未波及下层军官和士兵，策反工作还是有余地的。只是，由于眷属被杀的消息，天茱山抗日武装的形象受到了影响。在“皇协军”官兵的眼睛里，那些人都成了残暴的刽子手，再让“皇协军”官兵亲近他们，从感情上不能接受。

从驻屯军司令部受领任务回到三十里铺，常相知召集中队长以上军官开会，布置到安丰彭塔征粮任务，计划天明开拔。当天夜里，杨家岭派人过来，说是有个重要人物在颜庄，等他会晤。常相知估计是天茱山派人来了，策马冒雨前往。到了杨家岭的大队部，一看见来人，顿时惊出一身冷汗。来人长相十分丑陋，脸上有一块很大的刀疤，自报家门是殷绍发。殷绍发什么也没有说，只是交给常相知一封书信，嘱咐当面看完，看完就烧，烧了就分手。

常相知看完那封信，仰首呆了半晌，眼睛里才滚落两行热泪，自言自语地说，明白了，明白了，我全明白了。剑胆琴心，日月可鉴！

七

情报到达松冈的手上，已经是第二天中午了。

情报称，天茱山抗日武装获悉日军数路出击，紧急征粮，中央军一个团和新四军七支队一个营，选择东河口至小赤壁一带作为伏击战场，企图围歼秋野大队。

松冈最初根本就不相信是真的。他估计这个情报又是原信疑神疑鬼造成的。自从在桃花坞插秧的时候被“皇协军”士兵用饭碗砸了，这伙计就变得越来越不自信了。

围歼秋野大队？好大的口气！秋野大队有一个加强营的兵力，轻重机枪四十余挺，步枪三百余支，军官都是出类拔萃久经沙场的老将，士兵也多次参加战斗，骁勇剽悍。在枣儿庄战役中，这个大队曾经同国民党军一个师交手，所向披靡，威震鲁南。这样一支部队，岂是天茱山的乌合之众能够围歼的？充其量不过是利用地形，来虚张声势一番罢了。

但是原信不这样认为，原信似乎把这件事情看得特别严重，认为这很可能是天茱山抗日武装探知“皇军”和“皇协军”大量出动，城内兵力空虚，以围歼秋野大队作为诱饵，吸引陆安州守备兵力出动。应采取避战对策。

松冈对原信的分析嗤之以鼻。松冈认为，羊群已经送到面前，避战徒落笑柄。虽然“皇军”兵力有限，但是断断没有避战的道理。松冈掰着指头给原信算了一笔账：一个秋野大队，将近五百兵力，这五百兵力至少相当于中国军队五千兵力。加上“皇协军”两个团，总共相当于中国军队八千五百兵力；而中央军一个团和新四军一个营，充其量不过二千兵力，以这样的军队来跟秋野大队抗衡，简直是以卵击石。

从心里说，原信对于松冈的算法不敢苟同，直到如今，松冈还按照刚刚进入江淮时候的状况来衡量中国军队，这是很不明智的。原信认为那时候中国军队一触即溃，是因为对“皇军”战术和武器性能不了解，加之准备不足，因此蒙头转向。但是现在不同了，天茱山明摆着的抗日武装就有两家，近一年来厉兵秣马，在几次反“清剿”和破袭战中，已经崭露锋芒。松冈大佐这样不以为然，早晚是要吃亏的。原信坚持主张，撤回秋野大队，回防陆安州。

如果按照原信的思路，松冈联队往下的日子可能会好一些，虽然最终在劫难逃，但是毕竟还有还手的余地。

问题是原信只是个参谋长，松冈是不可能以他的意志为转移的。松冈坚持要秋野大队将计就计。这一仗打完，对于晦气冲天的“皇军”也是一剂强心针。至于说天茱山抗日武装乘虚而入陆安州，那是连想都不用想的——用中国话说，有这个胆，没这个力。城内仍有一千五百日军兵力，在松冈的心目中，他们至少相当于一万五千中国军队——松冈在进行双方兵力对比的时候，仍然是按照日军一乘以十的公式计算的——更何况，还有“皇协军”千余兵力，“亲善团”五百兵力呢？陆安州离庐州只有一天的路程，离桃花坞只有四个小时的路程。攻打陆安州，这么大的动作，哪能是一夜之间就准备就绪的？

当然，松冈也不仅仅只有匹夫之勇。松冈说，一定要保存“皇军”实力，告诉秋野君，“皇军”士兵的生命是宝贵的，我们要向天皇效忠，但是必须要让敌人付出十倍以上的代价。因此，伏击战应以“皇协军”为主。

原信请示道，天茱山之敌来势汹汹，恐怕不仅是针对秋野大队的，万一他们向陆安州逼近，那就……要不要向派遣军长官部报告，庐州有一个旅团……

松冈手一摆说，杞人忧天！

原信说，我们不能低估天茱山，那里有相当于五个团的兵力啊！从人数上讲，是“皇军”的三倍。

松冈说，从战斗力上讲，是“皇军”的零点三倍！再说，还有“皇协军”呢。

原信说，“皇协军”一是战斗力差，二是容易倒戈。

松冈说，饿虎即便投降，猎人也不会收留了。杀父之仇，杀妻之仇，杀子之仇，谁也不会相信一夜之间烟消云散啊！

原信说，千万不可以掉以轻心，打了这几年仗，抗日武装对于“皇军”的战术和用兵心理都有心得。兵法云，善藏者，藏于九地之下；善动者，动于九天之上。天茱山地形复杂，神出鬼没，我们万万不能大意。

松冈不高兴了，笑笑说，原信君，自从你晋升为中佐之后，作战经验确实有了很大提高，我感到指挥你越来越力不从心了。

原信可怜巴巴地说，请原谅，原信失礼了。

松冈脸一板说，他就是来攻打陆安州，我也要把小赤壁这出好戏唱到底。

来攻就攻吧，看看是他们的脑袋厉害还是“皇军”的机关枪和迫击炮厉害！

一九三九年八月二十日，天茱山抗日武装发起的小赤壁伏击战、松冈计划中的小赤壁反伏击战正式拉开序幕，这也意味着，“老头子”酝酿了将近一年的“攥拳”计划正式启动。

仗打得很蹊跷。秋野以一个中队的兵力作为督战队，机关枪架在小赤壁两面七处制高点上。但是，抗日武装的伏击部队并没有真正进入预定伏击阵地，而是在东河口东侧同犄角上的“皇协军”交上了火。秋野判断是抗日武装发现了反伏击意图，请求转移，以避免被暗算。

但是松冈再一次错过了机会，命令秋野继续向南，正面迎敌，予敌重创之后直插庐舒县城，继续粮食征集工作。松冈就是要让天茱山抗日武装看看“皇军”的气派，就是撤退，也得撤得昂首挺胸。

当然，无论是南下还是北上，秋野大队都注定逃不脱被围歼的命运。因为“老头子”为他们准备的路，令人难以想象的漫长。

正当冯存满率领一个营在小赤壁同秋野大队捉迷藏的时候，彭伊枫接到了“老头子”的命令：拖住秋野大队，摆脱“皇协军”三团，围而不打，拖而不歼。

彭伊枫琢磨了半天，心里大致有了底。把情况跟霍英山通报了，霍英山想了一阵，一拍屁股说，耶，这是个打大仗的架势啊，是不是要对陆安州下手啊？

彭伊枫笑笑说，如果真是围点打援的话，估计我们在前半截的战斗主要是围点，那么我们就把这个点围好吧。

霍英山说，玩这个老排长有经验，老子跟他玩游击战，把它弄成一个无底洞。

当天夜里，何中亮策马来到杜家老楼，让彭伊枫通知王凌霄立即到作战室，受领任务。彭伊枫惊讶地问，你是怎么认识王凌霄的？何中亮说，不是我认识她，是一号认识她。

彭伊枫这才恍然大悟，连拍自己的脑袋说，天啊，看看我这是什么脑子，难怪连田红叶都敢骂我是猪脑子。怎么就把这事忽视了呢？

于是赶快通知王凌霄到作战室。

王凌霄已经睡了，得到紧急通知，就有些明白了。手忙脚乱地穿好衣服，到了作战室，何中亮给她敬了个礼，然后递给她一封信说，先把信看了，首长交代的任务我口述。

启信的时候，王凌霄的手抖动不止。

红豆：在分别的这些年里，我感觉我们其实每时每刻都在倾诉交谈，见了面也许什么都不用说了。打完这一仗，我们就到云舒庄园去，这一次，我再也不会离开你了，再也不会委屈你了，再也不会让你误解了。

又及：立即跟何中亮同志出发，重要的工作在等着你。

看完信，王凌霄抬起头来，泪眼婆娑，问何中亮，他在哪里？

何中亮说，他在陆安州城里。

王凌霄说，请带我去，我要跟他在一起。

何中亮说，暂时还不行，他的行动是绝密的。但是，你即将执行的任务，就是传播他的声音。

彭伊枫说，王凌霄同志，对不起，我太粗心了。其实我早就该想到的，是战争让我们的情感麻木了。

王凌霄说，谢谢你，彭政委。那我就出发吧。

当天夜里，十匹战马离开了杜家老楼，在隐贤集一个秘密的、类似作坊的大房子里，王凌霄接受了任务，被任命为统战指挥部电台队队长——这是她从八年前就开始担任的职务。现在，她负责教会来自国共两军还有两个不知来路的一共八名报务员，掌握一种特殊的电信密码——“倒流水码”。

八

独立旅旅部的军官在操练的时候突然接到命令，将于清晨七时召开连以上军官和直属部队誓师动员大会，各团军官分别乘车或徒步登山通过捷径向旅部集结。梅山县城顿时弥漫出一股大战在即的紧张气氛。

吃饭的时候，旅部长官严守君子食无语的古训，各吃各的，一片行色匆匆的景象。郇道一会儿看看旅长唐春秋，一会儿看看副旅长祝道可和副参谋长劳玉军，几次欲言又止。直到唐春秋快放碗了，郇道才低低地叫了一声，旅座……

唐春秋已经起身了，两条腿跨在椅子上，转过头来问，郇政督员有何

见教？

邡道说，我听说要开誓师大会，这件事情是真的吗？

唐春秋说，这不是明摆着的吗？

邡道吞吞吐吐地说，按说，我这个政督员，按说……

唐春秋笑了说，老祝，你向邡政督员解释一下吧。

祝道可喝了一口汤，看着唐春秋离去的背影，向邡道抿嘴一笑，不紧不慢地说，按说，开誓师大会应该由邡政督员出面，可旅座刚刚接到命令，要求先头部队八点就出发。时间紧迫，所以就没有打扰邡政督员的美梦了。

邡道扶扶眼镜，想说什么，但又换了话题说，如此兴师动众，是到哪里执行任务啊？

祝道可说，这次动作可就大了，听说是到大蜀山，阻击庐州增援之敌。

邡道惊讶地看着祝道可说，怎么会有庐州增援之敌呢，他增援哪里啊？

祝道可不紧不慢地喝着汤，漫不经心地说，当然是陆安州啊。还能有哪里？

邡道更惊讶了，“呼啦”一下站了起来问，难道有人攻打陆安州？

祝道可抬头看了邡道一眼，做不解状，怎么，你没听说？那边七支队早就出发了，把松冈联队的秋野大队拖在了小赤壁，丰泽大队也被捆在安丰榆林寨，这次是围点打援，图谋陆安州啊！

邡道愣住了，表情怪异地看着祝道可，愣了半天才问，这么大的事情，侯长官他知道吗？

祝道可没有马上回答，继续喝汤，一边喝还一边咂嘴说，嗯，今天早晨这个老鸭汤嘛，味道很鲜，像个出征作战的样子。

邡道说，旅副，我想知道，这件事情是不是侯长官批准的？

祝道可说，这个嘛，我也不太清楚。不过，我想，这么大的事情，他应该知道吧。

邡道放下手中的饭碗，说了声，旅副你慢慢享用吧，我得先回去了。

祝道可说，着什么急啊，这么好的汤，便宜了我一个。

邡道一边往门外走，一边嘀咕，不行，我得给侯长官发个电报。

祝道可看着邡道的背影，笑笑，自言自语地说，还能等你发电报？黄花菜早就凉了。

郇逍大步流星地往机要室方向走，没承想特务营长孟秋带着几个兵迎面走来。孟秋说，郇政督员，按照旅座的命令，为了您的安全，在主力部队出山作战期间，有这四名士兵保卫您，不得离开您的住处。送饭送茶倒屎倒尿都由他们伺候，您老人家往后就用不着往伙房和茅房跑了。七班长，送郇政督员回住处。

郇逍大怒，厉声喝道，你们干什么，大胆放肆，我是侯长官派来的中校政督员，你们胆敢……

半小时之内，孟秋按照唐春秋的命令，共抓起来二十二个异己分子。其中有两个连级政督员，散布破坏抗日言论查有实据，被孟秋找个借口毙了。

七时三十分，除了值星军官，连以上军官全部集中起来了，点兵场上一片黄色的森林拔地而起。

唐春秋身着黄呢军衣，肩扛上校军衔，腰佩中正剑，威严地伫立在麦克风前，鹰隼一般的目光在众人头顶上缓缓掠过。良久，向前跨了一步——

弟兄们，一年前，为了抵御日寇侵犯陆安州，我军在大蜀山构筑三道防线，但是由于准备疏忽，指挥不力，军心涣散，导致三道防线形同虚设，顷刻之间灰飞烟灭。我将近一万将士血染大蜀山，残部不得不退至天茱山，含辱栖身，苟延残喘。如今，经过一年的整训，我部军官从精神到战术，已经有了很大改观。我官兵深明大义，铭刻国仇家恨，抗日之决心如同燎原烈火。卧薪尝胆，忍辱负重，终于等到了今天。现在，我宣读沈轩辕将军的命令——

部队一片肃然。唐春秋停顿了一下，再一次扫视台下，此刻安静极了。唐春秋从军装口袋里掏出文稿，神情庄重地宣读——

国民革命军天茱山独立旅全体官兵：自入秋以来，侵华日军南下送粮连连受挫，日酋松冈已是穷途末路，将其主力分散于陆安州东北各区县作困兽犹斗，紧急征集军粮。至此我陆安州抗日军民业已完成对敌化整为零之战略目的，形成各个击破之优势。目前，我新四军江淮七支队已将日军秋野大队紧紧拖在小赤壁一线。鉴此，我命令，独立旅一二五团由严楚汉团长率领，即日北上至安丰南侧榆林寨一线，会同当地抗日武装，围歼日军丰泽大队；一二四团、一二六团以及旅部直属部队，立即开赴大蜀山一线，破坏桥梁道路，构筑工事，占据有利地形，扼守要塞。准备迎击庐州增援之敌，以确保收复陆安州战斗顺利进行，直到决战决胜！此命令，中国国民政府陆安州行政公署专员、国民革命军陆安州少将警备司令沈轩辕。

命令宣读完了，出现了短暂的寂静。突然，特务营长孟秋跳上点兵台，振臂高呼——弟兄们，向鬼子讨还血债的时刻到了！让我们挺身而出，洗刷大蜀山防御战的耻辱，把拳头攥起来，决战决胜！

山谷里顿时雷声轰鸣——把拳头攥起来，决战决胜……

九

桃花坞很平静。

这平静是覆盖在街面上的，是堆积在表情上的。

方家大院正在进行最后的准备。方明珠已经打点好行装，按照方索瓦的安排，她将同宋诗芩一起转移到天茱山杜家老楼。老同学罗雨和七支队政治部干事曾见湖带领一个排的兵力已经潜伏在方氏航运公司的一条老式驳轮上，他们将乘坐这条船由船儿冲绕道至杜家老楼。剩下的问题是，翟维新怎么办？在此之前，翟维新和三名日军医护人员已经被软禁在医院里了。

关于翟维新的生死问题，兄妹俩曾经有过一次对话。祭拜方蕴初的当天晚上，方明珠心事重重地问方索瓦，准备怎么处置翟维新，是不是真的不会杀他？

方索瓦反问方明珠，你的意思呢？

方明珠说，我想替他求个情，他救过你的命啊！

方索瓦说，他那是救汉奸方索瓦，而不是救抗日军人方索瓦。方明珠说，也不一定，二哥你别过于自信了，你以为你隐蔽得天衣无缝吗？其实，翟维新早有察觉。你刚回来做那些事的时候，他就安慰我说，人做任何事情都是有目的的，你二哥做事更有目的。有些人做事，是为了小目的，有些人做事，是为了大目的。你二哥做这些事情，一定掩盖着大目的。

方索瓦惊讶地说，是吗？这么说，这个人还不是个糊涂汉奸。他对我的情况也很了解了，怎么没有听他告密？

方明珠愣住了，你是说，他潜伏在桃花坞还有告密任务？

方索瓦说，那是当然。他已经是鬼子在册的汉奸了，是拿鬼子佣金的，他必须提供情报。不过，他也不可能抓到我的真凭实据。

方明珠说，太可怕了！要是这样，二哥你就看着办吧。

方索瓦笑笑说，我敢于在他面前暴露身份，他就不可能跑掉。明珠你放心吧，现在的桃花坞，进出一只麻雀，都逃不过我的手心。就算他会飞天遁土，可是直接指挥他的那个人，是我们的人。

方明珠说，这么说，二哥是不打算杀他了？

方索瓦说，好歹也是个中国人啊，以观后效吧。

方明珠说，我很矛盾，怒其不争，哀其不幸。

方索瓦笑笑说，此人虽然做了一点汉奸事，但是阴差阳错地帮了我们的忙。再有，他在桃花坞隐蔽期间，没有积极主动地监视窥探，而是一门心思搞他的医务，说明他没有变成铁杆汉奸，也许内心很痛苦。留着吧，只要他不做破坏抗日的事情，这样的技术人才留着还有用处。

方明珠说，这样就仁至义尽了。我一直认为，当了汉奸都是十恶不赦的。

方索瓦说，汉奸就该是十恶不赦的。但具体到人要看什么情况。汉奸和汉奸不一样，今天的汉奸和昨天的汉奸不一样，这里的汉奸和那里的不一样。按照“老头子”的说法，没有天生的汉奸，也没有百分之百的汉奸。我们每个人的身上都有优点，也有缺点，要看缺点大于优点还是优点大于缺点，是优点战胜缺点还是缺点战胜优点。一个民族的兴衰，最根本的就是看我们的统治者怎样来驾驭百姓的优点和缺点，怎样来调理它们的比例。从这个意义上讲，我们不能简单地用一个标准来衡量汉奸。所谓把拳头攥起来，就是把全民凝聚起来，这其中也不排斥汉奸。做好分化瓦解他们的工作，利用一切可以利用的力量，调动一切中国人来抗日，这是“老头子”抗战艺术最重要的一笔。

方明珠说，老是听你提到“老头子”，他到底是个什么样的人呢，他很老吗？

方索瓦笑道，“老头子”只是一个代号，“老头子”只比你二哥大五六岁，三十有四而已。

方明珠说，啊，那么厉害。搞了这么一个代号，我还以为七老八十呢！

方索瓦说，这就叫虚虚实实啊。

按照“老头子”的分析，在“攥拳”行动的最后阶段，桃花坞可能要作为松冈的最后归宿。因此这次行动的收尾工作、即捕获松冈大佐，也应该在桃花坞进行。关于桃花坞自卫团以及汉奸政权、日军医院的监控工作，“老头子”都有具体的部署，自卫团排以上头目全部换成了方索瓦平时暗中掌握的可靠之人。翟维新也由新四军七支队派人接走，计划先在杜家老楼接受审查，以观后效。

当一切布置停当之后，方明珠同二哥依依惜别。方索瓦说，明珠，我们都经历了一场难忘的噩梦。梦里醒来，我们都长大了。对于这个国家来说，我们有匹夫之责；对于家族来说，我们应该独当一面了。

方明珠说，二哥你放心，我感到我已经成熟很多了。我只是担心你，你太出众了，肩上的担子也太重了。每次想到那次在月亮岭，有那么多人向你开枪，而且新四军、中央军和“皇协军”一起下手，真是太让人心惊肉跳了。

方索瓦说，是啊，居然有那么多人恨我，说明我这个演员当得好啊，逼真啊，不然松冈怎么会如此相信我呢?

方明珠说，你一定要保重，要记住，这个世界上不仅有你存在，还有一个孤零零的妹妹在等待你。

方索瓦说，你放心。你二哥身怀绝技，会七十二变呢！三百多条枪，十七个狙击点，尚且大难不死；这次眼看就要活捉松冈了，我怎么能不唱这出好戏呢?

第十二章

一

风声、雨声、呐喊声，声声入耳。

新四军江淮七支队的同志们，经过我陆安州军民一年来艰苦卓绝的努力，你们已经完成了四个武装建设，部队战斗力已经有了很大提高，成为陆安州抗日武装的生力军和决战松冈联队的主力军。松冈联队征运军粮连连受挫，日酋方寸已乱，松冈困兽犹斗，将其兵力分散至东部和北部区县，采取极端手段强行征粮。鉴此，我以新四军陆安州特别军事委员会书记、陆安州抗日统战总指挥的名义命令你们，紧急动员起来，分赴东河口、安丰、庐舒等各个分战场，对松冈所部实施分割包围，力争全歼！

国民革命军天茱山抗日独立旅的弟兄们，我以中国国民政府陆安州行政公署专员兼警备司令的名义宣布，攥拳计划正式启动。我命令你们，紧紧团结在陆安州抗日统战指挥部的旗帜下，坚决执行命令，密切配合新四军江淮七支队，依托陆安州两百万民众，构筑兵民一体之牢固防线，坚决打退增援之敌的进攻，陷松冈联队于孤岛绝境，决战决胜！

陆安州二百万父老乡亲，自陆安州沦陷以来，锦绣河山惨遭蹂躏，百姓流离失所，生灵涂炭，民不聊生。尤其松冈联队，为达到向南下西进侵华部队提供军粮之目的，对我陆安州百姓横征暴敛，陷我父老乡亲于倒悬。我以陆安州行政公署专员的名义，谨代表无能政府向二百万父老乡亲虔诚忏悔！

经过一年来的周密准备，我陆安州抗日武装已经壮大，战术技术全面提高，思想信仰精诚团结，已经具备与敌决战的能力。进入今秋以来，日军松冈联队已陷入我抗日武装的多面控制之中，内部分化，外围松弛。而我抗日武装士气日盛，斗志日高，目前正在实施对松冈联队强有力的打击，同松冈联队决战在即。我呼吁我广大爱国民众，积极行动起来，踊跃参军，踊跃支前，有枪拿枪，有刀拿刀，汇成人民战争的汪洋大海，让松冈联队寸步难行，直至覆灭！

“皇协军”官兵和“皇协职员”先生们，一年来我们一直在观察你们研究你们。你们委身附逆已为事实，但是你们没有失去最后的机会。你们当中，多数人为不得已而为之，多数人为被迫为之，多数人为违心为之。你们当中，有不少有志之士，爱国之心未泯，深知覆巢之下必无完卵之道理，深知长居虎穴必遭杀身之祸之道理，深知苦海无边回头是岸之道理，深知中国必由中国人治理之道理，深知日寇绝不可能征服中国之道理。天茱山抗日武装已经为你们建立了功劳簿，你们当中，明修栈道者有之，暗度陈仓者有之，救护抗日武装者有之，协同除奸者有之。目前，日军松冈联队一部已经被分割包围在东河口、小赤壁、安丰和庐舒等各个战场。我抗日军民如燎原烈火，已经做好决一死战的准备。在此我向你们呼吁，只要洗心革面，即可重新做人，政府会宽大你们，百姓会原谅你们。我们期待着你们进行最后的、理智的、光明的选择。反戈一击，你们仍然是我们的同胞！我们二百万陆安州抗日军民已经张开双臂，准备迎接你们回到人民的怀抱！

日军官兵们，尽管你们曾经攻占了陆安州，控制了陆安州东部将近一半的土地，尽管你们当中有人烧杀抢掠，对陆安州百姓犯下了不可饶恕的罪行，成为凶神恶煞一般的鬼子。但是，在今天，我们还是要用人类的语言对你们提出忠告，玩火自焚，充当侵略军，最后的下场只有一个，死无葬身之地，灵魂永不安宁。我们还要说的是，你们都受骗了。这一点，可以由你们的同胞岩下二等兵和河田大尉的控诉来说明。

日军官兵们，中日两国一衣带水，世代修好，百姓受益。可是为什么要发动战争呢？一个民族，如果仅靠掠夺，能够富强吗？即使可以暂时繁荣，也不可能长治久安。而且这种繁荣是肮脏的，是对人类、也包括日本人民尊严的极大伤害。

我们不管你们是否相信，我以中国陆安州行政公署专员兼警备司令的名义向你们宣告，我陆安州数万抗日武装和二百万民众已经完成了对你们的战役准备，我们计划在十二个小时之内全部消灭你们。如果你们当中有人回归良知，我们将给予隆重的礼遇，河田大尉和岩下二等兵就是你们的榜样。

…… ……

电文像雪片一样飞到松冈的案头上。

在松冈的眼睛里，这些文字不是油印在纸上，而是像音符那样跳动在空中，从珠帘一般的雨中穿梭而过。似乎每一声都是那样熟悉，尽管不那么悦耳，但还是那么动听。这是一个男人的声音，这是一个中国男人的声音。他面壁而坐，他仰望苍穹，他抽着雪茄，他攥着拳头。还能有错吗？不会了，再也不会了。

可是松冈不明白，他为什么要这样做？

原信向他报告，陆安州突然出现九部电台。也就是说，从九个方向同时传出电波，嘀嘀嗒嗒，嗒嗒嘀嘀，看不见，剪还乱。他们嚣张到了极点，足足有两个小时没有中断，而且使用的是“皇军”早就破译的“倒流水码”。这种密码只在一年前沈轩辕刚刚到陆安州赴任的时候出现过，不久就销声匿迹。此后整个陆安州不仅没有出现“倒流水码”，甚至连电波都不再出现了。而现在一下子冒出九部电台同时使用“倒流水码”，简直就是公开戏弄“皇军”。

宪兵大队长田口泽少佐派出去的侦听队像猎犬一样在陆安州的各个角落搜寻了半天，然而一无所获。古井坊已是人去楼空，“亲善政府”楼空人去。那么他跑到哪里去了呢？到底是谁玩弄了谁？他把“皇军”玩弄于股掌之上，他才是大玩家。他把一切都安排好了；他明着告诉了你，他要动手了；他还告诉你，他将如此这般地动手；他甚至还告诉了你，他的计划，他的部署，他的目的，他把一切都告诉了你，你能怎么着？

最让松冈感到痛苦的是，他不知道他在哪里，他会逃遁到天茱山吗？答案是否定的，那不是他的风格。他依然在陆安州，在某一个阴暗的角落……不，他不会在阴暗的角落里，也许他现在的指挥部比“皇军”驻屯军司令部还要宽敞明亮，这才是大玩家的风格——这也是最让松冈感到有失体面的事情。他就在你身边，指挥重拳向你袭击！

宫临济也看见了那些电报，他是在传单上看见的，陆安州城内的传单已经铺天盖地了。宫临济抓着一张传单，连滚带爬地撞进驻屯军司令部。宫临济的喊声像是落水的孤儿在呼救——太君，冤枉啊，“皇协军”对太君忠心耿耿啊……“皇协军”已经同天茱山结下了不共戴天之仇，怎么会……暗度陈仓呢……

松冈挥手让宫临济坐下了，给了宫临济一个苦笑。是啊，这个可怜的人儿，他真的是被吓坏了。他知道宫临济的话是可信的，宫临济的恐慌也说明了这一点。

太君啦，我们的身边有一只虎啊，他就是，他就是……

松冈微笑着问道，宫君，他是谁？

他一定是夏侯舒城！夏侯舒城老谋深算，阴狠毒辣。他是狡猾的抗日分子，他就是那个沈轩辕啊！

松冈说，好吧，看来他们真的要打陆安州的主意了。那好，原信君，宫君，我们就背水一战吧！

二

事实上，秋野大队是被一步一步地拖进来的。最初被围的是浜藤少尉指挥的一个小队和“皇协军”三团的一个中队，被围前这支分队正在胡家河乡公所催粮。连日下雨，部队都关在据点里温习《天皇敕语》和《守备规则》。身上都快发霉了，乍一放到民间，就如出了笼子的野兽：鬼子捉鸡捉鸭捉女人，二鬼子抢钱抢粮抢水牛。忙活了个把小时，抓了四十多个女人，一百多条水牛，都集中在乡公所院内院外。

浜藤少尉开出的价格昂贵得令人咋舌，一个女人要一万斤粮食，一头水牛要五千斤粮食。胡家河地处偏僻，与邻省接壤，是个鸡鸣三省而三省都不大管得着的地方。乡长是个老地主，三十多年来一直是当地的长官。过去的岁月，无非就是张贴官府公告，一会儿是张家的官府，一会儿是李家的官府，再一会儿是马家的官府。对于胡家河来说，都是一样，交钱交粮就是了。因为胡家河多是山区，粮田稀少，百姓中竹木油漆匠人居多。山中还有药材和珍禽异兽，山货生意倒也维持一方生计。过去对付那些来来往往的官府，只要给银子就行。但是这次邪门，鬼子少尉，那个看起来有点对眼的小矮子，一口咬定要粮食，别的什么都不要，银子都贬值了。女人们有老有少，基本上家家一个，像牲口一样被圈在一团，周围架上了干柴。二鬼子中队长叫张宗辉，扯着嗓子喊，你们大家都听清楚了，太君说了，限定一个时辰，有马车的套马车，没马车的牵毛驴，没毛驴的拉架子车，把粮食运到庐舒县城，不仅放人，还要发运粮费。要是不交粮食，那就不客气了，扒光衣裳，点火烤人。

这次出发之前，团长翟向贵专门交代，说现在风闻陆安州抗日武装在搞什么攥拳行动，风声很大，不少军官都在考虑后路，怀里都揣着“爱国证”，咱也不能硬充铁皮脑袋，一切见机行事。实在不行就跑到对面湖北的山里，以黄韦岗为中心聚齐。先保证有人有枪，往后跟谁干，咱还要走一程看一程。这话其实说得够明白了，但是张宗辉是当惯了半个皇上的，他可不想钻进深山老林里去过那绿林剪径的勾当。有“皇军”撑腰，他还可以趁机捞一把呢。来到胡家河之后，乡长已经给了他一个金镏子三个元宝，他授意把乡长家的女人放走了。一个金镏子加上三个元宝让张宗辉尝到了甜头，马无夜草不肥，人无横财不富，这个道理他懂；但是人为财死，鸟为食亡的道理他就不懂了。他估计这一路一个乡村一个乡村地搜刮下去，再回到三十里铺，他的褡裢就该装满了。有了发财心，张宗辉帮鬼子张罗就很卖力，不遗余力地抓人、牵牛、架柴火。

可是任凭鬼子和二鬼子怎样吆喝，乡长鼻涕一把眼泪一把地求情，女人们哭声震天。被圈在另一处的男人却是一脸麻木，蹲在地上吸烟的有，站在那里看笑话的有，怒目而视的有，就是没有人报名送粮食——情况明摆着的，鬼子开的价太高，一万斤粮食换一个女人？他们也不算算，胡家河是靠山吃山，谁家能有一万斤存粮？

眼看就要过了一个时辰，没有一家交粮的迹象，这件事情眼看就搞成了骑虎难下之势。浜藤少尉挥舞指挥刀哇哇乱吼，当真让人把抢来的菜油猪油往柴堆上浇。张宗辉看看这样做也不是个事，当真杀了这么多女人，于事无补不说，鬼子拍拍屁股就走了，可能还把血债算到他的头上，那就划不来了。张宗辉冷静下来一想，也发现鬼子异想天开了，他以为这是日本哪！一个女人换一万斤粮食，别说他拿不出来，就是能拿得出来，有了一万斤粮食，他还要女人做什么？

张宗辉想来想去，觉得自己该出面解围了，就跑去跟浜藤少尉说，这样看来有困难，他没有那么多粮食，你把他全部弄死，他也还是没有粮食。再说，眼下的当务之急是搞粮食，杀人放火白白浪费时间；这里山高林密，弄得不好还把土匪或者抗日武装引来了。有这工夫，还不如多转几个乡镇呢。

浜藤少尉年纪不大，敢作敢为。听了张宗辉的建议，小眼睛一眨，觉得很有道理，又把指挥刀举了起来，吆西吆西，降价地干活，女人的，粮食一千斤，水牛的，粮食五百斤。

张宗辉倒吸了一口冷气，心想这狗日的鬼子，做事也太没谱了，一句话就降价十倍。真是嘴上无毛，办事不牢。

这回男人堆里出现了骚动，有人开始交头接耳。浜藤少尉和张宗辉耐心地等待，他们估计这是大伙儿在商量，在算账，看看合不合理，合不合算。但是男人堆里叽叽喳喳了一阵子，又沉寂下来了。张宗辉亲自跑过去催促，问了几句话，这才明白，每家一千斤粮食也拿不出来，连一百斤都没有，家家都没有，连借都没法借。

张宗辉这才觉得棘手了。这些山民看来是豁出去了，问题是他们豁出去了，“皇协军”怎么办？帮鬼子杀人，杀了以后又怎么办？新四军七支队那几个小戏，《一条腿》和《汉奸的下场》，虽然是在二团三大队演的，但是“皇协军”所有的人都知道了，当故事流传，震动很大。从那以后，“皇协军”里就有一个心照不宣的秘密，那就是尽量不做留下把柄的事情，尽量不做留下血债的事情。

浜藤少尉大约也看出了问题，把张宗辉叫过去，呜里哇啦地吼了一阵子。张宗辉哭丧着脸说，老百姓真的没粮食，杀人也没用，再让乡长去吆喝吆喝吧！

浜藤少尉不耐烦了，说，抓紧的干活，“皇军”的任务十万火急。

张宗辉便又去同乡长商量，先动员一部分人拿出一部分，让鬼子看见粮食，看见粮食了他就高兴了；一高兴了，下面的事情就好说了。

就在这时候，新四军上来了。

江淮七支队的部队是从胡家河西边的天堂涧摸过来的，把指挥警戒的日军伍长和几个鬼子悄无声息地解决了。一个排的“皇协军”举目一看，周围全是新四军，黑压压的，端着枪向胡家河拥了过来。“皇协军”顿时大乱，撒丫子往乡公所跑。转眼之间小炮也响了起来，枪声大作，日本兵都在等待命令，“皇协军”却乱了阵脚。

浜藤少尉还算冷静，把指挥刀抽出半截，原地伫立，雄赳赳，气昂昂的样子，喊了一声，统统站住，逃跑的死拉死拉的！

但是这声吼没能把“皇协军”镇住。翟向贵的“皇协军”三团训练有素，逃跑富有经验，转眼之间，十之不剩二三。

扑向胡家河的是冯存满指挥的一团一营，配属的有地方武装八个区中队，武器都是中看不中用的，但将近一千人的队伍，浩浩荡荡，声势还是有的。所以松冈得到的情报是“中央军一个团和新四军一个营”。根据统战指挥部的部署，一团一营的目的并不是吃掉浜藤少尉，也不是吃掉秋野大队。所以冯存满一直采取敲山震虎、撵鸭子进圈的战术。战斗发起之后，浜藤少尉指挥向东突围，准备涉水或者泅渡，但是很快被打退了。“皇协军”一个中队，跑掉三分之一；被冯存满的部队和浜藤少尉的督战分队前后夹击又打死三分之一；剩下的三分之一跟浜藤少尉和张宗辉一起沿北路退了出去。再往前走，就是小赤壁了。

秋野少佐得知“皇军”一个小队被驱赶羊群一般圈进了小赤壁，暴怒异常。当时秋野少佐在庐舒县城，也在为粮食问题坐卧不安。比起乡下，城里的情况要好一些。秋野命令“皇协政府”派人带路，分为二十个小队，每队“皇军”一伍，“皇协军”一个排，大街小巷抓人，主要是抓富人，连饭馆酒楼都搜查了，一个上午折腾出将近三万斤粮食。虽然看起来可喜，但是离松冈大佐指定的数额还是相去甚远。

就在这时候，传来了浜藤小队被围的消息。按照秋野和原信的想法，“皇军”现在兵力分散，尤其要警惕各个击破的战术，所以应该赶快收拢。至于浜藤小队，是死是活就全看他们自己的造化了，绝不能增援，以避免上当。

但是松冈不这样认为。松冈说，搞不到粮食，松冈联队就没有必要存在了。浜藤小队是“皇军”的手足，是天皇陛下的臣民，已经陷入魔掌，绝不能见死不救。松冈在电话里命令秋野，派出“皇军”一个小队，“皇协军”两个中队，由“皇军”中队长寿森大尉指挥，火速前往小赤壁，救出浜藤小队。此后秋野主力集中在庐舒县城，继续征粮。

配属给秋野大队的是“皇协军”三团。团长翟向贵审时度势，觉得小赤壁可能是个陷阱，就把自己最信不过的两个中队派给了寿森大尉，然后向秋野建议道，这个仗打得有点蹊跷，既然小赤壁有抗日武装一个团和一个加强营的兵力，地形对敌又非常有利，他们吃掉浜藤小队应该易如反掌，为何围而不攻？恐怕……

岂料这话秋野很不爱听，秋野眼珠子一瞪说，“皇军”不是“皇协军”，“皇军”是不可战胜的，浜藤小队战斗力大大的！

翟向贵眼皮一耷拉，不吭气了。心里暗笑，狗日的鬼子，个个自命不凡。不可战胜？那好，等着瞧吧！

三

"皇协军"二团一夜冒雨行军，次日下午在榆林寨南二十里安营扎寨。但凭丰泽一个劲儿催促，常相知无论如何不让部队前进了。理由是部队过于疲劳，即便进城，也是师老兵疲，无法战斗，不如留在榆林寨，为"皇军"保障后方通路。

常相知之所以底气很足，是因为常相知手里握有尚方宝剑。

出发前的夜里，在杨家岭的大队部，他不仅接到了署名"陆安州抗日统战指挥部总指挥"的命令，而且还收到了妻子宫钰梅的亲笔信——这实在是喜从天降。妻子在信中告诉他，当初之所以游船被劫，"皇协军"家眷"被杀"，完全是松冈的一厢情愿。松冈计划借天茱山抗日武装之手，加害"皇协军"家眷，目的就是激发"皇协军"对抗日武装的仇恨，笼络"皇协军"的感情，打消"皇协军"反戈一击的念头，切断"皇协军"的退路。但是这个阴谋被抗日武装识破并且利用了。抗日武装把家眷接到一个叫云舒庄园的地方保护起来，制造了将其杀害的假象，营造了"皇协军"同抗日武装不共戴天的气氛。因为不知真相，"皇协军"军官在为家眷举行公祭的时候，悲痛欲绝，哭声震天，使松冈心中的一块石头落了地，对"皇协军"的戒备从此解除。但是只要真相一披露，"皇协军"对抗日武装的仇恨就会立即转化为对日军的仇恨，到那时候，"皇协军"将是鬼子身边的一颗重磅炸弹。

妻子说，现在家眷们的生活很好，云舒庄园是一个很美丽的地方，饮食起居都恢复了正常。家眷们闲来无事，要求为抗日做一点事情，后来就有人给他们发了铁锹，每天到独秀峰去挖坑。开始以为挖坑是为了种茶树，挖了五百多个坑才知道，陆安州的抗日武装很快就要打大仗了，这些坑都是准备掩埋抗日阵亡将士的。想想这么多人为抗日马革裹尸，自己的男人却成为"皇协军"，协助鬼子欺负中国人，心里真是不好受。

常相知的眼泪在不知不觉中滚落下来，落在这两行文字上。

妻子在信中还说，抗日统战指挥部总指挥沈轩辕将军还亲自到云舒庄园去看望家眷们，并向家眷们解释说，让各位父老乡亲受委屈了，蒙受了不白之冤。但这一切都是为了抗日，把眷属们保护在云舒庄园，同时也是为了保护他们的亲人“皇协军”军官们。这位总指挥说，抗日武装对于“皇协军”的处境始终给予理解。在全民族统一抗战的旗帜下，首要的任务是把日本鬼子消灭掉，打出去。不分党派，不分政见，不分信仰，不计前嫌，以抗日行动为衡量爱国尺度，以爱国尺度衡量做人的准则。宫临济的父亲还向总指挥问了一个问题，“皇协军”算不算汉奸，“皇协军”眷属算不算汉奸眷属，总指挥明确答复，只要“皇协军”能够维护国家利益，反戈抗日，不仅不算汉奸，特别贡献者，还算是民族英雄。至于家眷算不算汉奸家眷，总指挥笑着说，民族英雄的家眷当然就是民族英雄的家眷，怎么能叫汉奸家眷呢？家眷们听了总指挥的话，都很振奋，再也没有人愁眉苦脸了，也用不着担惊受怕了。这些天，大家都在忙着给你们写信，会写的自己写，不会写的请人代劳，伯父是老秀才，他代人写的信最多。总指挥说，这些信要在关键的时候才能拿出来，它们的威力不亚于枪炮，它们将会起到枪炮起不到的巨大作用。

直到那个时候，常相知才恍然大悟。这实在是一步深谋远虑的高招儿，不是欲擒故纵，而是欲纵故擒。大战略必有大出奇，这大约就算是吧。

松冈和宫临济给二团布置的任务是配合丰泽大队在安丰县城征集粮食，数额是二百万斤。安丰县是水稻种植大县，人口有五十万，按说每人交纳四斤粮食、每户平均二十斤粮食，从数字上看并不过分。但现在的实际情形是，陆安州沦陷之后，安丰县的五十万人口，至少逃难跑了十万，在新四军和中央军的控制区十万，也就是说，真正受“皇协政府”控制的，不过二十多万人。这样，每户就平摊五十斤粮食了，这对于每月都要交纳粮食的老百姓来说，并不是一个小数字。

丰泽大队是乘坐卡车来的，尽管泥泞不堪，但四个轮子总比两条腿跑得快。到了县城后，立即着手征粮。丰泽不打算像秋野那样将部队分散，他采取的对策是先将安丰县“皇协政府”的官员集中起来，按照区、乡、保、甲的组织结构，层层签字画押，家家拿财产抵押。各级政府各级官吏包括乡丁听差，共二百多人，都分配有任务，按官职大小，每人增收五千、一万斤不等。谁有困难可以提出来，要兵给兵，要子弹给子弹。

丰泽这一招儿虽然也是老套，但用起来还是行之有效。“皇协政府”出动警察、盐警队、保安队，并临时招收一些社会闲杂人员，二流子懒汉，发给棍棒菜刀，浩浩荡荡地下乡征粮。征粮成绩最突出的就是二流子，二流子从来没有被人当人看过，现在当了走狗，每人怀里揣着十块大洋，至少要搞出两千斤粮食才能交差。这些泼皮无赖并不担心交差，反正是老百姓的粮食，照死里逼就是了，实在逼不出油水的，还可以摸大姑娘的屁股，抱老太太的老母鸡。泼皮无赖接受雇佣之后，整个有一种翻身解放的感觉。

一整天，县城一带鸡飞狗跳，附近乡村鬼哭狼嚎。到了第二天早晨，战绩不菲，挖地三尺钻墙打洞，一共搞了五十多万斤。秋野要求，绝不松懈，连夜捕捉吊打包括各乡镇的一百七十多个地主豪绅，又搞来赎粮六十余万斤。常相知建议说，有了一百多万斤粮食，已经相当不易了，可以向松冈太君交差了。岂料丰泽把眼睛一瞪说，松冈太君交代的二百万斤粮食的标准，一斤也不能少，必须严格落实。

但是当天晚上，松冈给丰泽发来电报，通报秋野大队在庐舒小赤壁被困，陆安州城内情况异常。丰泽命中队长宫吉大尉带领他的中队押解这一百多万斤粮食，火速返回陆安州。另有两个中队，连夜机动到月亮岭一带待命，准备接应秋野大队。

日军是在县城吃的晚饭，由各个饭馆和学校、工厂伙房送饭，伙食十分美好。“皇协军”二团冒雨走了一天一夜，人困马乏，正在雨地里埋锅造饭，还没有吃到嘴，又接到丰泽的命令，连夜回撤到月亮岭一线，官兵无不怨声载道。

是夜，丰泽大队乘坐汽车掉头南返，半夜时分，前头响起了枪声。原来是严楚汉的部队在当初狙击方索瓦的地方布置了伏击圈。丰泽指挥部队就地展开，掩护宫吉中队押送粮食回陆安州。

按照“老头子”的部署，常相知的身份这时候还不能暴露，“皇协军”二团眼下反正的时机还不成熟，这就让常相知作难了。战斗一旦打响，丰泽势必又要督战，二团肯定要打头阵。对面就是抗日武装，打起来就是自相残杀；不打丰泽就会起疑。常相知把杨家岭叫过来商量。杨家岭说，既然不让我们现在暴露，“老头子”的一盘棋肯定就有这一步，我们唯一的办法就是躲避。

常相知说，怎么躲啊？最多也就是个耍赖，像过去那样，畏缩不前，但是丰泽的督战队跟在屁股后面，那是要拿机关枪说话的。

正在犯难，一中队长猫着腰从山下的小路上跑了过来，身后还跟着一个人。

走近了，看清了，常相知和杨家岭不禁大喜过望，原来是先期反正到一二五团的李伯勇过来了。扛着国军上尉军衔的李伯勇给二位老长官一一敬礼，然后告诉他们，严团长已经接到总指挥的命令，知道了二位长官的情况，放弃在月亮岭围歼丰泽大队的计划，将其控制并“护送”到小赤壁，一举歼灭。

杨家岭有点不明白，说怎么押送啊，还没有抓到呢。

常相知笑道，猛虎赶羊群，把他们赶过去。

杨家岭还是不明白，怎么赶，他们要是不去怎么办？

李伯勇说，大队长请放心，总指挥要赶他们过去，去不去就由不得他们了。

这个计划确定之后，常相知心里的石头就落到了地下。这时候才抬头看看天气，居然晴了，不仅雨停了，月亮也露出了半边脸。

四

她似乎真的见到他了。

玫瑰色的火烧云在西方的天穹下构筑了一座巍峨的城堡。城堡下面，他身披红色的战袍骑在雪青马的背上，高举的战刀在空中划出闪电，她骑着一匹小红马紧紧跟在他的身后。再往后，是一望无际的铁骑，战刀林立，旋转着呼啸着卷起阵阵狂风。马队从金色的稻浪中飞跃，从山涧的上空飞过，利剑一般射向陆安州……

一个昼夜过去了，王凌霄几乎没有合眼，然而她一点困意也没有。在隐贤集一间至今也没有搞清位置的房间里，她用了不到一个小时的时间，教会了从独立旅和七支队抽调过来的报务员们使用“倒流水码”，然后他们就手握电键，奏起了决战前的序曲——那滚烫滚烫的句子，那雷霆一样振聋发聩的语言，那铿锵有力落地有声的话语，就像火焰一样在眼前跳动。嘀嘀嗒嗒嗒嗒嘀嘀的发报声像夜莺悦耳动听的歌唱。手指触在键盘上，就像握着他的手，感受他强壮的骨节，触摸他咚咚的心跳。

是的，这里的每一个环节都是他的心跳，都是他的血液在流淌。此刻，她就是他的骨骼，他的血管。她的每一次传送，都是他的呼吸。他是一尊战神，就是他的举手投足掀起了这场战争的风暴。

风暴在陆安州的土地上席卷回荡，覆盖了所有的声音，淡化了所有的欲念、恐惧、困惑和不安。从他的血管里，从她的手上，流出去的是两个字——决战！

在这一瞬间，幸福感充溢着她的心房。跟随战神，为国家而战，做英雄身后的旗手，当战将的爱人……你不知道生命有多么美丽，你不知道爱情有多么动人，因为你的生命缺少那么多峰回路转的经历，因为你的爱情里缺少那么多生离死别……最美丽的东西诞生了，诞生在爱人高唱的战歌里，诞生在爱人高举的战旗上，诞生在爱人创作的战争里……

从接到指令被任命为电台队队长，到隐贤集的秘密电台站，她就一直处在一种难以言说的亢奋之中。她惊叹这里竟然会有这么多新式电台，其中还有一台 R—TY 型的。在川陕根据地的时候，她只听说过总部和上海有这种大功率电台，抗震性能好。操作这种电台，就如弹奏钢琴一般，纤细的手指在上面飞舞，乐曲悠扬。她看着文稿，都是他的笔迹，字里行间火一样灼热。

她明白了，在他编织的战争里，她的岗位也是一处重要的战场。通过她的手指，他把希望和激情输送给陆安州二百万民众；他把战斗的勇气和智慧输送给陆安州将近一万披坚执锐的抗日战士；他把良知和出路输送给在抗日战线上迷途的羔羊；他把中国人的决心和誓死血战到底的气概传递给了破门而入的强盗。这个电台站蕴含着极大的热能，陆安州的上空电波飞扬，渗透了每一片土地。人民在聆听这声音，战士在聆听这声音，敌人在聆听这声音，陆安州的千山万水在聆听这声音。这是特殊战役里的特殊战场。他是中军统帅，她就是这片战场的先锋，这种感觉真是前所未有的美妙。

现在她总算明白了，之所以让她教会报务员们使用“倒流水码”，就是要通过这种方式同敌人对话；让敌人被动地、无奈地接收他的信号。他总是那样出其不意，即便是残酷的战争，他也要展示出非凡的艺术才华。

为了造成强大的声势，迷惑敌人，他不仅组织了精干的印刷力量，将他的演说文稿以《阵线报》的名义印刷成报，在陆安州的广大地区散发，而且让一个名叫殷绍发的汉子组织三辆马车，拉着电台分别在陆安州周边不同方位，每隔一个小时，重复发报《告陆安州抗日军民书》和《对松冈联队最后一战》文稿。整个陆安州就被这强大的电台功率所覆盖。并不是每个人都能听得到，也并不是每个人都能看得到。但是，包括我们的敌人，每个人都能感受得到浓郁的战争气息，能够感受到扑面而来、步步紧逼的攻势——精神和行为的双重紧逼。

翌日清晨，何中亮来到电台站。何中亮说，战役前期工作已经结束，非常圆满，一号十分高兴，请你代表他向电台队全体同志致以祝贺！

她问，请我代表他？

何中亮说，是的，是请你代表他。

她的心里猛地一阵温热。她又问，他在哪里？能不能让我见一面？

何中亮说，现在不行。战役已经进入第二个阶段。一号命令，电台队立即转移，组成基本指挥所。

她问，他是不是在那里，我能不能在基本指挥所见到他？

何中亮说，对不起，我不能回答这个问题，请你迅速组织转移。

王凌霄不再追问了，招呼报务员们收拢物资。

当天中午，他们来到了小蜀山上，在半山坡阳面的一座古城堡遗址处隐蔽待命。何中亮告诉他们，除了一部电台开机值勤以外，其余报务人员休息，至少要保证两个小时的睡眠。估计恶战将在下午四点到五点左右开始，那时候全部电台都要保障一号的指挥。

但是王凌霄无论如何无法入眠。大战在即，小蜀山上出现了难得的寂静。他们栖身的这座城堡遗址，是用很厚的砖石砌成的，岁月在黑色的墙面上留下了斑驳的痕迹，散乱地长着青苔。城堡两边的墙垛上，还有炮台的基座，指向山下的淠水河。城堡无语，但又不动声色地告诉今天来此小憩的人们，这里曾经是一个古战场，曾经发生过激烈地战斗。

她很想四处走走，但是按照战场纪律，现在她还不能随便走动。常识告诉她，既然已经被确定为基本指挥所了，那么，这座山包已经被戒严了。

王凌霄在山南，沈轩辕在山北。

基本指挥所构筑在小蜀山北面787等高线上。这里有一个类似鹰嘴崖的巨大巉岩，像小蜀山往前伸出的下巴。巉岩下面的山洞，外围被石块垒起来，里面是一个宽敞的作战室。作战室已经被布置起来了，正中间是作战地图，地下有沙盘和长方形的会议桌。这都是七支队特务营和独立旅工兵营按照沈轩辕的意思修建搬运的。当初霍英山对修建这个指挥所不以为然，认为是脱裤子放屁，结果被沈轩辕批评了一顿。沈轩辕说，打大仗，要有大气派，要搞个像样的指挥所。不能像你霍英山同志，老是游击作风。

这是一个天然的点将台。以此为站立点，东边十二公里是大蜀山唐春秋的防线；东北方五十公里是陆安州；北边是安丰至庐舒公路，丰泽大队在严楚汉打打停停的驱赶下，正一步步向这边靠拢；西北方四公里是桃花坞，正西方和桃花坞同等距离的便是沈轩辕为这次战役精心选择的主战场小赤壁。

作战室里，沈轩辕面壁而立。壁上是一幅用红蓝铅笔标注好了的作战地图。

沈轩辕穿着黄呢子国军军服，佩戴新四军臂章，领口上缀着一颗将星。据说这是叶挺军长的装束。

沈轩辕的身后，是彭伊枫、霍英山和唐春秋。彭伊枫已经被任命为副总指挥兼西集团指挥，唐春秋为副总指挥兼东集团指挥。

陆安州地下组织负责人罗本先，独立旅副旅长祝道可、新任参谋长劳玉军和团长林用树等。七支队副司令员兼武委会主任龙文珲、参谋长兼一团团长许成哲和二团团长李广正等。武委会副主任赵三元，敢死队队长殷绍发、统战指挥部作战处长何中亮等人也参加了这次联席会议。

沈轩辕面壁良久，转过身来对唐春秋说，开始吧。

唐春秋手持指挥棒，开始通报情况——进入今年夏秋以来，日军江淮派遣军军粮需要日益增加，松冈联队加紧了对我陆安州粮食的掠夺。统战指挥部审时度势，以征粮和保粮、运粮和夺粮为战争发端，通过一系列有效手段，迫使松同联队四面出击，从而形成小部队孤军深入之局面。沈轩辕将军指挥我独立旅和七支队对敌秋野大队、丰泽大队分别实施围而不攻、追而不歼的战术，将上述两个大队拖至小赤壁和东河口一带。至此，战役第一阶段的战术目的已经达成。新四军江淮七支队冯存满所率一营，配属地方部队约一个团的兵力，将日军浜藤小队死死困在小赤壁。秋野第一次投入两个小队增援，这两个小队已经钻进了口袋。

沈轩辕笑着插话，情报表明，松冈命令秋野，以其余两个中队兵力和“皇协军”三团全部兵力，火速营救被围中队，他想速战速决，摆脱纠缠，我们是不会答应的。

霍英山也插了一句，我们七支队不是钢铁，但我们是一张湿牛皮，太阳越晒，我们就裹得越紧。我收到一定时候，他别说速战速决了，手脚他都没法动。

沈轩辕说，霍英山同志这个比喻形象，我们就要把这块战场变成一张湿牛皮。

唐春秋接着说，在沈轩辕将军的运筹下，我们当面之敌的最大帮凶江淮“皇协军”一师已经逐步瓦解了，从而使对松冈联队的决战成为可能。各位请看北面，独立旅严楚汉团在“皇协军”二团的暗中策应下，已经将丰泽大队驱赶在月亮岭南侧，离东河口只有五公里了，预计今天下午四时左右进入小赤壁东部地区。沈将军分析，这样就会出现两种可能，一种是松冈明白过来了，舍小保大，组织秋野大队和丰泽大队分别突围。这样一来，就会给我们增加很大的困难。因为分散作战，我军协调能力较差，尤其是“皇协军”统一反正不好组织，反戈一击达不到致命效果。第二种可能就是松冈也集中兵力，决死一搏，命令丰泽和秋野互相策应。这时候小赤壁就会集中日军两个大队的兵力，我们还是围而不打，还是追而不攻，紧紧拖住，甚至偶尔给他看到突围的可能。只要看到突围的可能，松冈就很难按兵不动，极有可能出动清河大队、浅冈大队或者“亲善团”，这样城内就只剩下一个宪兵大队了。

唐春秋通报完情况，大家都凑在地图前，兴奋地议论着，然后一起把目光投向沈轩辕。

沈轩辕燃起雪茄，微笑着看着大家，不紧不慢地说，我对这次战役的前景有三个判断，一是唐旅长指挥的独立旅主力在东线顶住了庐州城内的援军，确保小赤壁吸引松冈联队除宪兵大队以外的全部兵力。届时我七支队主力和独立旅一二五团以及反正的“皇协军”部分兵力，全歼松冈联队。同时方索瓦和殷绍发指挥的机动集团在城内抗日武装的配合下，一举消灭日军宪兵大队，这是最理想的结局。第二是独立旅承受不住庐州增援之敌强大攻势，于战役第二阶段做战略后退，至小赤壁参加围歼松冈联队战斗，放弃收复陆安州。这是退而求其次。第三是松冈按住清河大队、浅冈大队和宪兵大队以及“亲善团”不动，静待增援。这是最差的结局，也就是说，我们的全部战果仅是歼灭秋野大队和丰泽大队，促使“皇协军”一师起义。即便如此，这也是一个重大胜利，松冈联队将从此丧失元气，乃至退出陆安州的战争舞台。我们现在盯着第一目标，也要做好最坏的准备。唐旅长你要有思想准备，在战役后期，敌人会逐步增加反击兵力，你们面对的至少是一个联队的日军，还可能有“皇协军”部队。防御时间至少一个昼夜，这是一场刺刀见红的战斗。你一个旅欠一个团，打鬼子一个团是吃力的。

唐春秋立正回答，请长官放心，独立旅决心背水一战，只要一息尚存，绝不后退半步，直至小赤壁围歼战斗结束。

沈轩辕点点头说，松冈这个人，狂妄自负，现在还在观望，不肯求援。增援之敌估计至少要到明天早晨才有行动。你们要利用这段时间，把部队的士气鼓起来，弹药、粮食要备足。陆安州地方已经动员三千民兵、一万民工，由赵三元同志负责协调。两千民兵在大蜀山展开，参加战斗；五千民工配属独立旅，运送伤员、粮食、弹药，构筑工事。

唐春秋看了看身边的赵三元，一副泥腿子装束，很不起眼，就没吭气。赵三元说，唐旅长，不要看不起老百姓。总指挥说了，全体老百姓一起上，吐口唾沫就能把鬼子淹死。

唐春秋说，谢谢。

五

松冈的目光落在漆黑的夜空里。

小城似乎已经睡熟了，万籁无声，但是在松冈的耳朵里，却又有一些奇怪的声音，隐隐约约，断断续续。有时候如裂帛断石，有时候似惊涛拍岸。可是当他努力捕捉这些声音的时候，脑袋里除了耳鸣，一无所有。

有一阵子，松冈突然感觉是回到了日本，他所栖身的这间砖木结构的大房子，有点像大阪的庙宇，只是院子里没有樱花，只有一丛丛青翠挺拔的毛竹，像锐利的剑锋，直指天宇。

从屋顶垂挂下来四只大功率白炽灯，将室内照得通明。原信俯在一比二十万的作战地图上，标完最后一笔，打了一个喷嚏，然后整了整军容，走到松冈的身后。

太君，一切就绪。

松冈站着没动，望着窗外说，这个季节，故土的樱花早已凋零了。看这里的桂花，开得多么茂盛，气味多么浓郁啊！

原信从松冈的肩膀向外看出去，外面黑咕隆咚的，什么也看不见。

原信问，要发报吗？

松冈说，记得我们驻屯关东的时候，院子里有两棵杨树，很大很大的，我们曾经在那里吊打过一个抗日分子。刚把他吊上去，树枝就断了。再把他吊上去，树枝又断了。后来怎么办了？

原信默默无语。

松冈说，我记得后来是原信君想的办法，先把两棵树的树梢用绳子往一起捆，让它们脑袋挨着脑袋，再把那个家伙的四肢用绳子捆起来，分左右手脚捆在树上。我现在对他的那个姿势还有很深的印象，你看，就是这样，两只手高举，两条腿大张，整个人就像一个“火”字，非常优美，非常有雄性的力度美感，像基督教里受难的耶稣。然后我们就练枪法，瞄准固定树梢的绳子，一枪一枪地打。突然，绳子断了，只听见一声清脆的炸响，树梢猛地弹回，空中绽放出鲜艳的花朵。树梢抖动着重新聚拢，再弹回，那团“火”就变成了一些碎块，那个幸运的家伙享受了最艺术的死亡，简直可以同大和民族剖腹的壮举媲美……不，等一下，这样说是不恰当的，他只是个愚昧的“支那猪”，怎么能同大和民族相提并论呢？不过，那种姿势的确很美……原信君，我记得你是拍了照片的，一定要带回国内。

原信小心翼翼地说，太君……

松冈摆摆手说，嗯，一定要带回国内。要让我们的后代知道，我们不是无知的杀手，我们在创造奇迹，我们在雕刻死亡的艺术。看啦原信君，这里的毛竹比北方的杨树更有弹性，在这里实行树裂，不，竹裂，天空将会更加艳丽。

原信说，松冈太君，要发报吗？

松冈的嘴角挂上了微笑，嘟嘟囔囔地说，很好，夏侯舒城先生，沈轩辕先生，陆安州行政公署专员先生，警备司令先生，统战总指挥先生，八格牙路先生，酒精先生，尸体先生，棺材先生，我们还会见面的，我们还会见面的！

最后这一句，是陡然提高了嗓门喊出来的。原信被吓坏了，他发现松冈已经处于疯癫状态了。万一松冈太君要在这个时候疯了，那就麻烦了。

现在的情况是方方面面都很糟糕。

自从秋野大队浜藤小队被困在小赤壁之后，松冈一意孤行，先投入一个中队去接应，被浜藤小队伸手拉进了沼泽；又命令秋野罄其所有，将其余两个中队投进去，结果整个大队都陷进去了。丰泽大队被一股身份不明的部队控制，连续打了几次遭遇战，每次遭遇战都是夺路而逃。后来发现，每次撤离的路线都是通往小赤壁的。原信似乎已经看见了一个巨大的猛兽，正张着血盆大口，一点一点地吸纳“皇军”的精气。更为可怕的是，松冈固执己见，坚持不向派遣军求援，而是一再地流露要与天茱山的抗日武装决战。这实在太愚蠢了，愚蠢得让人百思不得其解——突然，原信打了个冷战，一个意念像火花一样稍纵即逝，但还是被他捕捉了，莫非……

原信想到了松冈的处境。前不久发生的粮食被劫和军粮掺假事件，给南下西进的“皇军”造成了巨大损失，湖南三处战场因为断粮造成战斗失利，“皇军”死伤上千人。据说军部已经严饬石原次郎中将，要对这件事情进行严肃查处，松冈随时要上军事法庭。

以原信对松冈的了解，松冈并不怕死，他已经做好了向天皇陛下尽忠的准备。但是让他上军事法庭，因为自己的渎职造成“皇军”兵力的损失而受审，那恐怕是他所不能接受的。如此，松冈现在一味作困兽犹斗，就可以理解是最后的赌博。也许他想战死在这里，他想用慷慨赴死来为自己解脱，证明自己清白，提升自己的军人品格。

从内心说，原信对松冈一直是尊重的，尽管他的许多正确主张曾经遭到松冈的轻视。他也理解松冈现在的心态，并给予同情。如果条件允许的话，他可以成为松冈剖腹时候的最亲密的朋友站在他的身边，担负砍下他头颅的神圣使命，帮助他实现一个帝国军人最后的辉煌。但是，现在松冈不能死。松冈现在选择了死亡，实际上就是逃避，是极其不负责任的，跟贵族品格完全是两回事。更为重要的是，当他决心一死之后，他就会沿着死亡的道路往前走，那么他指挥的部队就会成为他的殉葬品——明白了这一点，原信不寒而栗——不，不能，绝不能让他死！他现在不配死亡，他没有资格死亡——除非他把松冈联队安全地完整地带出陆安州。

原信在心中暗暗地拿定了主意，如果松冈继续坚持他的错误，他就只好背后对他下手了——他一定要向石原次郎将军报告，一定要请求援助，一定要阻止松冈的自杀行为，直到把他送到军事法庭。当然，这些事情绝不能公开地做，因为现在松冈已经是疯子了，跟疯子是没法商量的。

松冈还在凝视漆黑的夜空，长久地，一动不动地——在原信的感觉里至少过了大半年。之后，松冈蓦然回首，目光炯炯，大踏步走向作战地图，俯身观看良久，再抬起头来，那张脸就像一张阴森的白纸：命令秋野，再次组织突围；命令丰泽，不惜一切代价，向东打开通路；命令宫临济，“皇协军”一团在隐贤集东侧集结待命；“皇协军”二团停止前进，在月亮岭东侧待命；“皇协军”三团向桃花坞西二十里马庄展开，接应突围“皇军”。

原信不再提出异议了，一一记录，并指挥报务员将上述电报迅速发出。

松冈继续咆哮，命令董研石，实施安葬计划；命令清河大队，田口泽大队，“满洲国亲善团”，三十分钟内集结完毕，向小赤壁地区机动。

尽管原信已经有了思想准备，但是当松冈果然这么做了，他还是十分惊讶。他用痛苦的表情看着松冈，吞吞吐吐地说，难道，难道要放弃陆安州……

松冈脸色铁青，咬牙切齿地吼道，千余“皇军”被敌重重分割包围，在浴血奋战，死伤无计，我岂能安然无视！决战，他们不是要决战吗？那就决一雌雄！

原信说，可是……怒而致战，兵家大忌啊！兵法曰……

松冈抓起面前的一个茶杯，在原信面前摔得粉碎。松冈像虎啸一样，吼出了一句地道的中国土话——兵法是他妈的臭狗屎！

六

小赤壁战斗从下午四时二十分开始，秋野大队改变了战术，向东河口方向突围，集中了十挺轻机枪开路，左右各有五挺重机枪压制冯存满的阵地，一瞬间弹雨瓢泼，冯存满渐渐有些招架不住。三个波次的争夺之后，双方阵地血流成河。

战斗进行至黄昏，突然传来消息，独立旅一二五团团长严楚汉在战斗中阵亡，丰泽大队在东河口一线已经突破了严楚汉团的包围圈，即将同秋野大队会合。

沈轩辕命令，撤销南下防务，由霍英山率七支队主力进入东河口以东十里铺阵地。

秋野大队同丰泽大队会合后，由秋野统一指挥，架着机关枪跟在“皇协军”的后面，再次集中优势兵力向霍英山的阵地冲击。

“皇协军”二团军官此时已经传阅了团长常相知之妻宫钰梅的家书，杨家岭秘密联络连以上军官，做好了临阵起义的准备。但是鬼子在后面督阵，一时无法行动，被迫往上冲击，又死伤近几十人。

夜幕降临，常相知同杨家岭商议，如果再发起一次冲击，无论如何要行动了，行动要选择有利时机，争取回马一枪，给鬼子一个措手不及。

就在常相知等人在鬼子的眼皮底下焦灼万分的时候，沈轩辕亲自来到了霍英山的阵地，搞清楚当面之敌有常相知的二团之后，沈轩辕命令霍英山，留下两个排的兵力，分散在防御阵地上，主力火速转移，从东河口南部迂回至敌人后方。避开同“皇协军”正面交锋，两面夹击日军。

二团起义是在第六次冲击中完成的。这次秋野集中了三个小队的机关枪手，并且明白地告诉了常相知，前仆后继，只进不退，不能打开突围通道，就全体玉碎。

冲锋之前，秋野组织了火力准备，霍英山的阵地上尘烟滚滚，山坡一片焦土，树木燃烧，亮如白昼。

在“皇协军”冲距对方阵地五十米的时候，突然听到喊话，“皇协军”兄弟们，上来吧，攥拳行动开始！

常相知回头对杨家岭说，听见没有，成功了，成功了！杨家岭挥枪向身后大喊，弟兄们，占领阵地。

再也没有防御了。常相知的部队一进入阵地，杨家岭就登台高呼，把鬼子制造“皇协军”家眷“被劫、被杀”的真相披露出来，部队这才明白过来。本来就对鬼子枪口押着大家送死怨声载道痛恨不已，见长官带了头，二话不说就掉转了枪口。只有极少数人不知就里，正在迷糊，就被身边的军官一把按住了，是打鬼子还是当汉奸？

迷糊者连连点头，打鬼子，打鬼子，早就想打鬼子了。哪个不想打鬼子，哪个是婊子养的。

再往下的仗就打得有滋有味了。秋野和丰泽的部队在“皇协军”冲上阵地的一刹那，也有过短暂的惊喜，指挥部队蜂拥而上。但是刚刚冲出一百多米，秋野就发现情况不对了。因为“皇协军”抢占阵地过于顺利，而对方抵抗的声音非常微弱。秋野同丰泽一合计，就明白是“皇协军”反水了，急忙组织撤退，但为时已晚。“皇协军”在当面，霍英山的部队在背后，前后一阵猛打，两个日军大队这才退回去，龟缩起来。

霍英山同秋野鏖战的时候，松冈指挥的约有三千人的鬼子和汉奸队伍，十万火急地进入到小赤壁东侧。松冈选择的突破口和进出口，也是东河口。

松冈发现了霍英山的迂回部队，也发现了霍英山的防御阵地，但是松冈没有马上行动。他看清了，霍英山指挥的不过是一个营的兵力，他要让这个驰名江淮的霍瘸子再暴露暴露。后来霍英山在背后袭击秋野，山上山下一起打，松冈认真地听了一阵子，很惬意地对原信笑笑说，原信君，不到战场来，不知战场事啊！沈轩辕哪怕把声势造得比天大，但是有两个问题他解决不了。一个是战术，一个是武器。尽管他们已经把“皇军”的两个大队合围起来，但是他们无奈我何。

今夜如果坚持住，明天一早，我还带着我的部队回陆安州，现在就是抓到沈轩辕，我也不会杀他，给他三天时间收尸，给他三个月准备，三个月之后，如果我还没有被判刑，让他带兵再来决战。

原信说，太君，不能低估中国人，轻敌乃兵家大……

松冈脸一板，又恶狠狠地骂了一句地道的中国土话，都是他妈的臭狗屎！

原信立马闭嘴，唯有点头。但是原信也有自己的主张，他已经背着松冈向石原次郎报告了这里的情况，石原次郎很快就会作出反应的。有一点松冈说对了，只要能挨过今天夜晚，明天就可以带着部队回陆安州了。问题是，能不能挨过这个夜晚？

松冈说，我听说霍英山是个瘸子，原信君，我很想见见这个瘸子。不容易啊，一条腿走路，还能打仗，了不起，简直就像“皇军”。

原信面无表情，眼睛盯着远方。

松冈看着原信说，他们只知道螳螂捕蝉，黄雀在后，他们就不知道黄雀后面还有秃鹫呢。这一仗，就算全军覆没，我也要把这两个人的皮扒了！

原信还是没有说话，等待松冈的下文。

松冈把指挥刀抽出半截，又“咔嚓”一声送回刀鞘，一字一顿地说，重点捕获沈轩辕和霍瘸子！

七

从庐州来的增援之敌经过四个波次的冲击之后，仍然没有跨越唐春秋独立旅的防线，而且弹药消耗巨大，人员伤亡惨重。

荷叶中佐在纳闷之余派出小股侦察兵，到独立旅阵地附近窥探虚实，不看不要紧，一看吓一跳。独立旅阵地上红旗招展，聚集了数以万计的兵力，战斗发起后，枪炮齐鸣，锣鼓喧天，人欢马叫。在十几公里的正面上，密密麻麻都是人头，简直像传说中的天兵天将。

侦察队长浅口中尉言之凿凿地向荷叶中佐报告，说中国军队至少在大蜀山一线部署有两个师的兵力。荷叶中佐又把情况向石原次郎中将报告了，石原次郎百思不得其解。他掌握的情况是，自从陆安州战事发起后，侯先觉在淮南按兵不动，静观其变；而李宇煌的主力在淮北被“皇军”两个师团牵制，远水不解近渴。怎么一夜之间平地冒出至少两个师的兵力呢？

石原次郎的疑惑是有道理的，所谓的“至少两个师”的兵力，不过是赵三元指挥的一万多人的民兵和民工。

当天下午，日军江淮派遣军派出三架侦察轰炸机飞临陆安州上空，侦察结果让石原次郎大为惊骇。空中报告，不仅大蜀山一线有万人部队防守，在小蜀山西部小赤壁附近，漫山遍野都是抗日部队；那里至少有三个师的兵力，松冈联队已经陷入了天罗地网。

小赤壁的战斗打了一天一夜。

浜藤小队被困，拖进来秋野大队，秋野大队又拖进来丰泽大队，这两个大队又先后把清河大队、浅冈大队和田口泽的宪兵大队拖了进来。至此，松冈联队全部进入小赤壁主战场。

主战场的主战部队分为两个部分，一是霍英山指挥的两个营，打打走走，走走停停，在内线东一榔头西一棒子地引诱松冈联队；外线是彭伊枫指挥的七支队一团主力、二团两个营及特务营，加上地方部队三个县大队和七个区中队，总兵力相当于三个团，实施对松冈联队的严密包围。

松冈是在当天夜里发觉全面陷入包围的，但是松冈并不畏惧。经过一天多的战斗，松冈联队的主力仍然没有丧失元气。就在霍英山同常相知里应外合夹击秋野和丰泽大队的时候，松冈命令原信，亲自率领清河大队和宪兵各一个中队，以及“皇协军”一团两个大队，偷袭了霍英山。

夜间混战，本来不是日军强项，但是由于松冈目标明确，集中使用兵力火力于霍英山的方向。霍英山的部队被日军一个炮连的火力和二十几挺轻重机枪压制在东河口南侧的高地上，无法施展火力。两次争夺之后，人员伤亡惨重。

沈轩辕在小赤壁进入攻坚战斗之后，一直在彭伊枫的指挥部，感觉到战场态势有些不同寻常，判断松冈联队可能要有异乎寻常的举动，极有可能孤注一掷。为了避免重大伤亡，电台命令冯存满带一个连队阻击，掩护霍英山率主力撤离战场。同时彭伊枫的西集团调整计划，提前合围松冈联队。

可是松冈联队包括宪兵大队在内，此时已经内外打通，连为一体。“皇协军”除了常相知的二团杨家岭大队，其余部分也逐渐被宫临济收拢，整个敌军损失不过二成。秋野大队会同“皇协军”宫临济指挥的一团和二团部分兵力，在小赤壁北部地区以猛烈火力挡住了彭伊枫围攻部队，并死死地把霍英山咬住了。双方都动用了精锐部队和火力，于是出现了一幕战争奇观，战场像一个多层环圈，被困在核心的是浜藤小队，牛皮一样裹在浜藤小队身上的是冯存满的部队，冯存满的外围又是秋野和丰泽大队，秋野和丰泽的外围是霍英山的部队，而霍英山的外围是松冈联队主力，松冈联队主力外围又是彭伊枫指挥的决战主力。双方阵地犬牙交错，内外左右开弓，进攻和防御同步进行，转移和围攻随时转换。

最初同彭伊枫部队交手的是清河大队和汉奸董砑石指挥的“亲善团”，进攻是在空中火力配合下进行的。石原次郎着手亲自指挥了，他已经发现了陆安州抗日武装的企图，一边大骂松冈混蛋，轻举妄动；一边调兵遣将，命令松冈，一部在内线阻挡，另以精锐在东河口杀开一条血路，为天亮后“皇军”撤退保障唯一的通道。

敌人的攻势很猛，尤其是空中火力杀伤力极大，有几处阵地一度易手，失而复得。一团营长以下干部伤亡过半，兼职团长许成哲牺牲，彭伊枫亲自代理一团团长不久二团团长李广正也身负重伤，彭伊枫命支队副参谋长王精森代理二团团长。两个团利用夜暗整修阵地，以备迎战日军更大的攻势。

小蜀山上，沈轩辕身披黑色大氅，密切关注战场形势。六部电台在作战室外不间歇地收报发报，传送着各个分战场的消息。

王凌霄总算见到他了，但是他们几乎没有从容地说过两句久别重逢的话，甚至没有握手。当何中亮把她们带到指挥部之后，他正在向独立旅和七支队的几个指挥员布置任务，他抬头看到了她，眼睛亮了一下，然后举了举手中的铅笔，向她微笑示意。那笑容里的内容很丰富，有欣喜，有宽容，还有歉疚。他说，红豆，我们很快就要胜利了，打完这一仗，我们就到云舒庄园去。现在，我们各自履行自己的职责吧。

那一瞬间，千言万语都化作了泪水，从她的心房涌出，涌向胸腔，涌向眼眶。但是她使劲睁大眼睛不让泪水流出，她竭力让自己坚强起来。她向他敬礼，大声回答，是！

这以后，她就陷入到电波的海洋之中了。从昨天下午，到今天凌晨，各个方向的情况不断报来——大蜀山敌人的援兵增加到三个联队并“皇协军”一个师，东河口方向松冈联队左冲右突，终于合龙，向我彭伊枫部队大举反攻；殷绍发在陆安州地下组织的配合下，率敢死队袭击日军守备中队成功，获得部分枪支弹药，放出“亲善院”在押的二百多名所谓的犯人，这些人已经武装起来，正在向小赤壁战场奔袭……

每一个电报发来，他都要过目。她是第一次看见他指挥作战，沉稳，平静，不管是好消息还是坏消息，到了他那里，激起的反应都是一样的。他会静静地看着你，静静地听你读完电报，然后踱到地图前观察凝思。多数的时候他并不说话，看着何中亮标图，往往是独立旅的副旅长祝道可或者七支队的副司令员龙文珲拿出成熟的意见，他点头，或者摆手。如果是点头，祝道可或者龙文珲就会迅速起草电文，由他签署，由她发出。如果他没有点头，指挥所里就会出现令人窒息的沉闷，这时候所有的目光都会集中在他的身上。他抽着雪茄，缓慢地，沉重地踱步，直到一个方案酝酿成熟，他就会拿起铅笔，在地图上画上一笔两笔——就这么办，他说。

进入夜战之后，好消息并不多，王凌霄能够聆听到他的心跳，终于她感觉到了，他也有乱方寸的时候：他依然那样从容不迫地抽雪茄，但是他吸烟的节奏加快了；他依然那样不紧不慢地踱步，但是他的步子已经不像先前那样沉稳自信了；他的心跳里已经出现了唯有王凌霄能够感受到的杂音。

王凌霄的感觉是对的。自从彭伊枫报告松冈联队集中包围了霍英山所部之后，沈轩辕首先是惊讶，继而是自责。他想他犯了一个错误——一个几乎同松冈所犯的一样的错误，他也过低地估计了松冈。不仅过低地估计了松冈部队的战斗力，而且过低地估计了松冈本人的战斗意志和战术指挥能力。松冈本人率领日军，浩浩荡荡地从陆安州开向小赤壁，但是他们却以惊人的神速绕过了他布置的伏击圈，直奔霍英山的软肋。而他精心布置的主战场——彭伊枫所指挥的将近三个整团的兵力，一张天罗地网足足张了一个半小时，却没有网住敌人。就是这一个半小时，使敌人得以完成集结，完成反攻部署，也完成了对霍英山小部队的反包围。也从而使“皇协军”失去了集中反正的机会，失去了对敌人致命一击的机会。致使整个战场发生了变化，绝对的主动和绝对的优势已经不存在了。如果大蜀山方向唐春秋坚持不住，如果天亮了敌人空中火力加强，如果松冈联队抱定鱼死网破之心冲出重围，这次战斗就要比预期的结果逊色得多。

那么，如何来扭转战局呢？自然，这也是一步早就想好了的棋。消灭松冈联队，沈轩辕是有绝对把握的。关键在于，我们要付出多少代价？杀敌一万，自损八千吗？不，他不得不承认，跟日本军队这样凶恶的敌人作战，用我们打一发装一发子弹的老式步枪迎战连打连发的新式步枪，尤其还要面对火舌一样喷吐不停的轻、重机枪和落地开花的迫击炮，杀敌一万，别说自损八千，自损两万恐怕都打不住。仅现在统计的数据看，真正的日军伤亡不到二百人，而我抗日军民已经牺牲了六百余人。从小蜀山往下看，只要敌人照明弹一升空，就能看见漫山遍野都是人，除了军人，还有陆安州的老百姓。这是一场真正的人海战术啊！他感到歉疚，他不应该把非军人都拖进战争，可是他没有别的办法，一个积贫积弱的政府，一个甚至连办公室都没有的政府专员，一个手下没有一兵一卒嫡系部队的警备司令，他又能怎么样呢？他只能依靠民众，只能依靠抗战这面旗帜，把辖区内的军民凝聚起来，成为他的思想和意志的执行者。他现在必须要做的，就是最大限度地减少陆安州抗日军民的伤亡。可是他手里能够控制的预备队，仅仅是独立旅的特务营和七支队的一个中队，总共三百兵力而已，都集结在小蜀山，目前还担任着指挥部的警戒任务。

突然，作战室外传来了哭声，尽管这哭声受到了竭力地抑制，可还是传到了他的耳朵里。他原地伫立，掐着雪茄的手在不知不觉中颤抖了一下，雪茄从指缝里滚落到地上。

王凌霄跌跌撞撞地冲进作战室，泪流满面，泣不成声——霍司令员牺牲了！

八

霍英山是在打退敌人第六次进攻之后向北部地区靠拢的，此时他已经同冯存满会合了。沈轩辕调整部署后，彭伊枫带领的两个团在东河口三山之间抢占了有利地形，向松冈联队发起攻击，霍英山背后的压力顿时减轻。

按照调整后的计划，霍英山的下一步任务是率队跳出混战圈子，同彭伊枫

会兵一处，在东河口以逸待劳等待松冈联队突围。但就在这时候出了一个岔子，转移中有一个中队走错了路，走散了，稀里糊涂摸到敌人阵地上去了。一阵短兵相接的战斗之后，中队长也被敌人俘虏了。霍英山听见左后方有枪声，情知不好，传下口令让清点人数，剩下不到一百人了。日军伏击了那个中队，就知道霍英山的队伍乱了，松冈大佐心里掀起一阵热辣辣的激情，一定要把这个传说中刀枪不入的霍瘸子干掉。

为了确保置霍英山于死地，松冈甚至暂时放弃了向东河口突围，而将三个大队的兵力集中了一半包抄霍英山。霍英山所带领的队伍在不足三百米的山路上，先后四次受到伏击。打到最后，霍英山回头看看，还有三十几个人了。这时候他听见了日本翻译官的喊话，霍英山不要跑，“皇军”优待！

还有人喊，新四军弟兄，你们已经无路可逃了，抓住霍英山交给“皇军”，其余的人都可以活命！

喊一阵打一阵枪，打一阵枪喊一阵，噼里啪啦，呜里哇啦。

霍英山回头对冯存满说，我日他娘，看来这回是跑不脱了，鬼子往死里抓我呢！干脆我留下来掩护，你们突围，赶快跟彭政委会合。冯存满说，那怎么行，要死一块死算了。

霍英山一只好腿站稳了，用瘸腿踢了冯存满一脚说，混账话！反正是突不出去了，鬼子对准的是我，我来吸引鬼子，你们赶快走！好说歹说，冯存满坚决不走，差一点就跪下来求霍英山了，说，要留下我跟你一起留下，让王副营长带队突围吧！

霍英山见冯存满死活不肯离去，只好依了他。命令王副营长带领残部向西北方向转移，然后就和冯存满上了东南的山包。两个人沿途在树上拴了十几个手榴弹，拴好了就扯着嗓子喊，老子是霍英山，有种过来抓老子！

松冈问身边的翻译，是霍英山吗?

翻译回答，是。

松冈大喜过望，交代秋野少佐，尽量抓活的，活的抓不到，也要尽量全尸。松冈是这样想的，这次被动打了一仗，无论战败战胜，万一侥幸脱身，能够带回赫赫有名的新四军江淮七支队司令霍英山的尸体，那也是给声威扫地的“皇军”挽回了一点面子。

秋野率队向霍英山喊话的方向蜂拥追了过去。一路上不断有手榴弹爆炸声，也不断有鬼子兵的惨叫声，但活着的鬼子还是硬着头皮追了过去。

霍英山和冯存满一边跑，一边喊，吸引秋野大队。喊着喊着，冯存满没有声音了。霍英山回头一看，冯存满倒在路边，手往鼻子上一摸，没有气息了。霍英山一声不吭，把冯存满身上的手榴弹解下来，骂了一声狗日的鬼子，老子是打不死的，来吧！

说完又往山上跑。

追在最前面的是秋野带领的两个小队，还有四十多个人。四十几个腿脚便利的人追赶一个瘸子，居然赶得很吃力。

在那个时刻，霍英山觉得自己已经不是瘸子了，他的两条腿从来没有这样好使、没有这样协调过，他感到自己身轻如燕。他从山坡跑到山头，又从这个山上跑到对面的山上。不断有照明弹像太阳一样在头上升起，每当照明弹出现的时候，他都要回过头来喊一声，老子就是霍英山，老子是老红军，老子是新四军江淮七支队司令，老子是打不死的！

秋野和他手下的兵终于感到力不从心了。他们没想到，他们会被一个瘸子紧紧吸住。借着照明弹的光芒，他们看见那个端着机枪的瘸子像一只展翅的鸵鸟，在山林里纵身飞奔；他那破破烂烂的衣服像是飘扬的羽毛，他的那双已经连草鞋都磨烂了的赤脚就像庞大的鸟蹼。松冈在电台里一遍一遍地怒吼，抓住他，一定要抓住霍瘸子！而霍英山也时不时地回头扫上一梭子，再喊一声，老子会飞檐走壁，你们抓住个屎！

霍英山引诱秋野的两个小队在小赤壁的山岭之间，在羊肠小道或者没有道路的道路上，整整捉了一个小时迷藏。

终于，霍英山的枪里没有子弹了。他感到全身至少有四个地方在同时冒血。直到此时，秋野才发现，他们紧紧地跟在"鸵鸟"的屁股后面，在黑暗中，在密林里，钻来钻去，竟然又回到了白天浜藤小队被围困的地方。就在他们发现"鸵鸟"不见踪影的时候，山上传来了霍英山的喊声，狗日的鬼子，你们抓不住老子，来吧！

秋野听出来了，霍英山的声音微弱了，他一定是精疲力尽了，一定是负伤了。秋野侧耳聆听，判明了方向，一挥手，又带着部下冲了上去。为了抓获霍英山，秋野已经付出了巨大的代价，一个小时以前的两个小队共有四十多人，被手榴弹炸死的，中了霍英山的机枪子弹的，还有掉进山崖摔死的，现在只剩下二十六人。

霍英山负伤了，后背和肩膀，还有腰部，以及没有瘸掉的那条腿，全都中弹了。他再也跑不动了，他只能坐在山坡上骂娘了。他的手里还有一颗手榴弹，等着鬼子前来同归于尽。但突然，他发现了山坡上有很多尸体，有鬼子的，也有自己人的，这是白天同浜藤小队作战的地方。他的精神顿时来了，他爬到尸体中间，把尸体翻过来，找到了两颗手榴弹，再翻过一具尸体，又找到一颗手榴弹。这样，他一共翻出了二十四个手榴弹，有的是鬼子的手雷。他的眼泪都快激动出来了。他从尸体上扯下一件军装，把这些手榴弹包住，驮在身上。然后爬到山头，靠着一棵树，一个一个地把手榴弹和手雷的后盖拧开，把拉火环全部套在右手的几个手指上，他坐在这些手榴弹的上面，这才开始用最后的力气喊话——鬼子，我操你姥姥的鬼子，来抓我吧，老子看你们有多大本事——

秋野指挥士兵冲了上来，可是就在离山头还有二十米的时候，鬼子兵们不动了。在照明弹的光芒下面，他们看见了那棵弯弯曲曲的老松树，老松树的根部坐着一个人，那个人的脑袋已经耷拉下去了，可是嘴里还在喊，老子不怕，老子在阴间也要掐死你们这些鬼子。

秋野手一挥说，上去，抓活的！

奇怪的是，鬼子兵们没有一个动弹的，他们被老松树下面那个血肉模糊的人形吓坏了。秋野勃然大怒，抽出指挥刀，架在一个机枪手的脖子上，命令道，射击！

机枪响了起来，所有的枪都响了起来，他们不知道那个身体里被他们打进多少子弹，但是身体还是坐姿。

秋野又挥了挥手，命令停止射击。他估计那具身体已经稀烂了，他想倘若那具身体外部没有一块好肉的话，就把他的那只瘸腿卸下来向松冈交差。他甚至为自己的这个突发的灵感而激动不已，因为按照松冈的要求，把霍英山的尸体弄回去，显然不可能了，姑且不说尸体已经稀烂，那里面光子弹头估计就有上百发。如果是枭下首级，有点俗套，显得没有创意。那么，卸下他的瘸腿，实在是美妙的战利品，这不是一般的瘸腿啊，这可是一条曾经威慑了江淮半壁河山的非凡的瘸腿啊！

秋野高举指挥刀，吼了一声，上！

鬼子兵们这才端着枪，战战兢兢地、亦步亦趋地向大松树拢了过去。

确实死了。大松树下面再也没有动静。秋野拨开士兵，掂着指挥刀走到了霍英山的尸体面前，他要亲手卸下霍英山的瘸腿。但是他无法断定哪一条腿本来就是瘸的，哪一条腿是后来打瘸的。他要的，当然是那一条本来就瘸的腿。他命令身边的中尉搭一把手，把霍英山的尸体翻过来。尸体刚翻过来，他就闻到了一股味道，紧接着他就晕了，好像出现了幻觉，他还厉声问了一句，怎么回事，为何起火？

但是没有人回答他，所有的人都对尸体下面突然出现的一片焰火发呆，几乎没有人想到要跑——当然，跑是来不及了。一阵天崩地裂的响声之后，这座以后被称之为霍山的山头，至少被削去了一米。秋野和他的二十六个部下，全都成了霍英山的殉葬品。

九

这次松冈联队出城，"皇协军"表现得异乎寻常地卖力。宫临济已经把各团中队长以上的军官全都收买了，务必要同天茱山抗日武装血战到底，报仇雪恨。宫临济也算了一笔账，松冈联队加上宪兵大队和"亲善团"，战斗力至少相当于国军两个师；当初陆安州失陷的时候，松冈联队一路所向披靡，就说明了这一点。松冈现在能够信任的中国人极少，除了从"满洲国"带来的董研石，陆安州里只有方索瓦，还有就是他宫临济。他的小算盘是，打完这一仗，再回到陆安州，他要把夏侯舒城的古井坊、王月凤以及其他"亲善政府"官员的家抄个底儿朝天。夏侯舒城已被确认就是当初国民政府派来的专员兼警备司令沈轩辕，据说这个家族有几百年经商的历史，金钱肯定是少不了的。他估计，虽然夏侯舒城可能用了一部分购买枪支装备，但更多的一定是藏起来了。陆安州内的富豪，藏起细软的还多的是。过去松冈坚持要搞什么卵子"怀柔亲善"，硬是压制"皇军"和"皇协军"发财。现在好了，"怀柔亲善"在松冈的眼睛里变成了臭狗屎；要不是时间紧迫，松冈恨不得一把火把陆安州烧了。

向小赤壁开进的时候，宫临济曾经试探过松冈，往后陆安州怎么办？松冈笑容可掬地说，好办，好好打仗，陆安州的一切都是你的，包括洞里的老鼠。他把松冈大佐这话向部队传达了，部队一片嗷嗷叫。天呀，真的把陆安州交给他，让他搜刮三天，士兵都能娶上小妾。

松冈对“皇协军”部队表现出来的冲天斗志感到十分满意，所以在这次战斗中，没有在“皇协军”的背后布置督战队。攻下东河口南侧铜锣寨之后，松冈计划在这里布置一个日军大队，宫临济自告奋勇请求由“皇协军”来驻守，松冈痛快地批准了。因为松冈手里的日军兵力毕竟有限，一天一夜，已经消耗掉四百多人了。

宫临济现在手下还有逐步收拢的一个团另两个营，占据铜锣寨之后，曾经一度不知去向的翟向贵也回来了，又带回来一个营。此时宫临济已经知道常相知反水，大骂常相知忘恩负义，家仇不报，恨得牙痒。

可是就在宫临济发誓抓住常相知抽筋剥皮的时候，常相知却出现在铜锣寨，情况顿时发生了根本性的变化。

常相知给宫临济带来了一封信，信是宫老秀才用血写的。宫老秀才在信里揭露了鬼子企图杀害“皇协军”眷属、嫁祸天茱山抗日武装的阴谋，劝戒儿子悬崖勒马，共赴国难。宫临济看完信，疑疑惑惑地问常相知，这是真的吗？难道父亲大人他真的还活着？

常相知又拿出一张照片，那上面是“皇协军”眷属的合影，宫老秀才的身边，是身穿国军军服、佩戴新四军臂章的夏侯舒城——沈轩辕。常相知同时还带来了沈轩辕的亲笔信，就几句话——我以新四军陆安州特别军事委员会书记和抗日统战总指挥、国民政府陆安州行政公署专员兼警备司令的名义向所有“皇协军”官兵宣布，第一，直到今天，我们仍然视你们为同胞，视你们同我们一样为炎黄子孙；你们的眷属就是我们的亲人，保护他们的安全是我们共同的责任，我们不会把我们的亲人交给日本侵略者随意凌辱。第二，现在你们正面临一个为国家民族立功的绝好机会，我们欢迎你们反戈一击，绝对保证人身安全和今后的出路。

宫临济的眼泪哗地流了出来，这怎么办啊，这怎么办啊？老父没有死掉，却又在夏侯舒城——沈轩辕的手里，我们到底跟谁走啊？

马甫金已经受到松冈秘嘱，这时候站出来说，大哥，我们手上都有抗日武装的血债，不能听他们的啊！

但是其他军官如翟向贵、朱嘉平等人，却在争先恐后地传看那张照片。照片上大家的亲眷都活得好好的，照片上还有一行字——欢迎亲人回到抗日队伍。军官们喜形于色，议论纷纷，而且越议论越倾向于反正。马甫金一看情况不对，拔腿就要往山下跑，他想去向松冈报告。常相知眼疾手快，一枪打个正着，马甫金当场毙命。

宫临济一看马甫金死了，一边跺足，一边埋怨常相知，怎么能开枪呢，怎么能杀自己的弟兄呢？

常相知说，大哥糊涂，马甫金已经被松冈收买，在你身边监视你；打完这一仗，回到陆安州，“皇协军”一师就是马甫金的了。你还在这里跟他称弟兄！

宫临济一副泥菩萨表情，可怜巴巴地看着军官们说，怎么办啊？你们大家拿个主意啊！

翟向贵说，大哥你要是还跟鬼子走，咱们不伤和气，你走你的阳关道，我要开溜了，我还有老婆孩子在抗日武装手里呢！

其他军官也一起喊，大哥，反正吧，不能给鬼子当狗了，咱们有老有小啊！

宫临济还是拿不定主意，哭天号地，禁不住众军官一片反正的吼声。最后说，好吧，那部队就交给常老弟指挥，是死是活，全看弟兄们的造化了。

十

“皇协军”集体反正，是松冈做梦也没有想到的。

对于这支“皇协军”，他付出了太多的心血。当初成立“亲善政府”，完全是出于战略考虑的笼络人心的把戏，可是“皇协军”就不一样了，“皇协军”是全副武装的部队。自从传来天茱山抗日武装杀害“皇协军”军官眷属的消息，他心头的一块石头就落了地，又给“皇协军”配备了三十挺轻重机枪，并且给军官加了饷，士兵的伙食基本上跟“皇军”相同。这一次之所以倾巢出动离开陆安州，就是因为攥有“皇协军”这张王牌。“皇协军”同“皇军”作战一败涂地，但是皇协军”同中国军队作战是有经验的。而且如今的“皇协军”已经成了一支哀兵部队，军官们同抗日武装不共戴天，怎么说反水就反水了呢？“皇协军”一反水，松冈联队的整个背部就暴露在抗日武装的枪口之下，何况“皇协军”的枪口也指着“皇军”呢？更何况，由于“皇军”要集中精力作战，“皇军”的辎重都托付给“皇协军”了，弹药，药品，粮食，全都完了。

当铜锣寨的枪声响起，明明白白地向“皇军”袭来的时候，松冈几乎晕厥了，他的脑子里只剩下一句话——时也命也！

松冈大叫，这不可能，一定是弄错了。原信君，请你赶快去同宫临济接洽，一定是弄错了。

原信说，太君，请您冷静一点。

松冈瘫坐在地上，嘴里还是念念有词，不可能，不可能，一定是弄错了，错了……董砑石君，你是中国人，请问……

原信的口气焦躁起来，说，太君，你冷静点，我们要赶快想出对策，必须马上采取行动。

“皇协军”反戈一击，战场情况大变。彭伊枫的部队也开始攻击了，松冈联队腹背受敌。战斗进行不到半个小时，彭伊枫的部队就夺取了两处制高点。而常相知指挥的“皇协军”，就像睡醒而又饥饿的猛虎，疯了一样向“皇军”进攻。转眼之间，松冈联队浴血奋战一天一夜扭转的局势，又变成颓势。

这时候松冈才幡然醒悟，对于中国人，原信中佐其实比他看得更清楚。然而，他不能在原信面前有所流露，不能让这个中佐参谋长太得意了。他还有最后一张王牌，那就是方索瓦的自卫团。尽管他连方索瓦也不再充分信任了，可是他已经没有别的选择了，他只能选择侥幸。方索瓦是对于中国政治绝望了的人，也许，方索瓦更希望颠覆这个国家，对于建立“大东亚共荣圈”还抱有幻想。那么，只有这一条路了。

松冈终于向方索瓦发了电报，命令方索瓦火速“救驾”。

现在，方索瓦的真实身份已经在自卫团公开了，事实上自卫团的官兵早就心领神会了，一听说要智取松冈，群情激昂。

方索瓦率领的一支近二百人的“自卫团”，赶到小赤壁松冈联队不足一平方公里的防御地段时，松冈联队仅剩下不到七百人了。松冈一看见方索瓦，悲喜交加，目光呆滞地看着方索瓦说，方君，你是来杀我的吗？你们中国人都站到一边了，都在抗日了，我已经没有朋友了。

方索瓦说，哪儿的话，松冈先生待我“恩重如山”，我怎么会忘记呢？太君放心，我这就给太君保驾，回到桃花坞，太君就回到了家。

松冈已经不自信了，扭头问原信，我们可以跟着方君撤退吗？

原信脸色阴沉地盯着方索瓦，上下打量，又把目光投向方索瓦的身后，“咔嚓”一声抽出了指挥刀。方索瓦迎着原信的目光，满脸困惑。原信僵持了一会儿终于放回了指挥刀，突然弯腰给方索瓦鞠了一躬说，方君，松冈太君交给您了，请多关照。

松冈不解地看着原信说，原信君，难道你不打算同我们一起突围吗?

原信说，太君，敌人正在缩小包围圈，形成铁壁合围态势。一旦突围，敌人一定紧追不舍，很难摆脱。请把部队交给我，由方君和田口泽君保护太君突围，我们在此掩护。

松冈的目光从丰泽、田口泽、浅冈和被临时指定为秋野大队大队长的吉村少佐等人脸上扫过。丰泽等人，包括身边的几个尉官，还包括铁杆汉奸“亲善团”的团长董砑石，也一起垂下脑袋说，太君，请把部队交给原信太君指挥，我们誓死保护太君突围。

松冈顿时热泪盈眶，嘴巴嚅动着说，好吧，原信君，兵力损失太大，弹药也不足了。希望各位服从原信君的指挥，迅速摆脱敌人，我在桃花坞等候诸君。拜托了!

松冈向原信等军官鞠了一躬。

方索瓦让人给松冈牵来一匹马，然后指挥自卫团和田口泽宪兵大队残部约一百余日军展开战斗队形。方索瓦登鞍大呼，天茱山抗日武装弟兄们，我方索瓦向你们借道了。山不转水转，识时务的，放我一马，来日必有重谢；挡我路的，死路一条!

说完，抱起机关枪，一马当先，冲向山隘。

松冈见状，寸步不离地跟了上去。自卫团和浅冈残部汇在一处，三百多条枪，一致对外，子弹像飞蝗一样泼向两边，掩护方索瓦和松冈突出了小赤壁。

没有遭到顽强的抵抗，只有一些凌乱的枪声和炮声。

方索瓦走了，松冈也走了。原信望着蜂拥而去的突围部队，闭上了眼睛，聆听着战场的动静，良久才从眼角落出两颗硕大的泪珠。丰泽惊问，中佐阁下，你怎么啦?

原信缓缓地回过头来，悲戚地说，松冈太君这一去，凶多吉少，生死茫茫啊!

丰泽问，为什么，难道方索瓦——?

原信不说话，回过头来，看着逐渐聚集起来的部队。

浅冈也瞪大了眼睛问，中佐阁下，既然方索瓦不可靠，那为什么不让我们一起突围?

原信说，松冈太君已经丧失理智了，必须让他离开，否则他会把我们这支部队全部拖进地狱。方索瓦是他一手栽培的盟友，是祸是福，只能听天由命了。

说完，原信再次抽出了指挥刀，举在胸前，目光鹰隼一般在众军官脸上扫过，厉声说，各位，受松冈太君委托，现在我是松冈联队最高指挥官，请服从我的命令!

尽管已是衣衫褴褛，但在场的全体军官还是昂首挺胸，目不斜视，聆听原信的部署。

原信展开地图说，现在已经很清楚了，敌人这次围歼我军，采用的是连环滚动战术，小包围圈滚动成大包围圈，此包围圈滚动成彼包围圈。敌人的火力和战术是劣势，但是人多势众是他的优势。因此他们的企图是用一部分兵力拖住我们东奔西跑，在运动中杀伤我们；主力则以逸待劳，包围，放开，再包围，直至我军精疲力尽弹尽粮绝。如果我没有弄错的话，敌人已经在小赤壁至桃花坞之间布置了强大的火力，无论方索瓦有没有背叛“皇军”，那么这一次都将引导“皇军”部队进入敌人重兵地带。如果我们全部突围，就有可能全军覆没。现在的处境是，走到哪里，都是战场；走到哪里，都是包围圈。因此，我决定不动，不主动出去让他们伏击。只要我们还坚持半天，石原次郎将军派来的援军一定会赶到，陆安州还是我们的，而陆安州的抗日武装则元气耗尽。诸位同意我的分析吗?

吉村说，中佐阁下总算让我们明白了，早就应该看出这些问题了。

原信说，既然各位同意我的分析，现在听我的命令，固守小赤壁。吉村君在东南四号高地，丰泽君在看花楼展开，董研石君在主峰北侧展开，炮队在主峰西侧展开，浅冈君随我在二号高地。敌人大举进攻之前，构筑工事，固守待援。敌人不来进攻，务必不要轻举妄动。

十一

大蜀山的战斗进入到白热化的程度，林用树重伤后撤离战场，劳玉军殉国。唐春秋手下两个建制团和相当于一个团的旅部直属兵力先后投入，阵地反复易手，还打了两次白刃战。每次打白刃战，部队就有后退的趋势。唐春秋组织了两次军官敢死队，既参战，又督战。并且当着众多军官的面给赵三元下了一道命令，让民兵在阵地后方五百米处埋地雷，地雷线正面长三公里。

此举就是破釜沉舟，把退路断掉；只给部队一条出路，死守。死也只能死在阵地上！赵三元当然不会真的执行这道命令，况且也没有那么多地雷，有地雷他就弄到鬼子后方去了。但是他把声势造得很大，真的像是在阵地后方埋了许多地雷。

部队没有退路了。第十一次打退敌人的进攻之后，唐春秋集合连以上军官训话，当场毙了两个逃兵，又把临阵脱逃的二十三个逃兵交给他们所在营连的军官。唐春秋说，只要你们跟着你们的长官走，就不杀你们；长官逃了，你们可以杀长官。你们每个人给我坚持在阵地上不跑，打完这一仗，愿留下的，当官，不愿意留下的，发路费。

经过几次动员，剩下的不到一千人的队伍又重新编排，加上赵三元指挥的一千五百民兵，构成坚强的防线。敌人的增援部队仍然没有越过这道血肉天堑。

西线围歼松冈联队主战场的战斗进入到胶着状态。按照沈轩辕的总体设想，待方索瓦引诱日军突出小赤壁之后，殷绍发的敢死队半路于一马平川的马庄伏击，方索瓦的自卫团杀回马枪，中心开花，彭伊枫的大部队从右、后、左三个方向包抄，从而一举歼灭。

但是，松冈仅带领一百多人的队伍出逃，而残敌主力出人意料地留在小赤壁固守待援，使沈轩辕的计划再次未能完全实现。此时彭伊枫手里的兵力集结起来，能够战斗的，仅剩一个团了，连抗敌剧社都上了，田红叶在喊话的时候被击中阵亡，罗雨在抢救伤员途中身负重伤……而在小赤壁的山林中，至少尚有一个加强大队的日军，并且改变战术，构筑工事，居高临下，固守待援。

大蜀山的战斗已经坚持了一夜一天，足足比预定计划多打了一夜。如果再这样僵持，全部围歼松冈联队的计划就不可能圆满实现，将会至少放弃四分之一的敌人，而且从战果上看，敌我损失相当。

此时，沈轩辕手里已经没有一兵一卒了，唯一有可能扭转战局的，一是彭伊枫部死打硬拼；第二就是殷绍发能够速战速决；第三就看黄金年的“亲善团”反正工作如何了。

东河口指挥部里，头部绑着绷带的彭伊枫不时观看怀表，一遍又一遍地询问，总指挥是否有命令，向小赤壁总攻何时发起。刘庆唐一直守在电台旁边，一次一次地回答，没有。

部队伤亡过半，霍英山死了，李广正死了，许成哲死了，田红叶死了，冯存满死了……彭伊枫觉得自己已经麻木了。作为一个指挥员，一个同样被誉为军政双优的指挥员，他是坚强的，对于这场战斗的残酷性事前也是有思想准备的。可是，一天一夜下来，那么多熟悉的音容笑貌就从眼前消失了，他还是有些承受不起了。

他想让部队吃点饭，吃饱喝足，养精蓄锐，准备对顽敌发起最后的攻击。

可是，没有饭吃。

沈轩辕亲自来到了东河口。

彭伊枫见到沈轩辕，举手向沈轩辕敬了个礼，沙哑着嗓子说，首长，太残酷了，部队伤亡太大了……说完，眼圈一红，垂下了脑袋。

沈轩辕铁青着脸说，彭伊枫同志，坚强一些，难道你承受不住了吗？那就换人指挥！

彭伊枫愣住了，抬起头来看着沈轩辕。

沈轩辕说，流血不流泪，死人不丢人！我们损失惨重，敌人的损失更沉重！我们困难，敌人更困难。振作起来，接受命令。

彭伊枫打了个激灵，站直了。

沈轩辕说，已经一天一夜了，小赤壁的石头都烧红了，日军充其量不过几百人了，他的粮食，水，弹药，不可能维持太长。两个方案，一个是继续围困，让其坐以待毙。但是这样大蜀山唐春秋那边的压力太大。二是速战速决，这样七支队又要付出沉重代价。彭伊枫同志，你是七支队的最高指挥员，你说怎么办？

彭伊枫说，我们七支队哪怕只剩下一兵一卒，也不能把压力推到友军身上。我们拼光了算！

沈轩辕说，好，你有这个决心，那我就告诉你，我不能让你拼光。传我命令：一、方索瓦自卫团和殷绍发敢死队，歼灭松冈所属部队之后，火速东进，增援大蜀山。二、请罗本先组织第三批民兵参战，直接增援小赤壁。三、请彭伊枫同志派一个参谋，一部电台，跟随我上小赤壁主峰。

彭伊枫大吃一惊，首长，您说什么，您要上主峰，跟鬼子谈判？

龙文珲说，已经侦察清楚了，小赤峰主峰北侧是董研石的“亲善团”，还有三百多人。

沈轩辕说，是的，这是最后一股仍然帮着日本人打中国人的中国人。什么狗屁“满洲国”？他们是中国东北人。这股力量拿下来，战局一下子就变过来了，至少可以少牺牲几百人。

彭伊枫说，要去，首长也用不着亲自去呀，我去！

龙文珲说，我请求把这个任务交给我！

沈轩辕摆摆手说，别这么紧张，你们去不行，光你七支队哪能劝降啊？我是国民政府官员，国军警备司令，新四军陆安州特别军事委员会书记，哪面都是权威。况且我在任伪陆安州市长时，曾与董研石多次谋面，我说话他心里踏实。

彭伊枫还在犹豫，沈轩辕火了，厉声喝道，不商量了，这是命令，赶快执行！

龙文珲说，首长亲自去，我跟你去！

沈轩辕仰起脸，想了一下说，也行。我就在那里指挥总攻，万一有个三长两短，你接替我完成此项任务。说完这话，沈轩辕又把头仰起来了，像是对天说话，我就不信，所有的中国人都抗日了，他们还执迷不悟！谅他们不敢把我怎么样！

彭伊枫说，首长，我坚决反对……

沈轩辕喝道，住口，彭伊枫同志，请你记住，你是我的代理人，无论发生什么事情，要确保部队高度集中！

十二

在松冈的感觉中，这段路程委实太漫长了，像是奔驰在无边无际的草原上，天上白云簇簇，他梦寐以求的晴天终于出现了。太阳露面了，照在松冈的脸上，他觉得对这久违的太阳已经有些不习惯了，居然连连打了几个喷嚏。之后，松冈突然勒住了缰绳。

瘦马陡然立起，一声嘶鸣，前蹄落到了地面上。

枪声似乎远去，身后已经没有了队伍，只有方索瓦和二十多个“自卫团”士兵，这些士兵都用一种嘲弄的眼光看着他。松冈像是明白了什么，他的部队已经被引到了一个更加凶险的伏击圈里。

松冈的表情就在这一瞬间出现了急剧的变化，然后他就平静了。他扭过头去看方索瓦，方索瓦也在看他，方索瓦正在微笑。

松冈问，方君，我的部队为什么没有跟上来？

方索瓦笑笑说，他们正在为天皇陛下效忠呢。

松冈的身体摇晃了一下，但是很快又稳住了。方君，你准备把我带到哪里去？

方索瓦说，到你该去的地方去。

松冈老泪纵横，对方索瓦凄惨一笑说，方君，你我相识一场，既是忘年交，也算是跨国交。个人生死已不足惜，请善待存活的“皇军”士兵。

方索瓦说，请太君放心。桃花坞的民众受“王道乐土”思想熏染多时，深感大日本帝国之“先进文明”，对“皇军”感情深厚，家家箪食壶浆，准备慰劳“皇军”啊！

松冈仍然心存最后一缕幻想，说，方君，如果战争结束，我一定举荐你统治陆安州，当陆安州的名副其实的市长。那时候，我还会邀请你到日本去。哦，对了，你还没有结婚，我非常想把我的妹妹介绍给你，我们两家世代相亲相爱。

方索瓦说，承蒙松冈太君厚爱，倘若家父得知松冈太君此番深情厚谊，九泉之下不知作何感想呢。

松冈说，方君，请给我一碗热茶吧，我太口渴了。

方索瓦转过脸来对松冈说，宴席已经备好，我想请松冈太君去一个地方吃饭，那里还有一个老朋友等着您呢。

松冈的表情立即收敛了，谁，他是谁？

方索瓦笑道，见面就知道了。请吧，松冈太君！

松冈疑疑惑惑地看着方索瓦，想说什么，但是什么也没有说出口。突然，几个汉子一拥而上，把松冈扯下马来，卸去他的手枪和战刀，把他的手脚捆了起来，然后扔在马背上。

松冈哇哇大叫，你们干什么，方先生，你们到底要干什么？

方索瓦像是变了一张脸，冷冷地说，太君，桃花坞的老百姓知道鬼子来了，每个人手里都拿着一把菜刀。要不采取这样的保护措施，松冈大佐一进桃花坞就会变成肉泥。

松冈杀猪一般叫了起来，方索瓦，原来你也是“皇军”的叛徒，我给你枪，给你钱，给你地盘……你的良心大大地坏了坏了的。我的部队还在战斗，你们统统死拉死拉的！

方索瓦说，哈哈，你的部队还在战斗？回头看看吧！

松冈扭过头去，凝视来路。这个时刻，他的目光锐利而悠长，听觉也前所未有地灵敏起来。远处，隐隐约约地，枪声已经稀疏了，但是他听见了滚动的雷鸣。他刚刚逃脱的那块地方，小赤壁方向，东河口方向，硝烟弥漫，漫山遍野，人头攒动，刀枪林立，喊声震天；似乎方圆十几公里都是呐喊声，犹如滚滚而来的潮水。

滚滚的潮水咆哮着，以泰山压顶之势，翻着巨浪向松冈猛扑过来。松冈的视野浑浊了，耳朵里净是惊涛骇浪。

方索瓦说，听清楚了吗？现在围歼你的部队的，是新四军，中央军，地方军，反正的“皇协军”，还有绿林好汉，被你关押的爱国者，陆安州的市民，陆安州的农民，还有你的“亲善团”。你那不到两个大队的几百残兵败将，面对的至少是一万枝枪口和三万把大刀。嘿嘿，战斗？你的部队小小的，臭虫一样的。

松冈说，请放开我，让我体面地死。你们这样做太卑鄙了！方索瓦喝道，把他的臭嘴给堵上！

一个自卫团士兵上前，伸手把一块肮脏的抹布塞进松冈的嘴里。方索瓦带松冈去的地方，是方蕴初的墓地。

围歼田口泽宪兵大队残部的，是殷绍发的敢死队和从陆安州放出来的“犯人”们。当初打开监狱大门之后，殷绍发把“犯人”们集合起来，一看大家脸色还不算太差，还有不少人身体很强壮。

殷绍发问，你们中间，有当过土匪的吗？

没有人回答。

殷绍发又问，你们中间，有当过强盗的吗？

没有人回答。

殷绍发再问，你们中间，有杀过人的吗？

还是没有人回答。

殷绍发最后一次问，你们中间，有当过铁匠木匠屠夫的吗？

这回有人回答了。

殷绍发说，当过强盗土匪的，杀过人的，拿枪；当过铁匠木匠屠夫的，拿刀。现在都跟我走，杀鬼子！杀了鬼子，死罪的变活罪，活罪的变无罪。我代表政府赦免你们了。至于“思想犯”、“抗日犯”不但无罪，而且有功，我们欢迎你们参加我们的行列，打鬼子的时候到了！

“呼啦”一下，二百多个人，全都拿起了枪。殷绍发哈哈大笑说，好啊，我这个“土匪头子”又带领一支“土匪”部队了。

按照预定计划，殷绍发的部队在马庄道路两旁伏击，待方索瓦和松冈等人冲出伏击圈之后，即发起攻击。

战斗进行得很顺利，因为方索瓦和松冈等人是策马行进的，田口泽也骑着马，但是田口泽留在后面督促部队，在方索瓦和松冈离开马庄大约有半个小时之后，田口泽率领的百十名日军才进入伏击圈。殷绍发指挥的这支部队出人意料的勇敢，第一轮射击，鬼子被歼灭一半，其余一半乱成一团。枪一响，方索瓦早已布置好的自卫团一百余人由一副团长带领，调转枪口对准鬼子又是一通猛击。殷绍发嫌不过瘾，挥舞大刀上去了。他的敢死队固然厉害，但是“犯人”们更厉害，而且肉搏能力很强。战斗进行不到二十分钟，全歼田口泽残部。田口泽在最后关头，剖腹自杀。

十三

跟随沈轩辕登上小赤壁主峰的是龙文珲和刘庆唐。

事前彭伊枫已经派人到主峰送信了，要同董研石谈判。董研石把派去的人抓起来了，但是又放回来了，什么话都没有留。

刘庆唐在前，龙文珲在后，沈轩辕居中，沿着送信人走过的路，从容登山。在距离董研石阵地还有五十米的地方，从羊肠小道两边的树林里涌出了十多个荷枪实弹的士兵，过来搜身，结果一无所获。他们身上所有的枪支都留下了。

这个情况对于沈轩辕来说很重要，这意味着董研石那里已经有了松动。沈轩辕对那位押解的军官说，告诉董研石，我们也算老交情了，用不着这样剑拔弩张的，以后都要在中国的土地上吃饭。

说完，迈开长腿，带头向主峰走去。

快到阵地的时候，董研石出现了，双手拎着驳壳枪，看着沈轩辕说，佩服，夏侯市长有大将风度，我很惭愧。

沈轩辕说，回头是岸，现在还来得及啊！我是代表中国政府来向你宣布政策的。

董研石说，我已经是铁杆汉奸了，到哪里都是死，但是夏侯市长今天给了我两条活路。一是我听你的，反戈一击，可能会留我一条狗命，苟延残喘；二是夏侯市长送上门来，我要是把你抓住，我们一起到“满洲国”或者华北，我可能活得要更风光。

沈轩辕说，董研石你听着，“亲善团”的中国人你们也听着，现在陆安州全体中国人都在抗日，究竟是什么东西支撑你们仍然给鬼子当帮凶？东北的大好河山被日本鬼子蹂躏，我们的父老乡亲沦为亡国奴，你们却在这里为虎作伥，人格国格丧失殆尽。我作为中国政府陆安州官员，既可怜你们，也同情你们，还想拯救你们。同胞们，回来吧，我们都是中国人，只要你们醒悟过来，你们仍然是我们的同胞兄弟。你们听听这漫山遍野中，全是陆安州老百姓打鬼子的呐喊声；你们看看你们的脚下，就那么几个鬼子，也已经身陷绝境了。你们为什么还要稀里糊涂地当替死鬼呢？

“亲善团”的军官一脸茫然，有的贼眉鼠眼东张西望。

董研石突然回头，喝道，肃静，不能相信他的话！只要我们一松手，全是十恶不赦的汉奸，死路一条！我们不能跟他走，上，先抓起来再说。

但是，没有人上。董研石一看这阵势慌了，心虚地喊，给我上！

“亲善团”中的一名军官往前跨了一大步，问沈轩辕，我们怎么才能相信你不是诱骗消灭我们？

沈轩辕说，我的命就那么不值钱？我是堂堂中国军队的少将，是国军和新四军两支部队的总指挥，是陆安州二百万民众的专员。我到小赤壁来，难道就是想跟你们同归于尽？而且，新四军江淮七支队的副司令员和作战科长全都在这里，这说明我们充分地信任你们啊！你有什么理由不信任我呢？

战斗就在这时候发生了。一名军官突然冲上来，用枪抵住了董研石，大声喝道，团长，我们相信夏侯市长的承诺，请给我们活路，听从夏侯市长的指挥。几名军官一拥而上，把董研石围住了。

但同时，又有另外几名军官冲上来，枪口对准了那几名围着董研石的军官，大约有一个排的士兵也冲了过来。

沈轩辕站在高处说，都给我住手！不要冲动，我不想看到你们发生火并。只要你们一动手，你们知道吗，山下至少有一万中国人在等待你们，把你们剁成肉泥！所有的中国籍军官，都听我的命令，把枪口掉过来。当战斗打响之后，我和你们在一起，给我狠狠地打鬼子！军官们都把手松开了，但是食指都还贴在扳机上。倾向反正的和反对反正的处于剑拔弩张的对峙状态，危险仍然一触即发。但是，主张反正的几名军官已经开始向沈轩辕这边靠拢了。

打破这个僵局的是日本人，是小赤壁西侧日军炮队的指挥官龟井中尉。龟井中尉接到报告，说主峰北侧发生了动荡，龟井亲自带领一名曹长、三名军士过来打探虚实，意外地发现了沈轩辕。龟井指挥枪法最好的曹长在距离四十米处瞄准了沈轩辕。正在这时，严密观察周边态势的刘庆唐突然发现情况，疾呼，“鬼子来了！”同时将沈轩辕推向一边。鬼子的一枪打空了，继而枪声大作。山头顿时大乱，龙文珲等人一起扑向沈轩辕。刘庆唐中弹，龙文珲也负伤了。两名倾向反正的军官一边过来掩护沈轩辕，一边组织反击。

局势就在这场意外中明朗了——小赤壁主峰上所有的中国人，包括倾向反正的和犹豫的、乃至反对反正的，此刻一齐向龟井等人射击。龟井等五个鬼子死于乱枪之中。

董研石见大势已去，扑通一声跪倒在沈轩辕面前说，夏侯市长，我全听你的，全部反正。

沈轩辕说，弟兄们，现在都听我指挥。把部队组织起来，先解决西侧炮队，夺取火炮，向小赤壁四号阵地和二号阵地发射。龙文珲同志，请给彭伊枫同志发信号，总攻开始。

十四

战局终于得到了根本性的扭转，回到了最初设计的方向。

殷绍发的部队上来了，方索瓦的部队上来了，罗本先带领几千民兵上来了。大蜀山的战斗结束了，唐春秋没有死掉，带着一只耳朵、半边好脸和七百人，到小赤壁同彭伊枫会合了。副旅长以下官兵死伤一千多名，以后又陆续收容，整个独立旅也只剩下不到一千五百人了。

小赤壁的战斗也结束了，丰泽死于“亲善团”的炮火之下，吉村自杀。双方都是弹尽粮绝。最后还剩下不足一个中队的兵力，在原信的指挥下，同彭伊枫指挥的三个连队展开肉搏，大刀闪烁，血光飞溅，天昏地暗，日月失色。彭伊枫亲自上阵，一度被三个日军围住，但大家都是筋疲力尽，像打醉拳一样地厮杀。彭伊枫的一条胳膊被砍断，另一只胳膊仍然挥舞大刀，砍翻眼前最后一个鬼子，彭伊枫倒下了。

战斗的最后阶段，是已经负伤的龙文珲在指挥，敌人已经完全丧失战斗力了。龙文珲组织喊话，敦促投降。他看见四号阵地上日军残兵败将聚在一起，就拿起望远镜密切地注视着。结果他发现了令他无比震惊的一幕：三十多个日本官兵，在原信的口令声中，突然列队，面向东方，用嘶哑的声音唱着歌——看那波涛汹涌的大海上，升起一轮耀眼的太阳，士兵的足迹踏遍了亚洲，大日本的国旗在高山峻岭放射光芒……

然后，龙文珲看见了一片耀眼的银色在眼前飞舞——日军官兵们在自己的身上擦拭手中的刀，有从枪上卸下来的刺刀，有匕首，有指挥刀。随着一阵令人毛骨悚然的喊叫，四号阵地上残留的、也是松冈联队仅剩的所有的日军官兵，在原信的率领下，步调一致地剖腹了。

王凌霄是在东河口反偷袭中负伤的。战斗已经接近尾声，一线兵力伤亡过大，沈轩辕命令，全体人员拿起武器，准备支援小赤壁。就在这个时候，一支不到二十人的日军溃兵突然出现在指挥所的半山坡上，激战中，四名电台报务员牺牲，王凌霄两处负伤。

担架在山路上飞快地奔跑，她感觉到自己的身体很轻很轻，就像飞翔的鸟儿。她不知道她将飞向哪里，她只想见到他，但是他却不见了。东河口惊心动魄的极短的战斗发生之后，他记得他跟她说的最后一句话是，你负伤了，需要抢救，等着我。

可是，他在哪里呢？难道又是一场梦，难道自从在川陕根据地发生了那件事之后，后来的一切都是梦？

她竭力地想啊想啊，可是她说不了话，只有思维还在活跃，其他任何地方都动不了了。后来她就明白了，她已经死了。自从离开川陕根据地之后，所经历的一切一切都是一个死人的梦幻。

但是，在过了很久很久之后——也许是过了一生吧，她听见了声音，不是梦幻，而是真真切切的声音。她听见像是龙副司令说话，说要把她和彭政委都送到云舒庄园去，还说有一个叫方明珠的医生正在那里组织抢救，战地救护所里早就没有药了。

啊，云舒庄园，多么熟悉的名字啊？好像今生今世，不，也许是前生前世，她曾经在那里度过一段美好的时光啊！八月桂花遍地开，鲜红的旗帜举呀么举起来……那个女孩子多么机灵啊，她的歌声是那样清纯明快！哦，还有那匹战马，四蹄飞扬的雪青马，在天穹下面像利箭一样，马背上的人儿身披红色的战袍，战袍在风中飞舞，雷霆和风暴在战袍的下面翻滚轰鸣……

后来，她感到她不再飞翔了，她听见有人哭泣，很多很多的人围着她。龙文珲说，首长，别难过了，王凌霄同志她已经永远地离开了我们。她听见他说，怎么会呢，我答应过她，再也不离开她了，请医生同志们再努力一下，我感觉她还有思维呢。

她听见龙文珲说，首长，她已经没有呼吸了。另外一个女子的声音也说，她的心跳已经停止了。她听见他说，不，再等等，我感觉她能听见我的话，她能听懂我的话。红豆，你听见了吗，你听见了你就点点头，这样他们就有信心继续抢救了。

她说我听见了，我听明白了。她听见他说，再等等，我看见她点头了，你们一定要等等。她听见龙文珲和那个女子一起说，首长，您要节哀，人死不能复生，王凌霄同志永垂不朽。我们已经在云舒庄园为她选好墓地了，请首长去看看吧……

她想好奇怪啊，我分明点头了嘛，他们为什么看不见，而独独只有他能看见呢？她心里很着急，她想我分明没有死，他们怎么会认为我已经死了呢？不行，我不能死，我一定要跟他在一起，绝不能让他们把我埋掉。她就使劲地点头啊点头，她要向他们证明她没有死，他们必须让她回到他的身边。

后来她听到他叹气了，他说我从来不掉眼泪，我们死了那么多同志，我都没有落一滴眼泪。眼泪没有用，只有攥起拳头才有用。可是，今天，我好像有点控制不住了。

她的心里一阵欣喜，她知道，只要他哭出声音来，她就能顺着他的哭声找到返回人间的路。

可是，他没有哭。她的心里真是着急啊，她感觉她至少点了一百次头了，可是他们谁也没有看见。这时候她感觉有几双手在她的身上忙乎，他们在拔针头。她明白了，拔了针头他们就该把她送到云舒庄园去了，那里有挖好的墓坑在等着她。她决定采取措施，她没有死，她大声地喊，不，我没有死，我没有死，我要回到他身边！

她听见他果然回答了，他说，同志们，拜托了，人死如灯灭，不要搞特殊，跟其他烈士一样。也不要另外挖墓坑了，那里已经为我准备了两个墓，先给她用一个，让她在那里等着我。

等他？是的。她清楚地记得，他的确说过，要她等着他，再也不分开了。可是，她不能、也不想在墓地里等着他。

她拼命地叫喊，她手舞足蹈，她使劲摇头。可是奇怪得很，没有人理会她了，她身上的最后一个针头就要被拔掉了。

他说，让我来吧，我要最后看她一眼。

她清楚地感受到了他的气息，他几乎从来没有这么近距离地挨过她。倏然，她感觉有一滴清凉的东西落在她的脸上，又一滴，落在她的嘴唇上。他说，再见了，红豆，等着我，以后我会去看你的。

说完，他就走了。他的步伐是那样坚定，走了，他就不再回头了。

就在这时候，她听见一个颤抖的声音在激动地喊，首长，她在动，她在动，她的嘴唇在嚅动……

他大踏步地转回来了，惊喜地大喊，是吗，你是说她在动？

是的首长，她在舔那滴眼泪。

补记

一九五二年秋天，山花开满了天茱山，空气中散发着桂花馥郁的馨香。

江淮省人民政府省长沈轩辕偕夫人王凌霄在陆安州行政公署独臂专员彭伊枫的陪同下来到了云舒庄园。

这一天是陆安州民族英雄和抗日志士的安魂仪式。独秀峰的山坡上，墓碑如林。乔乔的遗骸还是没有找到，但是找到了她当年用过的红军帽和一个抄满了皖西民歌的笔记本，这些遗物被当年川陕根据地沈轩辕的房东秘密地装进了一个陶罐，埋在自家的菜地里，几经周折，送到了江淮省人民政府。

方蕴初老先生的墓地也迁移到独秀峰下，墓碑上镌刻沈轩辕手书的“抗日志士方蕴初先生之墓”字样。向阳的山坡上又重修了许多新墓，霍英山、严楚汉、许成哲、祝道可、林用树、柴仁亭、李广正、赵三元、冯存满、王精森、常相知、田红叶……共有一千六百座，全是在当年同松冈联队决战中牺牲的。

霍英山的墓里存放的是他终身唯一的财富，一件粗呢子酱黄色军大衣。

参加安魂仪式的，除了沈轩辕和彭伊枫以外，还有江淮省统战部部长方索瓦、陆安州医学专科学校校长方明珠、陆安州政协主席唐春秋和副专员龙文珲……

站在独秀峰上，人们看见了东边那座银光闪烁的石笋，那高高的，耸向蓝天的水晶峰峦。沈轩辕问彭伊枫，看看，它像什么?

彭伊枫说，像一把刺向蓝天的剑。

沈轩辕微微点头，对，那是老天爷赐给陆安州的一把利剑，铸造它的是民心。唐春秋同志你说呢?

唐春秋说，那是一座无字的碑啊!

沈轩辕说，也对。在民族解放和独立的战争中，陆安州这块土地上空，不知萦绕多少英魂。那么，就让它做一块永恒的墓碑吧，天地共存，日月同辉。

又过去了半个世纪，独秀峰上再添几十座新墓。东石笋地区已经被开发出来了，成为国际旅游胜地，大门建在杜家老楼。有一天一位叫岩下敏子的日本女士带着小儿子来到了这里。她告诉人们，当年她的爷爷就曾经远远地见过这座石笋，就像童话中的宫殿。但爷爷认为那是一场梦，是梦中的幻觉。爷爷希望他的孙女亲自到他的梦境里看看。

岩下敏子对人们说，爷爷做了一个非凡的梦。

同一天，一位叫沈歌的中国女子，带领一个航测小组乘坐直升机，沿东石笋向东，对将近九百平方公里的原始森林进行航测。按照国务院有关部门的规划，东石笋以东的原始森林将以云舒庄园为中心，开发为国家森林公园；杜家老楼以南地区，将建造一座大型水库。

航测结果表明，在云舒庄园一带存在一条对人体健康非常有益的地磁负异常带，完全可以作为开发森林公园的一个有利条件。

当直升机在小赤壁一带航拍时，眼前忽然出现了一片忽隐忽现的云带。云带很长很长，幻影一般，断断续续，向西南方向延伸。云带消失的地方，是一片白色和黑色相间的氤氲，下面是一片桂花的海洋，海洋中间有一座黑色的岛屿。

直升机上一位当地官员说，历史上，那里曾经三次作为大战战场，其中最惨烈的一次发生在半个世纪以前。也许，那飘忽不定的云带是从地下升腾的某种语言……

ISBN 978-7-5171-3662-0

定价：98.00 元